KB175763

존 밀턴(1608~1674) 런던, 국립 초상화미술관

밀턴의 집 1665년 존 밀턴의 가족은 런던에 창궐한 페스트를 피해 버킹엄셔의 챌폰트 세인트 자일스 마을로 왔다. 밀턴은 친구가 마련해 준 이 집에서 가족들과 함께 2년 남짓을 지내며 대서사시 《실낙원》을 마무리하고, 후속작 《복낙원》의 영감을 얻었다. 오늘날에는 '밀턴의 집 박물관'으로 운영되고 있다.

밀턴의 집 박물관 내부 영국, 버킹엄셔

▲밀턴의 집 박물관 안뜰 밀턴의 집 정원은《실낙원》제4편에 설명된 낙원의 모습을 따라 여러 종류의 꽃과 식물들이 심어져 있다.

▶존 밀턴의 흉상

▼어린시절 초상화

존 밀턴 기념상   런던, 세인트 자일스 교회. 존 밀턴은 이 교회의 마당에 묻혔다.

세계문학전집051
John Milton
PARADISE LOST

실낙원

존 밀턴/이창배 옮김

동서문화사

실낙원

차례

제1편

줄거리

　제1편에서는 먼저 시 전체의 주제, 즉 인간의 불순종과 그로 말미암아 살던 낙원을 잃게 된 이야기를 다룬다. 이어서 인간 타락의 근원인 뱀, 다시 말해 뱀 모습을 한 사탄에 대해 언급한다. 사탄은 하느님을 배반하고 천사 무리를 꾀어 자기편으로 끌어들였지만, 마침내 하느님의 명령에 의해 그 패거리들과 하늘에서 끝없는 심연으로 쫓겨났다. 그리하여 단테의 시는 곧바로 사건의 한가운데로 달려가 부하 천사들과 함께 지옥에 떨어진 사탄을 그려낸다. 여기서 이야기하는 지옥은 우주의 중심이 아니라(하늘과 땅이 창조되기 전으로 아직 저주받기 전이었으므로) 혼돈의 시기라 할 수 있는 세계 끄트머리 한 암흑의 장소이리라. 이곳에서 사탄은 부하 천사들과 함께 벼락을 맞아 정신을 잃고 불타는 호수에 누워 있다가 이윽고 혼수상태에서 깨어나, 계급으로 보나 위엄으로 보나 그에 버금가는 자가 곁에 누워 있는 것을 보고 그를 깨워 일으켜 자신들의 비참한 몰락에 대하여 이야기한다. 그런 뒤 사탄은 여전히 정신을 잃고 쓰러져 있는 부하 천사들을 깨운다. 이에 천사들도 모두 일어난다. 그 수와 진영, 그리고 중요한 지휘관의 이름을 늘어놓는데, 이는 뒷날 가나안과 그 이웃 여러 나라에 알려진 우상들의 이름에서 따온 것이다.

　사탄은 연설을 하며 천국을 되찾을 희망이 우리들에게 아직 남아 있다며 그들을 위로한다. 그리고 마지막으로 하늘의 오랜 예언과 소문에 따르면 새로운 세계와 피조물이 창조될 것이라고 말해준다. (눈에 보이는 하늘땅이 창조되기 훨씬 이전부터 천사가 존재했다는 것이 많은 초대 교부들의 의견이었다.) 이 예언의 진실을 확인하고 나서 어떻게 할 것인지를 결정하기 위하여 사탄은 전체회의를 제안한다. 심복들이 사탄의 뜻을 받들어 준비를 한다. 사탄의 궁전인 만마전(萬魔殿)이 심연에서 홀연히 솟아오르고, 지옥의 우두머리들이 궁전에 모여 회의를 열게 된다.

인간이 처음으로 하느님을 거역[1]하고[2]

금단의 열매 맛봄으로써 세상에

죽음과 온갖 재앙 불러일으키고

에덴까지 잃고 말았으나, 이윽고 한 위대한 분[3] 나타나

우리의 죗값 치르시고 복된 자리 다시 얻게 하셨으니

노래하라, 하늘의 뮤즈[4]여. 호렙[5]이나 시나이의

홀로 선 산꼭대기에서, 처음으로 선택된 이들에게

혼돈에서 어떻게 하늘과 땅이 태어났는지를

가르친 저 목자[6]에게 영감을 불어넣은 그대여.

어쩌면 시온산[7]과 성전 바로 곁을

흐르는 실로아 냇물이 그대의 마음을 더욱

즐겁게 한다면, 나 그곳에서 말하여 청하노라,

중층천(中層天)에만 머물지 않고 아오니아산[8]보다

더 높이 날아올라, 일찍이 어떤 시문에서도

시도하지 않은 여러 주제를 추구하려는 바, 부디

모험에 가까운 이 노래를 내가 부를 수 있도록 도우시라.

---

1) 〈창세기〉 1~3장 참조.

2) 1~26행(인류에게 밝히도록 하시라) : 하늘의 뮤즈에 대한 밀턴의 호소 또는 기도. 밀턴은 고전서 사시 형식을 답습했다. 또한 이 '호소'는 3, 7, 9권 모두에도 나온다. 제1권의 경우 뮤즈의 도움을 바라는 동시에 《실낙원》 전체의 주제를 말하고 있다.

3) 예수 그리스도. "한 사람의 불순종으로 많은 사람이 죄인이 된 것과는 달리 한 사람의 순종으로 많은 사람이 하느님과 올바른 관계를 가지게 될 것입니다"(〈로마서〉 5 : 19).

4) Muse. 그리스신화의 아홉 뮤즈(Mousa의 영어 이름. 무사의 복수형은 무사이)를 가리키나, 작가는 '하늘의 뮤즈'라는 표현으로 시적 영감의 원천을 신성화하고자 했다.

5) 원문에는 오렙(Oreb)이라고 나와 있다. 시나이산은 호렙산의 일부이다. 모세가 십계를 받은 곳은 〈출애굽기〉에는 시나이산, 〈신명기〉에는 호렙산이라고 나와 있다.

6) 모세. 시인의 목자로서의 자의식에 주의.

7) 성도 예루살렘은 이 산 위에 세워져 있으며 가까이에 실로아 냇물이 흐른다. "자, 올라가자, 야 훼의 산으로…… 사는 길을 그에게 배우고 그 길을 따라가자. 법은 시온에서 나오고, 야훼의 말씀은 예루살렘에서 나오느니"(〈이사야〉 2 : 3).

8) 무사이가 사는 그리스의 헬리콘산. 작가는 명백히 호메로스와 베르길리우스 같은 이교의 고전 시인과 청교도시인인 자신을 대비시켜 생각하고 있다. 동시에 고전시인이 묘사한 세계에 압도적인 매력을 느끼고 있다.

더욱이 그대, 성령[9]이여, 어떤 성전[10]보다도 바르고 깨끗한 마음으로

사랑하시는 성령이시여, 그대는 모든 것을

알고 있나니, 나를 가르치고 이끌어주시라. 그대는

태곳적부터 계시며, 그 크고 힘센 날개를 펼쳐

어미 비둘기처럼[11] 끝없는 혼돈을 품고 앉아

이를 잉태케 하셨으니, 부디 내 안의 어둠을

비추고 낮은 것을 높여 떠받쳐주시라.

이 높고 위대한 주제에 걸맞게

영원한 섭리를 증명하여, 하느님의 뜻이 옳음을

인류에게 밝히도록 하시라![12]

먼저 말하시라, 하늘도 지옥의 깊은 땅도[13]

그대 눈앞에서는 무엇 하나 숨기지 못하나니,

먼저 말하시라, 우리 조상이 어찌하여 그 행복하고

하늘의 은총이 충만한 자리에서, 창조주를

저버리고 그 뜻을 거스르며 오직 단 하나의 금기를

어겼던가를, 그러지 않았더라면 세상의 군주였을 터인데.

맨 처음 누가 그들에게 그토록 흉악한 배반을 저지르게 했던가?

그렇다, 지옥의 뱀,[14] 오만한 그놈이

---

9) 삼위일체에서 신의 제3위격인 성령이 아니라, 신의 창조적인 힘으로 보아야 할 것이다.

10) 인간의 육체. "여러분의 몸은 여러분이 하느님께로부터 받은 성령이 계시는 성전이라는 것을 모르십니까"(《고린도전서》 6 : 19).

11) "그 물 위에 하느님의 기운이 휘돌고 있었다"(《창세기》 1 : 2)라는 천지창조에 대한 내용과 "성령이 비둘기 같은 형체로 그의 위에 강림하시더니" 같은 복음서의 성령에 대한 내용이 섞여 있다. 밀턴은 작품 창작이라는 창조적인 행위를 신의 천지창조에 비유하고 있다.

12) 《실낙원》을 쓴 근본적인 의도이다. 여기서 "인류(men)"는 섭리와 구제, 즉 신앙 문제에 대해 고뇌하는 '인류'를 말한다.

13) "하늘에 올라가도 거기에 계시고 지하에 가서 자리 깔고 누워도 거기에도 계시며"(《시편》 139 : 8).

14) 〈창세기〉 제3장 및 "늙은 뱀이며 악마이며 사탄인 그 용을 잡아"(〈요한계시록〉 20 : 2) 참조. 이하 몇 행은 "네가 속으로 이런 생각을 하지 아니하였더냐? '내가 하늘에 오르리라. 나의 보좌를 저 높은 하느님의 별들 위에 두고 신들의 회의장이 있는 저 북극산에 자리 잡으리라. 나는 저 구름 꼭대기에 올라가 가장 높으신 분처럼 되리라"(〈이사야〉 14 : 13~14) 참조.

반역천사 무리들과 함께 하늘에서 쫓겨나자,
질투와 복수심에 불타, 교활하고 음험하게
인류의 어머니를 속였다. 그는 천사들의 도움받아
반역하기만 하면, 동료들보다 더 큰 영광을 얻고
드높으신 분과 대등해지리라 믿고서, 야망을 품고
하느님의 보좌와 그 권세에 맞서
불경하고 오만불손한 싸움을 하늘에서
헛되이 일으켰다. 그러나 전능하신 하느님은
함부로 전능자에게 칼을 겨눈 그를
높고 성스러운 하늘에서 거꾸로 내던졌으니,[15] 그는
바닥없는 지옥에서 영원한 사슬에 묶여
영벌(永罰)의 불길 속에 신음하며 살게 되었다.
인간 세계에서 낮과 밤을 아홉 번[16] 세는 동안
그는 그 소름 끼치는 무리들과 함께
불못에서 뒹굴며, 불사(不死)의 몸이건만
숨이 끊어질 듯 괴로워했다. 그러나 그는
더 큰 하느님의 분노를 받을 운명이라,
이제 잃어버린 행복과 끝없는 고통을 생각하고
괴로워한다. 주위를 둘러보는 그의 비통한 눈에는
한없는 고통과 절망의 기색이
완고한 교만과 굳은 증오심 사이로 엿보인다. 천사의
빼어난 시력에 의지해 눈을 부릅뜨고 아득한 저편을
노려보아도 눈앞에 펼쳐진 것은 황량하고
비참한 광경, 소름 끼치는 뇌옥, 사방에서 불길이 솟구치는
커다란 용광로. 그러나 이 불길에는 빛이 없다.
다만 눈에 보이는 어둠[17]이 있을 뿐. 그리고 그 어둠에

---

15) "예수께서 '나는 사탄이 하늘에서 번갯불처럼 떨어지는 것을 보았다'"(《누가복음》 10 : 18) 참조.
16) 헤시오도스는 티탄들의 추락이 9일 밤낮 동안 이루어졌다고 한다(《신통기》 664~735).

비친 처참한 풍경, 슬픈 세계, 선뜩한
그림자의 세계가 펼쳐져 있다……. 그곳에는 평화도 없고
안식도 없고, 누구나가 가지고 있는 희망[18]도 없다.
다만 끝없는 고통과 영원히 타오르며
꺼질 줄 모르는 유황불[19]의
홍수에 언제까지나 휘몰리는 곳. 영원한 정의의 하느님[20]이
반역자 무리를 위해 이러한 곳을 마련하셨으리라,
여기 하늘 밖 어둠[21] 속에 그들의 감옥을 두시고,
그들의 몫으로 정하셨으리라.
하느님이 계시는 빛의 세계에서 아득히 먼,
지구에서 우주 끝에 이르는 거리보다 세 배 먼[22] 이곳을.
아, 이곳은 그들이 떨어지기 전에 살던 곳과는 너무도 다르구나!
저쪽에는 그와 함께 천상에서 추락한 동료들이
사나운 불길의 홍수와 회오리바람에 휘말려 있고,
그 옆에는 힘으로나 죄악으로나 그에 버금가는 자,
아득한 후세에 팔레스타인에서 바알세불[23]이라는
이름으로 알려진 자가 떠다니고 있다. 그를 향하여
적군의 우두머리, 즉 하늘에서 사탄[24]이라 불리던 자가

---

17) "칠흑 같은 흑암만이 빛의 구실을 하는 곳으로 갑니다"(《욥기》 10 : 22) 참조.

18) "모든 희망을 버려라, 그대, 이곳을 지나는 자들이여"(단테의 《신곡》 〈지옥편〉). 단테가 그린 지옥 문에 쓰인 글귀를 의식한 부분이다.

19) "그 악마도 불과 유황의 바다에 던져졌는데"(《요한계시록》 20 : 10).

20) 하느님이 지옥을 만들었다는 내용은 단테의 《신곡》 〈지옥편〉에도 나타나 있다.

21) "바깥 어두운 곳에 쫓겨나 땅을 치며 통곡할 것이다"(《마태복음》 8 : 12).

22) 지구를 둘러싼 우주의 가장 외곽(즉 천국과 접한 부분)까지의 거리를 1이라고 할 때, 지구에서 지옥까지는 2이므로, 따라서 지옥과 천국의 거리는 3이 된다. 이 1, 2, 3이라는 수의 관계는 수리론(數理論)에서 중요시되었다. 또한 1 : 2의 관계는 베르길리우스의 《아이네이스》(6·577)에도 나타나며, 호메로스는 1 : 1이라고 했다(《일리아스》 8 : 16).

23) 히브리어로 '파리대왕'이라는 뜻이다. 구약에서는 "에크론의 신 바알즈붑"(《열왕기하》 1 : 2), 신약 에서는 "마귀의 두목 베엘제붑"(《마태복음》 12 : 24)이라는 이름으로 등장한다. '파리'는 귀찮게 달 라붙는 나쁜 것들의 상징이다. 시인은 바알세불을 사탄의 분신처럼 생각했다.

24) 사탄은 히브리어로 '적(敵)'을 뜻한다. 그는 일찍이 하늘에서 루시퍼(금성)라고 불렸다.

대담한 투로 으스스한 적막을 깨고 말한다.
"만일 그대가 그라면…… 아, 너무나 타락했도다![25]
어찌 이토록 변했는가! 정녕 그대가 행복한 빛의 나라에서
거룩한 광휘에 싸여 찬란한 천사들보다도 더욱
눈부시게 빛나던 그 천사란 말인가!
한때는 서로 동맹을 맺고 생각과 뜻을 모아
영광스런 대업을 위해 건곤일척의
희망을 걸고 모험을 함께 했거늘, 이젠
같은 파멸 속에서 함께 불행을 나누게 되었구나.
그대는 알리라, 얼마나 높은 하늘에서 얼마나 낮은
구렁텅이로 떨어졌는가를! 그는 벼락[26]으로써
우리보다 더 큰 힘을 보였도다. 그때까지 그 가공할
무기의 위력을 누가 알았으랴! 그러나
그 무기가 두려워, 아니 그 승리자가 분노하여 다른 벌을
내릴까 두려워 후회하거나, 비록 표면의 빛은
달라졌을지언정 그때의 굳은 다짐과 타오르는 분노를 삭일
내가 아니다. 자존심을 짓밟힌 모멸감과 분노야말로
전능자와 겨루고, 헤아릴 수 없이 많은 무장 천사들을
치열한 싸움터로 보낸 내 원동력이다. 그들도
그의 지배를 싫어하여 나를 우두머리로 추대해
그의 크나큰 위력에 온 힘으로 맞서고,
하늘의 끝없는 벌판에서 승패 가르기 어려운 격전[27]을 벌여
그의 보좌를 위협했다. 그러니 패한들 어떠랴?
모든 것을 잃지는 않았으니. 우리에게는 아직 불굴의
투지와 불타는 복수심과 불멸의 증오심과

---

25) "웬일이냐, 너 새벽 여신의 아들 샛별아, 네가 하늘에서 떨어지다니!"(《이사야》 14 : 12).
26) 사탄은 하느님이 벼락을 무기로 썼다고 말하는데, 카파네우스도 제우스가 번개 화살을 썼으며(《신곡》〈지옥편〉), 프로메테우스도 제우스가 불을 뿜는 번개를 썼다고 말했다.
27) 사탄의 주관적인 해석이다.

항복도 복종도 모르는 용기가 있도다! 지지 않기 위해
또 무엇이 필요하랴? 그의 분노와 힘이 아무리 큰들
결코 내게서 이 영광을 빼앗지 못하리라. 무릎 꿇고[28]
허리 굽혀 자비를 빌며, 조금 전까지
그의 권세를 위태롭게 했던 이 팔로
그의 힘을 숭배하란 말인가? 그러한 비굴은
이 타락보다 못한 불명예요 치욕이다.
우리 신들[29]의 힘과 영체(靈體)의 본질은
운명적으로 쇠망하지 않으며,
이 유례없는 대사건을 통해 무력에서
크게 밀리지 않고 선견지명도 훨씬 나아졌음을
알았으니, 이제는 보다 더 확실한 희망을 갖고
무력으로든 모략으로든, 우리의 대적(大敵)[30]에게
타협의 여지없는 영원한 싸움을 걸만도 하지 않은가, 지금
승전한 기쁨에 취해 하늘의 독재자로 군림하고 있는 그에게."
타락한 천사는 고통 참으며 낭랑한 목소리로
큰소리쳤지만, 속으로는 깊이 절망한다.
이에 용감한 그의 동료가 곧 대답하니,
"아 대왕이여, 수많은 고위 천사들[31]의 수령이여,
그대는 무장한 스랍[32]들을 지휘하여
전쟁으로 이끌고, 스스로도 두려움 모르는 용맹을 떨쳐
하늘의 영원한 왕을 위태롭게 하고, 그 지고(至高)한 권세를

---

28) "사람마다 나에게 무릎을 꿇고 모든 민족들이 제 나라 말로 나에게 신앙을 고백하리라"(〈이사야〉 45 : 23)라고 야훼는 말했다.

29) 원문은 "gods"이며, 《실낙원》에서는 '천사들'의 뜻으로 쓰였는데, 하느님이 이 말을 쓸 때와 사탄이 쓸 때에는 뉘앙스 차이가 있다. 사탄은 하느님(God)도 자신들과 같은 부류일 뿐이라고 보았다.

30) 사탄은 하느님이라는 말을 쓰기를 꺼렸다.

31) 원문은 "Powers(능품천사(能品天使))"로 여섯 번째 천사 계급의 명칭.

32) Seraphim. 천사들의 아홉 계급 가운데 가장 높은 계급인 치품천사(熾品天使). 그러나 밀턴은 이 구분에 구애받지 않고 천사의 계급과 명칭을 쓰는 경우가 많다.

떠받치는 것이 힘인지, 우연인지, 운명인지를[33] 시험했소이다.
우리를 가차 없이 쳐부수고 천국에서 무참히
추방한 이 비통한 사건을 나도
두 눈으로 똑똑히 보고 분한 마음을 억누를 수 없소.
이 막강한 대군이 참패하여 이토록 비참하게
몰락했으니, 우리 하늘에서 태어난
영체들에게 이보다 큰 패망은 없을 것이오. 그도 그럴 것이
우리의 영광이 모두 사라지고 행복한
생활이 끝없는 비탄에 삼켜졌어도
우리의 의식은 결코 꺾이거나 상처 입지 않고
기력도 곧 회복될 것이기 때문이오.
그런데 우리를 정복한 그가(지금은 그를
전능하다고[34] 믿지 않을 수 없소. 그렇지 않고서야
어찌 우리 같은 힘을 압도할 수 있으리오)
우리에게 이와 같은 끝없는 고통을 주기 위해
기력과 힘을 고스란히 남겨둔 것이라면? 오로지
그의 불타는 복수심을 만족시키기 위해서
승자의 권리로 우리를 노예[35] 삼아
전보다도 가혹한 고역을 시킬 작정이라면?
그 고역이 무엇인지 아직 모르나, 어쩌면 여기 지옥
한복판에서 불길에 타오르며 시키는 일을 하거나
이 음침한 심연에서 그의 심부름이나 할지도 모르오.
그렇다면 우리의 힘이 줄지 않고 영원한 존재로
남은들 영원한 형벌을 받는 것 외에 무슨 쓸모가 있으리오"
그 말에 마왕은 곧바로 대답한다.
"타락한 거룹[36]이여, 무슨 일을 하건 당하건

---

33) 힘과 우연과 운명은 사탄의 이데올로기를 이루는 기본 이념.
34) 무력에 관해서 전능하다는 뜻이다.
35) 하느님은 심판을 내리는 도구로서 악마를 이용하기도 한다.

약하다는 것은 늘 비참한 법, 그러나 이것만은 확실하다.
앞으로 선행은 결코 우리의 본분이 아닐지니,
악을 행하는 것만이 우리의 유일한 즐거움일 것이다.
그래야만 우리의 적인 그의
높은 뜻을 거스를 수 있을지어다.
그의 섭리가 우리의 악에서 선을[37] 찾아내는 것이라면,
우리는 힘껏 그 목적을 꺾고 끊임없이
선에서 악을 이끌어내는 수단을 찾아야 할 것이다.
실수만 없으면 우리는 그 일에 자주 성공하여
그를 슬프게 할 것이고, 그의 심오한 계획을
예정한 목적에서 벗어나게 할 수도 있으리라.
그러나 보라, 저 분노한 승리자는 이미
복수와 추격을 명한 사자(使者)들[38]을
하늘문으로 불러들였도다. 우리 등 뒤에서
폭풍우처럼 퍼붓던 유황 우박도 어느덧 멎고,
하늘의 절벽에서 거꾸로 떨어진 우리를 집어삼킨
굽이치는 화염 물결도 이젠 잠들었다. 또한
붉은 번갯불과 맹렬한 분노로 우리를
추격하던 천둥도 화살이 다 떨어졌는지
광대무변한 심연을 꿰뚫는 그 포효를 멈추었다.
이 기회를 놓치지 말아야 한다. 이 좋은 기회를 적이
우리를 멸시해서 주었든 분노가 풀려서 주었든
그것은 중요치 않다. 아, 저기 적막하고 황량한 들판[39]이
보이는가? 납빛 불꽃의 창백하고 으스스한 미광 말고는

---

36) Cherub. 두 번째 천사 계급인 지품천사(智品天使)를 말한다.

37) 악에서 선을 찾아내는 것이 신의 섭리라는 말은 이 뒤로도 여러 번 언급되며, 특히 아담의 환희의 외침(12편)으로 표현되기도 한다. 그런데 사탄이 신을 거스르고자 '선에서 악을' 찾는 것은 오히려 신의 일을 돕는 셈이다. 사탄의 논리는, 논리만으로 보면 조금 이상하다.

38) 제6편 라파엘의 설명으로는, 반역천사들을 추격한 것은 그리스도 혼자이다.

39) 단테의 《신곡》 〈지옥편〉 제5노래 참조.

아무런 빛 하나 없는 저 폐허의 땅이. 저리로 가자,
우리를 집어삼키는 불구덩이를 피해 휴식을 얻을 수 있다면
저곳에서 한숨 돌리자. 그리고 우리 패군을 다시 모아
앞으로 어떻게 하면 적에게 가장 큰 해를 입히고,
어떻게 하면 우리가 잃은 것을 되찾고,
어떻게 하면 이 재난을 극복하고, 희망 있다면
그 희망에서 어떠한 새 힘을 얻을 수 있으며, 희망이 없다면
절망에서 어떠한 각오를 해야 하는지를 의논해야 할 것이다."
사탄이 물결 위에 고개를 내밀고[40] 불타는 눈을 번뜩이며
충성스런 동료에게 말했다. 불못 위에 길게 둥둥 떠 있는
그 어마어마하게 뻗은 몸집은
옛 전설이 노래한,
제우스와 싸운 티탄이나 거인,[41] 즉 브리아레오스[42]나
고도(古都) 타르수스 근처의 동굴에 살던 티폰,[43] 또는
큰 바다의 헤엄치는 만물 가운데 하느님이
가장 크게 창조하신 바다 괴물 리워야단[44]에 견줄 만하다.
이 바다 괴물이 어쩌다 노르웨이의 거품 이는 바다에서
잠들면, 해가 져 뱃길 잃은 어느 조각배 사공이
섬인 줄 알고 그 비늘 돋친 가죽에 닻을 내리고
바람을 피해, 바다를 뒤덮은 어둠을 바라보며
더디 오는 아침을 기다렸다고 한다. 이는 뱃사람들이 가끔

---

40) 《아이네이스》에서 라오콘 쪽으로 헤엄치는 두 마리 뱀의 묘사와 비슷하다. 밀턴은 독자에게 사
탄과 뱀의 모습을 연결하여 생각하도록 유도하고 있다.
41) 티탄은 우라노스(하늘)와 가이아(땅) 사이에서 태어난 거인족(거신족)으로, 제우스(유피테르)와
싸운 끝에 패하여 명계에 유폐되었다. '거인'은 기간테스라는 거인족으로, 우라노스의 피가 가
이아에 떨어져서 생겼으며, 원문이 'Earth—born(땅에서 태어난 자)'인 것도 그 때문이다. 이 거인
들도 올림포스 신들과 싸워 패했다.
42) 그리스신화에 나오는 백 개의 팔을 가진 티탄족 괴물.
43) 그리스신화에 나오는 백 개의 용 머리를 가진 괴물.
44) '레비아단' '리바이어던'이라고 불리는 사나운 바다뱀 또는 용. "그날 야훼께서는…… 도망가는
레비아단, 꿈틀거리는 레비아단을 좇아가 그 바다 괴물을 찔러 죽이시리라"(《이사야》 27 : 1).

하는 이야기로, 사슬에 묶여 불타는 호수에
길게 뻗은 마왕의 거대한 몸뚱이는 영락없이 그런 모양새이다.
그는 그 불못에서 영영 일어나지도
고개를 치켜들지도 못했으리라,
만물을 다스리는 하늘의 뜻과 높은 관용[45]이
그가 음흉한 흉계를 꾸미도록 내버려두지 않았다면,
그리하여 남에게 재앙을 끼치고자 죄를 되풀이함으로써 결국
제 자신을 저주의 심연으로 밀어 넣고
그의 모든 악의가 결국 그가 유혹한 인간에게는
신의 무한한 선과 은총과 자비를 베푼 반면
제 자신에게는 몇 곱의 파멸과 진노와 복수만을
불러일으킨 것을 보며 그가 분통을 터뜨리도록 내버려두지 않았다면 말이다.
보아라, 이윽고 그가 호수에서 거대한 몸뚱이를
똑바로 일으키자, 불길이 마치 첨탑 기울어지듯
양쪽으로 갈라지며 크게 파도치더니
한복판에 불꽃 계곡을 남긴다. 순식간에
그는 날개를 활짝 펴고, 이제껏 느껴본 적 없는 묵직하고
어두운 대기를 짓누르며 기운차게 날아가
이윽고 육지에 내려선다, 불꽃을 날름거리는
호수와 똑같은 그 불구덩이 땅을 육지라고
부를 수 있다면 말이지만. 그 모양새는
땅 밑에서 부는 억센 바람이 펠로루스곶[46] 한쪽 산을
날려버리거나 요란하게 울리는 에트나산 중턱을
산산조각 낼 때와 똑같다. 이런 곳의
내부 물질은 불에 타기 쉬워 조금이라도

---

45) "악마들이 마땅히 있어야 할 곳은 지옥이며 하느님의 허락이 없으면 그곳에서 나오지 못한다"
《그리스도교 교의론》)고 밀턴은 말했다.
46) 시칠리아섬 동북부 끝에 있으며, 현재 명칭은 파로곶이다. 에트나 화산이 분화하여 이 일대를
뒤덮는 광경이 《아이네이스》에 자세히 그려져 있다.

바람이 불면 순식간에 불꽃에 휩싸이고 지하 광물의
거센 열기 때문에 쉽게 기화하여 바람의 기세를 더욱
부추긴다. 그 뒤에는 온통 악취와 연기에 뒤덮인,
무참하게 불탄 밑바닥만 남는다. 그런 안식처에
사탄의 저주받은 발이 내려섰다. 이어서 그의 버금가는 동료가
뒤를 따랐다. 둘 다 천사로서 스스로 힘을 되찾아
지옥의 불못에서 탈출했다고 자랑하며, 그것이
지고자(至高者)의 관용이라고는 꿈에도 생각지 못했다.
"이곳이 우리가 있을 곳, 우리 땅, 우리의 나라인가."
타락한 대천사가 말했다. "이곳이 하늘 대신
우리가 살아갈 보금자리인가? 이 비참한 암흑을
하늘의 빛과 맞바꾼 것인가? 하지만 어찌하랴.
지금 무엇이 올바른지 결정하고 명령하는 자는
지고한 권력을 가진 그자인 것을.
이성은 동등해도 힘만은 따를 자 없는 그에게서
멀면 멀수록 좋으니. 잘 있어라, 기쁨이
영원히 깃드는 행복한 천국이여! 축복 있으라, 온갖
두려움 위에! 축복 있으라, 이 나락 위에! 너 깊고 깊은 지옥이여,
너의 새 주인을 맞으라! 언제 어디서나
변치 않는 마음 가진 우리를. 마음은 그 자체가
독립된 세계이니, 지옥을 천국으로 천국을 지옥으로[47]
만들 수도 있느니라. 그러니 내가 옛 그대로의 나,
본연의 나, 그와 비교해 거의
손색없는 나라면 어디 있은들 무슨 상관이랴.

---

47) 천국과 지옥의 외재성(外在性)을 부정하고 내재성(內在性)을 강조하는 생각은 17세기 무신론
자들이 수없이 주장한 내용이다. 이런 생각은 스토아학파 사상으로 거슬러 올라간다. "하느님
나라가 언제 오겠느냐는 바리사이파 사람들의 질문을 받으시고 예수께서는 이렇게 대답하셨
다. 하느님 나라가 오는 것을 눈으로 볼 수는 없다. 또 '보아라, 여기 있다.' 혹은 '저기 있다.'고
말할 수도 없다. 하느님 나라는 바로 너희 가운데 있다"(《누가복음》 17 : 20~21)라는 그리스도의
말이 옳다면 지옥의 내재성을 강조해도 이상하지 않다.

그가 나보다 나은 점은 벼락을 갖고 있다는 사실뿐.
적어도 여기서 우리는 자유이다. 그 전능자가
선망하여 이곳을 만들지 않았다면, 여기서 우리를
내쫓진 않으리라. 여기서는 우리도 안심하고 다스릴 수 있으니.
나로선 지옥이나마 다스리는 것이 바람직하니,
천국에서 노예가 되느니 지옥에서 지배자가 되리라![48]
그렇다면 우리의 충실한 친구들, 함께 패망의 고배를 마신
저들을 망각의 호수에 얼빠진 채로 내버려둘 수는 없다.
그들을 깨워 이 불행한 처소에서 직무를 수행하게 하거나,
다시 한번 군세를 갖추어 천국을 되찾을 수 있는지,
여기서 더 잃을 것이 있는지 시험해 봐야 하지 않겠는가."
사탄이 말하자 바알세불이 대답한다.
"전능자 말고는 아무도 꺾지 못하는 빛나는 우리 대군의 영도자여,
저들이 그대의 목소리, 우리 군대가 궁지에 몰려 두렵고
위태로울 때마다 희망을 준 산 보증이고
진격할 때에는 가장 믿음직한 신호였던
그대 목소리를 듣기만 한다면, 저들은 이내
소생하여 새로운 용기를 얻을 것이오, 비록 지금은
조금 전의 우리들처럼 넋을 잃고 놀라
저 불못에 엎드려 뻗어 있지만.
무리도 아니리, 저토록 까마득하게 높은 데서 떨어졌으니!"
그의 말이 채 끝나기도 전에 마왕(魔王)은
물가로 걸어갔다. 천상의 불꽃으로 단련한 육중하고
크고 둥근 방패를 뒤로 걸머메고서. 양쪽 어깨에
걸쳐 있는 방패[49]의 넓은 원주(圓周)는 마치

---

48) "악인의 편한 집에 살기보다는 차라리 하느님 집 문간을 택하리이다"(《시편》 84 : 10)의 패러디
이다.
49) 방패를 보름달에 비유한 내용은 호메로스의 《일리아스》와 스펜서의 《요정의 여왕》 등에 나
온다.

달과 똑같다. 토스카나의 과학자[50]가
얼룩덜룩한 구면(球面)에서 새로운 땅이나 강이나 산을 찾아내려고
밤마다 망원경으로 피에솔레 산꼭대기나
발다르노에서 바라본 그 달과 똑같았다.
그의 창을—그 창에 비하면 거대한
군함의 돛대로 쓰고자 노르웨이의 산에서 베어낸
아름드리 소나무도 작은 나뭇조각에 지나지 않으리라—
지팡이 대신 짚고서 불타는 진흙탕 위로,
일찍이 푸른 하늘을 걷던 때와는 전혀 다른
불안한 발걸음을 옮겼다. 천지 사방이 불로 뒤덮여
타는 듯한 열기가 그를 무섭게 집어삼킨다.
그래도 그는 참아내며, 마침내 그 불타는
바닷가에 서서 큰 소리로 그의 군사들을 부른다.
정신을 잃고 나자빠진 천사들의 모습은 마치
에트루리아[51]의 숲이 빽빽하게 나무 그늘 드리운
발롬브로사 냇물에 흩어진 가을 낙엽과도
같다. 혹은 부시리스[52]와 그의 멤피스 기병들이
약속을 어기고 증오심에 고센[53]의 이스라엘 주민들을
쫓다가 결국 홍해의 파도에 휩쓸려 시체와

---

50) 지동설을 주장한 천문학자 갈릴레오 갈릴레이(1564~1642). 밀턴은 이탈리아를 여행하던 중
   1638년 무렵에 갈릴레오를 만난 일이 있다. 천동설이 아니라 지동설을 주장하여 "종교재판에
   회부된 그 유명한 늙은 갈릴레오를 방문했다"고 《아레오파지티카》에서 말했다.
51) 토스카나의 옛 이름. '발롬브로사'는 피렌체 동쪽에 있는 골짜기로, '녹음 짙은 골짜기'라는 뜻
   이다. 단풍 명승지로 유명하다. 1638년 가을, 밀턴은 이곳 수도원에 머물며 오르간을 쳤다. 어두
   운 골짜기를 보고 "음산한 죽음의 골짜기"(《시편》 23 : 4)를 떠올리며 낙엽이 시체와 같다고 생각
   하는 것도 당연하다. 단테 《신곡》 〈지옥편〉 제3노래 참조.
52) 그리스신화에 나오는 이집트 왕. 바다신 포세이돈의 아들로 전형적인 폭군. 밀턴이 부시리스를
   이집트 왕의 칭호인 파라오와 같은 말이라고 생각했는지, 예부터 전해진 오류에 따라 신화 속
   인물과 〈출애굽기〉의 이집트 왕을 혼동했는지는 명확하지 않다. 멤피스는 고대 이집트의 수도.
53) 이집트 동부 지방. "이스라엘은 이집트 땅 고센 지방에 자리를 잡았다. 거기에서 땅을 차지하고
   자손을 많이 낳아 크게 불어났다"(《창세기》 47 : 27).

전차 잔해만 둥둥 떠다니는 모습을
안전한 기슭에 이른 이스라엘 사람이 구경하던,
그 홍해[54] 연안에 사나운 바람으로 무장한 오리온[55]이 습격했을 때
그 일대에 흩어져 떠돌던 해초와도 같다.
불바다를 거의 뒤덮을 만큼 빽빽하게 포개져서
처참하게 넋을 잃고 누워 있었다, 마치
자신들의 엄청난 변화에 소스라치듯이.
사탄이 큰 소리로 부르니, 그 소리 텅 빈 지옥의
심연까지 울려 퍼진다. "대공들이여, 군주들이여,
용사들이여, 지금은 비록 잃고 말았으나
한때 그대들 것이었던 하늘의 정화(精華)들이여!
영원한 영들이 이만한 일로 넋을 잃다니,
아니면 일찍이 천국의 골짜기에서 그랬듯, 여기라면
잠시 쉴 수 있다고 생각하고, 힘든 싸움 끝에
기력을 회복하고자 일부러 이곳을
택했는가? 아니면 그런 처참한 꼴로 정복자를
숭배하겠노라고 맹세라도 했단 말인가? 하지만
그는 거룹과 스랍인 그대들이 흩어진 무기와 깃발들과
뒤엉켜 물 위에 떠 있는 모습을 틀림없이 보고 있으리라.
그리고 그의 명을 받은 추격자들이 하늘문에서 이 기회를
놓칠세라 쏜살같이 내려와, 기진맥진한 우리를 짓밟고
사정없이 벼락을 던져 우리를
이 지옥 밑바닥에서 꼼짝 못 하게 하리라.
깨어나라,[56] 일어나라, 아니면 영원히 추락한 채로 있어라!"

---

54) 이스라엘 백성이 모세와 함께 홍해를 건넌 일은 〈출애굽기〉 14 : 5∼31 참조.
55) 오리온 별자리를 의인화했다. 오리온 별자리의 출현은 폭풍우의 전조로 여겨졌다. 《아이네이스》 참조.
56) "'잠에서 깨어나라. 죽음에서 일어나라. 그리스도께서 너에게 빛을 비추어주시리라'는 말씀이 이 뜻입니다"(〈에베소서〉 5 : 14).

그들은 듣고, 부끄러워 날개 치며 날아올랐다.
마치 보초 근무 중 졸다가
무서운 상관에게 들켜 잠이 설깬 채
일어나 허둥대듯. 그들도 지금 자신들이 처한
참상을 보고 뼈아픈 고통을 느꼈으나
곧바로 대왕의 명령에 따랐으니, 그 수 헤아릴 길이 없더라.
이집트에 재앙이 내린 날,[57]
아므람의 아들[58]이 그 능력의 지팡이를
사방으로 흔들어 동풍을 타고 오는 먹구름 같은
메뚜기 떼를 불러들이자, 그 대군은 믿음 없는
파라오의 영토를 새카만 밤처럼 뒤덮고
나일강 전역을 암흑으로 감쌌는데,
그 메뚜기 떼만큼 타락천사들의 수도 끝이 없고,
그들은 위, 아래, 사방팔방에서 날름거리는 불꽃에 감싸여
지옥의 둥근 천장 밑을 어수선히 날아다녔다.
이윽고 그들을 이끄는 대제(大帝)가 창을 높이 치켜들어
움직여 나아갈 방향을 가리키니
그들은 몸의 균형 잡으며 정연하게
단단한 유황 위로 내려와 땅을 가득 메운다.
인구 많은 북방 땅[59]도 이처럼 많은 대군을
그 얼어붙은 허리에서 쏟아낸 적 없으리라.
그 야만의 자손들이 라인강과 다뉴브강을 넘어
홍수처럼 남방으로 밀려와 지브롤터 아래
리비아 사막을 내리덮었을 때도.

---

57) 〈출애굽기〉 10 : 12~15 참조.
58) 모세.
59) 실제로 북방 인구가 많다는 의미보다는 유럽인이 느끼는 반달족 등 북방민족에 대한 두려움이 반영된 표현이라고 할 수 있다. 마키아벨리의 《피렌체사》(1531)에도 이와 같은 내용이 있다. 저자는 지옥에 떨어진 천사들, 즉 악마를 처음에는 낙엽, 다음에는 메뚜기, 그리고 여기서는 오랑캐에 비유하고 있다.

땅에 내려서자마자 각 부대, 각 군단의
대장과 지휘관들이 그들의 대사령관이 서 있는
곳으로 서둘러 모인다. 모두들 신 같은 모습,
초인적인 형상, 왕자다운 위엄을 두르고 있다.
일찍이 하늘에서 왕좌에 앉았던 권세자들.
그러나 반역 때문에 생명의 책[60]에서
흔적도 없이 지워져, 더는 천국의 기록에
그 이름이 남아 있지 않다. 또한
하와의 자손들[61] 사이에서 새로운 이름을 알리기까지는,
아주 오랜 시간을, 그들이 인간을 시험하기 위해
하느님의 높으신 허락을 얻어 지상을 방황하며
온갖 거짓과 기만으로 거의 모든 인간을
타락시켜, 창조주 하느님을 버리게 하고,[62] 그분의
보이지 않는 영광을 금빛 찬란한
의식으로 치장한 짐승으로 바꾸어, 그러한 악귀를
하느님으로 숭상하도록 만들 때까지, 기다려야 했다.
그제야 그들은 갖가지 이름과 우상으로
이교 세계(異敎世界)에 널리 알려졌다.
말하라, 뮤즈여, 그때 알려진 그들의 이름을.[63]
마왕의 부름을 받고 머나먼 불 침상에서 자다가
잡다한 군상들이 아직 멀리 떨어져 있는 동안
지위에 따라 차례차례, 대제가 서 있는 초라한 바닷가로

---

60) 구제받을 자의 이름이 적힌 책. "이 생명의 책에 그 이름이 올라 있지 않은 사람은 누구나 이 불바다에 던져졌습니다"(《요한계시록》 20 : 15).
61) 인류를 말하나 여기서는 특히 이교도를 가리킨다. 이교도가 숭상하는 여러 신들은 지옥에 떨어진 천사의 후신(後身)이라고 한다.
62) 창조주 하느님~짐승으로 바꾸어 : "그래서 불멸의 하느님을 섬기는 대신에 썩어 없어질 인간이나 새나 짐승이나 뱀 따위의 우상을 섬기고 있습니다"(《로마서》 1 : 23).
63) 《일리아스》에서 호메로스가 뮤즈의 도움을 받아 '배의 목록'을 읊는 대목이 연상된다. 밀턴도 뮤즈의 도움을 받아 이교 신들의 목록을 나타내고자 했다.

가장 먼저 온 자와 가장 늦게 온 자의 이름을 말하라.

그 우두머리 된 자들은 지상의 먹이를 찾아

지옥 구덩이에서 빠져나와 먼 훗날

감히 저희들의 자리를 하느님 자리 옆에 정하고

저희들의 제단을 하느님 제단 옆에 놓아

주위의 백성들로부터 신으로 섬김을 받았으며,

거룹들 사이에 앉아 시온산에서 뇌성 울리시는

야훼께 맞선 자들이다. 그렇다, 그들은

감히 하느님의 성소 안에까지 가끔

저희들의 그 가증스럽고 불결한 사당을 짓고,[64] 저주받은 것들로써

거룩하고 엄숙한 그분의 제사를 더럽혔으며,

암흑으로써 하느님의 빛에 맞섰다.

그 가운데 으뜸이, 제물로 바쳐진 사람들의 피와

부모의 눈물로 잔뜩 얼룩진 무서운 왕 몰록[65]이다.

요란한 북소리 탬버린 소리에 묻혀

불 속을 지나 소름 끼치는 우상에게로 가는

아이들의 울음소리는 들리지 않았지만, 암몬 자손들은

라바와 주변의 비옥한 평야,

아르곱과 바산, 저 머나먼 아르논

강가에서도 그를 숭상했다.[66]

그러나 그는 이런 사악한 이웃만으로는

만족하지 못하고, 가장 지혜로운 솔로몬[67]의

---

64) 저자는 이교 신들 자체가 아니라 그러한 신들의 우상을 야훼의 성소 안에 지어 "야훼의 눈에 거슬리는 일을 많이"(《열왕기하》 21 : 6) 한 배교자 마나세왕을 생각하고 있는 듯하다.

65) "네 자식을 몰록에게 넘겨주어 너희 하느님의 이름을 욕되게 해서는 안 된다"(《레위기》 18 : 21). 암몬 사람들이 숭배한 불의 신으로 소머리에 사람 형상을 하고 있으며, 아이를 제물로 바쳤다. 그 이름은 '왕'이라는 뜻이다.

66) 몰록을 숭상한 지역. '라바'는 요르단강 동쪽에 있던 암몬 사람들의 수도. 다윗에게 점령당한 내용이 《사무엘하》 12장에 나와 있다. '바산'도 요르단 동쪽 지방으로 그 일부가 '아르곱'이다. '아르논강'은 암몬 사람들의 나라와 모압 사람들의 나라 국경을 흘러 사해로 이어지는 강이다.

67) 솔로몬왕은 왕비들을 사랑하여, 올리브 산에 아스다롯, 몰록, 그모스를 받드는 전당을 지었다

마음을 꾀어, 저 치욕의 산 위에
하느님의 성전과 마주 보도록 그의 전당을
짓게 하고, 아름다운 힌놈 골짜기[68]를
그의 숲으로 삼으니, 사람들은 그곳을
도벳 또는 검은 게헤나라 부르며 지옥의 대명사로 여겼다.
다음은 모압 자손들이 두려워한 그모스.[69]
그를 숭상한 지역은 아로아에서 느보, 그리고 남쪽 끝의
아바림 광야와 포도덩굴 뒤덮인
십마의 꽃피는 골짜기 너머
시온의 나라인 헤스본과 호로나임에서,
또한 엘르알레에서 사해(死海)에 이른다.
그는 브올이라고도 불리며, 나일강을 떠나
싯딤[70]에 닿은 이스라엘 사람들을 꾀어
음탕한 제사를 드리게 함으로써 재앙을 입혔다.
그 음란한 제사를 더욱 널리 퍼뜨려
살인자 몰록의 숲 근처 저 치욕의 언덕에까지
이르게 하니, 증오와 음욕이 짝을 지었다. 그러나
선왕 요시야[71]가 그것들을 모두 지옥으로 몰아냈다.
그들과 함께 온 자들은, 성지의 경계를 이루는
유프라테스강부터 이집트와 시리아의 땅을
나누는 그 강[72]에 이르는 지역에서 일반적으로 바알,

《열왕기상》 11 : 5~10).

68) 예루살렘 남쪽에 있는 계곡. 몰록에게 아이들을 제물로 바치던 곳이었으나, 요시야왕이 파괴
    했다(《열왕기하》 23 : 10). '도벳', '게헤나'라고도 하며, 게헤나는 지옥과 같은 뜻으로 쓰인다.
69) "모압아, 너는 끝장났다. 너 그모스의 백성은 망하였다"(《민수기》 21 : 29).
70) 요르단강 하구 동쪽에 있다. 여기에 기록된 사건은 〈민수기〉(25 : 1~3) 참조.
71) 유다 왕국의 경건한 왕으로, 우상을 파괴했다. "요시아처럼 야훼께로 돌아가 마음을 다 기울이
    고 생명을 다 바치고 힘을 다 쏟아 모세의 법을 온전히 지킨 왕은 전에도 없었고 후에도 없었
    다"(《열왕기하》 23 : 25).
72) 가자 지방 남쪽에서 지중해로 흐르는 브솔강을 말한다. 〈사무엘상〉 30 : 10 참조.

또는 아스다롯[73]이라고 불렸다. 전자는 남성신,
후자는 여성신이나, 무릇 영들은 그들이 원하는 대로
어느 한 성 또는 양성을 다 취할 수 있는 법이다.
그들의 바탕은 부드럽고 순수하여, 관절이나
사지에 얽매어 애먹는 일이 없으며, 성가신 살처럼
연약한 뼈의 힘에 기대지 않고, 자유자재로
모양을 바꿔 때로는 늘어나거나 줄어들고, 때로는
빛나거나 흐려져 공중을 날며 자유롭게
목적을 수행하고, 사랑과 미움도 쉽게 이루었다.
이들을 숭배하느라 이스라엘 민족은 이따금
살아 계신 하느님의 힘을 저버리고, 그 거룩한 제단을
돌보지 않고, 짐승 신 앞에 머리를
조아렸으니, 그들은 전쟁터에서도 머리를 숙이고
엎드려 가증스러운 적의 창 앞에
복종했다. 이들 무리와 함께
아스도렛[74]이 왔다. 페니키아인들이 아스타르테라
부르는 초승달 모양의 뿔을 지닌 하늘의 여왕.[75]
그 찬란한 우상을 향하여 달 밝은 밤마다
시돈 처녀들[76]이 기도를 올리고 노래를 불렀다.
그 노래는 시온산에도 울려 퍼졌고, 그 치욕의 산 위에
마음은 넓지만 여자에게 약하여
우상을 숭배하는 어여쁜 여자들에게 속아
더러운 우상을 섬긴 그 왕[77]은 사당을 지었다.

---

73) 풍요를 나타내는 남신과 여신으로, 수상쩍은 제사를 올렸다. 천사, 특히 타락천사가 자유롭게
형상을 바꿀 수 있다는 생각은 르네상스기에 번창한 천사학·악마학에 널리 반영되었다.
74) 아스다롯의 복수형. 아스다롯(Astarte)은 메소포타미아와 페니키아에서 숭배한 사랑의 여신, 또
는 달과 금성의 여신과 동일시되며, 그리스에서는 아프로디테, 로마에서는 베누스라 불린다.
75) 〈예레미야〉 44 : 17 참고.
76) 페니키아의 처녀들.
77) 솔로몬왕을 말함. 솔로몬이 이국 여인을 사랑하여 우상을 섬긴 일이 〈열왕기상〉(11 : 1~8)에 나

그 뒤를 따른 것은 담무스,[78]
해마다 레바논에서 상처 입는 그의 숙명에 이끌려
시리아 처녀들은 긴 여름날 내내
다정한 노래 부르며 그의 운명을 애도했다.
잔잔한 아도니스강이 그 근원지인 바위산에서 솟아나
바다로 벌겋게 흐르는 동안, 사람들은 해마다
그것을 상처 입은 담무스의 피라고 생각했다.
시온의 딸들도 이 사랑 이야기에 달아올라
성스러운 성전 문간에서 음탕한 욕정에 사로잡혔으니,
하느님을 저버린 유다의
사악한 우상숭배의 환영을 통해서 에스겔[79]이
이를 보았다. 그다음에 온 자는
빼앗아 온 법궤(法櫃) 때문에 자기 사당(祠堂) 안에서
그 짐승 모양의 머리와 두 손을 잘리고
문지방에 무참히 엎어져 숭배자들을 수치스럽게 하고
스스로도 깊이 애통해하던 자,
그 이름은 다곤,[80] 위는 사람이고 아래는 물고기인
바다 괴물이다. 그런 모양새에도 그의 사당은
아스돗에 높이 세워졌고, 팔레스타인의 해안

온다. 여자에게 약한 솔로몬왕은 하와에 대한 아담의 태도를 암시한다.

78) 식물의 죽음과 재생을 상징하는 페니키아의 남신. 여신 이슈타르의 사랑을 받았으나 사냥 때 산돼지의 습격으로 목숨을 잃고, 그 피로 강이 붉게 물들었다고 한다. 그리스신화의 아도니스와 동일시된다. 여름에 담무스(담무즈)의 죽음을 기리는 축제가 레바논 등지에서 널리 열린다.

79) 기원전 6세기에 활약한 예언자. 그가 환상 속에서 하느님의 인도에 따라 예루살렘의 신전이 부패한 모습을 본 내용이 〈에스겔〉에 기록되어 있다. "나를 야훼의 성전 북향 정문 문간으로 데리고 가셨다. 거기에서는 여인들이 앉아서 담무즈 신의 죽음을 곡하고 있었다"(〈에스겔〉 8 : 14). 이 담무즈가 아도니스와 같은 신이라고 지적한 사람은 히에로니무스(4세기 신학자)라고 한다.

80) 고대 셈족의 농업신이었으나 뒷날 반은 사람이고 반은 물고기인 바다신이 된다. 블레셋(불레셋)인이 섬겼으며, 그 사당은 지중해와 접한 다섯 도시에 세워져 있었다. 블레셋인이 법궤를 다곤의 사당 안에 두자 다곤의 우상이 부서져 있었다는 이야기는 〈사무엘상〉(5 : 1~4)에 나온다.

일대, 가자와 아스글론에서,
그리고 에크론과 가드 변경에서 숭배받았다.
뒤이어 나타난 림몬,[81] 그의 자리는
수정같이 맑은 강 아바나와 발바르의
비옥한 강을 낀, 아름다운 다마스쿠스에 있었다.
그 또한 무엄하게 하느님의 성전에 대항했다.
한때 나병 환자[82]를 잃었으나 왕[83]을 얻어,
이 어리석은 정복자 아하스왕을 꾀어
하느님의 제단을 얕보고 시리아식 제단으로
바꾸게 하고, 그 위에서 가증스러운 제물을
불태우게 함으로써 자신이 정복한 신들을
숭배하게 했다. 그 뒤를 이어 나타난 한 무리는
옛날에 이름 높았던 오시리스,
이시스, 호루스[84]와 그 무리.
이들은 기괴한 모습과 요술로
이집트 광신도와 사제들을 현혹하여
사람이라기보다는 오히려 짐승에 가까운
정처 없이 떠도는 신들[85]을 따르게 했다. 이스라엘 백성도
거기에 물들어 이집트인에게 빌린 황금[86]으로

---

81) 시리아 사람들이 숭상한 바람과 비의 신. 시리아공화국의 수도 다마스쿠스에 신전이 있었다.
82) 시리아 왕국의 장군 나아만. 그에게 이스라엘의 예언자 엘리사가 요르단강에 몸을 씻으면 나병이 낫는다고 말하자, "다마스쿠스에는 이스라엘의 어떤 강물보다도 더 좋은 아바나강과 발바르강이 있다. 여기에서 된다면, 거기에 가서 씻어도 깨끗해지지 않겠느냐"라고 말하며 화를 낸다. 그러나 결국 시키는 대로 해 나병을 고치고 야훼를 믿었다(《열왕기하》 5 : 1 이하).
83) 아래의 아하스(아하즈)왕을 말한다. 그는 다마스쿠스에서 림몬의 제단을 보고 돌아와 예루살렘에 똑같은 제단을 만들었다(《열왕기하》 16 : 1~18 참조).
84) 고대 이집트의 신. 오시리스는 명계의 왕으로 죽은 자를 재판한다. 이시스는 오시리스의 누이인 동시에 아내이며, 호루스는 그의 아들이다.
85) 거인족이 올림포스를 공격했을 때 그곳에 있던 신들은 이집트로 달아나 동물 모양으로 변신해 정처 없이 떠돌았다고 한다.

호렙산에서 송아지상을 만들었고, 반역왕[87]은
베델과 단에서 똑같은 죄를 거듭하여
창조주를 풀 먹는 소의 형상으로 빚었다,
이집트에서 행군하여 나올 때 하룻밤 사이에
온 나라의 첫 번째로 태어난 아이와 짐승들[88]처럼 울부짖는
신들을 다 같이 일격에 처치하신 그 야훼를.
마지막으로 온 것은 벨리알.[89] 타락천사 가운데
그보다 음란하고 악을 위한 악을 사랑하는
야비한 영은 없었다. 그를 위해서 사당 세워진 적
없고, 제단에 향불 피워진 적 없건만
음욕과 폭력으로 하느님의 성전을 채웠던 엘리[90]의
아들들처럼 사제가 무신론자로 돌아설 때
그보다 더 자주 사당과 제단에 나타난 자 누구랴.
그는 또한 궁중과 궁전과, 방탕한 잔치와 부정과
폭행의 소음이 높디높은 탑을 넘어 들려오는 호화로운
도시들을 다스리고 있다. 밤이 되어
거리가 어두워지면, 벨리알의 후예들이
나타나 오만한 혈기와 술에 취해 쏘다닌다.[91]

---

86) 예루살렘 백성은 이집트를 떠나기 전에 야훼의 명령에 따라 이집트 사람들에게 '은붙이나 금붙이'를 구걸했다고 한다(《출애굽기》 11 : 2). 모세가 없는 동안 이스라엘 사람들은 황금 송아지상을 만들고 그 앞에서 '먹고 마시다가 일어나서 정신없이 뛰놀았다'고 한다(《출애굽기》 32 : 6).

87) 솔로몬과 그의 아들 르호보암에게 반역하여 이스라엘의 왕이 된 여로보암. 예루살렘의 신전에 대항하여 베델과 단에 금송아지상을 만들었다(《열왕기상》 12 : 28 이하).

88) "한밤중에 야훼께서 이집트 땅에 있는 모든 맏아들을 모조리 쳐 죽이셨다. 왕위에 오를 파라오의 맏아들을 비롯하여 땅굴에 갇힌 포로의 맏아들과 짐승의 맏배에 이르기까지 다 쳐 죽이셨다"(《출애굽기》 12 : 29).

89) 구약에서는 '무뢰' '무가치'를 뜻하는 추상어지만 신약에서는 사탄과 동일시한다(《고린도후서》 6 : 15).

90) 사제 엘리는 예언자 사무엘의 스승이나 그의 두 아들은 무신론자가 되었다(《사무엘상》 2 : 12~25).

91) 찰스 2세 궁정과 그 무렵 런던에 대한 밀턴의 풍자.

소돔[92]의 거리를 생각해 보라. 그리고 기브아[93]에서
손님을 잘 맞이하는 집이, 더 심한 능욕을
피하고자 유부녀를 폭도들에게 내주었던 그 밤을.
지금까지 열거한 천사들은 모두 계급으로 보나 힘으로 보나 으뜸가는 자들
이다.
남은 무리도 명성 드높은 자들이나 말을 하자니 끝이 없다.
이를테면 이오니아의 신들[94]은, 야완의 자손들이 신으로
인정하긴 했지만 그들이 부모로 자랑하는 하늘과 땅보다는
뒤에 나타났음이 명백하다. 즉 하늘의 첫아들
티탄[95]과 그 거대한 아우들이 그렇다. 티탄은
아우 크로노스에게 상속권을 빼앗겼지만, 크로노스도
아내 레아에게서 난 아들 제우스에게
똑같은 일을 당하여, 결국은 제우스가 왕권을 억지로 빼앗았다.
그들은 크레타섬과 이다산에서 이름을 알렸고,
그 뒤 추운 올림포스 눈 덮인 산봉우리의
가장 높은 하늘인 중천(中天)을 다스렸다.
또한 델포이 절벽과 도도나와,
도리스 전역을 다스렸다. 그중에는 늙은 크로노스와 함께
아드리아해를 넘어 헤스피리아 지방으로 달아났으며
켈트 땅을 건너 극지의 섬으로 건너간 자도 있다.
이들 외에도 수많은 자들이 몰려들었는데, 다들 기가 꺾이고
풀이 죽은 모습이었다. 하나 저들 두목이 조금도 기세가 꺾이지 않은 모습을
보고

---

92) 벨리알의 후예 즉 무뢰배가 날뛰는 마을(《창세기》 제9장 참조).
93) 예루살렘 북쪽에 있던 마을로 지금은 폐허가 되었다.
94) 이오니아 사람은 소아시아, 에게해 등지에 사는 그리스인을 말하지만 고대에는 그리스인의 총
   칭이었다. 노아의 아들 야벳의 아들이 야완이며, 그가 이오니아 사람들의 선조로 여겨진다.
95) 일반적으로 하늘(우라노스)과 땅(가이아) 사이에서 남녀 티탄 12명이 태어났으나, 밀턴은 그중
   에서 맏아들만을 '티탄'이라고 부르며 그가 막내 크로노스(사투르누스)에게 지배권을 빼앗겼다
   고 했다.

또 자신들이 비록 패했어도 괴멸하지는 않았음을
깨닫고는 낯빛에 희미한 기쁨의 빛이 되살아났다.
사탄의 얼굴에도 불안한 기색이 순간 스쳤지만
곧 평상시의 교만을 되찾고, 속은 비었을지언정
겉으로는 당당한 큰 소리로, 온화하게
그들의 시들어가는 용기를 북돋우고 두려움을
몰아냈다. 이어 전쟁 준비를 알리는 크고 작은
낭랑한 나팔 소리에 맞춰 위풍당당하게
깃발을 올리라 명령했다. 이 영광스러운 임무가
마땅한 제 권리인 양 앞으로 나선 당당한 거룹천사 아사셀[96]이
번쩍이는 깃대에 말아둔 제왕의 깃발을 펼치니,
보석과 황금으로 스랍의 휘장과 문장이
아름답게 새겨진 깃발은 하늘 높이 우뚝 솟아
바람결 따라 흐르는 유성처럼 반짝인다.
한편에선 우렁찬 나팔로 군가를 연주하고,
그 소리에 맞추어 전군이 한꺼번에 환호성을
올리니, 지옥의 하늘이 찢어지고,
저 먼 혼돈[97]의 나라, 늙은 밤의 나라도
기겁을 한다. 순간 어둠 속에서
수많은 깃발이 하늘 높이 치솟아
오색찬란하게 나부끼는 것이 보인다. 더불어
치솟은 창검의 거대한 숲과 빽빽하게 모여든 투구,
빈틈없이 줄지어 늘어선 방패의 행렬은
그 길이를 헤아릴 수조차 없다.
그들은 순식간에 완전한 밀집대형을 이루더니
플루트와 피리로 연주하는

---

96) 〈레위기〉(18 : 6 등)에는 속죄의 산양을 받은 자로 나오나, 〈에녹서〉에는 악마로 나온다.
97) 천국과 지옥 사이에 있으며, 형태와 빛이 없는 광대무변한 혼돈의 세계를 다스리는 지배자 '혼
돈'과 그 배우자 '밤'.

도리스풍 음악[98]에 맞추어 행진을 시작한다.
이 음악에는 전쟁터로 떠나는
옛 영웅들의 고상한 의기를
북돋워주고, 미친 듯이 날뛰는 대신 죽음이 두려워
비열하게 달아나거나 물러서지 않는
굳세고 냉정한 용기를 불어넣는 힘이 있으며
또한 장엄한 곡조로 근심을 덜어주고
위로하며, 고뇌와 의심과 공포와
비애와 고통을 인간과 천사의 마음에서
몰아내는 힘이 있다. 이처럼 그들은
굳은 마음으로 뭉쳐진 힘을 과시하며
불타는 땅을 밟는 고통스런 걸음을 달래주는
포근한 피리 소리에 맞춰 묵묵히 나아간다.
그리고 이제 행진을 마친 그들은 무시무시한 행렬과 눈부신 갑주를
자랑하며 옛 전사들처럼
질서 정연하게 창과 방패를 들고
그들의 위대한 두목이 명령 내리기만을
이제나저제나 기다리며 서 있다. 두목은
노련한 눈으로 무장한 대열 사이를 쏘아보며, 전군을
쭉 훑어본다. 그들의 가지런한 대오와
천사 같은 그들의 자태와 면모를 살펴보고
마지막으로 인원을 점검한다. 이제 그의
가슴은 자만심으로 부풀고 제 힘에 취해
기세가 하늘을 찌른다.
무리도 아니라라, 일찍이 인간이 창조된 이래
이 천사 군단에 비하면, 그 어떤 군대도
두루미 떼에 습격당한 소인국 보병대[99]보다

---

98) 고대 그리스의 세 악조(樂調) 가운데 하나. 용맹하고 중후하여 스파르타군이 썼다.
99) 호메로스의 《일리아스》 3.1~5 참조.

나을 게 없을 것이니, 플레그라[100]의 모든 거인족들이

테베와 일리움[101]에서 싸운 그 영웅 무리와 힘을

합치고, 신들까지 원군으로 가담한다 해도,

브리튼과 아르모리카의 기사들에게 둘러싸인

우서왕의 아들[102]에 관한 전설이나 이야기에

용맹한 이름을 남긴 무사들과,

그리스도교도나 이교도를 막론하고

아스프라몬트나 몽탈방, 다마스쿠스, 모로코,

트라브존에서 창 시합을 하던 자들[103]이나

샤를마뉴가 그의 용사들과 함께

폰타라비아에서 쓰러졌을 때,[104] 비세르타가 아프리카

해안에서 보낸 자들을 모두 합친다 해도 이들에겐 미치지 못하리라.

인간의 용맹을 훨씬 뛰어넘은

그들은 공포스러운 지휘관의 명령에 무조건 복종했다.

풍채와 몸짓이 단연 돋보이는 그는

탑처럼 위풍당당하게 서 있다. 그 모습엔 여전히

본연의 광채가 깃들어 있고, 비록 타락했으나

대천사의 옛 모습 그대로이다. 다만 넘치던 영광에 희미한

그림자가 드리워져 있을 뿐, 그 모습은 마치 솟아오르는 태양이

안개 낀 지평선 하늘에 햇살을 빼앗긴 채

얼굴을 내민 것 같고, 어두운 월식 때

달 뒤에서 지구 반쪽 세계의 백성들에게

---

100) 거인족이 올림포스 신들과 싸운 들판.

101) 테베는 그리스 중부 보이오티아에 있던 옛 도시. 일리움은 트로이를 말하며, 많은 서사시에서 트로이 전쟁을 언급하고 있다.

102) 아서왕을 말한다.

103) 아스프라몬트와 몽탈방은 중세 기사도 이야기에 나온다. 다마스쿠스는 아리오스토의 《광란의 오를란도》에서 그리스도교도와 이슬람교도가 전쟁을 벌인 곳으로 유명. 트라브존은 일찍이 로마제국의 영토였으나 1461년 튀르크군이 점령했다.

104) 샤를마뉴 대제가 아니라 대제의 부하 롤랑이 사라센군과 싸우다 폰타라비아 근처 롱스보에서 전멸한 이야기가 《롤랑의 노래》에 자세히 그려져 있다.

불길한 어스름을 던져 변혁[105]에 대한 두려움으로
제왕들을 당황케 하던 때와도 같다. 이처럼 빛이
없어도 그는 모든 천사 무리보다도 더 밝게 빛난다.
그의 얼굴엔 번개에 맞은 상처가 깊게 새겨져 있고,
여윈 뺨에는 수심이 어려 있으나 그것은
불굴의 용기와 복수를 노리는 신중한
자존심의 눈썹 아래 가려져 있다. 눈초리는 잔인하나
같은 죄를 지은 동료, 아니 그의 부하들이,
예전엔 지금과 달리 행복했는데, 이제는
영원히 고통받을 운명에 처한 것을 보고
동정과 연민의 빛을 띠고 있다.
아, 이 수백만 천사들은 그의 과오 때문에 하늘을
빼앗기고, 그의 반역 때문에 영원한 광휘를 잃고
쫓겨난 것이다. 비록 영광은 시들었어도,
그들은 충성스레 서 있다. 마치 하늘의 불이
참나무 숲과 소나무 산을 불태울 때,
위쪽이 모조리 타서 가지와 잎을 다 잃고도
황량한 벌판에 꼿꼿이 서 있는 나무들처럼. 그가 입을 떼려 하자
그들은 이중 밀집대형의 왼쪽과 오른쪽을
둥글게 구부려 그와 그의 상천사(上天使)들을 반쯤
에워싸고, 숨죽이며 주목했다.
그는 말을 시작하려다 억누르지 못한 눈물을 터뜨리기를
세 번이나 거듭한 뒤에야 마침내
한숨과 더불어 입을 열었다.
"수많은 불멸의 영들이여! 전능자 말고는
비길 데 없는 힘들이여! 입에 올리기조차 원통한 이 장소와
이 비참한 변화가 입증하듯, 비록 결과는 참담할지언정

---

105) 밀턴이 찰스 2세의 왕정을 무너뜨리려는 의도로 이 표현을 썼다는 의혹을 샀다.

그 싸움이 결코 불명예스런 것은 아니었다.
그러나 과거와 현재의 깊은
지식에 의거해서 앞날을 미리 알거나
예언할 수 있다 한들, 어찌 이와 같이
단결한 신들의 연합군이, 이 강대한 군사가
패퇴하리라고 예상할 수 있었으랴.
또한 완패했다고는 하나,
망명함으로써 하늘을 텅 비게 한[106]
이 강대한 군사가 제 힘으로 다시 하늘로 올라가
고국을 되찾지 못하리라고 누가 장담하랴.
하늘의 만군이 나의 증인 되리라,
내가 지휘를 그르치거나, 위험을 두려워하여
우리의 희망을 잃게 한 일이 있었는가.
그러나 하늘에서 군왕으로 군림하는 그는, 오랜
명성과 용인과 습관에 따라, 그날까지
편안히 보좌에 앉아 제왕의 위엄을
충분히 발휘하면서도 늘 그 힘을 숨겼다.
그 때문에 우리는 반란을 일으켰고 그 결과
우리는 몰락하게 되었다. 이로써 우리는
그의 힘 알고 우리 힘 알았으니, 앞으로
이쪽에서 새로이 도전할 필요도 없으려니와, 도전받고
두려워할 필요도 없으리라. 우리에게 남은 최선의 방책은
힘으로 얻지 못한 것을 은밀한 계략을 짜
사기와 기만으로써 성취하는 것이다. 이로써 그도
힘으로 승리한 자는 반밖에 이기지
못한 것임을 우리에게서 배우게 되리라.
이 드넓은 공간에는 신세계를 수없이 만들어낼 수 있다.

---

106) 사탄이 공공연하게 하는 말에는 과장이 많다.

머지않아 그는 한 종족을 창조하여 하늘의 아들들과
동등하게 사랑하며 그 새로운 세계에 살게
한다는 소문[107]이 이미 온 하늘에 퍼져 있으니,
우리는 이곳을 빠져나가 그 세계로 나아가야 하리라.
탐색에 그쳐도 좋으니 우선 그곳으로
나아가야 하리라, 아니면 어디 다른 곳이라도.
이 지옥은 결코 우리 하늘의 영들을
이 심연의 어둠 속에 언제까지나 가둬두지는 못하리라.
그러나 이 일은 충분한 상의를 거쳐야 하리라.
평화는 기대할 수 없다. 어느 누가 굴복을
바라겠는가. 그러니 오직 전쟁이 있을 뿐, 전면전이든
기습전이든 싸울 의지를 굳혀야 하리라."
사탄의 말이 끝나자 그 말에 호응하고자,
용맹한 천사들이 허리에 찬 칼을 뽑아 허공으로
높이 쳐들자, 수많은 칼날이 화염을 뿜으며 타올라
갑작스런 그 불빛이 지옥을 고루 비춘다.
그들은 지존자를 향해 분노를 쏟아내고, 움켜쥔 무기로
방패를 사납게 두드리며[108] 진격의 함성 올리고
아득한 하늘의 궁륭 향하여 도전의 소리 지른다.
멀지 않은 곳에 산이 있으니, 그 음산한 봉우리에는
불과 시커먼 연기 자욱하게 소용돌이치고,
다른 곳은 온통 윤기 나는 비늘 모양의 이끼로
덮여 있다. 틀림없이 그 내부에 유황이 만들어낸 금광이
묻혀 있다는 증거다, 부리나케 날개 치며
대부대가 달려간다. 마치

---

107) 사탄의 말에 따르면 나중에 자연스럽게 지구를 포함한 새로운 우주가 생기며 그곳에 신이 창
조한 인류가 살 것이라는 소문이, 사탄이 반역을 일으키기 전부터 천국에 떠돌았다는 말이
된다. 하지만 하느님의 말은 이와 다르다.
108) 고대 로마 전사들은 지휘자의 말이 끝나면 검으로 방패를 두드리며 찬성의 뜻을 나타냈다.

삽과 곡괭이를 든 선발 공병대가

들에 참호 파고 보루 쌓으러 본영보다

앞서 달려가듯. 마몬[109]이 그들을 지휘하였다.

마몬, 하늘에서 떨어진 가장 부정한 영.

그는 하늘에서도 늘 눈길과 마음을 아래에 두고,

하느님을 보는[110] 가슴 벅찬 성스러운 축복보다도

하늘길에 깔린 보석, 발밑의 황금[111]에

더욱 찬탄했다. 나중에는 사람들도

그의 암시와 가르침을 받아 땅속을 뒤지고,

그냥 묻어두는 것이 더 좋았을

보물을 찾고자 불경한 손으로 어머니인

대지의 내장을 마구 파헤쳤다.[112] 곧 그의 부하들은

산에 큼직한 구멍을 뚫고 금덩어리를

파냈다. 지옥에서 이런 재물이 나온다고

놀라지 말라. 이 지옥 땅은 값진 해독(害毒)에

가장 알맞은 땅이니. 썩어 사라질 것들을

자랑하고, 바벨[113]과 역대 이집트 왕의 작품[114]에

감탄하는 자들은 알아두라,

명예와 힘과 기술을 자랑하는 그 어떤 위대한 기념비도

---

109) '부(富)'를 뜻하는 고대그리스어. 성서 주해자(註解者)들은 "이 세상의 통치자"(《요한복음》 12 : 31)를 '마몬'과 동일시했고, 악마(천사)학자들은 마몬을 악마의 아홉 계급 가운데 최하위에 놓았다.

110) 원문은 "in vision beatific"이다. "마음이 깨끗한 사람은 행복하다. 그들은 하느님을 뵙게 될 것이다"(《마태복음》 5 : 8)의 '하느님을 보는' 신비적인 경험을 중세 신학자들은 "vision beatifica"라고 했다.

111) 하늘의 "도성의 거리는 투명한 유리 같은 순금이었습니다"(《요한계시록》 21 : 21).

112) 지구에 대한 이러한 약탈과 함께 인간의 불행이 시작되었다는 생각은 오비디우스의 《변신이야기》, 보에티우스의 《철학의 위안》에도 나온다.

113) 〈창세기〉(11 : 1~9)에 나온 바벨탑을 말한다. 바벨은 바빌로니아 수도 바빌론을 가리키나, 〈창세기〉에도 나와 있듯이 말의 혼란을 강조하기 위해 "그 이름은 바벨(혼란)"이라 하였다.

114) 피라미드를 말함.

타락한 영들에게는 어린애 장난에 지나지 않고,
인간이 자자손손 쉬지 않고 일하고 수많은 품을 들여
일생을 바쳐 만들어낸 것을 천사들은
한 시간 만에 해치운다는 것을.
이내 가까운 들판에 무수한 구멍을 뚫고 불못에서
홈통으로 흘러드는 불줄기에, 둘째 무리가
빼어난 기술을 발휘해 덩어리 광석을 녹이고,
가려내고, 지금(地金) 찌끼를 걷어낸다.
셋째 무리도 그에 뒤질세라 땅속에 여러 가지 거푸집을
만들고, 야릇한 기법으로 끓어오르는 구멍에 녹은 금을
부어 빈 거푸집을 가득 채운다.
마치 오르간[115] 건반이 한 덩이 바람을 받아들여
한 줄로 세워진 많은 관으로 보내 소리를 내듯이.
그러자 유려한 교향악 선율과 달콤한 노랫소리에 이끌려
땅속에서 신전 같은 거대한 건물이
안개 피어오르듯 솟아난다. 사방에 벽주(壁柱)와
도리스식 기둥이 늘어서 있고
황금 처마를 덮었으며, 돌기 장식으로
부조(浮彫)된 돌림띠와 조각대, 그리고 지붕은
무늬를 새긴 황금으로 꾸며져 있다. 일찍이 이집트가
아시리아와 부와 영화를 겨루던 시절, 바빌론과
위대한 알카이로[116]가 그들의 신 벨루스와 세라피스[117]를
모시고자, 성대한 제왕의 궁전을 지었다 할지라도
이런 장엄함에는 미치지 못하였으리라.

---

115) 밀턴은 음악에 조예가 깊었으며 뛰어난 오르간 연주자였다.
116) 바빌론은 옛 바빌로니아 제국의 수도로, 유프라테스강 유역에 있었다. 유프라테스강과 티그
리스강 상류가 아시리아인데, 밀턴은 아시리아를 광대한 영토를 지닌 국가로 본 듯하다. 바빌
론과 대항할 수 있었던 이집트 수도는 멤피스였다.
117) 바빌론에서 섬긴 신 바알을 벨 또는 벨루스라 한다. 멤피스에서 섬긴 오시리스의 다른 이름이
세라피스이다.

조금씩 위로 솟아오르던 거대한 건물은
장엄한 높이에서 멈추고, 곧 모든
청동 문짝들 열리니, 그 안쪽으로 판판하고
반질거리는 드넓은 공간이
나타난다. 아치형 천장에는
신묘한 마술로 매어 단 수많은
별 같은 등불과 활활 타오르는 횃불이 겹겹이 줄을 지어
석뇌유와 역청유를 태우며 하늘에서
내리는 것처럼 빛을 뿌린다.[118] 무리들은 감탄하며
부리나케 들어와 어떤 이는 건축물을
어떤 이는 건축가를 칭찬한다. 건축가의 솜씨는
하늘에서도, 대왕으로부터 높은 권력 부여받아
등급에 따라 빛을 내는 각 천족을
다스리도록 허락받은 위대한 천사들이 왕으로 군림하는
우뚝 솟은 수많은 건축물을 통해 알려져 있다.
또한 그의 이름은 고대 그리스에도 전해져
칭송받았으며, 아우소네스 땅에서는
물키베르[119]라 불렸다. 전설에 따르면
분노한 제우스가 그를 수정성벽 밖으로
집어던져 하늘에서 떨어졌는데, 아침부터 한낮,
한낮에서 이슬 내리는 저녁까지
여름 하루 동안 꼬박 떨어져, 지는 해와 더불어
상층천에서 유성처럼 길게 꼬리를 그리며 에게해
림노스섬[120]에 거꾸로 곤두박질쳤다고 한다. 하지만

---

118) 기술로 만든 인공조명은 낙원의 자연광과 대조된다.
119) 그리스신화에 나오는 불과 대장간의 신 헤파이스토스는 이탈리아(아우소네스)에서 물키베르
　　또는 불카누스라 불렸다. 분노한 제우스는 하늘에서 헤파이스토스를 던져 림노스섬에 떨어
　　뜨렸다(호메로스의 《일리아스》).
120) 에게해 북동부에 있는 섬으로 현재 그리스령(領).

사실은 이와 다르다. 그는 훨씬 오래전에 반역자 무리와
함께 지옥에 떨어졌으니. 하늘에 높은 탑을
아무리 많이 세운들 무슨 소용 있으랴,
아무리 재주가 좋아도 벌을 피하지 못하고 부지런한 동료들과
함께 거꾸로 떨어져 지옥에서 집을 짓게 되었으니.
이때 전령인 몇몇 천사들이
군주의 명령으로 무시무시한 의식 절차에 따라
나팔을 불며, 사탄과 그 부하들의 대수도인
만마전(萬魔殿)[121]에서 중요한 회의가 열릴 것이라고 알린다.
각 군단과 연대에서 지위 높고 선택받은
가장 우수한 자들을 불러들이니,
그들이 이내 수백 수천의 부하들을
거느리고 몰려왔다. 통로마다 그들로 넘쳐나고,
문들과 넓은 현관, 특히 어마어마한 대청도
(이곳은 용감한 무사들이 무장하고 말을 타고
술탄[122]의 권좌 앞에서 이교 무사 가운데 으뜸가는 자와
목숨을 건 결투를 벌이거나 창 시합을 했다는
그 시합장에 지붕을 씌운 듯한 모양새였지만)
온통 빽빽이 들어차 지상에도 공중에도
날개 스치는 소리 요란하다. 어느 봄날,
태양이 황소와 더불어 수레를 타고 달릴 때,[123]
벌들[124]이 수많은 새끼 벌들을 벌집 밖으로 쫓아내어,
그것들이 신선한 이슬과 꽃 사이를 어지러이

---

121) 원문은 "Pandemonium"으로 밀턴이 만신전(Pantheon)을 비틀어 만든 말이다.
122) 이슬람 국가 군주의 호칭. 여기서 저자는 십자군을 생각하고 있는 듯하다.
123) 율리우스력에 따르면 태양은 4월 중순에 황소자리로 넘어간다.
124) 인간을 벌떼에 비유하는 것은 상투적인 수법이다. 호메로스는 《일리아스》에서 의회장으로 가
    는 병사들을, 베르길리우스는 《아이네이스》에서 건축에 종사하는 사람들을 벌떼에 비유했다.
    밀턴은 그 무수하고 작은 형상과 더불어, 벌을 악의 상징으로 거론했는지도 모른다. "벌떼처
    럼 에워싸고"(《시편》 118 : 12).

날아다닐 때와 같기도 하고, 혹은 짚으로 만든
성곽 주변, 새로이 향유를 칠해 반질반질한
널빤지 위로 몰려나와 중요한 나랏일을
논의하는 것 같기도 하다. 이처럼 하늘의 무리들이
빽빽이 몰려들어 혼잡을 이룬다. 이윽고 신호가
내리니, 참으로 놀랍구나!
지상의 거인족보다 더 크던 그들이
이제 가장 작은 난쟁이보다도 작아져, 좁은 방으로
구름같이 몰려든다. 인도의 산 너머 산다는
소인족[125]인가, 아니면 한밤중에
숲가나 샘터에서 잔치 벌이는 것을
늦게 돌아가는 한 농부가 보거나
보았다고 꿈꾸는 그 꼬마 요정들[126]인가.
달이 머리 위에서 구경하며 땅 가까이
창백한 궤도를 돌 때, 향연과 춤에 취한 그들이
즐거운 음악으로 그 농부의 귀를 자극하면,
그의 가슴은 이내 환희와 공포로 고동쳤었다.
실체 없는 영들은 그 거대한 형체를
아주 작게 줄여, 수는 여전히 헤아릴 수 없지만,
이 지옥 궁전의 대청 한복판을
자유자재로 돌아다녔다. 그러나 먼 안쪽에서는
본디의 크기 그대로인
위대한 스랍과 거룹 대공들이
밀실에서 비밀회의[127]를 연다,

---

125) 플리니우스《박물지》에 따르면 소인족은 인도 갠지스강 상류의 깊은 산속에 산다고 한다.
126) 게르만 신화에 나오는 작은 요정(elf). 인간에게 착한 일도 나쁜 일도 하는데, 보름달이 뜨면 숲속에서 아름다운 목소리로 노래를 부르며 춤을 춘다고 한다. 셰익스피어의 《한여름 밤의 꿈》 제2막 제1장 참조.
127) 원문은 "conclave"로, 로마 가톨릭교회의 추기경에 의한 교황선거비밀회의를 뜻한다.

수많은 반신(半神)들이 황금 자리를
가득 채우고, 잠시 침묵이 흐른 뒤
소집문이 낭독되고 대회의가 시작되었다.

제2편

줄거리

　회의에서 사탄은 천국을 되찾기 위해 위험을 무릅쓰고 다시 한번 싸움을 시도할 것인지를 토론에 부쳤다. 싸움을 부추기는 자도 있고 말리는 자도 있다. 마침내 이미 사탄이 언급한 세 번째 제안이 채택된다. 즉, 신세계와 그들 자신과 비슷하거나 크게 뒤지지 않는 또 다른 생물이 창조되리라는 하늘의 예언이 실제로 이루어졌는지 알아보자는 것이다. 이 어려운 탐색 임무에 누구를 파견할지 망설이는 가운데 그들의 수령인 사탄이 홀로 이 원정을 떠맡겠다고 하자 모두 그에게 찬양과 갈채를 보낸다. 회의가 끝나자, 다른 자들은 저마다 마음 내키는 대로 흩어져서 갖가지 일들을 하면서 사탄이 돌아올 때까지 즐거운 시간을 보낸다. 사탄은 여정에 올라 지옥문에 이르렀다. 문은 굳게 닫혀 있고 옆에는 문을 지키는 자들이 앉아 있다. 마침내 문지기가 문을 열어주자, 사탄의 눈앞에 지옥과 하늘 사이의 끝없는 심연이 나타난다. 사탄은 그곳의 지배자인 '혼돈(混沌)'의 지시에 따라 온갖 어려움을 겪은 끝에 그곳을 빠져나가 멀리 그가 찾는 신세계가 보이는 곳에 이른다.

　　오르무스[1]와 인도의 부(富)보다 높고,
　　화려한 진주와 황금을 아낌없이 왕에게
　　뿌려주는 화려한 동방[2]의 부보다 찬란한,
　　그 위광 넘치는 권좌에 사탄이 앉아 있다.
　　여러 공적으로 말미암아 높은 악의 자리에

---

1) 이란 남부 페르시아만 입구의 항구도시. 호르무즈라고도 한다. 예부터 통상의 요충지였으며, 보석과 진주의 집산지로 유명.
2) 저자는 동방이라고 하면 가장 먼저 호화찬란한 부와 전제정치를 떠올린 듯하다.

추대되어 의기양양하게. 절망의 늪에서 더 바랄 수 없는
높은 자리에 오르고도, 더욱 높은 자리에
오르려는 욕망을 불태우며, 하늘과 부질없는 싸움을
꿈꾼다. 실패에서 배운 바가 없는지
오만한 생각을 늘어놓는다.
"권력자들이여, 지배자들이여, 하늘의 신들이여!
내 비록 지옥에 떨어져 고통받고 있으나, 이 깊은 심연도
불사의 힘을 결코 잡아두지 못하니,
나는 하늘을 잃었다고는 생각지 않는다. 우리
영체가 이렇게 떨어졌다 다시 오르면 떨어지기
전보다 더욱 빛나고 더욱 당당할 것이며,
또다시 비운을 당한다 해도 두려워하지 않을 자신을
얻으리라. 먼저 정의와 하늘이 정한 법칙[3]에 따라,
다음으로 그대들의 자유 선택과 모의와 전투에서
이룬 공적에 따라 나는 그대들의 지도자가 되었다.
이만큼 회복되었다고는 하나 우리는 여전히
패배자이다. 그러니 그대들의 만장일치로 내가 앉게 된
이 보좌를 탐하는 자 없으리라.
저 천상에서 더 높은 지위는 서열에 따라
정해지므로 하급한 자들의 질투를 살지 모르나,
여기서는 그 높은 지위 때문에 앞장서서
그대들의 보루로서 벼락 내리는 자[4]의 표적이 되어
끝없는 고통을 한없이 받아야 할 자를
누가 부러워하겠는가. 그러니 아무
이득도 없는 자리를 두고 다툼이 있을 리 없으리라.

---

3) 사탄이 반역을 일으키기 이전의 하늘의 법칙과 정의를 여기서 끌어들이는 것은 논리적으로 이
   상하다.
4) 사탄과 그의 무리는 전능자의 힘을 계속 벼락이라는 물적인 힘으로만 보고자 한다. 사탄은 지
   금 신이 폭력적인 압제자라는 인상을 주려고 한다.

이 지옥에는 더 나은 자리를 차지하려는 자도 없고
자기 몫의 고통이 적다고 분개하며
야심 일으켜 더 얻고자 탐하는 자도
없으리라. 그러니 천상에서는 바랄 수 없는
단결과 굳은 신념과 확고한 협력이라는
이점을 살려, 이제 우리는 돌이켜
번영했던 그 시절보다 더 번영할 것을 굳게 믿고
우리의 정당한 옛 소유권을 주장하자.
그 최선의 길이 무엇인가,
공공연한 싸움인가 속임수를 쓴 기습인가,
그것을 의논하고자 하니, 의견 있는 자는 말하라."
그의 말이 끝나자, 곧이어 홀을 쥔[5] 왕 몰록이
일어선다. 그는 하늘에서 싸운 이들 가운데 가장 강하고 용맹한 자로
지금은 절망 때문에 더욱 사나워져 있었다.
그는 힘에서 영원자와 대등하다
자부했으며, 그만 못하다면 차라리 죽기를
바랐다. 죽음을 결심하자 모든
두려움이 사라지고, 하느님도, 지옥도, 그보다
더한 것도 꺼릴 것이 없었다. 그는 말했다.
"나는 공공연한 싸움을 주장하오, 속임수 같은 건
능하지 못하니 난 싫소. 그런 건 필요한 자가
필요한 때 꾸미면 될 터, 지금은 때가 아니오.
그들이 모여 앉아 계략을 꾸미는 동안, 나머지
무장하고 하늘을 공격하라는 신호만 기다리는
수백만은, 하늘의 망명자로서 그저 넋 놓고
앉아 있기만 하라는 말이오? 이 음침하고 창피한
치욕의 구렁텅이에서, 우리가 꾸물거리는 바람에 군림한

---

5) 호메로스는 영주들의 회의《일리아스》에서 '홀을 쥔'이라는 형용사를 썼다.

저 폭군의 감옥을 우리가 살 곳으로
받아들여야 한단 말이오? 아니요, 절대 그럴 수 없소!
우리는 지옥의 화염과 분노로 무장하고,
우리의 고통을 그 고통 준 자에게 항거하는
무서운 무기로 바꾸어, 곧바로 하늘의 높은
탑을 넘어 진격을 감행합시다. 그러면 그는
그의 전능한 무기 소리에 대응하는 지옥의
뇌성을 들을 것이고, 번갯불 대신
검고 무시무시한 화염이 천사들 사이로
맹렬히 방사되어, 그의 보좌마저 스스로
고안한 고문 도구인 지옥[6]의 유황과
괴상한 불[7]로 뒤덮이는 것을 보고야 말리오. 어쩌면
길은 험하고, 높은 곳에 있는 적을 향하여
날개를 곧추세우고 오르기란 힘들지도 모르오. 이런
생각을 하는 자들이라 할지라도, 저 망각의
강물[8]을 마시고 멍청하게 힘을 잃지 않았다면, 우리가
하늘로 올라가 본디 자리를 되찾는 것이야말로
우리의 본성이며, 내리 떨어지는 것은
우리의 본성이 아님을 기억하시오. 얼마 전
그 사나운 적이 궤멸한 우리 후진(後陣)을 무자비하게 몰아치며
혼돈 속으로 우리를 추격하던 때, 우리가

---

6) 타르타로스는 그리스신화에 나오는 무간지옥을 말하며, 제우스에게 거역한 자가 유황불로 고통받는 곳이다. 여기서는 단순히 지옥이라는 뜻이나, 몰록이 타르타로스라고 말한 배경에는 신을 제우스와 동일시하고 부조리한 폭군으로 보려는 의도가 숨어 있다.
7) "아론의 두 아들 나답과 아비후는 저마다 들고 있는 향로에 불을 담고 그 불에 향을 피우며 야훼께 바쳤다. 그러나 그 불은 야훼께서 지시하신 것과는 다른 불이었다. 야훼 앞으로부터 불이나와 그들을 삼키자 그들은 야훼 앞에서 죽었다"(〈레위기〉 10 : 1~2). 몰록은 신에 대한 복수를 각오하고 도전하자고 주장한다.
8) 그리스신화에서 명계로 흐르는 망각의 강과 같은 것인지는 분명하지 않다. 이 강물을 마시면 죽은 자는 생전의 기억을 모조리 잃지만 타락천사들은 이 망각의 물을 마실 수 없다.

얼마나 괴로워 발버둥 치고 달아나며 이 지옥까지
떨어졌는지 누가 모르겠소. 그러니
오르기는 쉽소.[9] 결과가 두렵다고? 우리가 다시 그 강적을
자극해 그가 노하여 우리를 파멸시킬
더욱 악랄한 수단을 찾으려면, 이 지옥보다
더 가혹한 파멸이 있어야 하오. 하지만 축복의 자리에서
쫓겨나 이 혐오스러운 심연에서 최악의 고뇌를 걸머지고
사는 것보다 더 큰 불행이 어디 있으리오.
가혹한 채찍과 가책의 시간[10]이 우리를
징벌하고, 더욱이 꺼지지 않는
불의 고통이 그칠 희망도 없이
우리를 괴롭히며 그의 진노 앞에 복종하는 노예[11]로
삼는 바로 여기서, 이 이상 파멸할 수 있다면
우리는 모조리 사라져 흔적도 남지 않을 것이오.
그렇다면 두려울 게 무엇이오. 그의 진노를 살까
망설이는 이유가 무엇이오. 그렇게 해서 그의
진노가 극에 이른다면 우리를 전멸시켜
이 영체를 무로 돌아가게 할 터, 영원히 비참한
존재로 있는 것보다 훨씬 낫지 않소.
우리의 본질이 정말 신성하여
소멸하지 않는다면 어떤 최악의 경우에도

---

9) 추격을 당하며 떨어진 것보다야 오르는 일이 훨씬 쉽다는 것이다. 그러나 신을 거역한 자가 하
  늘로 다시 오르는 보통 어려운 일이 아니라. 《실낙원》에는 위아래의 방향을 나타내는 말과,
  상승 및 하강 운동을 나타내는 말이 자주 나온다. 시인이 그린 공간 속에서 이 상하 관계와 운
  동은 중요한 뜻을 갖는다.
10) 셰익스피어의 《한여름 밤의 꿈》 제5막 제1장에 똑같은 표현이 등장한다.
11) 스펜서의 〈뮤즈의 눈물〉(126)에 "신의 진노의 노예(The vassals of God's)"라는 표현이 있다. 그런데
  밀턴이 'vassals'를 'vessels'라고 생각하고 썼다면(기술한 사람이 밀턴의 말을 잘못 받아 적었다면) '노
  예'가 아니라 '그릇'이며, 따라서 "하느님께서는…… 당장 부수어버려야 할 진노의 그릇을 부수
  지 않으시고 오랫동안 참아주셨습니다"(《로마서》 9 : 22)를 참조했다고 볼 수 있다.

무(無) 바로 앞에서 멈출 것이오. 우리는 이미 겪어서
알고 있소, 우리 힘이 충분히 그의 천국을 교란하고,
비록 운명을 걸고 지키는 그의 보좌에 접근하지는
못해도, 끊임없이 침입하여 위협할 수 있다는 것을.
이는 승리라 할 수 없을지언정 복수는 되리다."
그는 얼굴을 찌푸리며 말을 마쳤다. 그의 표정에는
단호한 복수심과, 더는 천사가 아닌 동료들 눈에는 위험천만한
전의가 넘쳐흘렀다. 맞은편에서
한층 우아하고 점잖은 벨리알이 일어섰다.
하늘 잃은 자들 가운데 그보다 더 아름다운 이 누구랴.
그는 날 때부터 높은 지위와 공적을 누리도록 만들어진
듯하지만, 그 모두가 거짓이고 공허할 따름.
그의 혀에선 만나[12]가 떨어지고, 그릇된 이치를
좋아 보이도록 꾸며 원만한 합의를
이끌어내는 기술이 뛰어나며 아무리 식견 있는 이도
능란하게 속여 먹었다. 이는 그의 생각이
저속하기 때문이리라. 악행에는 부지런하나
선행에는 게으르고 소심하니. 하지만 남의 귀를 간질이는
재주 뛰어나므로, 그럴싸한 투로 입을 뗐다.
"나도 공공연한 싸움에 극구 찬성하오. 오, 동지들,[13]
적을 증오하는 마음은 누구에게도 뒤지지 않으니. 단
곧바로 싸우자는 주장의 주된 근거가
옳다고 여길 만하고, 우리의 최종적인 성공
불길한 그림자를 드리우지 않는다면 말이오.
그 까닭은 앞서 무용(武勇) 뛰어난 자가

---

12) 이집트를 탈출한 이스라엘 민족이 40일 동안 광야를 방랑할 때 이것을 먹고 버텼다고 한다.
"이스라엘 사람들은 이것을 만나라고 이름지어 불렀다. 그것은 고수씨같이 희고 맛은 벌꿀과
자 같았다"(《출애굽기》 16 : 31).
13) 벨리알은 몰록의 말에 나타난 문제점을 구체적으로 언급하며 빈틈없이 반박한다.

무모한 복수 뒤에 어떤 계획을 가지고 있는지 생각해 봤을 때,

자기 계책과 장점을 믿지 않고

다만 절망과 전멸을 전제로 용기를 이끌어낸 것이기 때문이오.

우선 어떤 복수를 하려는 거요? 하늘의 망루에는

무장한 파수병이 빽빽하여 접근도

하기 어렵소. 게다가 경계를 넘어 혼돈 안쪽에

대군을 주둔시켜 기습에 대비하고

어둠을 틈타 밤의 나라 깊숙이 정찰대를 보내고 있소.

어쩌다가 우리가 힘으로 강행 돌파하여

온 지옥이 우리를 뒤따라

암흑의 반란 일으켜 그 맑은 하늘의 빛을

어지럽힌다 해도, 불후의 우리 대적(大敵)은

조금도 더럽혀지지 않은 채 태연하게 그의 보좌에

앉아 있을 것이오. 그리고 더러워지지 않는

하늘의 영체는 덮쳐 오는 재앙을 이내

물리치고 요망(妖妄)한 불을 끄고

소리 높여 개가를 부를 것이오.[14]

이렇게 격퇴당하고 나면, 우리의

마지막 희망마저 사라지는 셈이오. 전능한 승리자를

격분시키면 괜히 그의 분노를 일으켜

우리의 멸절을 부추길 뿐이오. 그리하여 우리는

종말을 맞이하고 치유의 길을, 스스로 무로 돌아가는

길을 찾을 거요. 아, 이 얼마나 슬픈 치료법이란 말이오!

누가, 비록 고통뿐일지라도, 이 지적인 존재,

---

14) 그의 보좌를 지옥의 유황과 괴상한 불로 뒤덮자고 한 몰록의 주장을 벨리알이 격파했다. "그 옥좌에서는 불꽃이 일었고"(〈다니엘〉 7 : 9) 등의 성서 구절이 배경에 있다. 만약 하느님이 빛이고 ("하느님은 빛이시고 하느님께는 어둠이 전혀 없다는 것입니다"(〈요한일서〉 1 : 5)), 부정한 것을 태우는 불("야훼께서는 삼키는 불길이시오"(〈신명기〉 4 : 24))이라면 어떻게 어둠이 그를 이길 수 있느냐고 벨리알은 말한다.

영원을 드나드는 이 사상(思想)[15]을 잃고서
창조 이전부터 존재한
저 밤의 막막한 배 속에[16] 삼켜져 들어가 감각도
힘도 없이 사라지기를 바라겠소? 혹 그것이 좋다 한들
우리의 노한 적이 이를 허락해 줄지 어찌 알겠소?
그가 허락하리라고 믿을 만한 근거는 불확실한 반면
허락하지 않으리라 믿을 만한 근거는
확실하오. 그토록 현명한 그가 자제력을 잃고 분을 폭발시켜,
우리의 소원대로 우리를 멸망시켜 주겠소?
우리를 살려둔 것은 영겁의 벌[17]을 내리기 위함인데 말이오.
'그러면 왜 싸움을 그만둬야 하는가? 우리에게는 영원히
고통받을 운명이 이미
예정되어 있거늘. 무엇을 하든 우리에게 이보다 더 큰,
이보다 더 비참한 고통이 있겠는가?'라고 주전론자는
말하리라. 그러면 이것이 최악이란 말이오,
이렇게 무장하고 이렇게 앉아서 이렇게 의논하는 것이?
그럼 하늘이 내리치는 벼락을 맞고 쫓겨 가면서
부리나케 몸을 숨길 심연을 찾던 때는
어떠했소? 그때는 이 지옥이야말로
부상당한 몸의 쉴 피난처로 보이지 않았소. 우리가 불타는
호수에 사슬로 묶여 누워 있던 때는 어떠했소? 그때는
지금보다 더 불행했소. 그리고 저 무시무시한 불을
일으킨 그의 입김[18]이 다시 불어와 그 불을 일곱 배 사납게

---

15) 밀턴은 "신은 지치지 않고 끝없이 방황하는 마음을 우리에게 주셨다"(《아레오파지티카》)라고 말했다.
16) 셰익스피어의 《자에는 자로》 제3막 제1장에서, 죽음의 공포를 이야기하는 클로디오의 말이 떠오른다.
17) 예부터 일반적으로 악마는 영겁의 벌에서 벗어나지 못한다고 생각했다.
18) "사람을 불살라 몰록 신에게 바칠 제단은 이미 마련되었다. 깊고 넓은 웅덩이에 장작은 더미로 쌓이고 불쏘시개도 마련되었다. 이제 야훼의 입김이 유황개울처럼 흘러나와 그 더미를 살라버

일으켜 우리를 그 불길 속에 처넣는다면, 또는
잠시 멈추었던 복수심이 다시 불붙어 우리를 괴롭히려고
그의 붉은 오른손을 무장한다면?
모든 지옥 창고가 열리고 지옥 천장이
폭포 같은 소름 끼치는 불을 내뿜으며
언젠가 우리 머리 위에 떨어질 듯이 무섭게
위협한다면? 그 참사는 우리가 영예로운 전쟁을
한창 계획하고 주장하고 있을 때 일어날지도 모르오.
불의 폭풍에 휘말려, 휘몰아치는 회오리바람의
노리개가 되고 먹잇감이 되어 내던져져
저마다 바위에 꽂히거나 사슬에
묶여 펄펄 끓는 불바다 밑으로 영원히 가라앉아,
거기에서 숨 돌릴 틈도 없고, 용서도,
동정도 없이, 언제 끝날지 모르는 기나긴 나날을,
끝없는 고통과 함께 지내게 된다면 어떻겠소.
그것은 더욱 불행한 일. 따라서 나는 공공연한 것이든
비밀리에 하는 것이든 전쟁에는 반대하오. 실력이나 모략이나
그에게는 소용이 없소. 만물을 한눈에 다 보는
그의 마음을 누가 속일 수 있으리오. 우리의 힘을
꺾을 만큼 강하고, 우리의 음모와 간계를 꿰뚫을 만큼
지혜로운 그는 하늘 높은 곳에서
우리의 이 헛된 계획을 보고 비웃을 거요.[19]
그러면 본디 하늘의 주민인 우리가 이처럼 짓밟히고
쫓겨나 사슬과 모욕을 견디며 살아야 하는가?
그렇소? 더 비참한 상태에 빠지느니
지금이 나을 것이오. 불가피한 운명과
승리자의 의지, 전능자의 섭리가 우리를

리시리라"(《이사야》 30 : 33).
[19] "하늘 옥좌에 앉으신 야훼, 가소로워 웃으시다가"(《시편》 2 : 4)

굴복시켰기 때문이오. 우리에겐 참는 힘[20]이 행동하는 힘
못지않게 충분히 남아 있소. 그리고 이렇게 정해진 법칙[21]은
부당하지도 않소. 그토록 강력한 적에 맞섰으며
결과도 크게 의심스러운 싸움이었으니, 우리가
현명했다면 처음부터 이런 상태는 각오해야 했소.
무기를 든 용맹하고 대담한 자들이
한 번 패하자 기가 죽어, 패배에 뒤따르게 마련인
추방·굴욕·속박·고통 같은 정복자의 판결을
참고 받아들이기를 두려워하는 모습을 보면
우습기 그지없으니. 우리가 처한 상황이 바로 그러하오.
우리가 이것을 참고 견디면, 드높은 적도
언젠가는 그의 분노도 누그러지리오. 또한
이토록 멀리 떨어져 있으니, 우리가 그의 심기를 거스르지
않는다면, 이미 내린 벌로 만족하고 우리를
염두에 두지도 않으리오. 이 사나운 불도
그의 숨결로 불러일으키지만 않으면 차츰 잦아들리오.
그러면 우리 순수한 영체[22]는 독(毒)이 섞인 열기를
이겨내거나 혹은 몸에 배어 느끼지 못하거나,
아니면 마침내 변해서, 기질과 몸이
이 장소에 적응하여 고통도 없이
이 맹렬한 열기를 편히 받아들일 수 있을 것이오.
그러면 공포가 누그러지고, 이 어둠도 밝아지리니,
끝없이 흐르는 미래의 날들이,
어떤 소망, 어떤 기회, 어떤 변화를 가져다줄지

---

20) 로마 군인 스카이볼라는 적군에게 포로로 잡혔을 때 손을 불 속에 집어넣으며 우리에게는 용
   감하게 행동하는 힘과 더불어 이처럼 참는 힘도 있다고 말했다(리비우스 《로마건국사》).
21) 이 '법칙(law)'이 신의 율법을 뜻하는지 단지 자연법칙을 뜻하는지는 분명하지 않다.
22) 아우구스티누스의 《신국론》에서 "만약 게헤나의 불이 물질적이라면 어찌 악령, 즉 비물질적인
   악귀를 불태울 수 있으랴"라는 문장으로 시작하는 논의를 반박하고 있다.

기다려볼 만하오. 지금 우리 운명은
행복하기는커녕 불행하지만 최악의 불행도 아니오.
스스로 더 큰 화를 부르지만 않는다면 말이오.”
벨리알은 이치를 끌어들여 꾸민 말로
비루한 안일과, 평화가 아닌 평안을 탐하는 태만을
권했다. 그 뒤를 이어 마몬이 말한다.
“하늘의 왕을 폐하기 위해서든 우리가 잃어버린
권리를 되찾기 위해서든, 싸움이 최선책이라면
우리는 싸워야 하오. 그리고 영원한 운명이 덧없는
우연에 굴복하고,[23] 혼돈이 그 싸움을 심판할 때
우리도 그를 보좌에서 추방할 수 있으리라.
하나 그의 폐위를 바라기 어려우면
권리 회복 역시 그러하니. 우리가 하늘의 지존한 군주를
쓰러뜨리지 않는 한, 그의 영토에서 어떻게
우리 자리를 되찾겠소? 설사 그의 마음이 누그러져
새로운 복종을 약속받고 모두에게 은혜를
베푼다 할지라도, 우리는 무슨 낯으로 그의 앞에
비굴하게 서서 그의 매서운 법을
지키고, 우렁찬 찬송가를 불러 그의 보좌를
찬미하고, 그의 신성(神性)을 칭송하며 마지못해
할렐루야를 노래할 수 있겠소? 그러는 동안에도 그는
모두가 부러워하는 군주로 오만하게 군림하고, 그의 제단에는
우리가 비굴하게 바친 제물, 하늘의 향과 하늘의 꽃들이
향내 풍기고 있을 것이오. 천국에서 우리가
할 일과 우리가 누릴 기쁨은 이런 것일지니,
미워하는 자를 숭배하면서 영원을 누린들
얼마나 지겹겠소! 그러니 힘으로 빼앗지 못하고

---

23) 마몬은 신의 영원한 섭리를 영원한 운명으로 대체하고 그것이 우연에 의해 지배당하면 모든
　　것이 혼란해져 자신들의 야망도 이룰 수 있을 것이라고 말한다.

하사받아도 전혀 반갑지 않다면,
아무리 천국에서일망정 훌륭한 노예의 지위를
추구할 필요가 없소. 그러느니 차라리
우리 자신 안에서 스스로 선을 찾고, 자기 힘으로
자주독립하여[24] 살아갑시다, 이 끝없는 변경에서일망정
자유롭게, 누구에게도 구애받지 말고.
화려한 노예의 너무 쉬운 명예보다
가혹한 자유를 택하여[25] 작은 것에서 큰 것을,
해로운 것에서 이로운 것을, 역경에서 번영을
만들어내고, 또 어느 곳에서든
재난 속에서 번영하고, 근면과 인내로써
고통에서 안락을 이끌어낼 때, 그때 비로소
우리의 위대함이 뚜렷이 빛을 낼 것이오! 이 깊은 어둠의
세계가 두렵소? 생각해 보시오.
만물 다스리는 하늘의 군주는 짙고 어두운 먹구름[26]
속에서 살기 좋아하고 장엄한 암흑으로 보좌를 에워쌌으나
그의 영광은 흐려지지 않았다오.
또한 거기서 크게 울리는 요란한 뇌성이 성내며
울려 퍼질 때 하늘은 마치 지옥이 아니었던가!
그가 우리의 암흑을 따라한다면 우리가 그의 빛을
마음대로 흉내 내지 못할 것도 없지 않겠소? 이 황폐한
땅에도 금과 보석의 찬란한 광채가 숨어 있고,

---

24) 호라티우스의 《서정시집》에 "내 남은 생은 자주독립하여 살아가리라"라는 말이 있다.
25) 밀턴의 신념이 나타나 있다. 다만 밀턴은 정치 또는 대인관계에서 그러하고, 마몬은 신앙 및 신과의 관계에서 그러하다. "나는 마음이 온유하고 겸손하니 내 멍에를 메고 나에게 배우라. 그러면 너희의 영혼이 안식을 얻을 것이다. 내 멍에는 편하고 내 짐은 가볍다"(《마태복음》 11 : 29~30).
26) "몸을 어둠으로 감싸시고 비를 머금은 구름을 두르고 나서시니, 그 앞에선 환한 빛이 터져 나오며 짙은 구름이 밀리고 우박이 쏟아지며 불길이 뻗어났다. 지극히 높으신 분, 야훼께서 천둥소리로 하늘에서 고함치셨다"(《시편》 18 : 11~13).

장엄한 아름다움을 추구할 기술과 재주가 뒤지지도 않으니.

하늘이 이보다 더 나을 게 무엇이오.

이 고통[27]도 때가 지나면 우리의 원소(元素)가 되고,

이 살을 찌르는 맹렬한 불도

그 성질이 우리의 성질에 동화되어

지금 혹독한 만큼 부드러워져, 마침내

육체적 고통은 반드시 사라지리라. 아무리 따져봐도

평화를 도모하고 질서를 지키는 것이 으뜸이오.

그러니 전쟁 생각은 깨끗이 버리고 지금

우리가 처한 상황이 어떠하며 어디에 있는가를 생각하고

맞닥뜨린 재난을 안전하게 잘 처리하는

길밖에 없소. 이것이 내가 권하는 바요."

마몬의 말이 끝나자마자 회의장은 곧 수군거리는 소리로

가득 찬다. 그 소리는,[28] 마치 밤새껏 파도 일으킨

폭풍이 마침내 가라앉아 목쉰 가락으로

때마침 폭풍 끝에 어느 암벽 뒤편에

작은 배의 닻을 내리고 녹초가 된 뱃사람들을

잠재울 때, 텅 빈 바위들 사이에서 울리는

그 거센 바람 소리와도 같다. 이러한 갈채를 받으며

마몬은 말을 마쳤다. 평화를 주장하는 그의 변론은

환영받았다. 그들은 그러한 전쟁을 다시 겪는 것이

지옥보다 더 무서웠고, 그에 못지않게 벼락과

미가엘[29]의 검에 대한 두려움이

---

27) 악마는 불, 물, 바람, 흙의 4대 원소 가운데 어느 하나를 저마다 고유한 원소로 갖고 있다고 한다. 마몬은 '이 고통' 즉 불이 그들의 원소가 될 것이라고 말하고 있다.

28) 이 대목 묘사는 유노의 열변을 듣고 신들이 찬성하며 술렁거렸는데, 그 술렁거림이 마치 전조와 같았다는 《아이네이스》의 표현과 비슷하다.

29) '신과 같은 자'라는 뜻. 타락천사들이 왜 미가엘을 두려워하는지는 제6편에 나온다. 또한 그는 10~12편에서 아담과 하와를 추방하는 역할을 한다. 미가엘은 성서에서 악마(사탄, 용)와 싸우는 천사로 그려져 있다. "그때 하늘에서는 전쟁이 터졌습니다. 천사 미가엘이 자기 부하 천사들

그들 마음속에 여전히 꿈틀거렸다.
한편으로는 장기 정책에 입각하여
하늘에 맞설 수 있는 지옥 제국을
세워보고자 하는 욕망 또한 그에 못지않았다.
그 모습을 본 바알세불이 근엄하게 일어선다.
사탄 이외엔 그보다 지위 높은 자 없고,
일어설 때 보니 그의 모습 마치 한 나라를 짊어진 기둥과
같다. 그의 이마에는 신중한 생각과
모두의 안위에 대한 근심이 깊이 새겨져 있고,
비록 몸은 타락했으나, 그 위엄 있는 얼굴에는
아직도 왕자다운 지혜가 빛난다. 그는 현인처럼,
강대한 왕국의 무게를 짊어지기에 알맞은
아틀라스[30]와 같은 어깨를 벌리고 서 있다. 그의 얼굴을
뚫어지게 쳐다보며 밤이나 여름 한낮의 공기처럼
고요하게 모두들 침묵했다. 그는 말한다.
"권좌들이여, 자랑스러운 권력자들이여, 하늘의 아들들이여,
천상의 용사들이여, 아니면 이제 이런 칭호를
버리고 이름을 바꾸어 지옥의 왕자들이라고
불러야 할까. 이 지옥에 머물며 번성하는
대제국을 세우자는 쪽으로 공론이 기울고 있으니.
그도 마땅하리라. 그러나 우리가 꿈꾸느라 몰랐을 뿐
하늘의 왕이 이곳을 그의 능력이
미치지 못하는 안전한 우리의 피신처가 아니라
우리의 감옥으로 정하였음을 잊지 마시오.

을 거느리고 그 용과 싸우게 된 것입니다. 그 용은 자기 부하들을 거느리고 맞서 싸웠지만"《요
한계시록》 12 : 7).
30) 그리스신화에 나오는 티탄족. 다른 신들과 함께 제우스에게 반역하여 우주를 짊어지는 벌을
받았다. 국정의 중책을 짊어진 자를 아틀라스에 비유하는 경우가 많은데, 여기에서는 그와 더
불어 신에게 반역한 벌을 받는 자의 모습도 암시하고 있다.

그러니 이곳은 하늘의 높은 지배에서 벗어나 그의 보좌에 맞서는
새로운 동맹을 맺어 살아갈 수 있는 곳이 아니오. 비록
이렇게 멀리 떨어져 있을지언정 그의 속박을 피하지 못하고
가혹한 구속 아래 언제까지나 포로로서
살아가는 수밖에 없을 것이오. 그는 하늘에서나 지옥에서나
처음부터 끝까지[31] 유일한 왕으로서 늘
군림할 것이며, 우리의 반란으로 그의 왕국을 조금도
잃지 않고, 오히려 그 영토를 지옥으로까지
넓혀, 마치 하늘에서 황금 홀을 가지고 천사들을 다스리듯
여기에서는 철장(鐵杖)[32]으로 우리를 다스릴 것이오. 그렇다면
우리는 왜 평화니 전쟁이니 따지며 헛되이 앉아 있는가?
앞선 전쟁에서 우리는 이미 철저하게 패배했고
돌이킬 수 없는 손실을 입었소. 평화의 조건은 하나도
허락되지 않았고 또 요구할 수도 없소. 노예인 우리에게
엄중한 감금과 채찍과 잔인한 형벌 말고
무슨 평화가 주어지랴. 또한
적대와 증오와 억제할 수 없는 반항과 복수 외에
무슨 평화를 돌려주랴. 그러니 비록 느리더라도
끊임없이 계략을 꾸미며 정복자가 그 정복에서 올리는
수확을 가장 적게 줄이고, 우리에게 참기 힘든
일을 시키는 데서 오는 기쁨을 가장 작게 줄이도록
하는 수밖에 없으리라. 기회가 없지 않을 테니, 위험한
원정을 떠나 공격도, 포위도, 심연에서의
기습도 두려워 않는 하늘의 높은 성벽을
침범할 필요도 없으리라. 그보다 좀 더 쉬운
계책을 찾으면 어떨까. 하늘에서 들리던 오랜

---

31) "나는 알파와 오메가, 곧 처음과 마지막이며 시작과 끝이다"《요한계시록》 22 : 13).
32) "야훼의 칙령을 들어라. '너는 내 아들…… 저들을 질그릇 부수듯이 철퇴로 짓부수어라'"《시편》
    2 : 7~9). 황금은 우애를, 철은 적개심을 상징한다.

예언적 풍문[33]이 틀림없다면, 힘이나 지위는 우리만 못해도
천상에서 다스리는 자의 은총을 더욱 입고,
지금쯤이면 우리와 비슷하게 창조되었을
'인간'이라 불리는 새로운 종족[34]의
복된 보금자리, 별세계라고 할 만한
그런 곳이 만들어졌을 것이오. 그의 뜻은 벌써
천사들 사이에 선포되었고, 온 하늘을
뒤흔든 그의 선서[35]로써 확인되었소.
그러니 그곳으로 우리의 모든 관심을 기울여,
그곳에 어떤 피조물이 살고, 그 모양이나 본질은
어떠하며 천성은 어떤지, 어떤 힘을 지녔고
약점은 무엇인지, 힘으로든 간계로든 어떻게 하면
가장 잘 유혹할 수 있는지 알아봅시다. 비록 하늘문은
닫히고 하늘의 높은 심판자는 그의 세력권 안에
안전하게 앉아 있지만, 그곳은 하늘나라의
아득한 변경에 방치된 채 그곳에 사는 자에게
내맡겨진 듯하오. 아마도 여기에서
불의의 습격을 가하면 무언가 유리한 일이
생길지도 모르오. 지옥불로 그의 모든 창조물을
파괴해 버리거나, 그 모든 것을 우리 것으로 만들어
우리가 쫓겨난 것처럼 그 힘없는 주민들을
몰아내든가, 아니면 우리 편으로 꾀어

---

33) 새로운 세계와 그곳에 살 인류 창조에 대한 소문은 사탄이 앞에서 언급했다. 그때도 사탄은 소문이 이미 실현되었다는 전제하에 말했고, 지금 바알세불도 그것을 기정사실인 것처럼 말하고 있다. 신이 새로운 세계와 인류를 창조하기는 했지만 그것이 언제인지는 말하지 않았다. 그러나 사탄이 반역을 일으킨 뒤에 창조했음이 틀림없다.

34) "주님은 그를 잠시 천사들보다 못하게 하셨으나 영광과 영예의 관을 씌우셨으며"(《히브리서》 2 : 7).

35) 성서에서 하느님은 "나의 이름을 걸고 맹세"(《창세기》 22 : 16)하였으며, 맹세할 때는 천지가 진동하였다고 했다(《히브리서》 12 : 26). 또한 제우스가 티티스에게 맹세하며 머리를 숙였을 때는 온 올림포스산이 진동했다고 한다(《일리아스》).

그들의 신³⁶⁾과 적이 되게 합시다. 그리하여 그가
후회하며³⁷⁾ 스스로 창조물을 멸절하게 합시다.
이것은 평범한 복수보다 나을 것이며,
우리의 파멸에 대한 그의 기쁨을
차단하고 그의 당혹으로 우리의 기쁨을
키워줄 것이오. 그때 그의 사랑하는 자녀들은
거꾸로 떨어져 우리와 함께 슬퍼하며,
그들의 나약한 본성³⁸⁾과 덧없이 사라진 축복을
저주하게 될 것이오. 생각들 해보시오, 이 계획이 해볼 만한
가치가 있는지, 아니면 헛된 제국을 꿈꾸며 이
어둠 속에 잠자코 앉아만 있어야 하는지를."
이와 같이 바알세불은 처음에 사탄이 계획하고
일부 겉으로 드러낸 그 흉악한 계략을 털어놓았다.
인류를 뿌리³⁹⁾부터 멸망시키고, 땅과 지옥을
뒤섞어 위대한 창조자에게 앙갚음하고자 하는
그런 끈질긴 악의가, 모든 악의 원흉인 사탄이
아니고야 누구에게서 나오랴만, 악마들의 원한은
결국 창조주의 영광을 더할 뿐. 그러나 이 담대한
계획에 지옥 수령들은 크게 만족하며
기쁨으로 눈을 빛냈다. 만장일치로
찬성하자 바알세불이 다시 말을 잇는다.
　"이로써 올바른 결정으로, 오랜 논의를 잘 마쳤소.

---

36) 타락천사(악마)들은 신을 심판자나 정복자라고 불러왔다. '그들의 신'이라고 제한하긴 했지만
　　악마가 '신'이라는 말을 입에 올린 것은 이때가 처음이다.
37) "야훼께서는 '내가 지어낸 사람이지만, 땅 위에서 쓸어버리리라······ 공연히 만들었구나!' 하고
　　탄식하셨다"(〈창세기〉 6 : 7).
38) 원문(제2판)은 "original"이며 제1판에서는 "originals"이다. 제1판에 따르면 '본성'이 아니라 '시조' 즉
　　아담과 하와를 뜻한다. 따라서 '저들'은 아담과 하와로 상징되는 인류 일반을 가리킨다.
39) 아담을 가리킨다. 《실낙원》에는 식물에 관한 은유가 많이 나온다. "아담으로 말미암아 모든 사
　　람이 죽는 것과 마찬가지로 그리스도로 말미암아 모든 사람이 살게 될 것입니다"(〈고린도전서〉
　　15 : 22).

이 신들의 회의⁴⁰⁾에서 그대들의 신분에 알맞게
정말 큰일을 결정했소. 이로써 우리는 운명에 맞서
이 지옥 밑바닥에서 다시금 올라가
옛 터전으로 다가갈 수 있게 됐소. 어쩌면
저 찬란한 빛의 세계가 보이는 곳까지 가면, 그곳에
준비되어 있을 무기를 집어 들고 침입 기회를 노려
다시 하늘로 들어갈 수 있을지도 모르고, 아니면
하늘의 맑은 빛이 닿는 한 온화한 지대에서
편안히 살면서 찬란히 솟아오르는 햇빛으로
이 어둠을 몰아낼 수도 있으리오. 그 부드럽고
상쾌한 공기에선 이 썩어든 화상 흉터에
약이 되는 방향(芳香)이 풍길 것이오. 그러나 먼저
누구를 보내어 이 신세계를 찾아낼 것인가. 누가
적당하겠소? 누가 방랑의 길을 떠나,
저 어둡고 바닥없는 무한한 혼돈을 탐색하여
손으로 만져질 듯한 짙은 어둠⁴¹⁾ 속에서 낯선 길을
찾아낼 것이며, 또 지치지 않는 날개로
드넓은 심연을 넘어, 하늘을 가볍게
날아 저 복된 섬⁴²⁾에 다다를 것인가.
그러려면 어떤 힘, 어떤 기술이 있어야
할 것인가? 또 어떻게 피해 가야 사방에서
감시하는 천사들의 삼엄한 초소와 두꺼운 경계망을

---

40) 원문의 "synod"에는 교회회의라는 뜻과 별들의 회합이라는 천문학상의 의미도 있다. 악마들이
   한때는 하늘의 별이었음을 가리킨다.
41) "야훼께서 모세에게 이르셨다. '너는 하늘을 향하여 팔을 뻗어라. 그러면 이집트 땅이 온통 손
   으로 만져질 만큼 짙은 어둠에 휩싸이게 되리라'"(《출애굽기》 10 : 21) 참조.
42) 혼돈이라는 공간을 저자는 바다에 은유하고, 그 공간 안에 있는 지구를 섬이라고 표현했다.
   바알세불이 '복된 섬'이라고 부른 것이 인간이 사는 지구인지, 지구를 포함한 우주인지, 아니면
   그리스신화에 나오며 나중에 사탄이 접근하는 이른바 '행복한 사람들의 섬(또는 행복한 섬)'을
   말하는지는 뚜렷하지 않다.

안전하게 뚫고 지나갈 수 있는가? 그는
매우 신중해야 할 것이며, 그러니 우리 또한 적격자를
뽑는 데 있어 신중에 신중을 거듭해야 할 것이오, 그에게
우리의 마지막 희망이 달려 있으니."
이렇게 말하고 그는 앉았다. 누가 일어서서
자신의 말을 지지 혹은 반대할지, 또 누가 이 위험한
시도를 맡을 것인지를 기다리는 동안 기대에 찬
그의 눈에 초조의 빛이 감돌았다. 그러나 모두
묵묵히⁴³⁾ 앉아 이 계획이 얼마나 위험한지를 생각했으며,
저마다 제 불안을 남의 표정에서 읽고 놀란다.
하늘과 싸운 이들 용사들 가운데서도 으뜸가는 정예이자
지휘자인 그들이지만 단신으로 이 무서운 원정을
자원하여 임무를 도맡을 만큼 담대한 자는
나타나지 않았다. 마침내, 그 뛰어난 영광에 있어서
뭇 동료들을 능가하는 사탄이
스스로 자기가 최고임을 자부하는
제왕의 긍지 보이며 태연히 말한다.
"하늘의 아들들이여, 하늘의 권좌들이여,
우리가 낙담진 않았으나, 깊은 침묵과 망설임에
사로잡히는 것도 당연한 일이다. 지옥에서
광명에 이르는 길은 멀고도 험하니.⁴⁴⁾
이 가혹한 감옥, 집어삼킬 듯 맹렬하게 타오르는
이 거대한 불의 도가니가 아홉 겹⁴⁵⁾으로

---

43) 지옥에서 나와 신의 뜻에 도전할 지원자를 구할 때 모든 악마들이 침묵했듯, 하늘에서 내려가
   인간을 구제할 지원자를 구할 때 모든 천사들도 침묵했다(제3편).
44) 앞에서 전쟁을 주장한 몰록은 오르는 것이 쉽다고 했지만 사탄은 그 어려움을 알고 있다. 참
   고로 시빌라는 아이네이아스에게 명계로 내려가기는 쉽지만 땅 위로 탈출하기는 매우 어렵다
   고 경고했으며《아이네이스》, 베르길리우스는 단테에게 "여정은 길고 길은 험난하다"라고 말했
   다《신곡》〈지옥편〉).
45) 스틱스강은 지하의 명계를 아홉 겹으로 둘러싸고 흐른다(베르길리우스《아이네이스》).

우리를 에워싸고, 불타는 견고한 문[46]들은
굳게 닫혀 있어 빠져나갈 길조차 없다.
그 문을 지나 빠져나간다 하더라도
다음에는 실체 없는 밤[47]의 무한한 공허가
입을 떡 벌린 채 그를 죽음의
심연 속에 빠뜨리려 호시탐탐 기회를 노린다.
거기서 빠져나와 다른 세계,
다른 미지의 땅에 이른다 해도 알려지지 않은 위험과
벗어나기 힘든 상황만이 기다리고 있으리라.
그러나 동지들이여, 단지 어렵고 위험하다는 이유로
모두의 중대사로서 제안되고 결정된 것을
시도조차 하지 않고 단념한다면,
나는 영화로 장식되고 권력으로
무장된 이 보좌와 제왕의 주권을 가질 자격이
없으리라. 명예만큼이나 큰 위험을
받아들이지 않고 물리친다면, 어찌 내가
왕위에 올라 지배권을 행사할 수 있으랴.
통치자에게는 명예와 위험이 똑같이 따르며,
남의 위에 앉아 높은 명예를 누리니만큼
더 많은 위험 감수해야 마땅하리니.
그러니 해산하라, 힘센 권력자들이여,
비록 떨어졌으나 하늘의 공포인 그대들이여.
그리고 여기가 우리 집인 동안은, 여기서 차분히
지금의 참상을 줄이고, 이 지옥을 보다 살기 좋게
만들 최선의 방법을 생각하라. 물론 이 비참한 처소의
고통을 멎게 하고, 잊게 하고, 완화해 주는
처방이나 마력이 있다면 말이지만. 내가 나가서

---

46) 《아이네이스》에 명계(타르타로스)의 문을 떠받친 기둥은 단단한 강철로 되어 있다고 나와 있다.
47) 존재하지만 실재성은 없다는 뜻. '밤'은 신이 만들지 않았으므로 실재성이 없다.

저 어두운 파멸의 해안을 두루 살피며
우리 모두의 구원을 찾는 동안, 그대들은 빈틈없는
적에게 경계를 멈추지 말라. 그리고 이번 원정에는
아무도 나서지 말라." 이렇게 말하며
마왕은 일어나 모두의 말을 막아버린다.
그의 결의에 고취되어 수령들 가운데
어떤 자가, 앞서 두려워 말하지 못한 것을
(거절당할 것을 뻔히 알고) 이제야 말하며,
거절당하면 그로써 자신이 그의 경쟁상대라는
명성을 누릴 수 있고, 그가 대담한 모험을 통해서만
얻을 수 있는 높은 명예를 쉽사리
얻을까 두려워 그를 따라 모두 일어선다.
그들은 모험이 두려운 만큼 제지하는 그의 말도
두려웠다. 그들이 일제히 일어서자, 그 소리가 마치
아득히 멀리서 들려오는 천둥소리 같다. 그들은
그를 향해 공손히 경의를 표하여 허리 굽히고
하늘의 드높은 자와 대등한 신처럼 그를 찬양한다.
또한 그가 모두의 안녕을 위하여 자신의
안전을 돌보지 않는 것을 크게 칭송해 마지않았다.
그들은 타락천사일망정 그들의 덕을 모두
잃은 것은 아니었다. 그렇지 않았다면 이처럼
명예심에 자극받은 허울 좋은 행동이나
열성으로 가장한 은밀한 야심을 자랑할 수 없었으리라.
이렇게 해서 그들의 불안하고 침울한 회의는
끝나고, 저희 수령을 누구에게도 견줄 수 없음을
기뻐했다. 그 모습은 마치, 북풍이 잠든 사이에
산꼭대기에서 먹구름이 일어 청명한 하늘을
뒤덮어 험악해진 하늘이 상을 찡그리고
어둑한 풍경 위로 눈이나 비를 내릴 때,

때마침 새빨갛게 불타는 저녁 해가 작별인사를 하려
눈부신 햇살을 퍼뜨리면, 들이 소생하고, 새들은
다시 노래하고, 기쁨에 겨운 양 떼
울음소리가 들과 골짜기에 울릴 때와 같다.[48]
오 부끄러운 줄 알라, 인간들이여![49] 지옥에 떨어진
악마도 저희끼리 굳게 단결하거늘,
생물 가운데 이성을 지닌 인간만이
하늘의 은총 입을 희망 있는데도 서로
시기하고 미워하는구나. 하느님은 평화를 선포하셨는데,
인간은 서로 미움과 적대와 투쟁만을
일삼고, 서로를 멸망시키려고 잔인한 전쟁
일으켜 대지를 황폐케 하는구나.
서로를 적으로 돌리지 않더라도 지옥의 적 얼마든지 있어
인간의 파멸을 밤낮으로 기다리고 있다는 사실을
모르는 듯이(알면 우리도 단결할 터이거늘)!
지옥 회의는 이렇게 끝나고, 위세 당당한
지옥 귀족들이 차례로 나온다.
그 한가운데 그들의 강대한 군주 나타나니,
호화찬란한 모습과 신다운 위엄이
혼자서 능히 하늘의 적수 될 만하고,
지옥의 무서운 제왕 될 만해 보인다.
불의 스랍 무리들이 찬란한 문장(紋章)과
무시무시한 무기 들고 그를 에워싸고 있다.
이윽고 그들은 회의의 중대한 결과를
엄숙한 나팔 소리로써 알리라고 명한다.

---

48) 악마들이 암울한 분위기에서 해방되어 안도하는 마음을, 밀턴은 풍경의 변화로 묘사했다. 독
자는 암담한 화염지옥이 목가적인 풍경으로 바뀐 듯한 느낌을 받는다.

49) 서사시에서 작자가 갑자기 일인칭으로 독자에게 말을 거는 방식은 예부터 흔히 쓰였다. 시인은
영국의 내란 등을 염두에 두고 있었던 듯하다.

재빠른 거룩천사 넷이 사방을 향해
금관악기를 입에 대고 낭랑하게 불면,
전령이 그 내용을 설명한다. 텅 빈 심연에
이 소리 멀리 또 널리 퍼지자, 지옥의 군세는
귀청을 찢는 듯한 함성으로 요란하게 환호한다.
이로써 그들은 전보다 조금 더 안심하고, 헛되고 외람된
희망일지언정 그로부터 용기를 얻어
뿔뿔이 흩어졌다. 저마다 마음 내키는 대로,
혹은 슬픔이 어지러운 마음 이끄는 대로
이리저리 갈 곳 찾아서, 수령이 돌아올 때까지
불안한 마음 편히 쉬고 지루한 시간을
쾌적하게 보낼 수 있는 곳 찾아 방황했다.
더러는 들이나 공중으로 높이
날갯짓하며 서로 속도를 겨루는데, 그 모습이
마치 올림피아[50]나 피티아[51]에서 벌이는 시합 같다.
더러는 사나운 말을 몰거나 전차로 빠르게 달려
목표물[52]을 가볍게 피하거나, 진형을 짜 모의전을 벌인다.
오만한 도시[53]에 경고하기 위하여
어지러운 하늘에 전운이 감돌며, 시커먼 구름 사이로
대치하던 군사들이 돌진하고, 각 전위대 앞으로
하늘의 기사들 말 달리며 창을 겨누고
본대가 격돌의 순간 멈춰 선다.

---

50) 고대 그리스에서는 4년마다 올림피아 평원에서 경기를 열어 제우스에게 바쳤다.
51) 고대 그리스의 델포이에서 아폴론에게 제사를 올릴 때 열린 경기로, 역시 4년마다 개최되었다. '피티아'는 델포이의 아폴론 여사제이다. 밀턴이 악마들의 경기를 그릴 때 그는 이 두 경기 외에 베르길리우스가 묘사한 '엘리시움'에서 열린 죽은 자들의 경기 모습《아이네이스》 등을 떠올렸을 것으로 추정된다.
52) 로마 군인이 전차경기를 할 때 반환점인 기둥을 아슬아슬하게 도는 모습이 밀턴의 상상력을 자극했다. 비슷한 장면이 호라티우스의 《서정시집》에 그려져 있다.
53) 요세푸스는 예루살렘이 타락하기 전에 구름 사이로 전차와 병사들이 격돌하는 모습이 보였다고 《유대전쟁사》에 적었다.

용맹한 경기를 위해 하늘 양쪽에서 맹렬한 불길 타오른다.

다른 한패는 거인 티폰[54]처럼 분노하여

바위와 산을 갈가리 찢고 회오리바람을 일으키며

공중을 달린다. 지옥도 감당하기 힘든 그 소란은

알키데스[55]가 승리의 관 쓰고 오이칼리아에서

돌아왔을 때, 옷에 배어든 독에 감염되어

고통 끝에 테살리아의 소나무를 뿌리째 뽑고

오이타 산봉우리에서 리카스를 에보이아 바다에

내던지던 때와 같다. 좀 더 온순한 다른 패들은

조용한 골짜기로 물러나 천사의 아름다운 가락으로

수많은 하프 음률에 맞춰 자기 무용(武勇)과

운이 따르지 않아 불행히도 패망한 사연을 노래하며,

자유의 미덕이 폭력과 우연의 노예로

굴복한 운명을 한탄한다.

비록 그들의 노래 편파적이나, 그 아름다운 가락은

(불사의 영들이 노래하니 당연하지 않겠는가?)

지옥의 이목을 사로잡아 모여든 청중을

황홀케 했다. 또 노래보다 달콤한 담화[56]에 취해

(웅변은 영혼을, 노래는 감각을 매혹하는 것이니)

멀리 산 위에 물러나 앉아

더욱 고상한 사색에 잠겨 섭리와 예지와

의지와 운명과 불변의 운명 그리고

---

54) 제1편 주43 참조. 그는 제우스 등과 싸울 때 여기에 묘사된 것보다 더 어마어마한 괴력을 발휘했다. 그러나 밀턴은 오히려 여기서 그를 태풍처럼 묘사했다.

55) 헤라클레스. 그는 테살리아 지방의 도시 오이칼리아를 정복하고 귀국하던 길에 에보이아섬에서 아내가 리카스에게 들려 보낸 독 묻은 예복을 입고 아픔을 건디다 못해 분노하며 리카스를 바다에 던져버렸다. 헤라클레스는 오이타산(그리스 중부)에서 죽었다고 전해진다. 헤라클레스가 오이타산에서 리카스를 바다에 던진 이야기는 오비디우스의 《변신이야기》 제9권에 나온다.

56) 지옥의 악마들이 신학론과 철학론에 빠진 모습을 시인은 비꼬듯이 묘사했다. 악마들의 사색은 전제부터 틀렸으므로 사색을 위한 사색, 논리를 위한 논리일 뿐이다.

자유의지와 절대예지[57)]에 대한 거창한 논의 벌이나
결론 얻지 못하고 미궁 속으로 빠져버리는
자들도 있었다. 선과 악, 행복과 궁극적인 불행,
격정과 냉정,[58)] 명예와 치욕에 대해서도
그들은 여러모로 격론을 벌였으나
모두 공허한 지혜, 거짓 철학일 뿐이라.
그러나 토론이라는 유쾌한 마법에 걸려 잠시나마
고통과 고뇌 잊고, 헛된 희망
품고, 세 겹 강철 갑옷으로 무장하듯
끈질긴 인내[59)]로 완고한 가슴을 무장한다.
또 다른 한패는 모여서 부대를 이루어
더 편안히 쉴 곳 있을까 싶어
험악한 세계를 샅샅이 살펴보고자
대담무쌍한 모험에 나선다. 사방으로
가지런히 줄지어 날개 펴고, 독기 어린
물줄기를 불못[60)]으로 흘려보내는 지옥의
네 강둑을 더듬어 간다.
죽음과 같은 증오가 흐르는 끔찍한 스틱스강,[61)]
검고 깊은 비애와 눈물이 흐르는 슬픈 아케론강,[62)]

---

57) 악마들이 다룬 주제는 깊이 있는 것이며, 밀턴 자신은 그에 대한 뚜렷한 답을 갖고 있었다. "아 담이 스스로의 자유의지로 타락하리란 사실을 하느님은 이미 예지하고 계셨다. 아담의 타락 은 확실하긴 하지만 필연적인 것은 아니었다. 아담의 타락은 그의 자유의지에서 비롯되었으며, 자유의지는 필연성과 모순되기 때문이다"(《그리스도교 교의론》).
58) 스토아학파는 격정(파토스)에 사로잡히지 않는 냉정(아파티아)을 강조했다. 밀턴은 그리스도교 적 인내와 대립하는 것으로 '스토아학파의 냉정'을 들었다(《그리스도교 교의론》).
59) 이것과 나중에 아담이 미가엘에게 배우는 '참된 인내'는 다르다.
60) "그 악마도 불과 유황의 바다에 던져졌는데"(《요한계시록》 20 : 10). 여기서는 네 개의 강이 흘러 든다고 하였다. 이러한 강은 모두 고전문학에 나오며, 시인은 《아이네이스》 제6권, 단테의 《신 곡》 〈지옥편〉 제14노래, 스펜서의 《요정의 여왕》 제2권 등의 영향을 받았다.
61) 증오의 강이라는 뜻.
62) 슬픔의 강이라는 뜻. 죽은 자는 뱃사공 카론의 배를 타고 슬피 울며 강을 건넌다고 한다.

구슬픈 물소리와 함께 들리는

통곡소리에서 이름 딴 코키투스강,[63] 그리고 폭포 같은

불길 미쳐 날뛰는 사나운 플레게톤강.[64]

이 강들로부터 멀리 떨어져 천천히 고요히

흐르는 망각의 강 레테[65]는 겹겹이 굽이쳐

물의 미로를 이루니, 그 물 마시는 자

당장에 전세(前世)의 기억과 존재 잊고

즐거움과 슬픔, 기쁨과 아픔을 잊는다.

강 너머 아득한 저편 어둡고 황량한 대륙은

얼어붙어 있고, 그 위로 거센 회오리바람

무서운 우박 폭풍 쉴 새 없이 몰아친다. 단단한 땅에

우박이 녹지 않고 산처럼 쌓여 마치

고대 건축물 폐허 같구나. 그 밖에는 오로지 눈과 얼음의

깊은 계곡, 다미아타와 옛 카시우스산 사이에 있는

전군을 집어삼킨 저 세르보니스 늪[66] 같은

깊은 심연이 있을 뿐. 바싹 마른 공기[67]는

꽁꽁 얼어 불타고, 추위가 불의 역할을 한다.

그곳에는 일정한 주기로 모든 저주받은 자들이

괴물 새의 발톱을 가진 복수의 여신[68]에게 끌려와,

---

63) 비탄의 강이라는 뜻으로 아케론강의 지류.

64) 불의 강이라는 뜻.

65) 밀턴은 이 강이 앞의 네 강과 함께 지옥에 있다고 보았지만, 단테는 연옥에 있다고 했다(《신곡》
〈지옥편〉 제28노래).

66) 이집트 나일강 하구의 도시 다미아타(현재의 다미에타)의 남부에 있던 호수로, 지금은 물이 말
라 더 이상 호수가 아니다. 그보다 더 남쪽에 모래산 카시우스가 있었다. 주변이 사막이라 모
래폭풍이 불면 호수 표면을 알아볼 수 없어 군대 전체가 모조리 빠져 죽었다고 한다. 헤로도
토스 《역사》 참조.

67) 지옥에서는 참을 수 없는 열기와 추위에 망령이 고통받는다는 생각은 단테의 《신곡》〈지옥편〉
제32노래와, 셰익스피어의 《자에는 자로》 제3막 제1장에 나온다.

68) '괴물 새(하르푸이아이)'는 여자 얼굴에 새의 모습을 한 그리스신화에 나오는 괴물. '복수의 여신
(에우메니데스)'도 그리스신화의 인물로 에리니에스(로마신화에서는 푸리아)라고도 하며, 범죄행
위에 대해 복수를 하는 날개 달린 여신이다. 괴물 새의 발톱을 가진 복수의 여신은 《아이네이

극단에서 극단으로의 쓰라린 변화와 그

변화로 인한 가혹한 고통을 번갈아 맛본다. 맹렬히

불타는 땅에서 얼음 속으로 끌려 들어가

그 부드러운 영체의 온기 얼어붙어

움직이지 못하고 얼음 속에 박혀 있다가

다음 순간 다시 불 속으로 허겁지겁 돌아간다.

천사들은 나룻배 타고 레테강을 오가지만

그들의 슬픔은 커져만 갈 뿐,

달콤한 망각 속에

모든 고통과 슬픔 씻으려

그 강물 마시려 하나

운명이 이를 허락지 않는다. 고르곤 특유의

끔찍한 형상을 한 메두사[69]가 여울목을 지키고 서서

그런 시도조차 가로막고, 물 자체도 그 옛날 탄탈로스[70]의

입술을 피한 것처럼, 살아 있는 인간들이

마시지 못하게 피한다. 이처럼 쓸쓸하고 혼란스러운

곳을 헤매면서, 탐험에 나선 무리들은

공포에 질려 떨며, 겁에 질린 눈으로

비로소 자신들의 비참한 운명을 보고

쉴 곳 없음을[71] 깨닫는다. 수많은 어둡고 황량한

골짜기와 참혹한 장소를 지나간다.

얼음산과 불산, 바위, 동굴,

호수, 늪, 습지, 죽음의 그늘들을.

이 끝없는 죽음의 영역은 하느님의 저주로

스)에 나온다.

69) 그리스신화에 나오는 고르곤은 머리카락이 뱀인 괴물 세 자매로, 눈을 마주치면 누구든 돌이
되어버린다고 한다. 그중 하나가 메두사이며 페르세우스가 그 목을 잘랐다.

70) 그리스신화에 나오는 인물로, 지옥에서 본문에 나와 있는 것과 같은 고통을 받았다. 《아이네이
스》 참조.

71) "악령이…… 물 없는 광야에서 쉴 곳을 찾아 헤맨다. 그러다가 찾지 못하면"(《마태복음》 12 : 43).

오직 악에만 적합하게 만들어진 곳.

여기서는 모든 생명이 죽고 죽음만이 살며, 사악해진

자연은 온갖 추악하고 기괴한 것들,

징그럽고, 형언할 수 없는, 옛날이야기 속

고르곤, 히드라,[72] 키메라[73]보다도

더 무시무시한 것들을 만들어낸다.

한편 하느님과 인간의 대적(大敵)

사탄은 어마어마한 야망을 불태우며

빠른 날개로 지옥문을 향해

홀로 나아간다. 때로는

오른쪽 일대를, 때로는 왼쪽 일대를 살피고,

때로는 날개를 수평으로 만들어 심연 위를 스치듯 날다가

다시 솟구쳐 올라 불을 뿜는 높은 궁륭에 이른다.

상인들이 향료를 사는 벵갈라에서,

테르나테, 티도레의 섬들에서

향료 실은 상선대가 무역풍 받아 달리며

바닷길 따라 드넓은 인도양 지나 희망봉으로 향하고

밤이면 남극 향해 물결 거스르며 내려가는

모습 바다 멀리서 바라보면 마치 구름 속에

떠 있는 것처럼 아득히 보인다.[74] 날아가는 마왕의 모습이

꼭 그와 같다. 드디어

무시무시한 천장과 닿은 지옥의 경계와

---

72) 물뱀이라는 뜻. 이 거대한 뱀은 머리가 아홉 개(단 그 수는 일정하지 않다)이며 헤라클레스가 퇴
치했다.

73) 머리는 사자, 몸통은 양, 꼬리는 뱀(용), 그리고 입에서는 불을 뿜는 괴수. 여기에 나온 고르곤,
히드라, 키메라 등은 《아이네이스》에 묘사되어 있다.

74) 밀턴은 그 무렵 향료무역을 언급하며 독자의 관심을 환기시키는 한편 지옥을 날아가는 사탄의
모습을 신기루에 비유해 독자의 눈을 그에게 집중시키려 했다. 그 무렵 영국 상선들은 말루쿠
제도의 테르나테, 티도레 같은 섬들과 벵갈라(현재 이름은 벵골)에서 향료를 싣고 인도양을 남
하하여 희망봉으로 향했다. 4월에서 9월까지는 무역풍이 남서쪽에서 불기 때문에 남서쪽으로
남하하는 범선은 맞바람을 맞았다.

아홉 겹의 문들이 나타난다. 세 겹은 황동(黃銅),

세 겹은 쇠, 세 겹은 금강석이어서

꿰뚫을 수 없고, 불에 에워싸여도

타지 않는다. 문 앞 좌우에는

가공할 만한 괴물[75]이 앉아 있다.

그 가운데 하나는, 허리까지는 아름다운 여인이나

그 아래는 흉측하게 비늘로 덮여

똬리 튼, 죽음의 독침[76]으로 무장한

엄청나게 큰 뱀이다. 그리고 그 곁에는

지옥의 개 떼들이 케르베로스[77]처럼 아가리를 있는 대로 벌려

끊임없이 짖어대니, 무시무시한 소리 허공을 뒤흔든다.

짖는 걸 방해하는 어떤 존재가 다가온다 싶으면

그녀의 자궁 속으로 기어 들어가

눈에 띄지 않게 숨어서 여전히 짖고

으르렁거린다. 물보라 치는 트리나크리아 해변과

칼라브리아 사이의 바다에서 목욕하던

성난 스킬라[78]도 이 개들만큼 혐오스럽지는 않았다.

또한 라플란드[79] 마녀들의 주문으로

---

75) '죄'와 '벌'이다. 이처럼 의인화된 이형의 괴물을 묘사하기란 쉬운 일이 아닐 것이다. 시인은 전통적인 도상학적 수법을 취한다. 상반신은 여자이고 하반신은 뱀인 '죄'의 모습은 직접적으로는 스펜서의 《요정의 여왕》 제1권 제1편에 나오는 '미망(迷妄)'의 묘사를 참고했다. '죄'의 하반신은 스킬라의 모습과 비슷하다.

76) "죽음의 독침은 죄요"《고린도전서》 15 : 56).

77) 그리스신화에 나오는 지옥의 문을 지키는 개. 머리가 세 개이고 꼬리는 뱀이며 목소리는 청동 같다고 한다.

78) 본디 아름다운 님프였지만 키르케가 저주를 걸어 칼라브리아(이탈리아반도 남단지방)와 트리나크리아(시칠리아섬) 사이의 바다(현재의 메시나 해협)에서 목욕할 때 하반신을 흉측한 모습으로 바꾸어 버렸다. 배 둘레에서는 무시무시한 개 떼가 그녀를 괴롭혔으며, 나중에는 암초가 되었다. 스킬라를 괴롭히던 개를 케르베로스 같은 주둥이를 가진 개라고 부른 사람은 오비디우스《변신이야기》이다.

79) 노르웨이, 스웨덴, 핀란드 북부 일대로 라프족의 거주지이다. 예부터 마녀들의 본거지로 여겨져 왔다.

달이 불길하게 가려질 때

함께 춤추기 위해 은밀한 부름을 받고

어린애 피 냄새에 이끌려 밤하늘을 날아오던 저 밤의 마녀[80]도

이 개들만큼 추하지는 않았다.

그리고 또 다른 형체의[81] 괴물이 있다. 눈코, 관절, 사지도 구별할 수 없는

형체를 형체라 부를 수 있다면,

또 어느 것으로도 보이므로 그림자 같은 것을

물체라 부를 수 있다면, 그 형체는 밤의 암흑처럼

시꺼멓게, 열 명의 복수의 여신[82]처럼 사납게,

지옥처럼 무섭게 서서, 섬뜩한 창을 휘두른다. 머리로

보이는 부분에 왕관[83] 같은 것을 쓰고서.

사탄이 다가가자 그 괴물도

자리에서 일어나 무서운 발걸음으로 달려 나온다.

그 발걸음 따라 지옥도 뒤흔들린다. 불굴의 마왕은

그가 누구인지 의아해하면서도

두려워하진 않았다. 하느님과 그의 아들 말고는

어떤 피조물도 두려워하거나 피하지 않았기에.

싸늘한 눈길로 노려보며 사탄이 말했다.

"너는 정체가 무엇이며 어디서 왔느냐, 추악한 형체여,

네가 아무리 험상궂고 무서운 놈이라지만, 감히

저쪽 문으로 가는 내 길을 가로막으며 그 못생긴 낯짝을

---

80) 헤카테를 말한다. 헤카테는 본디 밤의 여신이었으나 점차 밤의 마녀, 마술·주문의 여신이 되었다.

81) '죽음'을 말한다. 비생명, 비존재인 '죽음'답게 망령처럼 어렴풋하게 그려졌다. 스펜서도 '죽음'을 "형체 없는 그림자 같은 것으로, 육신이 없고 영혼이 없고 목소리가 없고 형체가 없다"《요정의 여왕》)라고 했다.

82) 그리스신화에 나오는 에우메니데스(에리니에스)는 로마신화에서 푸리아라 불렸으며, 보통 그 수는 셋이다.

83) '죽음'에 대해 〈요한계시록〉에는 이렇게 나와 있다. "그리고 보니 흰 말 한 필이 있고 그 위에 탄 사람은 활을 들고 있었습니다. 그는 승리자로서 월계관을 받아 썼고, 또 더 큰 승리를 거두기 위해서 나아갔습니다"(6 : 2).

내밀다니! 내 저 문을 지나는 데 너의 허락 따위는
받지 않으리란 점을 알아두라. 어서 비켜라,
그렇지 않으면 네 아둔함을 깨우쳐 주리라.
지옥 태생은 감히 하늘의 영과 겨룰 수 없음을 알라."
화가 치민 악귀(惡鬼)가 그에게 대답한다.
"네가 그 반역천사인가, 일찍이 깨진 일 없는
하늘의 평화와 믿음을 처음으로 깨고,
드높으신 분께 모략을 꾸며 하늘의 아들들
삼분의 일을 이끌고 오만한 반역 전쟁 일으켜
그로 인해 다 함께 하느님에게서 쫓겨나
이 지옥에서 슬픔과 고통에 잠겨 영원히
살도록 정죄받은 자가 바로 너인가? 그러하거늘
너 지옥에 떨어지고도 스스로를 하늘의 영으로
여기며 내게 도전과 경멸을 일삼는가?
여기서는 내가 왕이니라, 화가 날 테지만
내가 너의 왕이요 주인이니라. 너의 벌(罰)로 돌아가라,
거짓된 도망자여, 있는 힘껏 날갯짓하여 냉큼 날아가라.
어물거리면 전갈 채찍으로 쫓아내리라.
아니면 이 창 맛을 보여주마. 낯선 공포와
미지의 고통을 맛보게 될 것이다."
이 소름 끼치는 공포는 이렇게 말했다.
그렇게 말하고 위협하는 동안
그 모습은 열 배나 더 무섭고 추악해졌다.
그러나 사탄은 겁내기는커녕 분노하여
혜성처럼,[84] 거대한 뱀주인자리[85] 못지않은

---

84) 아이네이아스가 투르누스와 싸울 때 그 투구와 방패의 빛이 유성처럼 불길하게 빛났다고 한
    다《아이네이스》. 혜성과 유성은 예부터 질병과 전쟁 같은 흉사의 전조로 여겨졌다.
85) 오피우쿠스. 북쪽 하늘에 나타나는 가장 큰 별자리 가운데 하나. 사탄은 뱀과 북방과 관계가
    깊으므로 그를 뱀주인자리에 비유한 것은 타당하다.

긴 꼬리로 북극권 하늘을 붉게 물들이며
질병과 전쟁을 흩뿌리는 혜성처럼 눈부시게
불타올랐다. 양쪽은 서로 대치하며 상대의
머리에 필살의 일격을 내리꽂으려 했다. 그들의 잔인한 손은
두 번 되풀이할 생각을 않는 듯, 서로 눈살 찌푸리고
마주 쳐다보는 꼴은 마치 검은 구름 두 개[86]가
하늘의 대포인 천둥소리 으르렁거리며
카스피해[87]를 뒤덮고 맞서서
갑자기 불어온 바람을 신호로
중공(中空)[88]에서 캄캄한 어둠의 접전 벌이려는 듯하다.
용맹한 전사들이 서로 노려보자
그 모습을 보고 지옥도 어두워진다.
둘의 힘은 우열을 가리기 어려우니,
또 한 번[89]을 제외하고는 이러한 대적
서로 만날 것 같지 않다. 당장이라도 온 지옥을
뒤흔들 큰일이 벌어졌으리라,
그때 지옥문 옆에서 운명의 열쇠 쥐고 앉아 있던
뱀 형상의 마녀가 일어나 날카로운 비명
지르며 중간에 뛰어들지 않았더라면.
"아, 아버지." 그녀는 소리쳤다. "그 손으로 무슨 짓을
하려는 거예요, 당신의 외아들에게! 그리고 아들아, 너도
아무리 화가 났다지만 죽음의 창을 아버지 머리에
들이대느냐? 누구를 위해 그 창을 휘두르고 있는지

---

86) 보이아르도의 《사랑하는 오를란도》에서 오를란도가 타타르 왕과 대치하는 모습도 이와 같은
    표현으로 묘사했다.
87) 예부터 폭풍우의 명소로 유명.
88) 하늘을 상, 중, 하로 나누어 구름과 벼락이 발생하는 곳은 중공이라고 생각했다.
89) 사탄도 '죽음'도 다시 한번 대적(大敵) 그리스도와 싸워야 한다. "그리스도께서는 하느님께서
    모든 원수를 그리스도의 발아래 굴복시키실 때까지 군림하셔야 합니다. 마지막으로 물리치실
    원수는 죽음입니다"(〈고린도전서〉 15 : 25~26).

아느냐? 너는 지금 하늘에 앉아 정의라는 이름의
노여움이 명하는 대로 노예처럼 따르는
너를 보고 비웃는 그를 위해서 일하는 셈이니라.
언젠가 그의 분노가 너마저 멸할 것이거늘."
그녀가 말하자 지옥의 역신(疫神)은
창을 거두었고, 사탄도 그녀에게 대답한다.
"네 고함소리도 이상하지만 네 말도 참으로
괴상하구나. 내 번개같이 빠른 손을 멈추고
마음먹은 바를 행동으로써 보여주려던 것도 잠시
미루게 하다니. 좋다. 네 정체를 알 때까지 기다려주마.
여자이면서 뱀이기도 한 너는 누구이냐? 어째서
이 지옥 골짜기에서 처음 만난 나를 아버지라
부르고 저 망령을 내 아들이라 부르느냐.
나는 너를 모른다. 저놈이나 너같이
흉측하게 생긴 꼴은 지금껏 본 일도 없느니라."
지옥의 문지기 여인은 대답한다.
"당신은 나를 잊으셨나요? 한때 하늘에서
그토록 아름답다고 칭송받던 내가 지금은 당신 눈에
그토록 추하게 보인단 말인가요? 하늘 왕에게
모반하는 일에 당신과 결탁한 모든 스랍천사들이
회의할 때, 당신은 그들 앞에서 갑자기 처절한 고통을
느끼며 눈앞이 어지럽고 어두워지며 머리가
몽롱해졌죠. 그때 당신의 머리에서 활활 타오르는
불꽃이 마구 튀며 왼쪽 부분이 크게 벌어졌지요.
그때 당신의 갈라진 머리에서, 당신과 거의 비슷한 얼굴을 한
눈부신 천상의
아름다움을 지닌 무기를 든 여신[90]이

---

[90] 그리스신화의 아테나의 탄생이 떠오른다. 아테나는 제우스의 머리에서 완전히 무장한 모습으로 태어났으며, 헤시오도스는 "(제우스)스스로 자신의 머리에서 빛나는 눈을 가진 트리토게네

튀어나왔습니다. 그게 바로 나예요. 하늘의 온 천사들
대경실색하여 처음엔 무서워 뒤로 물러나기만 하고
나를 '죄'라 부르며 불길한 징조로 여겼지만,
차츰 친해지자 모두 나를 좋아했고
나의 매혹적인 아름다움은 나를 가장 싫어하던 이들까지
사로잡았습니다. 내 마음은 특히 당신에게 끌렸지요.
당신도 당신과 똑같은 모습을 한 나를 보고
사랑에 빠져 나와 은밀히 정을 통하고
그 기쁨을 맛보았지요. 이윽고 나는 생명을 잉태하여 배가
점점 불러 갔지요. 그러는 동안 전쟁이 터져
하늘은 싸움터가 되었고 우리의 적인 전능자에게
당연한 결과지만 완전한 승리가 돌아갔고,
우리 편은 패배하고 하늘에서 쫓기며
달아났습니다. 우리는 최고천에서 거꾸로 추락해
이 심연으로 한꺼번에 우르르 떨어졌습니다.
모두 떨어지는 바람에 나도 함께
떨어졌지요. 그때 이 능력의 열쇠[91]가
내 손에 맡겨졌고, 영원히 이 문들을 닫아둘
책임이 지워졌습니다. 내가 열지 않으면
아무도 이 문을 지날 수 없지요. 시름에 잠겨

이아를 낳았으니, 그는 무시무시한 (여신으로) 전쟁을 일으키는…… 여왕이다"《신통기》라고 했
다. 트리토게네이아는 아테나의 다른 이름이다. 이 아테나의 탄생과 "욕심이 잉태하면 죄를 낳
고 죄가 자라면 죽음을 가져옵니다"《야고보서》 1 : 15)라고 성서에서 말하는 '죄'의 탄생이 융합
되어 있다. '죄'가 사탄의 딸이고 '죽음'의 어머니라는 《야고보서》의 말을 처음으로 우의화한 사
람은 바실리우스이다. 또한 이 '죄의 탄생'은 아담의 몸에서 태어난 하와의 탄생과 흥미로운 대
조를 보인다.

91) '죄'가 지옥문 열쇠를 가지고 있는 것은, 죄지은 이를 지옥에 가두고 또 받아들이는 임무를 그
녀가 띠고 있기 때문이다. 요한은 인간을 죄와 죽음에서 해방한 그리스도의 모습을 환상 속에
서 보았다. "그분은…… 말씀하셨습니다. '두려워하지 마라. 나는 처음과 마지막이고 살아 있는
존재이다. 나는 죽었었지만 이렇게 살아 있고 영원무궁토록 살 것이다. 그리고 죽음과 지옥의
열쇠를 내 손에 쥐고 있다"《요한계시록》 1 : 17~18).

홀로 여기에 앉아 있는데, 얼마 안 가 당신의
아이를 잉태한 내 배가 부풀어 오르며
이상한 태동과 참을 수 없는 진통을 느꼈습니다.
그리고 당신이 보는 바 이 흉측한 자식이,
당신의 아들[92]이 난폭하게 빠져나오느라고
내 내장을 갈라놓았지요. 그 고통과 두려움에
내 하체가 뒤틀리며 이렇게 끔찍하게
변형된 것입니다. 그런데 내가 낳은 저 원수는
모든 것을 파멸시키고자 만들어진 죽음의 투창을 휘두르며
덤벼들었습니다. 나는 달아나며 '죽음이다!' 하고
소리쳤지요. 그 무서운 이름을 듣고 지옥도 떨었고,
온 동굴이 한숨 쉬며 '죽음이다' 하고 메아리쳤지요.
나는 달아났습니다. 그러나 저놈은 나보다 훨씬 빨리
뒤쫓아 와(분노보다는 욕정에 불타서)
겁에 질린 제 어미인 나를 붙잡아
강제로 추악한 교접을 벌였습니다.
그 능욕의 결과로 태어난 것이
계속 짖어대는 괴물들로서, 아까 당신이 보았듯,
끊임없이 울부짖으며 나를 에워싸고 시간마다
잉태하여 시간마다 태어나니, 내겐 한없는
슬픔일 뿐입니다. 이 괴물들[93]은 마음 내키는 대로
저희가 태어난 배 속으로 되돌아가 짖어대고, 내
창자를 먹이 삼아 파먹다가 기운을 차리면 다시
튀어나와, 엉겨 붙으며 나를 괴롭힙니다.
그 두려움에 이가 떨리고 휴식도 숨 돌릴 틈도 없지요.
눈앞에는 나의 아들이자 원수인 사나운 '죽음'이

---

92) 사탄의 아들은 죽음을, 신의 아들은 영생을 인간에게 준다.
93) '죄'를 괴롭히는 이 개들은 스펜서가 묘사한 어머니 '미망'을 괴롭히는 그녀가 낳은 괴물들의 모습과 닮았다(《요정의 여왕》).

있습니다. '죽음'은 저것들을 부추겨
다른 먹이 없으면 어미인 나까지 순식간에 먹어치울 거예요.
그것이 언제가 되든 내가 죽으면 자기도 더불어
죽을뿐더러, 내 살 맛이 쓰고 자기에게
독이 된다는 것을 몰랐다면 말이에요. 운명[94]은
그렇게 고했습니다. 아 그런데, 아버지,
미리 경고합니다만, 죽음의 화살을 피하십시오.
하늘에서 담금질한 그 빛나는 무기만 있으면
어떤 것도 자신을 해할 수 없으리라 자만하지 마십시오.
저 치명적 타격에 견딜 수 있는 것은
하늘 다스리는 그뿐입니다."
'죄'가 말을 마치자, 약삭빠른 마왕은 곧 상황을 깨닫고
표정 누그러뜨리며 다정하게 말한다.
"사랑하는 딸아, 네가 나를 아비라 부르고,
하늘에서 너와 나눈 사랑의 증거인
귀여운 자식까지 보여주니 정말 고맙구나. 그때는
참으로 즐거웠나니. 그러나 이젠 갑자기 닥친
참혹한 변화 때문에 말하기도 슬프구나.
딸아, 알아두려무나.
나는 적으로서 온 것이 아니라, 이 어둡고
처절한 고통의 집[95]에서 너와 네 아들, 그리고
정당한 권리를 지닌 채 저 높은 곳에서
우리와 함께 떨어진 천사들을
구출하러 왔느니라. 나는 그들과 작별하고[96]

---

94) '죄'도 다른 지옥의 주민들처럼 신이 아니라 '운명'을 절대적인 지배자로 보았다.
95) "아, 어찌 모르겠습니까? 당신께서 나를 죽음으로 이끌어가시리라는 것을. 모든 산 자가 모여
  갈 곳으로 데려가시리라는 것"(《욥기》 30 : 23). 다만 여기서 욥은 집을 죽음의 집이라고 이해
  했지만 사탄은 지옥이라고 생각했다.
96) 사탄이 지옥에서 천사들과 작별하고 홀로 그들이 살 곳을 찾아 떠난다고 말하며, 그리스도가
  하늘에서 홀로 인류를 구원하기 위해 땅으로 내려가는 것을 패러디했다.

홀로 이 사명을 짊어지고 간다. 모두를 위해서
위험을 무릅쓰고, 아득하고 끝없는
심연을 밟으며, 무한한 공허를
헤매며 찾는 중이다. 언젠가 만들어지리라
예언되었고, 그 예언에 들어맞는 징조로 보아
이미 넓고 둥글게 창조되었을, 하늘 변두리에
있는 축복의 장소를. 아마 그곳엔 우리가 떠난 뒤의
빈자리를 채우기 위해[97] 새로이 창조된 종족이
살고 있으리라. 하늘에서 멀리 떨어져 있는 까닭은
하늘이 강력한 무리들로 넘쳐나면 새로운 분쟁이
일어날까 두려웠기 때문이리라. 이것이 사실인지
그 밖에도 어떤 일이 몰래 계획되고 있는지
시급히 알아보러 가는 길이니라. 사실을 확인하면
곧바로 돌아와 너희를 데려갈 것이다.[98] 그곳에서는
너도 '죽음'도 편안히 살며, 향기롭고 부드러운 공기 속을
누구의 눈에도 보이지 않고 소리도 없이 날아다니리라.
또한 너희는 마음껏 먹고 배부를 것이며,
모든 것이 너희들의 먹이가 되리라."
둘 다 몹시 만족한 듯하자 사탄은 말을 멈추었다.
특히 '죽음'은 굶주림이 채워지리라는 말에 이를 드러내며
소름 끼치는 미소 짓고는 언젠가 그런
좋은 때를 만나게 될 제 배를 축복한다. 그에 못지않게
그 악한 어미도 기뻐하며, 제 아비에게 말한다.
"정당한 권리로서, 또 하늘의 전능한 왕의 명령에 따라
나는 여기 이 지옥의 열쇠를 보관하고 있습니다.
그러나 그의 명에 따라 이 금강의 문을

---

97) 인류 창조에 대한 사탄 측의 풀이.
98) '죄'와 '죽음'은 사탄이 돌아오기를 기다리지 않고, 신비로운 감응력으로 그의 성공을 알고는 지
구를 향해 가는 도중에 사탄과 만난다.

열지는 못합니다. 누구든 힘으로 문을 열고자 하면
산 자의 힘에 절대 지지 않는 '죽음'이
곧바로 창을 휘두르며 그 앞을 막아설 것입니다.
그러나 나를 미워하여 이 어둡고 깊은 지옥에
떨어뜨려 이 끔찍한 일을 하도록 가두고,
하늘에서 태어나 하늘의 주민으로 살아온
나를, 여기서 영원한 고뇌와
고통을 씹으며, 내 창자를 먹어치우는
자식들의 처참한 공포와 소란에 둘러싸여
살게 한 그 하늘의 왕의 명령을 지켜야 할
의무가 어디 있겠습니까? 당신이야말로[99]
내 아버지요, 날 만든 이요, 나에게
생명을 주신 분입니다. 당신 아닌 누구에게
복종하고[100] 누굴 따르리까? 나를
빛과 축복이 넘치고, 신들이 편안히 살아가는[101]
저 새로운 세계로 데려다주세요. 거기서
나는 당신 오른쪽[102]에 앉아 다스릴 것입니다,
당신의 딸이자 연인으로서 부끄럽지 않게."
이렇게 말하면서 그녀는 옆구리에서 우리 인간의
모든 괴로움의 비통한 시작인 그 치명적인 열쇠 꺼내어
뱀 꼬리 흔들며 문 쪽으로 가서

---

99) 이하의 몇 행만 보면, 타락하기 전의 아담과 하와가 신에게, 또는 하와가 아담에게 말하는 듯
하다.

100) 여기서 처음으로 피조물이 창조주에게, 자식이 아비에게, 인간이 신에게 복종한다(obey)는 표
현을 썼다.

101) 신들이 편안히 살아간다는 심상은 이교적이다. 호메로스의 "안락한 삶을 사는 신들"《일리아
스》)이라는 말의 반향일 것이다.

102) 이 대목은 명백하게 "나는 유일한 주 예수 그리스도를 믿나이다. 신의 사자이신 주 예수
는…… 인간이 되셨나이다. 그리하여…… 하늘로 올라가 성부의 오른쪽에 앉으셨나이다. ……"
라는 〈니케아 신경〉의 패러디다. 또한 지옥의 사탄과 '죄'와 '죽음'은 하늘의 성부와 성자와
성령의 삼위일체를 패러디한 것이다.

그녀 아니고서는 모든 지옥의 천사가 달라붙어도
움직이지 못하는 그 엄청나게 큰 내리닫이문을
곧장 높이 끌어 올리고는 열쇠구멍에
그 복잡한 돌기를 넣고 돌려 육중한 쇠와
단단한 바위로 된 모든 빗장들을
하나하나 손쉽게 벗긴다. 갑자기 지옥문들이
삐걱거리는 소리를 내며 순식간에
벌컥 열린다. 돌쩌귀들이 돌아가는 사나운 벼락 소리
울리니 지옥의 어둠[103] 밑바닥까지
흔들린다. 열기는 했으나 닫으려니 힘겨워,
문들을 활짝 열린 채 놔두니,
좌우로 날개 펼치고 깃발 펄럭이며 행진하는
대군(大軍)도 군마와 전차를 이끌고
충분히 줄지어 지나갈 수 있을 것 같았다.
그리고 활짝 열린 문은,[104] 용광로[105] 아가리처럼
자욱한 연기와 붉은 불길을 토해낸다.
갑자기 그들 눈앞에 잿빛 심연[106]에 감춰진
세계가 나타났다. 끝도 없는
무한대의 시커먼 망망대해(茫茫大海),
그곳엔 길이도 폭도 높이도
시간도 공간도 없다. 그곳에서는 자연의 조상인

---

103) 헤시오도스의 《신통기》에 "카오스에서 어둠(에레보스)과 밤(닉스)이 생겼다"라는 대목이 있다. 즉 '혼돈'의 아들이 어둠(에레보스)이며 딸이 밤(닉스)이다. 그러나 밀턴은 여기서 막연히 지옥이라는 뜻으로 썼다. 베르길리우스 《농경시》 참조.

104) "좁은 문으로 들어가거라. 멸망에 이르는 문은 크고 또 그 길이 넓어서 그리로 가는 사람이 많지만"(《마태복음》 7 : 13).

105) "그 별이 그 지옥 구덩이를 열자 거기에서부터 큰 용광로에서 내뿜는 것과 같은 연기가 올라와"(《요한계시록》 9 : 2).

106) 잿빛(hoary)은 "번쩍 길을 내며 지나가는 저 모습, 흰머리를 휘날리며 물귀신같이 지나간다."(《욥기》 41 : 24)의 '백발(hoary)'에서 따왔다.

늙은 밤과 혼돈[107]이 끝없는 전쟁의 소란 속에서
영원한 무질서[108]를 유지하고, 혼란을 이용하여
스스로의 주권을 확보하려 한다.
열기와 한기, 습기와 건조, 네 사나운 용사가
여기서 주권을 다투며, 그 기본 원자들을
싸움에 끌어들인다. 원자들은 각기 자기 분파의
기치 아래 모여, 저마다 패거리별로 경무장 또는
중무장하고 날카롭거나 부드럽게, 급하거나 느리게
떼 지어 수없이 모여드니, 마치 바르카나
키레네[109]의 뜨거운 사막 모래가 바람에 날려
서로 세차게 부딪치는 바람에 가세하거나
가벼운 날개에 엉겨 붙어 무게를 더해주는 것과 같다.
원자들이 많이 가담하는 쪽이 잠시 위세 떨치지만
심판자 '혼돈'의 판결은 이 소동을 한층 더
혼란에 빠뜨릴 뿐이다. 그다음 높은 판정자로서
모든 것을 다스리는 것은 '우연'이다. 이 미친 듯한 심연
속을, 자연의 자궁이며 어쩌면 바다도 육지도 공기도
불도 아닌, 4대 원소가 원자 상태로 어지러이 뒤섞여 있는

---

107) 헤시오도스는 태초에 혼돈이 있고 혼돈에서 어둠(에레보스)과 밤(닉스)이 태어났다고 생각했다. 밀턴은 그리스사상의 영향을 받은 교부들의 사상을 이어받아 〈창세기〉 1 : 1~2(한처음에 하느님께서 하늘과 땅을 지어내셨다. 땅은 아직 모양을 갖추지 않고 아무것도 생기지 않았는데, 어둠이 깊은 물 위에 뒤덮여 있었고 그 물 위에 하느님의 기운이 휘돌고 있었다)에 묘사된 상황을 혼돈으로 보고, 그 지배자를 '혼돈(카오스)' 또는 '혼돈왕(아나크)'이라 부르며 그의 배우자를 '밤(나이트)'이라고 불렀다. 혼돈에서 이윽고 신의 '말씀(로고스)'에 의해 지구를 포함한 새로운 우주가 만들어지므로 '혼돈과 '밤'을 '자연'의 조상이라고 생각했다.
108) '혼돈왕(아나크)'이 지배하는 혼돈에서는 무질서(아나키)가 존재할 수밖에 없다. 그 무질서를 이끌어내는 것은 '열기' '한기' '습기' '메마름'이라는 4대 원소(불, 물, 바람, 흙)의 각 속성의 조합으로 만들어진 물질이다. 이러한 생각은 혼돈 속에서는 "냉기는 열기와, 습기는 건조함과, 부드러움은 딱딱함과, 가벼움은 무거움과 다툰다"(《변신이야기》)라고 말한 오비디우스에게 영향을 받았다. 오비디우스의 혼돈관은 뒤바르타스와 스펜서에게서도 나타난다.
109) 바르카와 키레네는 리비아 북부에 있던 키레나이카의 고대도시. 키레나이카의 수도는 키레네였다. 바르카의 주민에 대해서는 《아이네이스》 참조.

무덤 속을,[110] 전능하신 조물주가

더 많은 세계를 창조하고자 그것들을

현묘한 재료로 삼지 않았으면

언제까지나 서로 싸우고만 있었을

그 광란의 심연 속을, 조심성 있는 마왕은

지옥 가장자리에 서서 가만히 들여다보며

갈 길을 곰곰 따져본다. 건너려고 하는 바다는 결코

좁은 해협이 아니기 때문이다. 그의 귓전을

때리는 크고 요란한 소리는 (큰 것을 작은 것에

비유한다면)[111] 벨로나[112]가 어떤 수도를 무너뜨리고자

모든 포문을 일제히 열어 공격할 때의 소리

못지않고, 하늘의 구조가 무너지고

이 모든 4대 원소들이 폭동을 일으켜

확고부동한 지구를 그 축에서 떼어낼 때에 나는

소리 못지않다. 마침내 사탄은 날기 위해

돛처럼 넓은 날개를 펼치고 성난 파도 같은

연기 속으로 몸을 끌어 올리며 땅을 찬다. 날아오르자마자

순식간에 까마득한 높이까지, 구름 전차 탄 듯 거침없이

오르지만, 그 전차도 곧 구름과 안개 속으로 사라지고

아득한 허공에 던져진다. 정신없이

날개 쳐서 오르려 하나 덧없이 곧추 떨어지기를

수만 길. 우연히(인간에게는 불행스럽게도)

불과 질산[113]으로 새빨갛게 타오르는 구름이 미친 듯

---

110) 이 부분은 루크레티우스의 《만물의 본성에 대하여》("만물의 어미인 동시에 모든 것의 무덤이기
     도 하다")에서 차용해 왔다. 그러나 시인은 "어쩌면"이라는 말로 자신의 종말관에 대한 판정을
     회피했다.
111) 베르길리우스의 《농경시》에서 차용.
112) 로마신화에 나오는 전쟁의 여신으로, 전쟁의 신 마르스의 아내 또는 누이라고 알려져 있다.
113) 여기서 '불'은 유황을 말한다. 옛날에는 적란운이 지상에서 피어오른 유황과 질산의 증기가 융
     합되어 생긴다고 생각했다.

맹렬히 반격하여 그를 떨어진 높이만큼 반대로
올려치지 않았더라면, 어쩌면 오늘날까지도
떨어지고 있었으리라. 이 소동은
바다도 아니고 단단한 육지도 아닌
늪과 같은 유사(流砂)[114]에 흡수되면서 끝났다.
사탄은 가라앉을락 말락, 거친 진흙땅 밟으며 반은
걷고 반은 날아서 간다. 그에게 노와 돛이 있었더라면
얼마나 좋으랴. 그리핀[115]이 잠도 자지 않고 지키던 황금을
몰래 훔쳐 간 아리마스포이 사람을 쫓아 황야를 가로질러
산 넘고 질펀한 골짜기 넘어 필사적으로 날개를 퍼덕여
쏜살같이 날아간 것처럼,
마왕도 지지 않고
늪과 절벽을 넘고, 좁고 거칠고 빽빽하고 성긴 곳을 지나 때로는
머리로 손으로 날개로 발로 길을 더듬어 가는가 하면, 또 때로는
헤엄치고 가라앉고 건너고 기고 난다.
이윽고 천지에 넘치는 소란스럽고 거친 음향과
온갖 잡소리가 뒤섞여 텅 빈 어둠 속에
울려 퍼지며, 크고 격렬하게
그의 귀를 때린다. 그는 물러서지 않고 대담하게
돌진한다. 이 소음 속에 누군가가,
가장 낮은 심연의 어떤 권세천사나
영체가 살고 있다면, 그를 만나
어둠과 광명이 맞닿은 가장 가까운 변경이

---

114) 스르디스는 북아프리카 해안에 있는 만(灣)인데, 예부터 유사(流砂)로 유명했다. 그리스의 《아르고 원정대》에도 나오며, 〈사도행전〉 27 : 17("거룻배를 끌어올리고 배가 부서지지 않게 선체를 밧줄로 동여맸다. 그대로 가다가는 리비아 해안의 모래 바닥에 처박힐 염려가 있어서 돛을 내리고 계속 표류하였다")에서도 그 위험성을 언급했다.
115) 그리핀(또는 그리프스)은 반은 독수리에 반은 사자 모습을 한 신화 속의 괴수. 그리핀이 지키고 있던 황금을 유럽 북부에 살던 외눈족인 아리마스포이 사람이 훔쳐냈다. 헤로도토스 《역사》 참조.

어디 있는가를 묻고자 함이다. 그러자 홀연히
'혼돈' 왕의 옥좌[116]가 나타나고 황량한 심연 위에
널리 펼쳐진 그의 어두운 천막 안, 옥좌에는 그와
더불어 만물의 연장자이자 통치의 동반자,
검은 옷 입은 '밤'이 앉아 있다. 그들 곁에는
오르쿠스와 하데스,[117] 그리고 이름도 무서운
데모고르곤[118]이 서 있고, 그다음으로는 '소문', '우연',
'소요', '혼란'이 소란스럽게 무리지어
수천에 이르는 온갖 입을 가진 '불화'와 함께 늘어서 있다.
이들을 향해 사탄은 담대히 말한다.
"너희 이 가장 낮은 심연의 권자(權者)들과 영체들,
'혼돈'과 태고의 '밤'에게 고하노라. 나는 너희 영토의
비밀을 캐거나 교란시킬 목적으로 온
첩자가 아니니라. 광명의 세계로 가는 내 길이
드넓은 너희 왕국을 지나야 하기에
부득이 이 어두운 광야를 방황하고 있느니라.
길잡이도 없이 홀로 헤맨 끝에 결국 길을 잃었으니
너희 암흑세계와 하늘의 경계가 어디이며
지름길은 있는지 묻고자 할 따름이다.
또는 하늘의 왕이 요즘 너희 영토 일부를
빼앗은 바 있다면, 그곳에 이르고자

---

116) 이 옥좌를 둘러싸고 모여 있는 의인화된 여러 인물의 모습은 《아이네이스》에서 플루톤(하데스)의 주변에 모여 있는 여러 인물의 모습과 《요정의 여왕》에 나오는 '운명'의 세 여신의 묘사를 연상시킨다.

117) 로마신화에서 죽음의 신을 오르쿠스라고 했는데, 이는 그리스신화의 죽음의 신 하데스와 같은 인물이다. 밀턴은 여기서 다른 인물로 다루었는데, 이는 보카치오의 《신들의 계보》에 따른 것이라고 한다.

118) 본디 플라톤이 《티마이오스》에서 언급한 데미우르고스(세계 창조자)의 사투리라고 한다. 데모고르곤이라는 이름을 맨 처음 쓴 사람은 루카누스(《파르살리아》에서)이며, 보카치오와 스펜서로 이어져 밀턴에 이르면서 점차 악령적인 성격을 띠게 되었다. 밀턴은 '혼돈'과 동일시하기도 했다.

이 심연을 가는 것이니 나를 그 길로 인도하라.
그리하면 섭섭지 않은 보상이 있으리라.
내 너희가 빼앗긴 땅에서
모든 찬탈자들을 몰아내어 본디의 암흑과
너희 지배 아래 돌려줄 터이니
(그것이 내 여행의 목적이니라), 너희는
한 번 더 그곳에 태고의 '밤' 깃발
세울 수 있으리라. 모든 이익은 너희
몫이고, 복수는 내 몫이 되리라."
사탄이 말하자, 늙은 혼돈왕[119]이
더듬거리며 당황한 표정으로 대답한다.
"낯선 이여,[120] 나는 그대가 누군지
알고 있소. 비록 졌으나 얼마 전 하늘 왕에게
저항했던 힘센 대천사가 아니시오.
나는 직접 보고 들었소. 그 수많은 대군이
겁에 질린 심연을 거쳐, 파멸에 파멸을,
패주에 패주를, 혼란에 혼란을 더하면서
달아날 때 그 소리가 어마어마했으니. 그리고
하늘문에서도 승리한 수백만[121] 군대가 쏟아져 나와
추격을 했으니까. 나는 여기 변두리에
거처를 정하고, 할 수만 있다면 어떻게든
남아 있는 이 땅을 지키려 하오.
이 땅은 우리의[122] 내란 때에 끊임없이 침해받아

---

119) 밀턴은 무질서(아나키)의 지배자를 혼돈왕(아나크)이라고 불렀다. 원문 "Anarch"는 'Monarch(왕)' 를 비꼰 것이다.
120) '혼돈'의 말은 혼란스러움을 보이고 있다. 그러나 '혼돈'이 사탄을 알고 있다고 말한 부분에서 둘 사이의 묘한 친근감이 나타난다. 귀신 들린 자가 그리스도에게 "나는 당신이 누구신지 압 니다"(《마가복음》 1 : 24)라고 말한 부분 참조.
121) 추격한 천사 무리에 대한 사탄과 '혼돈'의 설명은 일치한다.
122) '혼돈'은 사탄을 같은 편이라고 생각한다.

늙은 '밤'의 권세가 약해지고 있소.

우선 그대의 암굴 지옥만 해도 멀리 밑으로 널리

퍼져 있고, 요사이 만들어진 저 별세계, 하늘과 땅도

그대의 군대가 떨어진 하늘 쪽에서

황금 사슬[123]로 이어져 나의 영토 위로 걸려 있소.

그대가 그 길로 가겠다면 그리 멀지는 않으나

그만큼 위험도 커질 것이오. 어서 가시오, 성공을

비오. 파괴와 약탈과 파멸은 내 몫이오."

'혼돈'이 말을 마쳤다. 사탄은 대답할 틈도

없이, 이제 그 바다의 기슭에 가까워졌음을

기뻐하며, 새로운 활기와 기운이 솟아남을 느끼며

불의 피라미드[124]처럼 아득한 허공 속으로

뛰어올랐다. 원소가 사방에서 그를 에워쌌지만

사탄은 그 충격을 뚫고 길을 향해 필사적으로 나아간다.

아르고호[125]가 거친 바위틈을 뚫고

보스포루스를 지날 때 또는

오디세우스가 좌현으로 카리브디스[126]를 피하고

우현으로 소용돌이를 아슬아슬하게 지나가던 때보다

더 많은 괴로움당하고 더 많은 위험에 부닥치면서.

이처럼 그는 어려움과 심한 고생 겪으며,

---

123) 호메로스의 《일리아스》에, 제우스가 하늘에서 황금 밧줄을 던져 대지와 바다를 끌어올릴 수 있다고 말한 대목이 있다. 플라톤, 보에티우스, 초서, 스펜서 등도 이 황금 밧줄(또는 사슬)에 대해 저마다 해석하며 언급했다. 밀턴은 '천체의 음악에 대하여'라는 연설에서 이것이 갖가지의 조화를 상징한다고 생각했다.

124) 현재의 미사일 또는 우주선의 발사 상황과 비슷하다. 즉 사탄은 첫 번째 우주비행사인 셈이다. 밀턴은 피라미드의 뾰족한 형태가 파괴를 상징한다고 생각했다.

125) 이아손이 황금 양털을 찾아 떠날 때 탔던 배. 그들이 흑해의 코르키스로 향하는 도중 보스포루스 해협에서 절벽 사이를 겨우 지나간 일이 아폴로니오스의 《아르고나우티카》에 나온다.

126) 스킬라의 맞은편 기슭, 즉 시칠리아섬 쪽에 있는 소용돌이. 율리시스(그리스 이름은 오디세우스)가 동쪽에서 서쪽으로 항해할 때 그 두 곳 사이를 능숙하게 빠져나갔다는 이야기가 《오디세이아》에 나온다.

힘겹게 나아갔다.

그러나 그가 지나가고 난 뒤 머지않아

사람의 타락이 일어났으니 참으로 이상야릇한 변화가 아닌가.

죄와 죽음이 곧 그의 뒤를 따라가며

(이것이 하늘의 뜻이었다)

암흑의 심연 위에 그 발자국 따라 넓게

다져진 길을 깔았으니, 끓어오르는 심연은

지옥에서 이 허약한 우주의 가장 높은 천체로

길게 이어진 어마어마하게 긴 다리를 공손히

떠받친다. 이 다리로 악령들은

이리저리 불편 없이 오가며, 하느님과

선한 천사들[127]의 특별한 은총으로 보호받는 자들

이외의 인간들을 유혹하고 처벌하기도 한다.

그러나 때마침 성스러운 빛의 위력

나타나, 하늘의 성벽에서 멀리

어두컴컴한 밤의 가슴에 희미한

새벽빛을 쏜다. 여기서 자연[128]이 비로소

그 아득히 먼 변두리에 경계선을 긋고 혼돈은

패잔군이 최전방 요새에서 발톱을 숨긴 채

소리 없이 퇴각하듯이 물러났다.

사탄은 이제 힘도 들이지 않고 편안히

어둠침침한 빛 받으며 잔잔한 물결 타고,

폭풍우에 시달린 배처럼 닻줄과 밧줄은

끊어졌어도 용감하게 항구로 향한다.

때로는 공기와 비슷한 빈 황무지를

날개 펼치고 유유히 날며 아득히 먼 곳에

---

127) "야훼의 천사가 그를 경외하는 자들 둘레에 진을 치고 그들을 구해 주셨다"(《시편》 34 : 7).

128) 혼돈(카오스)과 대립하는 뜻에서 우주(코스모스)를 뜻한다. 이 우주에는 신의 창조적인 힘과
　　 질서 의지가 작용한다.

흐릿하게 떠 있는 최고천을 바라본다,
주위로 멀리 퍼져 모났는지 둥근지[129] 알 수 없으나
오팔 탑과 사파이어[130] 원석으로 꾸민 흉벽이
찬란히 빛나는, 한때는 그의 고향이었던 그곳을.
그 바로 곁에 황금 사슬이 늘어져 있고
그 끝에 크기는 달과 비슷해 보이는
자그마한 별인 우리의 우주[131]가 매달려 있다.
복수심을 불태우는 사탄은 그 방향을 향해, 이
저주받은 시간에, 스스로도 저주받은 채 서둘러 달려간다.

---

129) 요한은 환상 속에서 본 천국에 대해 "그 도성은 네 모가 반듯했고 그 길이와 넓이가 같았습니다"(《요한계시록》 21 : 16)라고 말했다.

130) "그 성벽의 주춧돌은 갖가지 보석으로 꾸며져 있었습니다. 첫째 주춧돌은 벽옥으로, 둘째는 사파이어로"(《요한계시록》 21 : 19).

131) 우리가 사는 지구를 둘러싼 광대한 우주. 시인의 공간감각은 참으로 놀랍다. 사탄이 지구에 이르려면 아직 오랜 시간을 여행해야 한다.

제3편

줄거리

　하느님은 보좌에 앉아 새로 창조된 이 세계로 사탄이 날아오는 것을 보고, 그의 오른쪽에 앉아 있는 아들에게 그의 모습을 가리키며 사탄이 인류를 타락시키는 데 성공할 것이라고 예언한다. 인간을 자유롭고 또 유혹자에게 능히 맞설 수 있도록 만들었으니 자신의 정의와 지혜를 누구도 비난할 수 없으리라고 말한다. 그러나 인간은 사탄처럼 자신의 악 때문이 아니라 사탄의 유혹에 빠져 타락할 것이므로, 인간에게 은총을 베풀 뜻을 밝힌다. 이에 성자(聖子)는 인간에게 은총을 베풀 뜻을 밝힌 아버지 하느님을 찬미한다. 그러나 하느님은 성스러운 정의가 충족되지 않는 한 인간에게 은혜를 베풀 수는 없다고 한 번 더 선언한다. 인간은 신성(神性)을 얻으려고 신의 존엄을 범하였으므로, 그 죄를 대속할 누군가가 나타나지 않는 한 인간의 자손들은 죽음의 선고를 받아 마땅히 죽어야 하리라는 것이다. 이에 성자는 자기가 인간의 대속제물(代贖祭物)이 되겠노라고 말한다. 하느님은 이를 받아들여 그에게 육신의 몸을 입도록(成肉身) 명하고, 하늘과 땅의 모든 이름보다 그 이름의 뛰어남을 선언하며, 모든 천사들에게 그를 경배하라 명한다. 천사들은 하느님의 명령에 따라 일제히 하프 연주에 맞추어 성가를 부르며 하느님과 그 아들을 칭찬한다. 한편 그 무렵 사탄은 이 세계의 가장 바깥쪽 둥근면의 튀어나온 부분에 내려 근처를 방황하다가는 얼마 뒤 '공허의 변경'이라 불리는 곳을 발견한다. 그리로 많은 사람들과 사물들이 날아가는 것을 보고, 그곳에서 사탄은 계단을 따라 위로 이어진 하늘의 문과 그 주위로 흐르는 창공 위 바다로 간다. 그곳에서 더 나아가 태양구에 닿은 사탄은 태양을 다스리라는 명을 받은 우리엘을 발견한다. 사탄은 그를 만나기 전에 미천한 천사의 형체로 모습을 바꾸어, 새로 창조된 세계와 하느님께서 여기에 만드신 인간이 너무나 보고 싶어 찾아왔노라고 거짓말을 한다. 그리하여 인간이 살고 있는 곳을 물어 알아내고는, 먼저 니파테산에 내린다.

오 복되도다. 거룩한 빛, 하늘의 첫아들[1]이여!
영원한 분과 같은 영원의 빛이라
내 함부로 그대를 부르는 것은 그대를 욕되게 함이 아닐까? 하느님은 빛이
시라[2]
인간이 함부로 가까이할 수 없는 영원의 빛[3] 속에,
또한 그대 속에 사시기에. 오 그대, 창조되지 않은
본질에서 나오신 찬란한 이여.
아니면 인간은 모르는 근원에서 나온
천상의 순수한 강물[4]이라 불러야 할까?
태양보다 먼저, 하늘보다도 먼저 그대는 계시었고
하느님의[5] 목소리 듣고 마치 외투로 감싸듯이
공허하고 형체 없는 무한에서 얻은
신세계의 어둡고 깊은 바다를 감쌌다.
내 비록 오랫동안 음침한 처소에 머물러야 했으나
이제 지옥의 불못에서 빠져나와 더욱 대담하게
내 날개의 힘으로 그대를 다시 찾아왔다.
바깥과 중간의 어둠[6]을 나는 동안에도
나는 오르페우스[7]의 하프와는 다른 가락으로

---

1) "하느님께서 '빛이 생겨라!' 하시자 빛이 생겨났다"(《창세기》 1 : 3).
2) "하느님은 빛이시고 하느님께는 어둠이 전혀 없다는 것입니다"(《요한일서》 1 : 5).
3) "그분은 홀로 불멸하시고 사람이 가까이 갈 수 없는 빛 가운데 계시며"(《디모데전서》 6 : 16).
4) "빛의 전당으로 가는 길은 어디냐?"(《욥기》 38 : 19). 또한 강물처럼 흐르는 빛의 심상은 《신곡》
   〈천국편〉 참조.
5) 이하 3행 : "땅은 아직 모양을 갖추지 않고 아무것도 생기지 않았는데, 어둠이 깊은 물 위에 뒤덮
   여 있었고 그 물 위에 하느님의 기운이 휘돌고 있었다"(《창세기》 1 : 2).
6) 바깥과 중간의 어둠은 지옥과 혼돈의 암흑을 말한다. 밀턴은 자신도 사탄과 함께 지옥에서 빠
   져나와 혼돈을 날아서 왔다고 말한다.
7) 그리스신화에 나오는 시인·음악가. 그는 아내 에우리디케를 되찾기 위해 명계로 내려가 하프 연
   주로 명계의 모든 이를 사로잡고 다시 땅 위로 돌아온다.

혼돈과 영원한 밤을 노래했다.
이처럼 굳이 암흑세계로 내려오고, 또 쉽지 않지만
다시 위로 올라올 수 있었던 것은
하늘의 뮤즈[8]의 가르침 덕분이다.
지금 나는 무사히 그대를 다시 찾아,
그대의 강렬하고 생기 있는 광명을 느낀다.[9] 하나 그대
이 두 눈을 다시 찾아주지 않으시니, 그대의 빛을
찾으려 두 눈을 굴려보지만 다 헛될 뿐, 서광조차
보이지 않는다. 그토록 두꺼운 흑내장이 시력을
빼앗았으니. 어쩌면 백내장이 안구를 뒤덮었는지도 모른다.
그러나[10] 나는 여전히 멈추지 않고, 뮤즈들이
드나드는 맑은 샘과 울창한 숲과 양지바른 언덕을
성스러운 노랫소리[11]에 이끌려 방황한다. 그러나
특히 그대 시온[12]과 그대의 거룩한 발을 씻으며
노래 부르듯 흐르는 저 향기로운 냇물[13]을
나는 밤마다 찾는다. 또한 나와
같은 운명 때문에 괴로워하고, 명성도
그렇게 나와 비슷했던 다른 두 사람,
눈먼 타미리스[14]와 마이오니데스,[15] 그리고 옛 예언자

---

8) 제1, 제7, 제8편에 나오는, 이교도의 여신이 아니라 기독교적 의미의 성령에 가깝다.
9) 보는 것이 아니라 느끼는 것이다. 밀턴은 1652년(43세 무렵)에 완전히 시력을 잃었다.
10) 이하 3행: 반이교주의에도 불구하고 밀턴의 고전문학에 대한 사랑이 얼마나 강했는지를 암시
   한다. '양지바른 언덕'은 아가니페 샘과 히포크레네 샘이 있는 헬리콘산과, 카스탈리아 샘이 있
   는 파르나소스산을 가리킨다.
11) 베르길리우스는 뮤즈에 대한 위대한 사랑에 이끌려 자연의 비의(祕義)를 배우길 원했다(《농경
   시》 참조). 밀턴은 독자가 고전적 교양으로 그가 침묵한 부분을 보충해주길 원했다.
12) 이 언덕 위에 예루살렘 신전이 있다. 밀턴은 고전시인보다 구약의 시인과 예언자를 사랑했다.
13) 기드론 계곡과 실로아 냇물을 말한다. "잔잔히 흐르는 실로아 냇물"(《이사야》 8 : 6).
14) 그리스신화에 나오는 시인. 호메로스의 《일리아스》 참조.
15) 마이온 집안 출신이라는 뜻으로 호메로스를 마이오니데스라고도 부른다. 예부터 그는 맹인이
   라고 전해진다.

티레시아스[16]와 피네우스[17]를 나는 결코 잊을 수 없다.

그럴 때면 나는 상념에 잠기고, 상념이

저절로 움직여 아름다운 노래를 만들어낸다.

마치 밤잠 없는 나이팅게일이 어둠 속에서 노래하며

나무 그림자에 숨어 야상곡을 지어내듯.

이렇게 해마다 계절은 돌아오지만,

낮도, 상쾌한 아침저녁도, 꽃피는 봄도

여름날 장미도, 양 떼도, 소 떼도, 거룩한 이의 얼굴도

나에겐 돌아오지 않는구나.

다만 나는 구름과 끝없이 지루한 어둠에

에워싸여, 인간 세상의 즐거움에서

단절되고, 아름다운 지식의 책[18] 대신

이제는 지워지고 벗겨진 자연 만물의

끝없이 망망한 공백[19]만이 주어지고

지혜는 한쪽 문으로 완전히 내몰려버렸구나.

그러니 그대 하늘의 빛이여, 더욱더

내 속을 비춰다오.[20] 마음속 능력을 샅샅이

밝혀다오. 그대 눈을 그리로 돌려 마음속의

모든 안개를 깨끗이 거둬다오. 사람의 눈으로

볼 수 없는 것을 보고 말할 수 있도록.[21]

그런데 지금 전능하신 하느님은 저 하늘 위에서

모든 것보다 더 높은 보좌에 앉아

16) 테베의 맹인 예언자. 소포클레스의 《안티고네》와 《오이디푸스왕》에 등장한다.
17) 전설적인 트라키아 왕으로 맹인이자 예언자.
18) '자연의 책'이라고도 한다. 제8편에서 '신의 책'으로 언급했다.
19) blank. 흰색, 회색이라는 뜻과 아무것도 적혀 있지 않은 공백이라는 뜻이 있다.
20) 육체적으로는 맹인이지만 신의 빛이 그의 내면을 밝혀주기를 시인은 기도했다.
21) 여기까지는 빛에 대한 찬가이며 빛으로서의 신에 대한 기도이다. 제1편과 제2편에서 시인은 지옥에 대해 노래했고, 지금 제3편에서는 천국과 신에 대해 노래하고자 한다. 맹인인 시인은 빛을 접하면서 자신의 심정을 토로한다.

저 정화천(淨火天)에서 눈길을 아래로 돌려

스스로 지으신 만물과 그들이 하는 일을 한눈에

굽어보신다. 그 둘레에는 모든 하늘의 성자들이

별처럼 빽빽이 모여 서서, 그분 모습 우러르며

이루 말할 수 없는 축복[22] 누린다. 그 오른쪽엔[23]

그의 영광의 찬란한 표상인 외아들이

앉아 있다. 땅 위에서 그는 먼저 우리의

첫 부모[24]를 보았다. 아직은 단둘뿐인

그 인류는 행복한 동산에서 환희와 사랑,

끝없는 희열과 비할 바 없는 사랑의 영원한 열매를,

축복 속에서 둘만의 고독을 즐기며

거두고 있다. 다음으로, 하느님은 지옥과

그 사이의 심연을 둘러보고, 그곳에서 사탄이

'밤' 영역의 이쪽 하늘의 어둑한 공중을 박차고

날아올라 성벽을 따라 날갯짓하며,

피로한 날개와 짜증이 묻어나는 발로, 이 세상의

아무것도 없는 표면에 내리려 하는 모습을 보신다.

그 표면은 단단한 땅처럼 보이지만 주변에 하늘도 없고,

바다인지 공기인지 뚜렷하지 않은 것에 에워싸여 있다.

하느님은 과거, 현재, 미래를 내다볼 수 있는

그 높은 곳에서 멀리 있는 사탄을 바라보시며

자신의 독생자를 향해 예언의 말씀을 하신다.

"독생자야,[25] 우리의 대적이 제 분에 못 이겨

미쳐 날뛰는 모습이 보이느냐.

---

22) "마음이 깨끗한 사람은 행복하다. 그들은 하느님을 뵙게 될 것이다"〈마태복음〉 5 : 8).

23) "그 아들은 하느님의 영광을 드러내는 찬란한 빛이시요, 하느님의 본질을 그대로 간직하신 분이시며…… 높은 곳에 계신 전능하신 분의 오른편에 앉아 계십니다"〈히브리서〉 1 : 3).

24) 에덴동산에 살고 있는 아담과 하와.

25) 하늘에서 하느님과 독생자의 대화가 시작된다. 제2편에서 사탄을 중심으로 한 악마들의 모의와 대조를 이룬다.

지정된 한계도, 지옥의 빗장도, 그에게 씌워놓은
사슬도, 또 지옥과 하늘 사이에 가로놓인
드넓은 심연도 그를 제어하지 못한다. 그는 그렇게
필사적인 복수를 꾀하는 모양이지만, 그것은 자신의
반역의 머리 위로 되돌아가리라. 그는
모든 속박을 깨뜨리고, 하늘에서 멀지 않은
빛의 영역을 날갯짓하며, 새로 창조된 세계와 그곳의
인간을 향하여 곧장 날아가고 있구나. 인간을 힘으로
멸망시키거나, 아니면 더 끔찍하게
어떤 간계를 꾸며 인간을 타락시킬
목적으로. 결국 인간은 타락하리라.
인간은 그의 그럴싸한 거짓말에 귀를 기울이고
유일한 순종의 표시로 내린 단 한 가지 명령[26]을
쉽게 어기리라. 그리하여 인간과 그
믿음 없는 자손들은 타락하리라. 누구의 잘못인가?
그들 스스로의 잘못이 아니라면? 저 천사는
얻을 수 있는 것은 다 얻고도 은혜를 모르는구나.
타락하는 건 자유이나, 충분히 설 수 있도록 나는 그를
옳고 바르게[27] 만들었도다. 하늘의 모든 상위천사와
영체들을, 일어선 자도 패한 자도 모두 그렇게
만들었느니라. 일어선 자는 제 자유로 섰고,
떨어진 자도 제 자유로 떨어졌도다. 자유가 없다면
그들이 원하는 바가 아니라 강요된 일들만이
겉으로 나타날 것이니, 참된 충성과 변함없는 신의와

---

26) "이렇게 이르셨다. '이 동산에 있는 나무 열매는 무엇이든지 마음대로 따 먹어라. 그러나 선과
악을 알게 하는 나무 열매만은 따 먹지 마라. 그것을 따 먹는 날, 너는 반드시 죽는다'"(〈창세
기〉 2 : 16~17).
27) "하느님은 반석이시니 그 하시는 일이 완전하시고, 가시는 길은 올바르시다. 거짓이 없고 미쁘
신 신이시라, 다만 올바르고 곧기만 하시다"(〈신명기〉 32 : 4).

사랑을 어찌 진지하게 증명할 수 있겠는가?[28]

의지와 이성이(이성 또한 선택이니라)[29]

쓸데없고 헛된 것이 되어 자유를 빼앗기고,

나 아닌 '필연'을

섬긴다면, 그런 순종에서 그들은 어떤

칭찬을 받고, 나는 무슨 기쁨을 얻겠는가.

그들은 본디 올바른 길을 따르도록

창조되었으니, 그들 역시

절대적인 섭리와 높은 예지로써 정해진 대로,

내 예정된 의지[30]가 그들의 의지를 지배하는 것처럼

창조주와 자신의 탄생과 운명을 비난하는 것은

옳지 않느니라. 그들에게 반역을 명한 것은 그들 자신이지

내가 아니다. 비록 내가 미리 알았다 해도

그 예지가 그들의 죄에 어떤 영향도 미치지 못하며,

몰랐다 하더라도 그들은 틀림없이 죄를 지었으리라.

그러니 운명의 하찮은 충격이나 위협 없이,

나의 불변하는 예지에 어떤 영향도 받지 않고,

그들은 스스로 판단하고 선택하는 모든

일에서 스스로 주동하여 죄를 짓는다. 나는

그들을 자유롭게 만들었으니, 스스로 노예가 될 때까진

자유로이 지내리라. 아니면 그들의 본성을 바꾸고

그들의 자유를 결정한 영원불변의

---

28) 하느님이 사람에게 자유의지를 준 이유를 말하고 있다. 시인도 사람에게 자유로운 의지가 없
다면 "우리가 신에게 바치는 모든 예배와 사랑이 아주 공허하고 무가치한 것이 된다. 법의 강
제 아래 이루어지는 의무 수행은 결코 칭찬받을 일이 아니다"《그리스도교 교의론》)라고 말했다.

29) 시인은 신의 섭리가 아담의 죄를 허용했다는, 하느님에게 책임을 돌리려는 논리에 대해, "실로
어리석은 생각이다. 하느님이 그에게 이성을 주셨을 때 바로 선택할 자유를 주신 것이다. 이성
은 선택이기 때문이다. 이러한 자유가 주어지지 않았다면 아담은 단순한 망석중이일 뿐이다"
《아레오파지티카》)라고 말했다. 아리스토텔레스의 《니코마코스 윤리학》 참조.

30) 원문은 "predestination". 밀턴의 예정설은 칼뱅만큼 엄격하지 않으며, 인간이 스스로 책임지는 자
유로운 선택을 크게 인정하고자 했다.

높은 섭리도 폐기해야 하리라.[31]

그들은 스스로 타락을 명하였노라.

처음의 그들[32]은 스스로 유혹당하고 스스로 부패하여

스스로 타락했지만, 인간은 그들에게

속아서 타락할 것이니, 인간은 은혜를

받을 수 있으나, 그들은 받지 못하리라. 내

자비와 정의의 영광은 하늘과 땅에 빛을 뿌릴 것이며,

특히 자비는 한결같이 찬란히 빛나리라."

하느님이 말씀하시는 동안 신성한 향기

온 하늘 가득 풍기고, 축복받은 선택된 영들[33]의

가슴에는 말할 수 없는 새로운 기쁨이 차올랐다.

하느님의 아들은 비할 데 없는 영광에 감싸여, 그로부터

하느님 아버지의 본질[34]이 찬란히 빛나고 있다.

그의 얼굴에 성스러운 연민, 끝없는 사랑,

헤아릴 수 없는 은총이 뚜렷이 나타났다.

그는 연민과 사랑과 은총을 드러내며 아버지에게 말한다.

"아, 아버지시여, 인간은 은총받아야 한다는

존엄한 판결 내리신 그 말씀 참으로 자비롭습니다.

하늘과 땅은 수많은 찬송가와 성가로써

당신을 높이 찬양할 것이요,

당신의 보좌는 그 노래에 감싸여 당신에게

영원한 축복의 인사를 올릴 것입니다.

---

31) 시인은 《그리스도교 교의론》에서, 하느님이 인간에게 이미 자유를 주었건만 다른 명령을 내려 그것을 저해하거나 어떤 필연성에 따라 그 자유에 어두운 그림자를 던지는 것은 신의 불변성을 훼손하는 일이라고 말한다.

32) 사탄과 반역천사 무리.

33) 반역 일으키기를 거부한 선한 천사들. "선택된 천사들"(《디모데전서》 5 : 21).

34) "그 아들은 하느님의 영광을 드러내는 찬란한 빛이시요, 하느님의 본질을 그대로 간직하신 분이시며, 그의 능력의 말씀으로 만물을 보존하시는 분이십니다. 그분은 인간의 죄를 깨끗하게 씻어주셨고 지극히 높은 곳에 계신 전능하신 분의 오른편에 앉아 계십니다"(《히브리서》 1 : 3), "그리스도의 인성 안에는 하느님의 완전한 신성이 깃들어 있습니다"(《골로새서》 2 : 9).

아버지시여, 인간은 멸망하면 안 됩니다.

얼마 전까지 그토록 당신의 사랑을 받던 창조물이고,

당신의 막내아들이었는데, 스스로 잘못이 있다 하나

이렇게 기만당하여 타락해야 하나이까? 이는 당신에게는

있을 수 없는 일,[35] 참으로 있을 수 없는 일이옵니다.

창조된 만물의 심판자, 공정한 재판관이시여.

저 대적이 이렇게 제 목적을 이루어

당신의 뜻을 가로막게 내버려두시나이까? 그가

간악한 제 뜻을 이루고 당신의 선을 무로 돌아가게 해도

되나이까? 결국 한층 무거운 판결받을지언정

복수 이루고 의기양양하게 지옥으로 돌아갈 때

그가 망쳐놓은 온 인류를 지옥으로 끌고 가게

놔두시겠습니까? 아니면 당신께서 스스로 창조물을

버리고, 당신의 영광 위하여 만드신 것을

그 때문에 망치시려는 것입니까?

그러신다면 당신의 선의와 위대함은

변명의 여지없이 의심받고 모독받게 되리이다."

이에 위대한 창조주는 대답한다.

"오, 내 가장 큰 기쁨인 아들이여,

내 사랑하는 아들이여, 단 하나뿐인

나의 말, 나의 지혜, 나의 창조의 힘이여,[36]

너는 내 생각을 그대로, 내가 정한

영원한 목적을 그대로 말하는구나.

인간은 모두 멸망하지 않고 구원을 원하는 자는

구원받으리라. 단, 그들의 의지가 아니라 자유로이 준

---

35) "죄없는 사람을 어찌 죄인과 똑같이 보시고 함께 죽이시려고 하십니까? 온 세상을 다스리시는
이라면 공정하셔야 할 줄 압니다"(《창세기》 18 : 25).

36) "내 사랑하는 아들, 내 마음에 드는 아들이다"(《마태복음》 3 : 17), "그가 곧 메시아시며 하느님의
힘이며 하느님의 지혜입니다"(《고린도전서》 1 : 24).

나의 은혜에 의해서.[37] 다시 한번 나는 그의
잃었던 힘을 회복시키리라, 예컨대 죄로 인해
상실되고 지나친 욕망에 사로잡혀 있을지라도.
나의 힘을 의지해서 그는 다시 한번
그 죽음의 적과 대등한 위치에 서리라.
내 힘이 없는 타락한 인간은
덧없고 무력할 뿐이며,[38] 구원은 오직
나에게서만 얻을 수 있음을 알게 되리라.
어떤 자를 특별한 은총으로 선택하여 다른 자들 위에
선택받은 이[39]로 세우리라. 이것이 나의 뜻이니라. 그러나
다른 자들도 이따금 불러 그들의 죄를 나무라고,
은총의 손길이 닿아 있는 동안 기회를 잃지 말고
하느님의 진노를 달래도록 충고하리라.
이는 그들의 어두운 생각을 말끔히 씻어내고
돌처럼 단단한 마음을 부드럽게 해서, 그들에게
기도하고, 회개하고, 올바른 순종의 길로 가게
하고자 함이라. 기도와 회개와 바른 순종이
진심 어린 마음에서 나왔다면
내 귀는 닫히지 않고 내 눈은 감기지 않으리라.
나는 그들의 마음속에 심판자 '양심'[40]을
안내자로 놓아두겠다. 그들이 양심의 소리 듣고

---

37) 이 말은 미묘하다. 구원받으려면 절대적이고 무조건적인 신의 은총뿐만 아니라 인간의 구원받
고자 하는 의지가 있어야 한다고 시인은 말한다. 《실낙원》의 하느님은 구원받고자 하는 의지
가 인간의 마음속에서 생기기를 바라고 있다.

38) "야훼여, 알려주소서. 며칠이나 더 살아야 이 목숨이 멈추리이까? 내 목숨 얼마나 덧없는 것인
지 알고 싶사옵니다"(《시편》 39 : 4).

39) 하느님의 특별한 은총으로 선택된 사람은, 예언자나 성자 같은 구원이 예정된 자를 가리키는
듯하다. 밀턴은 하느님이 예정에 따라 일반 사람들 가운데 어떤 이는 구원하고 어떤 이를 영원
히 벌준다고는 생각하지 않았다.

40) 이성과 같은 뜻으로 보아도 좋을 것이다.

시키는 대로 따르며 끝까지 애쓴다면[41]
빛에서 빛으로 나아가 마침내 구원에 이르리라.
그러나 이 기나긴 인내와 은총의 날[42]을
무시하고 비웃는 자는 그것을 맛볼 수 없으리라.
완고한 자는 더욱 완고해지고, 눈먼 자는 더욱 눈멀어
거꾸러지고 더 깊이 떨어지리라. 이런 자들이
아니면 아무도 나의 자비에서 제외되지 않으리라.
그러나 아직 모든 것이 끝나지 않았다. 인간이
순종하지 않고 불충하게도 신의를 깨뜨리며
하늘의 높은 권세에 맞서 죄를 범하고
스스로 신이 되려 하다가 모든 것을 잃으면
그 반역을 뉘우칠 방법 어디에도 없고
다만 저주받아 멸망하고 그의 모든
후손들과 함께 죽어야 하리라. 인간을 대신하여
능력도 있고 뜻도 있는 다른 누군가가 엄중한
속죄, 대속의 죽음으로 값을 치르지 않는 한
인간이 죽거나 아니면 정의가 죽어야 하리라.
하늘의 권자들이여 말하라. 이런 사랑은 어디 있는가.
그대들 가운데 누가 인간의 죽을죄를 대속하기 위해
죽음을 택하고, 불의한 자 구하기 위해 의를 택하겠느냐[43]
하늘에 이토록 자애로운[44] 자 어디에 있느냐?”
이렇게 묻자 천사들은 모두 가만히 입을 다물었고
하늘에는 정적[45]만이 감돌았다. 인간을 위해

---

41) “끝까지 참는 사람은 구원을 받을 것이다”(《마태복음》 10 : 22).

42) “성서에 ‘오늘’이라고 한 말은 우리에게도 해당하는 말이니 날마다 서로 격려해서 아무도 죄의 속임수에 넘어가 고집부리는 일이 없도록 하십시오. 우리가 처음의 확신을 끝까지 지켜 나가면 그리스도와 함께 상속자가 될 수 있습니다”(《히브리서》 3 : 13~14).

43) “죄 때문에 죽으셨습니다. 죄 없으신 분이 죄인을 위해서 죽으신 것입니다”(《베드로전서》 3 : 18).

44) 원문은 “charity”로 그리스어의 아가페에 해당한다.

45) “어린 양이 일곱째 봉인을 떼셨을 때에 약 반 시간 동안 하늘에는 침묵이 흘렀습니다”(《요한계

변호자도 조정자도[46] 하나 나타나지 않았다.
그런데 하물며 스스로 죽을 죄과를 떠맡고
감히 제 목숨을 내놓을 자가 있으랴.
이대로 속죄의 길 없으면 인류는
엄숙한 심판에 의해 죽음과 지옥의 형벌을 받고
멸망할 수밖에 없으리라. 그런데 그 몸에
거룩한 사랑 충만한 하느님의 아들이
중보자(中保者)자가 되기를 진심으로 바라며 말씀하셨다.
"아버지여, 인간에게 은총 주신다고 언약하셨습니다.
그 은총은 날개 달린 천사보다 빠르고
모든 창조물을 찾아가는 길 알고 있으며
원하지 않아도, 간청하지 않아도, 구하지 않아도
찾아갈 것입니다. 그러한 은총을 입는
인간은 참으로 복되옵니다. 인간은 한번
죄로 죽고[47] 멸망했으니 은총의 손길 구할 길 없습니다.
빚을 지고 갚지 못했으니 그들을 위한 속죄도
알맞은 속죄제물도 드릴 것 하나 없습니다.
그러니 저를 보소서. 그들을 위해 저를, 그들의 생명 위해
제 생명 바치나이다. 당신의 분노를 제게 내리소서.
저를 인간으로 보소서. 그들을 위해 당신 품 떠나
당신 다음가는 이 영광을 아낌없이
버리고, 그들을 위하여 기꺼이 죽겠습니다.
부디 죽음이 그 분노를 제게 풀도록 허락하소서.

시록〉 8 : 1). 제2편에서 사탄이 일동에게 원정을 제의했을 때 타락천사들도 침묵하며 아무도 나
서지 않았다.

46) "혹 누가 죄를 짓더라도 아버지 앞에서 우리를 변호해 주시는 분이 계십니다. 그분은 의로우신
예수 그리스도이십니다"(〈요한일서〉 2 : 1), "그리스도는 새로운 계약의 중재자이십니다"(〈히브리
서〉 9 : 15).

47) "그러나 한없이 자비로우신 하느님께서는 그 크신 사랑으로 우리를 사랑하셔서 잘못을 저지
르고 죽었던 우리를 그리스도와 함께 다시 살려주셨습니다"(〈에베소서〉 2 : 4~5).

그 어두운 권세 밑에 오래 억눌려

있지는 않겠습니다. 당신은 제게 영원한 생명[48]을

주셨으니, 당신에 의해 저는 삽니다.

비록 지금은 죽음에 굴복하여 죽을 수 있는

제 모든 것이 그의 소유가 되나,[49] 그 빚

갚으면 당신은 저를 그 역겨운 무덤에

그의 밥으로 버려두지도, 저의 순결한 영혼을

거기서 영원히 썩게 두지도 않으실 것입니다.[50]

저는 승리자로 부활하여 저를 정복한 이를

정복하고 그의 자랑인 전리품을 빼앗겠습니다.

그러면 죽음은 치명적 상처를 입고

죽음의 독침[51] 뽑혀 비참하게 굴복할 것입니다.

저는 당당히 승리하여, 지옥일지라도 지옥을 사로잡아

넓은 하늘 뚫고 끌어와[52] 결박한 암흑의 권자들을

보여드리겠나이다. 이를 보고 기뻐하시고,

하늘에서 굽어보시며 미소 지으실 때,

죽음에서 돌아온 저는 모든 적을 물리치고

마지막으로 죽음을 쳐서[53] 그 시체로 무덤을 채우겠습니다.

그리고 구속(救贖)받은 무리와 더불어

오랫동안 떠나 있던 하늘로,[54] 아버지여,

---

48) "아버지께서 생명의 근원이신 것처럼 아들도 생명의 근원이 되게 하셨다"(《요한복음》 5 : 26).

49) 그리스도의 죽음을 어떻게 볼 것인가라는 어려운 문제와 관련된 부분이다. 그리스도가 '성육신'이라는 과정을 거쳐 '인간'이 되었으니 인간처럼 육체와 영혼이 한동안 죽는다는 뜻인지, 그리스도는 보통 인간과 다른 죽음을 경험한다는 뜻인지 분명치 않다. 표현이 미묘한 것으로 보아 후자인 듯하다.

50) "어찌 이 목숨을 지하에 버려두시며 당신만 사모하는 이 몸을 어찌 썩게 버려두시리이까?"(《시편》 16 : 10).

51) "죽음아, 네 독침은 어디 있느냐?"(《고린도전서》 15 : 55).

52) "당신께서 포로들을 사로잡아 높은 곳에 오르시니"(《시편》 68 : 18).

53) "마지막으로 물리치실 원수는 죽음입니다"(《고린도전서》 15 : 26).

54) 그리스도의 부활을 이야기하다가 어느새 최후의 심판 이후 그의 승천에 대해 이야기하고 있다.

노여움의 먹구름 한 점 없이
고요한 평화와 화해의 빛 감도는 성안(聖顔)을 뵈러
돌아오겠습니다. 그 뒤로 노여움은 자취를 감추고,
당신 앞에는 충만한 기쁨[55]만이 있을 것입니다."
그의 말은 여기서 끝났으나, 그 온화한 표정으로
침묵의 말 이으며 죽어야 할 인간에게 대한
불멸의 사랑 보이니, 그 사랑보다 빛나는 것은
아들로서의 순종뿐이로다. 스스로 희생 제물이
되는 것을 기뻐하며 위대한 아버지의 뜻을
기다린다. 온 하늘이 깜짝 놀라
이 무슨 일이냐며 앞으로 어찌 될지 궁금해한다.
그러나 곧 전능하신 분은 대답하신다.
"아, 너야말로 진노 아래 있는 인류를 위해
나타난 하늘과 땅의 유일한 평화[56]로다. 아, 너
나의 유일한 기쁨이여![57] 너는 잘 알고 있다,
내가 모든 창조물을 얼마나 귀히 여기고, 인간을
(맨 나중에 창조되었으나) 얼마나 사랑하는지를.
나는 그들을 위하여 내 품과 오른손에서
잠시 너를 잃음으로써 온 인류 구하고자 한다.
그러니 너는, 너만이 구속할 수 있는
인간의 본성을 너의 본성에 덧붙이라.
그리고 때가 오면 불가사의한 출생으로,
처녀의 씨로써[58] 사람이 되어,[59] 지상의

---

55) "삶의 길을 몸소 가르쳐주시니 당신 모시고 흡족할 기꺼움이, 당신 오른편에서 누릴 즐거움이
  영원합니다"(《시편》 16 : 11).
56) "그리스도야말로 우리의 평화이십니다"(《에베소서》 2 : 14).
57) "이는 내 사랑하는 아들, 내 마음에 드는 아들이다"(《마태복음》 3 : 17).
58) "때가 찼을 때 하느님께서 당신의 아들을 보내시어 여자의 몸에서 나게 하시고"(《갈라디아서》
  4 : 4), "처녀가 잉태하여 아들을 낳고"(《이사야》 7 : 14).
59) "말씀이 사람이 되셔서 우리와 함께 계셨는데"(《요한복음》 1 : 14).

인간들 가운데 하나가 되라. 아담의 자식이나

아담을 대신하여 온 인류의 머리가 되어라.

아담으로 인하여 온 인류가 멸망하듯, 너로 인하여

구원받을 많은 자가 제2의 뿌리에서 새 생명 돋아나듯

구원받으리라.[60] 너 없으면 누가 이 일을 하겠는가.

아담의 죄는 온 자손을 죄인으로 만들고, 너의 공덕은

그들에게 두루 미쳐 그들을 죄에서 구원하리니,

그들은 선행이나 악행을 모두 버리고

네 속에 옮겨와 살며 너에게서

새 생명을 받으리라.[61] 그렇게 가장 올바른 인간이

인간의 속죄제물 되어 심판받아 죽고,

죽었다 다시 살아나 그 귀한 생명으로 값을 치른

많은 형제들도 되살려야 하리라.

이렇게 하늘의 사랑은 죽음에 굴복함으로써

지옥의 미움을 이기리라. 죽음에 굴복해야만[62]

비싼 값을 치르더라도 구할 수 있으리라, 지옥의 미움에

그렇게도 쉽게 파멸당하고, 은혜받아야 하나

받지 못해 지금도 파멸하고 있는 자들을.

너는 내려가 인간의 본성을 취할지나 그로써

네 본성이 줄어들거나 손상되지는 않으리라.

너는 하느님과 동등한 자로서[63] 더없이 행복한 자리에 앉아

---

[60] "아담으로 말미암아 모든 사람이 죽는 것과 마찬가지로 그리스도로 말미암아 모든 사람이 살게 될 것입니다"(《고린도전서》 15 : 22).

[61] "한 사람이 죄를 지어 모든 사람이 유죄 판결을 받은 것과는 달리 한 사람의 올바른 행위로 모든 사람이 무죄 판결을 받고 길이 살게 되었습니다"(《로마서》 5 : 18).

[62] "사람의 아들도…… 많은 사람을 위하여 목숨을 바쳐 몸값을 치르러 온 것이다"(《마태복음》 20 : 28).

[63] "그리스도 예수는 하느님과 본질이 같은 분이셨지만 굳이 하느님과 동등한 존재가 되려 하지 않으시고 오히려 당신의 것을 다 내어놓고 종의 신분을 취하셔서 우리와 똑같은 인간이 되셨습니다"(《빌립보서》 2 : 6~7). 그러나 '하느님과 동등한 자'라는 시인의 표현은 해석이 불분명하다. 《실낙원》에는 하느님의 아들이 하느님과 동등하지만 하느님과 동일한 존재는 아니라는, 정

하느님과 같은 기쁨을 똑같이 누리면서도
세상을 파멸에서 구하고자 모든 것을 버리니,
생득권보다 오히려 그 공로 덕분에
하느님의 아들로 인정받으리라. 위대하고 고귀해서가
아니라 선하므로 하느님의 아들임이
판명되리라. 네 안에는 영광보다
사랑이 더욱 가득하니, 네가 받을 오욕이
너와 함께 너의 인간성까지도 높여
이 보좌에 오르게 하리라. 이 보좌에
너는 성육(成肉)한 채 앉아, 하느님이며
사람이요, 하느님과 사람의 아들로서,
기름부음을 받은 만물의 왕[64]으로서 모두를 다스리라.
내 너에게 모든 권한을 주노니,[65] 영원히 다스리며
너의 마땅한 영광을 누리라. 우두머리인 네 밑에
좌품천사(座品天使)·권품천사(權品天使)·역품천사(力品天使)·
주품천사(主品天使)를 두노라.[66] 하늘이나 땅에, 또는
땅 밑(混屯)과 지옥에 사는 모든 자들 너에게 무릎 꿇으리라.[67]

통 삼위일체론과 상당히 다른 의견이 나타나 있다.

[64] 기름을 붓는 행위는 성별(聖別)을 뜻하며, '기름부음을 받은 자'는 구세주를 말한다. "당신은 정의를 사랑하시고 불의를 미워하셨습니다. 그러므로 하느님 곧 당신의 하느님께서는 당신에게 즐거움의 기름을 부어 왕으로 삼으시고 당신의 동료들보다 더 기쁘게 해주셨습니다"(《히브리서》 1 : 9).

[65] 예수 그리스도는 "나는 하늘과 땅의 모든 권한을 받았다"(《마태복음》 28 : 18)라고 말했다.

[66] "하느님께서는…… 권세와 세력과 능력과 주권의 여러 천신들을 지배하게 하시고 또 현세와 내세의 모든 권력자들 위에 올려놓으셨습니다. 하느님께서는 만물을 그리스도의 발아래 굴복시키셨으며 그분을 교회의 머리로 삼으셔서 모든 것을 지배하게 하셨습니다"(《에베소서》 1 : 20~22). 성경의 '권세·세력·능력·주권'은 '권품천사·능품천사·역품천사·주품천사'를 말한다. 밀턴은 천사를 아홉 등급(치품천사, 지품천사, 좌품천사, 주품천사, 역품천사, 능품천사, 권품천사, 대천사, 천사)으로 나누는 구품천사론을 그대로 답습했다.

[67] "그래서 하늘과 땅 위와 땅 아래에 있는 모든 것이 예수의 이름을 받들어 무릎을 꿇고"(《빌립보서》 2 : 10).

너 천사들을 이끌고⁶⁸⁾ 영광스럽게 하늘에서 내려가

공중에 모습을 나타내고 소환하는 역할을 맡은

대천사들을 내려보내 무서운 심판을 선언하면,

곧 사방에서 살아 있는 자들과 지난 세대의

죽은 자들이 부름을 듣고

최후의 심판대 앞으로 달려가리라.

이 나팔 불면 죽은 이도 잠에서 깨리라.

그리하여 모여든 모든 성도들 앞에서, 너는

악인과 악한 천사들을 심판하리라. 그들은 판결을 받고

너의 선고에 따라 추락하리니, 지옥은 그들로 가득 차고

그 뒤로 영원히 닫히리라. 그러는 동안,

세상은 불타고 그 잿더미에서 새 하늘과 새 땅이

솟아나리라.⁶⁹⁾ 그곳에는 의로운 자들이 살며,

오랜 고난 끝에 기쁨과 사랑과

아름다운 진리로써 승리하고 황금의 행위가

열매 맺는 황금의 시대를 맞으리라.

그때 너는 왕의 홀을 버리게 되리라.

만물에 신이 깃들어⁷⁰⁾ 더는 왕의 홀이

---

68) 최후의 심판 때 그리스도의 출현을 예언하고 있다. "모든 민족이 가슴을 치며 울부짖을 것이다. 그때에 사람들은 사람의 아들이 하늘에서 구름을 타고 권능을 떨치며 영광에 싸여 오는 것을 보게 될 것이다. 그리고 사람의 아들은 울려 퍼지는 나팔 소리와 함께 천사들을 보내어 그가 뽑은 사람들을 하늘 이 끝에서 저 끝까지 사방에서 불러 모을 것이다."(〈마태복음〉 24 : 30~31), "명령이 떨어지고 대천사의 부르는 소리가 들리고 하느님의 나팔 소리가 울리면, 주님께서 친히 하늘로부터 내려오실 것입니다. 그러면 그리스도를 믿다가 죽은 사람들이 먼저 살아날 것이고"(〈데살로니가전서〉 4 : 16).

69) 하느님이 세상의 종말과 새로운 하늘과 땅의 출현을 예언하고 있다. "그날이 오면 하늘은 불타 없어지고 천체는 타서 녹아버릴 것입니다. 그러나 우리는 하느님의 약속을 믿고 새 하늘과 새 땅을 기다리고 있습니다"(〈베드로후서〉 3 : 12~13), "그 뒤에 나는 새 하늘과 새 땅을 보았습니다"(〈요한계시록〉 21 : 1). 시인에게는 종말과 그에 뒤이은 새로운 하늘과 땅의 출현이 매우 중요한 문제였다.

70) "그때에는 하느님께서 만물을 완전히 지배하시게 될 것입니다"(〈고린도전서〉 15 : 28).

필요치 않으리니. 그러나 너희 모든 천사들에게 명하노니
이 일을 이루기 위하여 죽는 그를 숭배하라,
나를 찬양하듯 내 아들을 숭배하고 찬양하라."
전능하신 분이 말씀 그치자마자
천사 무리가 무한한 수에서 울려 나오는 듯한
낭랑한 환성[71] 지르며, 축복받은 목소리로
아름답게 기쁨 알리니, 하늘엔 환희 울려 퍼지고
드높은 호산나[72] 찬미 소리 영원의 나라를
가득 메운다. 겸손하고 공손하게 그들은
보좌를 향해 머리 숙이고 엄숙히
경배하며, 아마란트[73]와 황금으로 만든
면류관을 벗어 자기 앞에 내려놓는다.
시들지 않는 아마란트는 한때 낙원의
생명나무[74] 곁에서 꽃을 피웠으나
곧 인간이 지은 죄 때문에 처음 자라던
하늘로 옮겨져, 지금도 그곳에서 소담하게
꽃 피우며 생명의 샘[75]에 그늘 드리우고,
하늘을 가로질러 엘리시온의 꽃들[76] 사이를 지나
축복의 강[77]이 그 호박색 물줄기 품는 곳까지 뒤덮고 있다.
선택된 천사들은 이 시들지 않는 꽃으로

---

71) 구약시대에는 50년마다 '요벨(환성)의 해'라 하여 나팔을 불며 환성을 질렀다.
72) 본디 하느님에게 구원을 바랄 때 하는 말이었으나 나중에 찬양하는 말로 바뀌었다. "호산나! 다윗의 자손! 주의 이름으로 오시는 이여, 찬미받으소서. 지극히 높은 하늘에서도 호산나"(마태복음) 21 : 9).
73) 그리스 사람들에게 불사의 상징이던 전설의 꽃.
74) "야훼 하느님께서는…… 동산 한가운데는 생명나무와 선과 악을 알게 하는 나무도 돋아나게 하셨다"(창세기) 2 : 9).
75) "생명의 샘터"(요한계시록) 7 : 17).
76) '엘리시온(엘리시움)'에 피는 꽃. '엘리시온'은 그리스·로마신화에 나오는 낙원으로, 천국과는 다르다. 그러나 '아마란트'나 '엘리시온' 등 시인은 고전문학의 영향을 배제하지 않았다.
77) "그 천사는 또 수정같이 빛나는 생명수의 강을 나에게 보여주었습니다"(요한계시록) 22 : 1).

찬란하게 빛나는 머리채를 묶는다.
수북하게 깔린 화환 사이로
벽옥의 바다[78]처럼 빛나는 포석이
하늘의 장미로 물들어 미소 짓는다.
그들은 다시 관을 쓰고 황금 하프,
화살통처럼 늘 허리에 두르고 있는,
언제나 조화로운 가락을 자아내는 하프를 들었다.
매혹적인 화음으로 아름다운 전주곡을 연주하고
성가를 부르며 드높은 환희를 불러일으킨다.
소리 하나 빠짐없고, 고운 가락
어긋나지 않으니, 이런 화음은 하늘에만 있으리라.
아버지여, 저들[79]은 당신을 노래합니다,
전능하고 불변하고 불멸하며 무한하고 영원하신
왕이시라고. 당신은 만물의 창조주요,
스스로 보이지 않는 빛의 샘이요,
그 찬란한 빛을 가리시지 않는 한
아무도 다가갈 수 없는 보좌에 앉아 계신 분,
때로는 빛나는 성소의 짙은 구름으로
몸을 감싸시니, 그 구름 사이로
찬란한 옷자락 오히려 어둡게 보이지만
그래도 하늘은 눈부셔, 가장 빛나는 스랍[80]도
두 날개로 눈을 가리지 않고는 다가가지 못합니다.
또한 그들은 당신을 칭송합니다, 모든 창조물의 근원인[81]

---

78) "옥좌 앞은 유리바다 같았고 수정처럼 맑았습니다"(《요한계시록》 4 : 6), "그 도성은 하느님의 영
광에 싸여 그 빛은 지극히 귀한 보석과 같았고 수정처럼 맑은 벽옥과 같았습니다"(동 21 : 11).
79) 합창하는 천사들을 말하며, 그 합창에 참가한 시인 본인을 가리키기도 한다.
80) "나는 야훼께서 드높은 보좌에 앉아 계시는 것을 보았다. 그의 옷자락은 성소를 덮고 있었다.
날개가 여섯씩 달린 스랍들이 그를 모시고 있었는데, 날개 둘로는 얼굴을 가리고 둘로는 발을
가리고 나머지 둘로 훨훨 날아다녔다"(《이사야》 6 : 1~2).
81) "하느님의 창조의 시작이신 분"(《요한계시록》 3 : 14), "그리스도께서는······ 만물에 앞서 태어나신

하느님의 아들, 하느님의 형상이여.
몸을 가린 구름 한 조각 없이 또렷이 보이는
당신 모습엔, 본다라면 만들어진 자 그 누구도
보지 못하는 전능하신 아버지 뚜렷하게 나타나 빛나나이다.
당신에게 하느님의 영광의 광휘 눈부시게 머물고
당신에게 하느님의 풍부한 영이 깃들어 있나이다.
하느님은 당신을 통해 하늘 속의 하늘[82]과 그곳에 사는
온 천사들을 창조하시고, 당신을 통해서
반역한 천사들을 타도하셨나이다. 그날 당신은
아버지의 무서운 우레를 아끼지 않았고,
불꽃 뿜는 이륜전차를 타고서,
온 하늘을 뒤흔들며
달아나는 천사들 목 위로 전차를 몰았나이다.
추격을 마치고 돌아왔을 때, 천사들은 크게 환호하며
아버지의 적에게 맹렬하게 복수한
아버지의 힘을 이어받은 아들인 당신을 찬양했습니다.
그러나 인간은 아니었나이다. 아, 자비와 은총의
아버지시여, 당신은 악의로 타락한 인간을 엄하게
벌하지 않으시고 오히려 불쌍히 여기셨습니다.
당신의 귀하신 외아들은 당신께서 연약한 인간을
엄히 벌하려 하지 아니하시고 오히려
가엾게 여기고 계심을 알자, 곧
당신의 노여움을 가라앉히고 당신의 성안(聖顔)에
나타난 자비와 정의의 싸움을 그치게 하고자,
당신 곁에 앉아 누리던 축복도 돌아보지 않고,
인간의 죄 위하여 스스로 몸 바쳐 죽겠다고
하였습니다. 아, 비할 바 없는 사랑이여!

분이십니다"(〈골로새서〉 1 : 15). 시인이 말한 '근원'은 하느님이 처음으로 만든 자라는 뜻이다.
82) "저 하늘, 저 꼭대기 하늘도 주를 모시지 못할 터인데"(〈열왕기상〉 8 : 27).

하느님 아니면 어디서도 찾아볼 수 없는 사랑이여!
하느님의 아들, 인간의 구세주에게 영광 있으라!
당신의 이름은 앞으로 내 노래의 풍부한 소재가 되리라,
내 하프는 당신의 찬미를 결코 잊지 않을 것이며
당신 아버지께 바치는 찬미를 게을리하지도 않으리라.
이처럼 천사들은 별들의 세계 위 하늘에서
기쁨과 찬미의 노래 부르며 복된 시간을 보낸다.
그 무렵, 이 둥근 우주의 단단하고 어두운
구체(球體) 위, 원동천(原動天)[83]이
'혼돈'과 '늙은 '암흑'의 침입을 막고
안쪽의 빛나는 여러 천구를 지키는 장벽 위로,
사탄이 내려서서 걷는다. 멀리서는 구체로
보이던 것이 가까이서는 끝없는 대륙으로 보인다.
어둡고, 황량하고, 거칠고 별 없는 밤의
찡그린 얼굴 보이고, 사나운 하늘 주위로
혼돈의 폭풍이 사정없이 위협하며 불어댄다.
그러나 좀 멀기는 하지만, 회오리바람 잔잔한
하늘 성벽 근처 산들바람 부는 대기가
희미하게 반사되는 저쪽만은 다르다.
그 드넓은 들판을 마왕은 느긋하게 걷는다.
그 모습 마치, 유목하는 타타르인들 앞을 가로막는
눈 덮인 이마우스산[84]에서 둥지 떠난 독수리[85]가
먹이 부족한 지방에서 옮겨와, 양 떼들을 기르는
산에서 어린 양과 새끼 염소 고기를

---

83) 원문은 "first convex"로 되어 있지만, 천문학자 프톨레마이오스가 말한 제10천, 곧 원동천(原動天, primum mobile)인 듯하다. 지구를 둘러싼 아홉 층의 하늘 바깥에 있는 천구를 말하며 혼돈과 대치한다고 시인은 생각했다.
84) 메르카토르 등의 고대 지도에는 아프가니스탄에서 북극해까지 산맥이 그려져 있으며, 그것을 이마우스산맥이라고 했다. 또는 히말라야산맥을 가리키는 것일 수도 있다.
85) 인간을 호시탐탐 노리는 사탄을 암시한다.

배불리 먹으려고, 갠지스나 히다스페스[86] 같은
머나먼 인도 강들의 원류로 날아가던 도중에
중국인들이 바람과 돛으로
가벼운 등나무 수레 움직이는 세리카나[87]의
황야에 내려앉을 때와 같다.
마왕은 이 바람 세찬 바다 같은 육지를
먹이 찾아 홀로 이리저리[88] 헤맨다.
오직 혼자서. 이곳[89]에는 생물도, 무생물도,
어떤 피조물도 없다.
적어도 아직은 아무것도 보이지 않는다. 그러나 나중에
죄로 인해 인간의 일에 허영이 가득 찰 때
땅에서 수많은 덧없고 헛된 것들이
가벼운 증기처럼 피어오를 것이다.
허무한 모든 것과 허무한 것 위에
영광과 불후의 명예 또는 이 세상이나 저 세상에서의
행복에 대한 어리석은 희망 쌓아 올린 모든 자들과,
고통스러운 미신과 맹목적인 광신의
보상을 지상에서 얻고자 하는 모든 자들은
사람들의 칭찬만을 추구하다가, 여기서
그 행위에 합당한 허망한 과보를 받으리라.
자연의 손으로 만들어진 미숙하고 기괴하고
부자연스러운 불량품들은 모두
지상에서 사라진 뒤 이곳으로 날아와, 온 우주가
마지막으로 사라질 때까지 덧없이 방황한다.

---

86) 인더스강의 지류로 펀자브 지방을 가로지르며 흐르는 젤룸강을 말한다.
87) 고대 중국 서북부지방의 지명.
88) "야훼께서 사탄에게 물으셨다. '너는 어디 갔다 오느냐?' 사탄이 대답하였다. '땅 위를 이리저리 돌아다니다가 왔습니다'"(〈욥기〉1 : 7).
89) '바보들의 낙원'을 말한다. 시인은 주로 아리오스토의 《광란의 오를란도》를 따랐다.

이곳은 그들이 꿈꾸던 이웃 달나라[90]가 아니다.

그 은빛 세계에는 좀 더 알맞은 주민들,

산 채로 승천한 성자들,[91] 천사와 인간

중간에 자리한 영체들이 살고 있다.

이곳에는 짝이 맞지 않는 아들과 딸 사이에서

태어난 그 거인[92]들이 옛 세계에서, 한때 유명하던

그 말도 안 되는 헛된 공적을 자랑하며 가장 먼저 왔다.

다음은 시날 평야[93]에 바벨탑 세운 자들과

방법만 있다면 헛된 계획을 세워

새로운 바벨탑을 몇 개 더 세우고자 하는 이들이 왔다.

그중에는 혼자 오는 이도 있었다. 신으로

추앙받고자 어리석게도 에트나의 불길 속에 몸을 던진

엠페도클레스,[94] 플라톤이 말한 엘리시온을

누리고자 바다에 뛰어든 클레옴브로토스,[95]

또 얘기하기에는 너무도 장황한 수많은

미숙아와 백치들, 온갖 잡동사니를 몸에 지닌

흰색 검은색 회색 옷을 입은 수도사[96]와 은자들,

하늘에 살아 계신 그분을 죽은 것으로 여겨 골고다[97]까지

멀리 그 흔적 찾아가는 순례자들,[98] 반드시 낙원에

---

90) 아리오스토 등은 '바보들의 낙원'이 달에 있다고 생각했다.

91) 에녹〈창세기〉 5 : 24)과 엘리야 등을 말한다. "엘리야는 회오리바람 속에 휩싸여 하늘로 올라갔다"〈열왕기하〉 2 : 11).

92) "그들은 하느님의 아들들과 사람의 딸들 사이에서 태어난 자들로서 옛날부터 이름난 장사들이었다"〈창세기〉 6 : 4)의 '장사'를 말하는 듯하다.

93) 바빌로니아에 있는 평야. 이곳에 바벨탑이 세워진 이야기는 〈창세기〉 11 : 1~9 참조.

94) 기원전 5세기의 그리스 철학자.

95) 락탄티우스에 따르면, 젊은 클레옴브로토스는 플라톤을 너무 많이 읽어 투신자살했다.

96) 각각 가르멜수도회, 도미니코회, 프란체스코회 수도사를 말한다.

97) "몸소 십자가를 지시고 성밖을 나가 히브리말로 골고타(골고다)라는 곳으로 향하셨다. 골고타라는 말은 해골산이란 뜻이다. 여기서 그들은 예수를 십자가에 못 박았다"〈요한복음〉 19 : 17~18).

98) 성지순례에 대한 프로테스탄트의 태도는 다음의 성경 구절에 기초한다. "어찌하여 살아 계신 분을 죽은 자 가운데서 찾고 있느냐? 그분은 여기 계시지 않고 다시 살아나셨다"〈누가복음〉

가고자 죽을 때 도미니코파(派) 수도복을 입거나

프란체스코파 옷으로 꾸며 천국에

몰래 들어오려 한 자들[99]도 여기서 방황한다.

그들은 일곱 유성권을 지나 항성천(恒星天)을 지나고

천칭으로 말 많은 그 진동 폭을 조정한다는

수정천(水晶天)[100]을 지나고 원동천(原動天)을 지나간다.

이제 하늘의 좁은 문에서 성 베드로[101]가

열쇠를 쥐고 기다리는 듯하여 기쁜 마음에

하늘로 오르는 첫째 계단에 발을 올리는 순간

보라, 양쪽 기슭에서 돌풍이 불어

그들을 옆으로 몇만 리 아득한 공중으로

날려버린다. 그때 보니 주변에는

승모와 두건과 수도복이, 그것을 입은 자들과 함께

바람에 휘날려 넝마조각처럼 펄럭이고, 유물과 묵주,

면죄부와 칙서 따위도

바람의 노리개 되어 높이 날아올라

멀리 우주 반대편으로 넘어가, 나중에

바보들의 낙원[102]이라고 불리는 크고 넓은

지옥의 변방(림보)으로 날아간다. 오랜 뒤에는

---

24 : 5~6).

99) 중세에 이런 미신이 널리 성행했다.

100) 프톨레마이오스의 천동설에 따르면, 지구를 중심으로 일곱 유성권이 있고, 그다음에 항성권, 수정처럼 투명한 수정권(수정천이라고도 한다), 원동천이 순서대로 있다. 항성권의 진동(이것이 세차(歲差)를 일으킨다) 폭을 결정하는 것이 수정천의 칭동(秤動)작용이라고 한다.

101) 예수는 성 베드로에게 말했다. "너는 베드로이다. 내가 이 반석 위에 내 교회를 세울 터인 즉…… 나는 너에게 하늘나라의 열쇠를 주겠다"(《마태복음》 16 : 18~19). 여기에는 로마가톨릭 교회에 대한 시인의 야유가 담겨 있다.

102) 중세 사람들은 천국에도 지옥에도 가지 못한 사람들이 가는 곳으로서, 그리스도가 속죄의 죽음을 맞기 이전에 살았던 선한 사람들이 가는 '부조(父祖) 림보계', 세례를 받지 않은 유아들이 가는 '유아 림보계', 어리석은 자들이 가는 '바보 림보계'가 있다고 생각했다. 밀턴이 말한 '바보들의 낙원'은 '바보 림보계'에 근거하며, '바보'의 뜻은 다양하게 해석할 수 있다. '림보(limbo)'는 변방이라는 뜻이다.

널리 알려질 것이나 지금은 인적 없는 황량한 땅이다.

마왕은 여행하는 도중에 이 어두운 세계를 발견했다.

오랫동안 방황한 끝에 드디어 한 줄기

희미한 빛을 발견하고 지친 발걸음을 황급히

그쪽으로 돌린다. 저 멀리 하늘의 성벽에

이르는 장엄한 계단이 이어진

높다란 건물이 보인다. 그 꼭대기에는

왕궁 문처럼 화려한

대문이 서 있는데, 그 정면은

눈부신 황금과 금강석으로 꾸며져 있다.

또한 지상의 모형이나 화필로는

도저히 흉내 낼 수 없을 만큼

찬란히 빛나는 동방의 보석들이 잔뜩 박혀 있다.

그 계단은 야곱[103]이 에사오에게서 달아나

밧단아람으로 가는 길에 루스의 들판에서

밤이 되어 노숙할 때 꿈에서

찬란하게 빛나는 호위천사 한 무리가

오르락내리락하는 것을 보고서 잠에서 깨어

"여기가 바로 하늘문이로구나"[104] 하고 외칠 때의 그것과

닮았다. 계단 하나하나에 신비로운 뜻[105]이 있으며,

언제나 거기 있지 않고 때로는 하늘로 끌어 올려져

흔적도 보이지 않는다. 그 밑에는 벽옥의 바다,

진주의 바다 같은 빛나는 바다[106]가 펼쳐져 있다.

---

103) 야곱이 형 에사오에게서 달아나다가 루스(루즈)에서 노숙할 때, 천사들이 하늘에 닿는 계단을 오르락내리락하는 꿈을 꾼 이야기는 〈창세기〉 28 : 10~19 참조.

104) "두려움에 사로잡혀 외쳤다. '이 얼마나 두려운 곳인가. 여기가 바로 하느님의 집이요, 하늘 문이로구나'"(〈창세기〉 28 : 17).

105) 야곱이 본 것이 '존재의 대사슬'임을 나타낸다.

106) 제3편 줄거리에서 말한 '하늘문 주위로 흐르는 창공 위의 바다'를 말한다.

뒷날 지상에서 온 자들은 천사들의 인도를 받아[107]
노를 저어 오기도 하고, 또는 불말[108]이 끄는
수레를 타고 물 위를 스치며 날아오기도 했다.
지금 계단은, 일부러 오르기 쉬워 보이도록 꾸며
마왕을 도발하고, 축복의 문에서 쫓겨난
그의 슬픔과 괴로움을 더해주려는 듯 아래로
내려져 있다. 그리고 그 맞은편 밑에는
복된 낙원의 땅 위를 지나 지구로
내려가는 한 줄기 넓은 길이 이어져 있다.
그 길은 훗날 시온산으로 이어진 그 길보다, 그리고
하느님의 사랑하는 약속의 땅[109]으로 이어진
그 넓은 통로보다도 훨씬 더 넓다.
이 길로 천사들이 하느님의 명령에 따라
그 복된 지족[110]들을 찾아 자주 지나갔고,
하느님도 특별한 관심을 기울여
요르단강의 수원지인 파네아스[111]부터
그 경계가 이집트와 아라비아 해안에 걸쳐 있는
성지의 땅 브엘세바에 이르기까지 이 길을 자주 살폈다.
그 끝이 어둠에 잠겨 보이지 않을 만큼
이 길의 입구는 넓어 보였다, 마치 대양의 경계가
보이지 않듯이. 사탄은 하늘문에서 이어진
황금 계단의 첫 번째 계단을 밟고 서서

---

107) 거지 라자로(나사로)의 경우. "얼마 뒤에 그 거지는 죽어서 천사들의 인도를 받아 아브라함의
품에 안기게 되었고"《누가복음》 16 : 22).
108) 예언자 엘리야의 경우. "그들이 말을 주거니 받거니 하면서 길을 가는데, 난데없이 불말이 불
수레를 끌고 그들 사이로 나타나는 것이었다. 동시에 두 사람 사이는 떨어지면서 엘리야는 회
오리바람 속에 휩싸여 하늘로 올라갔다"《열왕기하》 2 : 11).
109) 가나안 땅. 팔레스타인 지역.
110) 이스라엘의 12지족.
111) 팔레스타인 북쪽 끝에 있는 도시로, 헤르몬산 기슭에 있는 단의 그리스명. 남쪽 끝에 있는 도
시가 브엘세바이다.

아래를 내려다보며, 홀연히 나타난 우주의
모습에 경탄한다. 마치 척후병이
어둡고 황량한 길을 위험 무릅쓰고 밤새
가다가 이윽고 먼동 틀 무렵
어느 높은 산꼭대기에 이르러
처음 보는 이국땅의 아름다운 경치와
솟아오르는 아침 햇살에 채색된
금빛 찬란한 크고 작은 탑들이
수풀처럼 솟아 있는 어느 유명한 도시[112]를
문득 보았을 때처럼
사탄은 놀라움에 사로잡혔다.
비록 천국을 보고 난 뒤이나 이토록 아름다운
세계를 보고 악령은 더욱 큰 질투를 느꼈다.
그는 길게 펼쳐진 밤의 그늘[113]이 우주의 천개(天蓋)에
둥근 그림자를 드리우고 있는 모습을 훨씬 더
위쪽에서 바라보고 있었기에, 천칭자리가 있는
우주의 동쪽 끝에서부터 지평선 너머
대서양처럼 아득히 먼 안드로메다를 품은
산양자리까지, 이어서 극에서 극까지
훑어보고는, 더 늦추지 않고 곧장
세계의 첫 번째 구역[114]으로 곤두박질하듯
날아들었다. 맑고 푸르른 하늘을 누비며
멀리서 보면 별처럼 빛나지만 가까이서는
다른 지구처럼 보이는 무수한 별들 사이를 지나

---

112) 시인은 일찍이 보았던 피렌체나 로마를 떠올렸을지도 모른다.
113) 지구 반대쪽에 태양이 있으므로 지구의 그늘, 즉 밤의 그늘이 멀리 우주의 내벽(천개)에 이르러 있다고 시인은 상상했다. 사탄이 그보다 훨씬 높은 곳(훨씬 바깥쪽)에 서 있으므로 우주의 동서(천칭자리에서 산양자리에 이르기까지)와 남북(극에서 극까지)을 두루 살펴볼 수 있다.
114) 상, 중, 하로 나뉜 지구의 대기권 위에 있는 대기권이므로, 사탄이 있는 곳에서 보면 첫 번째이다.

비스듬하게 곡선을 그리며 유유히 빠져나간다.
별들은 지구와 닮은 하늘에 떠 있는 섬, 또는 행복한 섬,[115]
행복한 들과 숲, 꽃이 만발한 계곡이 있는
그 옛날 이름 높던 헤스페리데스 동산[116] 같다.
행복한 삶을 살고 있는지[117] 멈춰 서서 묻지 않는다.
그 모든 것들 위에서 천국처럼 내뿜고 있던 황금 태양이
그의 눈을 사로잡았기 때문이다. 사탄은
고요한 창공을 지나간다. 그러나 위쪽인지 아래쪽인지,
안쪽인지 바깥쪽인지, 동쪽인지 서쪽인지는
말하기 어렵다.[118] 수많은 별들이 거대한 태양의 위엄을
두려워하여 그로부터 알맞은 거리를 유지한 채
날과 달과 해를
계산하는 다양한 주기로 별의 춤[119]을 추며
만물에 생기를 불어넣는 그 등불 쪽으로 경쾌한
갖가지 동작 보여주고, 그 자력(磁力)에 의해
돌기도 한다. 그 빛은 조용히
우주를 따뜻하게 하고, 내부에 골고루
부드럽게 침투하여,
보이지 않는 힘을 대지 깊은 곳까지 이르게 한다.

---

115) 헤스페리데스라 불리는 몇 명(보통은 세 명)의 님프가 황금 사과를 지키고 있는, 그리스신화에 나오는 정원. 헤스페리데스는 '저녁의 아가씨들'이라는 뜻이다. 이 정원이 있는 섬을 '헤스페리데스의 섬'이라고 부르며, 예부터 아프리카 서쪽 기슭에 있다고 전해져 온다.

116) 그리스신화에 나오는 '행복한 사람들의 섬'을 말한다. 서방정토와 마찬가지로 서쪽에 있으며 신들에게 축복받은 사람들의 영혼이 사는 섬이라고 한다. '헤스페리데스의 섬'과 동일시되기도 한다.

117) 밀턴이 활동하던 시대에는 우주의 다른 별에도 생물(특히 인간)이 사는지 여부를 두고 열띤 토론을 벌였다.

118) 시인은 프톨레마이오스(천동설)에 따를지 코페르니쿠스(지동설)에 따를지 판단을 회피하고 있다.

119) 별들이 운행하는 질서 정연한 모습을 그리스(플라톤 《티마이오스》 참조) 이후 서구 사람들은 '우주의 춤'이라고 불렀다. 이 이미지를 사랑한 밀턴은 거기서 신의 창조적 의지를 발견한다. 또한 날과 달과 해를 계산하는 것과 빛과의 관련은 〈창세기〉 1 : 14 참조.

태양은 그토록 놀랍고 찬란한 자리를 차지하였다.
마왕의 모습은 마치 어떤 천문학자[120]도
망원경으로 관측한 적 없는
그런 태양의 흑점과도 같았다.
금속이든 보석이든 지상의 그 어떤 것과도
비교할 수 없을 만큼 찬란하게 빛나는 그 장소를
마왕은 보았다. 모든 부분이 똑같지는 않지만 다 같이
찬연한 빛에 감싸여 마치 불타는 쇠와 같았다.
금속이라면 반은 금이고 반은 순은 같고,
보석이라면, 거의가 홍옥이나 감람석,
루비나 황옥, 그리고 아론의 가슴받이[121]에서 빛나던
열두 보석과 현실에는 없는
상상 속의 보석,[122] 또는
연금술사들이 변덕스러운 헤르메스를 묶고, 자유자재로 변하는 늙은
프로테우스[123]를 바다에서 불러낼 수도 있는 그 강력한 재주로
그토록 오랫동안 노력했으나 끝내 만들어내지 못한
그런 보석과 같았다.
이처럼 우리에게서 멀리 떨어져 있는
대연금술사인 태양이, 영묘한 빛을 뿜으며 지구의
캄캄한 내부로 뛰어들어 땅의 습기와 어우러져
오색찬란하고 영험한 갖가지 보석을 만들어내니
이곳 산과 들에

---

120) 1609년에 갈릴레오는 태양의 흑점을 관측했다.
121) 사제 아론의 흉패에는 이스라엘 12지족을 나타내는 열두 보석을 박아야 한다고 야훼가 말한
   내용은 〈출애굽기〉 28 : 15~21 참조. 또 이 대목은 오비디우스가 태양신 궁전을 서술한 대목
   의 영향을 받았다(《변신이야기》).
122) 비금속을 황금으로 바꾸고 인간의 수명을 늘리는 힘이 있는 '현자의 돌'로, '철학자(연금술사)
   의 돌'이라고도 한다.
123) 그리스신화에 나오는 해신(海神)으로, 모습을 자유자재로 바꾸고 예언하는 힘이 있는 바다의
   노인.

불로장생약이 샘솟고 황금 강이 흐른들
대체 무엇이 신기하랴.
여기서 새로운 것을 보고도 마왕은
현혹되지 않고 다른 먼 곳을 바라본다.
그곳에는 눈앞을 가리는 것도, 그림자도 없고,
있는 것은 오로지 햇빛뿐이다.
한낮에 주야평분선(晝夜平分線)[124]에서 햇빛이
수직으로 내리쬐듯, 여기서는 그 빛이
수직으로 올라가니, 불투명한 물체가 그리는 그림자는
사방 어디를 보아도 나타나지 않았다.
공기가 비할 데 없이 맑아 그의 시력을 돋우니
아득히 먼 물체도 뚜렷이 보인다.
문득, 요한이 태양 속에서 보았던 바로
그 영광의 천사[125]가 눈앞에 서 있다.
천사는 갑자기 등을 돌렸으나, 그 빛은 조금도
줄지 않고, 머리에는 눈부시게 빛나는 금관을 쓰고
뒤로 늘인 탐스러운 머리채는
날개 돋친 어깨 위에서 잔잔하게 물결치고 있다.
큰 임무를 맡고 있거나, 아니면
깊은 생각에 잠겨 있는 듯하다.
부정한 영은 이제 방랑을 마치고
인간의 복된 자리, 그 여로의 끝이요
우리 고난의 시초인 낙원으로
인도할 자 찾았다는 희망에 기뻐한다.
그러나 제 모습으로는 위험을 부르고 일을
그르칠 수 있으니 모습을 바꾸기로 한다.

---

124) 춘분과 추분 때에는 태양이 천체의 적도를 지나며 지구 적도를 향해 수직으로 빛을 뿌린다.
125) "나는 또 태양 안에 한 천사가 서 있는 것을 보았습니다"(《요한계시록》 19 : 17).

그가 젊은 거룹천사로 변장하니,[126]

한창때 모습에는 미치지 못하나, 그 얼굴에 거룩한

청춘의 미소 어리고, 손끝 발끝까지

우아함이 넘치는 완벽한 천사가 되었다.

관 밑에는 탐스럽고 풍성한 머리칼이

곱슬곱슬 양 뺨에 너울거리고, 몸에는

황금 뿌려진 오색찬란한 날개 달고

금방이라도 날아오를 수 있는 간편한 옷차림에,

은 지팡이 짚고 엄숙하게 걸어간다.

상대도 그 발소리 이내 알아차린다. 빛나는 천사가

멀리서 누군가가 다가오는 기척 느끼고

그 빛나는 얼굴을 돌리니, 다름 아닌

대천사 우리엘,[127] 일곱 천사[128] 가운데 하나,

하느님의 보좌 바로 앞에서 명령을 기다리고

하느님의 눈이 되어 하늘을 두루 살펴보고,

땅으로 내려와 궂은 곳과 마른 곳,

바다와 육지를 넘어 하느님의 전갈을

재빨리 전하는 그에게 사탄은 말했다.

"우리엘, 그대는 하느님의 높은 보좌 앞에 자리한

영광스러운 일곱 천사 가운데 으뜸이며

통변자로서, 하느님의 위대하고 절대적 뜻을

저 높은 하늘에 빠짐없이 전하고, 그대의 사신(使臣)을

---

126) "사탄도 빛의 천사의 탈을 쓰고"(〈고린도후서〉 11 : 14).

127) 위경 〈제1에녹서〉(9 : 1)에는 미가엘, 가브리엘, 라파엘과 어깨를 나란히 하는 위대한 천사로 나온다. '우리엘'은 하느님의 빛이라는 뜻이다. 랍비문학에는 "천하를 살피는 야훼의 눈"(〈스가랴〉 4 : 10)인 일곱 천사 가운데 하나가 우리엘이라고 나와 있다. 우리엘은 여기서 대천사(제8계급)로 나오지만 사탄은 그를 제1계급인 스랍이라고 부른다.

128) "지금 계시고 전에도 계셨고 또 장차 오실 그분과 그분의 옥좌 앞에 있는 일곱 영신(천사)"(〈요한계시록〉 1 : 4), "나는 하느님 앞에 서 있는 일곱 천사를 보았는데"(동 8 : 2), 〈스가랴〉 4 : 10 등 참조.

기다리는 그의 아들들에게 전하는 자로다.
여기서도 그대는 지존자의 명령에 따라 하늘에서와
같은 명예로운 임무를 맡고, 하느님의 눈이 되어 가끔
이 창조된 새로운 세계로 내려와 두루 살피고 있으리라 믿소.
이 놀라운 모든 창조물, 그 가운데서도
하느님의 제일가는 기쁨인 인간, 그들을 위해 이 모든 위대한 창조물을,
만드셨을 만큼 하느님의 총애를 한 몸에 받는 인간을
꼭 보고 싶고 알고 싶은 걷잡을 수 없는 갈망 때문에
나는 거룩천사들의 합창대에서 나와 이렇게
홀로 방황하게 되었소. 찬란한 스랍이여,
말해주오, 이 빛나는 천체의 그 어느 곳에
인간이 자리하고 있는지를. 아니면 정해진 곳 없이
이 모든 빛나는 천체 어느 곳이나 마음대로 골라 살 수
있는지를. 위대한 창조주가 세계를 주고 또
이 모든 은총을 내리신 인간을
찾아가 내 남몰래 바라보거나
공공연히 찬미할 수 있도록.
또 인간과 만물이 다 잘 되어 있음을 보고
우주의 창조주를 찬미할 수 있도록.
정의로운 하느님은 반역한 적들을 깊은 지옥으로
몰아내고, 그 손실을 메우고자 인간이라는
새롭고 행복한 종족을 창조, 더욱 순종하여
그를 섬기게 하시니, 실로 하느님의 뜻은 영묘하도다.”
이 위선자는 상대가 눈치채지 못하도록 이렇게 말했다.
무릇 인간도 천사도 가리지 못하는 것이
위선이라, 그것은 하느님 아닌 그 누구에게도
보이지 않고, 하느님의 묵인 아래
하늘과 땅을 두루 돌아다니는 유일한 악이다.
가끔 ‘지혜’가 깨어 있어도 ‘의혹’이 지혜의

문간에서 잠들고, 자기 임무를 '단순'에게 맡기는데,
이때 '선'은 악이 뚜렷이 보이지 않으면 악이라
생각지 않는다. 그리하여 태양의 지배자이고
하늘에서 가장 날카로운 눈을 가졌다고 알려진
우리엘도 유일하게 이번만은 속았다.
그는 이 야비한 사기꾼에게
정직한 마음 그대로 대답한다.
"아름다운 천사여, 하느님의 성업(聖業)을 알고
위대한 창조주를 찬양하고자 하는
그대의 소원은 비록 도를 넘은 듯하나
비난받지는 않으리라. 오히려 하늘의 천사들이
하늘에서 들리는 소문만으로 만족하는 것을
직접 눈으로 보고자 홀로 하늘의
저택을 떠나 여기까지 온 그대의 갈망이
극단으로 치달은 듯 보일수록 칭찬받으리라.
참으로 하느님의 성업은 모두 경탄할 만하고,
알아서 즐겁고, 늘 기쁨으로
마음에 기억해 둘 만하니라.[129]
하지만 창조된 자의 마음으로 어찌 그 수를 헤아리고
또 만물을 만들어 보이고도 그 원인은
깊이 숨기신 무한한 지혜[130]를 이해할 수 있으랴.
나는 하느님의 말씀에 따라 이 세계의 재료인
형체 없는 덩어리가 하나의 형체로 응집되는 것을 보았다.
하느님 목소리에 '혼란'과 거친 '노호'가

---

129) "야훼께서 하시는 일들이 하도 장하시어 그 일들을 좋아하는 사람 모두가 알고 싶어 한다.
……그 놀라운 일들을 기념토록 남기셨으니"(〈시편〉 111 : 2~4).
130) "야훼는 지혜로 땅의 터를 놓으시고 슬기로 하늘을 튼튼히 떠받치시며"(〈잠언〉 3 : 19). 바로 뒤
에 우리엘은 자신이 경험한 천지창조를 이야기한다. 이는 나중에 라파엘이 같은 상황을 이야
기하는 부분의 서곡이기도 하다.

가라앉고, 아득한 '무한'이 한계 지어졌다.

이윽고 두 번째 명령[131]이 떨어지자마자 '암흑'은 달아나고

'빛'이 비치며 무질서에서 질서가 생겨났다.

이어 땅과 물, 바람과 불 같은 무거운 원소는

정해진 자리로 재빨리 달려가고

하늘의 영묘한 제5원소[132]는 위로 올라가

갖가지 형태로 생명을 얻어 살아서 약동하고[133]

원주를 그리며 도는 무수한 별이 되어

그대가 보는 바와 같이 움직이고 있다.

이 별들은 저마다 정해진 위치와 궤도를 얻었고

별이 되지 못한 나머지 영기는 우주를 둘러싼 벽이 되었다.

저 구체를 내려다보라. 비록 태양 빛을

반사하고 있을 뿐이지만 이쪽 면이 찬란하게

빛나고 있다. 저곳이 지구, 곧 인간이 사는 자리다.

저 빛이 인간의 낮이다. 빛이 없으면 다른 반쪽처럼

밤이 침범하리라. 그러나 그곳에는

이웃하는 달이(맞은편에 있는 아름다운 별,

저것이 달이다) 알맞게 도움을 주어, 때로는 끝나고

때로는 시작하면서 다달이 중천을 돈다.

세 가지 표정으로 바뀌는[134] 달은 태양 빛을 빌려

차기도 하고 기울기도 하면서 지구를 비추고

그 창백한 영토를 밤으로부터 지킨다.

---

131) "하느님께서 '빛이 생겨라!' 하시자 빛이 생겨났다"(《창세기》 1 : 3). 또한 이하의 서술은 〈창세기〉
와 플라톤의 《티마이오스》가 융합된 것이다.

132) 제5원소(quintessence)는 아리스토텔레스가 땅, 불, 물, 바람의 4원소 외에 다섯 번째 원소로서
존재한다고 가정한 에테르(ether)를 말한다(《천체론》). 이 에테르가 우주 위로 올라가 태양과
별이 되었다고 생각했다. 오비디우스는 "무게가 없고 눈부시게 불타는 하늘은 찬란하게 머나
먼 꼭대기에 자리를 잡고"(《변신이야기》)라고 썼는데, 이 '하늘'이 제5원소의 세계이다.

133) 천체마다 살아 있는 영기(靈氣)가 있고, 그 영기에 의해 움직인다는 플라톤(《티마이오스》)의 이
론 참조.

134) 호라티우스가 달을 "세 가지 모습을 한 여신"(《서정시집》)이라고 말했다.

내가 가리키는 저 지점이 아담이 사는 곳
낙원이고, 저 울창한 나무 그늘이 그의 처소이다.
이리 가면 길 잃을 리 없으니 가보라, 나도 내 볼일 있으니."
우리엘이 말을 마치고 돌아서자, 사탄은
합당한 명예와 존경을 중시하는 하늘의 법도에 따라
상위 영들에게 하듯 몸을 굽혀 인사하고
아득히 먼 지구를 향해 황도(黃道)에서[135]
거꾸로 뛰어내려, 성공의 기대감에 발걸음 가볍게,
크게 원을 그리며 공중을 여러 차례 돌아서
이윽고 니파테산[136] 꼭대기에 내려섰다.

---

135) 프톨레마이오스의 천동설에서 지구를 중심으로 태양이 돌 때 지나는 궤도인 황도에서, 더 정확히 말하면 황도상의 태양에서 사탄은 우주의 중심을 향해 뛰어들었다.
136) 아르메니아와 아시리아 국경에 있는 타우르스산맥(토로스산맥)에 속하는 산.

제4편

줄거리

사탄은 에덴이 보이는 곳, 하느님과 인간에 맞서 대담한 음모를 시도할 장소에 가까워지자, 자신에 대한 의혹과 공포, 질투, 절망 같은 격렬한 감정에 사로잡힌다. 그러나 결국 결심을 굳히고 낙원으로 나아간다. 이어서 낙원의 외관과 지형이 묘사된다. 사탄은 경계 안으로 들어가 주위를 둘러보기 위하여 낙원에서 가장 높은 생명나무 위에 가마우지처럼 내려앉는다. 낙원 묘사가 이어지고, 사탄은 처음으로 아담과 하와를 본다. 그는 그들의 수려한 모습과 행복한 처지를 보고 경탄하지만, 그들을 타락시킬 결심을 바꾸지 않고 그들의 이야기를 엿듣는다. 사탄은 지식의 나무 열매를 따 먹는 것이 죽음의 형벌로써 금지되어 있음을 알아내고, 이 금기를 어기도록 그들을 꾀어 목적을 이루려고 계획한다. 사탄은 다른 수단으로 그들의 상태를 좀 더 자세히 알아보고자 그들 곁을 잠시 떠난다. 한편 우리엘은 태양의 빛줄기를 타고 지상으로 내려와 낙원 문을 지키는 가브리엘에게, 한 악령이 지옥을 탈출하여 착한 천사의 모습을 하고 대낮에 자기 구역인 태양권을 지나 낙원으로 내려갔는데, 그것은 그가 산에서 광포한 몸짓을 하는 것을 보고 알았다고 경고한다. 가브리엘은 아침이 되기 전에 그를 찾아내겠다고 약속한다. 밤이 오자 아담과 하와는 쉬자고 이야기한다. 그들의 정자와 저녁 예배가 묘사된다. 가브리엘은 야경대를 불러내어 낙원을 순찰하고, 잠자는 아담과 하와에게 악령이 해를 입히지 못하도록 힘센 천사 둘에게 정자의 경비를 맡긴다. 두 천사는 정자에서 하와의 귀에 대고 꿈속에서 그녀를 유혹하는 악령을 발견하고는, 저항하는 그를 가브리엘에게 끌고 간다. 악령은 가브리엘의 심문에 냉소적으로 맞서려 했으나, 하늘의 계시에 저지당해 낙원에서 달아난다.

아, 그 경고의 목소리가 있었더라면! 계시를 읽은

요한이 들은 그 외침, 용이 두 번째 패배 맛보고

사람에게 복수하고자 미친 듯이 지상에 내려올 때

"화 있으리라. 땅 위에 사는 자들아!" 천상에서

높이 부르짖은 그 경고가 있었더라면![1] 그러면 아직

시간이 있었을 때 우리 조상이 살그머니

다가오는 적에 대한 경고를 받아들여

그 치명적인 덫을 피할 수 있었을지도 모르건만.

이제 사탄은 첫 싸움[2]에 패배하여

지옥으로 달아나게 된 것에 격분하여

죄 없고 연약한 인간에게 앙갚음하고자

인류의 고발자[3] 되기 전에 유혹자로서 나타난 것이다.

저 멀리 떨어져 있을 때는 대담하고 겁 없던 그도

막상 운 좋게 여기에 닿자 자신의 성공을 기뻐하지도

자랑하지도 않고 그저 묵묵히 무서운 계획을 꾸미기

시작한다. 그의 가슴은 금방이라도 태어날 듯한

계획에 들끓어 오르고, 그러자 어느새 두려움과 의심이

그의 어수선한 머릿속을 헤집고

마음속 지옥[4]을 밑바닥부터 흔들어댄다.

---

1) 시인은 〈요한계시록〉의 예언을 인용하여 사태가(아담과 우리 인간들에게) 절박함을 독자에게 알리려 한다. "그때 하늘에서는 전쟁이 터졌습니다. 천사 미가엘이 자기 부하 천사들을 거느리고 그 용과 싸우게 된 것입니다. 그 용은 자기 부하들을 거느리고 맞서 싸웠지만 당해 내지 못했습니다. 그래서 하늘에는 그들이 발붙일 자리조차 없었습니다. 그 큰 용은 악마라고도 하고 사탄이라고도 하며 온 세계를 속여서 어지럽히던 늙은 뱀인데, 이제 그놈은 땅으로 떨어졌고 그 부하들도 함께 떨어졌습니다. 그때 나는 하늘에서 큰 음성이 이렇게 말하는 것을 들었습니다. '우리 형제들을 무고하던 자들은 쫓겨났다. 밤낮으로 우리 하느님 앞에서 우리 형제들을 무고하던 자들이 쫓겨났다. ……그러므로 하늘과 그 안에 사는 자들아, 즐거워하여라. 그러나 제 때가 얼마 남지 않은 것을 깨달은 악마가 크게 노하여 너희에게 내려갔으니 땅과 바다는 화를 입을 것이다'〈요한계시록〉 12 : 7~12).

2) 사탄 무리가 하늘에서 반란을 일으킨 이야기는 제6편에 자세히 나와 있다.

3) "밤낮으로 우리 하느님 앞에서 우리 형제들을 무고하던 자들이 쫓겨났다"〈요한계시록〉 12 : 10)의 '무고하던 자'를 말한다.

4) '마음속 지옥'이라는 생각은 보나벤투라, 토마스 아퀴나스에게까지 거슬러 올라간다. 영국문학

사탄은 자기 안에

또는 자기 곁에 늘 지옥을 지니고 다니기에, 장소가 바뀌어도

자신에게서 벗어나지 못하는 것처럼, 지옥에서

단 한 발짝도 떠날 수 없기 때문이다. 이제 깊이

숨어 있던 양심이 잠자던 절망을 일깨우니, 비통한

지난날⁵⁾과, 지금과, 더욱 나빠질 앞날에 대한 괴로움이

눈을 뜬다. 악행 뒤에는 더 지독한 고통이 따르기 마련.

눈앞에 즐거이 펼쳐진 에덴을 향해

그는 몇 번이나 비통한 눈길을 던지고,

하늘과 지금 때마침 정오의 탑에 높이 걸터앉은 듯한

찬란한 태양⁶⁾을 몇 번이나 서글픈 눈으로 쏘아보며

고민하더니 이윽고 한숨지으며 말한다.

"아, 태양이여, 무엇보다 뛰어난 영광의 관을 쓰고

이 신세계의 신처럼 그 드높은 옥좌에서 세상을

내려다보는 그대여. 그대 앞에서는

모든 별이 빛을 잃고 고개 숙인다. 내 그대 이름,

친근한 목소리는 아니지만, 아, 태양이여, 그대 이름 거듭

부르는 것은, 내 그대 빛을 얼마나 미워하는지⁷⁾

알리고자 함이다. 그대의 빛은 내가 얼마나 높은 곳에서 떨어졌고,⁸⁾

일찍이 천국에서 교만과 사악한 야심 품고

하늘의 무적 왕과 싸우다 패하여 떨어지기 전까지

그대 영토에서 내가 얼마나 영광스러운 존재였는지를

에서 밀턴 이전의 유명한 문장으로는 말로의 비극 《포스터스 박사》에서 "지옥에는 경계가 없고
정해진 장소도 없다. 우리가 있는 곳이 곧 지옥이며, 지옥이 곧 우리가 영원히 살아가는 곳이다"
(제2막 제1장)라는 대사를 들 수 있다.

5) 《신곡》〈지옥편〉에서 프란체스카는 "비참한 환경에서 행복하던 지난날을 그리워하는 것만큼
가슴 아픈 일은 없다"고 말했다.

6) 하늘의 중심에 걸린 태양은 하늘과 땅의 중심에 선 하느님의 아들 예수 그리스도를 상징한다.

7) "과연 악한 일을 일삼는 자는 누구나 자기 죄상이 그대로 드러날까봐 빛을 미워하고 멀리한다"
《요한복음》 3 : 20).

8) "네가 어디에서 빗나갔는지를 생각하여"(《요한계시록》 2 : 5).

생각나게 한다. 아, 왜 그랬던가? 그에게 그렇게
앙갚음할 이유는 없었는데. 나를 그토록 찬란하고
뛰어난 존재로 창조하였고,[9] 은혜를 줄 뿐[10] 조금도 꾸짖지
않았으며, 섬기기도 어렵지 않았건만.
그를 찬미하는 일보다 더 쉬운 일이 무엇이랴.
실로 손쉬운 보답이요, 그에게 감사드리는 일
실로 지당했다. 그러나 그의 선은 모두
나에게 악이 되고, 악의만을 불러일으켰다. 너무 높이
떠받들려서 나는 복종을 멸시하고 한 걸음만 더 오르면
더없이 높게 되어, 갚으면 갚을수록 불어나는
무겁고 무한하고 끝없는 감사의 빚을
단번에 갚아버리려 생각했다. 그에게서
얼마나 큰 은혜를 끊임없이 받고 있는지도 잊고,
은혜를 아는 자는 은혜를 입어도
빚이 없으며, 빚을 갚고 있는 것임을, 빚을
지는 동시에 갚고 있으므로 무거운 짐 따위는
없다는 것을 몰랐던 것이다. 그의 전능한 운명이 나를
하급 천사로 정했더라면 나는 행복했을 테고,
끝없는 욕망에 시달리며 야심을 품지도
않았을 텐데. 하지만 결국 그렇지도 않았으리라. 나만큼
위대한 어떤 다른 천사가 야심을 품고
나를 그의 편으로 끌어들였을지도 모른다.
그러나 나만큼 위대한 다른 천사들은 타락하지 않고
안과 밖에서 생기는 모든 유혹을 물리치며
당당하게 서 있다. 너에게는 그렇게 서 있을
자유의지[11]와 힘이 없었는가? 아니, 있었다. 그렇다면

---

9) 사탄은 다른 반역천사들에게는, 그들 천사가 스스로 태어나고 스스로 나타났다고 말한다.
10) "아무도 나무라지 않으시고 모든 사람에게 후하게 주시는 하느님"(《야고보서》 1 : 5).
11) 하느님은 제3편에서 천사들에 대해 "일어선 자는 제 자유로 섰고, 떨어진 자도 제 자유로 떨어

만물에 평등하게 주어진 하늘의 사랑 외에 너는
무엇을 원망하겠는가? 그러니 그 사랑 저주받으라.
사랑도 미움도 내게는 영원한 괴로움만 주니.
아니, 저주받을 건 너다. 하느님 뜻을 거역하고, 지금
네가 뉘우치는 것을 네 의지로 택했으니. 아,
가엾은 것은 나로다. 어디로 달아나야 이
끝없는 분노와 절망에서 벗어날 수 있단 말인가.
어디로 피하든 그곳이 지옥이다! 나 자신이 지옥이다!
가장 깊은 심연에 있으면서 보다 깊은 심연[12]이
나를 삼키려 아가리를 크게 벌리니,
그에 비하면 지금 나를 괴롭히는 지옥은 하늘과 같다.
아, 이렇게 된 이상 굴복해야 하는가. 회개할 여지[13]는
없으며, 사면의 여지도 전혀 없는가?
굴복밖에 다른 길은 없다. 그러나 그로 인해 느낄
모욕과, 하계천사들로부터 받게 될
수모가 나를 가로막는구나. 굴복은커녕 오히려
전능자를 굴복시킬 수 있다고 큰소리치며
그들을 온갖 약속과 호언장담으로 유혹했었다.
아, 그들은 모르리라. 그 헛된 큰소리 때문에
내가 얼마나 큰 고통을 당하고 있으며,
마음의 가책 때문에 얼마나 신음하고 있는가를.
왕관을 쓰고 홀을 쥐고 지옥의 높은 옥좌에 앉은
나를 그들이 떠받들 때에도
나는 더욱 깊은 지옥으로 떨어져 말할 수 없이
비참해질 뿐이다. 야심으로 얻는 기쁨은 바로

졌도다"라고 말했다.

12) "야훼여, 깊은 구렁 속에서 당신을 부르오니"(《시편》 130 : 1).
13) "에사오는 그 후에 자기 아버지의 축복을 받으려고 눈물까지 흘리면서 애원했지만 거절을 당
하였습니다. 자기가 저질러놓은 일을 돌이킬 길이 없었던 것입니다"(《히브리서》 12 : 17).

이런 것! 그런데 만일 내가 회개하고 은혜 입어 이전
지위를 되찾는다면? 그 높은 지위는 다시
오만을 불러일으키고, 거짓 복종으로 맹세한 것을
곧바로 취소하고 말리라. 편안해지면 괴로울 때
한 맹세는 폭력에 의한 강요이니 무효라고 생각하리라.
치명적인 증오의 상처 이토록 깊을 때는
참된 화해 결코 이루어질 수 없다.
맹세를 거두어들이면 더욱 비참해지고 참혹하게 타락할
뿐이다. 잠깐이나마 숨을 돌린다 해도
그 대가로 이중의 고통을 치러야 하리라.
그 처벌자는 이것을 알기에, 내가 평화를
바라지 않는 것처럼, 그도 주질 않는다.
모든 희망은 끊어졌도다. 보라, 버림받고
쫓겨난 우리 대신 그의 기쁨인 새로 창조한
인류와 그들을 위해 만든 세계가 저기 있다.
잘 가라 희망이여, 희망과 함께 공포 너도!
잘 가라 참회여! 모든 선은 내게서 떠났다.
악이여, 너 나의 선이 되라![14] 너의 힘으로
나는 우주를 하늘의 왕과 함께 나누어 갖고,
적어도 그 일부를 다스리고 있느니라.
머지않아 인간도 이 신세계도 이를 알게 되리라."
사탄은 말하는 동안에도 분노, 질투, 절망
온갖 감정에 얼굴이 흐려지고, 세 차례나
창백해진다. 그 때문에 그의 가면 벗겨지니
누군가가 보고 있었다면 그 위장이 금세 탄로났으리라.
천사의 마음은 이런 추악한 근심에
흐려지지 않기 때문이다. 사탄도 이 점을 곧 깨닫고

---

14) "비참하게 되리라. 나쁜 것을 좋다, 좋은 것을 나쁘다, 어둠을 빛이라, 빛을 어둠이라, 쓴 것을
   달다, 단 것을 쓰다 하는 자들아!"《이사야》5: 20).

속임수의 명수답게[15) 뒤숭숭한 마음을 평온한 표정 아래
감춘다. 그는 불타는 복수심과 악의를
숨기기 위해 성자의 탈을 쓰고
허위를 일삼은 첫 번째 존재가 되었다.
그러나 그 허위를 눈치챈 우리엘을 속이지는
못했다. 우리엘의 눈은 그의 뒤를 좇았고,
아시리아의 그 산꼭대기[16)에서 복된 천사는
생각할 수도 없는 추악한 모습으로 바뀌는 것을 보았다.
사탄은 주변에 아무도 없으니 아무도 보지
못했으리라고 생각했지만, 그의 사나운 거동과
미친 듯한 태도를 우리엘은 빠짐없이 지켜보았다.
사탄이 발걸음을 옮겨 에덴[17)의 경계에
이르렀다. 좀 더 다가가니 그림처럼 아름다운
낙원[18)이 펼쳐져 있다. 시골집 토담 같은
푸른 울타리[19)가 넓고 평평한 산봉우리를
에워싸고, 덤불이 우거진

---

15) 제3편에서도 시인은 사탄을 "야비한 사기꾼"이라고 불렀다.

16) 제3편 마지막에 나온 니파테산 꼭대기.

17) 에덴은 본디 수메르—아카드어로 평지라는 뜻이며, 메소포타미아 대평원을 가리킨다. 〈창세기〉에서는 하느님이 "동쪽에 있는 에덴이라는 곳에 동산을 마련"(2 : 8)하셨다고 나와 있다. 그러나 가끔 에덴 자체가 동산, 즉 낙원이라는 오해가 생겼다.

18) 파라다이스(낙원)는 원래 페르시아어로 에워싸인 장소를 뜻하는 말로, 그리스에서는 페르시아 왕 등의 정원을 크세노폰이 처음으로 파라데이소스라고 불렀다. 구약에서는 동산, 신약에서는 동산 외에 다양한 의미로 쓰였다. 밀턴이 그린 낙원 풍경은 스펜서의 '아도니스의 정원'(《요정의 여왕》 제3권 제6편)과 단테의 '지상낙원'(《신곡》〈지옥편〉 제28노래) 등을 거쳐 디오도로스의 '니사섬' 묘사 등으로까지 거슬러 올라갈 수 있는데, 여기에는 서구문학에 나타나는 지상낙원의 이미지가 집대성되어 있다. 낙원이 산꼭대기에 있다는 것에 대해서는 "하느님의 동산 에덴에 있었다. ……하느님의 산에 두어"(《에스겔》 28 : 13~14) 참조.

19) "나의 누이, 나의 신부는 울타리 두른 동산이요, 봉해 둔 샘이로다"(《아가》 4 : 12). 이 '울타리 두른 동산'은 마리아를 상징한다. 마리아가 제2의 하와라면 사탄이 '에워싸인' 낙원으로 가는 것은, 그곳에서 불행한 결과를 야기하는 극적인 사건이 하와를 둘러싸고 펼쳐지리라는 점을 암시한다.

산비탈은 기괴하고 거칠어서
가까이 갈 수가 없다. 머리 위에는
삼나무, 소나무, 전나무, 가지 뻗은 종려나무[20]
울창한 수목들이 하늘 높이 솟아
장관을 이루며, 숲 위에 숲이 층층이
올라간 모습은 장엄한 숲의 극장이로다.
그러나 나무 꼭대기보다 훨씬 높게
낙원의 푸르른 산울타리 솟아올라 있다.
여기서 우리의 조상 아담이 주변에 펼쳐진
아래 세상을 널리 둘러보았다.
이 울타리보다 더 높이, 둥글게 서 있는
아름다운 열매 가득하고, 빛나는 금빛 꽃과
열매가 함께 생기는[21] 훌륭한 나무들은
화려하고 찬란한 갖가지 빛깔로 물들어 있다.
그 위로 태양은 아름다운 저녁 구름보다,
하느님이 대지에 은혜로운 비 내리실 때 나타나는
무지개보다 더 찬란하게 빛을 뿌린다. 그 경치
그토록 아름다우니, 사탄이 다가갈수록 맑은
공기가 그를 맞이하고, 절망 이외의 모든
슬픔을 몰아낼 화창한 봄날의 환희와 희열을
그 마음에 가득 불어넣는다. 부드러운 바람이
향기로운 날개를 치며 그곳에 어린

---

20) 삼나무와 소나무와 전나무는 서구문학에서 '아름다운 곳(locus amoenus)'을 묘사할 때 꼭 등장하는 나무지만, 종려나무는 시인이 "의로운 사람아, 종려나무처럼 우거지고 레바논의 송백처럼 치솟아라"(《시편》 92 : 12)를 보고 추가한 것이다.

21) 지상낙원에서는 나무에 꽃과 열매가 동시에 생긴다고 예부터 생각해 왔다. 예들 들어 호메로스가 묘사한 '알키노오스의 정원'(《오디세이아》)과 스펜서의 '아도니스의 정원'(《요정의 여왕》)에서도 꽃과 열매가 동시에 열린다. 밀턴은 여기에 "야훼 하느님께서는 보기 좋고 맛있는 열매를 맺는 온갖 나무를 그 땅에서…… 돋아나게 하셨다"는 〈창세기〉(2 : 9) 구절까지 염두에 두었을 것이다.

자연의 향기 부채질하고, 어디서 이런 보물을
훔쳐왔는지를 나지막이 속삭인다. 마치
희망봉을 돌아서 모잠비크[22]를 지나 큰 바다로 나서는
선원들에게 멀리서 불어오는 북동풍이
저 행복한 아라비아[23]의 향기로운 해안에서
시바[24]의 방향(芳香)을 날려 보내면, 그들이 조금 늦더라도
기꺼이 속도를 늦추고, 늙은 대양도
황홀한 향기에 취해 몇백 해리에 걸쳐
미소 짓는 것처럼. 그렇게 이 달콤한 향기는 독을
품고 온 마왕을 즐겁게 했다. 그 옛날 토비트의
아들이, 신부에게 연정 품은 아스모데우스[25]를
달아나게 하고, 결국 메디아[26]에서
이집트로 보내져 결박당하게 만든
그 물고기 창자 냄새와는 딴판으로 즐거웠다.
이제 사탄은 그 가파르고 험한 산비탈을
생각에 잠겨 천천히 올라간다. 하지만 그 이상
나아갈 길이 없다. 관목과 덤불이
빽빽하게 뒤얽혀서
사람이든 짐승이든 이 길을

---

22) 아프리카 남동부에 있는 포르투갈의 옛 식민지(현재는 모잠비크공화국). 마다가스카르섬과 모잠비크 사이에 모잠비크 해협이 있는데, 동양무역을 하는 상선들은 그 해협을 지나 인도양으로 나갔다.

23) 아라비아 남부(현재의 예멘)를 옛날에는 북부 '사막의 아라비아'와 대비시켜 '행복한 아라비아'라고 불렀다.

24) '행복한 아라비아'에 있던 고대 왕국. 그 여왕이 솔로몬을 방문한 일이 〈열왕기상〉(10 : 1 이하)에 기록되어 있다. 시바는 유향, 몰약, 계피의 산지이며, 시바에서 방향이 바다를 타고 흘러나갔다고 말한 사람은 디오도로스이다.

25) 성서 외전인 〈토비트서〉 제8장에 토비트의 아들 토비아가 사라와 결혼할 때 천사 라파엘의 지시에 따라 물고기 내장을 태워 이제까지 일곱 번이나 그녀의 신랑을 죽인 아스모데우스를 쫓아버렸다는 이야기가 있다.

26) 카스피해 남쪽에 있던 고대 왕국.

지나는 모든 것을 가로막고 있었다.
사탄이 가는 곳과 반대쪽, 맞은편 동쪽에
문이 하나 있었다. 마왕은 그 문을 보자
깔보고 비웃으며
가볍게 훌쩍 뛰어 산인지 담인지 알 수 없는
경계를 넘어 곧장 안으로
들어갔다. 마치 굶주리며 먹이 있는
새로운 땅을 찾아 헤매는 늑대가
저녁때 양치기가 들판 한쪽에 만든 나무 우리 안에
양 떼를 몰아넣는 것을 보고 울타리를 훌쩍 뛰어넘어
우리 안으로 쑥 들어올 때처럼.
또는 어느 부유한 시민의 돈을 훔쳐내려고
마음먹은 도둑[27]이, 빗장과 자물쇠로 굳게 닫힌
단단한 문으로는 침입할 수 없으니
창문이나 지붕으로 기어 올라갈 때처럼.
그렇게 이 최초의 큰 도둑은 하느님의 우리에 들어갔고,
그 뒤 악덕 고용인들[28]도 하느님의 교회에 그렇게 들어갔다.
사탄은 위로 날아올라 한가운데에 있는
가장 높은 나무, 생명나무[29] 위에
가마우지[30]처럼 내려앉는다. 그러나 그로써
참된 생명 얻기는커녕, 오히려 살아 있는 자의

---

27) "예수께서 또 말씀하셨다. '정말 잘 들어두어라. 양 우리에 들어갈 때에 문으로 들어가지 않고 딴 데로 넘어 들어가는 사람은 도둑이며 강도이다. ……도둑은 다만 양을 훔쳐다가 죽여서 없애려고 오지만 나는 양들이 생명을 얻고 더 얻어 풍성하게 하려고 왔다"《요한복음》 10 : 1~10).
28) "나는 착한 목자이다. 착한 목자는 자기 양을 위하여 목숨을 바친다. 목자가 아닌 삯꾼은 양들이 자기 것이 아니기 때문에 이리가 가까이 오는 것을 보면 양을 버리고 달아나 버린다"《요한복음》 10 : 11~12). 오로지 돈 때문에 일하는 성직자, 특히 영국국교회 성직자를 밀턴은 고용인이라고 부르며 공격했다.
29) "야훼 하느님께서는 보기 좋고 맛있는 열매를 맺는 온갖 나무를 그 땅에서 돋아나게 하셨다. 또 그 동산 한가운데는 생명나무와 선과 악을 알게 하는 나무도 돋아나게 하셨다"《창세기》 2 : 9).

죽음을 궁리하며 앉아 있다. 생명을 주는

그 나무의 위력은 생각지 않고, 잘만 이용하면[31] 불사를

증명할 수 있으련만 오직 주위를 둘러보기 위해

이용할 뿐이다. 이처럼 오직 하느님 이외에는

눈앞에 있는 선을 올바로 평가하는 이

없고, 오히려 최선의 것을 최악의 것으로,

또는 비천한 용도로 악용할 뿐이다.

사탄은 눈앞에 펼쳐진 좁은 땅에

인간의 감각이 느낄 수 있는 온갖 쾌락을 제공하는

풍족한 자연 세계가 펼쳐져 있는 것을 보고

몹시 놀라며 감탄한다. 이곳이 바로 에덴 동쪽에

하느님이 세우신 축복의 동산이다.

에덴[32]은 하란에서 동쪽으로

그리스 왕들이 세운 대도시 셀레우키아의

거대한 탑들이 있는 곳, 또한 그 옛날 에덴의

자손들이 살던 들바살 근처까지 그 경계선이

뻗어 있다. 이 즐거운 땅에

하느님은 그보다 훨씬 더 즐거운 동산을 창조하셨다.

이 비옥한 땅에 보기 좋고, 향기 좋고, 맛 좋은

---

30) 가마우지는 탐욕을 상징하는 새로, 여기서는 영생을 설파하는 성스러운 교회에 탐욕스러운
성직자가 침입해 있음을 나타낸다. 또한 〈이사야〉에는 야훼가 멸망시킨 에돔의 폐허에는 "사다
새(가마우지)나 고슴도치가 드나들고"(34 : 11)라는 대목이 있는데, 사탄의 운명을 암시한다.

31) 반역자 사탄이 생명나무를 올바르게 이용하려면 그 나무의 의의를 잘 이해해야 한다. 생명나
무는 '성례(새크러먼트)'라기보다는 영원한 생명의 상징(《그리스도교 교의론》)이므로 이 상징성을
이해하고 뉘우쳐 하느님에게 다시 복종할 필요가 있다.

32) 밀턴은 에덴의 위치를 나타내고자 했다. 하란은 메소포타미아 북부, 바리크강(유프라테스강 지
류) 가에 있는 마을로, 에덴은 그곳에서 동남쪽에 있는 셀레우키아(티그리스강 기슭, 현재의 바
그다드 남쪽에 있다)에 이르기까지, 아니 더 남동쪽에 있는 들바살(카르데아 마을)까지 펼쳐져
있었다고 시인은 막연하게 생각했다. 셀레우키아는 알렉산드로스 대왕의 장군인 셀레우코스
왕(셀레우코스 1세)이 세운 도시. 왕은 대대로 이 밖에도 각지에 셀레우키아라는 이름의 도시를
세웠다. 들바살에 대해서는 '들바살에 있는 에덴족'(《열왕기하》 19 : 12)이라고 구약에 언급되어
있지만 그 위치는 확실하지 않다.

온갖 고귀한 나무들을 자라게 하셨고
그 한복판에 키가 훌쩍 크고,
맛 좋은 황금 열매[33] 주렁주렁 열리는
생명나무를 두셨다. 생명나무 바로 옆에는
우리의 죽음인 지식나무가 빠르게 자라고 있었다.
악을 앎으로써 선을 배우게 되는, 그 지식나무.[34]
에덴을 가로질러 남쪽으로 흐르는 큰 강,[35]
그 물길 바꾸지 않고 지하로 흘러
나무 울창한 산속을 지난다. 하느님은
낙원 터로서 이 산을 빠른 물살 위에
높이 일으키셨던 것이다. 이 급류는 저절로 말라
위쪽으로 끌려 올라와
맑은 샘이 되고 수많은 시내가 되어
동산을 적시고 다시 모여
경사진 숲속 빈터를 따라 아래로 흘러 이제 막 어스레한 물길에서
흘러나온 아랫물과 만난다.
그러고는 크게 네 줄기[36]로 갈라져
따로따로 흐르며, 많은 이름 있는 나라와 지방을
누빈다. 그 나라들을 여기서 이야기할 필요는 없지만
시가(詩歌)의 힘이 닿는 한 이렇게 말할 수 있으리라.

---

33) 시인은 생명나무에 대한 〈창세기〉의 내용(2 : 9)에, 그리스신화에 나오는 헤스페리데스 동산의
황금사과 이미지를 덧붙였다.

34) "야훼 하느님께서는…… 동산 한가운데는 생명나무와 선과 악을 알게 하는 나무도 돋아나게
하셨다"(〈창세기〉 2 : 9). 밀턴은 이렇게 말했다. "그 나무는 결과적으로 선악을 알게 되는 나무라
고 불리게 되었다. 아담이 그 맛을 본 뒤로, 우리는 악을 알게 되었을 뿐만 아니라 악을 앎으로
써만 선을 알 수 있게 되었다"(《그리스도교 교의론》).

35) "에덴에서 강 하나가 흘러나와 그 동산을 적신 다음 네 줄기로 갈라졌다"(〈창세기〉 2 : 10).

36) 〈창세기〉(2 : 11~14)에는 비손, 기혼, 티그리스, 유프라테스 등 네 강의 이름이 언급되어 있으며,
앞의 세 강은 각각 하윌라, 구스, 아시리아로 흐른다고 나와 있다. 여기에는 까다로운 성서고고
학상의 문제가 얽혀 있으므로 밀턴은 이야기할 필요가 없다고 한 것이다.

저 청옥(靑玉)의 샘³⁷⁾에서 나온 잔잔한 냇물은
찬란한 진주와 황금의 모래 위를 굴러,
나무 그늘 아래를 빙빙 돌아 감로수³⁸⁾처럼
흐르고, 나무들을 일일이 찾아가 낙원에
어울리는 꽃들을 키우게 하였다. 그것은
손질한 꽃밭이나 화단에서 볼 수 있는 꽃이
아니라, 풍요로운 자연이 산과 골짜기와 들에, 아침 해가
따뜻하게 넓은 들을 비추는 그곳, 또는 햇빛
가리는 녹음, 한낮에도 정자가 어두워지는 그곳에
아낌없이 피워 낸 꽃이다. 이처럼 이곳은
각양각색의 경치 좋은 행복한 전원지대였다.
향긋한 수액과 향유가 방울방울 떨어지는
울창한 나무들과, 황금 껍질에 감싸인 먹음직스런
과일이 주렁주렁 열린, 헤스페리데스의 얘기가 사실이라면
바로 이곳이 그곳이라 할 만한 숲이 여기에 있다.
숲 사이에는 풀밭과 평평한 언덕, 연한 풀을
뜯는 양 떼, 종려나무 언덕 등이
여기저기 흩어져 있다. 그리고 물 흐르는 골짜기의
꽃이 많이 피는 오목한 곳엔 온갖 색깔의
가시 없는 장미³⁹⁾가 흐드러지게 피어 있다.
저쪽 그늘진 암굴과 서늘하고 으슥한 동굴
위를 뒤덮듯 포도덩굴이
자줏빛 송이 매단 채 평온하고 무성하게

---

37) "하느님의 동산 에덴에 있었다. 홍옥수, 황옥, 백수정, 감람석, 얼룩마노, 백옥, 청옥, 홍옥, 취옥,
온갖 보석들로 단장했었다"(《에스겔》 28 : 13).

38) 넥타르. 그리스 신들이 마시는 음료. 오비디우스가 묘사한 황금시대에는 감로수의 강이 흘렀
다고 한다(《변신이야기》).

39) 하느님은 금단의 열매를 먹은 아담에게 "땅은 가시덤불과 엉겅퀴를 내리라"(《창세기》 3 : 18)라고
말했다. 아담이 타락하기 이전에는 장미에도 가시가 없었다고 어느 교부(암브로시우스 또는 바
실레이오스)는 해석했다. 장미는 예부터 사랑의 상징이다.

뻗어 있다. 한편 졸졸졸 흐르는 물은

산비탈을 내려가며 몇 줄기로 갈라지고, 그 물줄기는

둑 언저리에 도금양[40] 곱게 핀

수정거울 받쳐 든 호수에서 하나가 된다.

새들도 아름다운 목소리로 합창하고,

바람, 봄바람은 들과 숲의 향기 퍼뜨리며

나뭇잎을 흔들어 감미로운 가락 연주한다.

그러자 만물을 관장하는 판[41]이 '아름다움'과

'계절'과 어울려 춤추며

영원한 '봄'[42]을 끌어들인다. 프로세르피나[43]가

꽃을 따다가, 그 꽃들보다 더 아름다운 꽃인

그녀가 오히려 음울한 디스의 손에 꺾이고, 그리하여

케레스에게 그녀를 찾아 온 세상을 헤매는 고통을 준

저 아름다운 엔나 들판도, 또 오론테스강과

영험한 카스탈리아 샘이 있는 저 아름다운

다프네의 숲[44]도, 이 에덴의 낙원에는

---

40) 도금양(myrtle)은 베누스의 나무로, 그 꽃은 사랑의 상징으로서 결혼식에 쓰인다. 장미, 포도, 도금양 같은 식물은 낙원이 그리스 라틴 문학에 나오는 베누스(아프로디테)의 정원과 비슷하다는 인상을 준다.

41) 그리스신화에 나오는 목신(牧神)으로, 상반신은 인간이나 하반신은 산양 모습을 하고 있다. 판은 '모든 것'을 의미하므로 온 우주와 자연 자체를 상징한다고 여겨졌다. 회화 등에서는 판이 숲의 정령 또는 여신과 장난치는 모습으로 가끔 등장한다. 따라서 밀턴은 여기서 '아름다움'의 여신과 '계절'의 여신을 그렸다. '아름다움'의 여신은 탈리아(꽃의 만발), 에우프로시네(기쁨), 아글라이아(빛남) 등이며, '계절'의 여신은 에우노미아(질서), 디케(정의), 에일레네(평화) 등이다.

42) 지상낙원에는 반드시 영원한 봄이 있어야 한다. 스펜서의 '아도니스의 정원'(《요정의 여왕》) 등 참조. 밀턴은 아담이 죄를 지어 계절에 변화가 생기고 영원한 봄이 사라졌다고 말한다.

43) 그리스신화에서 제우스와 데메테르(대지의 생산을 관장하는 여신으로 로마신화에서는 케레스라고 한다)가 낳은 여신 페르세포네. 그녀가 니사에서 꽃을 따다가 명계의 왕 하데스(로마신화에서는 플루톤 또는 디스)에게 잡혀가 명계의 왕비가 되었다. 그녀가 잡혀간 곳은 니사가 아닌 시칠리아의 엔나라는 설도 있다.

44) 시칠리아 북부를 흐르는 오론테스강 기슭에 다프네의 숲이 있다. 그곳에는 아폴론 신전과 파르나소스산의 카스탈리아 샘을 본뜬 같은 이름의 샘이 있다. 다프네는 아폴론에게 쫓겨 월계수로 변한 님프이다.

견줄 수 없다. 또한 이교도들이 암몬 또는

리비아의 유피테르라고 부르는 늙은 함이,

아말테이아와 혈색 좋은 젊은 아들 바쿠스를

계모 레아의 눈에서 숨겼던, 트리톤강에

둘러싸인 저 니사섬[45]도, 또 아비시니아 왕들이

그 후손들을 지켰던 곳, 에티오피아의 적도(赤道) 밑

나일강의 근원지대, 빛나는 바위로 에워싸여

오르는 데만 꼬박 하루 걸리는 (이곳을 진정한

낙원으로 여기는 자도 있지만) 저 아마라산[46]도

이 에덴의 낙원에 견줄 수 없다. 이 산에서

멀리 떨어진 아시리아의 동산에서, 마왕은

처음 보는 기이한 각종 생물과

온갖 기쁨을 앞에 두고도 전혀 즐겁지 않았다.

그때 위엄 있는 알몸으로

자연 본디의 영광에 감싸인 고상한 모습의 두 인간이

곧고 높게, 하느님처럼 곧게, 만물의 왕으로서

가치 있는 모습으로 서 있는 것이 보인다.

거룩한 얼굴엔 영광스런 창조주의 모습[47] 빛나고

진리와 지혜와 엄격하고 순결한 신성이,

엄하지만 아들로서의 참된 자유의지가 빛난다.

---

45) 바쿠스(디오니소스)에 대해 다양한 이야기가 있지만 밀턴은 디오도로스의 설에 따랐다. 바쿠
스는 리비아 왕 암몬과 님프 아말테이아의 아들로, 왕비 레아의 눈을 피해 아름다운 니사섬에
서 자랐다고 한다. 암몬(아몬)은 본디 이집트의 주신(主神)이지만 그리스 사람들에게는 제우스
(유피테르)와 동일시되었으며 밀턴의 시대에는 노아의 아들 함과 동일시되었다. 니사섬은 현재
의 튀니스 부근에 있던 호수 안에 있었다.

46) 밀턴 시대의 지도에 따르면, 이 산은 아비시니아(지금의 에티오피아)의 적도 바로 밑에 있었으며
지금은 암하르산이라고 불린다. 이 산에 34개 궁전이 있고 그곳에 젊은 왕자들이 살았다. 피터
헤일린은 《세계지지(世界地誌)》(1652)에서 이곳에 낙원이 있었다고 주장했으나, 밀턴은 낙원이
아시리아에 있었다는 자신의 주장을 굽히지 않는다.

47) "당신의 모습대로 사람을 지어내셨다. 하느님의 모습대로 사람을 지어내시되 남자와 여자로 지
어내시고"(〈창세기〉 1 : 27).

인간의 참된 권위는 거기서 비롯된다. 그러나
두 사람은 서로 성(性)이 다르듯 동등하지 않다.
남자는 사색과 용기 위하여, 여자는 온순함과 달콤하고
매력 있는 우아함 위하여, 그는 하느님만을 위하여,[48]
그녀는 그의 내면에 있는 하느님을 위하여 만들어졌다.
그의 아름답고 넓은 이마와 하늘 우러르는 눈은
절대적인 통치를 나타낸다. 히아신스 색 고수머리[49]는
앞에서 양쪽으로 갈라 탐스럽게 늘어져 있지만
넓은 어깨 밑까지 이르지는 않는다.
꾸미지 않고 빗질도 하지 않은 그녀의 금발은
가느다란 허리까지 베일처럼 내려와
포도나무 덩굴손 꼬부라지듯
제멋대로 곱슬곱슬 굽이친다. 이 긴 머리칼은
복종[50]을 뜻한다. 그러나 부드러운 힘으로 요구해야만
비로소, 수줍으면서도 공손하게,
정숙하면서도 떳떳하게, 우아하면서도 마지못한 듯
망설이며 정답게 응하니, 그도 이를 더욱 기쁘게
받아들인다. 그 시절에는 신비로운 부분[51]도 가리지
않았지만 죄스런 수치감도 없었다. 자연의 산물

---

48) "모든 사람의 머리는 그리스도요 아내의 머리는 남편이요 그리스도의 머리는 하느님이시라는
    것을 알아두기 바랍니다"(〈고린도전서〉 11 : 3).
49) 아테네가 오디세우스를 늠름하게 만들어주었을 때, "머리카락도 곱슬곱슬하고 풍성하게, 히아
    신스 색과 똑같이 바꿔주었다"(〈오디세이아〉)라고 호메로스는 말했다. 색깔인지 모양인지 확실
    하진 않지만, 여기서는 하와의 금발과 대비시켜 색깔로 이해했다. 아담과 하와의 머리칼에 대
    해서는 "자연 그 자체가 가르쳐주는 대로 남자가 머리를 길게 기르면 수치가 되지만 여자의 긴
    머리는 오히려 자랑이 되지 않습니까? 여자의 긴 머리카락은 그 머리를 가려주는 구실을 하는
    것입니다"(〈고린도전서〉 11 : 14~15) 참조. 하와의 금발은 호메로스가 묘사한 아프로디테(베누스)
    를 떠올리게 한다.
50) "여자는 자기가 남편의 권위를 인정하는 표시로 머리를 가려야 합니다"(〈고린도전서〉 11 : 10). 그
    러나 하와의 복종에는 유럽에 중세 이후 전해진 궁정 연애 분위기가 어려 있는 듯하다.
51) 바울로(바울)가 남녀의 결혼에 대해 "참으로 심오한 진리가 담겨져 있는 말씀입니다"(〈에베소
    서〉 5 : 32) 참조.

가운데 가장 불명예스런 수치여, 부정한 치욕이여,
죄에서 태어난 너희는 다만 겉모양, 그 순결해 보이는
겉모양만으로 얼마나 온 인류를 괴롭혔으며,
인간의 생활에서 행복과 단순함과
티 없는 순수성을 빼앗았던가!
그들은 벌거벗은 채[52] 지나가지만, 악은 생각조차
하지 않으므로 하느님이나 천사의 눈을 피하지 않는다.
그들은 서로 손잡고[53] 걷는다. 그 뒤에 태어나 사랑의
포옹을 나눈 어떤 남녀도 사랑스러운 그들보다는 못하다.
아담은 그의 아들 가운데 누구보다도 잘생겼고
하와는 그녀의 딸들 가운데 누구보다도 아름답다.
푸른 풀밭에 조용히 속삭이며 서 있는
그늘진 나무 밑, 맑은 샘가에
그들은 앉는다.
시원한 미풍[54]을 더욱 상쾌하게 하고, 안락을 더욱
안락하게 하고, 건강한 갈증과 시장기를 북돋워 주는
즐거운 정원 일을 막 마치고
그들은 저녁으로 과일을 먹으려고 한다.
갖가지 꽃으로 뒤덮인 보드라운 솜털 같은 둑 위에
비스듬히 누워, 낭창낭창한 가지에서 감로주처럼
달콤한 열매를 손에 잡히는 대로 따서, 향기로운
과육을 먹고, 목이 마르면 그 껍질로
펑펑 솟아나는 샘물을 떠 마신다.
다정한 대화와 사랑의 미소를 주고받으며,

---

52) "아담 내외는 알몸이면서도 서로 부끄러운 줄을 몰랐다"(《창세기》 2 : 25).
53) 아담과 하와는 낙원에서 쫓겨날 때에도 서로 손을 잡고 떠난다.
54) '미풍'으로 번역한 'Zephyr(제퍼)'는 제피로스(서풍의 신)에서 온 말로 서풍을 뜻한다. 황금시대에
   는 "봄이 언제까지나 계속되고 부드러운 서풍의 포근한 숨결이 살랑거렸다"(《변신이야기》)라고
   오비디우스는 말했다.

다른 사람의 눈을 두려워할 필요 없으니, 행복한
혼약을 맺은 아름다운 부부다운 젊음의
희롱도 꺼리지 않는다. 주위에는 들짐승이
되기 이전인 지상의 모든 짐승들, 곧
산과 들과 숲과 동굴에서 사는 후세의
맹수[55]들이 뛰논다. 사자는 장난스럽게 뛰어올라
앞발로 새끼 양을 어른다. 곰, 범, 살쾡이, 표범은
두 사람 앞에서 뛰놀고, 몸집 큰 코끼리도
그들을 즐겁게 하려고 온 힘을 다해 제 부드러운
코를 말아댄다. 바로 옆에는 교활한 뱀이
고르디우스의 매듭[56]처럼 꼬리를 배배 꼬면서,
은연중에 그 치명적인 교활함을
드러낸다. 다른 동물들은 풀 위에
웅크리고 앉아, 풀을 뜯어 먹고 배가 불러 주위를
둘러보거나 반추하면서 잠이 들기도 한다.
해는 기울어 빠른 걸음으로 바다 위 섬들[57]을 향해
줄달음질치고, 천칭자리 하늘로 오르자
그쪽으로 저녁을 인도하는 별들도 떠오른다.
그때 여전히 낙원을 쏘아보며 서 있던 사탄은
이윽고 끊겼던 말을 겨우 다시 잇는다.
"아, 지옥! 슬픔 어린 내 눈에 보이는 저것은 무엇인가.
우리가 누리던 축복의 자리에 이처럼 높이 들린
이질적인 생물, 아마도 땅에서 태어났으리라.
영체는 아니지만, 빛나는 하늘의 천사와

---

55) 즐겁게 장난치는 맹수 아닌 맹수. 인간이 원죄를 지은 뒤에는 상황이 달라진다. 그러나 새로운
하늘과 땅이 이 세상에 생길 때, "늑대가 새끼 양과 어울리고 표범이 숫염소와 함께 뒹굴며……
젖 뗀 어린아기가 독사의 굴에 겁 없이 손을 넣으리라"(《이사야》 11 : 6~8)라고 이사야는 예언한
다.
56) 프리기아의 왕 고르디우스가 묶은 복잡한 매듭으로, 알렉산드로스 대왕이 칼로 잘랐다.
57) 아조레스제도(諸島).

견주어도[58] 크게 손색없으니, 경이롭고
사랑스럽기까지 하다. 그들에게서 하느님의 모습이
이토록 또렷하게 빛나는 것을 보니, 그들을 만든 조물주가
그들 모습에 아름다움을 한껏 퍼부은 게로구나.
아, 다정한 한 쌍이여, 그대들은 생각도 못하리라,
그대들의 변화가 얼마나 가까이 다가왔는지를.
이제 곧 그 기쁨 사라지고 고난에 괴로워하리라.
지금 맛보는 기쁨이 클수록 그만큼 슬픔도 크리라.
행복하다 할지라도 지키지 못하면 그 행복
오래가지 않고, 이 높은 자리가 그대들의 천국일지나
방비 허술하여 적의 침입을 막지 못한다. 실제로 여기에
그 적이 침입해 있지 않은가. 그러나 나는 그대들에게
원한은 없느니라. 아무 동정도 받지 못하는 나조차
이처럼 버림받은 그대들을 보면 연민이 샘솟는다.
나 그대들과 동맹하여 서로의 우정으로 굳은 친교를
맺고자 한다. 앞으로 내가 그대들과 함께 여기서 살든가,
그대들이 나와 함께 그곳에서 살 수 있도록. 내 집은
이 아름다운 낙원처럼 그대들을 기쁘게 해주지는
못하겠지만 그대들의 조물주가 지은 집이니 그리 알고
받아들여라. 그가 내게 거저[59] 주었듯 그대들에게도
거저 주리라. 지옥은 그대들 두 사람을 맞이하고자
넓은 문을 활짝 열고 모든 왕들을 마중 보내리라.[60]
이 좁은 곳과 달리, 그곳에는 그대들의 수많은
후손들을 받아들일 자리가 있도다. 혹 이곳보다

---

58) "주님은 그를 잠시 천사들보다 못하게 하셨으나 영광과 영예의 관을 씌우셨으며"(〈히브리서〉
   2 : 7).
59) "앓는 사람은 고쳐주고 죽은 사람은 살려주어라. 나병환자는 깨끗이 낫게 해주고 마귀는 쫓아
   내어라. 너희가 거저 받았으니 거저 주어라"(〈마태복음〉 10 : 8).
60) "저 땅 밑 저승은 너를 맞기 위하여 들떠 있고 한때 세상을 주름잡던 자들의 망령을 모두 깨
   우며 모든 민족의 왕들을 그 보좌에서 일어나게 하는구나"(〈이사야〉 14 : 9).

좋지 않더라도 그에게 감사하라, 나를 해친 그 대신
나를 해친 일 없는 그대들에게 복수하게
하는 그에게. 그대들의 죄 없는 순진함 보고
내 마음 누그러지긴 했으나, 정당하고 공적인 이유로,[61]
즉 복수하고 이 신세계를 정복함으로써
명예와 주권을 넓히려는 이유로, 비록
타락했을지언정 내키지 않는 그 일을 강행하고자 한다."
마왕은 이렇게 말하고, 어쩔 수 없다는
폭군의 뻔한 구실을 내세워 악마적 행위를 변명한다.
이윽고 그 큰 나무 위의 높은 자리에서
사탄은 뛰노는 네 발 달린 짐승들 사이에
내려선다. 그는 때로는 이것, 때로는 저것으로,
목적을 위해 다양한 짐승의 형태를 취했다.
먹이인 인간에게 더 가까이 다가가, 들키지 않고
말과 행동의 특징을 찾아 그들의 상황을
좀 더 알아내고자 함이다. 우선 그는 사자[62]가 되어
두 사람 주위로 불덩이 같은 눈을 번쩍이며 활보한다.
다음에는 범이 되어, 숲가에서 놀고 있는
새끼 사슴 두 마리를 우연히 발견하고 이내
다가가 몸을 웅크리고 앉는다. 이따금 일어나, 마치
사냥감을 앞발에 각각 하나씩 꼭 움켜쥘 수 있는
지점을 택하려는 듯 자리를 옮겨가며
감시의 눈을 번뜩인다. 그때 최초의 남자 아담이
최초의 여자 하와에게 말을 걸자,
사탄은 처음 듣는 그들의 말에 귀를 쫑긋 기울인다.
"이 모든 기쁨을 함께 하는 유일한 반려요, 유일한

---

61) 공적인 중대사를 위해 사적인 감정을 죽이겠노라고 사탄은 말하고 있다.
62) "정신을 바짝 차리고 깨어 있으십시오. 여러분의 원수인 악마가 으르렁대는 사자처럼 먹이를
    찾아 돌아다닙니다"(베드로전서 5 : 8).

일부여, 누구보다도 사랑스런 자여, 우리를 만드시고
우리를 위하여 이 넓은 세계를 만드신 전능하신
하느님은 정녕 끝없이 선하시며, 그 선에 있어서도
끝없이 너그럽고 인색치 않으시오.
그는 우리를 흙에서 일으키시어 이
행복 넘치는 세계에 두셨으나 우리는 그에게서
무엇 하나 받을 만한 공로 없고, 그가
바라시는 어떤 것도 이루어드릴 능력이
없소.[63] 하느님은 우리가, 갖가지 맛있는
열매 맺는 낙원의 여러 나무들 가운데
생명나무 곁에 심어진 지식나무만은
맛보지 말라는 그 지키기 쉬운 유일한 명령을 지키는
것 외에 아무런 봉사도 바라지 않으시오.
죽음은 생명 가까이서 자라니, 죽음이 무엇인지는
모르나 틀림없이 무서운 것이리라. 그대도 잘 알듯
그 나무 맛보면 곧 죽으리라 하셨으니,[64]
그 나무는 우리가 받은 권력과 지배[65] 그리고
땅과 하늘과 바다에 사는 다른 모든 생물을
다스리는 주권의 상징과 더불어
우리의 순종을 바라는 단 한 가지 표시요.
그러니 지키기 쉬운 한 가지 금령을 어렵다고
생각지 맙시다, 우리는 이처럼

---

63) "그분은 이 세상과 그 안에 있는 모든 것을 만드신 하느님이십니다. 그분은 하늘과 땅의 주인이
    시므로 사람이 만든 신전에서는 살지 않으십니다. 또 하느님에게는 사람 손으로 채워드려야
    할 만큼 모자라는 것이라곤 하나도 없습니다"(《사도행전》 17 : 24∼25).
64) "이렇게 이르셨다. '이 동산에 있는 나무 열매는 무엇이든지 마음대로 따 먹어라. 그러나 선과
    악을 알게 하는 나무 열매만은 따 먹지 마라. 그것을 따 먹는 날, 너는 반드시 죽는다.'"(《창세
    기》 2 : 16∼17).
65) "하느님께서는 '우리 모습을 닮은 사람을 만들자! 그래서 바다의 고기와 공중의 새, 또 집짐승
    과 모든 들짐승과 땅 위를 기어다니는 모든 길짐승을 다스리게 하자!' 하시고"(《창세기》 1 : 26).

만물을 거리낌 없이 마음껏 즐기고, 갖가지
기쁨을 수없이 택할 수 있는 몸이니 말이오.
우리 언제나 그를 찬양하고 그의 은혜를
칭송합시다, 자라나는 나무들을 손질하고,
꽃을 가꾸는 즐거운 일에 힘씁시다. 예컨대 그 일
힘들어도 그대와 함께라면 즐거울 테니!"
이에 하와는 대답한다. "아, 그대,
그대를 위해 그대 살 중의 살[66]로 그대에게서 만들어진
이 몸, 그대 없으면 무슨 낙으로 살리까. 나의 안내자,
나의 머리[67]여, 그대 말씀 옳고 또 옳습니다.
우리는 오로지 나날이 찬미하고
감사해야 합니다. 더욱이 나는 부족한 몸으로
훨씬 뛰어난 그대를 배필로 얻었으니 그만큼 더
행복하지만, 그대는 자신과 대등한 배필을
어디서도 찾지 못합니다.
나 처음 잠에서 깨어나 나무 그늘 밑, 꽃 위에서
쉬고 있는 자신을 발견하고, 나는 무엇이고
어디에 있고, 어디서 왔는지
궁금해했던 그날을 가끔 회상한답니다.
그곳에서 멀지 않은 곳에 물이 어느 동굴에서
졸졸졸 흘러나와 호수로 모이더이다.
그 물 벌판은 움직이지 않고 넓은 하늘처럼
맑게 괴어 있더이다. 나는 태어나 처음 보는
광경이 신기하여 그곳으로 다가가 푸르른 기슭에
누워 맑고 고요한 호수 속 들여다보니

---

66) "아담은 이렇게 외쳤다. '드디어 나타났구나! 내 뼈에서 나온 뼈요, 내 살에서 나온 살이로구나'"
《창세기》 2 : 23).
67) "모든 사람의 머리는 그리스도요 아내의 머리는 남편이요 그리스도의 머리는 하느님이시라는
것을 알아두시기 바랍니다"(《고린도전서》 11 : 3).

그것은 또 하나의 하늘처럼 보이더이다.
더 자세히 보려고 허리 구부리자, 맞은편
투명한 물속에서도 한 형체[68]가 나타나
나를 보려고 허리를 구부리는 바람에 놀라서 물러서니
그쪽도 놀라 물러나고, 재미있어 곧 되돌아서니
화답하듯 연민과 사랑의 표정 지으며 그 또한
재미있어하며 돌아서더이다. 그때 경고하는
목소리가 없었더라면 나는 지금도 그곳에서 그
형체만 바라보며 헛된 그리움에 애탔을지도 모릅니다.
'아름다운 자여, 그대가 보는 것은, 그대가 호수에서 보는 것은
그대 자신이니, 그대를 따라왔다가 따라갈 뿐이니라.
그러니 나를 따르라. 그대가 오기를, 그대가 따뜻이
안아주기를 기다리는 그림자 아닌 인간이 있는 곳으로
인도하리니 그대는 그의 표상(表象)이니
뗄 수 없는 인연으로 맺어져 그 사람을 안고
그대와 닮은 많은 이들을 낳으리라.
그로써 그대는 인류의 어머니[69]로 불리리라.' 모습은 보이지
않았지만 나는 그 소리에 이끌려 곧장 따라갔습니다.
이윽고 나는 플라타너스나무[70] 아래 서 있는
아름답고 키 큰 그대를 보았습니다. 그러나 그대 모습은 고요한
수면의 영상보다 아름답지도, 상냥하고 포근하지도
사랑스럽고 온화하지도 않은 듯하여 돌아서려는데
그대가 쫓아오며 크게 소리쳤습니다. '돌아오시오,
아름다운 하와여, 누굴 피하려는 게요? 그대는

---

[68] 이 부분은 오비디우스의 《변신이야기》에 그려진, 물에 비친 자기 그림자와 사랑에 빠진 나르키소스(수선화라는 뜻)의 모습과 비슷하다. 이것은 나중에 하와가 자신이 만든 환상에 빠져 죄를 저지르는 것을 암시한다.
[69] "아담은 아내를 인류의 어머니라 해서 하와라고 이름지어 불렀다"(《창세기》 3 : 20).
[70] 플라타너스나무는 그리스도의 상징이다.

그 피하려는 자에게서 생겨났으니, 그의 살이자 뼈요.
그대 있게 하고자 나 그대에게 심장 가까운
옆구리[71]에서 약동하는 생명 주었으니, 앞으로 그대와
떨어지지 않고 사랑하는 위안자로서 영원히 곁에 둘 것이오.
나는 내 영의 한 부분으로서 그대를 바라고,
나의 반신(半身)으로서 그대를 원하오.' 그리고 그대가
부드러운 손으로 날 붙잡기에 나는 따랐고, 그때부터
사내다운 품위와 지혜가 아름다움보다 뛰어나고
지혜만이 참된 아름다움임을 깨달았습니다."
우리 인류의 어머니는 이렇게 말하고
나무랄 데 없는 아내로서의 애교와
순종이 깃든 눈으로, 반쯤 껴안듯 인류
최초의 아버지에게 기대니, 그녀의 부푼 젖가슴이
흘러내리듯 드리워진 풍성한 금빛 머리채 밑에서
반쯤 드러나며 그의 가슴에 닿는다.
그녀의 아름다움과 순종의 매력을 기뻐하며
그는 자랑스럽게 미소 짓는다. 마치
유피테르[72]가 오월의 꽃 피우는 구름 잉태케 했을 때
유노에게 미소 지었던 것처럼, 그가 아내 입술에
순결한 키스 퍼붓는다. 악마[73]는 샘이 나서
고개 돌렸지만, 악의와 질투에 불타
그들을 흘겨보며 혼자 투덜댄다.
"꼴 보기 싫구나. 차마 못 볼 광경이로다!
두 사람은 더할 나위 없이 행복하게 얼싸안고
이 복된 낙원에서 온갖 축복을 마음껏

---

71) "그 갈빗대로 여자를 만드신 다음, 아담에게 데려오시자"(《창세기》 2 : 22).
72) 로마신화의 주신(主神)으로 하늘을 다스린다. 그의 아내 유노는 하늘을 다스리는 여신.
73) 사탄은 알몸의 아담과 하와에게 저속한 감정을 느끼면서, 여기서 처음으로 악마(devil)라고 불린다.

즐기는데, 나는 지옥에 처박혀 기쁨도
사랑도 없이, 영원히 채워지지 않는 맹렬한 욕망,
우리의 다른 많은 고통 가운데 하나일 뿐인,
갈망의 고통에 애태울 뿐이로다.
그러나 지금 그들이 한 말을 잊지 말자.
듣자 하니, 모든 것이 저들의 것만은 아닌 듯하니,
먹지 못하는, 죽음을 부르는 지식나무가
있다고? 그런데 지식을 금한다니
참으로 야릇하고 알 수 없는 소리로다. 저들의
주인은 어째서 지식을 주기를 꺼리는가? 아는 것이
어찌 죄이고 죽음에 이르러야 하는가? 저들이 죄 없는 것은
오로지 무지한 덕인가? 그것이 저들의 행복이고
순종과 충성의 증거인가? 아, 하지만
그것은 저들의 파멸을 쌓아 올릴 좋은
토대로다! 저들의 마음을 충동질하여
지식을 탐하게 하리라. 그리고 지식을 얻어
신들과 대등해지는[74] 것을 두려워하여 저들을
비천하게 두고자 한 계획에서 나온 그 명령을
거역하게 하리라. 저들이 신처럼 되고자 열망하다가
그 과일을 맛보고 죽을 것은 불 보듯 뻔한 일!
하지만 그 전에 먼저 이 동산을 한 바퀴 돌며
주의 깊게 살피고 구석구석 보아두어야겠다.
운이 좋으면 샘가나 무성하게 우거진 외딴 숲
그늘에서 동산을 거니는 하늘의 천사라도
만나 더 알아야 할 내용을 그에게서 얻어낼 수도
있으리라. 목숨이 붙어 있는 동안은 살아라, 아직은

---

74) "그러자 뱀이 여자를 꾀었다. '절대로 죽지 않는다. 그 나무 열매를 따 먹기만 하면 너희의 눈이
밝아져서 하느님처럼 선과 악을 알게 될 줄을 하느님이 아시고 그렇게 말하신 것이다'"(〈창세기〉
3 : 4~5).

행복한 한 쌍이여. 나 돌아올 때까지 짧은 기쁨을 맛보라.
그 뒤에는 기나긴 고통의 시간 따르리라.”
이렇게 말하고 그는 교활하고 조심스럽게
거만한 발걸음을 돌려 숲과 황야를 지나고
산과 골짜기를 넘으며 배회하기 시작한다.
때마침 하늘과 땅과 바다가
하나가 되어가는 아득한 서쪽으로
저녁 해가 서서히 가라앉으면서, 낙원
동쪽 문[75]을 향해 저물어가는
햇살을 똑바로 겨누어 쏜다. 문은
구름까지 닿을 만큼 높이 솟은 설화석고
바위로, 멀리서도 뚜렷하게 보인다. 지상에서
접근하기 쉽도록 오르막길 한 줄기가 높은 입구까지
꾸불꾸불 나 있다. 그 밖에는 모두 바위투성이 절벽으로
위로 갈수록 불쑥 튀어나와서 기어오르기는 불가능하다.
이곳 바위기둥 사이에 수호천사 무리를 거느린
가브리엘[76]이 앉아서 밤을 기다린다.
주위에서는 무장하지 않은 젊은 천사들이
영웅다운 경기를 하고 있고, 그 바로 옆에는
방패, 갑옷, 창 같은 하늘의 병기가
금강석과 황금빛으로 빛나며 높이 걸려 있다.
그곳으로 우리엘이 한 줄기 빛을 타고
저녁 하늘을 미끄러지듯 쑥 다가온다. 그 빠르기는

---

75) 이 문을 지나는 풍경은, 단순한 풍경이 아니라 다양한 도상학적 의미를 지닌다. “나는 문이다.
누구든지 나를 거쳐서 들어오면 안전할뿐더러 마음대로 드나들며 좋은 풀을 먹을 수 있다”
《(요한복음) 10 : 9)라고 그리스도는 말했다.

76) 〈계시록〉(8 : 2)과 〈스가랴〉(4 : 10)에서 언급하고 있는 일곱 천사 가운데 하나로, 그 이름은 '신
의 사람'이라는 뜻이다. 성서 정전(正典)에서는 신의 뜻을 전하는 평화로운 천사로 등장하나,
위경(僞經) 〈에녹서〉(20 : 7)에는 “가브리엘, 성스러운 천사, 뱀과 낙원과 거룹을 지키는”이라고
나와 있다. 밀턴도 가브리엘을 “무용에서 미가엘 버금가는”(제6편) 천사라고 불렀다.

유성이 가을밤을 가로지르며 불타는 수증기로
하늘에 줄 그어, 나침반의 어느 쪽에서
그 사나운 바람이 불어오는지를 뱃사람들에게
알려줄 때와 같다. 우리엘은 다짜고짜 말한다.
"가브리엘, 추첨[77] 결과 그대 차례 되었으니
이 복된 곳에 악한 자 접근하거나 들어오지
못하도록 책임지고 엄중히 감시할 의무가 있소.
오늘 한낮에 한 천사가 내 구역에 왔는데,
그는 전능하신 하느님의 창조물, 특히 그분의
모습을 본떠 마지막으로[78] 만드신 인간에 대해 열렬하게
알고 싶어 하는 듯했소. 전속력으로 날아가는 그의 뒤를
눈으로 좇으며 그 하늘 나는 모습을 지켜보았는데,
에덴의 북쪽 산에 내려서자, 그의 얼굴이
하늘 천사라고는 생각할 수 없을 만큼
추악한 욕정으로 흐려지는 것을 보았소.
계속 눈을 부릅뜨고 그를 좇았지만, 나무 그늘로 숨어든 탓에
놓치고 말았소. 아마도 추방된 무리 속에서
새로운 분란 일으킬 셈으로 지옥에서 뛰쳐나온
듯하니, 주의하여 그를 찾아내기 바라오."
그 말에 날개 달린 천사 대답한다.
"우리엘이여, 그대가 찬란한 태양 한복판에
앉아서 그대의 완전한 눈으로 멀리 또 널리 보는 것은
참으로 대단하오. 그러나 감시인의 눈을 피해
이 문을 지난 자는, 하늘에서 추락한 자는 물론
그 누구도 없소. 게다가 정오 이후에는
하늘에서 온 자도 없소. 만일 우리와 다른 천사가

---

77) "그들은 큰 가문 작은 가문 가리지 않고 제비를 뽑아 각 문을 맡았다"(《역대상》 26 : 13).
78) 하느님의 첫 번째 형상으로 나타난 것이 그리스도이고, 두 번째가 천사이며, 세 번째가 인간
이다.

계획적으로 이 흙담을 뛰어넘었다면
그대도 알다시피 물질인 이 장벽으로는
영체[79]를 막아내기 어렵소.
그러나 어떤 모양을 하고 있든
우리 순찰구역 안에 그대가 말한 그자가
숨어 있다면 내일 새벽까지 반드시 찾아내리다."
가브리엘이 약속했다. 이미 아조레스 제도[80] 너머로
가라앉은 저녁 해가 하늘로 빛줄기만 쏘아올리고 있다.
우리엘은 그 빛줄기 타고 자기 자리인 태양으로
비스듬히 내려간다. 우주 제일의 천구인 태양이
믿을 수 없이 빠른 속도로 하루 여정을 마치고 그리로
회전해 갔는지, 아니면 느리게 회전하는 지구가
동쪽으로 짧게 날아가자 서쪽에 남겨진 태양이
옥좌에서 시중드는 구름들을
자줏빛 황금빛으로 다채롭게 물들이고 있는지는 모르지만,[81]
이제 고요한 저녁이 오고 잿빛 황혼이
그 검은 옷자락으로 만물을 감싼다.
정적이 뒤따르고, 짐승과 새들이 저마다
풀 더미와 둥우리로 말없이 돌아가자
잠 없는 나이팅게일만 그 자리에 남아 있다.
새는 밤새도록 사랑 노래 불러대고
정적은 황홀하게 귀 기울인다. 이제 하늘이
생생한 청옥처럼 빛난다. 별무리의 맨 앞에 선
헤스페로스(금성)가 눈부시게 달려오자, 달이

---

79) 천사(사탄도 물론 천사로서의 특성을 잃지 않았다)는 자유자재로 모습을 바꿀 수 있다.
80) 북위 37~40도의 대서양에 흩어져 있는 제도(諸島)로, 시인이 생각하는 '아시리아의 에덴동산'
    서쪽에 있다.
81) 시인은 프톨레마이오스의 천동설이 옳은지 코페르니쿠스의 지동설이 옳은지 정확하게 이야기
    하지 않는다.

뭉게구름 두르고 엄숙하게 솟아올라
여왕처럼 비할 바 없는 눈부신 빛을
발하며 어둠 위에 은빛 외투를 덮는다.
아담이 하와에게 말한다. "아름다운
반려자여, 때는 밤, 만물이 물러가
쉬는 모양이니 우리도 쉬도록 합시다.
하느님은 밤과 낮처럼, 인간에게 일과 휴식을
번갈아 주셨소. 때맞춰 찾아온 잠의 이슬이
졸음의 무게를 지고 살며시
내려와 우리 눈을 감기게 하오.[82]
다른 생물들은 온종일 하는 일 없이
어슬렁거릴 뿐이니 많은 휴식 필요치 않을 것이오.
하지만 인간에게는 날마다 해야 할 몸과 마음의 일
정해져 있으니, 그로써 인간의 존엄 나타나고,
인간의 모든 삶에 대한 하느님의 관심 나타난다오.
다른 동물들은 일 않고 돌아다니기만 하니
하느님은 그들에게 조금도 마음 기울이지 않으리라.
내일 상쾌한 아침이 동녘 하늘을 찬란한
햇살로 물들이기 전에, 우리 일어나
즐겁게 일하여[83] 저쪽 꽃나무들과
한낮에 우리가 거니는 저 푸른 오솔길을
손질합시다. 그 길의 우거진 가지들이
우리의 손길 덜 간 것을 비웃고 있으니.
제멋대로 자란 가지들을 치려면 더 많은 손이
필요하오. 저 꽃들과 방울방울 떨어지는 수액도

---

82) "야훼께서는 사랑하시는 자에게 잘 때에도 배불리신다"(〈시편〉 127 : 2).

83) "야훼 하느님께서 아담을 데려다가 에덴에 있는 이 동산을 돌보게 하시며"(〈창세기〉 2 : 15). 프로
테스탄트, 특히 청교도들은 낙원에서 아담과 하와의 생활은 명상적이기보다는 활동적이고 노
동적이었으리라고 생각했다.

보기 싫게 어지러이 흩어져 있으니

편안히 걷고자 한다면 다듬어야[84] 할 것이오.

하지만 지금은 자연과 밤의 뜻에 따라 쉬도록 합시다.”

그러자 흠잡을 데 없이 아름다운 하와가 대답한다.

“나를 만들고 다스리는 자여,[85] 그대 명령이라면

무엇이든 따르리이다. 하느님께서 그리 정하셨으니.

하느님은 그대의 율법, 그대는 나의 율법.

그 이상은 알고자 하지 않는 것이 여자의 가장 행복한

지식이며 영예. 그대와 있으면 시간도 계절도

그 변화도 모두 잊고, 오로지 기쁠 뿐입니다.

아, 상쾌하도다, 아침 숨결! 이른 새의

노랫소리 따라 밝아오는 아침이여. 기쁘도다, 태양이

그 찬란한 빛줄기를 즐거운 이 땅에,

이슬 맺혀 반짝이는 풀과 나무와 과실과 꽃에

퍼뜨릴 때면! 향기롭도다, 보슬비에 젖은 풍요로운

대지! 아름답도다, 상냥하고 온화한 저녁과

고요한 밤, 노래하는 나이팅게일과 아름다운 달과

하늘의 보석들과 별들의 행렬.

그러나 이른 새소리 따라 동터오는

아침 바람도, 이 즐거운 땅에 빛을 뿌리며

솟아오르는 태양도, 이슬 맺혀 반짝이는 풀과 과일과 꽃도,

비 걷힌 뒤의 향기도, 상냥하고 온화한 저녁도,

고요한 밤도, 이 밤에 장엄하게 노래하는 새도

달빛 아래, 반짝이는 별빛 아래의 산책도,

그대 없으면 아름답지 못하리라. 그런데 이 달과 별은

왜 밤새워 빛나고 있을까요? 만물이 다 잠드는 이때,

이 영광스런 광경은 누구를 위한 것일까요?”

---

84) 낙원을 낙원답게 유지하려면 어떠한 형태로든 다듬을 필요가 있다고 시인은 말한다.

85) 원죄를 저지르기 전에 아담과 하와는 서로 존경하는 마음을 가득 담아 상대를 불렀다.

인류의 조상이 하와에게 대답한다.

"하느님과 인간의 딸, 부족함을 모르는 하와여,
저 달과 별은 지구를 돌아 내일 저녁까지
달려가야 할 곳이 있소. 이 땅에서 저 땅으로
차례차례 돌며 아직 생기지 않은 백성에게 이미
마련되어 있는 빛[86]을 주면서 뜨고 지는 것이오.
그렇지 않으면 캄캄한 어둠이 밤의 힘을 빌려
옛 영토 회복하고 자연과 만물의
생명을 멸망시킬 거요. 별들의 온화한 빛[87]은
만물을 비출 뿐 아니라 여러 가지 효력 있는
천연의 열기로써 익히고 덥히고
키우고 기르고, 또 땅에서 자라는
모든 것에 별 특유의 효력을 조금이나마
주입하여, 그 힘으로 보다 강렬한 태양[88] 빛에서
완전한 생명력을 흡수할 수 있게 해준다오.
그러니 밤이 깊어 보는 이 없다 해도
별빛이 헛된 것은 아니라오. 보는 사람 없다 하여
하늘 우러르는 이 아무도 없고, 하느님 찬미하는 이 아무도 없다고
생각지 마오. 우리가 깨어 있을 때나 잠잘 때나,
수천만 천사들이 형체 보이지 않아도 지상을
걷고 있고, 밤낮 가리지 않고 하느님의
위업 우러르며 끊임없이 찬미하고 있다오. 메아리치는
산 절벽이나 우거진 숲에서 한밤의 하늘에 울려 퍼지는
천사들의 목소리[89]가 홀로 또는 서로 가락 맞추어

---

86) "낮이 당신의 것이니 밤 또한 당신의 것, 해와 달을 제자리에 놓으신 분도 당신이십니다"(《시편》 74 : 16).
87) 점성학에서는 별이 좋은 쪽으로건 나쁜 쪽으로건 땅에 영향력을 끼친다고 여긴다. 그러나 여기서는 좋은 작용에 대해서만 말하고 있다.
88) 태양 빛의 위력에 대해서는 "대연금술사의 태양"에 대해 말한 제3편 참조.
89) '천체의 음악'을 말한다. 피타고라스파(派)는 천체가 움직이면서 아름답고 조화로운 소리를 낸

위대한 창조주를 노래하는 것을 우리는 얼마나 자주 들었던가.

가끔 경비를 보거나 야간 순찰을 돌 때,

하늘의 오묘한 악기소리에 맞춰 그들이 합창하는

조화로운 찬미의 노랫소리는 야경 교대시간을 알리고,

또 우리의 생각을 하늘로 끌어올려 준다오."

이렇게 이야기하고 그들은 손에 손 잡고

축복의 정자로 걸어간다. 이곳은 창조주⁹⁰⁾가

인간이 즐겁게 이용하도록

만물을 지으실 때 특별히 선택하신 장소.

그늘 짙게 뒤덮인 지붕은

월계수와 도금양⁹¹⁾ 그리고 그보다 한층 높이 자라는

향기롭고 단단한 잎을 가진 나무들로

짜서 만들었고, 그 양쪽에는 아칸서스⁹²⁾와

향기롭고 무성한 온갖 관목들이

푸른 담장 두르고 있다. 각양각색의 붓꽃,

장미, 재스민 등 아름다운 꽃들⁹³⁾이 그 사이에서

제각기 화사한 머리 치켜드니

눈부신 모자이크 같고, 발밑의 제비꽃,

크로커스, 히아신스가 화려한 꽃무늬로

대지를 수놓으니, 값진 보석보다 더 다채로운

다고 생각했다. 시인은 그것을 천사들의 목소리라고 표현했다.

90) "야훼 하느님께서는 동쪽에 있는 에덴이라는 곳에 동산을 마련하시고 당신께서 빚어 만드신 사람을 그리로 데려다가 살게 하셨다"(《창세기》 2 : 8). 에덴동산은 물론 만물을 하느님이 만들었으며, 자연은 자연인 동시에 신의 손길이 닿은 것이라고 시인은 말하고 있다.

91) 도금양은 사랑, 특히 여인의 사랑을 나타낸다. 여기서도 남성성을 상징하는 월계수와 대조적으로 쓰였다.

92) 엉겅퀴와 비슷하게 생긴 그 이파리 무늬는 코린트식 주두(柱頭) 장식으로 많이 쓰인다. 그러나 여기서는 아카시아를 뜻한다는 주장도 있다.

93) 아래에 열거되어 있는 꽃들은 대체로 지상낙원에 피는 꽃으로서 전통적으로 열거되는 꽃이다. 스펜서의 '아도니스의 정원'에는 도금양과 들장미, 인동, 히아신스, 수선화 등《요정의 여왕》이 피고, 호메로스는 제우스와 헤라의 잠자리에는 크로커스와 히아신스가 핀다《일리아스》)고 했다.

무늬를 그린다. 이곳에, 짐승이나 새, 곤충, 벌레 같은
다른 동물들은 찾아오지 않으니, 그들이 인간을 경외하는
마음은 그토록 컸다. 이 신성하고 후미진,
그늘 짙은 정자에는, 비록 허구일 뿐이지만[94]
판이나 실바누스도 잠잔 일 없고, 님프도
파우누스도 드나든 일 없었다. 이 아늑한
곳에 꽃과 꽃다발과 향기로운 풀을 깔아
신부 하와는 신방을 꾸몄고,
여러 신들에게 온갖 축복받은 판도라[95]보다 더
사랑스럽고, 벌거벗었지만 아름다운 그녀를
혼인의 천사[96]가 우리 시조에게로 데리고 온
그날 하늘의 합창대는 혼례의 축가 불렀다.
그런데 그 슬픈 결과는 어찌 이리 닮았단 말인가.
하늘의 불을 훔친 야벳의 아들에게 복수하기 위해
헤르메스가 이끄는 대로 그의 어리석은 동생에게 간
판도라가 그 고운 얼굴로 인류를 유혹했을 때와.
두 사람은 그늘진 숙소에 이르러 같은 곳을 보고
나란히 서서 드넓은 하늘 우러르며
지금 보는 하늘과 공기와 땅과 하늘을,
눈부시게 빛나는 달과 별빛 가득한 밤하늘을

---

94) 이교 신화에 나오는 이들을 말한다. 목신(牧神) 판은 앞에서도 한 번 나왔지만, 여기서는 실바
  누스나 파우누스처럼 전원적이라기보다는 야생적이고, 생산보다는 생식과 관련이 깊음을 암
  시한다. 실바누스는 로마신화에 나오는 황야와 숲의 신이며, 파우누스 역시 숲의 신으로, 그리
  스신화의 판과 동일시된다.

95) 신들이 프로메테우스에게 복수하기 위해 아름다운 판도라에게 상자(또는 항아리)를 주어 프
  로메테우스의 동생 에피메테우스와 결혼시킨다. 판도라가 상자를 여는 바람에 인류에게 재앙
  이 퍼졌다고 한다. 판도라는 '모든 선물을 받은 여인'이라는 뜻이며, 프로메테우스는 '먼저 생각
  하는 사람', 에피메테우스는 '나중에 생각하는 사람'이라는 뜻이다. 이 형제의 아버지는 티탄족
  인 이아페토스로, 그는 후세에 노아의 아들 야벳과 동일시된다. 밀턴은 아름답고 '모든 선물을
  받은 여인'인 판도라와 하와를 비교하면서 두 사람이 야기하는 비극적인 결말을 암시한다.

96) 이 보이지 않는 천사가 누구인지는 뚜렷하지 않다.

만드신 하느님을 찬미한다.

"전능하신 창조주여, 당신은 또한 밤을

만드시고[97] 낮을 만드셨나이다.

우리는 정해진 일에 종사하며, 당신께서 주신

우리 행복의 극치인 서로의 도움과

사랑으로 오늘 일도 기쁘게 마쳤나이다.

당신께서 주신 이 즐거운 동산은 우리 두 사람에겐

너무나 넓어 일손이 모자라니 당신의 풍요는

거두지도 못한 채 땅에 떨어져버리나이다.

그러나 이 땅을[98] 가득 채울 인류가 우리에게서

태어날 것을 약속하셨으니, 잠에서 깨어날 때나

지금처럼 당신의 선물인 잠을[99] 청할 때나,

그들 역시 우리와 함께 당신의 무한한 선을 찬양하리이다."

그들은 입을 모아 찬미하고

하느님이 가장 기뻐하시는 순수한 찬송 외에는

아무런 의식도 치르지 않고, 손을 맞잡고

정자 안으로 들어가 우리가 입고 있는

거추장스런 옷가지 벗는 번거로움도 없이

곧바로 나란히 눕는다. 생각건대, 아담도

아름다운 아내를 물리치지 않았고, 하와도

부부애를 나타내는 신비한 의식[100]을 거절치 않았으리라.

---

97) "낮이 당신의 것이니 밤 또한 당신의 것, 해와 달을 제자리에 놓으신 분도 당신이십니다"(《시편》 74 : 16).

98) "하느님께서는 그들에게 복을 내려주시며 말씀하셨다. '자식을 낳고 번성하여 온 땅에 퍼져서 땅을 정복하여라'"(《창세기》 1 : 28).

99) 호메로스(《일리아스》)와 베르길리우스(《아이네이스》)도 잠이 신의 선물이라고 말했다.

100) "남편 된 사람들도 자기 아내를 제 몸같이 사랑해야 합니다. 자기 아내를 사랑하는 것은 자기 자신을 사랑하는 것이 아니겠습니까? ……'그러므로 사람이 부모를 떠나 자기 아내와 결합하여 둘이 한 몸을 이룬다'는 말씀이 있습니다. 참으로 심오한 진리가 담겨져 있는 말씀입니다"(《에베소서》 5 : 28~32). 시인은 낙원에서 아담과 하와의 성적인 사랑을 과감하게 긍정한다.

세상의 위선자들[101]은 순결과 장소의 적합함과
순진함에 대해 자못 엄숙하게 말하지만, 그들은
하느님이 순결하다 축복하시고, 어떤 이에겐 명하시고
다른 모두에게 선택의 자유를 허락하신 일을,[102]
불순하다고[103] 비방하고 있을 뿐이다.
창조주가 번성을 명하셨는데,[104] 하느님과 인간의
적인 파괴자가 아니고야 누가 금욕을 명하겠는가?
복되도다, 결혼의 사랑이여, 신비한 법칙이여,
인류 대대의 참된 근원이여, 다른 모든 것을 공유하는
이 낙원에서 유일하게 사적인 것이여.
그대로 인하여 음욕은 인간에게서 쫓겨나
짐승들 사이에서 방황하고, 이성에 바탕을 둔
충실하고 바르고 깨끗한 그대로 인해
정다운 부부관계와 아버지, 아들, 형제 사이의
모든 애정이 비로소 알려지게 되었다.
그대는 가정적 즐거움의 무궁한 샘,
그대를 죄니 치욕이니 부르며 거룩한 장소에
어울리지 않는다는 생각을, 나는 부정한다.
그대의 침상[105]은 예나 지금이나, 성자와 족장들이

---

101) "훗날에 사람들이 거짓된 영들의 말을 듣고 악마의 교설에 미혹되어 믿음을 버릴 때가 올 것
이라고 성령께서 분명히 말씀하십니다. 이런 교설은 거짓말쟁이들의 위선에서 오는 것이고 이
런 자들의 양심에는 사탄의 노예라는 낙인이 찍혀 있습니다. 이런 자들은 결혼을 금하고 어떤
음식을 못 먹게 합니다"(《디모데전서》 4 : 1~3). 이 구절은 결혼에 대한 프로테스탄트 윤리의 유
력한 근거이다.
102) "이제 여러분이 적어보낸 여러 가지 질문에 대답해 드리겠습니다. 남자는 여자와 관계를 맺지
않는 것이 좋습니다. 그러나 음행이 성행하고 있으니 남자는 각각 자기 아내를 가지고 여자는
각각 자기 남편을 가지도록 하십시오"(《고린도전서》 7 : 1~2).
103) "하느님께서 깨끗하게 만드신 것을 속되다고 하지 마라"(《사도행전》 10 : 15).
104) 《창세기》 1 : 28.
105) "누구든지 결혼을 존중하고 잠자리를 더럽히지 마십시오. 음란한 자와 간음하는 자는 하느님
의 심판을 받을 것입니다"(《히브리서》 13 : 4).

그렇듯 더럽혀지지 않고 깨끗하다.
여기에서 사랑¹⁰⁶⁾은 그 황금 화살을 쏘고
꺼지지 않는 등불 밝히고, 진홍색 날개 펴고
모든 것을 지배하며 흥겨워한다. 이 사랑은
애정도 기쁨도 정도 없는 매춘부가 파는 웃음이나,
일시적 향락, 궁정 연애¹⁰⁷⁾
남녀의 혼무(混舞)나 음탕한 가면극¹⁰⁸⁾이나 한밤중의 무도회,
본디 질색해야 할 거만한 미녀에게 사랑에
빠진 젊은이가 바치는 소야곡에는 없다.
두 사람은 나이팅게일의 자장가 들으며 껴안고 잔다.
그 알몸 위로, 꽃이 흐드러지게 핀 지붕에서 장미 꽃잎이
흩날린다. 아침이면 다시 새로운 꽃이 피리라. 편히 잠들라,
복된 부부여! 아, 그대들이 이보다 큰 행복 바라지 않고,
더 알려 하지 않았다면 언제까지나 행복했으련만!
밤은 이미 원뿔형의 그림자¹⁰⁹⁾ 거느리고, 이 드넓은
달 밑 하늘 언덕길 중턱에 이르렀다.
상아로 된 낙원의 문에서 거룹천사들이
정해진 시각에 나와 야간경비를 위해
무장하고 늠름하게 전열을 갖추었다.
가브리엘은 부장(副將)에게 말한다.

---

106) 이 '사랑'은 사랑의 신(그리스신화의 에로스, 로마신화의 큐피드)을 말한다. 베누스의 아들로 그가 쏜 황금 화살에 맞은 사람은 사랑에 빠진다고 한다.
107) 직접적으로는 찰스 2세의 궁정에서 일어난 연애 사건을 말하는 동시에 중세 후기 이후 곳곳의 궁정에서 유행한, 결혼한 귀부인에 대한 젊은 기사의 독특한 연애감정을 가리킨다.
108) 엘리자베스 여왕과 제임스 1세 시대에 유행한 연극으로, 궁정과 귀족 저택에서 이루어졌다. 줄거리보다 음악과 춤이 중심이며, 모든 작품이 음란한 것은 아니었다. 밀턴은 젊었을 때 선과 악의 갈등을 그린 〈코머스〉(1634년 상연)라는 가면극을 썼다.
109) 반대쪽에 있는 태양 빛을 받아 지구 그림자가 원뿔형으로 우주에 투영되어 있는 모습. 그 그림자 끄트머리가 밤하늘의 중천에 이르는 때가 자정이며, 지금은 그 중간쯤 와 있으므로 저녁 9시라고 볼 수 있다. 로마군은 오후 6시부터 오전 6시까지 야간 불침번을 서며 세 시간마다 교대했으므로, 저녁 9시는 교대 시간이다.

"우시엘,[110] 그대는 병력 절반을 이끌고 남쪽으로 돌며
엄중히 감시하라. 그 나머지는 북쪽으로 돌아라.
한 바퀴 돌아 서쪽에서 만날 것이다." 그들은
불꽃처럼[111] 빛나며 두 갈래로 갈라져, 반은 왼쪽으로, 반은
오른쪽으로 돈다. 가브리엘은 가까이 있는
힘세고 날쌘 두 천사를 불러 임무를 내린다.
"이두리엘과 스본[112]은 곧바로 날아올라 낙원을
샅샅이 탐색하라. 한 구석도 빠뜨리지 말아야 한다.
특히 위험한 줄은 꿈에도 모르고 지금쯤 편안히
잠들어 있을 아름다운 두 사람 근처를 꼼꼼히 살피라.
오늘 저녁 해 지는 곳에서 온 자가 말하기를,
악한 짓 하려고 지옥 관문 벗어나
(우리로서는 생각지도 못할 일이로다)
이쪽으로 향하는 지옥의 천사를 보았다고 한다.
그자를 보거든 단단히 붙들어 이리로 끌고 오라."
이렇게 말하고 그는 달빛이 무색할 만큼 눈부신
대열 이끌고 떠난다. 두 천사는
목표물을 찾아 곧장 정자로 향한다. 아니나 다를까,
그곳에, 두꺼비[113]로 변해 하와의 귓전에 바짝 웅크리고
있는 그가 있다. 그는 마법으로
상상을 주관하는 그녀의 여러 기관[114]에 접근하여

---

110) '하느님이 내 힘이다'라는 뜻의 사람 이름으로 구약성서에 나오지만, 밀턴은 이를 천사 이름으로 썼다. 랍비문학에는 우시엘이라는 이름의 천사가 나온다고 한다.

111) 거룹은 "불을 지배하는 다른 천사"(《요한계시록》 14 : 18)이며, 성소(聖所)를 지키는 천사(《출애굽기》 25 : 18)이다.

112) 이두리엘은 '하느님의 발견'이라는 뜻이지만 성경에 나오지 않으며, 스본은 '숨은 자를 찾아내는 자'라는 뜻이지만 성서에는 지명으로만 나온다(《민수기》 26 : 15).

113) 독기를 뿜는 추악한 두꺼비는 엘리자베스 왕조시대의 연극에 자주 언급된다. 위풍당당한 사탄이 지금은 볼품없는 두꺼비로 변해 있다.

114) 밀턴은 다른 청교도들처럼 상상(력)에 부정적인 태도를 보인다.

환영과 환상과 꿈을 제멋대로 꾸며내거나,
독기를 뿜어 맑은 냇물에서 아련한
안개 피어오르듯 맑은 피에서 솟아나는
그녀의 정기[115] 더럽히고, 그로써 적어도
불만스런 병적인 생각과 헛된 희망과
헛된 기대, 그리고 교만을 낳는 자만심으로
부풀어 오른 과도한 욕망을 일으키고자 한다.
이처럼 여념 없는 그를 이두리엘은 창으로
살짝 건드린다. 어떠한 거짓도
하늘의 불로 담금질한 창에 닿으면 반드시
본디 모습으로 돌아가기 때문이다. 그는 들키자
놀라서 펄쩍 뛴다. 마치 떠도는 전쟁 소문에
대비하여 화약고에 저장해 두려고
큰 통에 채워 넣은 화약더미[116] 위에
불똥이 튀자, 검은 가루가 갑자기
타오르며 불길이 공기를 집어삼키는 것처럼,
악마는 본모습 드러내며 껑충 뛰어오른다.
갑자기 무시무시한 마왕이 눈앞에 나타나자
아름다운 두 천사는 놀라서 뒤로 몇 걸음 물러선다.
그러나 두려워 떨지 않고 곧 단호하게 말한다.
"심판을 받고 지옥에 떨어진 반역천사 같은데,
감옥을 탈출하여 여기까지 온 너는 대체 누구냐?
또 매복한 적처럼 모습을 바꾸고, 여기 잠든 이들의
머리맡에 앉아 있는 건 무슨 까닭이냐?"

---

115) 밀턴 시대의 사람들은, 자연의 기(氣)는 간에서 만들어지고 생기는 심장에서 만들어지며, 이 생기에서 정기(animal spirits)가 생기는데, 이것이 혈액을 타고 흘러 두뇌 및 여러 곳에 이르러 다양한 사고와 운동을 가능하게 한다고 생각했다. 혈액 속의 정기가 흐트러지면 사고와 상상력이 혼란해진다.
116) 사탄은 화약을 발명했다.

"날 모른단 말인가?" 사탄은 노골적으로 경멸했다.
"정말로 날 모르는가? 하나 너희와 동배가 아님은 알리라.
나는 너희가 감히 넘보지 못할 높은 곳에 있었느니라.
나를 모른다는 것은 너희에게 이름 없다는
증거이니, 너희 무리에서 제일 하찮은 자렷다.
나를 안다면 결국 소용없을 줄 알면서 왜 쓸데없이
내게 묻겠는가." 경멸에는 경멸로 응대하며
스본이 말한다. "반역천사여, 네 모습이
옛날과 다를 바 없고 광채도 여전하여, 하늘에
있을 때처럼 바르고 깨끗할 줄 알다니 어리석구나.
그 영광은 네가 선을 버린 순간 이미
네게서 떠났다. 너는 지금 네 죄와 지옥에
걸맞게 섬뜩하고 추악하니라.
자, 우리를 보낸 분에게 가서
네가 온 목적을 자세히 설명하라. 그는 침략자를
막고 저 두 사람을 보호하는 분이니라."
거룩천사의 젊고 아름다운 얼굴에 나타난
근엄하게 질책하는 표정에는 함부로 저항할 수 없는
기품이 흘렀다. 마왕은 겸연쩍게 서서
선이 얼마나 두려운지를[117] 느끼고,
덕이 얼마나 아름다운지를 보았다.
그리고 자신의 타락을 한탄한다. 특히 자신의
광채가 사라졌다는 말에 매우 슬퍼한다. 그러나
기죽지 않고 말한다. "싸워야 한다면, 최고자,
즉 보내진 자가 아니라 보낸 자와 싸우는 것이
최선이다. 아니 다 함께 덤벼라. 그만큼 영광은
커지고 손실은 적으리라." 담대한 스본이 말한다. "네가

---

117) 사탄은 나중에 하와의 거룩한 모습을 보고도 경외심을 느낀다. 르네상스 문학에는, 내면의 미
덕이 외면의 아름다움을 만든다는 플라톤적 사상이 널리 퍼져 있었다.

두려워하는 것을 보니, 아무리 약한 천사도 악하기 때문에
약한 너와 혼자서 충분히 싸울 수 있음이 자명하도다.”
마왕은 분에 못 이겨 입을 다물고,
고삐에 끌려가는 사나운 말이 재갈을 깨물며
가듯 거만스레 간다. 반항해도 달아나도
부질없음을 그는 안다. 다른 것엔 꺾이지 않는
그의 용기가 하늘에서 오는 공포심엔 억눌린다. 그들이
서쪽 지점에 이르니, 두 패로 나뉘어 낙원을
반씩 순찰한 파수병들이 막 합류하여
대열을 가다듬고 다음 명령을 기다리고 있다.
대장 가브리엘이 정면에 서서 큰 소리로 외친다.
“오, 동지들이여, 이쪽으로 급히 달려오는
발소리가 들리고, 나무 사이로
이두리엘과 스본의 모습이 보이오. 그들과
함께 오는 또 다른 자는 왕자의 풍채 지녔으나
광채는 시들어 희미하고, 걷는 품이나
사나운 거동으로 보아 지옥의 왕인 듯하니
한바탕 싸우지 않고는 여길 떠나지 않을 것이오. 그러니 단단히
대비하시오, 그 얼굴엔 험악한 도전의 빛 역력하니.”
그 말이 미처 끝나기도 전에 두 천사가 다가와
데려온 자 누구이며, 어디서 찾았고, 무얼 하고 있었으며,
어떤 모습, 어떤 꼴로 웅크려 있었는지를 간단히 말했다.
가브리엘이 엄숙한 눈초리로 그를 보았다.
“사탄이여, 어째서 그대는 그대 죄지어 유폐된 곳의
경계를 깨뜨리고, 우리가 보호하는 두 사람의 평화를
어지럽히는가. 우리는 그대처럼 하늘을 거역할 뜻이
없으며, 무엄하게도 이 낙원을 침범한
그대를 취조할 권리와 힘을 갖고 있다. 하느님께서
두 사람을 축복하시어 이 땅에 거처를 마련해 주셨거늘,

그대가 그들의 단잠을 방해하려 한 이유는 무엇이냐?"
사탄은 멸시하는 표정을 숨기지 않고 말한다.
"가브리엘, 그대는 하늘에서 총명하기로 이름 높고
나도 그렇게 생각했거늘, 이런 질문을 하다니
이해할 수 없구나. 세상에 고통을 좋아할 자 어디 있는가?
비록 저주받아 지옥에 떨어졌다 해도
길만 있다면 그곳에서 벗어나지 않을 자 어디 있으랴.
그대도 고통에서 아주 멀리 벗어나
가책 대신 안녕을 얻고, 슬픔 대신 즐거움을
한시 빨리 맛볼 수만 있다면, 그곳이 어디든
과감히 가보지 않겠는가. 그리하여 나도 여기에 왔도다.
선만 알고 악을 겪어 보지 못한 그대는
이해하지 못하리라. 그대는 우리를 얽어맨 것이
신의 뜻이라는 이유로 우리를 비난하는가? 우리를 그 어두운
감옥에 묶어두려거든 그 철문부터 단단히
잠가야 하리라. 이만하면 그대 물음에 충분히
답했느니라. 나머지는 모두 사실이다. 나는 저들이 말한 곳에
있었지만 폭행하거나 해 끼칠 뜻은 없었노라."
사탄이 비웃으며 말하자 용감한 천사는 노하여
불쾌한 듯 씁쓸히 미소 지으며 대답한다.
"안타깝도다. 사탄이 타락하는 바람에 올바로
지혜를 판단할 수 있는 자가 하늘에서 하나 사라졌다니!
그는 어리석은 죄 짓고 쫓겨났으나 지금 감옥을
빠져나와, 무슨 담력으로 정해진 거처에서
하느님의 허락도 없이 이곳까지 왔느냐고 나무라는 자가
현명한지 아닌지를 진심으로 의심하는구나!
무슨 수를 쓰든 고통에서 벗어나고 형벌을
피하는 것이 현명한 일이라고 생각하다니. 아,
오만방자한 사탄이여, 원한다면 평생 그리 생각하라.

그러나 달아난 그대에 대한 하느님의 노여움은 일곱 배로
커져서 그대를 뒤쫓고, 그대가 도발한 무한한
노여움에 견줄 만한 고통 없다고 그대에게 가르쳤어야 할
그 지혜를 일깨워 그대를 지옥으로 되돌려 보내리라.
그런데 어찌하여 그대 혼자인가? 왜 그대와 함께
온 지옥에서 달아나지 않았느냐? 그들에겐 고통이
달아날 만큼 크지 않다더냐? 아니면 그대가
그들보다 참을성이 적은 것인가? 아, 용감한 지옥의 수령이여,
고통에서 가장 먼저 달아난 자여, 그대가 달아난
이유를 버리고 온 무리에게 말했더라면
그대는 혼자 빠져나오지 못했으리라."
마왕은 얼굴을 찡그리며 반박한다.
"무례하구나, 내게 참을성이 모자라고 고통을 두려워한다고
말하다니! 그 하늘의 전투[118]에서, 일제히 날아들어
모든 것을 부수는 우레가 전속력으로 진격하여
본다라면 적수도 안 되는 그대의 창에 가세했을 때도
내가 그대와 용맹하게 겨룬 사실을 그대도 잊지 않았으리라.
그런데 그대의 말은 예나 다름없이 참으로 분별없구나.
위험과 실패를 겪은 뒤라면 신의를 중시하는 지도자가
어떻게 대처해야 하는지, 자신이 겪어보지 못한
위험으로 전군을 몰아넣지 않으려면 어떻게 해야
하는지에 대하여 그대가 얼마나 무지한지 알 수 있다.
따라서 나는 먼저 혼자 황막한
심연을 날아, 지옥에까지 소문이 자자한
이 새로 창조된 세계를 살펴보기 위해
온 것이다. 좀 더 나은 처소를 찾아, 고통받는

---

118) 사탄은 지난날 벌였던 하늘에서의 전투, 반란천사를 이끌고 선한 천사와 싸웠을 때의 상황을
이야기하고 있다.

부하들을 이곳 지상이나 허공[119]에 정착시키기 위해서 말이다.

하나 이곳을 점령하려면 어쩔 수 없이 다시 한번

그대와 그대의 찬란한 전사들과 싸워야 하리라.

비록 그대들의 임무가 하늘에서 주군을 섬기고

노래로써 그의 보좌를 찬양하고, 납죽 엎드려

굽실거리는 일이지 싸우는 것이 아니라 할지라도.”

용맹한 천사 가브리엘이 곧 대답한다.

“처음에는 고통을 피하는 것이 현명하다고 하더니

이제는 정탐하러 왔다고 말을 바꾸는 것을 보니

지도자가 아니라 꼬리 잡힌 거짓말쟁이가 틀림없구나.

사탄아, 그러고도 신의를 들먹이는가? 아, 그 이름,

신의라는 성스러운 이름[120]이 더럽혀졌구나!

누구에 대한 신의인가? 너의 반역 무리에 대한 신의인가?

아, 악마의 군대여, 머리나 몸이나 똑같구나.

누구나 다 아는 드높은 하느님에 대한 충성을

깨뜨리는 것이 그대들의 규율이요,

맹세한 신의이며, 군인다운 복종이더냐?

아, 간교한 위선자여, 지금 자유의

수호자인 체하는 자여, 일찍이 하늘에서 누가 그대보다

더 아양 떨고, 노예처럼 굽실거리며 위대한 군주를

숭배했더냐? 그러면서 속으로는 그를

쫓아내고 그대가 왕이 되려 하지 않았느냐?

이제 내 충고를 명심하고 썩 물러가라.

그대가 달아났던 그곳으로 날아가라. 또다시

---

119) “여러분이 죄에 얽매여 있던 때에는 이 세상 풍조를 따라 살았고 허공을 다스리는 세력의 두
목이 지시하는 대로 살았으며 오늘날 하느님을 거역하는 자들을 조종하는 악령의 지시대로
살았습니다”(에베소서) 2 : 2)

120) 사탄은 부하인 반역천사들에 대한 신의(faith)를 중시한다고 말하고, 가브리엘은 그 말의 쓰임
이 잘못되었다고 사탄에게 반박한다.

이 성스러운 곳에 나타난다면
사슬로 묶어[121] 지옥 밑바닥까지 끌고 가
영원히 가두어 놓고, 다시는 그 허술한
지옥문을 비웃지 못하게 하리라."
가브리엘은 사탄을 위협했으나, 어떠한 위협에도
꿈쩍 않는 사탄은 더욱 거만하게 대답한다.
"나를 포로로 잡은 뒤에나 사슬이니 뭐니
말하라, 변방을 지키는[122] 오만한 거룹이여. 그러나
그 전에 사슬보다 더 무거운 짐을 내 힘센 팔에서
받을 각오하라. 비록 하늘의 왕이
네 날개 타고 달려오거나, 네가 멍에에 길든
네 동료들과 함께 별이 깔린 하늘의 강을 지나
왕의 개선차를 끌고 온다 할지라도."[123]
사탄이 말하는 동안에도 빛나는 천사들은
불꽃처럼 시뻘겋게 노하며, 뾰족한 초승달 모양으로
진형을 바꾸며 창을 겨누고 그를 둘러싼다.
그 광경은 마치 수확할 때가 된
케레스[124]의 들판에서 바람결 따라
잘 영글어 고개 숙인 이삭이 물결치는 가운데
기다리던 곡식이 타작마당에서 쭉정이만 털리면 어쩌나
농부[125]가 근심하며 서 있는 모습 같다.

---

121) "나는 또 한 천사가 끝없이 깊은 구렁의 열쇠와 큰 사슬을 손에 들고 하늘로부터 내려오는 것을 보았습니다. 그는 늙은 뱀이며 악마이며 사탄인 그 용을 잡아 천 년 동안 결박하여 끝없이 깊은 구렁에 던져 가둔 다음 그 위에다 봉인을 하여 천 년이 끝나기까지는 나라들을 현혹시키지 못하게 했습니다. 사탄은 그 뒤에 잠시 동안 풀려 나오게 되어 있습니다"(《요한계시록》 20 : 1~3).

122) 원문은 "limitary"로, '한계가 있는', '별것 아닌'이라는 뜻도 담겨 있다.

123) 사탄은 하늘에서 싸우던 경험을 떠올리며, 다시 그러한 일이 벌어질 것을 전제하고 있다.

124) 로마신화에 나오는 곡물과 풍요의 여신이나, 여기서는 단순히 곡물을 뜻한다.

125) 뾰족한 창끝에 둘러싸인 사탄의 모습을 이삭에 둘러싸인 농부에 비유한 것은 인상적이지만, '이삭'이나 '타작마당', '쭉정이' 같은 성서적 이미지에서 농부를 신으로 보는 정반대의 심상이

사탄도 전투태세 갖추고

온 힘을 끌어모아, 테네리페산[126]이나

아틀라스산[127]처럼 단호하게 버티고 서 있다.

그의 키 하늘에 닿고, 투구 차양에는

깃털 장식을 단 공포가 으르렁댄다. 손에는

창과 방패 같은 것을 쥐고 있다.

당장이라도 처참한 싸움 일어나,

이 소동에 낙원뿐만 아니라, 저 빛나는

별하늘도, 모든 원소도, 맹렬한

전투에 흩어지고 찢기어 파멸하고

말았으리라. 영원한 하느님이

이 무시무시한 싸움 막기 위해 곧바로

하늘에 황금저울[128]을 내걸지 않았더라면.

이 황금저울은 지금도 처녀자리와 전갈자리 사이에

보인다. 하느님은 처음에 그 저울로 공중에 매달린 지구[129]가

그것과 맞먹는 공기와 균형을 이루고 있는지 재셨으며

또한 그것으로 모든 창조물을 달아보셨는데,[130] 지금은 이것으로

생겨난 듯하다. "수도 바빌론이 타작마당처럼 짓밟힐 때가 왔다고, 곡식알처럼 떨릴 때가 왔다고, 이스라엘의 하느님이신 만군의 야훼께서 선언하시지 않았느냐"(《예레미야》 51 : 33). 어쨌든 이 '농부' 비유는 난해하다.

126) 아프리카 북서해안 앞바다에 있는 카나리아 제도의 한 섬인 테네리페섬에 있다.

127) 아프리카 북서부에 길게 뻗어 있는 산맥.

128) 호메로스의 《일리아스》에서는 제우스가 황금저울로 트로이군과 아카이아군의 운명을, 아킬레우스와 헥토르의 운명을 재고, 모두 후자가 아래로 기운다. 이를 본떠 베르길리우스의 《아이네이스》에서도, 아이네이아스와 투르누스의 운명이 유피테르의 저울로 결정된다. 밀턴은 신의 황금저울을 하늘의 천칭자리로 보고, 가브리엘 무리와 사탄의 운명이 아니라, 이 둘이 싸울지 말지를 잰다. 또한 호메로스의 경우와 달리 저울은 후자가 위로 올라가고 전자가 아래로 내려간다. 즉 지금은 싸울 때가 아님을 나타내고자 함이다.

129) "북녘에 있는 당신의 거처를 공허 위에 세우시고 땅덩어리를 허공에 달아놓으신 이"(《욥기》 26 : 7).

130) "누가 바닷물을 손바닥으로 되었느냐? 하늘을 장뼘으로 재었느냐? 땅의 모든 흙을 말로 되었느냐? 산을 저울로 달고 언덕을 천칭으로 달았느냐?"(《이사야》 40 : 12), "잘난 체 지껄이는

모든 분쟁과 전쟁과 영토를 측정하신다. 저울추 양쪽에
각각 이대로 헤어질지 싸움을 벌일지 그 결과를
놓았는데, 후자가 갑자기 튀어 올라 저울대를 찬다.
가브리엘이 그것을 보고 마왕에게 말한다.
"사탄이여, 나는 그대의 힘을 알고 그대도 나의 힘을 안다.
하지만 모두 우리 자신의 것 아니고 받은 것이니, 무용을
자랑한다는 것은 얼마나 어리석은 일인가. 그대도,
배로 늘어나 그대를 진흙처럼[131] 짓밟을 수 있는 나도
하늘이 허락하는 힘 이상은 갖고 있지 않다.
그 증거로 하늘의 저 징표에서 그대의
운명을 읽어보라. 그대는 저 저울에 달려[132] 아무리
저항한들 가볍고 약하다는 사실이 드러났도다." 마왕은
고개 들어 하늘 높이 걸린 저울을 보고 중얼대며
달아나니, 그와 함께 밤그림자도 달아난다.

자들아, 너무 우쭐대지 마라. 거만한 소리를 입에 담지 마라. 야훼는 사람이 하는 일을 다 아
시는 하느님, 저울질하시는 하느님이시다"(《사무엘상》 2 : 3).
131) "길바닥의 진흙처럼 짓밟으라고 하였더니"(《이사야》 10 : 6).
132) 〈다니엘〉 제5장에 하느님이 바빌론 왕 벨사살에게 경고하는 대목이 있다. "갑자기 사람의 손
가락 하나가 나타나서 등잔대 맞은쪽 왕궁 벽에 붙어 있는 판에 글자를 썼다…… 저기 쓴 글
자들은 '므네 므네 드켈' 그다음은 '브라신'입니다…… '드켈'은 '왕을 저울에 달아보시니 무게
가 모자랐다'는 뜻입니다(5 : 5~27).

제5편

줄거리

아침이 되자 하와는 아담에게 간밤에 꾼 불쾌한 꿈 이야기를 한다. 아담은 그 것을 좋아하지는 않았지만, 하와를 위로한다. 두 사람은 낮일을 하러 가기 전에 정자 입구에서 아침 찬미를 드린다. 하느님은 인간에게 변명할 수 없도록 하기 위해 라파엘을 보내어, 인간의 순종과 자유로운 신분, 그리고 가까이 다가온 그 의 적이 누구이고, 왜 그가 인간의 적이며, 그 밖에 알아두어 이로울 것들을 아 담에게 말해준다. 라파엘이 낙원으로 내려오고, 그 모습이 묘사된다. 정자 입구 에 앉아 있던 아담은 멀리서 라파엘이 내려오는 것을 보고 달려가 그를 맞이해 정자 안으로 들이고, 하와가 따온, 낙원에서 가장 맛 좋은 과일로 그를 대접하며 식탁에서 대화를 나눈다. 라파엘은 그의 사명을 다한다. 아담에게 그가 놓인 처 지와 적에 대해 주의를 환기시키고, 아담의 요청에 따라, 그의 적이 누구이며 어 떻게 그가 적이 되었는지를 이야기해 준다. 그가 하늘에서 처음으로 일으킨 반 역과 그 원인부터 시작해, 그가 군대를 이끌고 하늘의 북쪽으로 가서 모든 천사 들을 설득하고 사주하여 반역에 가담시킨 것, 다만 스랍천사 압디엘만은 그를 말리고자 격렬히 반대했지만 마침내 그의 진영을 떠났다는 이야기를 해준다.

> 동쪽 하늘에 아침이 장밋빛 발걸음[1]을 내디디며
> 대지에 찬란한 진주[2] 뿌릴 때 아담은
> 평소처럼 잠에서 깬다. 소화가 순수하고 그에 따라

---

[1] 호메로스의 《일리아스》에 "장밋빛 여명"이라는 표현에서 따왔다. 그러나 밀턴은 "장밋빛 손"이나 "장밋빛 발걸음"처럼 다양하게 차용했다.

[2] 아침이슬을 말한다. 스펜서의 《요정의 여왕》에는 "이제 태양이 진주 같은 이슬을 아침 풀밭에 뿌리면서"라는 구절이 있다.

유출물[3) 또한 냄새 없이 가벼우니
그의 잠은 공기처럼 가벼워서,
오로라의 부채인 나뭇잎과 자욱한 안개 속의
시냇물 소리, 가지마다에서 우는 새들의
날카로운 아침 노랫소리에도 쉽게 흩어져 사라진다.
그러니 불안한 밤을 보낸 듯, 머리칼은 헝클어지고
뺨은 빨갛게 달아오른 채 여전히 잠들어 있는 하와를
보았을 때, 아담의 놀라움은 그만큼 더 클 수밖에
없었다. 그는 한쪽으로 기대듯 몸을 반쯤 일으켜
사랑이 넘치는 표정으로 황홀하게 그녀 위에
몸을 굽히고 본다. 자나 깨나 독특한 매력 풍기는
그 아름다운 모습을. 서풍이 꽃의 여신에게[4) 속삭일 때처럼,
부드러운 목소리로 살며시 그녀의 손 어루만지며
속삭인다. "깨어나시오, 내 아내, 아름다운 이여
마지막으로 얻은, 하늘이 마지막으로 내리신 가장 빼어난 선물,
언제나 새로운 나의 기쁨이여!
눈을 뜨시오. 벌써 아침이 빛나고, 신선한 들이 우리를 부르니.
이 새벽을 놓치면 우리가 가꾼 초목이 어떻게
자라고, 시트론나무가 어떻게 꽃을 피우고
몰약(沒藥)나무와 향목(香木)[5)에서 어떤
수액이 흐르고, 자연은 어떤 빛깔로 물들며, 벌은
어떻게 꿀을 빨며 꽃 위에 앉는지를 보지 못할 것이오."[6)

---

3) vapours. 밀턴 시대의 생물학용어로, 위에서 소화 작용이 진행될 때 생기는 가스를 말한다. 소화 작용이 정상이라면 그 '유출물'도 정상이고, 따라서 잠도 정상이라고 생각했다.

4) 서풍의 신 제피로스는 아우로라(새벽의 여신)의 아들이며, 꽃과 농경과 봄의 여신 플로라는 제피로스의 아내이다. 서풍(제피로스)과 꽃의 여신(플로라)의 관계는 아담과 하와의 관계를 가리킨다. 하와를 꽃에 비유한 것이 주목할 점이다.

5) "낙타를 몰고 오는 이스마엘 상인들이…… 그들은 향고무와 유향과 몰약을 낙타에 싣고 이집트로 가는 길이었다"(《창세기》 37 : 25). 시인은 향기에 민감한 듯하다.

6) "나의 귀여운 이여, 어서 일어나요. 나의 어여쁜 이여, 이리 나와요…… 파란 무화과 열리고 포도꽃향기가 풍기는 철이오. 나의 귀여운 이여, 어서 나와요"(《아가》 2 : 10~13).

속삭이는 목소리에 하와는 잠에서 깨어
놀란 눈으로 아담을 보더니 그를 껴안고 말한다.
"아, 내 마음에 안식을 주는 유일한 분이여,
나의 영광, 나의 완전체여. 그대의 얼굴 보고
돌아온 아침을 보니 마음이 놓입니다. 지난밤에,
지금까지 이런 밤을 보낸 적은 한 번도 없는데,
꿈을, 꿈이라고 할 수 있다면 틀림없이 꿈인데, 자주 꾸던
그대에 대한 꿈이나 지난 일, 내일의 계획 같은 것이
아니라, 생각도 하기 싫은, 이제껏 마음에 떠오르지도 않던
죄와 번뇌에 관한 꿈이었습니다. 누군가 귓전에
바싹 다가와 다정한 목소리로 함께 거닐자고
부르는 듯했는데, 나는 그대의 목소리인 줄
알았습니다. 그 소리는 말했습니다. '하와여,
너는 어찌 잠만 자는가, 때는 이토록 상쾌하고 서늘하고
고요한데. 다만 이 고요를 깨뜨리는 밤에 우는 새가
애타는 사랑 노래를 곱게 부를 뿐.
보름달 밤하늘에 군림하며 햇빛보다 상쾌한 빛으로
만물을 어렴풋이 장식하는데, 아무도 보는
이 없으면 무슨 소용 있으랴. 하늘이 무수한
눈[7]을 빛내고 있는 것은 그대를 보려 함이 아니고
무엇이랴. 만물은 그대 보고 기뻐하며
그 아름다움에 취해 언제까지나 황홀하게 바라보리라.'
그대가 부르는 소리인 듯하여 일어났으나
그대 보이지 않기에 그대 찾아 밖으로 나갔지요.
이 길 저 길 홀로 더듬어 가다 보니 어느덧
금지된 지식의 나무가 있는 곳에 닿았습니다.
그 나무는 참으로 아름답더이다. 낮에

---

7) 별을 말한다. 여기서 사탄이 말하는 대목은 제9편에서 실제로 유혹할 때 다시 한번 되풀이된다.

볼 때보다 훨씬 아름다워 보이더이다.

깜짝 놀라서 바라보니, 그 곁에 우리가 자주

보는 하늘의 천사와 같이 생긴 날개 달린

자가 서 있고, 이슬에 젖은 머리채에서 하늘나라의

향기[8] 풍기더이다. 그도 또한 그 나무를 보며

말하기를, '아, 아름다운 나무여, 열매가 이리도 풍성한데

너의 짐을 덜어주고 너의 향기 맛보는 자 신의 세계에도

인간 세계에도 없구나. 이다지도 지혜를 싫어하는가?

아니면 무슨 질투나 제한이 있어서

너를 먹지 못하도록 금한단 말인가? 누가 금하든,

눈앞에 있는 이 좋은 것을 더는 물리치지 못하리라. 아니면 왜

이 자리에 있겠는가?' 이렇게 말하고 대뜸 팔을 내밀어

망설임 없이 따서 먹더이다. 이런 대담한 말은 물론

대담한 행동을 보고 나는 겁에 질려 떨고 있었나이다.

하지만 그는 크게 기뻐하며 말하더이다.

'오, 거룩한 열매여, 너의 단맛, 이렇게 따 먹으니

더욱 감미롭구나. 오로지 신에게만 합당해서가 아니라

분명 인간을 신으로 만들 수 있기에[9] 금했으리라.

하나 인간이 신이 된들 무엇이 나쁜가? 선은

펴면 펼수록 더욱 풍부해지는 법, 이를 행하는 자

손해 보지 않고 더욱 존귀해지리라.

자, 행복한 그대, 아름다운 천사 같은 하와여,

그대도 맛보라. 그대 지금도 행복하지만, 그대

더욱 행복해지고 더욱 훌륭해지리라.

---

8) 《아이네이스》에서 베누스(아프로디테)가 아이네이아스를 떠날 때 "머리칼은 이 세상의 것이라고
는 생각할 수 없는 향기 풍기고"라는 표현이 있다.

9) 이 과일을 먹으면 '신과 같이' 될 수 있다고 말하며 사탄은 하와를 유혹한다. 〈창세기〉에서는 뱀
(사탄)이 여자를 유혹할 때 "절대로 죽지 않는다. 그 나무 열매를 따 먹기만 하면 너희의 눈이 밝
아져서 하느님처럼 선과 악을 알게 될 줄을 하느님이 아시고 그렇게 말하신 것이다"(3 : 4~5)라고
말했다.

이 열매 맛보고, 그대 스스로 여신 되어
신들의 대열에 들어, 지상에만 있지 말고
때로는 우리처럼 공중으로,[10] 때로는
하늘로 올라가, 신들의 생활을 살펴보고
그대도 그렇게 살라.'
그는 말을 맺고는 가까이 다가와 내 입에
그가 딴 과일을
갖다 대더이다. 그 상쾌하고 달콤한 향기가
식욕을 돋우니 참지 못하고 조금 먹은 것
같더이다.[11] 그러자 곧 그와 함께 구름 위로 날아
올라갔고, 아래를 내려다보니 대지가 끝없이
펼쳐져 있고 드넓고 다채로운 풍경 널려 있더이다.
내가 어떻게 이처럼 높은 곳으로 날아올라왔는지
이상하게 여길 때, 갑자기 안내자가 사라졌고
나는 아래로 떨어지며 잠에 빠진 것 같더이다.
깨어 일어나 그것이 단순한 꿈이라는 걸 알고
나는 참으로 기뻤나이다." 하와가 간밤의 꿈 이야기
하니, 아담이 진지하게 대답한다.
"내 모습을 나타내는 아름다운 이, 사랑하는 내 반신이여,
지난밤 잠 속에서 그대가 겪은 괴로움은 나를
똑같이 괴롭히는구려. 나도 그런 기괴한 꿈은 싫소.
그 꿈은 악에서 나온 듯한데, 그 악은
어디서 나왔을까? 순결하게 창조된 그대 속에
악이 있을 리 없거늘. 그러나 이것만은 알아두오.

---

10) 단순히 하늘을 나는 것이 아니라 사탄을 따르는 자가 된다는 뜻이 바탕에 깔려 있다. 〈에베소서〉 2 : 2 참조.

11) 꿈속에서 하와가 죄를 지은 것을 부정할 수는 없지만 어디까지나 꿈속임을 잊지 말아야 한다. 하와가 이미 사탄의 유혹에 넘어가려 한다고 해석할지, 유혹을 받았지만 아직 넘어가지 않았다고 해석할지 미묘한 문제이다.

인간의 영혼 속에는 이성을 지배자로 섬기는
많은 열등한 기능들이 있음을. 그중에서 이성의
다음 자리를 차지하는 것이 상상[12]이라오. 상상은
민감한 오관이 전달하는 모든 외부 자극에서
허황한 심상, 어렴풋한 형상을 만들어내고,
이성이 그것들을 결합하고 분리하여, 우리가
긍정하거나 부정하는 모든 지식과
의견을 만들어낸다오. 그리고 몸이
쉴 때면[13] 이성은 밀실로 물러난다오.
이성이 자리를 비우면 따라 하기 좋아하는 상상이
가끔 깨어나 이성을 흉내 내지만, 형상을 잘못 결합하여
요상한 것을 만들어내고, 특히 꿈속에서 오랜 옛날이나
최근의 언행을 함부로 결합하여 그런 것을 만들곤 한다오.
그대의 꿈은 우리가 지난밤 나눈
이야기와 다소 비슷한 데가 있는 듯하오만
더욱 이상한 점이 있소. 그러나 슬퍼하지는 마오.
악은 천사와 인간의 마음에 드나들 수 있지만,
그것을 인정하고 받아들이지 않으면 오점이나 가책을
남기지 않는다오.[14] 그러니 잠 속에서 본
그 꿈을 그대가 미워하는 한 깨어 있을 때
그와 같은 일을 하고 바라리라고는 생각지 않소.
그러니 낙심하지 마오, 하와여. 아름다운 아침이
세상을 보고 처음 미소 지을 때보다 더욱
즐겁고 명랑한 평소의 그 얼굴을

---

12) 상상력(Fancy)은 이성 밑에 있으며, 다양한 심상(imaginations), 즉 형상(shapes)을 만든다고 아담은
    말한다. 이성과 상상의 관계는 상하수직관계이며, 하위의 상상이 상위인 이성의 기능을 침범할
    때 위험한 상황이 발생한다. 잠잘 때, 특히 꿈속에서 이런 위험한 상황이 일어나기 쉽다.
13) 이성과 상상의 긴장된 조화관계가 누그러진 상태를 말한다.
14) 악을 받아들이고 실행할지 거부할지, 그 선택이 강조된다.

흐리지 마오. 자, 일어나 상쾌한 일터로
나갑시다. 숲과 샘과 꽃들이 밤사이
그대 위해 소중히 모아놓은 그 달콤한
향기를 뿜고 있는 그곳으로."
아담이 격려하자 그의 아름다운 아내는
기운을 차렸으나, 두 눈에서 눈물방울[15]이
조용히 굴러떨어졌다. 하와는 머리털로 그것을 닦는다.
다시 한 방울씩 수정의 수문(水門)에 고인
귀한 눈물이 채 떨어지기도 전에 아담이
거기에 입을 맞춘다. 눈물은 죄를 지었을지도 모른다는
두려움과 회한과 경건한 경외의 아름다운 표시.
이리하여 슬픔을 달래고, 그들은 서둘러 들로
나간다. 그러나 그늘진 나무 지붕 밑에서
밖으로 나와 태양을 올려다보았는데,
태양은 아직 솟지 않은 채
바퀴 끌고 아득한 바다 끝에서 머뭇거리며
이슬 젖은 햇살을 대지에 수평으로 쏟아서
낙원의 동쪽과 에덴의 풍요로운 벌판을
뚜렷하게 비추니,
그들은 허리 굽혀 절하고 찬양하며
때마다 형식은 다르지만[16] 아침마다 빠짐없이 드리는
기도를 시작한다. 조물주를 찬미하는 데에는
다양한 양식과 마음속에서 저절로 솟아나오는
곡조나 즉흥 노래가 있기 때문이다.
이때, 즉흥 웅변은 산문이 되고,

---

15) 막달라 마리아의 모습이 떠오른다. "예수 뒤에 와서 발치에 서서 울며 눈물로 그 발을 적시었
다. 그리고 자기 머리카락으로 닦고 나서 발에 입 맞추며 향유를 부어드렸다"(〈누가복음〉 7 : 38).
16) 밀턴은 교회의 정형화된 예배양식을 비난했다. 여기서는 아담의 예배가 일정한 형식에 얽매이
지 않고 자연스러웠음을 나타내고자 했다.

아름다움을 더하기 위해 구태여 피리나 하프 연주를
곁들일 필요가 없는 아름다운 가락의 운문이 되어
그들의 입술에서 흘러나온다. 두 사람은 노래한다.
"이 모든 것들은 당신의 영광스런 성업이옵니다.[17]
모든 선의 어버이, 전능하신 이여, 이토록 경이롭고
아름다운 우주는 주께서 만드신 것. 주께서도
놀라시리이다. 우리의 말로는 표현할 길 없는 주여, 하늘들 위에
앉으사 우리에겐 보이지 않고 다만 주님의 아주 낮은
창조물에 어렴풋이 모습을 보이시는 주여. 그러나 이것들은
함부로 생각지 못할 주의 선과 거룩한 힘을
나타내나이다. 말하라, 가장 잘 말할 수 있는
빛의 아들들, 천사들이여! 하느님을 보고,
밤 없는 나날,[18] 환희에 찬 노래와 합창으로
그의 성좌 둘러싼 그대들, 천상에 사는 이여!
또한 땅에 있는 너희 만물이여, 처음도 마지막도 중간도
끝도 없이 다 함께 그를 찬양하라.[19]
그대, 별들 가운데 가장 아름다운 별,[20] 별들의
행렬에서 제일 마지막인 그대여, 새벽에 속한다기보다는
찬란한 원으로, 미소 짓는 아침을 장식하는
낮의 보증자여, 해가 솟아오르는 동안, 다시없는 이

---

17) 아담과 하와의 아침 기도는 주로 〈시편〉 제148장, 제19장 및 교회 예배에서 쓰이는 송시(訟詩) 〈베네디치테〉에 근거하고 있다. "그의 천사들 모두 찬양하여라. 그의 군대들 모두 찬양하여라. 해와 달아, 찬양하고 반짝이는 별들아, 모두 찬양하여라. 하늘 위의 하늘들, 하늘 위에 있는 물들아, 찬양하여라. ……번개와 우박, 눈과 안개도, 당신 말씀대로 몰아치는 된바람도, 이 산 저 산 모든 언덕도, 과일나무와 모든 송백도, 들짐승, 집짐승, 길짐승, 날짐승…… 야훼의 이름을 찬양하여라"(〈시편〉 148 : 2~13), "하늘은 하느님의 영광을 속삭이고 창공은 그 훌륭한 솜씨를 일러줍니다"(〈시편〉 19 : 1).
18) 하늘의 밤은 조금 어둑해질 뿐이다.
19) "지금 계시고 전에도 계셨고 앞으로 오실 전능하신 주 하느님께서 '나는 알파요 오메가다' 하고 말씀하셨습니다"(〈요한계시록〉 1 : 8).
20) 금성. 호메로스도 "별 가운데 가장 아름다운 별"(《일리아스》)이라고 했다.

아름다운 시간에 그대의 권내에서 하느님을 찬미하라.
그대 태양, 이 거대한 세계의 눈이자 영혼[21]이여,
그를 그대보다 위대한 자로 인정하고, 그대의 영원한
궤도를 돌며 그를 찬양하라, 떠오를 때도
중천[22] 높이 떠 있을 때도, 가라앉을 때에도 찬미하라.
때로는 동쪽 찬란한 태양을 맞이하고, 때로는
날아가는 성천에 고정된 항성과 더불어 피하기도 하는
달이여, 그리고 노래하고 기묘하게 춤추는
그대들 다른 다섯 유성[23]이여, 어둠에서
빛을 불러내신 하느님을 소리 높여 찬미하라.
대기여, 그리고 자연의 자궁에서 맨 먼저 나와 대기와
사중으로 결합하여 갖가지 형태로 영원히 순환하며
만물을 한데 뒤섞어 기르는 여러 원소[24]여,
끊임없는 변화여, 늘 새로운 그대들의
찬양을 위대한 창조주께 바치라.
그대, 어두운 회색 언덕 또는 김 서린 호수에서
어스름하고 뽀얗게 피어오르면, 태양이 양털같이
부드러운 그대 옷자락을 황금빛으로 물들이는 안개여,
증기여,[25] 세상을 만드신 창조주를 위해 일어나라.
무색의 하늘을 구름으로 칠하기 위해서든
목마른 대지를 소나기로 적시기 위해든

---

21) 오비디우스의 《변신이야기》에서 태양신이 스스로를 "세계의 눈"이라고 했다. "세계의 영혼"은 만물에 생명을 부여한 힘에서 유래하는데, 이 이론을 처음 주장한 사람은 플리니우스였다.
22) 태양이 중천(noon)에 이를 때가 정오이며, 정오는 성당에서 기도하는 시간으로 정해져 있다.
23) 금성, 화성, 수성, 목성, 토성을 말한다.
24) 땅, 물, 불, 바람의 4대 원소를 말한다. 이 가운데 바람을 가장 먼저 언급하고 이어서 "자연의 자궁에서 맨 먼저" 나온 땅, 물, 불(빛)을 이야기하는데, 뒤의 세 가지는 〈창세기〉에서 언급하는 최초의 원소들이다. 이러한 4대원소가 서로 융합하여 다양한 물질을 만든다는 주장은 이미 플라톤의 《티마이오스》에 나와 있다.
25) 안개나 증기 자체에는 아니지만, 태양, 달, 별, 소나기, 바람, 풀, 나무, 새, 물고기, 동물, 샘 같은 만물에 신을 찬양하라고 호소하는 내용은 〈베네디치테〉에 나와 있다.

올라가든 내려가든 늘 하느님을 찬미하라.
그대들 사방에서 부는 바람이여, 하느님을 찬미하며
조용히 또는 거세게 불어라. 머리를 흔들어라,
그대 소나무여, 모든 초목과 함께 숭배의 표시로
가지를 흔들어라. 샘물이여, 그대, 흐르며 아름다운
가락을 연주하는 자여, 졸졸 흐르며 그의
영광을 노래하라. 다 같이 합창하라, 그대 모든
살아 있는 것들이여. 하늘문 향해 노래하며 오르는
새들[26]이여. 그대 날개와 가락에 하느님에 대한 찬미를 실어라.
물속에서 헤엄치는 자, 당당한 걸음으로
땅을 딛고 걷는 자, 아래로 낮게 기는 자여,
그대들은 증명하라, 내가 아침저녁으로 산이나
골짜기, 샘이나 시원한 그늘 쪽으로 노래 부르고,
하느님 찬미를
가르쳐주었음을. 거룩하시도다, 우주의
주여, 자비를 베푸시어 선만을 주소서.
만일 밤이 악을 모으거나 숨겨두었다면, 주여,
지금 빛이 어둠을 쫓아내듯 부디 이를 흩어버리소서.”
그들이 순수한 마음으로 기도하자, 그들의 가슴에
안정된 평화와 평소의 평온이 곧 되살아난다.
영롱한 이슬을 머금고 향기롭게 핀 꽃들 사이로
그들은 전원 일을 하기 위해 서두른다. 일터에는
줄지어 늘어선 무성한 과일나무들이 가지를
제멋대로 뻗고 있어, 열매 맺지 않는
덩굴을 없앨 일손이 필요하다. 또한 그들이 포도덩굴을
느릅나무에 짝지어주니,[27] 포도덩굴은 짝을 얻어

---

26) “들어라, 들어라, 지금 하늘문 근처에서 종달새 운다”(셰익스피어 《심벨린》) 등 이와 유사한 이미
　지는 매우 많다.

사랑의 두 팔로 그를 휘감고, 혼수로 그녀의 양자인
포도송이를 데리고 가, 열매 맺지 못하는 그의
잎을 아름답게 꾸민다. 이렇게 일하는 그들을 보고
하늘의 높으신 왕께서 가엾이 여겨 라파엘[28]을,
토비아와 함께 여행하며, 일곱 번 결혼한
처녀와의 혼사를 성사시켜 준 다감한 영을 부르신다.
하느님이 말씀하신다. "라파엘, 지옥에서 탈출해
어두운 심연을 빠져나온 사탄이
지상낙원에서 어떤 소동을 일으키고
어젯밤 두 인간의 마음을 얼마나 어지럽혔으며,
그들을 통해 어떻게 인류를 단번에
멸망시키고자 계획했는지 그대도 들었으리라.
그러니 가서, 노동의 피로를 풀고자
어느 정자나 나무 그늘에서 식사나 휴식으로
한낮의 더위를 피하고 있는 둘을 만나
오늘 반나절, 친구가 친구에게[29] 하듯 아담과 얘기하라.
그가 지금 얼마나 행복하며, 또한 그의 행복을
어떻게 할지는 그의 힘에 달려 있다고, 즉
그의 자유의지, 자유롭지만 변하기 쉬운
그의 의지에 달려 있다고 가르치라. 자신에 차서
길을 벗어나지 않도록 경고하고, 지금 그에게 닥친
위험과 그 위해를 가하려는 자가 누구인지,
얼마 전 하늘에서 떨어져, 한때 자기가 누리던

---

27) 남성적인 느릅나무와 여성적인 포도덩굴의 조합은 부부의 포옹을 상징하는 비유로 로마문학 이후 즐겨 썼다. 오비디우스의 《변신이야기》, 스펜서의 《요정의 여왕》 등 참조.

28) 라파엘은 '하느님의 치유'라는 뜻으로, 성서 정전에는 나오지 않지만 구약 외전인 〈토비트서〉에 나오는 천사이다. 구약 외전인 〈에녹서〉(9 : 1)에는 미가엘, 가브리엘, 우리엘과 함께 4대 천사로 나온다.

29) "야훼께서는 마치 친구끼리 말을 주고받듯이 얼굴을 마주 대시고 모세와 말씀을 나누셨다" 《출애굽기》 33 : 11).

복된 처지에 있는 자를 떨어뜨리고자 음모를
꾸미고 있는 적이 누구인지를 그에게 알려주어라.
폭력으로? 아니다. 폭력이라면 막을 수 있으리라.
위해는 바로 속임수와 거짓말을 통해 올 것이니, 이를 그에게 알려라.
미리 충고하고 경고해 두지 않으면, 스스로
죄를 범하고도 뜻밖의 일이라고 변명할 터이니."
영원의 아버지께서 이렇게 말씀하시어 모든
정의를 위한 조처를 취하셨다.[30] 날개 달린 라파엘은
임무를 맡자마자 그 눈부신 날개로 몸을 감싸고
정답게 모여 있던 그곳, 수천의 불꽃처럼
찬란한 스랍들 가운데서 가볍게 솟아올라
하늘의 중앙을 뚫고 날아간다. 합창대가
좌우로 갈라져, 하늘 길 쏜살같이 달리는
그에게 길을 비켜준다. 이윽고 하늘문에 이르니,
문은 지고한 건축가가 성스러운 위업을
구사하여 만든 대로, 황금 돌쩌귀 위에서
돌며 저절로 활짝 열린다.[31]
여기서부터는 그의 시야를 가리는 구름도 없고
별도 없으며, 오직 머나먼 저편에
찬란한 다른 구체와 다를 바 없는 지구가 작지만
또렷하게 보이고, 그 어떤 산보다 높이 솟은 삼나무로 뒤덮인
하느님의 동산이 보인다. 마치 밤에 갈릴레오의
망원경에 또렷하지는 않지만 달 표면의
여러 땅과 지역이 비치듯이,
또는 키클라데스 제도[32]에서 바라보는 뱃사람의 눈에

---

30) "우리가 이렇게 해야 하느님께서 원하시는 모든 일이 이루어진다"(〈마태복음〉 3 : 15).

31) 〈사도행전〉에는 베드로와 천사가 "철문 앞에 다다르자 문이 저절로 열렸다"(12 : 10)는 내용이
   있으며, 《일리아스》에도 하늘문이 스스로 열렸다는 묘사가 있다.

32) 에게해 남쪽에 있는 섬 무리로, 그 중심에 있는 것이 델로스섬이다. 사모스섬은 북쪽에 제법 멀

델로스섬이나 사모스섬이 처음에는

구름 사이에 묻힌 검은 점처럼 보이듯이. 그쪽으로

몸을 구부리고 서둘러 날아올라, 아득한 영공을 지나

여러 천체와 천체 사이를 날아간다.[33]

때로는 극풍(極風)을 타고 날개를 활짝 펼치고

때로는 세차게 날갯짓하며 잠잠한 공기를 뒤로 밀어낸다.

이윽고 지구에 이르러 독수리들이 높이 느긋하게 나는

비행권 안에 이르자, 모든 새들은 그를 보고,

유일무이한 새가 태양신의 찬란한 사당에

자신의 유해를 두기 위해 이집트의 테베로

날아갈 때 뭇 새들이 넋을 잃고 바라보았던

그 불사조[34]인 줄 안다. 그는 곧 낙원 동쪽

절벽에 내려, 본디의 날개 돋친 천사의 모습[35]으로

돌아간다. 여섯 개의 날개로 그 거룩한 몸을

가리고. 넓은 어깨에 돋친 두 날개는

어깨는 물론 가슴 위를 덮어 제왕의 장식 같고,

가운데 두 개는 눈부신 별의 띠처럼

허리를 두르고 허리부터 무릎 위를

부드러운 금빛과 하늘에서 물든 오색찬란한

리 떨어져 있어 보통 제도의 하나로 여겨지지 않는다. 델로스섬은 아폴론과 아르테미스가 태어
난 곳으로 신성시되었으며, 사모스섬도 헤라가 태어나 제우스와 결혼한 곳으로 숭배되었다.

33) 이 대목에서는 하늘을 날아가는 메르쿠리우스의 모습이 떠오른다《아이네이스》. 또한 라파엘
은 앞에서 사탄이 지구로 내려갈 때와 똑같은 길을 따라 간다. 단 사탄처럼 태양에 들르지는
않는다.

34) 이 전설의 새는 세계에 한 마리밖에 없으며, 오백 년마다 스스로 몸을 태워 그 재에서 다시 태
어난다. 그 유골은 이집트의 헬리오폴리스(태양의 도시라는 뜻)로 가지고 간다고 한다. 밀턴은
그곳이 헬리오폴리스가 아니라 이집트의 테베라고 생각했다. 불사조는 불사 또는 우정을 상징
한다.

35) 라파엘의 모습은 〈이사야〉에 기록된 스랍의 모습과 매우 비슷하다. "날개가 여섯씩 달린 스랍
들이 그를 모시고 있었는데, 날개 둘로는 얼굴을 가리고 둘로는 발을 가리고 나머지 둘로 훨훨
날아다녔다"(6 : 2).

빛깔로 덮고 있다. 세 번째의 두 날개는
갑옷 같은 하늘빛 깃털로 발부터 발꿈치까지를
가리고 있다. 마이아의 아들[36]처럼 서서
날개를 흔드니, 하늘의 그윽한 향기가 주위에
가득 어린다. 경비천사들은 곧 그를
알아보고, 그의 위엄과 숭고한 사명에
경의를 나타내며 일어선다. 그가 중대한
사명을 띠고 왔음을 예상한 것이다.
눈부시게 빛나는 천사들의 막사를 지나, 그는
몰약의 향기 어린 숲과 계피, 감송, 향유 같은
그윽한 꽃나무[37]의 방향이 물결치는 황야를 거쳐
축복의 들, 낙원으로 들어선다. 이곳의 자연은
청춘인 양 힘차고 싱싱하고, 처녀다운 공상에 흠뻑 빠져
규범이나 법칙을 무시하며 지금으로서는 상상할 수
없을 만큼 발랄한, 예사롭지 않은 엄청난 축복을
쏟아낸다. 향기로운 숲을 지나 다가오는 그를
서늘한 정자 문간에 앉아 있던 아담[38]이 알아본다.
때마침 중천에 이른 해가
대지의 깊숙한 자궁을 데우려
머리 위에서 작렬하는 빛을 쏟아낸다.
점심시간이라 하와는 안에서 식사 준비를 하고 있다.
참된 식욕을 충족시키고, 짬짬이 마시는 우유처럼 달콤한
물과 과일즙과 포도즙 같은 감로수의 맛 해치지
않도록 맛과 향기 좋은 과일을 준비한다.

---

36) 아틀라스의 딸 마이아가 제우스와 관계를 맺어 낳은 아들이 헤르메스(로마신화에서는 메르쿠
리우스)이다. 헤르메스는 신들의 사자로, 발뒤꿈치에 날개가 달려 있다.
37) 여기에 나오는 다양한 향나무는 모두 성서에 나오는 것들이며, 예배의식과 관련된 것들이다.
38) "야훼께서는 마므레의 상수리나무 곁에서 아브라함에게 나타나셨다. 아브라함은 한창 더운 대
낮에 천막 문어귀에 앉아 있다가"(《창세기》 18 : 1).

하와에게 아담이 말한다.

"하와여, 이리 와보오, 당신에게 꼭 보여줄 것이 있소.
저기 동쪽 나무 사이로 영광스럽게 빛나는 형체가
이곳으로 오고 있소. 저 모습을 보면 한낮인데도
다시금 아침이 밝아오는 듯하오. 아마도 우리에게
하늘의 중요한 명령을 전하러 오는가 보오. 오늘
우리의 손님이 되어줄지도 모르오. 그러니 빨리
가서 그대가 저장해 둔 것 가운데 좋은 것을 골라
풍성하게 내놓으시오, 이 하늘의 손님 공경하며
맞이하는 데 어울리도록.[39] 주신 이에게
그 주신 것 드리고, 풍성하게 주신 것 가운데
풍성하게 많이 드리는 것이 마땅한 이치.
이곳의 자연은 힘이 넘치고 풍요롭게 번성하여
열매를 딸수록 더 많은 열매 맺으리니
이것은 아끼지 말라는 가르침이오."
하와는 대답한다. "아담이여, 흙으로 만들어져
하느님의 영 받은 거룩한 사람이여. 헤아릴 수 없이
많은 열매가 사철 가지에 매달려 우리를 기다리니
많이 저장하지 않아도 족하리이다. 알뜰히 저장하면
굳어져 자양이 되지만 넘치는 물기는 사라질 뿐.
어쨌든 빨리 가서 가지와 풀숲과 나무에서
즙 많은 과류(瓜類)[40] 가운데 가장 좋은 것을 따서
하늘에서 온 빈객을 대접하리다. 그분이 보고서
이곳 지상에도 하느님은 하늘과 진배없이
은혜 베푸셨다는 말씀을 하시도록."

---

39) "아브라함은 급히 천막으로 들어가 사라에게 고운 밀가루 서 말을 내다가 반죽하여 떡을 만들라고 이르고"(〈창세기〉 18 : 6).
40) "그때 하느님 야훼께서는 요나의 머리 위로 아주까리가 자라서 그늘을 드리워 더위를 면하게 해주셨다. 요나는 그 아주까리 덕분에 아주 기분이 좋았다"(〈요나〉 4 : 6).

이렇게 말하고 하와는 바쁜 표정으로
서둘러 돌아서서 손님 접대할 생각에 잠긴다.
최고의 진미를 내려면 무엇을 골라야 할까,
잘 배합하지 않으면 맛이 좋지 않은 법이니
아무렇게나 뒤섞지 않고 자연스럽게
맛을 더하려면 어떤 순서를 밟아야 할까.
그러곤 부지런히 움직이며 만물을 낳는 어머니
대지가 동인도와 서인도[41]에서, 지중해 연안의
폰토스와 카르타고 연안에서, 또는
알키노오스가 다스리는 섬에서 만들어낸
모든 과일을 그 연한 가지에서 따서 모았다.
거친 것과 매끄러운 것, 수염 달린 꼬투리나 깍지로 된
각종 열매를 따서 손님에게 바치기 위해
상 위에 아낌없이 쌓아 올린다. 음료로는
포도를 짓이겨 취하지 않는 새 술을 빚고,
다양한 딸기로 달콤한 음료를, 그리고 감미로운 씨를
짓찧어 향긋한 크림을 만든다. 이런 음식을 담기에
알맞은 깨끗한 그릇도 있다. 그리고 바닥에는
장미꽃과 향나무에서 얻은 향료를 뿌린다.
한편 우리의 조상 아담은 거룩한 손님 맞으러[42]
혼자 걸어 나간다. 아니, 그 자신의 완전무결한
미덕이라는 시종 하나만 거느리고.
그의 내면에 모든 위엄 갖추고 있으니,

---

41) 낙원에는 온 세계의 과일이 열린다고 시인은 생각했다.

42) 아담이 라파엘을 맞이하는 모습은, 하느님과 두 천사를 맞이하는 아브라함의 모습과 비슷하다. "그는 그들을 보자마자 천막 문에서 뛰어나가 맞으며 땅에 엎드려 청을 드렸다. '손님네들, 괜찮으시다면 소인 곁을 그냥 지나쳐 가지 마십시오. 물을 길어올 터이니 발을 씻으시고 나무 밑에서 좀 쉬십시오. 떡도 가져올 터이니 잡수시고 피곤을 푸신 뒤에 길을 떠나십시오. 모처럼 소인한테 오셨는데, 어찌 그냥 가시겠습니까?' 그들이 대답하였다. '아! 그렇게 하여주시겠소?'" (〈창세기〉 18 : 2~5).

제왕을 모시고 가는 장엄한 행렬이,
말들과 금빛으로 치장한 마부들과
화려한 시종들의 행렬이 군중을 눈부시게 하고
그들을 어리둥절하게 할 때보다 더욱 장엄하다.
아담은 그의 앞에 가까이 다가가
두려워하지 않고 공손하게
웃어른 대하듯 고개 숙여 절한다.
"하늘에 사시는 분이시여, 이렇게 부르는 것을
용서하소서. 당신 같은 거룩한 분이
사시는 곳은 하늘밖에 없으니.
당신은 높은 천사의 자리에서 내려와, 그 복된 곳을
잠시 뒤로하고 이 복된 낙원을 찾아주셨나이다.
하느님의 크신 은혜로 지금은 이 넓은 땅을 둘이서
차지하고 있는 우리와 더불어
저기 그늘진 정자에 앉아 쉬시며
이 정원에서 나는 맛있는 음식을
맛보소서. 한낮의 더위가 한풀 꺾이고
해가 기울어 조금 서늘해질 때까지."
이에 천사[43]는 상냥하게 대답한다.
"아담이여, 그래서 내가 왔도다. 그대는 충분한
자격을 가지고 창조되어 이런 곳에 살고 있으니,
하늘의 천사라도 기회가 있으면 찾아오는 자를
초대할 수 있으리라. 그러니 그대의 그늘진
정자로 나를 안내하라. 저녁이 오기 전까지
낮 시간은 자유로우니." 천사와 아담은 함께
숲속의 집으로 간다. 포모나[44]의 정자처럼

---

43) 원문은 "the angelic Virtue"이다. Virtue는 천사의 아홉 계급 가운데 다섯 번째인 역품천사를 말
한다. 그러나 시인은 천사의 계급에 구애받지 않았다(제7편에서는 라파엘이 여덟 번째 계급인 대
천사라고 불린다).

작은 꽃들과 달콤한 향기로 꾸며져 미소 짓는 그곳으로.
제 몸 이외에 다른 장식 없어도 숲속
요정보다 더 아름답고, 이다산[45]에서 나체로 미를
겨루었다는 세 여신보다 더 아름다운
하와는 일어서서 하늘의 귀빈을 환대했다.
미덕에 감싸여 있으니 가릴 것 필요 없고,
불순한 생각에 얼굴 붉힐 일도 없다. 천사는
그녀에게 축복을 내리며,[46] 먼 훗날 복받은 두 번째
하와[47]가 될 마리아에게 할 성스러운 인사를 한다.
"복 있으라, 인류의 어머니여. 그대의 풍요로운 태(胎)가
하느님의 나무들이 갖가지 열매들을
이 식탁 위에 쌓아 올린 것보다 더 많은 아들들로
이 세상을 가득 채우리라." 식탁은 푸르른 잔디 자란
흙을 봉긋하게 올려 만들었으며 둘레엔 이끼 낀 좌석 있고
널찍하고 네모난 상 위에는 온갖 가을의 산물이
쌓여 있다, 물론 이곳에서는 봄과 가을이 손을 맞잡고
춤을 추지만. 잠시 이야기 나눈 뒤,
음식이 식을 염려 없으므로, 우리의 조상이 이윽고

---

44) 로마신화에 나오는 과실과 꽃의 님프.

45) 유노(헤라)와 아테나(미네르바)와 베누스(아프로디테) 세 여신이 이다(이데)산에서 아름다움을 겨룰 때, 심판자 파리스는 '가장 아름다운 여인에게'라고 쓰인 황금사과를 베누스에게 준다. 이 사건으로 결국 트로이전쟁이 일어난다.

46) 원문은 "Hail"로, 이 말은 영역 성서에서 가브리엘이 동정녀 마리아에게 수태고지를 내릴 때 처음으로 한 말이다. "천사는 마리아의 집으로 들어가, '은총을 가득히 받은 이여, 기뻐하여라. 주께서 너와 함께 계신다.' 하고 인사하였다. ……이제 아기를 가져 아들을 낳을 터이니 이름을 예수라 하여라"〈누가복음〉 1 : 28~31).

47) 하와라는 이름의 유래는, "아담은 아내를 인류의 어머니라 해서 하와라고 이름지어 불렀다"〈창세기〉 3 : 20)라고 한다. 예부터 예형론(豫型論)적으로 그리스도의 어머니 마리아를 제2의 하와라고 불렀다. 그리스도를 제2의 아담 또는 최후의 아담으로 부르는 것도 예형론적 사고이다. "성서에 기록된 대로 첫 사람 아담은 생명 있는 존재가 되었지만 나중 아담은 생명을 주는 영적 존재가 되셨습니다. ……첫째 인간은 흙으로 만들어진 땅의 존재지만 둘째 인간은 하늘에서 왔습니다"〈고린도전서〉 15 : 45~47).

말을 꺼낸다. "하늘의 손님이시여, 이 하사품을
맛보소서. 이는 완전한 선을 헤아릴 수 없이 내리시어[48]
우리를 돌보시는 하느님이 식사와 오락을 위하여
땅에서 자라게 하신 것입니다. 어쩌면
영물들 입엔 맞지 않을지 모르나 저는
이것만은 알고 있습니다, 이는 유일하신 하느님께서
우리 모두에게 내려주신 것임을."
이에 천사는 대답한다. "바로 그러하니 하느님께서
(영원한 찬미를 그분께 돌릴지라) 반영물인
인간에게 주시는 것은 순수한 영물에게도
맛있는 음식[49]이 되리라. 이성적 존재인
그대들에게 필요하듯 순수한 예지적 존재인
우리에게도 음식은 필요하노라. 그대들도 우리도 몸속에
온갖 하급 감각능력을 갖고 있으며 그것으로
듣고, 보고, 냄새 맡고, 만지고, 맛본다.
맛보아 혼합하고, 소화하고, 흡수하여
유형물을 영적인 무형물로 바꾼다.
그러니 창조된 것은 모두 부양받고
양육되어야 함을 알아두어라. 원소들 중에선[50]
조잡한 것이 순수한 것을, 땅은 바다를,
땅과 바다는 공기를, 공기는 저 하늘의 불을,
그리고 최하위의 달을 우선 양육한다.

---

48) "온갖 훌륭한 은혜와 모든 완전한 선물은 위로부터 오는 것입니다. 하늘의 빛들을 만드신 아버지께로부터 내려오는 것입니다"(〈야고보서〉 1 : 17).

49) 천사가 음식을 먹는지 아닌지는 판단하기 어려운 문제이지만, 이 작품에서는 인간과 마찬가지로 음식을 먹는다고 되어 있다. 성서를 살펴보면, 인간의 음식을 하느님과 천사가 먹은 예는 〈창세기〉(18 : 8)에, 천사의 음식을 인간이 먹은 예는 〈시편〉(78 : 25)에 나와 있다.

50) 시인은 4대 원소에 대한 플라톤의 주장을 받아들여, 하위 물질이 상위 물질을 양육한다고 생각하고 거대한 계층적인 우주상을 그렸다. 그로써 영적인 것과 물질적인 것의 계층적 관계를 설명하고자 한다.

달의 둥근 표면에 보이는 검은 반점[51]은
불순한 증기가 달의 본질과 충분히 동화되지 못한 증거이다.
달 또한 그 습한 땅에서 위에 있는
여러 천체로 자양분을 발산한다.
만물에 빛을 주는 태양은 만물로부터
보상으로 수증기를 받아 자양분으로 삼는다.
저녁이면 바다와 만찬을 함께 하는 것도 그 때문이다.
하늘에서는 수많은 생명나무[52]가 향기로운 영과(靈果) 맺고
포도[53]에서 영주(靈酒)가 나오지만,
그리고 아침마다 나뭇가지에서 감로가 떨어져
진주 같은 물방울이 땅을 뒤덮지만,
하느님은 이곳에도 하늘에 필적하는
여러 진미를 내리시고 그 풍요로운 선물을
다채롭게 하셨느니라. 그러니
내가 음식에 까다롭다고 생각지 말지어다."
이야기를 마치고 그들은 식사를 시작한다.
신학자들[54]이 해석하듯, 겉으로만 먹는 체하지
않고, 정말로 식욕이 동하여 먹은 것을 변화시키는
소화 기능을 분명히 보이며 맛있게 먹는다.
흡수하고 남은 것은 쉽게 영체를 통과하여

---

51) 천사 라파엘의 설명은 플리니우스의 《박물지》에 나오는 내용과 똑같다. 시인은 토스카나의 과
학자 갈릴레오의 주장을 앞에서 소개한 바 있다.

52) "그 천사는 또 수정같이 빛나는 생명수의 강을 나에게 보여주었습니다. ……강 양쪽에는 열두
가지 열매를 맺는 생명나무가 있어서 달마다 열매를 맺고 그 나뭇잎은 만국 백성을 치료하는
약이 됩니다"(〈요한계시록〉 22 : 1~2).

53) 최후의 만찬에서, 그리스도는 "잘 들어두어라. 이제부터 나는 아버지의 나라에서 너희와 함께
새 포도주를 마실 그날까지 결코 포도로 빚은 것을 마시지 않겠다"(〈마태복음〉 26 : 29)라고 말
했다.

54) 교부들 가운데에는 천사가 음식을 먹지 않는다고 주장하는 이가 있으며 그 논거의 하나로 구
약 외전 〈토비트서〉(12 : 19)를 든다. 여기서 라파엘은 토비트 부자에게, "당신들은 내가 먹고 마
시는 것을 보았지만 내가 정말 먹은 것은 아닙니다. 그저 그렇게 보였을 뿐입니다"라고 말한다.

증발된다. 이렇게 보면 그을린 석탄불을 피워
경험 많은 연금술사가, 불순한 광석을
금광에서 캐낸 듯한 순금으로 바꾸고,
아니, 바꿀 수 있다고 믿는다고 해서
이상할 건 없으리라. 한편 하와는
나체로 시중들며 그들의 잔에
달콤한 음료를 남실남실 채운다. 아, 낙원에 어울리는
순진함이여! 하느님의 아들[55]인 천사들이
그 모습 보고 반해도 어쩔 수 없으리라.
그러나 그들의 사랑은 음욕과는 거리가 멀고,
상처 입은 애인의 지옥 같은 질투도 몰랐다.
충분히 먹고 마시며 도를 넘기지 않고 적당히
식욕이 채워지자, 아담은 불현듯
귀하게 얻은 기회를 놓칠세라,
자기 세계 위에서 벌어지는 일들과
하늘에 사는 자들의 생활을 알고 싶다는
생각에 사로잡힌다. 천상에 사는 자들은
자기보다 자질이 훨씬 뛰어나고, 그 빛나는 모습과
거룩한 광채와 높은 힘이
인간보다 훨씬 나음을 그는 알기 때문이다.
그는 하늘의 사신에게 조심스럽게
표현을 골라 말한다.
"하느님과 함께 사시는 이여, 인간인 제게
베푸신 크신 은혜에 진심으로 감사하며 당신의 은총을
뼈저리게 느끼나이다. 이 누추한 지붕 밑으로 기꺼이 드시어
천사가 드실 음식이 아닌데도 이 지상의 과일을
맛보셨지요. 하늘의 높은 잔치에서도

---

55) "땅 위에 사람이 붙어나면서부터 그들의 딸들이 태어났다. 하느님의 아들들이 그 사람의 딸들
을 보고 마음에 드는 대로 아리따운 여자를 골라 아내로 삼았다"(《창세기》 6 : 1~2).

이보다 더 기쁘게 드신 일이 없으신 듯한데,
둘을 견주면 어떻게 다르나이까?"
이에 날개 달린 천사가 대답한다.
"아담이여,[56] 유일하신 전능자께서 이 세상에
계시어, 모든 것이 그분에게서 나왔으니[57]
선에서 타락하지만 않는다면 다시 그에게로
돌아가리라. 만물은 그 질료(質料)[58]가 하나지만,
여러 형태와 여러 등급의 본질로 나뉘고
살아 있는 것들에는 여러 단계의 생명이 주어졌다.
그러나 저마다 활동영역에서 하느님과 가까운[59]
자리에 있거나 또는 가까워짐에 따라
더욱 정화되고, 더욱 영화되고, 더욱 순화되어
마침내 각 종류에 상응하는 한계 안에서
육체는 영으로 승화하리라. 나무[60]라면, 뿌리에서
경쾌하게 푸른 줄기 뻗고 줄기에서는 더욱 가벼운

---

56) 아담은 하늘과 땅 위의 음식에 대해 물었는데, 그 물음의 바탕에 있는 것은 식사의 형이상학 이며, 물(物)과 영(靈)의 연속·비연속에 대한 문제이다. 라파엘은 그 물음의 핵심으로 곧장 파 고든다.

57) "모든 것은 그분에게서 나오고 그분으로 말미암고 그분을 위하여 있습니다. 영원토록 영광을 그분께 드립니다. 아멘"(《로마서》 11 : 36).

58) 구약 외전 〈마카베오하〉의 "하늘과 땅을 바라보아라. 그리고 그 안에 있는 모든 것을 살펴라. 하느님께서 무엇인가를 가지고 이 모든 것을 만들었다고 생각하지 말아라. 인류가 생겨난 것도 마찬가지다"(7 : 28)에 근거한 '무에서의 창조'설이 정통으로 여겨지나, 이단자인 밀턴은 '질료에서 의 창조'를 주장한다. 이 질료는 "신에게서 순수한 물질로서 생겨난 것이며, 인간이 타락한 뒤에 도 그 본질만큼은 여전히 순수한 것으로 남아 있다"(《그리스도교 교의론》)라고 했다.

59) 라파엘은 르네상스시대 특유의 그리스도교적 휴머니즘 또는 그리스도교적 플라톤주의에 입 각한 장대한 사상을 펼치고 있다. 인간을 포함한 자연 속의 모든 생물이 밑에서 위로, 적은 선 에서 보다 많은 선으로 활발히 움직이며, 정점에 있는 신에게 다가가고자 한다는 것이다. 인간 은 "썩을 몸으로 묻지만 썩지 않는 몸으로 다시 살아납니다. ……육체적인 몸으로 묻지만 영적인 몸으로 다시 살아납니다"(《고린도전서》 15 : 42~44)라고 한 바울로의 말이 그 배경이다.

60) 흙에 뿌리를 내리고 하늘을 향해 자라며 향긋한 꽃향기를 풍기는 나무라는 소우주는 아래에 서 위를 지향하는 대우주의 축소판이라고 여겨졌다. 나무의 이러한 상징성은 구약과 플라톤 의 《프톨레마이오스》에서 찾아볼 수 있다.

잎이 돋아 마침내 완벽한 꽃이 눈부시게 피어
그윽한 향기 풍기리라. 꽃이 피어 열매 맺으면
인간의 자양분 되고, 사다리[61] 올라가듯
차츰 상승하여 생기와 정기와 지력에
생명과 감각, 상상력과 오성을
부여하느니라. 궁극적으로 영혼은 거기서
이성을 받나니, 추론적이건 직관적이건
이성[62]은 영혼 그 자체니라. 추론은 주로
그대들 것이고 직관은 우리들 것이지만,
정도의 차이가 있을 뿐 본질은 같도다.
그러니 하느님이 그대들에게 좋다고 보신 것을
내가 거절치 않고 그대들처럼 기꺼이 내 본질로
변화시킨다 하여 이상히 여기지 말라. 때가 오면
인간도 천사와 함께 식사하며 그 음식이 자신에게
부적합하거나 가볍다고 생각지 않으리라.
그러면 그대들도 이러한 육체의 양식에서 벗어나
시간이 지나면 육체가 정화되고 마침내 영체(靈體)가 되어
우리들처럼[63] 날개 돋쳐 하늘로
올라갈 수 있고, 지상낙원에서든
하늘의 낙원에서든 자유로이 살게 되리라.
그러기 위해 그대들은 순종[64]하고, 그대들을 낳으신

---

61) 대우주의 사다리(자연의 단계(scala naturae))에 대응하는 사다리가 소우주인 인간에게도 있다는 것이다. 인간의 내부에서 음식은 피와 살이 되고, 혈액 속을 흘러 생기로, 뇌에 있는 정기로, 상상력으로, 이성으로 상승한다.

62) 라파엘은 이성의 작용을 추론(논리)과 직관으로 나누어, 인간과 천사 모두 가지고 있기는 하지만, 인간은 주로 추론에 따르고 천사는 주로 직관에 따른다고 말한다. 밀턴은 《그리스도교 교의론》에서 천사들은 "계시를 통해" 다양한 일을 알지만 "추론으로" 알기도 한다고 말한다.

63) 인간이 원죄를 지어 죽음을 초래하지 않았다면 천사들처럼 되었으리라는 생각은 아우구스티누스의 《신국론》에도 나와 있으며, 이는 정통적인 교의로 여겨졌다.

64) "너희가 기꺼이 순종하면 땅에서 나는 좋은 것을 먹게 되리라. 그러나 너희가 기어이 거역하면 칼에 맞아 죽으리라. 이는 야훼께서 친히 하신 말씀이다"(《이사야》 1 : 19~20).

하느님께 자식[65] 된 자의 사랑을 변함없이
굳게 유지해야 하리라. 그때까지는
이보다 많은 것은 얻지 못하리니, 지금의 행복한
생활에서 누릴 수 있는 행복을 마음껏 즐겨라."
이에 인류의 아버지는 대답한다.
"아, 은혜로운 천사, 친절한 손님이여
그대는 우리에게 지식으로 이르는 길을
가르쳐주시고, 중심에서 주변으로 이어지는
자연의 사다리를 놓아주시니, 이제 우리는
모든 창조된 것들의 본질을 탐구하면서 한 걸음 한 걸음
하느님께로 올라갈 수 있나이다. 그런데 아까 말씀하신
'그대들이 순종하면'이라는 말이 무슨 뜻인지
설명해 주소서. 흙으로 우리를 만드시고,
인간이 욕망하고 바랄 수 있는 최고의 행복을
주시어 여기서 살게 하신 그분께
어찌 우리가 감히 순종의 길을 버리고,
그분에 대한 사랑을 버리겠나이까."
아담에게 천사가 이르기를, "하늘과 땅의 아들이여,
깊이 새겨들으라. 그대의 행복은 하느님께 달려 있으나
그 행복한 생활 이어가는 것은 그대 자신,
즉 그대의 순종에 달려 있느니라.[66] 그러니 그 안에
굳게 서라. 이것이 그대에게 주는 경고이니라.
하느님은 그대를 완전하게 만드셨으나 불변하는 존재로
만들지는 않으셨느니라. 그대를 선하게 만드셨으나
참고 견디는 것은 그대의 힘에 맡기셨으며,

---

65) "우리는 그분 안에서 숨 쉬고 움직이며 살아간다' 하는 말도 있지 않습니까? 또 여러분의 어떤
   시인은 '우리도 그의 자녀다' 하고 말하지 않았습니까?"《사도행전》 17 : 28).
66) 라파엘은 어떤 필연성에 따라 강요된 것이 아니라, 인간의 자유의지에서 저절로 생겨난 복종을
   말하고 있다.

그대의 의지는 불가피한 운명이나 냉엄한 필연에
지배되지 않는 자유로운 본성으로 두셨느니라.
하느님은 자발적인 봉사[67]를 원하시되 강요치는 않으시니,
그런 것은 용납하지 않으실뿐더러
용납할 수도 없도다. 자유 없이
운명이 시키는 대로만 따를 뿐 다른 선택이 없다면
그의 봉사가 자의적인지 아닌지 어찌 알 수 있으랴.
하느님의 성좌(聖座) 앞에 있는
나와 모든 천사들도
계속 순종한다면 그대들처럼
행복한 상태를 유지하리라. 그 밖에는 달리
보증이 없도다. 사랑하는 것도 사랑하지 않는 것도
모두 우리의 의사에 달린즉, 우리는 자유로이
사랑하고 자유로이 섬기노라. 우리가 바로 서는 것도
타락하는 것도[68] 그러하니, 어떤 자는 불순종의 죄에 빠져
하늘에서 깊은 지옥으로 떨어졌다. 아,
지고한 복된 자리에서 비애의 나락으로!"
우리의 조상 아담은 말한다.
"거룩한 교사여, 그대 말씀 마음에 새기며,
근처의 산에서 밤하늘을 타고 울려 퍼지는
천사들의 영묘한 노랫가락 들을 때보다 더 기쁘게
들었나이다. 의지와 행동이 자유롭도록
창조된 것 모르는 바 아니오나, 우리의 창조주를
사랑하고, 오직 하나의 올바른 명령을 주신

---

67) "필연성이라는 법에 강제된 봉사 행위는 의미가 전혀 없다. 어떠한 부동의 명령에 무조건 따르는 의지에는 자유가 없기 때문이다"《그리스도교 교의론》.
68) "하느님이 인간과 천사에게 자유의지라는 선물을 주신 것은, 그들이 외부의 방해를 받지 않고 자신의 선택에 따라 타락할지 말지를 선택해야 한다고 하느님이 인정하셨음을 뜻한다《그리스도교 교의론》.

그분께 순종하는 마음을 잊지 않고자
끊임없이 다짐하고 또 다짐하는
바이옵니다. 그런데 하늘에서 있었다고
그대가 말한 그 일에 의심이 생기니
허락하신다면 자세한 이야기 듣고 싶은 마음
간절하나이다. 그것은 필시 진묘한 이야기여서
경건한 마음으로 조용히 들을 가치 있으리이다.
다행히 해는 아직 충분하나이다. 태양의 여로는
이제 겨우 반을 끝내고, 황도대를 지나는
나머지 반은 아직 시작도 안 했으니."
아담이 청하니 라파엘은 잠시 생각한 뒤
그 청을 받아들여 말을 꺼낸다.
"그대는 엄청난 일, 슬프고 힘든 일을 요구하는구나,
인간의 조상이여, 어찌 싸우는 천사들의
보이지 않는 공적을 인간이 알아듣도록
말할 수 있으랴. 타락을 알기 전에는 하늘에서
그렇게도 영광스럽고 완전했던 자들의 멸망을
연민의 정 없이 어찌 말할 수 있으랴. 또한
밝히지 않는 것이 좋을 다른 세계의 비밀을
어찌 말하랴. 그러나 그대들을 위하여
말해주리라. 인간의 이해가 미치지 못하는 부분은
알기 쉽도록 영적인 것을 물적인 형상에 비유해서[69]
설명하겠노라. 하기야, 이 땅은 하늘의 그림자일 뿐이며[70]

---

[69] 시인은 라파엘을 통해 독자들에게 《실낙원》을 읽는 방법과 성서를 읽는 방법을 시사하고 있다. 독자는 '물적인 형상'을 통해 '영적인 것'을 이해해야 한다는 것이다.

[70] 플라톤은 《국가》에서, 땅은 하늘의 그림자이며 현상적인 것은 이데아의 투영이라고 주장했다. 그러나 라파엘(및 시인)은 "하늘 성전의 모조품과 그림자에 지나지 않는 성전"(〈히브리서〉 8 : 5) 이나 "우리는 믿음이 있으므로 이 세상이 하느님의 말씀으로 창조되었다는 것, 곧 우리의 눈에 보이는 것이 보이지 않는 것에서 나왔다는 것을 압니다"(11 : 3) 등을 근거로, 하늘과 땅의 예형 론(豫型論)적 관계를 생각했다.

두 세계의 사물은 땅에서 생각하는 것보다
서로 훨씬 닮았다고 말할 수도 있으리라.
이 우주가 아직 만들어지기 전, 지금
여러 층의 천체가 크게 돌고 지구가
그 중심에서 평형을 유지하고 있는 이곳을
광막한 혼돈이 지배하던 시절의 어느 날[71]
(영원 속에서도 시간은 운동에 적용되어
지속되는 모든 것을 현재, 과거, 미래로
측정하기 때문이니라) 하늘의 대년(大年)[72]에 있었던
그 어느 날,[73] 하늘의 모든 천사군이
어명을 받고 곧바로 수령의 지휘 아래
하늘 구석구석에서 눈부신 행렬을 이루어
전능하신 분의 옥좌 앞으로
모여들었느니라. 수천만의 깃발 높이
펄럭이고, 전위와 후위 사이에는
각 군단의 크고 작은 군기가 바람에
나부끼며 서열과 신분과
계급의 차이를 드러내고 있었다.
금빛 찬란한 비단 폭에는 기념할 만한 거룩한 공훈과

---

71) 라파엘은 처음부터, 영적이며 영원한 것을 물적이며 시간적인 것으로 표현하는 모순에 부닥치게 된다. 영원한 세계에서 어떤 사건(예를 들어 사탄의 반란)이 일어났다면, 어떤 형태로든 '시간'도 있어야 한다고 라파엘은 생각한다. 밀턴도 《그리스도교 교의론》에서, "많은 천사를 천국에서 추방하는 사태를 초래한 그 배교행위가, 우주의 기초가 세워지기 이전에 생겼다는 주장은 타당하다. 운동과 시간(운동을 측정하는 것)이 우주가 창조되기 이전에는 존재하지 않았다는 통념에는 충분한 근거가 없다"라고 말한다. 여기서 통념은 《티마이오스》에 나타난 플라톤의 주장을 가리킨다.

72) 플라톤에 따르면, 모든 별은 해마다 조금씩 이동하며, 처음 출발한 자리로 돌아오는 해를 '대년(大年)'이라고 한다(《티마이오스》). 그 주기는 3만 6천 년이다. 시인은 이 플라톤의 '대년'에 빗대어, 그리스도의 출현으로 하나의 위대한 주기가 시작됨을 암시하고자 했다.

73) "하루는 하늘의 영들이 야훼 앞에 모여왔다. 사탄이 그들 가운데 끼어 있는 것을 보시고"(《욥기》 1 : 6).

길이 남을 충성과 사랑의 위업이 눈부시게 새겨져 있었다.
이처럼 그들이 옥좌를 둘러싸고 이루 말할 수 없이
거대한 원을 그리며 겹겹이[74] 둘러싸고
진을 쳤을 때, 무한하고 위대한 아버지는 그 곁에
축복에 감싸인 성자를 앉히시고, 시뻘겋게 타오르는
불꽃에 가려 꼭대기가 보이지 않는 산에서
말씀하실 때처럼 그들에게 말씀하셨도다.
'들으라, 너희 모든 천사,[75] 빛의 아들들아,
좌품천사, 주품천사, 권품천사, 역품천사, 능품천사들아,
한번 내리면 결코 취소할 수 없는 내 명령을 들으라.
오늘 나는 내 외아들이라고 선언할 자를
낳아 이 성스러운 산에서 기름 부었노니[76]
지금 너희들이 보는 바와 같이 내 오른편에
앉아 있노라. 그를 너희들의 머리[77]로 임명하고,
하늘의 모든 자가 그 앞에 무릎 꿇고 그를 주인으로
인정하도록 나 스스로 서약했도다.[78]

---

74) "천만 신하들이 떠받들어 모시고 또 억조 창생들이 모시고 섰는데"(《다니엘》 7 : 10). 하느님을
    겹겹이 둘러싼 천사들에 대해서는 단테의 《신곡》 〈지옥편〉 제28노래 참조.
75) 하느님은 스스로 만든 모든 천사들에게 선언한다. "그것은 하늘과 땅에 있는 만물, 곧 보이는
    것은 물론이고 왕권(좌품천사)과 주권(주품천사)과 권세(권품천사)와 세력(능품천사)의 여러
    천신들과 같은 보이지 않는 것까지도 모두 그분을 통해서 창조되었기 때문입니다"(《골로새서》
    1 : 16).
76) "나의 거룩한 시온산 위에 나의 왕을 내 손으로 세웠노라. ……너는 내 아들, 나 오늘 너를 낳
    았노라"(《시편》 2 : 6~7). "하느님께서 어느 천사에게 '너는 내 아들이다. 내가 오늘 너를 낳았다'
    하고 말씀하신 적이 있으십니까?"(《히브리서》 1 : 5).
77) "그리스도의 인성 안에는 하느님의 완전한 신성이 깃들어 있습니다. 여러분도 그리스도와 하나
    가 됨으로써 완전에 이르게 됩니다. 그리스도는 하늘의 어떤 권세(권품천사)나 세력(능품천사)
    보다 더 높은 분이십니다"(《골로새서》 2 : 9~10).
78) "나의 이름을 걸고 맹세한다"(《창세기》 22 : 16). "그러므로 하느님께서도 그분을 높이 올리시고
    모든 이름 위에 뛰어난 이름을 주셨습니다. 그래서 하늘과 땅 위와 땅 아래에 있는 모든 것이
    예수의 이름을 받들어 무릎을 꿇고 모두가 입을 모아 예수 그리스도가 주님이시라 찬미하며
    하느님 아버지를 찬양하게 되었습니다"(《빌립보서》 2 : 9~11).

너희는 나의 위대한 섭정 아래 머물며 갈라놓을 수 없는
하나의 영혼처럼 뭉쳐 영원히 행복하라.
그를 따르지 않는 자는 곧 나를 배반하고
결합을 깨뜨리는 자이니 그날로
나를 우러르는 그 복된 자리에서 쫓겨나
하늘 밖에 있는 머나먼 암흑의 나락으로
떨어져 그곳에서 구원 없이 영원히 살리라.'
전능자께서 말씀하시자 그 말에 모두
기뻐하는 듯 보였으나 전부는 아니었도다.
그날은 다른 축제일처럼 거룩한 산 둘레에 모여
노래와 춤으로 보냈노라. 그 신비로운 춤은
유성과 항성의 성신계(星辰界)가 저마다
도는 것과 매우 비슷하여,
서로 얽혀 돌다가 흩어지고, 다시
감겨들지만, 가장 불규칙하게 보일 때가
가장 규칙적이었도다. 실로 그들의 운동에
거룩한 화음이 영묘한 가락을 울리니 하느님도
즐거이 귀를 기울이셨노라. 저녁[79]이 되자
(하늘 위에도 저녁이 있고 아침이 있도다.
필요는 없으나 변화의 즐거움을 맛보기 위해서니라)
그들은 곧 춤을 멈추고 식욕을 느끼며
즐거운 저녁식탁으로 향했도다.
겹겹이 원을 그리며 둘러서자
식탁 위에 당장 천사들의 음식이 쌓이고,
진주와 금강석과 묵직한 황금으로 된 술잔에는
하늘에서 자라는 감미로운 포도 열매로 만든
홍옥빛 영주(靈酒)가 넘쳐흘렀다.

---

79) 하늘에서도 히브리인들과 마찬가지로 저녁부터 이튿날 저녁까지를 하루로 생각했던 모양이다.

그들은 갓 꺾은 꽃으로 만든 싱싱한 화관 쓰고
흐드러지게 핀 꽃밭에 앉아 쉬면서 먹고 마신다.
그들의 즐거움을 기뻐하며 아낌없이 주시는
자비로운 하느님 앞에서, 아름다운 교제 나누며
영생[80]과 환희를 즐기도다. 양이 넉넉하니
과식할 염려 없이 안심하고 식욕을 채운다.
이윽고 향기로운 밤이 빛과 그림자의 근원인
높은 영산에서 생긴 구름으로, 지금까지 빛나던
하늘의 얼굴을 뒤덮자 주변은 상쾌한 황혼의
세계[81]가 되었노라(하늘은 밤이라도 그보다 두꺼운 베일을 두르지 않느
니라).
장밋빛 밤이슬이 잠 안 자는
하느님의 눈[82] 이외의 만물을 휴식으로 이끌 때,
이 둥근 지구를 편편하게 펼쳐놓은 것보다도
더 넓은 평야 곳곳에 (하느님의 뜰은 이만큼 넓도다) 천사들은
대오를 지은 채 흩어져 생명나무 사이로
흐르는 시냇가[83]에 천막을 쳤도다.
순식간에 세워진 수많은 천막과 하늘의 막사에서,
순번 정하여 밤새 교대로 지엄한 보좌
둘러싸고 찬미의 노래 부르는 천사들
빼고는, 모두가 서늘한 바람 맞으며
잠들었도다. 그러나 사탄이 깨어 있었던 것은

---

80) "당신의 그 값진 사랑 어찌 형언하리이까? 당신의 날개 그늘 아래 몸을 숨기는 자, 당신의 집
기름기로 배불리 먹이시고 시냇가 단물을 마시게 하시니, 생명의 샘 정녕 당신께 있고 우리 앞
길은 당신의 빛을 받아 환합니다"(〈시편〉 36 : 7~9).
81) "그 도성에는 밤이 없으므로 종일토록 대문들을 닫는 일이 없을 것입니다"(〈요한계시록〉 21 : 25).
82) "이스라엘을 지키시는 이, 졸지 않고 잠들지도 아니하신다"(〈시편〉 121 : 4).
83) "그 천사는 또 수정같이 빛나는 생명수의 강을 나에게 보여주었습니다. 그 강은 하느님과 어린
양의 옥좌로부터 나와 그 도성의 넓은 거리 한가운데를 흐르고 있었습니다. 강 양쪽에는 열두
가지 열매를 맺는 생명나무가 있어서 달마다 열매를 맺고 그 나뭇잎은 만국 백성을 치료하는
약이 됩니다"(〈요한계시록〉 22 : 1~2).

전능왕을 찬미하기 위해서가 아니었노라.

(그의 본명이 무엇인지 지금은 하늘에 전해지지 않으니 사탄이라 부르겠노라)

그는 가장 높은 대천사[84]는

아닐지나 높은 계급에 속하고, 권력이 막대하고

은총을 크게 받은 위대한 자였지만, 그날 위대한

아버지로부터 영광을 받고 기름부음을 받아

메시아 왕으로 불리게 된 성자에 대한 질투에

사로잡혀, 오만하게도 그 광경을 차마 견디지

못하고 스스로 열등해졌다고 생각했느니라.

그때부터 깊은 악의와 멸시감을 품고, 밤이 깊어

모두가 잠들기를 기다렸다가 어둠을 틈타

즉시 부하들을 모두 거느리고 그곳을 떠나기로 한다.

오만불손하게도 보좌에 절도 하지 않고 복종하지

않기로 결심한다. 그는 버금가는 부하를

깨워 살며시 말했다.

'그대 자는가, 친구여?[85] 무슨 잠이 그대의

눈꺼풀을 닫을 수 있으랴. 바로 어제

전능자의 입에서 어떤 명령이 나왔는지를

그대도 기억하리라. 지금까지 그대는 나에게 그대 생각을,

나는 그대에게 내 생각을 예사로 털어놓았으니,

깨어 있을 때 우리의 마음은 하나였다.

그러니 지금 그대 잔다 하여 어찌 다를쏘냐.

알다시피 새로운 법이 공포되었다. 통치자의 새로운 법은

섬기는 자들에게도 새로운 정신과 새로운 의향을

---

84) 대천사(Archangel)는 엄밀히 말하면 아홉 계급 가운데 여덟 번째 천사의 명칭이나, 시인은 여기서 막연히 가장 높은 천사라는 뜻으로 '대천사라고 한 듯하다.

85) 호메로스의 《일리아스》에서, 잠든 아가멤논에게 '꿈'이 말한다. "그대 자는가? ……아트레우스의 아들이여."

불러일으키노라. 앞으로 어떤 일이 닥쳐올지
논의할 필요 있으나, 이곳에서 이 이상
말하는 것은 위험하리라. 우리가 거느리는 수만
천사들 가운데 우두머리들을 불러 모아 말하라.
어스름한 밤이 어두운 구름을 거두기 전에, 명령에
따라 나는 내 밑에 있는 모든 부하들의 깃발
휘날리며 북쪽[86]의 우리 영지로 서둘러
행진하여 우리의 왕, 위대하신 메시아와
그의 새로운 명령을 받들기에 적합한 접대를
준비해야 한다고. 그는 지체 없이
온 천국을 두루 자랑스럽게 누비시며
율법을 주시고자 한다고 전하라.'
거짓에 찬 대천사는 이렇게 말하면서, 동료의
방심한 가슴속에 악한 마음을
불어넣었도다. 친구는 그가 거느리는
지휘자들을, 때로는 한꺼번에 때로는 하나씩
불러서 마왕이 지시한 대로 일렀다,
지존자의 명에 따라 날이 새기 전에,
어스름한 밤이 하늘에서 물러가기 전에,
대천사의 깃발이 이동하기 시작해야 한다고.
그리고 은밀하게 마왕의 뜻을 암시하며, 사이사이에
애매한 말과 질투심을 일으킬 말을 집어넣어
충성을 시험해 보고자 했다.
하지만 모두들 귀에 익은 신호로 위대한

---

86) 사탄의 본거지가 북쪽에 있다는 근거는 〈이사야〉에 따른다. "웬일이냐, 너 새벽 여신의 아들 샛
별아, 네가 하늘에서 떨어지다니! ……네가 속으로 이런 생각을 하지 아니하였더냐? '내가 하늘
에 오르리라. 나의 보좌를 저 높은 하느님의 별들 위에 두고 신들의 회의장이 있는 저 북극산
에 자리 잡으리라. 나는 저 구름 꼭대기에 올라가 가장 높으신 분처럼 되리라'"(14 : 12~14). 사탄
이 바알세불에게 하는 말을 들어보면, 마치 북방에 영토를 가진 봉건제후 같은 인상을 받는다.

지도자의 위엄 있는 목소리에 복종했다. 그만큼

그의 이름 위대했고, 하늘에서 그의 위치는

높았도다. 별들을 이끄는 샛별[87]처럼

그의 용모는 그들을 사로잡았고, 거짓말[88]로써

천군의 삼분의 일[89]을 따르게 했다.

그러는 동안 불가해한 생각까지도 꿰뚫어보는

영원의 눈은 거룩한 산에서, 그리고

밤마다 타오르는 황금빛 등불에 싸인 채

그 불빛에 의지하지 않고도 반역 모의를 똑똑히 바라보셨도다.

모반이 누구에게서 비롯되어 어떻게 아침의 아들들[90] 사이에

퍼졌으며 어떤 무리들이 그 지고한 명령을

거역하고자 작당하였는지를 알고,

그분은 웃으시며[91] 외아들에게 말씀하셨다.

'내 영광으로 빛나는 아들아,

내 전권의 후계자[92]인 아들아,

이제 우리의 전능한 힘을 증명하고, 옛날부터

우리가 주장해 온 신성과 주권을

어떤 힘으로 보존할 것인지를 알릴 때가

왔노라. 드넓은 북방 일대에 우리 못지않은

왕권을 세우고자 하는 대적이 지금 봉기하여,

반역만으로 만족하지 못하고

우리의 힘과 권리에 도전하여 시험해 보려

---

87) "너 새벽 여신의 아들 샛별아, 네가 하늘에서 떨어지다니!"(《이사야》 14 : 12). 사탄이 휘하의 천사 무리를 이끌고 가는 모습은 마치 양떼를 이끌고 가는 양치기의 모습과 같다.

88) 예수는 사탄을 "정녕 거짓말쟁이이며 거짓말의 아비"(《요한복음》 8 : 44)라고 불렀다.

89) 그러나 사탄은 천사의 절반을 반역에 끌어들였다고 생각한다(제1편 참조).

90) "너 새벽 여신의 아들 샛별아, 네가 하늘에서 떨어지다니!"(《이사야》 14 : 12).

91) "하늘 옥좌에 앉으신 야훼, 가소로워 웃으시다가"(《시편》 2 : 4), "야훼, 그 끝남을 보시고 비웃으신다"(37 : 13).

92) "하느님께서는 당신의 아들을 통해서 온 세상을 창조하셨으며 그 아들에게 만물을 물려주시기로 하셨습니다"(《히브리서》 1 : 2).

하고 있노라. 우리는 깊이 상의하여 불시에
이 높은 곳, 우리의 성소, 우리의 성산을
잃는 일이 없도록, 서둘러 이 위험에 대비하고자
나머지 군사를 규합하여
다 함께 방어에 힘써야 하리라.'
성자는 아버지에게 조용하고 명랑하게
이루 말할 수 없이 거룩하고 맑은 광채를 내며
대답한다. '전능한 아버지시여. 적을 비웃으시고,
그들의 헛된 계획과 허망한 소동을
태연히 웃어넘기심은 당연하나이다.
그들의 교만을 진압할 왕권이 저에게 있음을
그들이 볼 때, 제게 반역자를 정복할 능력이
있는지 아니면 하늘에서 가장 무력한
자인지 그들이 알게 될 때, 그들의 증오는
저의 이름을 환하게 드러내줄 터이니
저로서는 영광스러운 일입니다.'
성자가 이렇게 말씀하실 때, 사탄은 그의
군사 거느리고 서둘러 날갯짓하며 멀리 나아가고 있었다.
무수한 군사는 밤하늘 별 같고, 아침하늘 밝히는
새벽별 같고, 햇살이 잎이며 꽃마다 진주알처럼 얹어놓은
이슬방울[93] 같았다. 그들은 여러 지역을, 세 등급[94]으로 나뉘는
스랍천사, 권품천사, 좌품천사 들이 다스리는 강대한
영토를 지났다. 아담이여, 거기에 비하면
그대의 영토는, 이 지구를 평면으로
펼쳤을 때, 모든 육지와 바다에
이 동산을 비교한 것밖에 되지 않느니라.

---

93) "너희 사랑은 아침 안개 같구나. 덧없이 사라지는 이슬 같구나"(〈호세아〉 6 : 4).
94) 디오니시우스 아레오파기타는 천사를 아홉 등급으로 나누고, 그 안에서 다시 상·중·하의 세
    등급으로 나누었다.

사탄은 이 나라들을 지나 마침내 자신의
궁전에 이르렀다. 그리고 금광석
채석장과 황금 바위산에서 깎아낸
피라미드[95]와 탑이 많아, 산 위에 솟은
산처럼 광채가 사방으로 퍼져 나가는
산 위 높은 곳 그의 옥좌에 앉았다.
이곳이 바로 루시퍼[96]의 궁전(인간의 말로 바꾸면
이러하노라)이다. 하느님과 같아지고자 하는
야망에 불타는 사탄은, 일찍이 하느님이
온 천사들이 보는 앞에서 메시아를
선언하신 그 성스러운 산을 본떠 자신의 그곳을
신들의 회의장[97]이라 불렀다.
나중에 그곳으로 찾아오실
대왕을 어떻게 환영해야 좋을지를
정하기 위한 회의를 열도록
명령받았다고 속여 전군을 그리로
소집하였기 때문이다. 그리고 진리를 가장한
교묘한 비방으로 그들의 귀를 끌었다.
'좌품천사, 주품천사, 권품천사, 역품천사, 능품천사들이여,[98]
이 위엄 깃든 칭호는 단지 허울 좋은 쭉정이란 말인가.
칙령에 의해 지금은
다른 자가 모든 권한을 장악하고

---

95) 밀턴은 피라미드 모양을 혐오하며 악마적이라고 생각한다. 이것을 그는 "무엇인가를 갈기갈기
   찢어 분열시키는 형태이다"《교회 통치의 이유》라고 표현했다.
96) 루시퍼는 사탄이 지옥으로 떨어지기 전에 불리던 이름으로 샛별이라는 뜻이다. "너 새벽 여신
   의 아들 샛별아, 네가 하늘에서 떨어지다니!"《이사야》 14 : 12).
97) "내가 하늘에 오르리라. 나의 보좌를 저 높은 하느님의 별들 위에 두고 신들의 회의장이 있는
   저 북극산에 자리 잡으리라"《이사야》 14 : 13).
98) 사탄이 각 등급의 천사들을 부른 순서는, 하느님이 아들을 구세주로 선언할 때 그 자리에 모
   인 천사들을 부른 순서와 똑같다.

기름부음을 받은 왕의 이름으로 우리의 빛을
빼앗아 버렸다. 우리가 이처럼 서둘러
야밤에 진군하여 갑작스런 모임을
갖게 된 것도 그 때문이다.
지금까지 없던 무릎 꿇는 인사, 엎드려 머리 조아리는
잔인한 인사를 받기 위해 오는 그를 환대하려면
어떤 새로운 존경의 방법을 고안해야 하는지
상의하기 위함이니라. 하나도 견디기 어려운데
그자와 지금 널리 알린 그의 표상까지
둘을 어떻게 견디랴. 그러니 보다 나은 계획으로
우리의 마음이 굳건해지고 이 굴레를 벗어던질 수
있음을 가르쳐준다면 어떨까? 아니면 그대들은 머리
숙이고 굴복하며 무릎 꿇으려는가? 아니 된다.[99]
내가 그대들을 바로 알고, 그대들도 이전에는
자신이 누구에게도 속하지 않았으며 모두 같진 않아도
자유로운 하늘의 주민이자 하늘의 아들이었음을
알고 있다면 말이다. 무릇 위계와 계급은
자유와 충돌하지 않고 잘 조화되는 것이니,
그렇다면 권리상 그와 동등하며,
힘과 영광은 조금 떨어질지나 자유만은 동등하게
누려온 자들 위에, 누가 함부로 이치나 권리로
군림할 수 있겠는가. 또한 율법이 없어도
과오를 범하지 않는 우리에게 누가 율법과 명령을
행사할 수 있겠는가. 하물며 이것 때문에 우리의
주인으로서 숭배를 요구하다니. 종속이 아니라
다스리도록 정해진 우리의 신분을 드러내는

---

99) 사탄은 조물주와 피조물, 신과 천사의 차이를 무시하고 본질적으로 동등한 존재라고 생각하며, 암묵적으로 신을 폭군으로 규정한다. 사탄의 이러한 전제를 영국 정치에 대입하면 그대로 밀턴의 왕정 배격론이 된다.

그 숭고한 이름들¹⁰⁰⁾을 어찌 욕되게 할 수 있는가?'
사탄의 거침없는 변론이 여기까지 이르자 스랍천사 가운데
누구보다 열성껏 하느님을 숭배하고
그분의 명령에 복종하는 압디엘¹⁰¹⁾이 벌떡 일어서서
하느님에 대한 열의¹⁰²⁾를 불태우며
사탄의 미친 듯한 집념을 단칼에 자른다.
'아, 모독과 허위, 오만에 찬 변설이로다!
하늘에서 이런 말을 듣게 될 줄 누가 상상이나 했으랴.
아, 배은망덕한 자여, 하물며 동료들보다
그렇게 높이 앉아 있는 그대에게서 들을 줄이야.
당연히 왕홀을 받은 그분의 외아들에게
하늘의 영들은 모두 무릎 꿇고¹⁰³⁾ 이에 마땅한
경의로써 그를 정통의 왕으로 인정하라
선언하고 맹세하신 하느님의 정당한 명령을
어찌 그대가 불경하고 오만하게
비방할 수 있는가? 자유로운 자를 율법으로
구속하고, 동등한 자를 동등한 자 위에 서게 하며,
하나가 만인 위에서 무궁한 권력을 갖고 통치하는
것은 정녕 부당하다고
그대는 말한다. 그대는 하느님에게 율법을

---

100) 사탄이 천사들을 부른 칭호를 보면 그의 뜻이 분명히 드러난다. 좌품천사는 왕권을, 주품천사는 주권을 뜻한다.

101) '하느님의 종'이라는 뜻. 〈역대상〉 5 : 15에 인명으로 나오지만, 시인은 천사의 이름으로 썼다.

102) "열의(zeal)"라는 말은 밀턴에게 특별한 의미가 있다. 《그리스도교 교의론》 제2권 제6장의 소제목은 '열의에 대하여'인데, 본문에서 밀턴은 "하느님의 이름을 숭배하면서 신앙을 모독하고 경멸하는 모든 이들에게 분노하는 열렬한 의욕, 그것이 열의다"라고 말했다.

103) "그러므로 하느님께서도 그분을 높이 올리시고 모든 이름 위에 뛰어난 이름을 주셨습니다. 그래서 하늘과 땅 위와 땅 아래에 있는 모든 것이 예수의 이름을 받들어 무릎을 꿇고 모두가 입을 모아 예수 그리스도가 주님이시라 찬미하며 하느님 아버지를 찬양하게 되었습니다"(〈빌립보서〉 2 : 9~11).

주려는가!¹⁰⁴⁾ 그대를 그렇게 만들고 하늘의 모든
천사들을 좋으실 대로 만드시어, 그들의 본질을
제한하신 그분과 그대는 자유를 논하려는가?
우리는 그분이 얼마나 선하시고
우리의 선과 위엄을 얼마나 생각하시며
한 머리 밑에¹⁰⁵⁾ 더욱 친밀하게 단합시켜
우리의 행복을 줄이기는커녕 더 늘려주고자
생각하고 계심을 경험으로써 알고 있다.
예컨대 그대 말처럼 동등한 자가
동등한 자들 위에 군림하는 것이 부당하다고
한들, 아무리 그대가 위대하고
영광스럽고 모든 천사들의 성품을 한 몸에 지녔다
한들, 그 성자와 동등하다고 생각하는가.
위대하신 아버지는 그 말씀으로 만물을,
심지어 그대까지도 만드셨고, 하늘의 모든 영들을
그 찬란한 계급으로 나누어 창조하시고
그들에게 영광의 관을 씌우시며, 그 영광에 따라
좌품천사, 주품천사, 권품천사, 역품천사,
능품천사라 부르셨다.¹⁰⁶⁾ 이들은 성자의 통치를 받아
빛이 흐려지기는커녕 오히려 더욱 찬란해질 것이니,

---

104) "사람이 무엇이기에 감히 하느님께 따지고 드는 것입니까? 만들어진 물건이 만든 사람한테
'왜 나를 이렇게 만들었소?' 하고 말할 수 있겠습니까?"(《로마서》 9 : 20).
105) "여러분도 그리스도와 하나가 됨으로써 완전에 이르게 됩니다. 그리스도는 하늘의 어떤 권세
(좌품천사)나 세력(주품천사)보다 더 높은 분이십니다"(《골로새서》 2 : 10).
106) "그것은 하늘과 땅에 있는 만물, 곧 보이는 것은 물론이고 왕권(좌품천사)과 주권(주품천사)
과 권세(권품천사)와 세력(능품천사)의 여러 천신들과 같은 보이지 않는 것까지도 모두 그분
을 통해서 창조되었기 때문입니다. 만물은 그분을 통해서 그리고 그분을 위해서 창조되었습
니다. 그분은 만물보다 앞서 계시고 만물은 그분으로 말미암아 존속합니다"(《골로새서》
1 : 16~17). 밀턴은 《그리스도교 교의론》에서 성자(예수 그리스도)가 하느님의 창조력의 계기이
며 성스러운 말씀이라고 주장한다.

머리이신 성자께서 몸을 낮추시어[107] 우리와
같아지면 그의 율법이 우리의 율법이 되고
그의 모든 영광이 우리의 영광으로 돌아오기 때문이다.
그러니 그 불경스런 화를 가라앉히고 이들을 유혹 말라.
가서 아버지와 성자의 노여움을 풀어드리고 자비를 구하라.
늦기 전에 뉘우치면 용서[108]받을 수 있으리라.'
열렬히 충성하는 천사가 말했으나, 그의 열의는
때와 장소를 잘못 찾아 기이하고 경솔하게 여겨져
호응하는 자 아무도 없다. 배신자는 이를 보고
기뻐하며 더욱 거만스럽게 대답한다.
'그러면 우리가 만들어졌단 말인가?[109]
아버지가 아들에게 시켜, 그 버금가는 자가 만들었다고?
참으로 괴이하고도 신기한 주장이로다.
어디서 배운 교리냐고 묻고 싶구나. 창조하는 것을
누가 보았으며, 창조주가 그대를 만들었을 때를
그대는 기억하는가? 우리는 우리가
지금과 다르던 그때를 모른다. 우리가
있기 전에 누가 존재했는지 우리는 모른다.
우리는 운명이 한 바퀴 돌 때[110] 스스로의 활력으로
스스로 태어나고 스스로 나타났으며, 고향인
이 하늘에서 완숙한 하늘의 아들로 태어났다.

---

107) 성자가 기름부음을 받아 천사들 위에 군림함으로써 천사들과 동격이 된다고 압디엘은 생
각한다. 물론 이 배경에는 신이면서 인간이고 인간이면서 신인 그리스도의 '성육신' 논리가
있다.
108) "불의한 자는 그 가던 길을 돌이켜라. 허영에 들뜬 자는 생각을 고쳐라. 야훼께 돌아오너라,
자비롭게 맞아주시리라. 우리의 하느님께 돌아오너라, 너그럽게 용서해 주시리라"(〈이사야〉
55 : 7).
109) 사탄은 자신이 만들어진 존재이며, 하느님의 창조가 말씀으로서의 성자에 의한 것임을 부정
한다. 그러나 제4편에서 독백할 때에는 긍정했다.
110) 앞에서 라파엘이 말한 "대년(大年)"을 말한다.

우리의 힘은 우리의 것. 이 오른팔[111]이
우리와 동등한 자가 누구인지 실제로 증명하는
최고의 과업을 우리에게 가르쳐줄 것이다.
그때, 우리가 애걸하며 용서를 비는지
전능의 보좌를 에워싸고 탄원하는지, 아니면
공격하는지를 그대는 보게 되리라. 이 소식,
이 복음을 기름부음 받은 왕에게 전하라.
불길한 일로 날아갈 길이 막히기 전에 썩 떠나라.'
사탄이 말을 맺자마자 깊은 못의 물소리[112] 같은
요란한 소리가 대군 속에서 일어나 갈채가 되어
메아리친다. 하지만 그 소리에 더욱 대담해진
불타는 스랍천사는 홀로 적에게 둘러싸여도
두려워하지 않고 대답한다.
'아, 하느님을 배반하는 자, 저주받을 영(靈)이여,
모든 선에서 버림받은 자여, 그대의 타락은
이미 결정되었고, 그대의 불행한 무리는 불신의
기만에 휘말려 죄와 형벌의 독이 그들에게 퍼지고
있음을 나는 보았다. 앞으로 더는
메시아의 멍에[113]에서 벗어나기 위해
고민할 것 없다. 그 관용의 율법은 이제
허용되지 않으리니, 취소할 수 없는
다른 명령이 그대를 벌하기 위해 선포되리라.
그대가 거부한 황금 홀은 이제
그대의 불순종을 깨뜨릴 쇠지팡이가 되리라.

---

111) "당신의 오른팔 무섭게 위세를 떨치시라"(《시편》 45 : 4).
112) "또 나는 큰 군중의 소리와도 같고 큰 물소리와도 같고 요란한 천둥소리와도 같은 소리를 들
    었습니다. '할렐루야! 주 우리 하느님 전능하신 분께서 다스리신다'"(《요한계시록》 19 : 6).
113) "나는 마음이 온유하고 겸손하니 내 멍에를 메고 나에게 배우라. 그러면 너희의 영혼이 안식
    을 얻을 것이다. 내 멍에는 편하고 내 짐은 가볍다"(《마태복음》 11 : 29~30).

그대의 충고 고마우나, 멸망을 앞둔 이 악의 천막을
떠나는[114] 것은 그대의 충고, 아니 위협 때문이 아니라
임박한 하늘의 진노[115]가 순식간에 불덩이가 되어
무차별적으로 벌을 내릴까 두렵기 때문이다.
두고 보라, 그대를 태워버릴 그분의
벼락과 불이 그대 머리 위에 떨어지리라.
누가 그대를 멸망시킬 수 있는지를 알 때
누가 그대를 만들었는지를 깨달으리라.'
충성스런 스랍천사 압디엘은 말했다.
불충한 자들 속에서 충실한 건 오직 그뿐이었다.
수많은 부정한 천사들 가운데 그만은
태연하게 흔들리지 않고 현혹되지 않고
무서워하지 않고 오로지 충성과 사랑과 열정을
지켰도다. 혼자였으나 숫자로도 경고로도 그를
진리에서 벗어나게 하거나 마음을 바꾸게 하지
못했다. 그들 사이에서 빠져나와
가는 동안 그는 적들의 경멸을 초연히 견디며
어떤 폭력도 두려워하지 않고
파멸이 눈앞에 다가온[116]
높고 오만한 탑에
경멸의 눈길을 던지며 등을 돌렸다."

---

114) "너희는 이 악인들의 천막을 떠나라. ……그들이 저지른 온갖 잘못에 휘말려 너희도 함께 망
할 것이다"(〈민수기〉 16 : 26).
115) "사실 하느님은 태워버리는 불이십니다"(〈히브리서〉 12 : 29).
116) "전에 이스라엘 백성 가운데 거짓 예언자들이 있었던 것처럼…… 자기들을 구원해 주신 주님
을 부인하며 자기 자신들의 멸망을 재촉하는 자들입니다"(〈베드로후서〉 2 : 1).

제6편

줄거리

라파엘은 이어서, 사탄과 그의 부하 천사들과 싸우기 위하여 미가엘과 가브리엘이 파견된 이야기를 한다. 첫 번째 전투 묘사. 사탄과 그의 부하들은 어둠을 틈타 퇴각한다. 사탄은 회의를 소집하고, 악마적인 무기를 발명한다. 그 무기로 다음 날 전쟁에서 미가엘과 그의 부하 천사들을 혼란에 빠뜨린다. 그러나 미가엘 무리는 이윽고 산을 뽑아 던져 사탄의 군세와 그 무기를 무찌른다. 하지만 그래도 소동이 그치지 않자 하느님은 사흘날 성자 메시아를 보낸다. 승리의 영광을 성자에게 안겨주기 위해서였다. 성자는 아버지 하느님의 능력을 지니고 전쟁터로 나아가 천사군을 양쪽으로 물러나게 하고는, 전차와 뇌전(雷電)을 이끌고 적진 한가운데로 쳐들어가서 이제 맞설 기운조차 없는 그들을 하늘의 성벽까지 추격한다. 그러자 성벽이 열리고 적군은 그들을 위해 마련된 심연 속의 형장(刑場)으로 두려움과 혼란에 싸여 뛰어내린다. 메시아는 아버지 곁으로 개선한다.

　"이 용감한 천사[1]는 적군에게 쫓기지도 않고
　　밤새 하늘의 넓은 평원을 지났다. 드디어
　　순환하는 시간[2]이 아침을 깨우자 장밋빛 손[3]으로
　　빛의 문을 연다. 하느님이 계신 산에는 보좌 가까이에
　　동굴[4]이 하나 있어, 그곳으로 빛과 어둠이

---

1) 압디엘을 말한다.
2) 의인화된 "시간(Hours)"은 밤새 쉬지 않고 하늘을 가로지른다. 《일리아스》에서 하늘문을 지키고 있다는 '계절의 여신(호라이)'과 비슷하다.
3) 오비디우스의 "빛나는 동쪽 하늘에 잠자지 않는 서광이 붉은 문과 장밋빛 홀을 연다"(《변신이야기》) 참조.
4) 이 동굴은 헤시오도스가 《신통기》에서 묘사한, '밤'과 '낮'이 번갈아 드나드는 동굴과 비슷하다.

끊임없이 번갈아 머물다 나간다.
이 때문에 하늘에 낮과 밤과 같은
상쾌한 변화가 생긴다. 빛이 밖으로
나오면, 다른 문으로 말 잘 듣는 어둠이
들어가 하늘을 검게 뒤덮을 시간이 오기를
기다린다. 하지만 하늘의 어둠은 마치 지상의
황혼과 같다. 이제 하늘과 더없이 어울리는 아침이
화려한 황금 옷을 아름답게 차려입고 나타나니,
밤은 찬란한 햇빛에 꿰뚫려 달아나듯 사라진다.
그때 불꽃으로 서로를 비추며
무장하고 빽빽이 들어선 용맹한 군대와
전차, 불을 내뿜는 무기와 사나운 말로 뒤덮인 들판이
비로소 압디엘의 눈에 들어온다.
그는 전쟁 준비가 다 끝난 것을 보고
자신이 가지고 온 소식이
이미 다 알려졌음을 깨닫는다.
그리하여 그가 친숙한 천사들 사이에
내려서니, 그들은 환호성 울리며 기쁘게 맞이한다.
수많은 타락천사들 가운데
오직 혼자 타락하지 않고 돌아온 그를 소리 높여
칭송하며 성산(聖山)으로 데리고 가 보좌 앞에
세우니, 황금빛 구름에 감싸인 옥좌에서
부드러운 음성이 들려온다.
'야훼의 충실한 종이여,[5] 참으로 잘했다. 누구보다도
잘 싸웠다. 혼자서 수많은 반역 무리에
맞서 저들의 무기보다 더 힘센 말로써

---

5) 압디엘의 이름은 '하느님의 종'이라는 뜻이다. 또한 이 대목은 성서에 다양하게 언급되어 있다.
   "잘하였다. 너는 과연 착하고 충성스러운 종이다"(《마태복음》 25 : 21), "나는 훌륭하게 싸웠고 달
   릴 길을 다 달렸으며 믿음을 지켰습니다"(《디모데후서》 4 : 7).

대의를 지키고, 진리를
증명하기 위하여 폭력보다도
견디기 어려운 만인의 모욕[6]을 견디었다.
온 세상이 너를 고집 센 자라 비난하더라도
하느님 앞에서 옳다 인정받기를[7]
염원했기 때문이리라. 이제 네게는 전보다 쉬워진
승리만이 남았으니, 여기 있는 수많은 아군과 함께
경멸받으며 떠났을 때보다 더욱 영광스럽게
너의 적에게로 돌아가라. 그리고 율법인 이치를,
그들의 율법인 바른 이치(正理)[8]를 거부하고
그 공적으로 볼 때 당연히 저들의 왕이 되는
메시아를 거부하는 무리들을 힘으로써
제압하라. 가라, 미가엘,[9] 천군의 지휘자여,
그리고 무용에서 미가엘 버금가는 너
가브리엘도 함께 무적의 내 아들을 싸움터로
인도하라. 전열을 갖춘 저 수천 수백만의
무장한 천사들을 이끌라. 그 수는 신을 버린
반역의 무리와 대등하리니,
그대들은 불과 어마어마한 무기로
용감하게 그들을 공격하여 하늘 끝까지
추격하고, 하느님과 축복의 자리에서
형장인 지옥의 심연으로 내쫓아라.

---

6) "이스라엘의 하느님…… 이 몸은 하느님을 위하여 욕을 당했고 온갖 모욕을 다 받았습니다"(《시편》 69 : 6~7).

7) "그대는 진리의 말씀을 올바르게 가르치고 부끄러울 것 없는 일꾼으로서 하느님께 인정을 받는 사람이 되도록 힘쓰시오"(《디모데후서》 2 : 15).

8) 스콜라철학에서 말하는 'recta ratio'를 말하며, 그 뜻을 놓고 17세기 신학자들 사이에 격렬한 논쟁이 벌어졌다. 밀턴은 《그리스도교 교의론》에서 거의 양심과 동의어로 썼다.

9) 이 천사는 성서에 싸우는 천사로 나와 있다. "그때에 미가엘이 네 겨레를 지켜주려고 나설 것이다"(《다니엘》 12 : 1), "천사 미가엘이 자기 부하 천사들을 거느리고 그 용과 싸우게 된 것입니다"(《요한계시록》 12 : 7).

그곳에는 이미 시뻘겋게 타오르는 혼돈이
입을 딱 벌리고 그들의 추락을 기다리고 있으리라.'
하느님의 목소리가 울려 퍼지니, 검은 구름이
온 산을 덮고, 연기가 거무튀튀한 소용돌이 그리며
성스런 노여움의 징조인 몸부림치는 불길 감싸고,
무시무시한 하늘의 나팔 소리가
저 높이 보좌 있는 곳에서 울린다.[10]
그 명령을 듣고 하늘을 지키는 천사군은
강력한 방진[11]을 짜서 무적의
전투 대열을 갖췄다. 이 찬란한 군대는
아름다운 음악 소리에 맞춰 묵묵히 진군한다.
그 음악 소리는 거룩한 지휘자들의 인도 아래
하느님과 메시아를 위하여
위험을 무릅쓰고 용감히 나서는 열정을
자극한다. 견고한 대열 흩뜨리지 않고
그들은 나아간다. 앞에 가로놓인
산도, 좁은 골짜기도, 숲도, 시내도,
그들의 완전한 대열을 흩뜨리지 못하니,
그들이 지상 높이 날아서 행군하고, 경쾌한 공기가
그들의 날랜 걸음을 떠받쳐주기 때문이로다.
마치 온갖 새가 그대의 부름받아
제 이름 받고자 질서 있게 에덴을 넘어와
날아올 때처럼,[12] 천사들도 하늘의 여러 지역을,

---

10) "시나이산은 연기가 자욱하였다. 야훼께서 불 속에서 내려오셨던 것이다. 가마에서 뿜어 나오듯 연기가 치솟으며 산이 송두리째 뒤흔들렸다. 나팔 소리가 점점 크게 울려 퍼지는 가운데 모세가 하느님께 말씀을 올리자 하느님께서 천둥소리로 대답하셨다"(《출애굽기》 19 : 18~19).

11) 천사들은 단결을 상징하는 방진을 짜서 진격한다. 타락천사들이 지옥에 떨어진 뒤에도 방진을 짜서 이동하는 것은 그 때문이다.

12) 아담이 새들에게 이름을 지어주는 대목은 제8편에 나온다. 《일리아스》나 《아이네이스》에서 군세가 소집되는 광경을 새 떼에 비유한 묘사는 유명하다.

이 지구의 열 배도 넘는 아득히
넓은 지역을 날아서 나아간다. 이윽고
멀리 북쪽 지평선이 끝에서 끝까지
불꽃처럼 붉게 타오르고
일촉즉발의 전운이 감돈다. 가까이 다가가 보니
맹렬한 공격을 서두르려는 사탄의 대군이로다.
하늘을 찌를 듯 꼿꼿하게 세운 무수한 창대와
떼 지어 모인 투구와 오만한 구호와 문장을
그려 넣은 다양한 방패로 일대가 마치 숲과 같다.
그들은 바로 그날, 전면공격을 하든 기습을 하든
하느님의 산을 탈취하여 그 보좌에
하느님의 지위를 탐하는 그 오만한
야심가를 앉힐 작정이었도다.
그러나 이렇듯 중간지대에서 적과 마주치자
그들의 생각은 어리석고 헛된 것으로 전락했다.
한마음 한뜻으로 기쁨과 사랑의 잔치에서 만나
한 위대한 아버지의 아들로서 영원의 아버지를 찬미하던
천사들이 서로 치열한 교전을 벌이는 것이
우리도 처음에는 이상했다. 하지만
이내 전투의 함성 오르기 시작하고, 돌진하는
공격 소리에 평화를 바라는 마음은 산산이 흩어진다.
반역천사는 한가운데에서 우상[13]처럼 의기양양하게
태양처럼 빛나는 전차를 타고 불꽃 뿜는
거룩천사들과 황금 방패에 에워싸여 있다.
언뜻 보면 그 모습 마치 거룩한 하느님 같다.
이윽고 그는 화려한 권좌에서 땅으로
내려온다. 양군이 접근하여 이제 그 사이에는

---

13) 사탄은 자신이 부하 천사들에게 우상과 같음을 알고 있다.

팽팽한 긴장감 도는 좁은 공간만이 남았다.

두 군대는 서로 마주 보고 팽팽한

대치 상태로 끝없이 길게 이어져 있다.

양군의 최전선이 격돌하기 직전,

구름 같은 선봉대 앞

금강석과 황금으로 무장한 사탄이 오만하게

성큼성큼 걸어 나와 탑처럼 우뚝 섰다.

공훈 세우려는 용사들 틈에서

압디엘은 그 모습 보고 분개하며

자기의 용감한 마음을 더듬어본다.[14]

'아, 충절과 신의를 잃었거늘

최고위 천사의 모습만은 아직도 남아 있다니!

덕이 쇠약해졌거늘 어찌

세력과 위광은 줄어들지 않는가? 아니면 언뜻

무찌르기 어려워 보이지만 대담한 자일수록

그 실체는 약한 것인가? 사탄의 머릿속이

얼마나 거짓되고 사악한지는 이미 논쟁으로 알았으니

이제 전능자의 도움을 믿고 그의 힘을 시험하리라.

진리의 논쟁에서 승리한 자가 무력으로도 이겨,

두 싸움에서 모두 승리자[15]가 되리라.

이성이 폭력과 싸울 때, 비록

그 싸움이 야비하고 추할지언정

이성이 이기는 것은 마땅한 이치로다.'

압디엘은 이렇게 생각하며 무장한 동료들

사이에서 앞으로 걸어 나오다가 그 대담한 적을 만난다.

---

14) 이러한 독백은 호메로스가 곧잘 이용했다. 예를 들어 헥토르는 아킬레우스와 싸우기 전에 긴 독백을 한다(《일리아스》).

15) 압디엘은 전투를 부정하지 않는다. 시인이 하늘의 싸움에서 결국 승리자 그리스도(Christus Victor)의 이념을 표현하고자 하였으리라.

상대가 앞을 막아서자 더욱 분개했으나
태연히 그를 나무란다.
'거만한 자여, 이제야 만났구나. 네 야망은
아무 거리낌 없이 네가 원하는 높은 곳에,
네 힘과 힘센 혀가 두려워 다들 달아나
아무도 지키는 자 없는 하느님의 보좌에
오르는 것이겠지만, 어리석은 자여,
군사를 일으켜 전능자에게 거역하는 일이
얼마나 부질없는 짓인지 어찌 깨닫지 못하느냐!
그분은 아주 작은 것에서[16] 수많은 군대를
무한히 일으켜 네 어리석음을 깨뜨릴 수 있고,
한 손[17]으로 모든 장벽 넘어, 도움 없이도
단 일격에 너를 멸망시키고, 너의 군대를
어둠 속에 묻어 버릴 수도 있도다. 그러나 보라.
모든 천사가 너를 따르지는 않는다.
너희 무리에서 나만 의견을 달리하여 홀로
그릇된 듯 보였을 때에도, 너에겐 안 보였지만
하느님을 믿고 충성하는 자 이처럼 많다.
보라, 이 대군이 나의 동료[18]다. 다수가 그릇된 길을 가더라도
진실을 아는 자가 언제나 한둘은 있음을 늦게나마 깨달으라.'
대적은 경멸의 빛을 감추지 않고
그에게 대답한다. '안됐지만 너에게

16) "하느님은 이 돌들로도 아브라함의 자녀를 만드실 수 있다"(〈마태복음〉 3 : 9), "내가 아버지께 청하기만 하면 당장에 열두 군단도 넘는 천사를 보내주실 수 있다는 것을 모르느냐?"(26 : 53).
17) "야훼께서는 모세에게 '야훼의 손이 짧아서 못할 일이 있겠느냐? 나의 말이 그대로 이루어지는지 이루어지지 않는지 곧 네가 보게 되리라' 하고 꾸짖으셨다(〈민수기〉 11 : 23).
18) "동료(sect)"는, 청교도혁명 때 왕당파가 여러 분파로 나뉘어 있던 청교도를 비방하며 부른 말이다. 밀턴은 《우상파괴자》 서문에서 자기들을 '분열주의자, 도당주의자'라고 부르는 것은 당치 않다고 하였다. 그러나 무지와 오류가 만연하고 진리를 지키려는 자가 적으면, 그들이 '하나의 당파(sect)나 도당'으로 보이므로 그렇게 불려도 어쩔 수 없다고 말했다. 청교도들은, 정권을 쥐었을 때도 소수파라는 강박관념에 사로잡혀 있었다.

보복하려던 찰나에 참으로 잘 돌아왔구나,
너 선동적인 천사여. 네가 달아난 뒤 나는
가장 먼저 너를 찾았노라. 도저히 화가 가라앉지 않는 이
오른손의 일격을 마땅한 죗값으로 받으라. 너는 함부로
우리에게 거역하며, 몸 안의 신성한 힘을 느끼는 한
어떤 자도 전능자로 인정하지 않을뿐더러
스스로가 신임을 주장하고자 모인, 모든 천사의
삼분의 일인 수많은 우리를 규탄하였다.
그런데 네가 먼저 튀어나오다니!
나를 무찌르고 상을 받으려는
속셈이겠으나, 오히려 너의 패배가
다른 자들에게 파멸의 좋은 본보기가 되리라.
그러니 그 전에 한마디 (내가 대답하지 못했다고
네가 우쭐하지 못하도록) 해두겠다.
처음에 나는, 하늘의 영들에게는 하늘이 곧
자유라고 생각했도다. 그런데 지금 보니
대개가 게을러서 시중들며 노래와 잔치만 즐기는
봉사의 영[19]으로 타락했도다. 네가 의지하는 군세는 하늘의
악대[20]에 지나지 않느니라. 그 노예들과 자유로운 영들이 싸운다면
양쪽의 향동으로 보아 오늘 안에 결과가 나타나리라.'
압디엘은 짧고 단호하게 대답한다.
'배신자여, 너는 여전히 잘못 생각하고 있구나.
진리의 길에서 벗어난 이상 그 오류는 영원히 고치지 못하리라.
하느님이나 자연[21]이 명한 자를 섬기는 것을

---

19) "천사들은 모두 하느님을 섬기는 영적인 존재로서 결국은 구원의 유산을 받을 사람들을 섬기라고 파견된 일꾼들이 아닙니까"(《히브리서》 1 : 14).

20) 오로지 하느님을 찬미하는 일만 하는 천사라는 뜻. 사탄이 볼 때에는 단순한 노예에 지나지 않는다. 따라서 반역천사는 자유로운 천사가 된다.

21) 사탄은 '자유' 또는 저항의 논리적 근거를, 신의 법과 분리된 자연의 법에서 찾는다. 그러나 압디엘은 참된 자유는, 신의 법 및 그 법과 구별되기는 하지만 분리될 수 없는 자연의 법과의 합

너는 굴종이라 하며 부당하게 비방하는구나.

다스리는 자가 가치 있고 다스림을 받는 모든 자보다

뛰어나다면, 하느님과 자연이 명하는 바는 같다.

굴종이란 지금 네 부하가 너를 섬기듯

어리석은 자를, 자기보다 뛰어난 이를 거역한

자를 섬기는 것이니라. 게다가 너 자신은

자유롭기는커녕, 스스로의 노예[22]가 되지 않았는가.

그런데도 야비하게 그분을 섬기는 우리를 비방하는가.

너는 네게 어울리는 지옥이나 통치하라.[23]

나는 하늘에서 영원히 축복받는 하느님을 섬기며,

가장 복종할 가치 있는 그분의 명령을 따르겠노라.

그러나 지옥에서 너를 기다리고 있는 것은 영토가 아니라

쇠사슬이로다. 네가 말한 대로 다시 돌아온 나의

일격을 인사 대신 네 발칙한 머리로 받아라.'

말을 마치자마자 압디엘은 용맹하게 검을 쳐들고

폭풍처럼 무시무시하게 사탄의 오만한 투구 쪽으로

일격을 날린다. 그의 눈도, 순식간에 천리를 달리는

생각도, 그의 방패도 그 재빠른 공격을

막아내지 못한다. 사탄은 비틀거리며 열 발자국[24] 크게

물러서다가 열 발자국째에 무릎을 꿇고

거대한 창으로 겨우 몸을 떠받친다. 그 모습 마치

옆으로 쏟아져 나오는 지하의 바람이나 물이

치 위에 그 근거가 있다고 한다. 사탄은 신(창조주)과 천사(피조물)라는 계층성을 부정함으로써 '자유'를 얻는다고 하고, 압디엘은 그 계층성을 긍정하는 곳에 자유가 있다고 한다.

22) 사탄은 지옥에 떨어진 뒤 내면의 지옥 때문에 괴로워한다(제4편 참조). 아담은 지금 압디엘을 통해 간접적으로 '스스로의 노예'가 되는 것이 어떤 일인지 듣고 있는데, 나중에 낙원에서 추방 당할 때 미가엘에게 똑같은 이야기를 직접적으로 한 번 더 듣는다.

23) 나중에 사탄은 "천국에서 노예가 되느니 지옥에서 지배자가 되리라!"라고 말한다(제1편 참조).

24) 예부터 10은 신비로운 숫자로 여기며 신의 창조력을 상징한다고 생각했다. 따라서 사탄이 뒤로 열 걸음 물러난 것은 그의 운명적인 파멸을 뜻한다.

산 하나를 그 자리에서 날려버리고 소나무들을
반쯤 물속으로 가라앉혀 버리는 듯하다.[25]
반역천사들은 깜짝 놀라며 최강자가
무참히 패한 것을 보고 더욱 격분한다. 우리는[26]
기뻐서 승리를 예감하는 함성을 올리고,
용맹한 투지를 불태웠도다. 이 상황을 지켜보던
미가엘이 대천사에게 나팔을 불게 하니, 나팔 소리
광막한 하늘 가득 울려 퍼지고, 충직한 하늘의 군사들은
지존자를 향해 호산나[27]를 외쳤다. 물론 적군은
가만히 보고 있지 않고 무시무시한 백병전으로
덤비니, 지금까지 하늘에서 들어본 적도 없는
광란이 휘몰아치고, 갑옷과 부딪치는
무기에서 소름 끼치는 소리 울리고,
황동 전차 바퀴는 미친 듯 날뛰었다.
그 전투의 소리 처절하니, 머리 위에서는
불길에 싸인 화살[28]이
무시무시한 소리 내며 어지러이 날아
양군 위에 불의 궁륭을 이루었다.

---

25) 화산 폭발을 연상시키는 상황 묘사는, 지옥에서 사탄이 육지에 올랐을 때 그 장소를 설명할
   때에도 등장한다(제1편 참조). 여기서는 사탄이 압디엘의 공격을 받고 비틀거리는 모습을, 화산
   폭발로 산이 무너져 내리는 모습에 비유하고 있다. 시인에게 화산과 악마는 밀접하게 연결되어
   있다.

26) 라파엘은 지금까지 객관적인 입장을 유지하다가 갑자기 일인칭으로 이야기하기 시작한다. 그
   도 그 무렵 전투에 참가했음을 암시하는 것이리라.

27) '주님께 영광 있으라'라는 찬양의 말. 선한 천사들이 '호산나'라고 외치는 모습은, 〈데살로니가
   전서〉에 묘사되어 있는 사탄의 패배와 그리스도의 재림을 암시하고 있다. "명령이 떨어지고 대
   천사의 부르는 소리가 들리고 하느님의 나팔 소리가 울리면, 주님께서 친히 하늘로부터 내려오
   실 것입니다. 그러면 그리스도를 믿다가 죽은 사람들이 먼저 살아날 것이고, 다음으로는 그때
   에 살아남아 있는 우리가 그들과 함께 구름을 타고 공중으로 들리어 올라가서 주님을 만나게
   될 것입니다. 이렇게 해서 우리는 늘 주님과 함께 있게 될 것입니다"(4 : 16~17).

28) "손에는 언제나 믿음의 방패를 잡고 있어야 합니다. 그 방패로 여러분은 악마가 쏘는 불화살을
   막아 꺼버릴 수 있을 것입니다"(〈에베소서〉 6 : 16).

불의 궁륭 아래 강력한 양군이
서로 파멸의 공격하며 분노에 휩싸여
돌진하니, 온 하늘이 진동하고,
그때 땅이 있었다면 온 땅의 중심까지도
뒤흔들렸으리라. 용맹한 천사 수백만이 두 편으로 나뉘어
정면충돌하니, 이는 하등 이상한 일도
아니리. 그들은 가장 약한 자들까지도
모든 원소를 구사하고, 그 원소의 힘을 최대한 끌어내어
무장하였다.[29] 만일 전능하신 영원의 왕이
높은 하늘의 성채에서 굽어살피시며
그 힘을 제한하시지 않았다면, 수많은 군사가
싸우면서 무시무시한 혼란 일으키고,
비록 파괴되지 않는다 해도 저들의 행복한
처소를 어지럽힐 만한 힘이 맞부딪쳤으리라.
그들의 수 굉장히 많고, 부대 하나하나가
대군처럼 보이고, 무장한 전사
하나하나가 한 부대로 보인다.
각 전사들은 지휘를 받으면서도 하나하나가
사령하는 지휘자처럼 보였으며, 언제 나아가고
언제 멈추며 언제 전세를 바꿀지,
또 언제 치열한 전투대열을 열고 언제
닫을 것인지 잘 알고 있었다. 그들은
달아나거나 물러날 생각도 없었으며,
겁에 질려 비겁한 짓을 하지도

---

29) 라파엘이 말했듯 천지는 아직 창조되지 않았다. 나중에 우리엘은 변장한 사탄에게, 천지가 만
들어질 때 "땅과 물, 바람과 불 같은 무거운 원소는 정해진 자리로 재빨리 달려가고"(제3편 참
조)라고 했다. 즉 하늘의 4대 원소는 지구 및 지구를 둘러싼 공간을 구성하는 물질이라고 볼
수 있다. 하늘의 4대 원소는 지상의 4대 원소와 대응한다고 보아야 한다. 또한 원소의 힘을 최
대한 끌어낸다는 말의 뜻은 "불을 지배하는 다른 천사"(《요한계시록》 14 : 18), "물을 주관하는
천사"(16 : 5) 참조.

않았다. 저마다 승리의 열쇠가 자기 손아귀에
있는 듯이 스스로를 믿으니, 영원히 명예로울 무공
이루 헤아릴 수 없었다. 전선이 널리
확대되고 양상도 가지가지인지라, 때로는 단단한
땅에서 싸우다가 때로는 힘찬 날개로 솟아올라
온 공중을 교란시켰노라. 그때에 대기는 온통
서로 으르렁거리는 불바다였느니라. 오랫동안
승패 나지 않자, 마침내 그날 놀라운 힘을 과시한[30]
사탄이 나타나 뒤얽혀 싸우는 스랍천사들의
치열한 공격을 뚫고 다녔도다. 그때
미가엘이 검을 휘둘러 단칼에
수많은 아군을 쓰러뜨리는 것을 보았다.
두 손으로 검을 잡고 높이 휘두르자
이내 칼날이 상대의 머리 위로 떨어지며 참혹한
광경이 펼쳐졌다. 사탄은 파멸을 막고자
급히 달려가 열 겹의 금강석으로 된
바위처럼 둥글고 널따란 큰 방패[31]를
들이댔다. 그를 보고 대천사는
격렬하게 공격하던 손을 멈추고
이 적장을 베어 넘기거나 사로잡아 사슬에 묶어
끌고 가기만 하면 하늘의 내란도 끝나리라
기대하고 기뻐하며, 투지 불타는 얼굴에
노기를 띠며 말했노라.
'악의 원흉이여, 악의 창시자여, 네가 반역하기 전까지
악은 하늘에서 아무도 모르고 이름조차 없었거늘, 이제

---

30) 정말 그렇다면 사탄이 압디엘의 일격에 쓰러진 것은 어떻게 풀이해야 할까.

31) 사탄의 방패가 얼마나 큰지는 제1편에서 설명했다. 금강석(원문은 "adamant")은 확고한 믿음을
상징하는 돌로, 천사의 방패나 갑옷 재료로 쓰인다. 사탄이 겉모습만큼은 아직 천사임을 설명
한다. "열 겹"의 '열'이라는 숫자에도 종교적 상징이 암시되어 있다.

만연하여 이 가증스런 투쟁이 되었구나. 이 투쟁은
모두가 증오하고, 응당 너와 네 추종자들에게도
부담스럽거늘, 어째서 너는 하늘의
행복한 평화를 어지럽히고, 너 반역의 죄 짓기
전에는 없던 재난을 이 자연[32] 속으로
끌어들이느냐. 너는 일찍이 충직하고
진실했거늘 어찌 지금은 배신한 수천의 천사들
가슴속에 악의를 불어넣느냐! 그러나 거룩한
평안을 깨뜨릴 생각은 아예 말아라. 하늘은
온 천계에서 너를 쫓아버리리라. 축복의
고장인 하늘은 폭력과 전쟁을
용납지 않으리라. 그러니 물러가라, 네 자손인 악[33]을
거느리고 악의 본고장인 지옥으로, 너와 너의
도당들도 함께. 거기 가서 소동을 일으켜라.
이 징벌의 검[34]이 너를 처형하기 전에,
또한 하느님의 보복이 느닷없이 날아와
더 큰 고통과 함께 너를 거꾸로 내던지기 전에!'
천사들의 왕이 말하자, 적이 냉큼 대답한다.
'행동으로도 위협하지 못하는 상대를
세 치 혀로 을러서 겁주려 하지 마라.
너는 내 부하 가운데 가장 약한 자라도 물리친 적이
한 번이라도 있느냐? 예컨대 베어 넘긴다 해도
그는 두려워하지 않고 다시 일어났을 것이다.
그러니 나를 가벼이 보고 협박하여
쫓아낼 수 있다고 생각 말라. 너는 악이라 부르지만

---

32) 미가엘은 사탄의 죄로 파괴된 "자연"을 말하고 있는데, 아마도 자연적 질서를 뜻하는 것이리라.
33) 제2편에서 지옥문을 지키던 사탄의 딸 '죄'를 말한다.
34) 미가엘은 언제나 정의의 검을 지닌 자로 그려진다. 사탄은 나중에도 미가엘의 검에 대한 두려움에서 벗어나지 못한다(제2편 참조).

우리는 영광의 투쟁이라 부르는 이 싸움이
그렇게 쉽게 끝날 줄 착각 말라. 우리는 이 싸움에서
이겨 천국을 네가 말하는 그 지옥이라는 곳으로[35]
바꿔놓을 작정이다. 그리고 통치하지는 못할망정
여기서 자유로이 살리라. 그러니 그때까지는 너도 온 힘을
다하라. 전능자라는 그자에게 도움을 청해도 좋다.
나는 피하지 않는다. 지금껏 너를 찾아다녔다.'
언쟁이 끝나자 쌍방은 이내 전투태세를
갖춘다. 그 모습 이루 말할 수 없다.
천사의 말로도 함부로 표현하기 어렵거늘
지상의 그 무엇에 비유해야, 하느님에 가까운 그
힘과 힘이 격돌하는 모습을 인간의 상상 속에
그려 넣을 수 있으랴. 그들은 하느님과 너무 비슷해서
체구와 움직임과 무기에 있어서
위대한 하늘의 주권을 다투기에 알맞다.
이윽고 불타는 칼이 번뜩이며 공중에
무서운 원을 그리고, 큰 태양 같은
두 방패가 이에 맞서 불타올랐다. 불안[36]은 겁을
먹고 그 사이에서 발을 멈췄다. 치열한 격전을
벌이던 두 군세가 재빨리 양쪽으로 물러서니
넓은 땅만 덩그러니 남았다. 이런 격전의 바람
가까이 있으면 위험하기 때문이다. 이 격돌은
(큰 것을 작은 것에 비유하자면)
자연의 조화 깨지고 여러 별들 사이에 싸움 일어날 때

---

35) 이 시의 사건 경과에 따르면, 지옥이 어느 단계에서 만들어졌는지 분명하지 않다. 제6편에서 하느님이 사탄 무리를 "지옥의 심연"으로 내쫓으라고 미가엘과 가브리엘에게 명령한 것으로 보아 그때에는 지옥이 이미 존재함을 증명한다. 그래서 미가엘은 사탄에게 지옥으로 가라고 말하지만 사탄은 아직 지옥의 존재를 모르기 때문에 "지옥이라는 곳"이라고 말한다.

36) 이 "불안"은 양군의 불안 또는 걱정을 의인화한 것이다. "이제 불안이 공중을 서성이고"라는 표현이 셰익스피어의 《헨리 5세》 제2막 프롤로그에 나온다.

정반대의 불길한 대좌(對坐)에서

두 유성이 중천에서

충돌하여 천계를 뒤흔드는 것과 같다.

둘은 전능자 다음가는 팔을 쳐들어 단번에

결판내려고 상대를 겨누었다, 힘이 달려

되풀이할 필요 없도록. 그들의 힘과 민첩한 방어는

막상막하였으나 하느님의 무기고[37]에서 나온

미가엘의 검은 잘 단련되어 어떤 날카롭고

단단한 칼도 그 날을 당해내지 못한다.

일격에 끝내고자 엄청난 위력으로 그 신검을

휘둘러 사탄의 검을 두 동강 내고는,

멈추지 않고 재빨리 되돌려 치니

사탄의 오른쪽 옆구리에 깊은 상처

났도다. 그때 사탄은 처음 아픔을 느끼고[38]

이리저리 몸을 뒤틀며 버둥거렸다.

날카로운 칼날이 그를 뚫고 들어가 그토록 아프게

갈기갈기 찢었지만, 아직 천사의 영체 잃지 않은

그의 육체는 이내 아물었다.[39] 그래도 상처가 깊어

옆구리에서 하늘의 영체들이 흘리는 붉은

영액(靈液)[40]이 흘러내려 찬란하던

갑옷을 온통 물들였다. 곧 사방에서

사탄을 돕고자 많은 강한 천사들이 달려와

---

37) "야훼께서 당신의 무기고를 여시고 바빌론을 징계코자 무기를 꺼내신다"(《예레미야》 50 : 25).

38) 사탄은 예전에 딸 '죄'가 태어났을 때에도 아픔을 느꼈고(제2편), 압디엘의 일격을 받았을 때도 아픔을 느꼈다는 표현은 없지만 틀림없이 통증을 느꼈을 것이다. 어쩌면 여기서는 그런 것들과는 전혀 다른 아픔을 처음으로 느꼈다는 것일지도 모르겠다.

39) 악마는 상처를 입어도 금방 아문다고 한다.

40) 이 "영액"의 원문은 "nectarous humour"로, 직역하면 '영주(넥타르) 같은 체액'이다. 천사들은 "홍옥빛 영주(靈酒)"(제5편)를 마시며, 그들의 피도 '영주' 같다고 표현했다. 호메로스는 《일리아스》에서, 신들의 몸에는 피 대신 신혈(神血)인 이코르가 흐른다고 했다.

그를 호위하면서 한편으로는
그를 방패에 실어 전선에서 떨어진
그의 전차로 옮겨 조용히 눕혔다.
사탄은 힘에서 하느님과 대등하다고
자부하던 신념이 산산조각 나고,
자기가 천하무적이기는커녕
미가엘의 공격에 쓰러져 체면이 깎이자
고통과 원한과 수치로 이를 갈았노라.
그러나 그의 상처는 곧 나았다. 본래 영체란
연약한 인간과는 달라서 심장과 두뇌, 간장과 신장 같은
내장만이 아니라 몸 전체에 생명력이 깃들어 있어
절멸하지 않는 한 죽는 법이 없기 때문이다.
그 유동하는 조직이 치명상을 받지 않음은
유동하는 공기와 마찬가지니라.
그들은 온몸이 심장이고, 머리고, 눈이고, 귀이고,
지성이고, 감각인 것처럼 살며, 필요에 따라
마음대로 스스로 손발을 갖기도 하고, 빛깔, 형체,
크기를 자유자재로 조밀하게도 하고 성기게도 한다.[41]
이때 전장의 다른 곳에서도 영원히 기억될 공적이
이루어졌다. 용감한 가브리엘이 싸우면서
군기를 높이 치켜들고 잔악한 왕 몰록의 진영으로
깊이 돌진하니, 몰록은 그에게 반격하며
전차 바퀴에 묶어 끌고 다니겠다고 위협하며
하늘의 성스러운 존재자에 대한 모독도
삼가지 않았다.[42] 그러나 다음 순간 몰록은

---

41) 천사와 악마(타락천사)에 대한 밀턴의 기술은, 프셀루스(11세기 철학자)의 《귀신론》의 계통을 잇
   는 이른바 신플라톤주의적 귀신론에 의거한다.
42) "네가 누구를 조소하고 비방하였는가? 네가 누구에게 큰소리를 쳤는가? 이스라엘의 거룩한
   이에게 너는 거만한 눈길을 던졌다"(《열왕기하》 19 : 22).

허리까지 찔려 갈라졌고 부서진 무기 들고

야릇한 고통에 울부짖으며 달아났다.[43] 양쪽에서도

우리엘과 라파엘[44]이 금강암으로 무장한

거대하고 기세등등한 적을

격파하니, 아드람멜렉과 아스모다이,[45]

신들[46]보다 못하다 하여 경멸하던 두

힘센 천사는 갑옷과 쇠줄을 뚫은 처절한 상처를 입고

피투성이가 되어 달아나며 자신의 비루함을 깨달았다.

압디엘도 믿음 없는 무리를 치고자

일어서서, 아리엘,[47] 아록,[48]

흉포한 라미엘[49]에게

이중 삼중으로 타격을 가해

불에 타는 고통 안겨 패퇴시켰다.

이 밖에도 수많은 이름을 읊어 그들의 이름을

이곳 지상에 길이 전할 수 있으나, 이 선택된

천사들[50]은 천상의 명예에 만족하며

---

43) 가브리엘과 몰록의 전투는 보이아르도의 《사랑하는 오를란도》에서 악마와 사라센 사람의 싸움과 비슷하다.

44) 라파엘은 여기서 자신을 삼인칭으로 부르며 객관적으로 서술하고 있다.

45) 아드람멜렉에 대해서는, "스발와임 사람들은 그들의 신인 아드람멜렉과 아남멜렉에게 자녀들을 제물로 살라 바쳤다"(《열왕기하》 17 : 31) 참조. 이 이교신(지금은 단순한 천사)은 일종의 태양신이므로 "태양의 지배자"(제3편) 우리엘과 승부를 겨룰 만하다. 아스모다이는 제4편에서 아스모데우스라는 이름으로 나왔다. 따라서 여기서도 라파엘의 상대라고 볼 수 있다.

46) 원문은 "Gods". 반란천사들은 유일한 신을 인정하지 않고 저마다 신과 동등하다고 생각한다. 라파엘은 그들을 비꼬며 "신들"이라고 불렀다.

47) 아리엘은 '신의 사자'라는 뜻이다. 〈이사야〉(29 : 1)에는 예루살렘을 가리킨다고 여겨지지만 그러면 뜻이 통하지 않는다. 유대교 신비주의(카발라)를 계승한 사람들 가운데, 아리엘을 천사(또는 이교신)라고 생각하던 사람이 있었다.

48) '사자와 같은 자'라는 뜻. 구약에는 "엘라살 왕 아록"(《창세기》 14 : 1) 등 인명으로 나오는데, 관계가 있는지 여부는 불명. 귀신(또는 악마)학자 사이에서는 '복수의 악령'으로 알려져 있었다.

49) '신의 천둥'이라는 뜻. 구약 외전 〈에녹서〉 등에 레미엘, 라미엘 등 여러 이름으로 나오는 천사.

50) "나는 하느님과 그리스도 예수와 선택된 천사들 앞에서 그대에게 엄숙히 명령합니다"(《디모데전서》 5 : 21).

인간의 찬사를 바라지 않는다. 반역천사들은
힘과 전술이 놀랍고 명예욕도 대단하지만
운명의 심판에 의해 하늘과 거룩한 기억에서
그 이름이 지워졌으니,[51] 어두운 망각 속에
이름 없는 자로 묻어두노라. 진리와 정의에서
벗어난 힘은 칭찬할 것이 못 되니
다만 오명과 치욕일 뿐이로다.
하지만 그런 자들일수록 허영에 들떠 영광을 바라고
명예롭지 못한 수단으로 명예를 구하노니,
영원의 침묵이 그들에게 합당한 운명이리라.
최강을 자랑하던 사탄이 패하고, 맹렬한 공격
받자 적군이 동요하노라. 보기 흉한
패배와 추악한 혼란이 시작되니, 땅에는 온통
부서진 갑옷이 흩어지고, 산더미 같은
전차와 전차몰이꾼, 그리고 불거품 뿜는
군마들이 쓰러졌다. 방어할 힘 잃고
기진맥진한 사탄의 전군은
녹초가 되어 퇴각하거나 파랗게 질려
처음으로 공포와 고통을 느끼고
비겁하게도 달아났다. 이제껏
공포와 도주와 고통을 모르던 자들이 불순종의
죄로 이런 재앙을 당한 것이다.
한편 불사를 자랑하는 아군 천사들은 그들과 달리
어떤 칼날로도 뚫을 수 없는 갑옷으로 무장하고
견고한 방진을 치며 일제히 진격했다.
죄짓지 않고 배반하지 않는 그 순진무구함으로
적보다 뛰어난 우월성을 얻은 것이다.

---

51) 제1편 참조.

따라서 그들은 싸워도 피곤하지 않고
맹렬한 습격으로 진지를 옮기긴 해도
상처로 고통받을 염려 없다.
이윽고 밤이 걸음을 옮기기 시작하여 하늘에
어둠을 끌어들이고, 반가운 휴전과 정적으로
증오스런 전쟁의 소음을 덮었다.
그 어두운 밤 그늘에 숨어 승자와 패자 모두
물러났고, 격전이 벌어진 들판에서는
미가엘과 그 부하 천사들이 야영하며, 초병으로
그 주위에 불을 뿜는 스랍천사를
배치했다. 저편에서는 사탄이
그 반역 무리들과 숨어서
멀리 어둠 속으로 자리를 옮기고 쉴 틈도 없이
군장들을 대책회의에 소집하고[52]
한가운데에 서서 대담하게 말했다.
'아, 위험한 시련 겪었어도, 감히
힘으로는 전복시킬 수 없음이 드러난 친애하는
동지들이여, 그대들은 단순한
자유뿐 아니라, 우리가 더욱 바라는
명예, 주권, 영광, 명성을 받을 만한 자격이 있음이
밝혀졌다. 하늘을 지배하는 자는 보좌 근처에서
최정예를 보내어 그의 뜻대로 우리를
충분히 복종시킬 수 있다고 판단했으나
실은 그렇지 못했다. 그대들은 승부 나지 않는
싸움으로 하루를 견뎌냈다. (하루가 그랬으니
영원히 그러하지 않겠는가?) 그러니 지금까지
전능자인 줄 알았던 그를 앞으로는 실수할 수 있는 존재로

---

52) 헥토르에게 패한 뒤 아가멤논도 야음을 틈타 대책회의를 연다(《일리아스》제9권). 하지만 아가
멤논은 사탄과 달리 눈물을 흘리며 일동에게 연설한다.

보아도 좋으리라. 우리는 무장이 약하여
얼마간의 불편과 지금까지 몰랐던 고통을
겪었으나, 그 고통도 실체를 알고 나면
우습기 그지없다. 우리들의 영체는
치명적 상처를 입을 수도 없고
또한 불멸이어서 찔려 상처 난다 해도 곧바로 아물고
본디의 활력으로 치유된다.
치료가 손쉬운 그만큼 재난도 적으리라.
다음에 전투할 때는 더 튼튼한
무기와 더 강력한 병기만 있으면 우리 힘은
커지고 적은 약화하여 본질상 다르지 않은
적과 우리 사이의 우열은 사라지리라.
만일 눈에 보이지 않는 다른 이유가 있어
그들이 우세하다면, 우리의 정신이 완전하고
이성이 건전하게 보존되는 한 충분히
탐구하고 상의하여 원인을 밝혀낼 수 있으리라.'
그가 앉자 이어서 권품천사의 우두머리
니스록[53]이 일어섰다. 그 모습
잔혹한 전투에서 갓 달아난 듯
몹시 피로해 보이고, 갑옷도 참혹하게 찢긴 채
어두운 안색으로 사탄에게 대답했다.
'새로운 지배자들[54]에게서 우리를 해방하시고, 신으로서
권리를 자유로이 누리게 하시고자 우리를 이끄는 지도자시여,
우리가 비록 신이라 하나, 차원이 다른 무기를 가진
고통도 모르고 고뇌도 모르는 적을 상대로
고통을 참으면서 싸우기란 너무도 힘들고 균형도

---

53) '독수리'라는 뜻. 권품천사들의 수령으로 나오는 니스록은 아시리아의 우상신이다. 니네베에 있
는 그의 신전에서 왕 산혜립이 예배 중에 암살되었다는 이야기가 〈열왕기하〉 19 : 37에 나온다.
54) 하느님과 새로이 왕이 된 그의 아들을 가리킨다.

맞지 않음을 알았으니, 이 재난에서 필시 파멸이 오리다.
만물을 굴복시키고 최강자의 손을 둔하게 만드는
용기와 힘이 막강하다 한들 고통에
억눌린다면 무슨 소용이리오? 우린 삶에 쾌락이
없다 해도 지극히 평온한 삶이니 투덜거리지 않고
만족하며 살아갈 수 있으리라.
그러나 고통은 비참의 극치, 최악의 재난,
지나치면 인내를 모조리 집어삼켜 버립니다.
그러니 아직 상처 입지 않은 적에게 타격을 주고
적과 동등한 방어력으로 우리를
무장시킬 보다 강력한 무기
만들 수 있는 자가 있다면, 우리는 해방과 맞먹는
구원의 덕을 입은 거나 다름없다고 보오.'
이에 사탄은 침착하게 대답했다.
'우리의 성공에 꼭 필요하다고 그대가 지적한
것을 내가 발명했다. 우리가
서 있는 이 영묘한 하늘의 땅, 초목과 열매와
향기로운 꽃, 보석과 황금으로 꾸며진
이 드넓은 하늘의 땅의 빛나는 표면을
보라. 우리들 중 누가 이러한
것들을 피상적으로만 보고,
땅속 깊은 데서 자라는 그것들의 근원을
생각지 않겠는가. 하늘의 빛을 받아 자라고
주위의 빛을 향해 열려 아름답게
터져 나오기 전까지는 어둡고 거친
영기를 띤 불거품이던 그 물체를.[55]

---

55) 시인은 앞에서 지구 내부의 습기가 햇빛을 받아 보석을 만든다고 말했는데, 그와 마찬가지로
하늘의 지하에도 거품 형태의 물질이 있으며 (햇빛과 같은) 천상의 빛을 받아 초목과 보석과
금을 만든다고 말하고 있다. 밀턴은 이러한 광물생성론을 아리스토텔레스의 《기상론》에서 얻

이것들을, 지옥의 불꽃 머금은
암흑의 자연 상태 그대로 지하에서 파내고자 한다.
그것을 길고 둥글고 텅 빈 기관에 꽉 차도록
재어 넣고, 다른 구멍에 불붙이면
팽창하고 분노하여 먼 데에서
벼락 치는 소리 내며 적진으로 날아간다.
그리하여 거슬리는 모든 적들을 쳐부수고
압도할 것이며, 그들은
우리가 벼락의 신이 가진 오직 하나뿐인 무기,
무서운 번개를 빼앗았다고 겁내리라.[56]
이 무기 만드는 데 오랜 시간 필요 없으리니
동트기 전에 우리 소원 이루어지리라. 그때까지는
기운을 되찾고 두려움을 버려라. 힘과 현명한 판단
합하면 어려움 없으니 절망할 일 더욱 없으리라.'
사탄이 말을 마치니, 그 말에 그들의 위축된 마음
밝아지고, 시든 희망 되살아나노라.
그들은 사탄의 발명에 놀라고, 자신이 왜
그 생각을 못했는지 애석해하도다. 불가능하게만
보이던 것도 일단 발명되고 나면 그처럼 손쉬운 것이
없는 듯 생각되기 마련이니라. 그러나 아담이여, 후세에
악이 충만하여 그대의 종족 가운데 어떤 자가 해악을
바라거나 악마의 간계에 넘어간다면,
그는 전쟁과 서로 살육에 몰두하는
죄를 짓고자 인간의 아들들을 괴롭히는
이와 똑같은 기구를 발명하리라.

었다고 한다.

56) 르네상스 시대에 사탄이 대포를 발명했다는 생각은 일반적이었다. 스펜서의 《요정의 여왕》에는 이런 대목이 나온다. "지옥 밑바닥에서 복수의 여신들의 손으로 만들어진, 기화하기 쉬운 초석과 타기 쉬운 유황을 넣고 둥근 탄환을 넣은 저 마귀의 대포가 사람들을 죽이려고 불을 뿜으면……."

회의를 마치자 그들은 곧장 작업장으로 달려가니,
논의를 일삼으며 서 있는 자 하나도 없고, 무수한
손들이 일에 착수하여 순식간에 드넓은 하늘의
땅을 파헤치니, 그 밑에 자연의 원소가
미숙한 형태 그대로 배태되어 있다.
그들은 유황과 초석 거품을 찾아내어
그것을 섞고, 교묘한 기술로
가열하고 건조하여, 새카만 가루를
만들어 창고로 옮겼다. 한편에서는
지하에 묻혀 있는 광맥과 석맥(石脈)을 (이 대지에도
같은 물질이 묻혀 있다) 파내어
그것을 재료로 포신과 탄환을
주조하고, 한번 닿으면 발화하는
위험한 도화관도 만들었다.
이리하여 날이 새기 전, 밤이 지켜보는 가운데
극비리에 일을 마치고, 조심조심
들키지 않게 태세를 정비했다.
이윽고 아름다운 아침이 동녘 하늘에 나타나자마자
승리의 천사들이 일어났고, 아침 나팔 소리에
무기를 들었다. 그들은 황금 갑옷으로
무장하고 일어서서 찬란한 대군의
대열 곧바로 갖추었다. 일부는 동트는
산 위에서 사방을 둘러보고, 척후병은 가벼이
무장하고 사방을 살피며, 먼 곳의 적들이 지금
어디 있으며, 어디로 달아났고, 또 싸운다면
전진할 것인지 멈출 것인지 살폈다.
그들은 곧 느리지만 탄탄한 대열 맞춰[57] 깃발

---

57) 대포를 숨겨서 끌고 오느라 빨리 전진할 수 없다.

나부끼며 다가오는 적과 마주쳤고, 스랍천사 가운데

가장 빠른 조피엘[58]이 전속력으로 날아서 돌아와

중천에서 드높여 외쳤다.

'무장하라, 전사들아, 무기를 들고 전투에 나서라! 멀리

달아났다고 생각한 적이 눈앞에 있으니

오늘은 멀리 추격할 필요도 없다. 구름처럼[59]

다가오는 그 얼굴에 확고하고 두려움 없는

각오가 보이니 달아날 염려도 없다. 모두들

금강 갑옷 입고, 투구를 쓰고

둥근 방패를 단단히 움켜쥐어

평평하게 높이 들고 진격하라.[60] 예상컨대 오늘은

가랑비가 아니라 불촉이 달린

맹렬한 화살의 폭풍우가 쏟아지리라.'

천사가 경고했으나 모두들 이미 사태를 알고

있었으니, 방해되는 것은 모두 내려놓고 곧 열을 지어

소란 없이 무기를 들고 진용을 갖추어

곧바로 나아갔느니라. 그때 얼마 떨어지지 않은

거리에 나타난 적, 텅 빈 입방대(立方隊) 안쪽에

그 악마의 무기 감추고, 전후좌우는 물론

위에서도 겹겹이 에워싸 흉계 숨기며,

묵직한 발걸음으로 가까이

다가온다. 양군은 잠시 대치했으나

---

58) '신의 척후'라는 뜻. 성서에는 이 이름의 천사도 인간도 나오지 않는다. 그러나 옛날 천문학자들 가운데에는 지품천사의 우두머리로 조피엘을 드는 사람도 있었다.

59) 《아이네이스》에 "전투의 뇌운"이라는 표현이 있다. 〈베드로후서〉(2 : 17)에서는 신을 모독하는 자들에 대해 이렇게 말한다. "이런 자들은 물 없는 샘이며 폭풍에 밀려가는 안개입니다. 이런 자들을 위해서 깊은 암흑이 마련되어 있습니다."

60) "하느님의 무기로 완전무장을 하십시오. ……손에는 언제나 믿음의 방패를 잡고 있어야 합니다. 그 방패로 여러분은 악마가 쏘는 불화살을 막아 꺼버릴 수 있을 것입니다. 구원의 투구를 받아쓰고 성령의 칼을 받아 쥐십시오. 성령의 칼은 하느님의 말씀입니다"(〈에베소서〉 6 : 13~17).

곧 사탄이 선두에 나타나

소리 높여 명령한다.

'선봉대는 정면 진형을 좌우로 열고 곧바로 물러서라.

우리를 미워하는 무리에게, 저들이 고집스럽게 등을 돌리지

않고 우리의 제안을 순순히 받아들인다면,

우리가 얼마나 평화와 화합을 원하고, 넓은 아량으로

저들을 받아들이기 위해 일어섰는지 보여주리라.

하지만 그 일이 잘 되겠는가. 어쨌든 하늘이여,

잘 보라. 우리가 자유로이 우리 직분

다하는[61] 것을 지켜보라. 임무를 받고

기다리고 있는 자들에게 명하노니, 그대들은 시킨 대로

우리의 제안을 발사하여 모두가 듣도록 크게 울리라.'

사탄이 애매한 말로 조롱 섞어가며

말을 끝내자, 정면의 적군이 좌우로 갈라지며

선봉대가 양쪽으로 물러섰다.[62] 그러자

우리 눈앞에 놋쇠, 무쇠, 암석으로 만들어진,

수레에 실린 세 층으로 된 원주의 열(그 형체는

마치 숲이나 산에서 가지를 치고 속을 파낸 참나무나 전나무

기둥처럼 보였느니라) 나타나고,

그 입이 무서운 구멍을 크게 벌려

공허한 휴전의 전조 보이며

우리를 향했다. 그 뒤에는 각기

스랍천사가 끄트머리에 불이 붙은

갈대를 흔들며 서 있었다. 우리는 마음 죄며

야릇한 생각에 마음 가다듬고 서 있었는데,

그것도 잠시, 갑자기 모두가 일제히 갈대 불을

내밀어, 그 좁은 화문(火門)에 능란한 솜씨로

---

61) 원문 "discharge"에는 '발사'라는 뜻도 있다.

62) 여기에 설명된 보병과 포병의 행동은 밀턴 시대의 전투 상황을 묘사한 것이다.

갖다 대었다. 그 순간 온 하늘이
불길에 싸인 듯하더니 곧 목구멍 깊은 대포에서
뿜어내는 연기로 흐려지고, 우르릉대는 소리
성내며 대기의 창자 후벼내고,
그 내장을 남김없이 찢어, 그 안에 가득 찬 악마의
토사물 같은 무수하게 이어진 뇌전과 탄환의
우박이 무섭게 쏟아졌다. 그것이 승리를 자랑하던
아군을 겨냥해서 맹렬하게 휘몰아치니, 그것에 맞는 자,
반석처럼 제 발로 서 있어야 할 자도
누구 하나 서 있지 못하고 쓰러지니
넘어지는 자가 수천이요, 대천사 위에 또다시 천사가 굴러
넘어졌다. 갑옷을 입은 탓에 피해는 컸노라. 천사는 영체(靈體)이니
무장을 하지 않았더라면 재빨리 수축하거나[63]
위치를 바꾸어 공격을 피할 수 있었으리라. 하지만 지금은
참혹한 혼란과 패주를 피할 수 없으니,
밀집대형을 풀어도 소용이 없었도다.
어떻게 해야 할 것인가? 돌격하면 다시
격퇴당하고 수치스런 패배 거듭하여
적에게 더욱 경멸당하고 웃음거리밖에
되지 않으리라. 두 번째 포격
발사하고자 다른 스랍천사들이 대기하고
있는 모습이 보이기 때문이다. 그렇다고
패하여 맥없이 물러나기는 죽기보다
싫으니. 사탄은 이 광경을 보고
비웃으며 동료들에게 말했다.
'전우들이여, 승리에 우쭐하던 저들이
달려들지 않는 이유를 아는가? 전에는 그토록 맹렬히

---

63) 천사들은 자유자재로 몸을 바꿀 수 있다. 제1편 참조.

진격해 오더니, 우리가 웃는 얼굴로 가슴 열고 (이만한
환대가 또 있으랴) 환영하며
화해 조건 내걸자, 곧바로 마음 바꾸고 달아나며
괴상한 발광을 하니, 춤[64]이라도 추는 것인가.
하나 춤이라고 하기엔 참으로 해괴망측하니,
아마도 화해 제안을 받고 기뻐서
정신이 조금 나갔나 보다. 그러나
우리의 제안을 다시 한번 들으면 저들도
쩔쩔매며 두 손 들지 않을 수 없으리라.'
사탄의 말에 벨리알도 농담조로 말한다.
'지휘자여, 우리가 내건 제안은 무겁고
가혹하며 강력한 힘이 넘치다 보니
보시다시피 저들은 모두 당황하여
쩔쩔매고 있나이다. 우리의 제안을 정면으로 받아
온몸으로 그 뜻을 알게 된 자들은 비틀거리기 바쁘며,
제대로 받지 않아 그 뜻을 모르는 자들도
온전히 몸을 가누지 못하나이다.'
그들은 승리가 틀림없다고 굳게 믿고
우쭐하여 저희들끼리 유쾌하게 웃으며
우리를 조롱했도다. 그들은 저희들의 발명품만 있으면
영원한 힘과도 겨룰 수 있다고
자만하고, 천사군이 잠시 당황하여
서 있는 동안, 하느님의 우레를 비웃고
그의 만군을 조롱했노라. 그러나 천사군은 이내
정신을 차리고, 분노를 터뜨리며
적군의 강력한 지옥의 흉기에 맞설 무기를

---

64) 헥토르의 전차몰이가 이마에 돌을 맞고 전차에서 굴러떨어지는 것을 보고 파트로클로스는
"오호, 저토록 쉽게 공중제비를 넘다니 몸이 아주 가벼운 사내로군"이라고 말하며 비웃었다
《일리아스》.

찾았다. 그들은 곧바로 (하느님이 그 강력한
천사들에게 내리신 뛰어난 힘을 보라)
들고 있던 무기를 버리고 산으로
(이 대지의 산과 골짜기에 보이는 아름다운 경관은
애당초 하늘을 본떠 만들었다)
번갯불처럼 날래게 달리고 날아가,
그 뿌리를 이리저리 흔들더니
그 위에 자리 잡고 있는 바위, 폭포, 숲까지 함께
산을 송두리째 뽑아내어, 초목 울창한 봉우리를
움켜잡고 높이 들어 올렸다. 산들이 거꾸로 뒤집힌 채
자기들을 향해 엄청난 기세로 계속 날아오자
반역 무리들은 놀라움과
두려움에 사로잡혔다. 게다가 그 산들이
저주받은 대포의 삼중 대열을 내리덮자
하늘 찌르던 그들의 자신감도 산들의
중압 밑에 깊이 파묻혀 버렸다.
형세가 역전되어 이제 그들이 습격받고
거대한 봉우리가 머리 위로 그늘
드리우며 날아와 무장한 전군을 짓눌렀다.
갑옷이 찌그러지고 부서져 살 속으로
파고드는 바람에 상처가 더욱 깊어지고, 가차 없는
고통에 비통한 신음 소리 커지니
그들은 그 감옥에서 빠져나가고자
오랫동안 그 속에서 몸부림쳤다.
처음엔 순결한 빛의 영이던 그들이 이리된 것은
그 순수함이 죄로 더럽혀졌기 때문이로다. 남은 무리는
우리를 흉내 내어 같은 무기를 쓰고자 근처의 산들을
찢었다. 공중에서 산과 산이 맞부딪치고,
참담하게 던져져 이리저리 날아다니니,

마치 땅 밑 음침한 그늘에서 싸우는 듯하다.

지옥에서 들려오는 소리인 양, 이 아비규환에 비하면

이제까지 해온 전쟁은 그저 한가로운 경기일 뿐.

무서운 혼란이 거듭 일어났다. 전능하신 아버지께서

그 숭앙받는 하늘의 성소에 편안히 앉으셔서

만물을 두루 살피시고 이 소란을 예상하시어

특별히 필요한 일체의 수단을 허용하지 않으셨다면,

하늘은 온통 파괴되어 멸망해 버렸으리라.

그것은 적에게 보복한 기름부음 받은

성자(聖子)의 영광을 축하하고 모든 권력이

그에게 넘어갔음을 천상에 널리

선포하시려는 목적을 이루시기 위한 것이었노라.

그래서 보좌에 같이 앉아 있는

성자를 향하여 하느님은 말씀하셨다.

'내 영광의 빛을 나타내는 사랑하는 아들아,

보이지 않는 나의 신성을 그 얼굴에

뚜렷이 나타내 보이고, 내가 정한 일을

그 손으로 나타내는 아들아,

제2의 전능자여![65] 이미 이틀이 지났다.

미가엘과 그 군사가 반역 무리를 진압하기 위해

나간 지가 하늘의 날짜로 이틀째다. 그들의 싸움은

치열했다. 무장한 양군이 맞부딪치니

당연하리라. 나는 승패를 그들에게

내맡겼노라. 너도 알다시피

---

[65] "그 아들은 하느님의 영광을 드러내는 찬란한 빛이요, 하느님의 본질을 그대로 간직하신 분이시며, 그의 능력의 말씀으로 만물을 보존하시는 분이십니다"(《히브리서》 1 : 3), "그리스도께서는 보이지 않는 하느님의 형상이시며 만물에 앞서 태어나신 분이십니다"(《골로새서》 1 : 15), "그래서 예수께서는 유다인들에게 이렇게 말씀하셨다. "정말 잘 들어두어라. 아들은 아버지께서 하시는 일을 보고 그대로 할 뿐이지 무슨 일이나 마음대로 할 수는 없다. 아버지께서 하시는 일을 아들도 할 따름이다"(《요한복음》 5 : 19).

그들을 같게 만들었기 때문이니라.
죄를 범하여 한쪽이 손상되어 있으나
내가 처형을 늦춰 그 점 아직 드러나지 않았다.
따라서 그들은 끝없이 영원한 전쟁을
계속하며 마지막까지 결판나지 않으리라.
그들은 피로를 모르고 온갖 수단을 다 동원하여 싸우고
산들을 무기 대신 던지며 난폭한 분노를
터뜨리니 하늘을 어지럽히고
온 우주를 위태롭게 하리라. 벌써
이틀이 지났으니 사흘째[66]는 너의 것이다.
나는 너를 위해 그날을 정해놓고 지금까지
침묵했다. 너 말고는 이 싸움을
끝낼 자 없으니 전쟁의 막을 내릴 영광을
너에게 주기 위함이니라. 나는 무한한 능력과
은혜를 너에게 불어넣었으니, 하늘과
지옥에서 너의 힘이 절대적이며
이 사악한 소동을 진입하여 만물의
계승자[67]로서 손색없음을, 계승자로서의 너의
마땅한 권리인 성유(聖油)[68] 받은 왕이 되는 데
더없이 적합함을 널리 알리기 위함이니라.
그러니 가라, 아버지의 힘을 가진 최강자여.
나의 전차에 올라타라, 하늘의 대지를 뒤흔드는
그 빠른 바퀴를 몰아라. 나의 모든 무기

---

[66] 둘이라는 수는 분열을 뜻하지만 셋은 통합을 의미한다. 성자가 셋째 날 반역천사들을 무찌른 것은 예수 그리스도가 죽은 뒤 사흘날에 부활하는 것을 상징한다. "사람의 아들이 반드시 죄인들의 손에 넘어가 십자가에 처형되었다가 사흘 만에 다시 살아나리라고 하시지 않았느냐"〈누가복음〉 24 : 7).

[67] "하느님께서는 당신의 아들을 통해서 온 세상을 창조하셨으며 그 아들에게 만물을 물려주시기로 하셨습니다"〈히브리서〉 1 : 2).

[68] 제5편 참조.

활과 우레를 지니고 내 전능한

무기인 칼[69]을 네 힘센 허리에 차라.

그리고 암흑의 아들들을 온 하늘의 경계 밖,

머나먼 심연으로 몰아내라. 거기서 저희 원대로

하느님과 기름부음 받은 성왕 메시아를

경멸하면 어떻게 되는지 배우게 하라.'

이렇게 말씀하시고 당신의 찬란한 빛으로 성자를

똑바로 비추니, 완전히 드러난 아버지를

그 얼굴[70]에 받은 성자의 모습은 마치 아버지 자체인 듯

이루 형언할 수 없도다. 성자이신 신은 대답한다.

'아, 아버지, 하늘 보좌에 앉은 지존자시여,

최초이며 최고인 지성(至聖)이시여, 당신은 늘

아들인 저를 영광되게 하려 하오시고,[71] 저 또한

당신의 영광 드러내려 하나이다. 아버지여,

당신이 저를 사랑하시고,[72] 저를 통해 성의(聖意)를

이루리라(그것은 축복이옵나이다) 선언하시니, 저로서는

영광이고 자랑이며 무한한 기쁨이옵나이다.

당신께서 주신 홀과 힘을 지녔다가, 마지막 날,[73]

당신이 만물의 주가 되시고, 제가 영원히 당신

---

69) "허리에 칼을 차고 보무도 당당하게 나서시라"(〈시편〉 45 : 3).

70) "'어둠에서 빛이 비쳐오너라' 하고 말씀하신 하느님께서는 우리의 마음속에 당신의 빛을 비추어
주셔서 그리스도의 얼굴에 빛나는 하느님의 영광을 깨달을 수 있게 해주셨습니다"(〈고린도후
서〉 4 : 6).

71) "이 말씀을 마치고 예수께서는 하늘을 우러러보시며 이렇게 말씀하셨다. '아버지, 때가 왔습
니다. 아들의 영광을 드러내주시어 아들이 아버지의 영광을 드러내게 하여주십시오'"(〈요한복
음〉 17 : 1).

72) "그때 하늘에서 이런 소리가 들려왔다. '이는 내 사랑하는 아들, 내 마음에 드는 아들이다'"(〈마
태복음〉 3 : 17).

73) "마지막 날이 올 터인데 그때에는 그리스도께서 모든 권위와 세력과 능력의 천신들을 물리치
시고 그 나라를 하느님 아버지께 바치실 것입니다. ……이리하여 모든 것이 그분에게 굴복당할
때에는 아드님 자신도 당신에게 모든 것을 굴복시켜 주신 하느님께 굴복하실 것입니다. 그때에
는 하느님께서 만물을 완전히 지배하시게 될 것입니다"(〈고린도전서〉 15 : 24, 28).

안에 있고,[74] 당신이 사랑하시는 모든 자가 제

안에 있게 될 때 기꺼이 돌려드리겠나이다.

당신께서 미워하시는 자를 미워하고,[75] 모든

면에서 당신의 형상인 저는 당신의 다정함을

지니듯, 당신의 분노도 지니겠나이다.

저는 곧바로 당신의 능력으로 무장하고

당신에게 복종하는 것이 온전한 행복인데도

올바른 복종의 길에서 벗어난 반역자들을

하늘에서 몰아내어, 그들을 위해 만든 곳,[76] 암흑의 사슬과

죽지 않는 구더기가 들끓는 세계로 쫓아버리겠나이다.[77]

그리하여 불순한 무리에서 벗어난 당신의 성자(聖者)들은

당신의 성산(聖山) 둘러싸고

진심 어린 할렐루야, 높은 찬미 노래를

저를 중심으로 다 함께 부를 것입니다.'

이렇게 말하고 성자는 홀 위로 몸을 굽히며

영광스러운 하느님의 오른쪽에서 일어섰다.

사흘날 거룩한 아침이 밝아오며 새벽빛이 하늘을

구석구석 비추고, 아버지 하느님의 전차가 회오리바람

소리 내고 짙은 화염 내뿜으며 바퀴 속에 바퀴가

---

74) "아버지, 이 사람들이 모두 하나가 되게 하여주십시오. 아버지께서 내 안에 계시고 내가 아버지 안에 있는 것과 같이 이 사람들도 우리들 안에 있게 하여주십시오"(《요한복음》 17 : 21).

75) "야훼여, 당신께 원수진 자들을 내가 어찌 미워하지 않으리이까? 당신께 맞서는 자들을 어찌 싫어하지 않으리이까?"(《시편》 139 : 21).

76) 예수의 다음 말을 염두에 두고 썼다. "내 아버지 집에는 있을 곳이 많다. 그리고 나는 너희가 있을 곳을 마련하러 간다. 만일 거기에 있을 곳이 없다면 내가 이렇게 말하겠느냐?"(《요한복음》 14 : 2).

77) "하느님께서는 죄지은 천사들을 용서 없이 깊은 구렁텅이에 던져서 심판 때까지 어둠 속에 갇혀 있게 하셨습니다"(《베드로후서》 2 : 4), "천사들도 자기 자리를 지키지 않고 자기가 사는 곳을 버렸을 때에 하느님께서는 그들을 영원한 사슬로 묶어서 그 큰 심판의 날까지 암흑 속에 가두어 두셨습니다"(《유다서》 1 : 6), "사람들이 밖으로 나가 나를 거역하던 자들의 주검들을 보리라. 그들을 갉아먹는 구더기는 죽지 아니하고 그들을 사르는 불도 꺼지지 않으리니 모든 사람이 보고 역겨워하리라"(《이사야》 66 : 24).

또 있는 듯 요란하게 돌진한다. 전차는 끌려가지 않고

그 자체의 영으로 움직였으며, 거룹천사 넷이

호위했도다. 천사는 저마다 얼굴이 기이하고,

온몸과 날개에도 별 같은 눈이 빛난다.

녹옥석(綠玉石) 바퀴에도 눈이 있는데,

그 사이에서는 불꽃이 튀었느니라.

머리 위엔 수정 같은 창공이 펼쳐지고

그곳에는 투명한 호박과 일곱 무지갯빛

빛나는 청옥의 옥좌가 있다.[78]

성자는 빛나는 우림[79]으로 장식한, 하느님이 만드신

하늘의 갑옷 두르고 전차에

오르니, 그 오른쪽에는 독수리 날개가 달린

'승리'[80]가 앉아 있다. 허리에는 활과 세 개의

우레 화살이 담긴 화살통이 걸려 있고

---

78) 여기에 묘사된 전차 이미지는 〈에스겔〉 제1장과 제10장에서 따왔다. "그 순간 북쪽에서 폭풍이 불어오는 광경이 눈앞에 펼쳐졌다. 구름이 막 밀려오는데 번갯불이 번쩍이어 사방이 환해졌다. 그 한가운데에는 불이 있고 그 속에서 놋쇠 같은 것이 빛났다. 또 그 한가운데는 짐승 모양이면서 사람의 모습을 갖춘 것이 넷 있었는데 각각 얼굴이 넷이요 날개도 넷이었다"(1 : 4~6), "그 바퀴들은 넷 다 같은 모양으로 감람석처럼 빛났고 바퀴 속에 또 바퀴가 있어서 돌아가듯 되어 있었는데"(1 : 16), "머리 위 덮개 위에는 청옥 같은 것으로 된 옥좌같이 보이는 것이 있었다. 높이 옥좌 같은 것 위에는 사람 같은 모습이 보였다. 그 모습은 허리 위는 놋쇠 같아 안팎이 불처럼 환했고, 허리 아래는 사방으로 뻗는 불빛처럼 보였다. 사방으로 뻗는 그 불빛은 비 오는 날 구름에 나타나는 무지개처럼 보였다. 마치 야훼의 영광처럼 보였다. 그것을 보고 땅에 엎드리자, 말소리가 들려왔다"(1 : 26~28), "등과 손과 날개, 이렇게 온몸과 그 바퀴에까지도 눈이 총총 박혀 있었다. 네 바퀴가 다 그러했다. ……거룹들이 움직이면 바퀴들도 옆에서 같이 움직였다. 거룹들이 날개를 펴고 땅에서 떠올라도 바퀴들은 거룹들 옆에서 떨어져 나가지 않았다"(10 : 12~16).

79) 〈출애굽기〉에 "시비를 가리는 이 가슴받이 속에는 우림과 둠밈을 넣어두어라. 아론이 야훼 앞에 들어갈 때 이것을 가슴에 붙이고 들어가게 하여라"(28 : 30)라고 나와 있다. 우림은 고대 이스라엘에서 사제가 신탁을 받기 위해 가슴받이 위에 다는 '제비'이다. 그러나 밀턴은 금강석 같은 빛나는 보석으로 그렸다. 이 우림을 성자가 두른 것은, 성자가 심판자이며 하느님의 뜻을 수행하는 자임을 상징한다.

80) 그리스와 로마에서는 개선할 때 전차 위에 '승리'상을 두고 행진했다. 그 조각상에는 가끔 날개가 달려 있었으며, 밀턴은 그 날개를 제우스의 상징인 독수리 날개로 그렸다.

온몸에서 연기와 너울거리는 화염과 무시무시한
불꽃이 사납게 뿜어져 나온다.[81]
성자는 수천만 성도[82]를 거느리고 앞으로
나아가는데, 그 모습 멀리서도 찬란하게
빛났다. 들기로는 하느님의 전차 이만 대가
좌우에서 반씩 진격하고,
성자는 청옥 옥좌에 앉아 거룹천사 날개 타고[83]
수정같이 투명한 하늘 나아갔다.
하늘에 메시아의 표지[84]인 위대한 기(旗)가
천사들의 손으로 높이 내어걸리니 멀리서도
빛나는 그 모습을 먼저 본 것은 성자의 군대라,
모두가 뜻밖의 광경에 환호했노라.
메시아의 지시에 따라 미가엘은 양쪽으로
흩어진 군대를 곧바로 불러 모아
우두머리[85] 밑에 하나로 통합했다.
거룩한 하느님이 메시아의 길을 미리 준비하시고,
뿌리 뽑혔던 산들은 그의 명령에 따라
제자리로 돌아갔다. 산들은 그의 목소리 듣고
순순히 돌아갔고, 하늘은 평소의 얼굴 되찾았으며,
산과 골짜기는 새로운 꽃들로 미소 지었다.[86]

---

81) "그가 한번 노하시니 땅은 뒤흔들리고 산뿌리들도 뒤틀리며 흔들렸다. 코로는 연기를 내뿜으시고 입으로는 불을 토하시며 숯불처럼 모든 것을 살라버리셨다"(《시편》 18 : 7~8).

82) 원문은 "ten thousand thousand saints"로, 천 명의 만 배인 성도(천사)를 거느렸다는 말이다. 즉 기본은 10이라는 신성한 숫자이다. "나는 또 그 옥좌를 둘러선 많은 천사들과 생물들과 원로들을 보았고 그들의 음성도 들었습니다. 그들의 수효는 수천수만이었습니다"(《요한계시록》 5 : 11).

83) "거룹을 타고 날으시고 바람 날개를 타고 내리덮치셨다"(《사무엘하》 22 : 11).

84) "그때에 사람들은 사람의 아들이 하늘에서 구름을 타고 권능을 떨치며 영광에 싸여 오는 것을 보게 될 것이다"(《마태복음》 24 : 30).

85) "그리스도는 또한 당신의 몸인 교회의 머리이십니다"(《골로새서》 1 : 18).

86) 라파엘은 혼란하던 하늘이 점차 질서를 되찾는 모습을 풍경 묘사로 설명했다. "한 소리 있어 외친다. '야훼께서 오신다. 사막에 길을 내어라. 우리의 하느님께서 오신다. 벌판에 큰 길을 훤히

불행한 적군도 그 광경 보았으나, 완강하게
일어서서, 어리석게도 절망에서 희망을 품고,
반역의 싸움 위해 군사를 재정비하였다.
아, 하늘의 영들에게 이러한 사악함이 깃들 수 있다니![87]
하지만 무슨 징표로 거만한 자를 깨우치고
무슨 기적으로 완고한 자를 뉘우치게 하랴?[88]
그들을 악에서 구출하는 모습을 보고 도리어 더욱 완강해지고[89]
그의 영광을 보고 시기하여 증오하고, 그와 같은
지위에 오르고자 야심을 불태우며,
폭력이나 기만으로 승리하여 마침내 하느님과
메시아를 이기거나, 아니면 전군이 모조리
파멸할 각오로, 전열을 다시
갖추고 일어섰도다. 이윽고 그들은 도주와
심약한 후퇴를 경멸하며 최후의 전투에 임했다.
그때 하느님의 위대한 아들이
좌우에 거느린 전군을 향하여 말씀하셨다.
'찬란한 대열을 이루어 조용히 서라,[90] 너희 성도들이여
오늘은 싸움을 쉬고 여기 서 있으라, 무장한
천사들이여. 너희들 충성스럽게 싸웠고, 옳은 길
위하여 두려워하지 않았으니 하느님께서 이를
기뻐하셨다. 너희는 굴하지 않고 명령을
완수했다. 그러나 이 저주받은 무리를 벌하는 일은

닦아라. 모든 골짜기를 메우고, 산과 언덕을 깎아내려라. 절벽은 평지를 만들고, 비탈진 산골길
은 넓혀라"(〈이사야〉 40 : 3~4).
87) 이는 《아이네이스》의 "아, 하늘의 신들도 이러한 분노를 느끼는가!"를 본뜬 것이다.
88) 〈출애굽기〉에서 하느님이 온갖 징표와 기적을 보였음에도 바로의 마음이 점점 더 완고해졌다.
89) 시인은 《그리스도교 교의론》에서, "죄인의 마음을 완고하게 하기는커녕 부드럽게 누그러뜨리기
위한 올바르고 친절한 여러 방법"을 하느님이 제시하지만, 그로써 그들의 마음은 점점 더 단단
해진다고 했다. 사탄 무리는 성자의 모습을 보고 더욱 완강해진다.
90) "모세가 백성들에게 소리쳤다. '두려워하지 마라. 움직이지 말고 오늘 야훼께서 너희를 어떻게
구원하시는가 보아라'"(〈출애굽기〉 14 : 13).

너희들의 역할이 아니니, 복수는 그분과[91]
그분이 정하신 자의 몫이니라. 오늘의 일에는
수가 문제되지 않으니 대군은 필요 없다.
너희들은 그저, 내가 믿음 없는 무리에게
하느님의 노여움 퍼붓는 것을 가만히 서서 보아라.
저들은 너희가 아닌 나를 경멸하고 시기한다.
저들의 분노는 모두 나를 향한 것이니,
지고한 하늘에서 왕권과 힘과 영광[92]을 지니신
성부께서 성스러운 뜻으로써 내게 높은
영광을 주셨기 때문이니라. 하여 하느님께서 내게
저들을 벌하도록 맡기신 것은, 저들이 원하는 대로
누가 강한가, 즉 저들 전체인가 아니면
오로지 홀로 상대하는 나인가를 싸움에서
가리도록 하신 것이니라. 저들은 힘으로만
모든 것을 평가할 뿐, 다른 미덕은 거들떠보지 않고,
저희보다 뛰어난 자가 있어도 개의치 않으니
나도 저들과 힘이 아닌 다른 경쟁은 허용치 않으리라.'
성자는 이렇게 말하고 너무나 엄숙하여
바라볼 수 없을 만큼 무서운 표정으로
바뀌더니 분노에 가득 차 적에게로 향한다.
네 천사는 곧바로 별 같은 눈 달린 날개를 펼치고
아래에 무시무시한 그늘[93] 드리우며 성자의 전차
바퀴를 굴리니, 그 소리 마치 밀어닥치는 홍수나
무수한 대군이 돌진하는 함성과도 같았다.[94]

---

91) "친애하는 여러분, 여러분 자신이 복수할 생각을 하지 말고 하느님의 진노에 맡기십시오. 성서
   에도 '원수 갚는 것은 내가 할 일이니 내가 갚아주겠다' 하신 주님의 말씀이 있습니다."(〈로마서〉
   12 : 19). 또한 〈신명기〉(32 : 35), 〈시편〉(94 : 1), 〈히브리서〉(10 : 30) 참조.
92) "우리를 유혹에 빠지지 않게 하시고 악에서 구하소서. 나라와 권세와 영광이 영원토록 아버지
   의 것입니다"(〈주기도문〉).
93) "날개를 서로서로 맞대고 가는데"(〈에스겔〉 1 : 9).

성자는 불경한 적을 향하여 밤처럼 어둡게[95] 곧장

돌진하니, 불타오르는 전차 바퀴 밑에서

하느님의 보좌 말고는, 부동의 정화천

전체가 흔들렸다.[96] 곧장 그는 오른손에

일만 우레를 움켜쥐고[97] 그들을 향해

던지니, 마치 그들의 영혼 속에

괴질을 퍼붓듯 하다. 그들은 얼이 빠져

맞설 힘과 용기를 잃고, 쓸모없어진

무기를 떨어뜨렸다. 성자는 그 방패와 투구,

쓰러져 나뒹구는 고위천사와 힘센

스랍천사들의 투구 쓴 머리를 짓밟았다.

그들은 차라리 산들이 다시 저희들에게 던져져서

성자의 분노를 피하는 그늘이 되기를 바랐다.[98]

눈이 독특한 네 얼굴을 가진 네 천사[99]로부터,

또한 마찬가지로 수많은 눈이 새겨진

살아 있는 전차 바퀴에서도 성자의 분노의 화살이

그들의 전후좌우에 폭풍처럼 쏟아졌다.

어떤 한 힘이 이러한 눈들을 다스리며, 눈들은

번개처럼 번득이며 저주받은 자들 가운데로

독기 어린 화염을 뿜어내, 그들 세력

---

94) "그 날개 치는 소리가 큰 물소리 같았고 전능하신 분의 음성 같았으며 싸움터에서 나는 고함 소리처럼 요란하였다"(〈에스겔〉 1 : 24).

95) 《일리아스》에 헥토르를 "밤과 같은 얼굴로"라고 묘사한 대목이 있다.

96) "'내가 하늘을 흔들면 땅이 진동하여 제자리에서 밀려나리라.' 그날은 만군의 야훼께서 노여우 시어 당신의 분노를 터뜨리시는 날"(〈이사야〉 13 : 13).

97) "지극히 높으신 분, 야훼께서 천둥소리로 하늘에서 고함치셨다. 번개가 번쩍번쩍, 화살을 마구 쏘아대시어 원수들을 흩어 쫓으셨다"(〈시편〉 18 : 13~14).

98) 최후의 심판 때 악한 무리는 "산과 바위를 향하여 '우리 위에 무너져 내려서 옥좌에 앉으신 분 의 눈을 피할 수 있도록 우리를 숨겨다오. 그리고 어린 양의 진노를 면하게 해다오'"(〈요한계시 록〉 6 : 16)라고 외쳤다고 한다. 또한 〈호세아〉(10 : 8), 〈누가복음〉(23 : 30) 참조.

99) "거룩마다 얼굴이 넷이고 날개가 넷인데, 그 날개 밑에는 사람의 손 같은 것이 보였다"(〈에스겔〉 10 : 21).

시들고 평소 기력 고갈하여 기진맥진,

생기 없이 고통 속에 몸부림치며 쓰러졌다.

성자의 의도는 그들을 멸망시키는 것이 아니라

하늘에서 그들을 추방하는 것이었으므로,

힘을 반도 내지 않고 우레를 던지던 손을 멈추었다.

성자는 쓰러진 자들을 일으켜, 산양[100] 같은

겁에 질린 짐승 떼처럼 한데 모아, 얼빠진 그들을

공포와 분노로써 하늘의 경계인

수정 성벽까지 몰아갔다.

갑자기 성벽이 넓게 열리면서 안쪽으로 돌더니,

거대한 틈 아래에서 황량한 심연이 입을 벌리고 있다.

기괴한 광경을 보고 그들은 기절할 듯이 놀라

뒤로 주춤했지만, 뒤에서는 훨씬 더 무서운

추격자가 달려드는지라 하늘가에서

거꾸로 몸을 던졌다. 영원한 분노가

바닥없는 심연까지 그들을 쫓으며 불탔느니라.[101]

지옥은 귀청이 떨어질 듯한 소음을 듣고

하늘에서 떨어지는 하늘을 보고 무서워

달아나려 했지만, 엄격한 운명은 그 어두운 기반을

너무 깊이 박아놓고, 너무 단단히 묶어놓았다.

아흐레 동안 그들이 떨어지니, 놀란 '혼돈'[102]은

포효했고, 그 거친 무질서 속을 찢으며 추락하는

---

100) 조금 전까지 위풍당당하던 반역천사들은 이제 산양 떼 정도로 몰락한다. 이러한 대조 효과
와 더불어, "사람의 아들이 영광을 떨치며 모든 천사들을 거느리고 와서 영광스러운 왕좌에
앉게 되면 모든 민족들을 앞에 불러놓고 마치 목자가 양과 염소를 갈라놓듯이 그들을 갈라
양은 오른편에, 염소는 왼편에 자리 잡게 할 것이다"〈마태복음〉 25 : 31~33)라고 성서에서 말
한 "저주받은 자들"(25 : 41)을 암시한다.

101) 제1편에 묘사된 모습의 배경을 자세히 설명하고 있다.

102) '혼돈'은 사탄에게 이때의 상황을, "파멸에 파멸을, 패주에 패주를, 혼란에 혼란을 더하면서 달
아날 때"(제2편)라고 말했다. 그러나 추격대가 "수백만 군대"라고 말한 점이 라파엘의 이야기와
다르다.

그들을 보고 열 배의 혼란을 느꼈다.

타락천사의 추락은 혼돈을 압도했고,

지옥은 마침내 입을 벌려[103] 그들 전부를 집어삼키고는

곧바로 입을 닫아버렸다. 지옥이야말로 그들에게 알맞은

거주지, 꺼지지 않는 불에 둘러싸인[104] 슬픔과 고통의

집[105]이다. 반역자 사라지자 하늘은 기뻐했고,

파괴된 성벽도 본디대로 돌아왔다.

혼자 힘으로 적을 추방한 메시아는

창을 거두고 개선 전차를 돌렸다.

그 전능한 위업을 숨죽이고 지켜보던

천사들은 일제히 환호성을 올리며

달려 나가 그를 맞이했다. 찬란한 천사들은

커다란 종려나무[106] 가지 들고 달려 나가

개선의 노래 부르며,[107] 이기고 돌아온

승리의 왕, 성자, 계승자, 우리의 주로서 주권을

물려받았으며 통치하시기에 꼭 알맞은 분이라고

찬미했노라. 성자는 환호받으며 하늘 한가운데로 당당히

수레를 몰아, 높은 보좌에 계시는 위대한 아버지의

---

103) "땅이 목구멍을 열고 입을 찢어지게 벌릴 것이니 귀족과 서민이 함께 떠들고 날뛰다가 빠져 들어가리라"(《이사야》 5 : 14).

104) "두 손을 가지고 꺼지지 않는 지옥의 불 속에 들어가는 것보다는 불구의 몸이 되더라도 영원한 생명에 들어가는 편이 나을 것이다"(《마가복음》 9 : 43).

105) 타소의 《해방된 예루살렘》에 이와 같은 표현이 있으며, 지옥의 뜻으로 쓰였다. 사탄도 지옥을 "고통의 집"(제2편)이라고 부른다.

106) "그 뒤에 나는 아무도 그 수효를 셀 수 없을 만큼 많은 사람이 모인 군중을 보았습니다. 그들은 모든 나라와 민족과 백성과 언어에서 나온 자들로서 흰 두루마기를 입고 손에 종려나무 가지를 들고서 옥좌와 어린 양 앞에 서 있었습니다. 그리고 그들은 큰 소리로 '구원을 주시는 분은 옥좌에 앉아 계신 우리 하느님과 어린 양이십니다' 하고 외쳤습니다"(《요한계시록》 7 : 9~10). 종려나무는 승리를 상징한다.

107) "나는…… 보았고 그들의 음성도 들었습니다. 그들의 수효는 수천수만이었습니다. 그들은 큰 소리로 '죽임을 당하신 어린 양은 권능과 부귀와 지혜와 힘과 영예와 영광과 찬양을 받으실 자격이 있으십니다' 하고 외치고 있었습니다"(《요한계시록》 5 : 11~12).

궁전으로 돌아갔노라. 영광에 싸여 영접받으며
그는 오른편[108] 축복의 자리에 앉는다.
이렇게 그대 요청대로 천상의 일을 지상의
일에 비유하며, 본다라면 인간에게 숨길 일들이나,
지나간 일로써 앞날을 경계하도록
그대에게 보여주었다. 천사들 사이에서 일어난
불화와 하늘의 싸움,[109] 지나치게 큰 야심을
품은 사탄과 그 반역 무리의
지옥 추락 등을 이야기했다. 사탄은
지금도 그대의 행복을 시기하여, 어떻게든
그대를 유혹하여 더는 순종하지 못하도록
음모를 꾸미고 있다. 그대도
행복을 빼앗기고 영원한 재앙이라는
형벌을 함께 받게 하고자 함이다.
그가 그대를 자신의 재난에 끌어들인다면
그야말로 지존자를 모욕하는 일이니,
그보다 큰 위로와 유쾌한 복수는 없으리라.
결코 그의 유혹에 귀 기울이지 말고 너의
연약한 짝[110]에게도 경고하라. 끔찍한 실례를 통해
불순종의 대가가 무엇인지 들었으니 헛되이
하지 말라. 그들은 확고히 설 수 있었지만 마침내
타락했도다. 기억에 새겨 죄짓는 것을 두려워하라."

---

108) "그 아들은 하느님의 영광을 드러내는 찬란한 빛이시요, 하느님의 본질을 그대로 간직하신 분
이시며, 그의 능력의 말씀으로 만물을 보존하시는 분이십니다. 그분은 인간의 죄를 깨끗하게
씻어주셨고 지극히 높은 곳에 계신 전능하신 분의 오른편에 앉아 계십니다"(《히브리서》 1 : 3).

109) 선한 천사와 악한 천사 사이의 싸움으로, 성자가 나서자 사탄 무리는 허무하게 패망한다. "지
나치게 큰 야심을 품은" 사탄과 그 무리의 죄와 벌은, 나중에 하늘이 아니라 땅 위에서, 아담
과 하와의 죄와 벌로 다시 구현된다.

110) "남편 된 사람들도 이와 같이 자기 아내가 자기보다 연약한 여성이라는 것을 잘 이해하고 함
께 살아가며 생명의 은총을 함께 상속받을 사람으로 여기고 존경하십시오. 그래야 여러분의
기도 생활이 끊어지지 않을 것입니다"(《베드로전서》 3 : 7).

제7편

줄거리

라파엘은 아담의 물음에 답하며, 이 세계가 처음에 어떻게, 왜 창조되었는지를 이야기한다. 하느님은 사탄과 그 부하 천사들을 하늘에서 추방한 뒤 다른 한 세계를 창조하여 그곳에 다른 생물을 살게 하리라는 뜻을 선언하시고, 영광과 천사들이 따르는 성자를 보내어 엿새 동안에 천지창조를 완수하라 하셨으며, 그 과업을 완수하고 성자가 하늘로 돌아오자 천사들이 찬미하며 축하했다고 설명한다.

하늘에서 내려오라, 우라니아[1]여, 만일 그대
그 이름으로 불릴 만하다면! 거룩한 그대 목소리 따라
날개 달린 페가수스[2]보다 더 높이
올림포스산[3] 넘어 날아가리라.
내가 부른 것은 이름이 아니라 그 뜻이니,
그대는 아홉 뮤즈에 속하지도 않고
옛 올림포스의 산꼭대기에서 살지도 않았고,
산이 나타나고 샘물이 흐르기도 전에 하늘에서 태어나

---

1) 제1편에서는 "하늘의 뮤즈"라고 불렸지만 지금은 분명하게 우라니아라는 이름으로 부르고 있다. 우라니아는 그리스신화에 나오는 인간의 지적 활동과 천문학을 관장하는 여신이다. 천지창조를 설명하면서 우라니아의 도움을 바라는 것은 전혀 이상하지 않지만, 시인은 신앙의 영감과 함께 시적 영감을 주며 시인을 신의 창조 과업에 참여시키는 독특한 존재(아마도 신의 창조적 의지 또는 로고스)로서 우라니아에게 호소한다.
2) 날개 달린 천마(天馬)로, 그리스신화에서는 다양한 활약을 하며, 시적 영감의 상징이다.
3) 제1편의 "아오니아산(헬리콘산)"과 마찬가지로 그리스의 뮤즈가 찾는 곳이다.

그대의 자매인 지혜,[4] 영원한 지혜와 함께 살며

그대의 아름다운 노래 즐기시는

전능한 아버지 앞에서 함께 노닐었다.

나는 이제껏 그대의 인도받아

하늘의 하늘에 지상의 손님으로

올라가, 그대가 길들인 정화천의 공기

마셨다. 부디 내려갈 때도 안전하게

이끌어주시어 내 본디 세계인 지상으로 돌아갈 수 있도록,

(예전에 벨레로폰[5]이 이보다 낮은 곳에서

그랬듯이) 고삐 풀린 천마에서 굴러

알레이온 들판에 떨어져 그곳에서

방황하다 쓸쓸히 떠도는 일이 없도록 해주시라.

노래는 아직 반이나 남았고, 그것은 눈에 보이는

날마다 별이 운행하는 좁은 세계에 관한 것이다.

지금부터는 아찔한 우주의 극(極) 위가 아니라 이 지상에

서서, 보다 편안히 사람의 목소리로 노래하리라.

악운의 날[6] 만나도 목쉬지 않고 그치지 않으리.

비록 악운의 날과 사나운 혀를 만나더라도,

어둠 속에서 위험과 고독에 시달린다 해도.

그러나 밤마다 그대가 내 잠 속으로, 또는 아침 해가

동녘을 붉게 물들일 때 나를 찾아오니

---

4) "땅이 생기기 전, 그 옛날에 나는 이미 모습을 갖추었다. ……그가 하늘을 펼치고 깊은 바다 둘레에 테를 두르실 때에 내가 거기 있었다. ……땅의 터전을 잡으실 때, 나는 붙어 다니며 조수 노릇을 했다. 언제나 그의 앞에서 뛰놀며 날마다 그를 기쁘게 해드렸다. 나는 사람들과 같이 있는 것이 즐거워 그가 만드신 땅 위에서 뛰놀았다"(《잠언》 8 : 23~31).

5) 그리스신화에 나오는 코린토스 용사로, 페가수스를 타고 하늘로 오르려다 신들의 노여움을 사 알레이온('방황'이라는 뜻) 들판에 떨어져 장님이 되고 미쳐서 죽었다고 한다(《일리아스》). 알레이온 들판은 소아시아 지방 리카아에 있었다. 시인은 벨레로폰 못지않은 자신의 대담한 행동에 어떤 불안을 느끼는 듯하다.

6) 왕정복고 뒤 밀턴을 찾아온 암담한 상황을 가리킨다. 그는 실명하여 암흑 속에서 살았으며, 또한 시대의 암흑에도 신음했다.

나는 외롭지 않다. 우라니아여, 언제나

내 노래를 인도하여 수는 적더라도

적합한 청중[7]을 찾아내주시라. 부디 바쿠스와

그 주객들, 로도페에서 트라키아의 시인을

찢어 죽인 그 거친 폭도들의 야만스런 소음을 몰아내주시라.

그때 로도페의 숲과 바위는 넋을 잃고 그의 노래를

들었지만, 야만스런 소음에 하프 소리도 목소리도

묻히고 뮤즈조차 자신의 아들을 지키지

못했다.[8] 그대여, 간청하는 자를 실망시키지

마시라, 그대는 허구가 아닌 천신(天神)이니.[9]

말해다오, 우라니아여, 다정한 대천사 라파엘이

하늘에서 배신자들이 어떻게 되었는지

그 참혹한 실례를 들며 배신하지 말라고

아담에게 충고한 뒤, 어떤 일이 있었는지를.

라파엘은, 금단(禁斷)의 나무에 손대지 말라고

명령받은 아담과 그 자손이 식욕 채울 맛있는 음식

얼마든지 있으니 하느님의 유일한 명령 따르기란

참으로 쉬우니, 비록 변화를 좋아한다 하더라도,

하느님의 뜻 거스르고 금기를 어기면 하늘에서

일어난 일과 똑같은 일이 낙원에서도 일어나리라

경고했다. 아담은 배우자 하와와 함께

---

7) 밀턴은 《우상파괴자》 서문에, "숫자나 유명한 이름에는 눈길도 주지 않고, 오직 진리나 지혜 같은 가치 또는 진실한 미덕을 갖춘 소수의 독자"를 대상으로 한다고 썼다.

8) 오비디우스의 《변신이야기》에, 주신 디오니소스(바쿠스)를 추종하는 여인들이 트라키아 지방의 로도페산에서, 뮤즈 칼리오페의 아들이자 하프와 노래의 명수 오르페우스를 갈기갈기 찢어 죽인 이야기가 있다. 밀턴은 시인의 전형인 오르페우스에 비유하며 자신의 불안한 상황을 암시하고 있다.

9) 제1, 3, 9편 모두에 나오는 호소와 마찬가지로, 시인은 님프에게 기도하며 도움을 구하고 있다. 호메로스 등은 서사시에서 새로운 국면을 펼치기 전에 뮤즈에게 시적 영감을 구하며 기도하는데, 밀턴도 그 형식을 따르고 있다. 《실낙원》은 이제 천계에서 하계인 우주와 지구로, 즉 천지창조라는 새로운 국면을 맞이했다.

주의 깊게 이야기 듣고, 그렇게도 높고
기이한 일들―하늘의 증오, 평화스럽고
복된 하느님의 성좌 가까이서 일어난
소란한 전쟁, 그러나 곧바로 쫓겨난 자들에게
홍수처럼 되돌아간
축복과는 섞일 수 없는 악에 대하여,
그들 생각으로는 도저히 떠올리기조차 어려운
이야기를 듣고 놀라며 깊은 명상에
잠긴다. 이 이야기를 듣고 아담의
마음속에 일었던 의심은 이내 사라진다.
그러자 이제는 가까운 주변에 관한 일들,
눈에 보이는 이 하늘과 땅이 처음
어떻게 창조되었으며, 언제 무엇으로 만들어지고
그 이유는 무엇인지, 자신에게 기억이 생기기 전에
에덴 안팎에서 어떤 일이 일어났는지
알고픈 순수한 욕망에 이끌려, 마치
갈증이 채 가시기 전에 흐르는 물을 보고
그 경쾌한 물소리에 그만 새로이 갈증[10]을 느끼는
사람처럼 나아가 하늘의 귀빈에게 묻는다.
"거룩한 해설자여,[11] 그대는 이 세상과는 전혀 다르고,
우리들 귀를 놀라움으로 가득 채우는
굉장한 이야기들을 들려주셨나이다. 그대는 은혜로써
정화천에서 파견되어, 사람의 지혜가
미치지 못하기에 알아두지 않으면 손해를 볼

---

10) 단테는 베르길리우스에게 한 차례 이야기를 들은 뒤 더 많은 이야기를 듣고 싶어 하며 "지식의
새로운 갈증에 시달렸다"(《신곡》〈연옥편〉)고 한다. "암사슴이 시냇물을 찾듯이, 하느님, 이 몸은
애타게 당신을 찾습니다. 하느님, 생명을 주시는 나의 하느님, 당신이 그리워 목이 탑니다. 언제
나 임 계신 데 이르러 당신의 얼굴을 뵈오리이까?"(《시편》 42 : 1~2).
11) 《아이네이스》에서 메르쿠리우스가 '거룩한 해설자'라고 불렸다.

일을 늦기 전에 미리 경고해 주셨으니,
우리는 무한히 선하신 하느님께 무궁한 감사를
드리나이다. 또한 우리는 그의 훈계를
엄숙한 마음으로 받아들여, 우리가 살아가고
존재하는 궁극 목적[12]인 지존의 뜻을 평생
지키겠나이다. 그대는 친절하게도
우리의 교훈을 위하여 지상에서는 상상조차
못할 일들, 그러나 드높은 지혜로 보시기에
우리가 알아야 할 일들을 말씀해 주셨으니,
원컨대 좀 더 낮게 내려오시어 우리가 알면
유익할 일들을 말씀해 주소서.
수없이 반짝이는 유성으로 장식된 저 높고도
먼 하늘은 처음에 어떻게
창조되었으며, 넓게 퍼져 이 아름다운 대지를
에워싸고 도는 공간을 제공하고 또 채워주는
주위의 공기는 또한 어떻게 이루어졌나이까.
그리고 영원토록 거룩한 안식처에 있던 창조주께서
어떤 이유로 지금에 와서 혼돈 한가운데에서
창조를 시작하셨으며, 창조의 과업이 어떻게
이토록 빨리 끝났는지, 영원한 나라의 비밀을
탐색하고자 함이 아니라 사실을 알고 더욱
성업[13]을 찬양하고자 묻는 것이오니, 그대여,
금기가 아니라면 말씀해 주소서.
위대한 한낮의 햇빛 기울기 시작했으나 아직

---

12) "하느님 두려운 줄 알아 그의 분부를 지키라는 말 한마디만 결론으로 하고 싶다. 이것이 인생
의 모든 것이다"(《전도서》 12 : 13), "주님이신 우리 하느님 하느님은 영광과 영예와 권능을 누리실
만한 분이십니다. 주님께서는 모든 것을 창조하셨고 만물이 주님의 뜻에 의해서 생겨났고 또
존재합니다"(《요한계시록》 4 : 11).
13) "모두들 그를 찬양하는데 당신도 명심하여 그의 업적을 칭송하시오"(《욥기》 36 : 24). 아담은 천
지창조에 대해 묻는 이유를 이렇게 설명한다.

먼 길을 달려야 하니, 그대의 힘 있는 목소리에
중천에서 발 멈추고,[14] 자신의 탄생과
보이지 않는 심연에서 자연이
생성된 경위를 듣고자
태양은 조금 더 머무를 것입니다.
초저녁 별과 달이 그대 이야기 듣고자
급히 달려오면, 밤은 침묵을 데려오고 잠도
눈을 뜨고 그대에게 귀 기울일 것입니다.
아니면 그대 노래 끝날 때까지 잠을 오지 못하게 막고
아침 밝기 전에 그대를 보내드릴 수도 있나이다."
아담이 하늘에서 온 빛나는 손님에게 애원하자
거룩한 천사도 부드럽게 대답한다.
"그대의 조심스러운 청 들어주리라.
전능하신 분의 업적을 대천사의
어떤 말과 혀로 설명하고,
사람의 어떠한 마음으로 이해하랴만,
그대가 이해할 만하고, 조물주를
찬양하는 데 도움이 되며 그대를
행복하게 해줄 수 있다면, 듣고자 하는
그대 마음 억누를 필요는 없으리라. 나는
그대의 알고자 하는 욕망을 어느 만큼 채워주라는
소임을 위로부터 받았느니라. 하나 그 이상
묻는 것은 삼가고, 오직 전능하신
눈에 보이지 않는 왕[15]께서 하늘과 땅의 누구에게도[16]

---

14) "원수들에게 복수하기를 마칠 때까지 해가 머물렀고 달이 멈추어 섰다"(《여호수아》 10 : 13).
15) "영원한 왕이시며 오직 한 분뿐이시고 눈으로 볼 수 없는 불멸의 하느님"(《디모데전서》 1 : 17).
16) 예수는 메시아의 출현에 대해 "그날과 그 시간은 아무도 모른다. 하늘의 천사들도 모르고 아들도 모르고 오직 아버지만이 아신다"(《마태복음》 24 : 36)라고 말했다. 시인이 이 《마태복음》을 의식하고 있었다면, 단순히 천문학에 대한 것뿐 아니라 더욱 심오한 신앙의 오의(奧義)에 대해서도 지식에 한계를 두어야 한다고 라파엘을 통해 아담에게 요구하고 있는 셈이다.

전하지 않고자 밤 속에 숨겨두신 것을

헛된 상상으로 바라지 말지어다. 그 밖에도

탐구하고 알아야 할 일들이 얼마든지 있으리라. 지식은 음식과 같으니,[17] 마음이

소화할 수 있는 것만 적당히 섭취하도록 욕망을

절제해야 하느니라. 그러지 않으면 과식하여

고통받게 되고 급기야 자양분을 가스로 헛되이

배출하듯 지혜를 어리석음으로 바꾸게 되리라.

그러니 명심하라. 루시퍼[18]가(이것이 별 가운데 별인

저 샛별, 한때는 천사 무리 가운데 가장

찬란했던 그의 이름이노라) 하늘에서 쫓겨나,

불길 뿜으며 타오르는 그의 부하들과 함께

혼돈의 세계를 지나 제 갈 곳[19]으로 떨어지고, 성자가

성도들을 거느리고 개선하여 돌아오자, 전능하신

영원의 아버지께서는 그의 보좌에서 돌아온 그들을

보시고 성자에게 말씀하셨다.

'하늘의 천사가 모두 자기처럼 반역할 줄

알았던 그 질투심 많은 적은 마침내 패했다.

그는 동료들의 힘을 빌려 우리를 쫓아내고, 이 강대하고

감히 다가설 수 없는 높은 신의 자리를 빼앗고자

하였고, 결국 많은 이들을 죄에 끌어들였노라.

그들을 하늘에 다시 받아들일 수 없는 것도 그 때문이다.[20]

그러나 그보다 훨씬 많은 이들이 제 위치를

---

17) 지식욕과 식욕의 미묘한 관계에 대해서는 제5편 참조.

18) "너 새벽 여신의 아들 샛별아, 네가 하늘에서 떨어지다니!"(《이사야》 14 : 12). 사탄이 루시퍼(샛별)라는 이름을 잃고 사탄이라 불리게 된 것은 제1편, 제5편 참조. 다른 천사들과 사탄의 관계를, 라파엘은 제5편에서 "별들을 이끄는 샛별"이라고 했다.

19) "유다는 사도직을 버리고 제 갈 곳으로 갔습니다"(《사도행전》 1 : 25).

20) "구름이 사라져 없어지듯 지하로 내려가는 자, 어찌 다시 올라오겠습니까? 자기 집에 다시 돌아올 수도 없고 그가 살던 곳 역시 그를 알아보지 못할 것입니다"(《욥기》 7 : 9~10).

지키고 있음을 아노라. 하늘이 아무리 넓어도
이 나라를 지키며 봉사와 엄숙한
의식을 드리고자 이 높은 궁전을 끊임없이
찾아오는 자들이 얼마든지 있다.
그러나 그가 이 하늘의 백성을 전멸시키고
나에게 타격을 가하여, 어리석게도 내게
손해를 입혔다고 으스대니, 자멸한 자를 잃는 것도
손실이라면, 나는 이 손실을 채울 수도 있다.[21]
당장이라도 다른 세계를 만들어
한 인간으로부터 무수한 인류를 창조하여
이 하늘 아닌 그 세계에 살게 하리라.
인류가 오랫동안 순종의 시련 치르고
공적에 의하여 점차 높아져 마침내 스스로
여기까지 올라오는 길을 열게 되면, 땅은
하늘이 되고 하늘은 땅이 되어 무한한
기쁨과 화합으로 가득한 한 왕국이 이룩되리라.
그때까지 너희 하늘의 천사는 편안히 쉬어라.
너, 나의 말,[22] 나의 아들아, 내 너를 통해
이 일을 실행하리니 말하여[23] 이루라.

---

21) 라파엘의 말만으로는, 반역천사들에 의한 '손실'을 '보충'하기 위해 하느님이 천지와 인간을 창조했는지, 아니면 '보충'할 수도 있지만 그와는 별개로 창조 작업을 진행했는지 분명하지 않다. 밀턴은 《그리스도교 교의론》에서, "창조론을 어떻게 생각하는지는 믿음의 문제다"라고 하면서 "우리는 믿음이 있으므로 이 세상이 하느님의 말씀으로 창조되었다는 것, 곧 우리의 눈에 보이는 것이 보이지 않는 것에서 나왔다는 것을 압니다"(《히브리서》 11 : 3)라는 구절을 인용했다.

22) "한처음, 천지가 창조되기 전부터 말씀이 계셨다. 말씀은 하느님과 함께 계셨고 하느님과 똑같은 분이셨다. 말씀은 한처음 천지가 창조되기 전부터 하느님과 함께 계셨다. 모든 것은 말씀을 통하여 생겨났고 이 말씀 없이 생겨난 것은 하나도 없다"(《요한복음》 1 : 1~3), "그리스도께서는 보이지 않는 하느님의 형상이시며 만물에 앞서 태어나신 분이십니다. ……만물은 그분을 통해서 그리고 그분을 위해서 창조되었습니다"(《골로새서》 1 : 15~16). 밀턴의 정의에 따르면, "창조란, 그 능력과 선의 영광을 나타내고자 실제로 존재하는 모든 것을 그 말과 성령으로, 즉 그 뜻으로 아버지 하느님이 만드신 것을 말한다"(《그리스도교 교의론》).

23) 〈창세기〉에는 하느님이 '말'하면 곧바로 생겨났다고 적혀 있다. "하느님께서 '빛이 생겨라!' 하시

만물을 덮는 영[24]과 힘을 너에게 주어 보내리니.
지금 곧 전차를 타고 나가 심연에 명하여
정해진 경계 안에 하늘과 땅을 있게 하여라.
무한을 채우는 자는 나이니 심연에도 한계 없다.
아무 제한 받지 않는 내가 비록 스스로 물러나[25] 선을
나타내지는 않는다 해도 (선을 나타낼지 말지는
내 자유이나) 공간은 공허하지 않다.
필연과 우연은 내게 접근하지 못하며[26]
내가 뜻하는 바가 곧 운명이다.'
전능자께서 말씀하시니 그 말씀하신 바를
전능자의 말씀인 성자께서 실천에 옮겼다.
하느님의 행위는 신속하여 시간이나 움직임보다도
더 빠르지만, 지상의 인간이 받아들일 수
있도록 순서 있게 이야기하지 않으면
인간의 귀에는 전해지지 못하리라.
전능자의 뜻을 선언하는 목소리를 듣고
하늘에는 성대한 축하와 환희[27]가 있었다.
천사들은 지존자에게는 영광, 미래의 인류에게는
축복, 그들의 거주지에는 평화 있기를 노래했다.

자 빛이 생겨났다"(1 : 3).
24) "성령이 너에게 내려오시고 지극히 높으신 분의 힘이 감싸주실 것이다"(〈누가복음〉 1 : 35).
25) 무한하고 형태 없는 심연의 세계에서 '물러나' 어느 일정한 공간(우주)에 형태와 선을 부여하고 자 한다고 하느님은 말한다. '물러난다'라는 말에는 적극적인 의지가 나타나지 않는다. 하느님은 창조 의지를 자유로이 한정했지만, 그로써 창조된 우주를 둘러싼 심연에 대한 지배권을 포기한다고 말하지는 않았다.
26) 하느님의 창조행위는 모두 하느님의 자유의지로 이루어진 것인 바, 어떤 필연(사탄의 반역 같은)이나, 우연으로 말미암은 것이 아니다.
27) "이때에 갑자기 수많은 하늘의 군대가 나타나 그 천사와 함께 하느님을 찬양하였다. '하늘 높은 곳에는 하느님께 영광, 땅에서는 그가 사랑하시는 사람들에게 평화!'"(〈누가복음〉 2 : 13~14), "그때 새벽별들이 떨쳐 나와 노래를 부르고 모든 하늘의 천사들이 나와서 합창을 불렀는데"(〈욥기〉 38 : 7).

올바른 보복의 분노로 믿음 없는 역도들을 그의
눈앞과 의로운 자의 집에서 쫓아낸
그에게 영광 있기를, 그 지혜로 악에서
선을 만들고, 악령을 대신하여
그들의 빈자리를 보다 나은 종족으로 채워
그의 선을 온 우주에 영원히 펼치고자 하시는
그에게 영광과 찬미를 바쳐 노래했다.
모든 천사들이 노래했고, 그러는 동안에도
성자는 허리에[28] 전능한 힘으로 무장하고
머리에는 신성한 위엄과 무한한 지혜와
사랑의 빛으로 꾸미고
대원정의 길에 오르니, 하늘 아버지의
모든 빛이 성자에게서 빛난다.
그의 전차 주변에 수없이 몰려든
거룹과 스랍, 권품천사와 좌품천사,
역품천사와 날개 달린 영들, 그리고 하느님의
무기고[29]에서 나온 수많은 날개 달린 전차는
놋쇠로 된 두 산[30] 사이에서 엄숙한 날을 위하여
하늘의 장비로 온전히 무장한 채 오랜 세월 대기하고 있던 것으로
이제 그 안의 주를 따르는 영들이
스스로 전차를 몰아 앞으로 나선다.
하늘은 황금 돌쩌귀 움직이는 아름다운
소리 내며 영원불변의 문 활짝 열고
힘 있는 말씀과 영으로써 새로운 세계를
창조하러 가는 영광의 왕을
내보낸다. 천사들은 천상의 땅에

---

28) "허리를 묶고 싸움터에 나갈 힘을 주시어"(《시편》 18 : 39).
29) "야훼께서 당신의 무기고를 여시고 바빌론을 징계코자 무기를 꺼내신다."(《예레미야》 50~25).
30) "또다시 고개를 들고 보니, 놋쇠로 된 두 산 사이에서 병거 네 대가 나오는데"(《스가랴》 6 : 1).

서서, 그 기슭에서 끝없는
심연을 바라본다. 심연은 바다처럼
어둡고 적막하고 황량하고 처참하고
사나운 바람과 하늘의 정점을 찌르고
중심과 극단을 뒤섞는 듯한 산더미 같은 거대한
파도에 밑바닥부터 흔들리고 있었느니라.[31]
'조용하라, 너 거친 파도여, 너 심연이여,
진정하라, 너희 불화를 그치라!' 창조주인 말씀이
말씀하셨다. 그대로 머물지 않고 성자는
거룩천사의 날개에 올라타고 아버지의 영광에 싸여
혼돈 속으로, 아직 생기지 않은 세계로 향했다.
혼돈은 성자의 목소리 듣고 복종하고,
모든 천사군은 창조와 그의 놀라운 위력을 보고자
찬란한 대열을 지어 그 뒤를 따랐다.
이윽고 불타는 전차들이 멈추어서고, 성자는 하느님의
영원한 창고에 있던 황금 컴퍼스[32]를
꺼내어 들고 이 우주와 모든 피조물의
한계를 정하시려 했다. 그는 컴퍼스
한쪽 다리를 중심에 놓고, 다른 쪽을 암담한
혼돈의 심연 속으로 돌리면서 말씀하셨다.
'여기까지 벌려라, 너의 경계는 여기니라.
너의 정당한 경계는 여기까지로다. 세계여!'[33]

---

31) "문들아, 머리를 들어라. 오래된 문들아, 일어서라. 영광의 왕께서 드신다"(《시편》 24 : 7). 열린 하늘의 문에서 천사들이 심연(혼돈)을 내려다보는 모습은, 열린 문에서 사탄 무리가 심연을 올려다보는 모습(제2편)과 대조적이다.

32) 〈잠언〉에서 '지혜'가 "그가 하늘을 펼치시고 깊은 바다 둘레에 테를 두르실 때에 내가 거기 있었다"(8 : 27)고 말한 것을, 영역 성서에서는 "바다 둘레에 컴퍼스를 대셨다"라고 번역했다. 하느님이 천지창조를 할 때 원을 그리고자 컴퍼스를 사용했다는 상상은 많은 화가와 시인들을 자극했다.

33) "여기까지는 와도 좋지만 그 이상은 넘어오지 마라. 너의 도도한 물결은 여기에서 멈춰야 한다"(《욥기》 38 : 11).

하느님은 이처럼 하늘과 땅을 만드셨으나
물체[34]는 아직 형체도 없고 알맹이도 없이 공허했다.
깊은 암흑이 심연을 뒤덮었지만, 잔잔한 바다 위에
하느님의 영은 만물을 품은 따뜻한 날개 펴시어
유동하는 큰 덩어리에 생명의 힘과 생명의
온기를 골고루 불어넣으셨고,[35] 생명을 거스르는
검고 차고 음침한 황천의 찌꺼기는 아래로
밀어내셨다. 다음에는 비슷한 것들끼리 모아 뭉쳐
둥그런 모양을 만들고 나머지는 각기 제자리에
흩어놓고 그 사이에 공기를 불어넣어 틈을 채우니, 지구는
스스로 균형을 잡고 그 중심에 걸려 있게 되었다.[36]
'빛이 있으라!' 하느님이 말씀하시자, 곧바로
만물의 시초인 하늘의 빛, 순수한 제5원소가
혼돈 속에서 튀어나와 빛나는 구름에 싸여
그 태어난 동쪽에서 어두운 허공을
가로지르기 시작했다. 이는 해가 아직
존재하지 않고 빛이 구름 장막[37] 안에
머물고 있었기 때문이다. 하느님은 빛을 보고
좋다고 하시며, 우주를 반구(半球)로 나누어
빛과 어둠을 구별하고 빛을 낮, 어둠을 밤이라
부르셨다. 이리하여 첫째 날에 저녁과 아침이

---

34) 이 물체는 제5편에서 말한 하나의 질료(質料)를 말한다. 밀턴은 알렉산드리아의 필론처럼, 플라톤의 우주창성론에서 말하는 "형태 없는 질료"(《티마이오스》)와 〈창세기〉(1 : 2)의 내용을 절충하고 조화시켰다.

35) "땅은 아직 모양을 갖추지 않고 아무것도 생기지 않았는데, 어둠이 깊은 물 위에 뒤덮여 있었고 그 물 위에 하느님의 기운이 휘돌고 있었다"(〈창세기〉 1 : 2).

36) 밀턴은 코페르니쿠스와 갈릴레오의 지동설을 알고 있었지만, 여기서는 〈욥기〉의 "북녘에 있는 당신의 거처를 공허 위에 세우시고 땅덩어리를 허공에 달아놓으신 이"(26 : 7)에 따라 지구를 우주의 중심에 놓았다.

37) "해를 위하여 하늘에 장막을 쳐주시니"(〈시편〉 19 : 4).

생겨났다.[38] 태초에 찬란한 빛이 어둠에서
발사되는 것을 보고 하늘의 합창대는 찬미의
노래로 하늘과 땅의 탄생을 축복하지
않을 수 없었으니, 그 환호성[39]
공허한 우주의 구체(球體)에 울려 퍼졌다. 또한
황금 하프를 연주하고 하느님과 그 성업을 찬미하며
그를 창조주라 칭송했다. 이는 첫 저녁이 왔을 때,
그리고 첫 아침이 왔을 때의 일이다.
다시 하느님은 말씀하셨다. '물 가운데
창공이 있어 물과 물을 나뉘게 하리라.'
그리하여 하느님이 창공을 만드시니,
유동하는 맑고 투명한 원소와 같은
공기가, 이 거대한 구체의
가장 바깥 구면 즉 아랫물과 윗물을
가르는 견고하고 확실한 칸막이벽에
이르기까지 순환하며 확산되었다. 하느님은
이 땅과 마찬가지로, 세계를 넓고 수정 같은 대양이 되어
흐르는 잔잔한 물 위에 세우시고 혼돈의
거칠고 무질서한 소란을 멀리하여,
극단적으로 대립하는 무시무시한 힘이 전체 구조를
어지럽히는 일이 없도록 하셨다.
그는 이 창공을 하늘이라 부르셨고,[40] 저녁과

---

38) 〈창세기〉 1 : 3~5 참조. 여기서 말하는 빛은 태양 등의 빛과 다르며, 〈디모데전서〉(6 : 16)에서
    말하는 "사람이 가까이 갈 수 없는 빛"과 같은 빛이다. 옛날 이스라엘에서는 저녁부터 이튿날
    저녁까지를 하루로 보았다.
39) "그때 새벽별들이 떨쳐 나와 노래를 부르고 모든 하늘의 천사들이 나와서 합창을 불렀는데"
    (〈욥기〉 38 : 7).
40) "하느님께서 '물 한가운데 창공이 생겨 물과 물 사이가 갈라져라!' 하시자 그대로 되었다. 하느
    님께서는 이렇게 창공을 만들어 창공 아래 있는 물과 창공 위에 있는 물을 갈라놓으셨다. 하
    느님께서 그 창공을 하늘이라 부르셨다"(〈창세기〉 1 : 6~8).

아침의 합창대는 둘째 날을 축복하며 노래했다.
땅은 만들어졌으나, 미숙한 태아처럼
물로 가득한 태내에 감싸여 아직
나타나지 않았다. 온 땅을 흐르는
대양은 무위(無爲)하지 않고, 결실을 재촉하는
따뜻한 액체로 땅 전체를 부드럽게 감싸며
생성에 필요한 습기로 위대한 어머니를
자극하여 잉태케 했다. 그때
하느님이 말씀하셨다. '하늘 아래 있는
물은 한곳으로 모여 마른 땅이 나타나게 하라.'
그러자 거대한 산들이 홀연히 나타나
벌거벗은 너른 등을 구름 속까지
쳐들고, 봉우리로 하늘을 찔렀다.
산들이 높이 치솟자, 넓고 깊고 텅 빈
골짜기가 아래로 가라앉아 대양을 담을 수 있는
광막한 물의 밑바닥이 되었다. 물은 그쪽으로,
먼지 위의 동그란 물방울처럼 마른 땅을
기쁜 듯이 구르다가 한곳에 모여 물보라를 만든다.
아래로 내리 떨어지다가 어느 곳에서는 수정 벽이나
낭떠러지처럼 수직으로 튀어 오른다. 이렇듯
하느님의 위대한 명령이 거센 급류 일으켰다.
나팔 소리에 하늘의 군대가 (군대 이야기는 그대에게
이미 하였다) 기치 아래 모이듯 물도
닥치는 대로 길을 찾아 물결에 물결을 겹치며
세차게 모였다. 길이 험하면 격류가 되고
평지에서는 잔잔히 흘렀으나 바위도 산도
막지 못했다. 때로는 땅 밑으로 흐르고
때로는 넓은 지역을 뱀처럼 꾸불꾸불 돌아
길을 찾아 나아가며 연한 진흙 위에 깊은 도랑을

팠다. 그리하여 끊임없이 물줄기를 끌어오는 강들이
흐르는 둑 안쪽을 빼고는 모든 땅이 쉬이 말랐으니, 이는
하느님이 땅에 마르라, 명령 내리시기도 전이었다.
하느님은 마른 땅을 뭍, 물이 모인
큰 웅덩이를 바다라 부르셨다.[41] 하느님은
기쁘게 바라보시며 말씀하셨노라.
'땅에서 푸른 움과 낟알을 내는 풀과
씨 있는 온갖 과일 열리는
나무를 돋아나게 하라!'[42]
그 말씀이 끝나자마자 그때까지 황폐하고
벌거벗고, 볼품없으며, 모양 없던 땅에
갑자기 보드라운 풀이 돋아나고
상쾌한 푸른빛이 온 땅을 감쌌다.
뒤이어 갖가지 초목들에 순식간에
꽃이 피어 가지가지 빛깔로 물들고
고운 향기로 대지의 가슴을 즐겁게 했다.
다채로운 꽃들이 피자, 송이 많은 포도덩굴 무성히
자라고 살진 박덩굴 기어 나오며 곡식도
이삭을 치켜세우고 들판에 진을 쳤다.
그 밖에 나지막한 덤불과 구불구불 얽힌
가느다란 나무들이 나타나고, 마지막으로 위풍당당한 나무들이
춤추듯 일어서서, 과실 풍성한 가지를 펴고
꽃망울 터뜨린다. 산들은 울창한 숲으로 뒤덮이고,

---

41) "하느님께서 '하늘 아래 있는 물이 한곳으로 모여, 마른 땅이 드러나라!' 하시자 그대로 되었다.
   하느님께서는 마른 땅을 뭍이라, 물이 모인 곳을 바다라 부르셨다. 하느님께서 보시니 참 좋았
   다"(《창세기》1 : 9~10), "꾸짖으시는 일갈에 움찔 물러나고 천둥소리, 당신 목소리에 줄행랑을 칩
   니다. 물들은 산을 넘고 골짜기로 내려가 당신께서 정하신 그 자리로 흘렀습니다"(《시편》
   104 : 7~8).
42) "하느님께서 '땅에서 푸른 움이 돋아나라! 땅 위에 낟알을 내는 풀과 씨 있는 온갖 과일나무가
   돋아나라!' 하시자 그대로 되었다"(《창세기》1 : 11).

골짜기와 샘터는 풀숲으로, 시냇물은
긴 둑으로 아름답게 장식되었다. 이제 땅은
신들이 살고 즐거이 거닐며 거룩한 나무 그늘을
찾아다니기 좋은 곳, 하늘과 꼭 닮은 곳이 되었다.
하느님은 아직 땅에 비를 내리지 않으셨고
땅 갈아 농사지을 사람도 없었지만,
대지에서는 축축한 안개가 피어올라
온 땅을 적시고, 스스로 자라지 않고
하느님이 홀연히 만드신 들에 돋은 모든 수목과
푸른 줄기에 돋은 이파리를 적셨다.[43] 하느님이
보시고 기뻐하시니, 저녁과 아침은 셋째 날이 되었다.
다시 전능자께서 이르시노라. '높은 하늘에
빛이 있어 낮과 밤을 나뉘게 하라.
그 빛들은 징조를 위하여,
계절을 위하여, 날을 위하여
돌고 도는 해(年)를 위하여 있게 하라.
또한 그 빛을 있게 함은 땅을 비추도록 함이니,
그것이 창공의 맡은 바 임무로
내가 명하는 바이노라!' 그러자 그대로 되었다.
하느님은 인간에게 유익한 두 개의
커다란 빛을 만드시어 큰 것으로 낮을
작은 것으로 밤을 번갈아 다스리게 하시고,
또 별들을 만들어 창공에 두시어
땅을 비추게 하시고, 차례로 낮과 밤을
다스리도록 빛과 어둠을
나누셨다. 하느님은 이 위대한

---

43) "땅에는 아직 아무 나무도 없었고, 풀도 돋아나지 않았다. 야훼 하느님께서 아직 땅에 비를 내
리지 않으셨고 땅을 갈 사람도 아직 없었던 것이다. 마침 땅에서 물이 솟아 온 땅을 적시자"(〈창
세기〉 2 : 5~6).

성업(聖業)을 바라보시며 기뻐하셨다.[44]
하느님은 모든 천체 가운데 먼저 해를, 하늘의
영체(靈體)이면서도 처음에는 빛이 없었던
큰 구체를 만드셨고, 다음에
둥근 달과 크고 작은 별들을 만드시어
들에 씨 뿌리듯 하늘에 빽빽이 뿌리셨다.
하느님은 구름의 성소(聖所)에서 대부분의 빛을 뽑아내어
액체처럼 흐르는 빛을 받아 빨아들일 수 있도록
많은 구멍이 뚫려 있고 모인 광선을 보존할 수 있도록
견고하게 만들어진, 지금은 빛의 궁전인
해 안으로 옮기셨다.
다른 별들은 샘[45]에 물 뜨러 오듯 이 빛의 궁전으로
와서 저마다의 황금 병에 빛을 담아 가니,
샛별의 뿔이 빛나는 까닭도 그 때문이노라.
이러한 별은 너무 멀어 인간의 눈에는 아주 작게
보이지만, 햇빛을 흡수하거나 반사하여
본디 가진 약한 빛을 더욱 늘려갔다.
그 영광스러운 등불, 낮의 통치자는 동쪽 하늘에
나타나 널리 지평선 위에 찬란한
빛을 씌우며 하늘의 대로 따라
용맹하게[46] 서쪽 하늘로 달려갔다.

---

44) 하느님께서 '하늘 창공에 빛나는 것들이 생겨 밤과 낮을 갈라놓고 절기와 나날과 해를 나타내는 표가 되어라! 또 하늘 창공에서 땅을 환히 비추어라!' 하시자 그대로 되었다. 하느님께서는 이렇게 만드신 두 큰 빛 가운데서 더 큰 빛은 낮을 다스리게 하시고 작은 빛은 밤을 다스리게 하셨다. 또 별들도 만드셨다. 하느님께서는 이 빛나는 것들을 하늘 창공에 걸어놓고 땅을 비추게 하셨다. 이리하여 밝음과 어둠을 갈라놓으시고 낮과 밤을 다스리게 하셨다. 하느님께서 보시니 참 좋았다(《창세기》 1 : 14~18).
45) 플리니우스의 《박물지》에 태양이 빛의 샘이라는 표현이 있다.
46) "해는…… 용사와 같이 하늘 이 끝에서 나와 하늘 저 끝으로 돌아가고 그 뜨거움을 벗어날 자 없사옵니다"(《시편》 19 : 5~6).

희미한 새벽과 북두칠성[47]이 달콤한 영기를
발산하며 그 앞을 춤추며 지나갔다. 그보다
좀 어두운 달은 맞은편인 서쪽에
거울처럼 놓여 햇빛을 듬뿍 받고 있다.
그 자리에서는 다른 빛이
전혀 필요 없고, 언제나 같은
거리를 유지하면서 밤이 되면 교대하여
동쪽에서 빛나며 하늘의 거대한 축 위를 돌면서,
수천의 작은 발광체들, 즉 반구를 눈부시게
비추며 나타나는 수천수만의 별들과 밤의
통치권을 나누어 가졌다. 그리하여 떴다가 지는
찬란한 빛으로 치장한 즐거운 저녁과
아침이 넷째 날을 완성했다.
하느님이 다시 이르셨다. '물은 수많은 알을 품는
기어다니는 생물을 번성케 하라.
그리고 하늘의 드넓은 창공에서 새가
날개를 펴고 높이 날게 하라.'
그로써 커다란 고래와 각종 생물들, 즉 물에서 난
수많은 기어다니는 생물을
창조하시고, 다양한 종류의
날개 달린 새들을 창조하셨다. 하느님이
보시고 기뻐하시매 축복하며 이르시노라.
'자손을 낳고 번성하여 바다와 호수와 흐르는
시냇물을 가득 채우라. 그리고 새들도
땅에 번성하라!'[48] 그러자 곧바로

---

47) "네가 북두칠성에게 굴레라도 씌우고 오리온성좌의 사슬을 풀어주기라도 한단 말이냐?"(〈욥기〉 38 : 31).
48) "하느님께서 '바다에는 고기가 생겨 우글거리고 땅 위 하늘 창공 아래에는 새들이 생겨 날아다녀라!' 하시자 그대로 되었다. 이리하여 하느님께서는 큰 물고기와 물속에서 우글거리는 온

바다와 강, 만과 포구에 수없이
무리지어 헤엄치는 고기 떼와 치어로 들끓는다.
그것들은 지느러미와 은빛 비늘 반짝이며 푸른
파도 밑을 헤엄치고 이따금 떼 지어 바다
한복판에 둑을 쌓기도 한다. 혼자서 또는 짝지어
해초를 먹기도 하고 산호 숲을 유유히
헤매기도 하고, 장난삼아 뛰면서
금빛 반점 반짝이는 젖은 몸뚱이를
햇빛에 드러내기도 하고, 진주조개 속에
편안히 누워 물속 먹이를 지켜보는가 하면,
이음매투성이 갑옷 같은 비늘 두르고 바위틈에 숨어
먹이를 기다리기도 한다. 잔잔한 해면에서는 물개와
돌고래가 호를 그리며 노닐고, 무거운 몸뚱이 둔하게
움직여 사납게 물살 가르며 바다를 어지럽히는
것들도 있었다. 생물 가운데 가장 큰 리워야단[49]은
바다 위에 곶처럼 길게 뻗어 잠을 자기도 하고
헤엄도 치니 움직이는 육지 같으며,
아가미로 바다 하나를 들이마시고 몸통으로
토해냈다. 한편 따뜻한 동굴과 늪과
물가에서는 수많은 새끼가 알에서
깨어났다. 알이 자연적으로 터지자 털도 나지 않은
새끼가 튀어나와, 이내 깃 돋고 날개 자라니
하늘 날아올라 노래하며 멀리 구름 밑 대지를
내려다보았다. 독수리와 황새는
절벽 위 향백나무 꼭대기에 둥우리를

갖 고기와 날아다니는 온갖 새들을 지어내셨다. 하느님께서 보시니 참 좋았다. 하느님께서 이
것들에게 복을 내려주시며 말씀하셨다. '새끼를 많이 낳아 바닷물 속에 가득히 번성하여라. 새
도 땅 위에 번성하여라!'"(〈창세기〉 1 : 20~23).
49) 제1편 참조.

틀고, 어떤 새들은 홀로 중공[50]을 날고,
어떤 새들은 영리하여 본능적으로 계절을 알고[51]
떼 지어 하늘 높이 쐐기꼴 대형을 이루어
날개의 피로를 덜기 위해 교대로 위치를 바꿔가며
바다 지나고 육지 건너는
먼 비행을 떠났다. 영리한 두루미는
바람 타고 해마다 여행길에
나서니, 그들이 지날 때면 무수한
깃털 사이로 바람이 일어 공기가 물결쳤다.
작은 새들은 이 가지 저 가지 날아다니며
노래로 숲을 달래고 아름다운 날개 치고,
밤이 오자 고요한 나이팅게일[52] 울음소리
그칠 줄 몰라 밤새 그 부드러운 가락
울려 퍼졌다. 어떤 새들은 은빛 호수와
시냇물에 보드라운 가슴털 적시고, 백조[53]는
흰 목을 활대처럼 굽혀 자랑스러운 망토 같은
새하얀 날개 사이에 파묻은 채, 노 같은 발로
당당하게 저어갔다. 그러나 가끔은 물을 박차고 힘차게
날갯짓하여 하늘 높이 솟아오른다. 땅 위를 단단히
밟으며 걸어가는 새도 있다. 고요한 가운데 나팔 불어
시간 알리는 볏 달린 수탉과
찬란한 무지갯빛으로 차려입고 별빛처럼
영롱하고 화사한 꼬리털로 단장한 공작도

---

50) 지구를 둘러싼 대기권은 세 층으로 나뉘어 있으며 저공은 따뜻하고, 중공은 춥고, 상공은 뜨겁다고 여겨졌다. 그리스 신들이 지배하던 곳은 이 중공이었다.
51) "하늘을 나는 고니도 철을 알고 산비둘기나 제비나 두루미도 철따라 돌아오는데, 이 백성 가운데는 내가 세운 법을 아는 자가 하나도 없구나"《예레미야》 8 : 7).
52) 어두운 밤에 아름다운 목소리로 우는 새로, 시력을 잃은 밀턴이 특별한 애착을 느꼈는지 종종 언급한다. 이 새가 음악과 시와 밤의 명상을 상징한다는 점도 관계가 있을 것이다.
53) 음악과 시와 순결한 영혼을 상징하는 새로 여겨져 왔다.

있었다. 이렇듯 물에는 물고기, 하늘에는 새가
가득 차 저녁과 아침이 다섯째 날을 축복했다.
여섯째 날,[54] 창조의 마지막 날이 저녁과 아침의
하프 소리와 함께 밝아오자, 하느님이 이르셨다.
'땅은 그 종류별로 생물을 내어라!
온갖 가축과 기는 짐승, 그리고 지상의 짐승을
그 종류대로 내어라!'[55] 땅은 순종하여 곧 그
풍요로운 태를 열고 수많은 생물을, 형체가 완전하고
네 발 달렸으며 다 커서 성숙한 생물을
낳았다. 잠자리에서 일어서듯 야수들은
땅에서 일어나 황량한 숲과 덤불,
동굴 속에서 살며, 나무 사이를
짝지어 걸었다. 들과 푸른
초원에 가축들이, 어떤 것은 외따로 떨어져
어떤 것은 여럿이 함께
풀을 뜯으며 무리 지어 나왔다.
풀밭에서 온갖 새끼들이 태어났다. 황갈색 사자가
반쯤 몸을 드러내고 앞발을 높이 들어 올려
뒷부분을 빼내려고 발버둥 치더니 곧 굴레를 벗은 듯
껑충 튀어나와, 뒷발로 서서 얼룩진 갈기를
흔들었다. 표범·살쾡이·범은 두더지처럼
흙을 파내며 둥그렇게 부푼 흙을 머리로
흩어내며 나타났다. 발 빠른 수사슴도 뿔 자란
머리를 땅속에서 추켜들었다. 땅에서 태어난
짐승 가운데 가장 큰 베헤못[56]은 겨우 제 굴에서

---

54) 라파엘은 제6편에서 천지창조 여섯째 날 자신은 그 자리에 없었다고 아담에게 말했었다.

55) "하느님께서 '땅은 온갖 동물을 내어라! 온갖 집짐승과 길짐승과 들짐승을 내어라!' 하시자 그
대로 되었다"(《창세기》 1 : 24).

56) "보아라 저 베헤못을, 황소처럼 풀을 뜯는 저 모습을, 내가 너를 만들 때 함께 만든 것이다"(《욥

큼직한 몸뚱이를 일으켰다. 양 떼는 털에 감싸여 나와
울며 초목처럼 일어섰고, 바다와 육지 사이에
속한 하마와 온몸이 비늘로 뒤덮인 악어도
일어섰다. 땅을 기는 것은 모두,
곤충도 땅벌레도 동시에 나왔다. 곤충은 보드라운
날개를 부채처럼 움직이며, 작고 섬세한
몸집에 황금빛, 자줏빛, 초록빛 반점 있는
화려한 여름옷을 둘렀다.
땅벌레는 기다란 몸을 끈이나 밧줄처럼 끌며
꾸불꾸불한 자국을 땅 위에 남겼다. 하나 모두가
자연의 미물만은 아니었으니, 그 가운데
어떤 뱀은 놀랄 만큼 길고 굵으며
똬리를 틀기도 하고 게다가 날개까지
있었다. 맨 먼저 기어 나온 검소한 개미[57]는
장래에 대비하여 큰 지혜를 작은 가슴에
담고 있으니, 아마도 여러 종족
결합하여 공동체 이루는 먼 뒷날
정당한 평등의 본보기 되리라. 다음으로 떼 지어
나타난 암벌,[58] 남편인 수벌을 맛있는 음식으로
부양하고 벌꿀 집 만들어 꿀을
저장했다. 그 밖에 생물 헤아릴 수 없이
많으나 그대가 그 성질 알고 그들에게 이름
지어주었으니[59] 여기서 되풀이할 필요는

기〉 40 : 15). 'behemoth'은 히브리어로 짐승을 뜻하는 단순명사나 성서에서는 일반명사로 쓰였다.
57) "힘은 없지만 여름 동안 먹을 것을 장만하는 개미"(《잠언》 30 : 25). 개미 세계에는 왕이 없어 예
부터 공화제의 본보기로 여겨졌다.
58) 왕정을 지지하는 살마시우스가 "꿀벌 세계에는 왕이 있다"라고 말하자, 밀턴은 특정한 벌만 그
러하며 일반적으로는 공화제라고 말한다(《제1변호서》). 또한 그 무렵에는 일벌이 암벌이고 여왕
벌은 수벌이라고 생각했다.
59) 제8편에서 아담이 그때의 경험을 이야기한다.

없으리라. 그대도 모르지 않을 뱀[60]은
들판에 사는 아주 교활한 짐승으로
노란 눈과 무서운 갈기 머리[61]에
때로는 몸집이 거대하지만, 그대에게 아무런 해도
주지 않으며 그대 명령에 따를 뿐이니라.
바야흐로 하늘은 영광에 한껏 빛나고,
위대한 하느님의 손길이 처음에 정하신
궤도대로 천체가 운행을 시작했다. 땅은 완벽하게 차려입고
곱게 미소 지었고, 하늘과 물속과 뭍에는
새·물고기·짐승이 날고 헤엄치고 떼 지어
걸었다. 그러나 여섯째 날은 아직 이어졌노라.
아직 모자란 것은 가장 주된 일, 이미 이루어진
모든 것의 목적이니, 다른 생물처럼 엎드리지 않고
어리석지 않고, 성스러운 이성이 있으며
몸을 곧게 펴고[62] 서서 단정하고 맑은 얼굴로
다른 것을 다스리며, 자신을
앎으로써 숭고한 마음으로 하늘과
상통하지만 모든 선이 어디서 내려왔는지 알고
감사히 여기며 기꺼이 마음과
목소리와 눈을 하늘로 돌려 모든 성업의
으뜸으로 그를 만든 지존하신 하느님을
경배하고자 하는 자로다. 따라서 영원하고
전능한 아버지께서는 (그가 안 계신 곳이 어디랴?)
소리 높이 성자에게 말씀하셨느니라.

---

60) "야훼 하느님께서 만드신 들짐승 가운데 제일 간교한 것이 뱀이었다"(《창세기》 3 : 1). 그러나 여
기서 교활하다는 표현은 옳지 않다. 뱀이 저주를 받은 것은 나중 일이다.

61) 《아이네이스》에 라오콘을 죽인 두 마리 뱀에 대한 묘사가 있는데, "핏빛 정수리"의 "정수리(iuba)"
를 밀턴은 갈기로 풀이한 듯하다.

62) 이 대목은 오비디우스의 《변신이야기》와 매우 비슷하다. 곧게 서서 하늘 우러르고 다른 동물
을 지배하는 인간상은 플라톤(《티마이오스》)으로까지 거슬러 올라간다.

'이제 우리 모습을 닮은 사람을 만들어

바다의 물고기와 공중의 새와

들짐승과 모든 땅을

그리고 땅에 기는 모든 길짐승을

다스리게 하라!'[63] 그리고 하느님은

그대 아담을 만드셨다. 아 인간이여,

땅의 먼지여! 생명의 입김을 그대

코에 불어넣으셨다. 당신의 모습대로

정확히 그 모습 그대로[64] 하느님이 그대를

만드셨고 그대는 살아 있는 영이 되었다.

하느님은 그대를 남자로 만드시고, 자손을 갖게 하시고자

그대 배필을 여자로 창조하셨다.[65] 그리고 인류를 축복하며

이르셨다. '자손을 낳고 번성하여 온 땅에 퍼져서

땅을 정복하라. 바다의 물고기와 공중의 새와

땅 위를 움직이는 모든 생물을 다스리라.'[66]

이리하여 그대가 만들어졌고,

그 창조된 곳 어디든, 아직 이름 정해지지 않았으니,

그대 알다시피, 그곳에서 하느님이 나무 심으신

이 즐거운 숲으로, 보기에도 상쾌하고

먹을 것 넉넉한 이 동산으로

하느님은 그대를 데려오시어[67]

---

63) "하느님께서는 '우리 모습을 닮은 사람을 만들자! 그래서 바다의 고기와 공중의 새, 또 집짐승과 모든 들짐승과 땅 위를 기어다니는 모든 길짐승을 다스리게 하자!' 하시고"(《창세기》 1 : 26).

64) "그 아들은 하느님의 영광을 드러내는 찬란한 빛이시요, 하느님의 본질을 그대로 간직하신 분이시며"(《히브리서》 1 : 3).

65) "당신의 모습대로 사람을 지어내셨다. 하느님의 모습대로 사람을 지어내시되 남자와 여자로 지어내시고"(《창세기》 1 : 27), "야훼 하느님께서 진흙으로 사람을 빚어 만드시고 코에 입김을 불어넣으시니, 사람이 되어 숨을 쉬었다"(《창세기》 2 : 7).

66) "자식을 낳고 번성하여 온 땅에 퍼져서 땅을 정복하여라. 바다의 고기와 공중의 새와 땅 위를 돌아다니는 모든 짐승을 부려라!"(《창세기》 1 : 28).

67) "야훼 하느님께서는 동쪽에 있는 에덴이라는 곳에 동산을 마련하시고 당신께서 빚어 만드신

온갖 좋은 과일을 먹도록 아낌없이 주셨나니,
이곳에는 온 땅에서 생산되는 한없이 많은 과일들
모두 모여 있다. 그러나
선악의 지식을 주는 나무 열매는 먹으면
아니 된다. 먹는 날 그대는 죽으리라.[68]
형벌로서 죽음이 내려지리니, 조심하여
그대의 욕망을 억제하라. 그러지 않으면
죄와 그것의 검은 시종인 죽음이 그대를 덮치리라.
이제 하느님은 창조의 일 끝내시고
당신이 만드신 모든 것을 보시니 아주
좋았더라. 이리하여 저녁과 아침이 여섯째 날을
마무리하였다.[69] 창조주는 피곤을 모르시나
그 성업을 멈추시고 높디높은 거처,
하늘 가운데 하늘로 돌아가시어
왕국의 일부로 새로이 창조된 세계가
그 보좌에서는 어떻게 보이며,
당신의 위대한 이상[70]에 부응해서 얼마나 좋고
얼마나 아름다운지를 확인하고자 하셨다. 창조주가
올라가시니, 갈채와 천사들이 아름다운 화음

사람을 그리로 데려다가 살게 하셨다. ……야훼 하느님께서 아담을 데려다가 에덴에 있는 이 동산을 돌보게 하시니라"(《창세기》 2 : 8~15). 밀턴은 아담이 에덴의 일부인 동산 즉 낙원이 아니라 다른 곳에서 만들어졌으며, 그 뒤에 낙원으로 인도되었다고 풀이했다.

68) "야훼 하느님께서는 보기 좋고 맛있는 열매를 맺는 온갖 나무를 그 땅에서 돋아나게 하셨다. 또 그 동산 한가운데는 생명나무와 선과 악을 알게 하는 나무도 돋아나게 하셨다. ……그러나 선과 악을 알게 하는 나무 열매만은 따 먹지 마라. 그것을 따 먹는 날, 너는 반드시 죽는다"(《창세기》 2 : 9~17). 그러나 아담과 하와는 죄를 범하고도 죽음의 벌은 받지 않았다.

69) "이렇게 만드신 모든 것을 하느님께서 보시니 참 좋았다. 엿샛날도 밤, 낮 하루가 지났다"(《창세기》 1 : 31).

70) 플라톤의 본(本·paradeigma)에 해당한다(《티마이오스》). 밀턴은 신의 예지란 신의 지혜를 뜻하며, 요컨대 "인간의 말로 표현하면, 하느님이 무언가를 정하시기 전에 그 마음속에 그리신 모든 것의 이상"이라고 말했다(《그리스도교 교의론》).

자아내는 천만 개의 하프 교향악 뒤따랐다.
땅과 공중에 영묘한 음악 가득 차고(그대도
들은 적 있으니[71] 기억하리라), 모든 하늘과
별자리 울리고, 유성들도 멈추어 서서
그 음악 들을 때, 창조주의 찬란한 행렬은
기쁨에 취하여 하늘로 올라갔다.
'열려라, 영원의 문들아.' 천사들이
노래했노라. '하늘이여, 생명의 문을 열어라![72]
엿새 동안의 천지창조의 위업을 마치고
장엄하게 돌아오시는 위대한 창조주를
맞으라. 열어라, 그 문을. 앞으로도
하느님께서 기꺼이 의로운 사람의 집을
자주 찾으시고 하늘의 은총 내리시고자
가끔 날개 달린 사자를 그곳으로
보내시리니!' 영광스러운 천사들의 행렬은
하늘로 오르면서 노래했다. 창조주는 찬란한
문을 지나 하늘로 들어가 곧장 하느님의
영원한 집을 향하여 나아가셨다.
길은 넓고 그 흙은 황금이요 포석은
별이니, 마치 밤마다 그대들이 보는
둥근 띠 같은 별 뿌린 은하수,
그 하늘의 강[73]에 총총한 별과도 같았다.
지상에는 일곱 번째 저녁이 에덴을
찾아왔다. 해가 지고 동쪽에서 황혼이

---

71) 제4편 참조.
72) "문들아, 머리를 들어라. 오래된 문들아, 일어서라. 영광의 왕께서 드신다"(〈시편〉 24 : 7).
73) 은하수가 별의 집단이라는 사실은 기원전 400년 무렵에 그리스 철학자 데모크리토스가 예상
했으며, 갈릴레오가 그 예상을 증명했다. 은하수 같은 별이 하늘의 길에 깔려 있다고 했는데,
시인은 은하수를 통해 신들이 유피테르(제우스)의 신궁으로 들어간다는 오비디우스 《변신이
야기》를 떠올린 듯하다.

밤을 앞질러 나타나니, 하늘의
높은 꼭대기에 있는 거룩한 산,
영원히 흔들리지 않는 확고한 하느님의
보좌에 권능 가진 성자께서 이르시어
위대한 아버지와 함께 앉으셨다.
하느님도 보이지 않는 모습으로 성자와 함께
가서 머무시며[74] (편재자(遍在者)는 이런 특권
갖노라) 만물의 창시자이자 그 마지막 목표로서
그 일을 이루셨기 때문이다. 이제는 일을 쉬시고
일곱째 날을 축복하시어[75] 성스럽게 하셨으니,
이날에 모든 일을 쉬었기 때문이로다.
그러나 이 성스러운 날을 침묵 속에 보내시지는
아니하셨으니, 하프 가락 쉬지 않고
울려 퍼지고, 장엄한 나팔과 피리, 고운 소리 내는
각종 관악기와 금줄에
줄받침을 괴어 소리 내는 온갖 현악기가, 합창하거나
독창하는 노랫소리와 어울려 부드러운 화음을
연주하였다. 금향로에서는 향기로운 연기가
구름처럼 피어올라 성산을 감쌌다. 천사들은 창조와
엿새 동안의 위업을 노래했다. '야훼여, 당신의
성업은 위대하고, 당신의 능력은 무한하나이다.
어떤 생각이 당신을 헤아리고 어떤 혀가 당신을
말할 수 있으리이까. 거대한 타락천사들[76]을 추방하신
때보다 더 위대하나이다. 그날 우레가

---

74) 신의 편재성(偏在性)을 나타낸다.
75) "하느님께서는 엿샛날까지 하시던 일을 다 마치시고, 이렛날에는 모든 일에서 손을 떼고 쉬셨
다. 이렇게 하느님께서는 모든 것을 새로 지으시고 이렛날에는 쉬시고 이날을 거룩한 날로 정
하시어 복을 주셨다"(《창세기》 2 : 2~3).
76) 《실낙원》에서는 신에 대항한 타락천사들을, 제우스에게 대항한 거인족(기간테스)에 비유한다.

당신의 영광을 나타냈으나, 창조[77]는 창조된 것을
파괴하는 것보다 더 위대하나이다. 강력한
왕이시여, 누가 당신에게 손상을 입히고 그 왕국을
제한할 수 있으리오. 반역천사들은 불손하게도
당신의 힘을 깎아내리고 수많은 숭배자들을
당신에게서 떼어내려 했지만
당신은 그 오만한 시도와 헛된 계획을 너무도 쉽게
물리치셨나이다. 당신을 낮추고자 하는 자는
그 목적과는 달리 한층 당신의 힘을 높일 뿐.
당신은 그의 악을 이용하여 악에서 더욱 큰 선을
창조하셨나이다.[78] 아, 새로이 창조된 세계, 하늘문에서
멀지 않고 맑고 투명한 유리바다[79]에
떠 있는 듯한 또 하나의 다른 하늘이
그 증인이 되리라. 그 세계의 넓이는 무한하고 수많은
별 하나하나는 아마도 생물의 주거[80]가 될 것이나,
그 시기[81]는 당신만이 아시나이다.
그 수많은 별들 가운데 인간이 사는 지구,
그들의 즐거운 고장은 아래의 대양에
에워싸여 있나이다. 아, 인간과 인간의 자손들은
얼마나 행복한가. 하느님은 자신의 모습대로
그들을 창조하시어 이토록 높이셨노라. 지구에서
하느님을 숭배하고, 그 보답으로 땅과 바다와

---

77) 천사들의 찬가는, 천지창조보다는 창조력 또는 신의 창조 의지에 대한 찬가라고 할 수 있다.

78) 악에서 선을 만든다는 창조 배경에 있는 영원한 섭리와 신의 배려를 이야기하는 것이 시인의 창작 의도이다.

79) 하늘에서는 새로 만들어진 세계가 그 바다를 통해 보인다. 또한 "옥좌 앞은 유리바다 같았고 수정처럼 맑았습니다"《요한계시록》 4 : 6) 참조.

80) 지구 이외의 별에 생물이 사는지 여부가 그 무렵 문제되었으며, 천사들은 하느님의 창조력으로 그 일이 가능하리라고 노래하고 있다.

81) "그 때와 시기는 아버지께서 당신의 권능으로 결정하셨으니 너희가 알 바 아니다"《사도행전》 1 : 7).

공중에 있는 그의 창조물을 다스리며[82]
거룩하고 의로운 숭배자들을 번식케 하셨다.
그들이 그 행복을 알고 바른길에서
벗어나지 않으면 더욱 행복하게 되리라.'[83]
천사들이 노래하니 할렐루야 소리
하늘에 울려 퍼지고 안식일이
지켜졌다. 이 세계와 눈에 보이는 만물이 처음에
어떻게 시작되었고, 그대가 기억하기 전인
태초에 어떤 일이 이루어졌는가를 알고
자손에게 전하고자 하는 그대의 소원은
이로써 채워졌으리라. 인간의 한계 넘지 않는
범위 안에서 달리 물을 것 있으면 말하라."

---

82) "손수 만드신 만물을 다스리게 하시고 모든 것을 발밑에 거느리게 하셨습니다"(〈시편〉 8 : 6).

83) "아, 행복한 농부들이여, 그들이 그 복받은 환경을 안다면 얼마나 행복하랴"(베르길리우스 《농경시》).

제8편

줄거리

아담이 천체 운행에 대해 묻자 라파엘은 애매하게 대답하면서 그런 것보다 좀 더 알아둘 가치가 있는 것을 탐구하라고 권한다. 아담은 수긍하지만 그를 더 잡아두고 싶은 마음에서 자기가 창조된 이래 기억하고 있는 일, 즉 자기가 낙원에 머무르게 된 일, 고독과 바람직한 관계에 대해 하느님과 이야기를 나눈 일, 하와와 처음 만나 결혼한 일 등을 그에게 이야기한다. 천사는 다시 한번 충고를 한 뒤 그곳을 떠난다.

천사가 말은 마쳤으나, 아담의 귀에 울리는
그 목소리 너무도 감미로워 아직 말하고
있는 것 같아 아담은 꼼짝 않고
귀를 기울였다. 마침내 잠에서 깨어난 듯
감사하면서 대답한다. "어떻게 감사드리고
어떻게 보답해야 할지 모르겠나이다.
역사를 말해주신 거룩한 천사여,
당신은 내 지식의 갈증을 충분히
풀어주셨고, 나 혼자서는 도저히
알 수 없는 일들을 친절하게도 먼저
이야기해 주셨나이다. 나는 당신 말씀을 기쁨과
놀라운 마음으로 듣고 당연한 일이지만 높으신
창조주께 영광을 돌리나이다. 그러나 아직
궁금한 점이 남았으니 당신께서 설명해 주시면
금방 풀리라 생각합니다. 이 아름다운 세계,

하늘과 땅으로 이루어진 이 세계의

크기를 헤아릴 때, 이 지구는 궁창과

무수한 별들과 비교하면 한 점, 한 낱알,

한 원자에 지나지 않으며, 그 별들은 상상을 넘어선

무한한 공간을 돌며(별들의 거리와 날마다의 빠른

회귀로 보아 그렇게 생각하나이다),

이 어두운 땅, 이 아주 작은 점에[1]

오직 낮과 밤 가리지 않고 빛을 주기 위해

그 큰 궤도를 돌고 있는 듯하여 이따금

의아하게 생각하나이다. 슬기롭고 알뜰한 자연이

어찌하여 이러한 불균형에 빠졌나이까? 보건대

오직 이 한 가지 용도 때문에

이토록 고귀하고, 몇 배나 큰

천체를 수없이 창조하여 쉬지 않고

날이면 날마다 회전을 되풀이하도록

천체들에게 의무를 주셨는데,

가만히 앉아 있는 지구는 훨씬 짧게

회전할 수 있는데도 자신보다 고귀한 별들의

시중을 받으며 조금도 움직이지 않고 목적을

이루며, 헤아릴 길 없는 여정을 거쳐

보이지 않는 영묘한 속도로, 숫자로는

나타낼 수 없는 빠른 속도로 보내오는

온기와 빛을 어찌하여 당연한 선물로 받나이까?"

우리들의 조상 아담이 말했다. 그의 얼굴은

깊은 명상에 잠겨 있는 듯했다. 그 모습을 보고

안쪽에 물러나 앉아 둘을 지켜보던 하와는

겸손하면서도 기품이 있어 보는 이가

---

1) '어두운 땅'은 지구가 태양 같은 발광체가 아니라는 뜻이다. 또한 지구가 지극히 작은 점에 지나지 않는다는 생각은 예부터 있었으며, 코페르니쿠스가 발견한 내용이 아니다.

더 머무르기를 바라게 되는
우아한 모습으로 일어났다. 하와는 열매와 꽃들
사이로 나아가, 손수 가꾼 봉오리와 꽃들이
얼마나 자랐는가를 살펴본다. 하와가
다가오자 초목이 다 같이 춤을 추고 고운 손길 닿자
즐거이 자란다. 그러나 하와가 자리에서
일어선 것은[2] 그 둘의 이야기가 즐겁지 않거나
고상한 이야기를 이해하지 못해서가 아니라,
아담이 이야기를 하고 자신이 혼자 듣는 기쁨을
남겨두기 위해서였다. 천사보다는 남편에게
이야기를 듣고 싶었고, 궁금한 것도
남편에게 묻고 싶었다. 틀림없이 아담은
재미있는 다른 이야기를 섞고, 어떤 고상한 문제도
부부의 애무로써 풀어줄 터이니, 그녀를 즐겁게
해주는 것은 단지 그의 입에서 흘러나오는
말만이 아니었다. 아, 이런 사랑과 존경으로
맺어진 부부가 지금 세상에 어디 있으랴.
하와는 시녀들을 거느린 여신[3]과도 같은 모습으로
나갔다. 여왕 모시듯 하와에게는 늘 매력적인
우미(優美)들의 행렬이 따르고, 그녀 곁에선 언제나
그녀를 보고 싶도록 욕망하는 화살이 그녀를 보는 모든
눈으로 날아갔다. 라파엘은 아담의 물음에
친절하고 부드럽게 대답한다.
　"묻고 탐구하는 그대를 나무라지는 않노라. 하늘은
하느님의 책[4]처럼 그대 앞에 놓여 있으니

---

2) "알고 싶은 것이 있으면 집에 돌아가서 남편들에게 물어보도록 하십시오"《고린도전서》14 : 35).
3) 베누스(아프로디테)를 말한다. 나무와 꽃에 둘러싸인 하와의 모습은 베누스를 암시한다. 우미
　(삼미신)와 상대의 욕망을 불러일으키는 화살도 베누스의 전유물이다.
4) 예부터 신학자들은, 하느님의 말씀 내지 계시가 담긴 책인 성서와 대조적으로 이 우주(코스모

거기서 신묘한 창조의 위업을 읽고, 계절과 시간,
날과 달과 해(年)를[5] 알 수 있으리라. 계산만
틀리지 않는다면, 이 지식을 얻는 데에는
하늘이 움직이든 땅이 움직이든 중요하지 않다.
그 밖의 것은 위대한 건축자께서 슬기롭게도 사람과
천사에게서 숨기시고, 찬미하는 자가 그것을
자세히 살펴보지 못하도록 그 비밀을
감추셨노라. 그럼에도 억측하기를 좋아하는
자가 있다면 하느님은 하늘의 구조를 그들의 자유로운
논의에 맡기시리라. 앞으로 그들이 하늘 모형
만들어 별들의 위치 측량하려 한다면,
즉 그 거대한 구조를 그들이 어떻게 다루고
천체의 여러 현상을 설명하기 위해 그 구조를
세우고 부수고 고안하며, 어림짐작으로
중심권(中心圈)과 이심권(異心圈),[6] 전원(轉圓)과
주전원(周轉圓)[7] 또는 원 안의 원이 어떻게
온 하늘을 둘러싸는가를 설명할 때, 하느님은 그
허무맹랑한 의견에 가소로워 웃음을 터뜨리시리라.
그대의 추리로 미루어 보아 대충 짐작이 되는구나.
후손을 이끌어야 할 그대도, 크고 찬란한
천체가 빛나지 않는 작은 천체를 받들고 지구는
가만히 서서 은혜를 받기만 하니, 하늘이 먼 길을
달리는 것은 부당하다고 생각하는구나.

스)를 '하느님의 책'이라고 생각했다.

5) "하늘 창공에 빛나는 것들이 생겨 밤과 낮을 갈라놓고 절기와 나날과 해를 나타내는 표가 되어
라!"(《창세기》 1 : 14).

6) 천동설은 지구를 중심으로 도는 여러 천체의 원운동으로 천체현상을 설명하는데, 논리가 벽에
부딪치자 지구 이외의 천체를 중심으로 도는 이심권을 주장하여 어려움을 극복하고자 했다.

7) 논리를 정당화하기 위해 지구를 둘러싼 큰 원(전원) 위로 작은 원(주전원)을 그리며 돈다고 주장
하며 태양의 운행을 설명했다.

하지만 크고 빛나는 것이 반드시 더 낫지는
않음을 먼저 알아두라. 하늘에 비하면 지구는
작고 빛나지도 않으나 공연히 빛을 내는
태양보다 훨씬 많은 실리를 갖느니라.
태양의 힘은 스스로에게는 아무 효력도 없고,
오직 풍요로운 지구에만 힘을 미치나니, 태양 광선은
다른 곳에서는 크게 효과 내지 못하나, 지구에 흡수될 때
비로소 힘을 발휘한다. 그 찬란한 광체는 지구를
섬기는 것이 아니라 땅의 거주자인 그대를
섬긴다. 하늘의 넓은 공간은 이토록 넓게
만드시고 이토록 멀리 줄[8]을 쳐놓으신 창조주의
높고 위대함을 나타내는 것이요, 인간에게
자기 세계 안에만 사는 것이 아님을 알게 하고자
함이다. 한 좁은 경내에 사는 인간만으로
채우기에는 전당이 너무나 크고, 나머지는
주이신 하느님만이 아시는 용도로 쓰이도록
정해졌다. 여러 천체의 회전 속도도
인간은 헤아리지 못하나, 영적인 속도[9]를 물질에
가할 수 있는 하느님의 전능한 힘으로 가능하다.
나 역시 아침에 하느님이 계시는 하늘을 떠나
헤아리기 힘든 어마어마한 거리를 날아
한낮이 되기 전에 에덴에 이르렀으니,
그대는 내가 느리다고 생각지 않으리라.
그러나 내가 이렇게 말하는 것은, 예컨대
여러 천체의 운행을 인정한다 하더라도, 그대가

---

8) "누가 이 땅을 설계했느냐? 그 누가 줄을 치고 금을 그었느냐?"(〈욥기〉 38 : 5).
9) 지구를 둘러싼 여러 천체는 각 천체를 지배하는 영(천사)이 운행한다고 믿었으므로 중세까지도
   그 속도는 영적인 것이라고 여겼다. 이로부터, 인간이 생각하는 속도를 천체의 운행 속도에 비교
   하게 되었다. 여기서 '영적'이라는 것은 인간 또는 천사가 생각하는 속도만큼 빠르다는 뜻이다.

아까와 같은 의문을 품은 근거가 부당함을
나타내기 위함이니라. 이 지상에
거처를 둔 그대에게는 그렇게 보일지
모르나, 나는 그렇게 인정하지 않노라.[10]
하느님은 인간의 마음으로부터 자신의 길을
멀리하시고자 땅에서 하늘을 이처럼 멀리
떼어놓았으니, 아무리 애써도 땅에서 올려다보면
하늘은 아득히 높아 잘못 보이니 아무것도 얻는 바가
없으리라. 태양이 세계의 중심이고
다른 별들은 태양과 자신의 인력으로 움직이며
태양 주위로 다양한 원을 그리며 돈다 한들
어떠랴. 그대는 여섯 별[11]이 때로는 높게
때로는 낮게, 때로는 숨어서, 앞으로 나아가거나
뒤로 물러서기도 하고 멈추기도 하며
하늘을 떠도는 것을 보았으리라.
그러니 일곱 번째 유성인 지구도 움직이지 않는
듯이 보이지만, 실은 세 가지 다른 운동[12]을
한다 한들 어떠랴. 지구가 움직이지 않는다면
이러한 현상은 여러 천체[13]가 비스듬히 기운 채
역행하기 때문이거나, 아니면 태양의 수고를 덜어주고,

10) 프톨레마이오스의 천동설을 인정한다고 했다가 인정하지 않는다고 하며, 라파엘은 애매하게
답하고 있다. 이는 시인 자신이 맞닥뜨린 어려운 입장의 반영이기도 하다.
11) 토성, 목성, 화성, 금성, 수성, 달을 가리킨다. 지구가 이런 유성과 더불어 일곱 번째 유성인지 여
부가 그 시절 문제로 논의되었다.
12) 코페르니쿠스는 《천구(天球)의 회전에 관하여》에서 지구가 자전, 공전, 세차운동(歲差運動)이
라는 세 가지 운동을 한다고 말했다. 프톨레마이오스의 천동설이든 코페르니쿠스의 지동설이
든 모두 아담의 원죄 이후에 나온 우주 학설이다. 여기서 천사 라파엘이 원죄 이전의 우주에
대한 본인의 이론을 말하고 있는 것인지, 아니면 원죄 이후의 여러 학설을 미리 말하고 있는 것
인지 분명하지 않다.
13) 유성의 운동 등을 설명하기 위해 프톨레마이오스는 지구를 둘러싸고 있는 여러 천체가 서로
반대 방향으로 회전한다고 주장했다.

보이지 않아도 뭇별보다 멀리 있다고 여겨지며
밤낮으로 맹렬히 도는, 낮과 밤의 수레[14] 때문에
생긴다고 보아야 하리라. 그러나 지구가 스스로 부지런히
동쪽으로 가서 낮을 가져오고, 햇빛에
등을 돌린 부분이 밤과 만나고 다른 부분은
햇빛을 받아 빛난다면, 이 수레는 믿을 필요가
없다. 또한 태양 빛이 지구에서 넓고 투명한
공중을 뚫고 달로 가서, 지구와 같은 달[15]에게
지구도 하나의 별이 되어, 밤에 달이 지구를 비추듯
낮에 지구가 달을 비춘다면, 즉 달에 육지와 들과 주민이 있으며,
서로를 마주 비춘들 어떠랴. 달의 반점은 구름으로 보이노라.
구름은 비를 내리고 비는 부드러운 땅에
과실을 맺게 하여 그곳에 사는 사람을
먹이리라. 다른 여러 태양[16]에도 시중드는 달이
있어, 남성과 여성의 빛[17]을 주고받는 것을 보리라.
이 위대한 두 성(性)이 생물과 함께 각 천체에
존재하며 그 세계에 활력을 주리라.
자연계의 이 드넓은 공간이 살아 있는 영 하나 없이
그저 텅 빈 채 황량하고 쓸쓸하게 빛나고만 있을 뿐이며,

---

14) 땅에서는 보이지 않지만 모든 유성과 항성 너머에 또 하나의 천체(제10천 또는 원동천이라고 한다)가 있으며, 그 회전으로 우주의 모든 천체가 움직인다고 프톨레마이오스는 생각했다. 이 천체는 24시간 만에 우주를 일주하므로 수레라 불렸다. 코페르니쿠스는 낡은 천문학을 비웃으며, "그들은 더욱 높은 곳에 아홉 번째 천체가 있다고 생각하고…… 그로도 모자라자 최근에는 열 번째 천체가 있다고 추가했다"《천구의 회전에 관하여》라고 했다.

15) 지구와 같이 생물이 존재할 가능성이 있는 달. 라파엘은 달에서 본 지구는 지구에서 본 달과 같다고 말했다.

16) 니콜라우스 쿠사누스는, 여러 항성을 태양이라고 부르며 각 항성에는 유성이 딸려 있다고 주장했다.

17) 햇빛은 남성이고 달빛은 여성이라는 주장이 플리니우스의 《박물지》가 나온 뒤 일반화되었다. 물론 신화의 영향이다. 라파엘은 스스로 빛을 내는 광체의 빛을 남성, 그 빛을 받아 빛나는 빛을 여성이라고 말하며 남녀의 관계를 암시한다.

각 구체는 아득히 먼 거리에서

다만 사람들이 사는 지구로

빛을 반사해 비춰주고 있을 뿐이라고

믿기는 쉽지 않으리라.

그러나 이런 일들이 어떻든 간에,

하늘을 다스리는 태양이 지구 위로 솟든,

지구가 태양 위로 솟든, 태양이 동쪽에서

불타는 길을 밟기 시작하든, 아니면 지구가

서쪽에서 소리 없이 걸어 나가 고요한

축 위를 잠자는 팽이처럼 돌며 천천히

한결같은 걸음걸이로 나아가며 부드러운

공기와 함께 그대를 가뿐하게 옮겨주든지 간에

비밀에 부친 일로 그대의 머리를 어지럽히지 말라.

그런 일은 하늘에 계신 하느님께 맡기고[18]

그대는 그분을 섬기며 두려워하라.[19] 다른 생물들을

어디에 두건 그분 좋으실 대로 하시리라.

그대는 하느님이 내리신 이 낙원과 아름다운

하와를 기뻐하라. 하늘은 너무 높으니 거기서

일어나는 일을 그대는 알지 못한다. 겸손하고 현명하라.

오직 그대와 그대 존재에 대해서만 생각하고

다른 세계에는 어떤 생물이 살고 어떤 상태이며

어떤 처지인지 꿈꾸지 말라.

지구와 저 높은 하늘에 대해 이토록

그대에게 드러내 보였으니 이에 만족하라."

---

18) 이 대목만 보면 밀턴이 천문학적 지식에 관해서는 완고한 반계몽주의자, 반과학주의자처럼 보이지만, 갈릴레오를 존경한 그가 과학을 반대했을 리는 없다. 오히려 밀턴이 강조하고자 한 바는 좀 더 실용적이며 인간의 존재 자체에 대한 것이었다.

19) "들을 만한 말을 다 들었을 테지만, 하느님 두려운 줄 알아 그의 분부를 지키라는 말 한마디만 결론으로 하고 싶다. 이것이 인생의 모든 것이다"(〈전도서〉 12 : 13).

의심이 풀린 아담은 천사에게 대답한다.
"순결한 하늘의 지혜여, 평온한 천사여,
당신은 나를 더없이 만족시켰나이다.
당신은 나를 어지러운 문제에서 풀어주시고
평안히 살며 골치 아픈 생각으로 삶의 즐거움을
망치지 말라고 가르쳐주셨나이다. 틀림없이 하느님도
인간이 어지럽고 헛된 상념에 빠져 스스로 찾지 않는 한
인간의 즐거움에서 멀리 떨어져 살며
인간을 괴롭히지 말라고 모든 고난에게 명하셨지요.
그러나 인간의 마음과 상상은 한없이 떠돌기 쉽고,
한번 떠돌면 끝이 없나이다. 하지만 경고받거나
경험으로 가르침을 받는다면, 실용성 없는
난삽하고 심오한 것을 막연히 배우는 것보다
평소 자기 앞에 펼쳐진 일을 아는 것이
최고의 지혜임을 깨닫게 되리이다.
그 이상은 연기처럼 공허하고 헛되니
어리석게 사로잡히면 우리와 가장 관계 깊은
일에 미숙하고 부주의해져 오직
혼란으로 빠져들 뿐이리이다.[20] 하오니 이런 높은
문제에서 좀 더 낮은 문제로 옮겨
가깝고 유용한 일을 이야기하고자 하나이다.
당신께서 관용과 호의 베풀어주시면
물어도 이상하지 않은 얘기 자연스레 나올 수도
있지 않겠나이까. 내 기억 생기기 전에 어떤
일이 있었는지 당신의 말씀 들었사오니,
이제는 당신도 듣지 못한 나의 이야기

---

20) 몽테뉴의 《수상록》에 이런 대목이 있다. "그리스도교도는 호기심이 인간의 근원적인 악임을 잘
   알고 있다. 지식과 학문을 쌓으려는 마음이야말로 인류 파멸을 향한 첫걸음이며, 그로써 인류
   는 영원한 저주의 늪에 빠졌다."

들어주소서. 해가 아직 저물지 않았으니,
그때까지 당신을 붙잡아두고 싶어 내 재주 없으나마
이렇게 내 얘기 들으시도록 꾸민 것을
당신도 아시리이다. 물론 당신에게서 답을
들으리란 기대가 없었다면 어리석은 일이지요.
당신과 이렇게 같이 앉아 있으니 마치
하늘에 있는 성싶고, 내 귀에 당신의 말씀은
일 마친 뒤 즐거운 식사할 때 갈증과
허기 채워주는 상쾌한 대추야자 열매보다
더 상쾌하나이다. 그 열매는 달콤해도
이내 배부르지만, 당신의 말씀은 거룩하고
우아하여 그 단맛[21]이 싫증 나지 않나이다."
아담의 말에 온화한 라파엘이 대답한다.
"인간의 조상이여, 그대의 입술도 우아하고
혀 또한 유창하다. 이는 하느님께서 아름다운
당신 모습대로[22] 그대를 만들고 몸 안에도
몸 밖에도 풍족히 당신의 은총을 쏟아주셨기
때문이니라.[23] 말을 할 때나 침묵할 때나
넘치는 아름다움과 우아함이 그대의 언행
하나하나를 꾸민다. 우리는 하늘에서 함께 하느님을
모시는 천사들을[24] 생각하는 만큼 지상의 그대를
생각하니, 인간에 대한 하느님의 마음
깊이 살피고 있노라. 하느님께서 인간을 아끼시고

---

21) "당신의 약속은 말부터가 혀에 달아 내 입에는 꿀보다도 더 답니다"(《시편》 119 : 103).
22) 밀턴은 《그리스도교 교의론》에서, "아담이 하느님의 거룩한 모습대로 만들어졌다는 것은 주로 영적인 면에서 그러하다는 뜻이다"라고 했다.
23) "세상에 짝 없이 멋지신 임금님, 고마운 말씀 입에 머금었으니 영원히 하느님께 복받으신 분"(《시편》 45 : 2).
24) 〈요한계시록〉에서 요한이 천사의 발 앞에 엎드려 경배하려고 하자 천사가 말했다. "이러지 마라. 나도…… 같이 일하는 종에 지나지 않는다"(22 : 9).

우리와 차별 없이 사랑하심을 알기
때문이다. 그러니 말하라, 기꺼이 들으리니. 나는
그날[25] (명령에 따라) 전 군단 이끌고 음울한
여정에 올라 멀리 지옥문으로 원정하느라
그 자리에 없었노라. 하느님이 일하시는 동안
첩자나 적이 빠져나오지 못하도록 감시하기
위함이었으니, 대담한 탈출에 하느님이 노하시어
창조 중에 파괴의 요소가 섞여 들어가면 안 되기
때문이었느니라. 물론 하느님의 허락 없었다면
함부로 그들은 탈출할 수 없었으리라. 그러나 하느님은
지고한 왕으로서 위엄을 보이시고 명령에
곧바로 순종하도록 우리를 단련하기 위하여
칙명으로 우리를 파견하셨다. 가서 보니
음산한 지옥문 굳게 닫혀 있고
빗장도 걸려 있었다. 그러나 다가가기 훨씬 전부터
그 안에서 춤과 노랫소리 아닌 고통과
비탄과 격렬한 분노의 아우성 들렸다.[26]
우리는 안식일 전날 밤,[27] 임무를 마치고 광명에 찬
하늘로 돌아갔느니라. 이제 그대 말하라.
그대가 내 이야기 즐겁게 들었듯
나 역시 그대 이야기 기쁘게 들으리라."
거룩한 천사가 말하자 우리 조상은 이야기한다.
"인간이 인간 생활의 시초를 이야기하기란
참으로 어렵나이다. 자신이 처음에 어찌 생겼는지
누가 알겠나이까? 당신과 좀 더 이야기하고 싶은
마음에 말씀드리옵니다. 깊은 잠에서

---

25) 천지창조 여섯째 날.
26) 아이네이아스는 지옥문 밖에서, 안쪽에서 새어나오는 신음 소리를 듣는다(《아이네이스》).
27) 여섯째 날이 끝나고 일곱째 날(안식일)이 시작되는 무렵.

깨어난 듯 향기로운 땀에 젖어, 나는 꽃밭에
누워 있었나이다. 해가 곧 빛으로
더운 습기를 빨아들여 몸은 곧 말랐나이다.
나는 깜짝 놀라 곧바로 눈을 하늘로 돌려
한참 동안 푸른 하늘을 바라보다가
본능적으로 날쌔게 몸을 움직여 하늘로
오르려는 듯 벌떡 일어나 땅에 두 발을 딛고
똑바로[28] 섰나이다. 주위를 둘러보니 산과 골짜기,
울창한 숲과 환한 들, 그리고 속삭이며
흐르는 맑은 시냇물 있었나이다. 그 곁에서
살아서 움직이고 걷고 나는 온갖 동물과
나뭇가지에서 지저귀는 새들 모두가
미소 짓고 있었나이다. 내 가슴에도 향기와 기쁨이
넘쳐흘렀나이다. 나는 내 몸을 살피고
손발을 바라보며 활력이 이끄는 대로
부드러운 관절 움직여 걷기도 하고 뛰기도 했나이다.
하나 내가 누구이며 여긴 어디고 왜 여기 있는지
알지 못했나이다. 말을 하려 하자 쉽게
말 나오고 혀도 잘 움직여 보이는 것 무엇이나
이름 지을[29] 수 있었나이다. '너 태양, 아름다운
빛이여, 너 선명하고 눈부시게 빛나는 땅이여,
너희 산이여, 골짜기여, 강이여, 숲이여, 들이여,
그리고 살아 움직이는 아름다운 동물들이여!
알면 말하라, 어떻게 내가 여기에 왔는가를.
내 힘으로 태어나지는 않았으니, 선과 힘이

---

28) 아담은 다른 동물과 달리 태어나면서부터 두 발로 섰다. 제7편 참조.
29) "들짐승과 공중의 새를 하나하나 진흙으로 빚어 만드시고, 아담에게 데려다주시고는 그가 무슨 이름을 붙이는가 보고 계셨다. 아담이 동물 하나하나에게 붙여준 것이 그대로 그 동물의 이름이 되었다"(《창세기》 2 : 19).

월등한 어떤 위대한 창조주가 만드셨으리라.
내가 살아서 움직이고[30] 스스로 깨닫는 것보다
훨씬 행복함을 느끼는 것은 그분 덕분이리니
어떻게 그분을 알고 숭배할 수 있는지 말하라.'
만물에게 말하고 나는 비로소 공기를 들이마시고
이 행복한 빛을 본 장소에서 어딘지도
모르는 곳으로 방황했으나 대답하는 자 아무도
없었나이다. 이윽고 흐드러지게 꽃 핀 나무 그늘에 앉아
생각에 잠겼나이다. 그러자 포근한 잠이
찾아와 그 가벼운 압력에 눌려 몽롱해지고
본연의 무의식 상태로 돌아가 곧
몸이 녹아내리는 듯했으나 조금도
불안하지 않았나이다. 그때 갑자기 머리맡에
꿈처럼 누군가의 모습이 나타났나이다.[31] 마음에
비친 그 그림자에 은근히 상상력이
움직여 내가 아직 목숨이 있고 살아 있음을 믿게
되었나이다. 거룩한 형체가 가까이 다가와
말했나이다. '너의 집[32]이 너를 기다리니,
아담, 최초의 인간이여, 일어서라, 수많은 인류의
첫 아버지여. 너의 부름 듣고, 널 위해
마련된 축복의 낙원으로 너를 인도하러
왔노라.' 그리고 내 손을 잡아끌고
공중을 날듯 발을 땅에 대지 않고 미끄러지듯
들을 지나고 물을 건너 마침내 숲 우거진

---

30) "우리는 그분 안에서 숨 쉬고 움직이며 살아간다"(《사도행전》 17 : 28).
31) 제우스의 명령으로 아가멤논의 머리맡에 '꿈(꿈의 신 오네이로스)'이 와서 섰다(《일리아스》). 꿈에
    대한 아담의 해석은 제5편 참조.
32) 에덴의 일부인 낙원을 가리킨다. 〈창세기〉(2 : 8, 15)를 보면 아담과 하와는 에덴 바깥에서 만들
    어졌다. 또한 "내 아버지 집에는 있을 곳이 많다. 그리고 나는 너희가 있을 곳을 마련하러 간다"
    (《요한복음》 14 : 2)라는 예수의 말 참조.

동산으로 인도하더이다. 그 산 정상은
평평하고, 둘레는 넓고 아름다운 나무로
둘러싸여 있으며 오솔길과 정자도 있어, 이제껏
땅에서 본 모든 광경이 시시하게 보였나이다.
나무마다 탐스러운 과일 매달려 눈을 유혹하니,
따 먹고 싶은 욕망이 불현듯 일더이다.
그 순간 잠 깨어 보니, 꿈에서 생생히 본 모든 것이
눈앞에 그대로 펼쳐져 있었나이다.
여기까지 나를 이끌어준 그 거룩한 존재가
나무 사이에서 나타나지 않았더라면
나는 새로이 방랑을 시작했을 것입니다.
기쁨과 두려움으로[33] 우러러 숭배하며
그의 발치에 엎드리니, 그는 나를
일으켜 세우고 '나는 네가 찾는 자'[34]라고
부드럽게 말씀하시더이다. '네 위와 아래
네 주위에서 보는 모든 만물을 지은 이가
나이니라. 이 낙원을 너에게 주노니,
네 것으로 여기며 갈고 다듬고 과실을 먹으라.
낙원 안에 자라는 모든 나무의 과실은
자유로이 마음껏 따 먹어라. 아무리 먹어도
여기서는 모자라지 않으니 염려 말라.
그러나 너의 순종과 믿음의 증표로서,
내가 낙원 가운데 생명나무 옆에 심은
선악의 지식 주는 그 나무,
내 경고하노니 결코 잊지 말라, 그 열매만은
피하여 불행한 결과 맞지 않도록 하라.

---

33) "경건되이 야훼께 예배드리고 두려워 떨며 그 발 아래 꿇어 엎드려라"《시편》 2 : 11).
34) "하느님께서는 모세에게 '나는 곧 나다…… 너는, 나를 너희에게 보내신 분은 '나다' 하고 말씀하시는 그분이라고 이스라엘 백성에게 일러라"《출애굽기》 3 : 14).

네가 내 유일한 명령 어기고 그것을 먹으면
그날 너는 반드시 죽으리라.
그날부터 너는 죽어야 하는 몸[35]이 되어
이 낙원의 행복 잃고 괴로움과 슬픔의
세계로 쫓겨나리라.'[36] 준엄한 금지령을 단호히
선언하신 그 목소리, 죄를 지을 생각 없지만
그 말씀은 아직도 무섭게 귓가에 울려 퍼지나이다.
그분은 곧 청아한 모습으로 돌아가
자애로운 말씀 계속하셨나이다.
'이 아름다운 구역뿐 아니라 온 지구를
너와 네 자손들에게 주노라. 너는 주인이 되어
지구와 그 안에 사는 모든 것, 바다와
공중에 사는 모든 짐승과 물고기와
새를 지배하라.[37] 그 징표로서 네게
각종 새와 짐승들을 보여주리라. 네게서 이름 받고
낮게 몸 굽혀 네게 충성하도록 새와 짐승들을
부를 터이니 보아라. 물에 사는 물고기도
같은 줄 알라. 다만 그것들은 환경을 바꾸어
희박한 공기 마시고는 살 수 없으니
이 자리에 부리지는 않으리라.'
하느님이 말씀하시는 사이에 벌써 온갖 새와 짐승들이
둘씩 다가왔나이다. 짐승들은 교태 부리며
낮게 몸 굽히고 새들은 날개 펼치고 내려왔나이다. 짐승들이

---

35) 〈창세기〉에 "그것을 따 먹는 날, 너는 반드시 죽는다"(2 : 17)라고 하느님은 경고했지만 아담은 그
날 당장 죽지 않는다. 따라서 밀턴은 〈창세기〉의 그 대목을 '죽어야 하는 몸'이 된다고 해석했다.
36) "야훼 하느님께서 아담을 데려다가 에덴에 있는 이 동산을 돌보게 하시며 이렇게 이르셨다. '이
동산에 있는 나무 열매는 무엇이든지 마음대로 따 먹어라. 그러나 선과 악을 알게 하는 나무
열매만은 따 먹지 마라. 그것을 따 먹는 날, 너는 반드시 죽는다.'"(〈창세기〉 2 : 15~17).
37) "자식을 낳고 번성하여 온 땅에 퍼져서 땅을 정복하여라. 바다의 고기와 공중의 새와 땅 위를
돌아다니는 모든 짐승을 부려라!"(〈창세기〉 1 : 28).

내 앞을 지나갈 때 나는 이름 붙여주며 그 성질을
바로 깨달았나이다. 하느님이 이러한 지식
주시어 저절로 깨달은 것입니다. 하나 그중에
내게 필요하다고 생각되는 것은 없더이다.[38]
나는 하늘의 환영을 향해 다시 말했나이다.
'아, 당신은 만물보다도, 인간보다도,
인간보다 높은 자보다도 이름 붙이기 어려우니,
이 우주와 인간에게 모든 선을 베푸신
당신 창조주를 정녕 나는 어떤 이름으로
부르며 찬미해야 좋으리이까. 당신은
인간의 행복 위해 이토록 풍부하고 이토록
아낌없이 만물을 마련하셨나이다. 그런데 나의
반려자 될 이 없으니 고독 속에서 무슨 행복이
있으리까? 혼자 즐거움을 찾는 이가 어디 있으며
모든 것을 즐긴다 한들 무슨 만족 있으리까?'
주제넘은 말씀 올리니, 빛나는 환영은
더욱 찬란하게 미소 지으며 대답하셨나이다.
'어째서 혼자라고 하느냐? 땅에도 공중에도
온갖 생물이 넘쳐나고 모두가
네 명령 듣고 기쁘게 다가와 네 앞에서
놀지 않느냐? 너는 그것들의 언어와
습관을 알고 있지 않느냐?[39] 그들도 무시 못 할
이해력과 분별력을 가지고 있느니라. 그들과 어울려
즐기며 잘 다스리도록 하라. 너의 영토는 넓다.'

---

38) "아담은 집짐승과 공중의 새와 들짐승의 이름을 붙여주었지만 그 가운데는 그의 일을 거들 짝
　　이 보이지 않았다"(《창세기》 2 : 20). 아담이 동물의 이름을 지은 것에 대해 밀턴은 이렇게 말했
　　다. "특별한 지식이 없었다면 아담은 그토록 빠르고 분명하게 모든 동물의 이름을 짓지 못했을
　　것이다"(《그리스도교 교의론》).
39) 아담이 원죄를 짓기 전에는 동물들의 말을 이해했다고 한다.

우주의 지배자는 이렇게 말씀하시고
명령하셨나이다. 나는 외람되지만
겸손히 간청하며 대답하였나이다.
'부디 내 말에 노여워 마소서,[40] 하늘의 권자시여!
나의 창조주여, 너그러이 들으소서.
당신은 땅 위의 대리인으로 나를 만드시고
이 열등한 것들을 나보다 훨씬 밑에 놓지
않으셨나이까? 동등치 않은 관계에
무슨 교제, 무슨 조화, 무슨 참된 기쁨이
있으리까? 교제는 균형 있게 서로
주고받는 것인즉 균형 잃어 한쪽이
높고 다른 한쪽이 낮으면, 서로 잘 어울리지
못하고 머지않아 싫증 나고 말 것입니다.
내가 바라는 교제는 모든 이지적인 기쁨을
함께 맛볼 수 있는 관계이니,
따라서 짐승은 인간의 배필이 될 수
없나이다. 수사자가 암사자와 즐기듯
짐승들은 종류 따라 끼리끼리 즐기나이다.
그렇게 어울리도록 당신께서 짝지어주셨으니,
새는 짐승과, 물고기는 새와
소는 원숭이와 사귈 수 없나이다.
하물며 사람과 짐승은 말할 나위도 없나이다.'
그러자 전능자는 불쾌한 기색도 없이 대답하셨나이다.
'아담이여, 너는 까다롭고 미묘한 네 행복을
위해 배필을 바라는구나. 그래서 즐거움 속에
있으면서도 혼자서는 그 즐거움을
맛보려 하지 않는 것이니라. 그렇다면 너는 나를,

---

40) 아브라함은 하느님에게 말했다. "주여, 노여워하지 마십시오"(〈창세기〉 18 : 30).

나의 이 상태를 어떻게 생각하느냐?

태초(太初)부터 혼자인 내가

충분히 행복하다고 생각하느냐? 아니냐?

내게는 다음가는 자도 비슷한 자도 없는데[41]

하물며 같은 자가 어디 있으랴. 그렇다면

내가 만든 생물과 나보다 열등한 천사들,

다른 생물이 너보다 열등한 것과는 비교도 안 될 만큼

무한히 열등한 천사들 외에

나는 누구와 교제하겠느냐?'

하느님이 말을 마치시자 나는 겸손히 대답했나이다.

'당신의 영원한 사고의 높이와 깊이를 헤아리기에

인간의 사상은 부족하나이다,[42] 만물의

지존자시여! 당신은 본디 완전하고 아무

부족함이 없으시나[43] 인간은 어느 만큼만

그러할 뿐, 그렇기에 자신과 비슷한 자와

어울리며 자기 결함을 보완하고 위로받기를

원하나이다. 당신은 이미 무한하고

비록 하나[44]이지만 모든 수(數)를 채우시는

절대자시니 자손을 번식할 필요가 없으시나이다.

그러나 인간을 하나라는 수로 말할 때는

고독하고 불완전함을 나타내니, 그 결함 채우려면

비슷한 자와 함께 비슷한 자를 낳아서 그 형상을

---

41) 호라티우스도 《서정시집》에서 거룩한 존재자를 이와 똑같은 말로 표현했다. 신의 단일성에 대한 아리스토텔레스의 생각은 《니코마코스 윤리학》 참조.

42) "오! 하느님의 풍요와 지혜와 지식은 심오합니다. 누가 그분의 판단을 헤아릴 수 있으며 그분이 하시는 일을 이해할 수 있겠습니까?"(《로마서》 11 : 33).

43) "나는 곧 나다"(《출애굽기》 3 : 14). 또한 아리스토텔레스는 《에우데모스 윤리학》에서 신은 "아무 것도 필요로 하지 않는다"라고 했다.

44) 여기서 하나는 아담이 올바르게 이해했듯이, 고독을 나타내는 '하나'가 아니라 모든 수와 만물의 근원으로서 보편성을 지닌 '하나'이다. "주님은 예수 그리스도 한 분이 계실 뿐이고 그분을 통해서 만물이 존재하고 우리도 그분으로 말미암아 살아갑니다"(《고린도전서》 8 : 6).

늘려가는 수밖에 없나이다. 그렇기에 동반자의
사랑과 다정한 친교가 필요하나이다. 당신은
외따로 떨어져 계시어도 스스로를
가장 좋은 벗으로 삼으시니[45] 달리 교제를
바라지 않으시나이다. 그래도 원하시면 당신의
피조물을 신으로 만들어 얼마든지 융합하거나
교제할[46] 만한 높이로 끌어올릴 수 있나이다. 그러나
저는 아무리 애를 써도 땅을 기는 짐승을 일으켜
세우지 못하고, 짐승의 삶에서 만족을 얻지도 못하나이다.'
대담하게 말하며 허용된 자유 안에서
내 뜻을 펼치니, 그 은혜롭고 거룩한 목소리로
이런 대답을 하시었나이다.
'아담아, 지금까지 나는 너를 시험하였노라. 네가
옳게 이름 지은 짐승뿐 아니라, 너 자신도
충분히 알고 있음을 보니 참으로 기쁘구나.
짐승에게는 주지 않은 나의 모습, 네 속에 있는
자유로운 영을 훌륭히 나타냈다.
짐승과의 교제가 너에게 어울리지 않고
그것을 싫어함은 너무도 당연하니 앞으로도
그렇게 생각하라. 나는 네가 말하기 전부터
인간이 혼자 있으면 좋지 않음을[47] 알고 있었느니라.
또한 네가 방금 본 것들은 네 반려로서가 아니라,
네게 알맞은 자를 스스로 판단할 수 있는지
시험하기[48] 위해 데려온 것이니라. 하지만 기뻐하라,

---

45) 키케로는 《국가론》에서 "자신과 함께 있는 자는 조금도 고독하지 않다"라고 말했다.
46) 원문은 "union or communion"으로, 이 말은 'mystical union(신과 하나가 되는 신비적 체험)', 'Holy Communion(성찬식, 영성체)'이라는 종교적인 뜻을 담고 있다. 특히 'communion'은 '신과의 교제'를 강력히 주장한 프로테스탄트에게 매우 의미 있는 말이었을 것이다.
47) "아담이 혼자 있는 것이 좋지 않으니"(《창세기》 2 : 18).
48) "야훼께서는 사람의 마음을 시험하신다"(《잠언》 17 : 3).

이번에 부를 자는 반드시 마음에
들 것이니, 네가 진심으로 바라던 네 모습을
닮은 너의 반신, 네게 적합한 조력자[49]이니라.'
하느님이 말씀을 마치시자 다시는 그 목소리
들리지 않았나이다. 땅에 속한 나는, 오랫동안
하늘의 힘에 눌리고, 신성하고 엄숙한
대화에 극도로 긴장하여, 마치 인간의 감각을
넘어선 무언가에 억압받은 것처럼
어지럽고, 지쳐 쓰러져[50] 잠에서 회복을
구했나이다. 나를 도우려는 듯 자연이 잠을
보내자 그것은 곧 곁으로 와 내 눈을 덮었나이다.
잠은 내 눈을 감겼으나 마음의 눈인
상상의 문은 열어놓았나이다. 나는
황홀함을 느끼며 멍하니 있으면서도, 마음의 눈으로
내가 누워 있는 자리를 보고, 깨어 있을 때 내 앞에
서 계시던 그 모습이 더욱 찬란하게 빛나는 것을
보았나이다. 그분은 몸을 굽혀 내 왼쪽
옆구리[51]를 열고 심장의 따뜻한 활기와
신선한 피와 함께 갈빗대 하나를 뽑으시니,
상처는 컸지만 곧바로 살이 메워져 아물었나이다.
그분이 갈빗대를 두 손에 들고 다듬으시니,
형체 만드는 그 정교한 손안에서
한 생물이 만들어졌나이다. 인간 같았지만

---

49) "야훼 하느님께서는 '아담……의 일을 거들 짝을 만들어주리라' 하시고"(《창세기》2 : 18). 신이 아
내라는 말 대신 "반신(other self)" 즉 'alter ego'라는 절친한 친구를 뜻하는 말을 쓴 부분에 주목
해야 한다. "하느님이 처음에 인간(남자)에게 아내를 주신 것은, 아내가 그에게 도움을 주고 위
로해 주고 즐겁게 해주기를 바라셨기 때문이다"(《그리스도교 교의론》)라고 밀턴은 말했다.
50) "소인은 기운이 진하고 숨이 막혀 장군님과 이야기할 힘조차 없습니다"(《다니엘》10 : 17).
51) 《창세기》에는 '갈빗대'라고만 나와 있을 뿐 왼쪽인지 오른쪽인지는 나타나 있지 않다. 그러나
많은 성서 주해자들은 심장에 가깝다는 이유로 왼쪽 옆구리에서 갈빗대를 뽑았다고 해석한다.

성(性)이 다르고 아주 아름답고 사랑스러워
세상의 아름다운 것들이 이제는 시시하게
보이더이다. 모든 아름다움이 그녀 안에, 그녀의 얼굴
안에 담겨 있는 것 같았고, 일찍이 느껴보지 못한
달콤한 맛이 그때부터 내 가슴에 스며들었으며
그녀의 숨결은 만물에 사랑과 연모의 정을
불어넣었나이다. 그러자 갑자기 그녀가 사라지고
나 홀로 어둠 속에 남았습니다. 눈을 뜨고 그녀를
찾았지만 그 모습 보이지 않자 영원한 상실을
슬퍼하며 다른 쾌락도 모두 버리려 했나이다.
그때 멀지 않은 곳에서, 꿈에서 보았던 그녀가
하늘과 땅이 부여한 모든 아름다움으로 장식하고
사랑스런 모습으로 다가오지 않겠나이까.
창조주는 보이지 않았으나 그분에게 이끌려
그 목소리에 인도받으며, 혼인의 신성함과
결혼의 관습에 대한 가르침을 받으며 왔나이다.
그 걸음걸이에는 우아함이, 눈에는 천국의 빛이,
몸가짐에는 위엄과 사랑이 넘쳐흘러, 너무도
기쁜 나머지 나는 큰 소리로 외쳤나이다.
'모든 것을 보상해 주시고 당신의 말씀 지켜주시었나이다.
너그럽고 인자하신 조물주여, 모든 선과 아름다움을
주시는 이여. 당신은 모든 선물 가운데
가장 아름다운 것을 아낌없이 주셨나이다.
지금 나는 내 뼈 가운데 뼈요, 살 가운데 살인
나 자신을 보고 있나이다. 남자에게서 나온
이자의 이름은 여자. 이 때문에 남자는 부모를
떠나 아내를 만나 한 몸,
한 마음, 한 영혼 되나이다.[52]
그녀는 나의 말을 들었나이다.

하느님의 인도받아 왔으나 순수하고
처녀답게 수줍고, 그 덕성과 가치를 알고 있으며,
구애 없이는 복종하려 하지 않고,
대담하지만 주제넘지 않고 겸양하여
더욱 좋았나이다. 한마디로 죄스러운 생각에
더럽혀지지 않은 자연의 정을 따라 마음이
움직였는지, 그녀는 나를 보자마자 뒤돌아
달아나려 했나이다. 내가 따라가니, 그녀는
결혼의 존엄함[53] 알고 엄숙하고 순순하게
나의 청을 들어주었나이다. 나는 새벽하늘처럼
얼굴 붉히는 그녀를 부부의 연 맺을 정자로
데려갔나이다. 그러자 온 하늘과 행복한 성좌들이
신묘한 정기 뿜어내고 땅과 산도
축하의 표시 나타냈나이다. 새는 기뻐하고
상쾌한 바람과 고요한 대기는 숲에서
속삭이며 그 날개에서 장미꽃잎 흩뿌리고 향기로운
관목에서 방향 풍기며 즐거워했나이다.
이윽고 다정한 밤새가 혼례의 축가 부르고
때마침 나타난 저녁별[54]을 재촉하여 산마루에
혼례의 화촉 밝히게 했나이다.

---

52) "아담은 이렇게 외쳤다. '드디어 나타났구나! 내 뼈에서 나온 뼈요, 내 살에서 나온 살이로구나. 지아비에게서 나왔으니 지어미라고 부르리라!' 이리하여 남자는 어버이를 떠나 아내와 어울려 한 몸이 되게 되었다"(《창세기》 2 : 23~24). 이 《창세기》 구절을 인용하여 예수는 결혼에 대해 이렇게 말했다. "처음부터 창조주께서 사람을 남자와 여자로 만드셨다는 것과 '또 그러므로 남자는 부모를 떠나 제 아내와 합하여 한 몸을 이루리라.' 하신 말씀을 아직 읽어보지 못하였느냐? 따라서 그들은 이제 둘이 아니라 한 몸이다. 그러니 하느님께서 짝지어주신 것을 사람이 갈라놓아서는 안 된다"(《마태복음》 19 : 4~6). 이와 같은 내용은 〈마가복음〉(10 : 6~8)에도 있다. 밀턴은 결혼이란 '한 몸'이 될 뿐 아니라 "한 마음, 한 영혼"이 되는 것이라고 말했다.

53) "누구든지 결혼을 존중하고 잠자리를 더럽히지 마십시오. 음란한 자와 간음하는 자는 하느님의 심판을 받을 것입니다"(《히브리서》 13 : 4).

54) 저녁별이 나타난 것을 신호로 화촉을 밝히는 '결혼' 묘사는 로마 시인 카툴루스(《시집》)로부터 스펜서에게까지 이어져 온 전통적인 표현이었다.

이제 내 상태를 모조리 이야기하고, 마지막으로
내가 지금 누리고 있는 지상에서 가장 큰 행복까지
말씀드렸으니, 이로써 고백하지 않을 수
없나이다. 나는 다른 모든 것에서 기쁨을 찾긴
했지만, 그것을 경험하든 안 하든 내 마음에는
어떠한 변화도, 격렬한 욕망도 일지 않았나이다.
맛, 풍경, 향기, 풀, 과일, 꽃,
산책과 아름다운 새소리 같은 즐거운
것들 말입니다. 그런데 이번에는
전혀 다르게, 보기만 해도 황홀하고 닿기만 해도
가슴이 뛰었나이다. 나는 처음으로 정욕과
야릇한 자극을 느꼈고, 다른 즐거움 앞에서는
초연하여 흔들리지 않았건만 이번에는 아름다운
눈빛의 강력한 매력에 맥을 못 추었나이다.
어쩌면 자연이 나를 만들 때 실수하여
어느 부분을 이런 대상에는 좀처럼 맞서지 못하도록
만들었는지도 모릅니다. 아니면 내 옆구리에서 갈빗대를
빼낼 때 너무 많이 빼낸 탓인지도. 어쨌든 그녀에게
너무 많은 장식을 주어 내면은 완전하지 못해도
겉모습은 정교하기가 이루 말할 수 없었나이다.
자연의 첫째 목적, 인간에게 가장 중요한 마음과
내적 능력에서 그녀는 뒤떨어지고, 겉모습도 우리
두 사람을 만든 그분의 모습을 덜 닮았고
다른 생물을 지배하도록 부여된 주권적 성질도
별로 두드러지지 않았나이다.[55]

---

55) 밀턴의 이러한 여성관은 《투사(鬪士) 삼손》에도 나타나 있다. 남자에 비해 여자는 하느님과 덜
닮았다는 것이 많은 〈창세기〉 주해자들의 공통된 의견이다. "남자는 하느님의 모습과 영광을
지니고 있으니 머리를 가리지 말아야 합니다. 그러니 여자는 남자의 영광을 지니고 있을 뿐입
니다"(〈고린도전서〉 11 : 7).

그러나 가까이 다가가 그 아름다움을 보면
그녀는 완전하고 흠이 없으며 그런
자신의 특성을 잘 아는 듯하여, 그녀가
행하고 말하려 하는 것이 아주 슬기롭고
바르고 신중하고 착해 보였나이다. 높은
지식도 그녀 앞에서는 초라해지고
지혜도 그녀와 이야기할 때면 면목을 잃고
그저 부끄럽고 어리석게만 보였나이다.
권위와 이성[56]이 나중에 우연히 조작된 것이
아니라 처음부터 준비되어 있던 것처럼 그녀를
떠받치고 있었나이다. 마음의 위대함과
고상함이 더없이 어여쁘게 그녀 속에
자리 잡고 있고, 몸 주위에는 수호천사가
함께 있는 듯한 존엄성이 어려 있더이다."
천사는 이마를 찌푸리며 아담에게 말한다.
"자연[57]을 탓하지 말라, 자연은 제 할 일을
다했느니라. 그대는 그대 할 일만 하라.
지혜[58]를 의심치 말라, 그대도 알듯이
열등한 것을 지나치게 평가하여 그 지혜를
버리지 않는다면, 정말 필요할 때
지혜도 그대를 버리지 않으리라. 그대가
그토록 찬미하고 매혹되어 있는 것은 무엇인가?
겉모습인가? 그야 의심의 여지 없이 아름답다.
그대가 아끼고 존경하고 사랑할 가치는
있으나 그에 종속되지 말지어다.[59] 그녀와 자신의 무게를

---

56) 권위와 이성은 본디 아담의 것이어야 하는데 하와에게 있다고 느끼는 것은 아담에게 위험한
   일이다.
57) 하느님을 말한다.
58) 아담의 지혜인지 제7편에서 말한 "영원한 지혜"인지 분명하지 않다.

비교하고 평가하라. 정의롭고 올바른

판단력에 근거한 자기평가보다 더 유익한 것은

드물다. 그대가 그 지혜를 더 많이 알수록

그녀도 더욱 그대를 머리[60]로 인정하고 일체의

외관을 배제하고 내실을 기하리라.

그녀는 그대의 기쁨 위해 더욱 아름다워지고 더욱

존귀해지며 그대가 어리석음에 빠져들 때

오히려 지혜로워질 것이니, 그대는 그대의 반려를 존경하고 사랑하게

되리라. 그러나 인류 번식에 필요한

접촉이 다른 모든 것을 능가하는 기쁨으로

여겨진다면 그것이 가축과 짐승에게도

허용되었음을 생각하라. 쾌락 가운데

인간의 영혼을 압도하고 정감을 움직일 만한

무엇이 있다면, 그것이 짐승들에게도 똑같이

부여되지는 않았으리라. 그녀와 사귈 때는

그대가 보기에 고상하고 매력적이며,

인간답고 이성적인 것을 늘 사랑하라.

사랑하는 것은 좋으나 정욕[61]은 경계하라.

참다운 사랑이 거기엔 없느니라.

사랑은 생각을 깨끗하게 하고 마음을 넓게 하고,

이성에 바탕을 두어 지혜로우니

---

59) "이와 같이 남편 된 사람들도 자기 아내를 제 몸같이 사랑해야 합니다. 자기 아내를 사랑하는 것은 자기 자신을 사랑하는 것이 아니겠습니까?"(《에베소서》 5 : 28), "남편 된 사람들도 이와 같이 자기 아내가 자기보다 연약한 여성이라는 것을 잘 이해하고 함께 살아가며 생명의 은총을 함께 상속받을 사람으로 여기고 존경하십시오. 그래야 여러분의 기도 생활이 끊어지지 않을 것입니다"(《베드로전서》 3 : 7).

60) "모든 사람의 머리는 그리스도요 아내의 머리는 남편이요 그리스도의 머리는 하느님이시라는 것을 알아두시기 바랍니다"(《고린도전서》 11 : 3), "아내 된 사람들은 주님께 순종하듯 자기 남편에게 순종하십시오. ……남편은 아내의 주인이 됩니다"(《에베소서》 5 : 22~23).

61) '아내에게 정욕을 품는 것은 간음죄와 같다'는 생각이 중세에는 널리 퍼져 있었다. 반이성적인 정욕에 대한 시인의 불신은 말할 것도 없다.

그대가 육체적인 쾌락에 빠지지 않고 하늘의
사랑으로 오를 수 있는 사다리가 되느니라.[62]
그대의 배우자가 짐승들 속에 없는 것도 그 때문이다."
아담은 다소 부끄러워하며 대답한다.
"그토록 아름답게 만들어진 그녀의 겉모양과
온갖 생물에 공통되는 생식 문제보다도
(부부의 잠자리는 훨씬 고상한 것이라고 여기며
거기에 담긴 하느님의 뜻[63]을 존경하지만) 더욱 나를
기쁘게 하는 것은 거짓 없는 마음의 결합과
두 사람의 영혼이 하나임을 보여주는 사랑과
달콤한 순종이 배어 있는 그녀의 말과
동작에서 자연스레 흘러나오는 그 수많은
우아하고 단정한 행동이니, 이러한 부부가
자아내는 조화야말로 듣기 좋은 화음보다
더 즐겁나이다. 그러나 이에 굴복하지는 않았나이다.
그녀의 매력에 대해 마음속으로 느낀 바
말하였을 뿐 그것에 예속되지는 않았나이다.
나는 감각을 통해 다양한 형태로 나타나는 여러
경험을 하지만, 여전히 자유롭게 판단하고
최선을 찬미하며 그 뒤를 좇고 있나이다.
사랑은 하늘로 이어진 길이요 안내자이니,
그대는 내 사랑을 꾸짖지 않으시나이다.

---

62) "사랑은 오래 참습니다. 사랑은 친절합니다. 사랑은 시기하지 않습니다. 사랑은 자랑하지 않습
니다. 사랑은 교만하지 않습니다. 사랑은 무례하지 않습니다. 사랑은 사욕을 품지 않습니다. 사
랑은 성을 내지 않습니다. 사랑은 앙심을 품지 않습니다. 사랑은 불의를 보고 기뻐하지 아니하
고 진리를 보고 기뻐합니다. 사랑은 모든 것을 덮어주고 모든 것을 믿고 모든 것을 바라고 모
든 것을 견디어냅니다"(〈고린도전서〉 13 : 4~7). 또한 이러한 사랑 관념의 배경에는 지상의 육체적
인 사랑에서 천상의 거룩한 사랑으로 오르고자 하는 신플라톤적 사고도 있다.
63) "남편 된 사람들도 자기 아내를 제 몸같이 사랑해야 합니다. 자기 아내를 사랑하는 것은 자기
자신을 사랑하는 것이 아니겠습니까?"(〈에베소서〉 5 : 28).

내 물음이 옳거든 대답해 주소서. 하늘의 영들도
사랑을 하나이까? 한다면 어떻게 표현하나이까?
눈빛만으로 전하는지 빛을 맞대는지,
간접적인지 직접적인지 말씀해 주소서."[64]
천사는 사랑 본연의 색채인 장밋빛으로[65]
볼을 살포시 붉히며 대답한다.
"우리들이 행복하다는 것을 알면
족하리라, 사랑 없으면 행복도 없으니.
그대가 몸으로 즐기는 순수한 것이 무엇이든
(그대는 순결하게 창조되었으니) 우리도 훌륭히
즐기나니, 그것을 방해하는 점막과 관절과 팔다리
같은 장애물은 전혀 없느니라. 하늘의 영이
포옹[66]하는 것은 공기와 공기가 한데 섞이는
것보다 더 쉽고 완전하며 순결과 순결이
결합하여 하나가 되노라. 인간의 육체와 육체,
영혼과 영혼이 섞일 때와 같은 제한된 방식[67]은
우리에게 필요 없느니라. 그런데 이제 더 머물 수가
없구나. 지는 해가 대지의 푸른 곳과
헤스페리데스의 푸른 섬[68]을 넘어 서쪽으로

---

64) 아담은 인간의 사랑을 바탕으로 천사들의 사랑 표현을 유추하고 있다. 눈빛만 주고받는 플라
토닉(?)한 관계인지 아니면 인간의 육체적인 접촉처럼 빛을 맞대는지 묻고 있다.

65) 아담의 질문에 담긴 성적인 의미 때문에 라파엘이 부끄러워 얼굴을 붉혔다기보다는, 아담이 너
무도 인간적인 차원의 질문을 하자 웃음을 금치 못해 얼굴이 '장밋빛'으로 붉어졌을 것이다.
'장밋빛'은 천사의 본디 얼굴색이다.

66) 라파엘은 아담이 이해하기 쉽도록 '포옹'이라는 애매하고 인간적인 표현을 쓴다. 아담과 하와가
성적인 포옹을 하듯이, 천사와 천사도 그와 비슷하지만 다른 '포옹'을 한다고 말하는 듯하다.

67) 일곱 형제와 차례로 결혼한 여자가 나중에 부활하면 누구의 아내가 되느냐고 묻자 예수가 대
답했다. "너희는 성서도 모르고 하느님의 권능도 모르니 그런 잘못된 생각을 하게 되는 것이다.
사람이 죽었다가 다시 살아난 다음에는 장가드는 일도 없고 시집가는 일도 없이 하늘에 있는
천사들처럼 된다"(《마가복음》 12 : 24~25).

68) 푸른 곳(green cape)은 아프리카 대륙 서쪽 끝의 베르데곶을 말하며, 헤스페리데스의 섬은 그리
스신화에서 세상 서쪽 끝에 있는 축복받은 동산이 있는 섬이다.

넘어가니 이제 떠나야 한다는 신호이니라. 아담이여, 굳세고[69]
행복하고 사랑하라! 무엇보다 그분을 사랑하라.
곧 순종을 뜻하나니 그분의 명령을 지켜라.[70] 정욕에
판단이 흔들려 평소의 네 자유의지가 허용치 않는 일을
행하지 않도록 유의하라. 그대와 그대 자손 모두의
행복이 그대에게 달려 있으니,[71] 경계하라!
그대가 은총 속에 사는 한 나도 다른 천사들도 모두
기뻐하리라.[72] 굳건히 서라. 서는 것도 떨어지는 것도
그대의 자유로운 선택에 달렸느니라.
안으로 완벽을 기하고 밖으로 도움 청하지 말라.
그리하여 죄짓게 하려는 모든 유혹 물리치라."
천사는 이렇게 말하면서 일어섰고, 아담은 그를
배웅하며 축복했다. "떠나셔야 한다면 가소서,
하늘의 손님이시여, 내가 숭배하는 지존의
주께서 보내신 거룩한 사자시여.
당신은 내게 상냥하고 정답게 대해주셨으니
그 친절을 잊지 않고 언제나 감사하고
찬미할 것입니다. 인간에게 언제나 선량하고
친절한 당신, 자주 이곳을 찾아주소서!"
이렇게 그들은 헤어져, 천사는 우거진 나무
그늘에서 하늘로, 아담은 그의 정자로 갔다.

---

69) "힘을 내고 용기를 가져라. 내가 이 백성의 선조들에게 주겠다고 맹세한 땅을 차지하여 이 백성에게 나누어줄 사람은 바로 너다"(〈여호수아〉 1 : 6).
70) "하느님의 계명을 지키는 것이 곧 하느님을 사랑하는 일입니다. 그리고 하느님의 계명은 무거운 짐이 아닙니다"(〈요한일서〉 5 : 3).
71) "한 사람이 죄를 지어 이 세상에 죄가 들어왔고 죄는 또한 죽음을 불러들인 것같이 모든 사람이 죄를 지어 죽음이 온 인류에게 미치게 되었습니다"(〈로마서〉 5 : 12).
72) "이와 같이 죄인 하나가 회개하면 하느님의 천사들이 기뻐할 것이다"(〈누가복음〉 15 : 10).

제9편

줄거리

사탄은 지구를 돌고 나서 더욱 악의를 불태우며 어둠을 틈타 안개처럼 낙원으로 돌아와 자고 있는 뱀 속으로 들어간다. 아침이 되어 아담과 하와가 일하러 나갈 때, 하와가 다른 곳에서 따로 떨어져 일하자고 말한다. 아담은, 이미 경고받은 그 적이 하와가 혼자 있는 것을 보고 유혹할지도 모르니 위험하다며 반대한다. 그러나 하와는 조심성 없고 굳세지 못하다는 인상을 받기 싫기도 하고, 자기 힘을 시험해 보고 싶은 마음에 끝까지 혼자 가겠다고 주장한다. 결국 아담이 물러선다. 뱀은 하와가 혼자 있는 것을 보고 교묘히 접근하여 처음에는 하와를 쳐다보기만 하다가, 마침내 입을 열어 아첨하는 말투로 그녀가 다른 어떤 생물보다도 훌륭하다고 침이 마르도록 칭찬한다. 하와는 뱀이 말하는 것을 듣고 이상히 여겨, 지금까지는 그렇지 못했는데 어떻게 해서 사람의 말과 이해력을 얻게 되었는지를 묻는다. 뱀이 대답하기를, 낙원 안에 있는 어떤 나무 열매를 맛본 뒤 이제까지 없던 말과 이해력을 얻었다고 한다. 하와는 그 나무 있는 데로 자기를 데려가 달라고 부탁한다. 가보니 그것은 금지된 지식의 나무였다. 뱀은 더욱 대담하게 여러 간계와 변론으로 하와를 끈질기게 유혹하여 결국 지식나무 열매를 따 먹게 한다. 하와는 그 맛에 취하여 아담에게 알릴지 말지를 잠깐 생각한 끝에 그 열매를 가지고 돌아가 어떤 자의 권유로 그것을 먹었다고 아담에게 말한다. 아담은 처음엔 놀랐으나 하와가 타락했음을 깨닫고 그녀를 열렬히 사랑하는 마음에서 함께 멸망하기로 결심한다. 아담은 일부러 죄를 가벼이 여기고 그 열매를 먹는다. 그 효과는 곧바로 두 사람에게 나타났다. 그들은 벗은 몸을 가리려 하고, 마침내 돌아서서 서로를 꾸짖는다.

하느님과 천사 손님이 친구와 하듯

인간과 이야기하고,[1] 다정하게 한자리에 앉아

소박한 식사를 함께 하며

죄 없고 순진한 인간의 말을 들어준 일은

그만 말하련다. 나는 이제 이 노래를

슬픈 곡조[2]로 바꾸어야 한다. 사람으로서는

수치스런 불신과 불충한 배반, 반역과

불순종이요, 하늘로서는[3] 소홀과 냉담과 혐오,

분노와 정당한 꾸짖음, 그리고 심판,

이로써 재난과 죄[4]와 그 그림자인 죽음,

그리고 죽음의 전조인 고통이

이 세상에 들어왔으니, 참으로 슬프도다!

그러나 그 주제는 트로이의 성벽을 세 번이나 돌아

달아나는 적을 추격한 아킬레우스의

섬뜩한 분노[5]보다도, 파혼한

라비니아에 대한 투르누스[6]의 분노보다도,

그리스 사람[7]과 키테레이아의 아들[8]을

---

1) "야훼께서는 마치 친구끼리 말을 주고받듯이 얼굴을 마주 대시고 모세와 말씀을 나누셨다"(《출애굽기》 33 : 11).
2) 아담과 하와가 원죄를 짓고 낙원에서 추방된 일을 시인은 비극적인 사건으로 보았다. 제5~8편에서 라파엘과 아담이 나눈 대화에 나타난 목가적인 곡조와 대비된다.
3) "하느님의 진노가 불의한 행동으로 진리를 가로막는 인간의 온갖 불경과 불의를 치시려고 하늘로부터 나타납니다"(《로마서》 1 : 18).
4) "한 사람이 죄를 지어 이 세상에 죄가 들어왔고 죄는 또한 죽음을 불러들인 것같이 모든 사람이 죄를 지어 죽음이 온 인류에게 미치게 되었습니다"(《로마서》 5 : 12).
5) 《일리아스》 제1권 첫머리는 "노래하라, 뮤즈여, 펠레우스의 아들 아킬레우스의 분노를"이라는 말로 시작한다. 아킬레우스가 친구 파트로클로스를 죽인 적군 헥토르에게 분노하며 복수한 이야기가 《아이네이스》에 나온다.
6) 투르누스는 라티누스왕의 딸 라비니아와 약혼하였으나 왕이 그녀를 아이네이아스와 결혼시키자 분노하여 아이네이아스와 싸우다 죽었다(《아이네이스》).
7) 오디세우스. 오디세우스는 바다의 신 포세이돈(넵투누스)의 분노를 사는 바람에 20년 동안 방랑한다(《오디세우스》).
8) 아이네이아스. 키테레이아 즉 아프로디테(베누스)와 아름다움을 겨루다 진 헤라(유노)는 그 보복으로 아이네이아스를 괴롭힌다(《아이네이스》).

그토록 오랫동안 괴롭힌 넵투누스와
유노의 분노보다도 더 영웅적[9]이다.
다만 그에 어울리는 시체(詩體)를
하늘의 수호여신[10]에게서 얻을 수만 있다면.
그녀는 원치 않아도 밤마다[11] 나를 찾아와
잠자는 나에게 받아쓰게 하거나 영감을 주어
생각지도 못한 시구가 저절로 나오게 하리라.
내가 처음 이 영웅시의 주제를 마음에
품은 이래, 오랫동안 선택에 고민했고
시작은 늦었다.[12] 지금까지 영웅시의 유일한
주제였던 전쟁을 노래하는 것은
천성적으로 흥미 없다. 전쟁 묘사의 주된 기교는
가상[13] 전투에다 허구의 기사들의 지루하고
장황한 학살을 부각하는 것이다. 훌륭한 인내[14]와
불굴의 정신과 영웅적 순교는 노래하지 않고,
경주나 경기, 시합 때 쓰는 무구(武具)와 문장(紋章)
장식의 방패, 정교한 인각(印刻),
아름답게 치장한 군마와 칼, 말의 장식
덮개와 금은박 눈부신 장식, 창시합과
기마경기를 하는 화려한 기사, 아니면
궁전에서 사환이나 집사들이 시중드는

---

9) 신의 심판과 분노는 아킬레우스 등의 분노와 달리 은총의 계기를 포함하므로 '영웅적'이며, 이러한 영웅서사시보다 《실낙원》이 진정한 영웅서사시라고 말하고 싶은 듯하다.

10) 제7편 첫머리에 나온 우라니아를 말한다.

11) 제7편 참조.

12) 밀턴이 아담의 낙원 상실에 대한 비극을 구상한 메모가, 1640년 무렵에 쓰인 것으로 보이는 〈트리니티 원고〉에 남아 있다. 현재 우리가 읽고 있는 《실낙원》은 1658~63년 무렵에 작성된 것으로 추정된다.

13) 시인은 허구의 이야기를 아주 싫어한다.

14) 괴로움을 견디며 하느님의 뜻에 따르는 것은 신앙적인 용기이며, 이보다 영웅적인 행위는 없다. 밀턴에게 인내라는 말은 특별한 의미를 지녔던 듯하다.

연회만 그리니,[15] 그런 노래는 잔재간과 시시한
기교만으로도 충분하리라. 하니 영웅이라는 이름을
그런 시나 시인에게 줄 수는 없다.[16] 이런 것에
재주도 없고 열성도 없는 내게는 한층 차원
높은 주제, 진정 영웅서사시라 부를 만한[17]
주제가 남아 있다. 사양길을 걷고 있는 지금 시대와
쌀쌀한 풍토와 나이[18]가 날아오르려는
내 창작의 날개를 꺾지만 않는다면.
그러나 밤마다
내 귓가에 속삭이는 뮤즈의 도움 없다면
내 날개는 꺾이고 말리라.[19]
해는 지고 낮과 밤사이의 짧은
중재자로서 지상에 황혼을 가져오는
헤스페로스의 별도 사라졌다.
반구를 뒤덮는 밤이 지평선을 끝에서 끝까지
감싼다. 이때 앞서[20] 가브리엘의 위협을 받고
에덴을 도망쳤던 사탄이 더욱 치밀한
간계와 악의로 똘똘 뭉쳐, 더 무거운
벌받게 될 것도 개의치 않고 오로지 인간을
파멸시키러 대담하게 돌아왔다. 어둠을
틈타 달아나 지구를 돌아다니다가[21] 낮을 피해

---

15) 이러한 장면은 보이아르도, 아리오스토, 타소, 스펜서의 낭만적 서사시에 자주 등장한다.
16) 밀턴은 호메로스나 베르길리우스 등의 고전서사시나 타소와 스펜서 등의 기사도 이야기보다
도, 더욱 독창적인 종교적 서사시가 자신의 본성에 맞는다고 말하고 있다.
17) 밀턴은 자신이 쓰고 있는 이 종교적 서사시야말로 참된 영웅서사시라고 말하고 있다.
18) 그때는 일반적으로 세계가 쇠퇴하고 문화는 몰락하고 있으며, 쌀쌀한 풍토가 시 창작에 지장을
준다고 믿었다. 또한 이 작품이 1665년에 완성되었다고 본다면 그때 밀턴의 나이는 56세였다.
19) 1, 3, 7편 첫머리와 마찬가지로 첫 행부터 여기까지는 뮤즈를 향한 시인의 호소이다.
20) 제4편 마지막 부분 참조.
21) "야훼께서 사탄에게 물으셨다. '너는 어디 갔다 오느냐?' 사탄이 대답하였다. '땅 위를 이리저리
돌아다니다가 왔습니다'"《욥기》 1 : 7).

다시 한밤중에 찾아오니, 이는 태양의

관리자 우리엘이 그의 침입을 알아채고

에덴을 지키는 거룹천사들에게 경고하였기

때문이다. 고뇌에 가득 차 낙원에서

쫓겨난 뒤, 밤을 따라 일곱 밤[22] 암흑 속을 날며

적도[23]를 세 번 돌고 극에서 극까지

네 번이나 밤의 수레를 가로질러

각 분지경선[24]을 건넜다. 여덟 밤째[25]에

낙원으로 돌아와 출입구, 즉

수호천사들이 지키는 정문 반대쪽 변경[26]으로

의심받지 않게 몰래 들어왔다. 시간 때문이

아니라 죄 때문에 그 위치 바뀌어 지금은

사라졌으나, 그때 그곳에

흐르던 티그리스강[27]은 낙원의 기슭에서 땅 밑으로

흘러 심연이 되었고, 그 일부는 생명나무

곁에서 샘이 되어 솟아올랐다. 사탄은 그 강물로

---

22) 하느님의 천지창조가 7일 만에 끝난 것과 대조를 이룬다. 편파적(반창조적)인 뜻의 구현자인 사탄은 7일 동안 밤만 골라 다니며 지구를 돌았다.

23) 지구의 적도가 아니라 하늘의 적도를 말한다. 시인은 여기서 프톨레마이오스의 이론에 따라 지구 적도면의 연장선상에 있는 하늘의 적도를 따라 태양이 운행한다고 보았다. 사탄은 태양빛을 받은 지구의 반대쪽인 그림자(밤) 부분으로만 다녔다는 뜻이다.

24) 천구의 북극과 남극에서 직각으로 만나는 두 경선으로, 그 하나는 춘분점과 추분점을 지나며 다른 하나는 하지점과 동지점을 지난다고 한다. 그러나 여기서 사탄은 지구의 분지경선으로 다가가 지구를 남북으로 가로질렀다고 생각할 수 있다. 문제가 되는 것은 아직 지축이 기울지 않았으므로(제10편 참조) 극에는 그림자(밤)가 없다는 점이다. 시인은 사탄이 인간의 타락(원죄)을 앞질러 스스로 그림자를 만들고 다녔음을 말하는 듯하다.

25) 그리스도는 수난주 다음 날(8일째)에 부활했다. '8'은 성스러운 숫자이다. 여덟 밤째에 사탄이 낙원에 나타난 것은 성스러움에 대한 도전을 뜻한다.

26) 북쪽. 제4편 참조.

27) 성서에 "에덴에서 강 하나가 흘러나와 그 동산을 적신 다음 네 줄기로 갈라졌다"(《창세기》 2 : 10)라고 나와 있는데, 시인은 이 강이 티그리스강이라고 보았다. 일반적으로는 이 네 줄기 가운데 하나가 티그리스강(《창세기》 2 : 14)이라고 알려져 있다.

들어가 가라앉았다가 자욱한 안개에 싸여 다시
솟아올라서 숨을 곳을 찾았다. 사탄은
에덴에서 폰토스와 마이오티스해를 지나
오비강²⁸⁾을 넘어 북쪽까지, 아래로는 멀리 남극까지,
서쪽으로는 오론테스강²⁹⁾을 지나 다리엔 지협³⁰⁾으로
가로막힌 태평양까지, 거기서 다시 갠지스강과
인더스강이 흐르는 나라까지 바다와 육지를
더듬어 찾았다. 빈틈없이 찾아
헤매며 모든 생물 가운데 어느 것이
자신의 간계에 가장 도움이 될지
세밀히 살피다가 들짐승 가운데
가장 교활한 뱀³¹⁾을 발견하였다. 사탄은 이런저런
고민하며 얼른 결정짓지 못하고 오래 망설인
끝에 마침내 이 짐승이야말로
날카로운 감시의 눈길에 드러나지 않도록
그 음흉한 유혹 숨기기에
가장 적당한 그릇³²⁾이라 여기고
뱀 속으로 들어갔다. 교활한 뱀이라면 술책을 부린들
타고난 기지와 교활함 탓이라 여기며 의심하지
않을 것이기 때문이다. 다른 짐승이 그리한다면
짐승의 의식 뛰어넘은 마력이 그 안에서
작용하고 있다는 의심을 받게 되리라. 사탄은 이렇게
결심하였으나, 가슴속 솟구치는
비통함은 억누를 길 없었다.

---

28) 시베리아 지방을 남북으로 흐르며, 북극해와 맞닿은 오비만(灣)으로 빠져나간다.

29) 시리아와 튀르키예를 지나 지중해로 흐른다.

30) 파나마 지협의 옛 이름.

31) "야훼 하느님께서 만드신 들짐승 가운데 제일 간교한 것이 뱀이었다"(〈창세기〉 3 : 1).

32) "하느님께서는 당신의 진노와 권능을 나타내시기를 원하시면서도 당장 부수어버려야 할 진노의 그릇을 부수지 않으시고 오랫동안 참아주셨습니다"(〈로마서〉 9 : 22).

"아 대지여, 설령 그보다 낮다고는 할 수 없어도,
너는 하늘에 못지않구나, 생각을 거듭하여[33] 낡은 것을
개조하여 세웠으니 오히려 더더욱 신들에게 적합한 곳이로다!
신이 어찌 좋은 것 뒤에 나쁜 것을
만들겠는가. 대지여, 지상의 하늘이여, 다른 하늘들이
네 주위를 돌며 춤추며[34] 그 찬란한
호의적인 등불 쳐들어 빛 위에 빛을 겹쳐
거룩한 힘 충만한 존귀한 빛을 모두 너에게만 쏟아내는구나!
신이 하늘의 중심이며 만물에 힘을 미치듯
여기서는 네가 중심이고 모든 천체로부터 빛을 받누나.
이러한 빛의 힘은 천체가 아닌 네 안에서
나타난다. 풀과 나무를 자라게 하고,
인간에게 모두 집약된 생장과 감각과 이성[35]으로
약동하는 생물의 눈부신 탄생을
이끌어내는구나. 아, 대지여, 내 다소나마 즐길 수
있는 몸이라면 얼마나 기쁘게 너의 세계를
둘러보았으랴! 아름답게 변하는 산과 골짜기,
강과 숲과 들, 때로는 육지, 때로는 바다, 숲이
우거진 해안, 바위와 굴과 동굴! 그러나 나는
그 어디에서도 내 처소와 은신처를
찾을 수 없다. 주변의 즐거운 광경을 보면 볼수록
더욱더 마음에 가책을 느끼나니, 마치
증오스런 모순에 둘러싸여 있는 듯하다. 모든
선이 내게는 악이 되었으니,[36] 하늘에서는 내 상태

---

33) 전지전능한 존재가 생각을 거듭하는 일은 없지만 사탄은 그 점을 이해하지 못한다.
34) 앞(제3편, 제5편)에서 언급한 별들의 춤은 신을 찬미하기 위한 것이었다. 그러나 여기서 사탄은
    지신이 정복하고자 하는 지구와 그 인간에게 봉사하는 별의 춤을 보고 있다.
35) 생장은 식물의, 생장과 감각은 동물의, 생장과 감각과 이성은 인간의 속성이다.
36) 사탄은 제4편에서도 이와 똑같은 독백을 했다.

더욱 나쁘리라. 그러나 하늘의 지존자를
정복치 않는 한 여기에서도 하늘에서도 살지
않으리라. 내가 하려는 일도 내 고통을
덜려는 것이 아니라, 예컨대 그 때문에 더욱
비참해진다 해도 남을 나처럼 만들기 위함이다.[37]
내 잔인한 마음은 오직 파괴 속에서만
안정을 찾을 수 있을 따름이다. 인간이
멸망하거나 완전히 타락하게 되면,
인간을 위하여 만들어진 이 대지도
곧 그 뒤를 따라 파멸하리니,[38] 이는 인간과 화복이
이어져 있기 때문이노라. 여기서는 화로 이어지니
반드시 파멸하리라. 전능자라는 그가 여섯 날
여섯 밤 걸려 만든 것을 단 하루 만에
두드려 부술 수 있다면, 지옥의 천사들 사이에서
위대한 영광 오직 내가 독차지하리라.
또한 만들기 전에 얼마나 오랫동안 궁리하였는지
누가 알랴. 아무리 길어도 내가 하룻밤 사이에
천사들의 거의 절반을 치욕스런 노예 상태에서
해방하여 그를 숭배하는 무리의 수효를 줄인
뒤로 그리 오래되지는 않았으리라.[39] 그는 원수를
갚고 또 잃어버린 수를 채우고자 했으나, 옛날에
썼던 그 힘이 이제는 다 빠져서 새로운
천사를 만들어내지 못하는 것인지(만일 천사가
그의 창조물이라면)[40] 아니면 우리에 대한

---

37) 라파엘은 이미 이 점을 예견하고 아담에게 경고를 했다(제6편).
38) 사탄이 말한 대로, 하와가 금단의 열매를 먹었을 때 "대지는 상처의 아픔을 느꼈다"라고 한다.
　　또한 자연현상의 큰 변화에 대해서는 제10편 참조.
39) 사탄의 이 말은 제2편에서 바알세불이 한 말과 모순된다.
40) 사탄은 천사가 하느님의 피조물이 아니라고 했다가(제1편, 제5편) 피조물이라고 했다가(제4편),
　　말에 일관성이 없다.

앙갚음인지 모르나, 흙으로 빚은
인간을[41] 우리 자리에 올려 세우고,
비천한 그를 영광의 자리에 앉혀
하늘의 이권을, 본디 우리가 가졌던 이권을
주려고 결심하였다. 그리고 그 결정을 실현하여
인간을 만들고 그 인간을 위해 이토록
장엄한 우주와 그의 살 자리인 지구를
만들어 그를 주인이라 선언했으니, 아, 치욕이로다!
날개 달린 천사와 불꽃에 감싸인 천사들에게 명하여
흙덩이나 다름없는 인간을 수호하고[42]
돌보게 했다. 그 천사들의 삼엄한 경계가 두려워
그 눈을 피하고자 나는 한밤중의 안개에 싸여 몰래
나아가며 모든 숲과 덤불을 뒤지다 우연히
잠자고 있는 뱀을 발견하여 그 꾸불꾸불한
똬리 속에 나와 내 은밀한 계략을 숨기고자 하였다.
아, 이 얼마나 비참한 타락인가! 일찍이
최고의 자리에 앉고자 신들과 싸웠던 내가 지금은
별수 없이 짐승 속에 들어가 짐승의 끈적거리는 몸과
하나가 되어, 신의 보좌를 넘보던 이 영체를
육화하고[43] 수화(獸化)해야 하는 꼴이라니. 그러나
야심과 복수를 위해서라면 무슨 짓인들
못하겠는가? 높이 오르려는 자는 그 높이만큼
한 번은 낮게 내려가 가장 비천한 자가 되는 법.
복수는 처음에는 달콤하겠지만 머지않아

---

41) 사탄은 인간을 경멸하고, 부러워하고, 저주하고, 찬미하는 등 복잡한 반응을 보인다.

42) "주께서 너를 두고 천사들을 명하여 너 가는 길마다 지키게 하셨으니"(《시편》 91 : 11), "천사들
은 모두 하느님을 섬기는 영적인 존재들로서 결국은 구원의 유산을 받을 사람들을 섬기라고
파견된 일꾼들이 아닙니까?"(《히브리서》 1 : 14).

43) 천사의 몸이 영체(靈體)인 점은 앞에서 여러 차례 언급했다. '육화(incarnate)'는 곧 그리스도의 '성
육신(Incarnation)'과 대비된다.

쓰라리게 되돌아오리라. 그래도 상관없다.

어차피 높이 오를 수는 없으니, 그다음으로 내

질투⁴⁴⁾를 부르는 자, 하늘의 새로운 총아,

흙덩이에서 생긴 인간, 우리의 화를 돋우기 위해

그가 먼지에서 만든 이 한스러운 인간을

겨냥하여 내리치면 족하리라. 원한은

원한으로 갚는 것이 상책이로다."

이렇게 말하고 눅눅하거나 마른 숲을

검은 안개처럼 낮게 기며 뱀을

찾기 위해 한밤의 탐색을 이어간다. 얼마 뒤

기다란 몸을 꾸불꾸불 미로처럼 말고

그 한가운데에 교활한 간계로 가득 찬 머리를

올리고 깊이 잠든 뱀을 발견한다. 뱀은 아직

섬뜩한 그늘이나 음침한 동굴에서 살거나

위해를 가하지 않고, 부드러운 풀 위에서 두려움 없이

또 두려움 주지도 않고 자고 있었다. 악마는

그 입으로 들어가 심장이나 머릿속에 있는 그 짐승의

의식을 곧장 사로잡아 지적인 활력을

불어넣었다. 그러나 잠은 방해하지 않고

가만히 날이 밝아오기를 기다렸다. 이윽고

성스러운 빛이 에덴에 아침의 향기 뿌리며

함초롬히 이슬진 꽃들 위로 내려앉았다.

숨 쉬는 만물은 대지의 대제단⁴⁵⁾에서

창조주를 향하여 침묵의 찬가를 부르고

---

44) 사탄의 행동 바탕에는 언제나 신에 대한, 또는 신을 사랑하는 인간에 대한 질투가 있다. 또한 사탄의 교만에 대해서는 제4편 참조. 아우구스티누스도 사탄이 아담을 유혹한 동기는 교만과 질투라고 보았다(《신국론》).

45) 노아가 번제(燔祭)를 올리기 위해 만든 제단이 연상된다. "야훼께서 그 향긋한 냄새를 맡으시고 속으로 다짐하셨다. "사람은 어려서부터 악한 마음을 품게 마련, 다시는 사람 때문에 땅을 저주하지 않으리라. 다시는 전처럼 모든 짐승을 없애버리지 않으리라"(《창세기》 8 : 21).

상쾌한 향기로 그의 코를 채운다. 이때
두 남녀가 나타나 모든 생물들의 소리 없는
합창에 맞추어 예배를 올린다.
예배가 끝나자, 향기도 바람도 상쾌한
아침 한때를 함께 즐긴다. 그러고는
날로 늘어나는 하루 일과를 오늘 어떻게 잘할 수
있을지를 의논한다. 동산이 너무 넓어
두 사람 손으로는 그 많은 일을 하기
어렵기 때문이다. 하와가 남편 아담에게 말한다.
"아담이여,[46] 이 동산을 꾸준히 가꾸고
풀과 나무와 꽃을 돌보는 것은 명령받은 즐거운
일이니 조금도 힘들지 않지만, 도와주는 이 없는 한[47]
아무리 부지런히 노력해도 일은 늘어나고
아무리 낮 동안 베고 깎고 묶어놓아도
하루 이틀 밤사이에 비웃듯이 제멋대로
자라 야생이 될 지경입니다. 그러니 적절한 지시를
내리거나 아니면 우선 내 생각을 들어보소서.
우리 일을 나누어서[48] 합시다. 그대는
그대 좋은 곳이나 가장 필요한 곳으로 가서
이 정자에 인동덩굴을 감아올리거나
휘감겨 있는 담쟁이[49]가 뻗어나갈 길을 마련해 주고,
나는 저기 도금양과 뒤섞인 장미[50] 덤불에서

---

46) 지금까지의 대화와 달리, 하와가 먼저 아담에게 말을 걸었다는 점에 주목할 필요가 있다.
47) 일손은 계속 늘어나야 했다. 하느님이 "자식을 낳고 번성하여 온 땅에 퍼져서 땅을 정복하여라"《창세기》 1 : 28)라고 했기 때문이다.
48) 하와는 일의 효율성을 생각하여 분업을 하자고 주장한다. 그러나 이는 궁극적으로 부부로서 하나인 것을 양분하는 것임을 깨닫지 못한다.
49) 인동덩굴과 담쟁이 모두 덩굴식물이고 무언가에 달라붙는다는 점에서 여성적이며, 느릅나무를 타고 올라가는 포도덩굴(제5편)과 똑같은 상징성을 지닌다. 부부애를 나타내는 이러한 풀을 손질하고 싶으면 하라고 하와는 말하고 있다.
50) 도금양과 장미는 사랑을 상징하는 꽃이지만 아프로디테(베누스)와 깊은 관련이 있는 꽃이므

점심때까지 쓰러진 가지를 세우겠나이다.
우리가 하루 종일 한곳에서 함께 일하면
서로 얼굴을 쳐다보고 웃음 나누고
새로운 일 생길 때마다 이야기 나눌
터이니, 일에 방해가 되어,
아침 일찍 시작해도 별 효과 없이 저녁때
맨손으로 돌아오게 될 것입니다."
하와에게 아담은 조용히 대답한다.
"사랑하는 하와여, 오직 하나뿐인 친구여,
어떤 생물과도 견줄 수 없는 다정한
반려여! 하느님이 우리에게 내리신 일을
어떻게 하면 가장 잘 수행할 수 있을지를
여러모로 궁리하여 훌륭한 제안하니
그대를 칭찬하지 않을 수 없구려. 여자에게
집안일을 보살피고 남편의 일을 돕는 것보다
아름다운 것은 없으리오. 그러나 주께선
우리가 쉬고 싶을 때, 음식이든,
마음의 양식인 대화든, 얼굴을
마주 보며 달콤한 웃음을 나누는 것이든,
그것을 못하게 하실 만큼 엄격히 노동을
강요하지는 않으시리이다. 웃음은 이성에서
흘러나오는 것으로 짐승에게는 주어지지 않는
사랑의 양식이오. 사랑이야말로 인생의
가장 높은 목적이 아닙니까. 하느님께서 우리를
만드신 것은 힘든 노동이 아니라 즐거움을,
이성과 결합된 즐거움을 누리게 하시기
위해서요. 머지않아 자손 태어나 젊은 손이

로 막연한 불안감을 버릴 수 없다.

우리를 도울 때까지는 이 길이든 나무 그늘이든
우리가 평소 활동하는 넓이쯤은 둘이 힘 합쳐
쉽사리 황무지가 되지 않게 할 수 있으리오.
그러나 말이 너무 많아 싫증 나면 잠깐 동안
떨어져 있는 것도 좋소. 고독은 때로는 최상의
사교가 되고 그로 인해 귀환은
더욱더 달콤해지리니. 그러나 내게서 떨어지면 그대가
위험하지 않을지 걱정스럽소.
우리가 어떤 경고를 받았는지 그대도 알리오.
어떤 악한 원수가 우리의 행복을 시기하고
제 행복 잃은 것을 원망하며 간계를 꾸며 우리에게
재난과 수치 주려고 근처에 숨어 망보며
제 소망 이룰 가장 좋은 기회를
엿보고 있음이 틀림없으니, 떨어져
있으면 위험하오. 함께 있으면 서로 바로
도울 수 있으니 우리를 속이기란 불가능하리라.
그의 첫 목표가 우리의 충성을 하느님에게서
떼어내는 것이든 우리의 부부애를 가로막는 것이든
(우리가 받은 축복 가운데 이보다 그의 질투를
불러일으키는 것 없으니) 또는 그보다 더 악랄한 것이든 간에
그대는 그대에게 생명을 주고 그대를 지켜주는
신실한 사람 곁을 떠나지 마시오. 위험이나 치욕이
닥칠 때 아내는 자기를 지켜주고 최악의 경우를
함께 견뎌주는 남편 곁에 있어야 가장 안전하리오."
순결하고[51] 위엄 있는 하와는 사랑을 짓밟히고
부당하고 매몰찬 대우를 받은 사람처럼
아름다우면서도 엄숙한 태도로 대답한다.

---

51) 순결무구한 사람일수록 유혹에 빠지기 쉽다.

"하늘과 땅의 아들,[52] 대지의 주인이여!
우리의 파멸[53]을 노리는 적이 가까이 있다는 말
그대에게서 들었고, 또 저녁 꽃들이
오므라들 무렵 막 돌아와 짙은 나무 그늘
구석에 우연히 서 있을 때 떠나가는 천사에게서도
엿들었나이다. 그러나 하느님과 그대에 대한
내 절조를 유혹하는 적이 있다 하여 그대의 의심받을
줄은 꿈도 꾸지 못했나이다. 우리는 본디
죽지 않고 고통받지 않게 태어나, 적의 폭력
당할 리 없고 당해도 물리칠 수 있으니, 그대
적을 두려워하는 것이 아니라
적의 간계 두려워하고 있나이다. 이는
나의 확고한 믿음과 사랑이 그의 간계로
흔들리거나 미혹될 수 있다고 그대가
의심하기 때문이지요. 아담이여, 어찌하여 그런
생각이 그대 가슴에 깃들어 사랑하는
아내를 오해하는 것입니까!"
다정하게 위로하며 아담은 대답한다.
"하느님과 인간의 딸,[54] 불멸의 하와여, 그대는
죄와 가책에 물들지 않은 몸이니, 그대를 의심해서
내 곁을 떠나지 말라는 것 아니라 우리의 적이 노리는
그 유혹을 피하자는 것이오. 유혹자는 비록
실패하여도 유혹당하는 자에게
오명을 씌워 마치 그가 믿음을 잃고

---

52) 하와는 앞에서 "아담이여" 하고 친근하게 불렀지만 여기서는 딱딱하게 예의를 갖춰 부른다.
53) 시인은 하와가 금단의 열매와 유혹에 대해 충분히 알고 있었음을 강조한다.
54) 하와는 아담의 갈빗대로 하느님이 만들었으니 하느님과 인간의 딸이라는 말은 틀리지 않다.
그러나 여기서는 하와가 앞에서 아담을 "하늘과 땅의 아들"이라고 부른 것과 그녀의 주장에
대한 반발감이 내포되어 있다.

유혹에 물들었다는 생각이 들게끔
만든다오. 물론 그대는 경멸과 분노로
그 유혹에 답할 테지만 말이오.
그러니 혼자 있는 그대에게 이러한 마수가
다가오는 것을 내가 걱정해도
부디 오해 마시오. 적은 대담하지만 우리
두 사람에게 한꺼번에 덤벼들지는 못하리다.
만일 공격하더라도 먼저 내 쪽으로
다가올 것이외다. 적의 집념과 음험한 계략을
깔보면 아니 되오. 천사도 속였으니
그 교활함 알 만하지 않소. 그리고
남의 도움을 무익하다고 생각지 마오.
나는 그대 얼굴에서 힘을 얻어 여러 가지
덕을 늘리고 있나니, 그대 앞에서는
더욱 현명해지고, 더욱 조심성 있고, 힘이 필요할
경우에는 더욱 강해진다오. 그대가 날 바라볼 때면
자신감 없는 연약한 마음은 어느새 사라지고
용기가 솟구쳐 올라 굳센 마음이 된다오.
나야말로 시련과 마주한 그대 미덕의 최상의 증인이거늘,
그대는 어찌 나와 함께 시련을 맞이하려 하지 않고
나와 같은 생각을 하지 않는 거요?"[55]
가정의 평화를 바라는 아담은 걱정이 되어
아내에 대한 사랑과 배려의 뜻으로 말했으나,
자기의 신의를 인정받지 못했다고 생각한 하와는
부드러운 말투로 다시 대답한다.
"그처럼 교활하고 난폭한 적의 위협을 받는

---

55) 아담은 르네상스의 신플라톤적 연애관을 말하고 있다. 사랑에 빠진 자는 그 사랑 때문에 마음이 고양된다는 생각이 플라톤의 《향연》에 나와 있으며, 그러한 마음은 여성도 마찬가지라고 했다.

좁은 지역에 살면서 적과 마주쳤을 때
혼자서는 도저히 제 몸을 지켜내지 못하는 것이
우리 인간이라면, 끊임없이 위험을 두려워하며 살 텐데
무슨 행복이 있으리오? 그러나 위해를 입는다고
우리가 반드시 죄를 짓지는 않을 터. 적은 우리를
유혹하여 우리의 고결함을 더럽히려 하지만
그 더러운 생각은 우리 이마에 치욕을
주지 못하고 추하게 제 자신에게로 되돌아갈
것이외다. 그렇다면 무엇을 피하고 두려워하리까?
도리어 그의 추측이 어긋나 우리의 명예는
배가 되고, 마음에는 평화를 얻을 것이며, 또한 그 사건을
내려다보신 하느님께서는 은총을 내려주시리이다.
남의 도움 없이 혼자서 시련을 뚫고 나가지
못한다면 신의와 사랑과 미덕이 대체 무엇입니까?[56]
그러니 슬기로운 창조주께서 우리의 행복을
혼자서든 둘이서든 스스로를 지키지 못할 만큼
불완전하게 만드셨다고 생각지 마소서.
만일 그렇다면 우리의 행복은 참으로 덧없고
에덴도 에덴이라 할 수 없으리이다."[57]
하와에게 아담은 노하여 대답한다.
"여인이여, 만물은 하느님의 뜻에 따라
정해진 그대로가 가장 좋은 것이오. 그 창조의 손은
모든 창조물을 그 어느 것도 불완전하고 모자라게

---

56) 하와의 말은 밀턴이 《아레오파지티카》에서, "한 사람의 온갖 선한 행위가…… 모두…… 어떠한 강제에 의해 이루어진다면 미덕이란 대체 무엇인가. 단순한 명목일 뿐이 아닌가"라고 한 말과 비슷하다. 그러나 시인이 《아레오파지티카》에서 자신이 주장한 바를 하와에게 되풀이 말하게 한 것으로 보아 이 진술에 부정적인 의미가 담겨 있다고 보기는 어렵다. 언론과 출판의 자유에 관한 매우 실제적인 문맥에서의 주장과 신학적·실존적인 문맥에서의 주장은 그 의미를 다르게 풀이해야 할 것이다.
57) 에덴은 히브리어로 즐거움 또는 즐거운 곳이라는 뜻이다.

만들지 않으셨는데 하물며 인간을,
자신의 행복을 외부의 힘으로부터 안전히
지킬 수 있는 자를 그리 만드셨겠소! 위험은
내부에 있으나 제 힘으로 막을 수 있으니
자기 의사에 반하여 해를 받는 일은 없소.
하느님께서는 사람의 의지를 자유스럽게 하셨으니
이성을 따르는 자는 자유로우리오. 그리고 이성을
바르게 만드시어 늘 경계하고 주의하라 명하셨소.
그렇지 않으면 아름답고 선해 보이는 겉모습에 속아
하느님이 분명히 금지하신 바를 행하도록
이성이 의지에 그릇된 명령을 내리기 때문이오.
따라서 나는 그대를, 그대는 나를
불신이 아닌 따뜻한 사랑으로 돌봐야 하오.
우리는 올바른 길을 걷다가도 얼마든지
흔들릴 수 있소. 이성이 언뜻 그럴듯해 보이는
적의 속임수에 걸려 저도 모르게 그
함정에 빠지는 거요. 다 주의받은 대로
엄중한 경계를 하지 않은 탓이오.
그러니 스스로 유혹을 구하지 마시오. 피하는 것이
상책이니, 내 곁에서 떨어지지 않는다면 능히
그럴 수 있으리오. 구하지 않아도 시련은
오는 법. 그대의 충성심을 보이고 싶거든
먼저 그대의 순종을 보이시오. 알 만한 자가
그대가 유혹받는 것을 직접 보지 않으면 누가
증명하겠소? 그러나 갑자기 시련이 닥쳐올 때
혼자 경계할 때보다 둘이 있으면 마음이 풀어져
위험하다고 생각되거든 가시오.[58] 자유의지가 아니라면

---

58) 아담은 하와를 인형처럼 자기 곁에 머물라고 강요하지 않는다. 그는 하와의 자유로운 의지를
인정하고 그녀의 책임감에 모든 것을 맡긴다. 그러나 하와가 무책임하다고 주장하면서 그녀의

머물거나 떠나거나 매한가지. 타고난 순결을 갖고
그대의 덕에 의존하여 온 힘을 다하시오.
하느님은 그대에게 본분을 다하셨으니 그대도 그러하리오."
인류의 조상 아담이 말했으나, 하와는
겸손하면서도 고집스럽게 대답한다.
"그대의 허락도 얻었고 주의도
받았으니, 특히 그대가 마지막에 한 말,
갑자기 시련이 닥쳤을 때
둘이 함께 있으면 마음이 더 풀어진다는 그 말을
가슴에 새기고 기꺼이 가렵니다. 또한 그토록 거만한
적이라면 연약한 자를 먼저 덮치지는 않을
것입니다. 그러려고 한다면 실패하여 더 큰 수치를
사게 될 뿐이리다." 하와는 남편 손에서
살며시 손을 빼고는[59] 숲의 요정 오레아스나
드리아드처럼, 또는 델리아[60]의 시종처럼 발걸음 가볍게
숲으로 간다. 하와의 걸음걸이와
여신 같은 몸매는 델리아보다도 아름다웠다.
그러나 델리아처럼 활과 화살집을 메지 않고,
불길한 불[61]을 쓰지 않고 소박한 기술로 만들거나
천사들이 가져다준 원예도구를 지녔을 뿐이었다.
이렇게 단장한 그녀는 팔레스나 포모나[62]

책임감을 전제로 판단을 내리는 것은 하나의 오류이다.

[59] 손을 잡고 있는 것은 두 사람이 하나임을 뜻한다. 하와는 지금 아담과의 신뢰관계를 깨려 하고 있다. 그들이 다시 손을 잡은 것은 낙원에서 추방당할 때이다.

[60] 오레아스는 산의 님프. 드리아드는 숲의 님프. 델리아는 로마신화에서는 다아나, 그리스신화에서는 아르테미스라 불리는 여성과 수렵의 수호여신. 델로스섬에서 태어났다 하여 델리아라고 불렸다.

[61] 낙원에서는 불이 필요하지 않았다.

[62] 팔레스는 로마신화에 나오는 가축의 수호신. 여기서는 여신으로 나오지만 남신으로 여겨지기도 한다. 포모나는 로마신화에 나오는 과일과 꽃의 여신. 그러나 여기서는 과수와 과일의 남신 베르툼누스에게 구애받았을 때의 모습이 강조된다. 포모나가 결국 베르툼누스의 유혹에 져서

(베르툼누스를 피할 때의 포모나) 또는
유피테르에 의해 프로세르피나를 잉태하기 전의
젊은 케레스[63]와 비슷했다. 아담은
참으로 사랑스럽다는 듯이, 그러나 하와가
자기 곁에 있어주기를 바라는 열렬한 눈빛으로
한참 동안 그녀를 바라보며 빨리 돌아오라고 거듭
당부했다. 하와도 거듭 대답하며 점심때까지
정자로 돌아와 점심식사와 식사 후의 휴식을
즐길 수 있도록 준비해 놓겠다고 약속한다.
아, 무참하게 속아 딱하게 허물어진
불행한 하와여, 돌아올 심산이었건만
일이 뜻대로 되지 않았구나! 그 뒤로 그대는
이 낙원에서 다시는 맛있는 음식과 편안한
휴식을 갖지 못하였느니라. 그대의 길을 가로막고
순결과 충성과 축복을 빼앗아 그대를
되돌려 보내려는 복병이 향기로운
꽃과 그늘 밑에 숨어 절박한 지옥의
원한을 품고 기다리고 있노라.
해 뜨기 전부터 마왕은 겉보기에 평범한
뱀의 모습으로 나타나, 두 사람을,
아니 그들에게 포함된 온 인류를
어딘가에서 운 좋게 찾기를 바라며
헤매고 있다. 정자 안과 들판, 평소 그들이
재미 삼아 열심히 심고 가꾸는 우거진 숲과
싱그러운 채마밭, 샘가와 녹음 짙은

"그와 같이 가슴의 욱신거림을 느낀"《변신이야기》 일은 하와의 운명을 암시한다.
[63] 케레스는 로마신화에 나오는 농업의 여신으로 그리스신화의 데메테르와 동일시된다. 유피테르
(제우스)의 사랑을 받아 프로세르피나(페르세포네)를 낳는다. 케레스와 프로세르피나의 운명
은 나중에 하와가 걷게 될 슬픈 운명을 암시한다.

개울가로 그는 두루 찾아다녔다.

사탄은 두 사람을 찾았지만, 운이 좋아 하와가

혼자 있기를 바랐다. 하지만 바라면서도

그렇게 운이 좋을 가망은 거의 없다고 생각했다.

그런데 뜻밖에도 원하던 대로

하와가 혼자 있는 모습이 눈에 들어온다.

무성하게 핀 눈부신 장미들에 둘러싸여 있는 그녀는

뿌연 향기의 구름에 가려져 흐릿하게 보일 정도였다.

하와는 몇 차례나 몸을 굽혀 꽃대를 떠받쳤는데,

그 꽃들은 화려한 붉은빛, 보랏빛, 푸른빛,

황금빛 얼룩진 머리를 쳐들지 못하고

축 처져 있다. 하와는 이것들을 도금양 줄기를

띠 삼아 살며시 일으켜 세우면서도,[64] 폭풍이

다가오고 있는데 자신이 소중한 버팀대로부터

멀리 떨어져 홀로 피어 있는 아름다운 꽃임을

깨닫지 못한다. 마왕은

삼나무와 소나무, 종려나무 우거진

숲의 오솔길을 가로질러, 하와가 가꾼

양 둑을 감싼 무성한 수목과 꽃들 사이로

유연하고 대담하게 숨었다 나타났다 하며 점점 더 가까이

다가왔다. 이곳은 소생한 아도니스의 정원[65]이나

늙은 라에르테스의 아들을 손님으로 맞은

유명한 알키노오스의 정원[66] 같은 이야기 속 정원보다

---

[64] 고개 숙인 장미꽃은 애정이 식어가고 있음을 뜻하고, 도금양은 부부애를 상징한다.

[65] 아도니스는 아프로디테(베누스)의 사랑을 받은 미소년. 사냥 중에 멧돼지의 습격을 받고 죽자 그 피가 강이 되어 흘렀다. 제우스는 슬퍼하는 아프로디테의 청을 받아들여 그를 되살려 주었다. 아도니스의 정원은 스펜서의 《요정의 여왕》에 나오는 것처럼 일종의 지상낙원으로 여겨진다.

[66] 라에르테스의 아들 즉 오디세우스를 손님으로 맞이한 알키노오스의 정원도 예부터 유명하다 (제5편 및 《오디세이아》 참조). 그러나 아도니스의 정원과 알키노오스의 정원은 단순한 신화 속의 정원이다.

아니, 그런 신화 속 정원이 아닌 현명한 왕이 아름다운
이집트 출신 왕비와 즐겼던 동산[67]보다 더
즐거운 곳이었다. 사탄은 이곳을 찬미하고,
그 이상으로 하와를 찬미한다. 마치 지저분한 집과
수채 때문에 공기가 오염된 사람 많은 도시[68]에
오랫동안 살던 자가, 여름날 아침 근교의
상쾌한 마을과 논밭에서 투명한 공기를 마시며
보는 모든 것, 곡물과 건초 향기,
가축과 착유장(搾乳場) 냄새, 온갖 시골 풍경과
시골의 소리에서 기쁨을 느낄 때처럼. 때마침
아름다운 처녀가 요정처럼 곁을 스쳐 지나가니
안 그래도 즐거운 마음 그녀 덕분에 더욱 즐겁고,
무엇보다 그녀 얼굴에 온갖 기쁨 어린 듯하다.
뱀은 이 꽃다운 장소, 이른 아침부터
사람 눈을 피해 혼자 서 있는 하와의 상쾌한
일터를 바라보며 이러한 기쁨을 맛본다. 천사 같지만
더욱 부드럽고 더욱 여성스러운 거룩한 모습,
그 우아한 순진함과 정숙한 자태와
사소한 동작이 그의 격렬한 악의를 억누르고,
거기에서 나오는 음흉한 간계의 힘을
황홀한 매력으로 빼앗는다. 이 악한 자는
자신의 악을 잊고 멍하니 서 있다. 한동안
적의도, 흉계도, 증오도, 시기도, 복수도

---

67) "솔로몬은 이집트의 임금 파라오와 결혼 동맹을 맺었다. 그는 파라오의 딸을 맞이하여"(《열왕기
상》 3 : 1). 솔로몬이 아내와 즐겼던 동산은 〈아가〉에서 "나의 임은 정녕 자기의 동산, 발삼꽃밭
으로 내려갔을 거예요. 그 동산에서 양을 치고 나리꽃들을 따고 있을 거예요"(6 : 2)라고 노래
한 동산을 가리킨다. 또한 여기서 여자에 빠진 솔로몬의 이름을 언급하여 아담의 운명을 암시
하고 있다.
68) 시인은 도시를 지옥에 비유하며 사탄이 지옥을 빠져나와 낙원으로 왔을 때의 느낌을 나타내
고 있다.

잊고 얼이 빠져 선(善)으로 돌아간다. 그러나
하늘 한복판에 있어도[69] 그의 마음속에는
불타는 지옥이 있었다. 그 불꽃이 이내 기쁨을
말살하고, 그 기쁨이 자기 것이 아님을
알수록 그의 마음은 더욱 타올랐다.
곧 흉악한 증오심이 되살아났고, 목표물이
눈앞에 있으니 온갖 악의가 들끓었다.
"생각이여, 나를 어디로 끌고 갈 생각이냐?
달콤한 힘에 취하여 이곳에 온 이유를
잊게 할 셈이냐? 나는 사랑이 아니라
증오 때문에 왔노라. 지옥을 낙원으로 바꾸거나
여기서 기쁨을 맛보고자 함이 아니라, 모든
기쁨을 없애버리기 위해 온 것이 아니냐.
지금 내게는 파괴 외에 어떠한 즐거움도 없으니,
지금 미소 보내는 이 절호의 기회를
놓치지 않으리라. 유혹에 몸을 드러내고도 태연한
저 여자를 보라. 둘러봐도 남편은 근처에
없다. 그의 뛰어난 지혜와 용기,
흙으로 만들어졌으나 영웅 같은 그 체구에서
나오는 힘을 나는 피하리라. 그는 무서운 적, 불사[70]의
적이나 나는 그렇지 않다.[71] 지옥이 내 몸
더럽히고 고통이 기력 빼앗아 더는 하늘에
있을 때의 내가 아니다. 그녀는 아름답고 거룩하다.
신의 사랑에 어울릴 만큼 아름다우나 두렵지는 않다.
사랑과 아름다움에는 두려움이 깃들기

---

69) "하루는 하늘의 영들이 야훼 앞에 모여왔다. 사탄이 그들 가운데 끼여 있는 것을 보시고"(《욥기》 1 : 6) 참조.
70) 원죄를 짓기 이전의 인간은 불사신이었다.
71) 미가엘의 검이 옆구리를 찔렀을 때 사탄은 처음으로 아픔을 느꼈다(제6편).

마련이라, 그보다 격렬한 증오, 사랑을
교묘하게 가장한 격렬한 증오 없이는 다가가기
힘들다. 그렇다, 사랑을 가장한 증오[72]야말로 내가
그녀를 파멸시키기 위해 선택할 길이로다."
뱀 속에 숨은 인류의 적은
이제 악과 한패가 되어 하와가 있는 곳으로 걸어간다.
오늘날처럼 땅에 엎드려[73] 꾸불꾸불 물결치며
기어가는 것이 아니라, 기다란 몸을 말아
흔들리는 미로처럼 겹겹이 똬리를 튼
둥근 꼬리 부분을 땅에 대고 서서 간다. 머리를
높이 쳐들고 홍옥 같은 눈을 반짝이며.
푸르고 황금빛 번들거리는 목은 풀 위에
물결치며 겹겹이 똬리 튼 몸 한가운데에 곧게
솟아 있는데, 그 모습 훌륭하고 아름답기까지 하다.
후세의 뱀 가운데 이보다 아름다운 것
없었으니, 일리리아에서 헤르미오네와 카드모스[74]가
변한 뱀도, 에피다우로스[75]의 뱀신도,
암몬의 유피테르[76]와 카피톨리누스의 유피테르[77]가

---

72) 사탄의 이러한 독백을 들으면, 사탄이 인간을 유혹하려는 악마라기보다는 여자를 유혹하려는
    남자라는 느낌이 든다.
73) "네가 이런 일을 저질렀으니 온갖 집짐승과 들짐승 가운데서 너는 저주를 받아, 죽기까지 배로
    기어다니며 흙을 먹어야 하리라"(《창세기》 3 : 14).
74) 헤르미오네(또는 하르모니아)는 아프로디테의 딸로, 제우스의 뜻에 따라 테베를 세운 카드모
    스의 아내가 되었다. 나중에 두 사람이 일리리아에서 큰 뱀으로 변신했다는 이야기가 오비디
    우스의 《변신이야기》에 나온다.
75) 그리스 남부에 있던 고대도시로, 그곳에는 의술의 신 아스클레피오스(또는 아이스쿨라피오스)
    를 모시는 신전이 있었다. 옛날 로마에 전염병이 돌았을 때 이 신이 뱀으로 변하여 구원하러
    왔다고 한다(《변신이야기》).
76) 리비아 지방에서 숭배된 유피테르는 '리비아의 유피테르' 또는 '암몬의 유피테르'라 불렸다. 이
    신은 올림피아스에게 반해 뱀의 모습으로 그녀와 동침하여 알렉산드로스 대왕을 낳았다.
77) 유피테르는 로마의 카피톨룸 언덕에서 받들었으므로 '카피톨리누스의 유피테르'라 불렸다. 뱀
    의 모습으로 어느 여인과 동침하여 대장군 스키피오 아프리카누스를 낳았다.

둔갑한 뱀도(전자가 올림피아스와, 후자는 로마의
정화인 스키피오를 낳은 여인과 함께 잘 때
뱀이 되어 나타났도다) 이만 못했다.
상대에게 다가가고 싶지만 놀라게 하고 싶지는 않은
자처럼, 처음에는 옆에서 비스듬히 하와에게
다가간다. 노련한 키잡이가 강어귀나
곶 가까이 배를 댈 때 바람이 바뀔 때마다
방향을 틀고 돛을 바꾸듯이, 사탄도 이리저리
방향을 바꾸어 다가가 하와 앞에서 구불구불한 꼬리를
둘둘 말아 이상한 모양을 만들며 열심히 그녀의 눈길을
끈다. 그러나 일에 빠진 하와는 풀잎 스치는 소리
듣고도 개의치 않는다. 마법에 걸려 돼지가 된
사람들이 키르케[78]를 따를 때보다 더 온순하게 하와를
따르는 각종 짐승들이 들판 여기저기서 놀며
그녀 앞에서 장난치는 것을 늘 보아왔기 때문이다.
뱀은 더욱 대담하게 부름을 받지 않았는데도
흠모하는 눈초리로 그녀 앞에 나선다.
우뚝 세운 머리와 오색찬란하게 빛나는 목을
자꾸 굽히며 아양 떨듯 인사하고 그녀가 밟은 땅을
핥는다. 이윽고 한마디도 하지 않지만 무언가
말하고 싶은 듯 몸짓하는 것을 하와가 가만히 바라본다.
그녀의 관심을 끈 것이 기뻐서 그는 뱀의 혀를
말하는 도구 삼아(또는 공기를 눌러 소리를
냈는지도 모른다) 음험하게 유혹하기 시작한다.
"놀라지 마소서, 고귀한 여왕이여, 세상에 둘도 없는 경이여,
그대 혹시 놀라셨나이까. 내가 이렇게 가까이,
홀로 다가와 질리지도 않고 그대를

---

78) 전설의 섬 아이아이에에 사는 마술을 부리는 여신. 오디세우스가 이 섬에 닿았을 때 키르케는
그의 부하들을 돼지로 만들어 버렸다《오디세이아》 제10권).

바라보고, 이렇게 외진 곳에 있을수록 더욱 엄숙한
그대의 얼굴을 두려워하지 않는다고
불쾌히 여겨 하늘같이 온유한 그 얼굴을
멸시의 표정으로 흐리지 마소서. 아름다운 조물주와
흡사한 어여쁜 자여, 모든 생물,
하늘이 그대에게 주신 모든 것들이 그대를 바라보며
황홀한 눈으로 천상의 아름다움을 찬미하나이다.
삼라만상의 찬미받아야 그대의 아름다움이 빛을 보련만,
이 황폐한 울타리 안, 거칠고 지능이 낮아 그대의
아름다움 반도 알아보지 못하는 짐승들 사이에서
한 사람을 제외하고 누가 그대를 보리까.
(그가 누구인지 당신도 아시리이다) 그대는 신들 가운데
여신으로 보이고, 시중드는 수많은 천사들에게
날마다 찬미와 섬김을 받아야 마땅하거늘."[79]
유혹자는 아양 떨며[80] 달콤한 서곡을 연주한다.
뱀이 말을 하여 매우 놀랐으나, 그 말은
하와의 가슴속에 깊이 스며들었다. 이윽고
하와는 수상한 마음 누르지 못하고 말한다.
"이 어찌 된 일인가? 짐승이 사람의 말을 하고
사람 같은 생각을 표현하다니!
전자는 하느님께서 세상을 창조하신 날에 분명히
소리를 내지 못하도록 만드셨으니 짐승에게는
마땅히 허용되지 않았다고 생각했다.
후자는 도리를 이해하는 마음[81]이 짐승의 표정과
그 움직임에 가끔 나타나니 어떻지 모르지만.
너 뱀이여, 네가 모든 들짐승 가운데 가장

---

79) 하와가 일찍이 꿈속에서 들은 유혹의 말과 내용이 거의 같다(제5편 참조).
80) 사탄은 "고귀한 여왕이여"라고 아첨하며 하와의 자만심과 허영심을 자극한다.
81) 하느님은 동물에게도 이해력과 도리를 아는 힘이 있다고 앞에서 말했다(제8편 참조).

교활한 줄은 알았으나,[82] 사람의 말을 할 줄은
미처 몰랐구나. 그러니 그 기적 같은 행위를 다시 보여,
어째서 말 못하던 네가 말을 하고
날마다 내 앞에 나타나는 짐승들 가운데
너만이 내게 친밀감을 나타낼 수 있는지 말하라.
왜 이런 신기한 일이 벌어졌는지 알아야겠구나."
교활한 유혹자가 대답한다.
"이 아름다운 세계의 여왕, 빛나는 하와여!
그대가 명령하는 바를 말하기는 어렵지 않으니
복종하여 마땅하리다. 처음에는 길가의 풀을
뜯어 먹는 다른 짐승처럼, 내 음식이 그렇듯
내 사상도 비열하고 비천하여 음식과
암수의 차이밖에 가리지 못하고
고상한 것은 전혀 이해하지 못했나이다.[83]
그러던 어느 날 들을 헤매다가 우연히 멀리
한 아름다운 나무에 붉은빛, 금빛 찬란한
고운 열매가 탐스럽게 열려 있는 것을 보았나이다.
더 자세히 보려고 다가갔더니, 가지에서
풍기는 달콤한 향기가 식욕을 돋우더이다.
그것은 달콤한 회향 향기보다도
또한 새끼 양과 새끼 염소가 저녁까지 노느라
빨지 않아 젖이 방울방울 흐르는 암양이나 염소의
유방[84]보다도 더 식욕을 돋우더이다.
나는 그 아름다운 열매를 맛보고 싶다는

---

82) "야훼 하느님께서 만드신 들짐승 가운데 제일 간교한 것이 뱀이었다"(《창세기》 3 : 1).

83) 뱀은 식욕과 성욕 외에는 관심이 없었다고 말하고 있다. 아리스토텔레스는 인간의 행복과 동물의 저속한 쾌락을 엄격히 구별했다(《니코마코스 윤리학》).

84) 플리니우스의 《박물지》에 따르면, 회향은 뱀이 가장 좋아하는 열매로 봄에 이것을 먹고 허물을 벗는다고 생각했다. 또한 옛날에는 뱀이 암양이나 염소의 젖을 빤다는 속설이 있었다고 한다.

강렬한 욕망을 주저 없이 채우기로 결심했나이다.
배고픔과 목마름이 그 매력적인 열매 향기에
자극받아 매섭게 나를 사로잡았나이다.
나는 더 참지 못하고 이끼 낀 나무줄기에 몸을
감았나이다. 가지가 높이 뻗어 있어
그대나 아담도 손을 한껏 뻗어야 닿을
정도였지요. 나무 둘레에는 온갖 다른
짐승들이 모여 같은 욕망을 품고
동경하고 선망하며 올려다보았지만 손이
닿지는 않았나이다. 이윽고 가지 사이로 들어가니
눈앞에 매달려 있는 수많은 과실들이 어서 먹으라고
유혹하기에 배가 찰 때까지 닥치는 대로
먹었나이다. 이제껏 한 번도 음식을 먹거나 샘가에서 쉴 때
그와 같은 기쁨을 맛본 적 없나이다. 드디어 배 부르자
내 안에서 이상한 변화가 일어났나이다.
마음속에 이성이 생긴 것입니다.
모습은 그대로였지만 말도 할 수 있게
되었나이다. 그에 힘입어 나는 높고 깊은 사색에
온 정신을 기울였고, 갑자기 넓어진 이해력으로 하늘과
땅과 중천에 보이는 모든 사물이 아름답고
좋은 것을 알았나이다. 그러나 그 아름답고
좋은 모든 것이 하느님의 형상 닮은 그대의 모습과
거룩하게 빛나는 그대의 아름다움 속에 절묘하게 융합되어
있는 것을 보고 깜짝 놀랐나이다. 어떠한 아름다움도
그대와 동등하거나 근접하지도 못했나이다.
그래서 무례한 줄 알지만 이렇게 와서
만물의 군주, 우주의 여왕이라 불리는
그대를 바라보며 찬미하나이다."
악령에 들린 교활한 뱀이 말하자

하와는 더욱 놀라 무심코 대답한다.

"뱀이여, 너의 지나친 찬사 들으니, 네가

시험했다는 그 열매의 힘이 의심스럽다. 그러나

그 나무가 어디 있으며 여기서 얼마나 먼지

말하라. 이 낙원에는 하느님이 심으신 나무들이

많고 다양하여 우리가 아직 모르는 것도 많다.

자유로이 먹을 수 있는 것이 이렇게 풍부하여

수많은 과일이 손도 안 닿은 채

썩지 않고 늘 매달려 있으니, 뒷날

이 선물에 걸맞은 인간이 태어나 손이 늘어나면

이 자연의 소산을 거두어들일 수 있으리라."

간사한 뱀은 기뻐하며 말한다.

"여왕이여, 그 길은 멀지 않나이다.

도금양이 줄지어 피어 있는 곳 맞은편 평지의 샘가에

꽃피는 몰약나무와 향유나무[85] 숲이 있는데

그 숲 너머에 있나이다. 내가

안내해 드려도 된다면 기꺼이 모시겠나이다."

"그러면 안내하라." 하와가 말한다. 뱀은

곧장 앞장서서 몸을 둘둘 말고 재빨리 굴러간다.

하와를 유혹하고자 서둘러 달려가는 모습 보니

굽은 길도 곧아 보이는구나. 뱀은

희망에 들떠 머리가 빳빳이 서고 기쁨에 빛나니, 그 모습은

마치 도깨비불,[86] 끈끈한 증기가 밤의 찬 공기에

둘러싸여 응축되고 거기에 어떤 힘이 더해져

갑자기 불길 일어(흔히 이것에 악령이 깃든다고 한다)

사람 속이는 불꽃으로 떠돌며, 길 잃은 밤의 길손

---

85) 두 나무 모두 향기로운 기름을 만들며 성서에 자주 언급된다.

86) 예부터 미망의 상징으로 여겨졌다. 밀턴은 그 시절의 학문적 해석에 따라 도깨비불을 합리적
으로 설명하려고 했다.

엉뚱한 곳으로 이끌어 웅덩이와 숲 때로는

큰 호수나 연못 한가운데로 데려가 결국

구원받지 못하고 죽음에 이르게 하는 도깨비불과

같다. 섬뜩한 뱀[87]은 이처럼 요사스러운 빛 번뜩이며

부주의한 우리의 어머니 하와를 함정으로,

모든 비애의 근원인 금단의 나무로 이끈다.

나무를 보고 하와는 안내자에게 말한다.

"뱀이여, 여기라면 굳이 올 필요 없었노라.

열매 넘칠 만큼 많아도 내게는 소용없으니.

이 열매의 효능이 네가 말한 바와 같다면 참으로 놀라우나

그것은 너에게만 해당할 뿐 우리는 아니다.

우리는 이 나무 열매에 손대거나 맛볼 수 없다.

하느님이 그렇게 명령하시고 그 명령을

말씀의 외동딸[88]로 보내셨다. 그 밖에는 스스로 만든

율법으로 사나니 이성이 곧 율법이니라."[89]

그러자 유혹자는 교활하게 대답한다.

"놀랍도다! 그렇다면 하느님은 이 낙원의 열매를

먹지 말라고 하시면서 당신들을 땅과 하늘에 있는

만물의 주인이라고 선언하셨나이까?"[90]

아직 죄짓지 않은 하와[91]가 대답한다.

"낙원의 모든 열매를 마음대로 먹어도 좋으나

낙원 한가운데 있는 이 아름다운 나무 열매만은

---

87) 하와(와 아담)의 비극이 가까워질수록 앞에서는 "serpent"라고 불리던 뱀이 "snake"라 불리고, "교활한 뱀", "섬뜩한 뱀"과 같은 불길한 형용사가 붙는다.

88) '말씀의 딸'이란 하늘의 목소리 즉 하느님의 명령을 뜻하는 히브리적 표현이다. '외동딸'인 이유는 하느님의 유일한 명령이기 때문이다.

89) "이방인들에게는 율법이 없습니다. 그러나 그들이 본성에 따라서 율법이 명하는 것을 실행한다면 비록 율법이 없을지라도 그들 자신이 율법의 구실을 합니다"(〈로마서〉 2 : 14).

90) "그 뱀이 여자에게 물었다. '하느님이 너희더러 이 동산에 있는 나무 열매는 하나도 따 먹지 말라고 하셨다는데 그것이 정말이냐?'"(〈창세기〉 3 : 1).

91) 시인은 죄를 짓는 것과 단지 마음이 기우는 것을 구별하여 생각하였다.

하느님께서 '죽고 싶지 않다면 너희는 이 열매를
먹지도 말고 만지지도 말라'라고 말씀하셨다."[92]
하와가 짧게 말을 끝내자마자, 유혹자는 점점 더
대담하게 인간에 대한 열정과 사랑을, 인간이 입은
손실에 대한 분개를 드러내며 새로운 역할[93]에
걸맞은 연기를 선보이며, 격정으로 흔들려
심란하면서도 시원하게 곧바로 어떤 큰일을
말하려는 듯 거드름 피우며 몸을 흔든다.
마치 지금은 시들해졌지만, 옛날 웅변이
성했던 아테네나 자유 로마[94]의 유명한 웅변가가
어떤 중대한 문제를 말하려고 유유히 일어설 때
먼저 그 모습과 동작과 몸가짐으로 청중을
사로잡고, 정의에 대한 열정이 앞서 서론으로
늦추지 않고 곧바로 본론부터 말하듯이.
유혹자는 웅변가처럼 일어서서
등을 곧추세우고
정열에 넘쳐 열변을 토해낸다.
"아, 거룩하고 슬기롭고 지혜 주는 나무여,
지식의 어머니여![95] 만물의 근원을 알아낼
뿐 아니라 아무리 슬기롭다 할지라도

---

92) "여자가 뱀에게 대답하였다. '아니다. 하느님께서는 이 동산에 있는 나무 열매는 무엇이든지 마음대로 따 먹되, 죽지 않으려거든 이 동산 한가운데 있는 나무 열매만은 따 먹지도 말고 만지지도 말라고 하셨다"(《창세기》 3 : 2~3).

93) 사탄은 지금까지 단순히 아첨하는 유혹자였으나, 이제는 인간의 알 권리를 옹호하는 투사로서 새로운 역할을 스스로 떠맡는다. 아니, 떠맡는 시늉을 한다.

94) 밀턴은 데모스테네스나 이소크라테스, 키케로 같은 웅변가를 존경했다. 아테네의 정치가들이 웅변으로 "자유로이 민주정치를 조종한" 일을 《복낙원》에서 언급했다. 그러나 이스라엘의 예언자들이 "그리스와 로마의 모든 웅변가들보다"《복낙원》 훨씬 뛰어난 지도자였다고, 그리스도를 통해 말하고 있다.

95) 사탄은 '지식나무'를 마치 살아 있는 대상처럼 숭배한다. 나중에는 하와도 이를 따라한다.

그 지고한 자들의 생각을 뒤좇고[96] 인식하는
그대의 힘이 지금 내 마음속에 분명히
느껴지나이다. 우주의 여왕이여! 죽음이라는 엄한
위협 믿지 마소서. 그대 죽지 않으리니.[97]
열매를 맛본다고 죽다니 어찌 그러하리오?
그것은 지혜뿐 아니라 생명도 주리이다.
위협하는 자 때문에 꺼리시나이까? 나를 보소서.
나는 열매를 만지고 맛보았으나 살아 있고, 우연히 정해진
한계를 넘음으로써 운명이 정한 것보다
더 완전한 생명을 얻었나이다. 짐승에게 허용된 것이
인간에게 금지되리오? 아니면 하느님이 이런 하찮은
잘못에 노여움을 터뜨리겠나이까? 오히려 그대의
대담한 용기를 찬양치 않겠나이까? 죽음이 무엇이건[98]
죽음의 고통을 경고했음에도, 보다 행복한 삶으로
이끌 선악의 지식을 굳이 추구하는
그대의 과감한 용기[99] 찬양치 않으리오? 선의 지식을
금하는 것이 과연 정당하리까? 악도, 그것이
실재한다면 알아야만 피하기도 쉽지[100] 않겠나이까?
그러니 하느님이 그대들에게 해를 준다면
하느님이 옳다고 할 수 있으리까? 옳지 않다면

---

96) "지고한 자들" 가운데에는 당연히 하느님도 포함되어 있을 것이다. 그렇다면 "하느님의 뜻"(제1 편)이라는 《실낙원》의 기본 주제로 이어진다. 사탄은 하느님의 뜻을 추구하고 이해하는 힘을 얻었다고 거짓말한다.

97) "그러자 뱀이 여자를 꾀었다. '절대로 죽지 않는다. 그 나무 열매를 따 먹기만 하면 너희의 눈이 밝아져서 하느님처럼 선과 악을 알게 될 줄을 하느님이 아시고 그렇게 말하신 것이다'"(《창세기》 3 : 4~5).

98) 사탄은 죽음이 무엇인지 알고 있음에도(제2편) 모르는 척한다.

99) "용기"의 원문은 '미덕'이라는 뜻도 포함된 "virtue"이다. 사탄의 수사법은 기만적이기는 하지만 일종의 박력이 있다.

100) 하느님의 명령(금기)을 거스르는 것이 악이라면, 그것을 체험함으로써 악을 피할 수 있다는 논리는 모순이다.

이미 하느님은 하느님이 아니니 두려워 복종할 필요도
없으리다. 죽음의 공포가 하느님에 대한 공포를
없앨 것이외다. 그렇다면 왜 금했겠나이까? 다만
그의 숭배자인 그대들을 위협하여 무지하고
우매하게 두고자 한 것이 아니리까? 하느님은
그대들이 이 열매를 먹는 날, 밝아 보이지만
실은 어두운 그대들의 눈이 완전히 열려
신들처럼 선악을 알아 그대들이 신들과 같아질
것을 아시나이다.[101] 내가 내면만은 사람[102]과 같아졌듯
그대들이 신들과 같아짐은, 즉 내가 짐승에서
인간이 되었으니 그대들이 인간에서 신이 됨은
사리에도 맞나이다. 그러니 그대들은 죽으리오.
다만 신성을 입기 위해 인간성을 벗는 것이니,
그렇다면 죽음은 오히려 바람직하지 않겠나이까.[103]
신들의 음식을 먹으면 사람은 신이 될 수 있나이다.
신들은 우리보다 앞서 존재했고, 그
특권 이용하여 만물이 그들에게서
나왔다고 우리에게 믿게 하지만, 나는 그것을
믿지 않나이다. 나는 이 아름다운 대지가 햇빛 받아
만물을 생산하는 것을 보았지만 신들이 무언가를
생산하는 것은 보지 못했나이다. 그들이 만물을 만들었다면
이 나무 열매 먹고 그들 허락 없이
곧바로 지식 얻도록, 이 나무에

---

101) 〈창세기〉 3 : 5 참조.
102) 뱀(사탄)이 말을 하게 된 것을 가리킨다.
103) 사탄의 말은 다음 성서 구절을 패러디한 것이다. "이 썩을 몸은 불멸의 옷을 입어야 하고 이
    죽을 몸은 불사의 옷을 입어야 하기 때문입니다"(〈고린도전서〉 15 : 53), "그리고 거짓말로 서로
    속이지 마십시오. 여러분은 옛 생활을 청산하여 낡은 인간을 벗어버렸고 새 인간으로 갈아입
    었기 때문입니다. 새 인간은 자기 창조주의 형상을 따라 끊임없이 새로워지면서 참된 지식을
    가지게 됩니다"(〈골로새서〉 3 : 9~10).

선악의 지식 심은 이는 누구이겠나이까.

인간이 이렇게 지식을 얻는다고 해서 무엇이 죄란

말이오. 만물이 하느님 것이라면 그대들이

지식 얻는 것이 어찌 그의 마음 해치고, 이 나무가

지식 주는 것이 어찌 그의 뜻 어기는 것이리오. 질투?

질투가 신의 가슴에 깃들 수 있나이까? 이런 여러

이유에서 그대는 오히려 이 아름다운 열매를 먹어야 하나이다.

인간의 여신이여, 손을 뻗어 마음대로 맛보소서."

간계에 찬 그의 말은

쉽게 그녀의 가슴으로 파고든다. 보기만 해도

유혹적인 이 열매를 그녀는 지그시

바라보았다. 이성과 진리가 아울러

내포된 듯한 그의 설득력 있는 말이 아직도

귓가에 맴돈다. 때마침 정오[104]가

가까워지자 자연스레 식욕도 눈을 뜬다.

그 열매의 달콤한 향기에 이끌려

손으로 만지고 먹고 싶은 욕망이

더욱 강렬해져 하와는 간절한 눈으로

열매를 바라본다.[105] 그러나 선뜻 손 내밀지 못하고

망설이며 마음속으로 중얼거린다.

"너의 힘 위대하도다, 열매 중의 열매여,

인간은 먹지 못하지만 찬양할 만하다.

오랫동안 아무도 너를 먹지 않았으나, 처음 맛본 자가

덕분에 말문이 트이고, 말 못하는 그

혀가 너를 찬양하게 되었다.

---

104) 단순히 하와가 배고픔을 느끼는 시간이 아니라, 예전에 정오는 위험한 시간을 나타낸다고 여
겨졌다. 원죄를 저지른 것도, 추방된 것도, 그리스도의 죽음도 모두 정오에 일어났다.

105) "여자가 그 나무를 쳐다보니 과연 먹음직하고 보기에 탐스러울뿐더러 사람을 영리하게 해줄
것 같아서, 그 열매를 따 먹고"《창세기》 3 : 6).

너를 맛보지 못하게 하는 하느님도
너를 지식의 나무, 선악의 나무라 부르시며
너에 대한 찬미를 우리에게 숨기지 않으셨다.
그렇다면 너를 먹지 못하도록 금하심으로써
너를 더욱 칭찬하시는 것이리라. 또한 네 안에는
남에게 전할 수 있는, 우리에게는 없는 어떤 선이
있다는 말이다. 우리는 모르는 선은 얻을 수 없고
얻어도 모른다면 전혀 얻지 못한 것과 다름없다.
요컨대 하느님은 우리에게 지식을 금하고
선을 금하고 슬기로움을 금하신 것이 아니냐!
이런 금지는 사람을 묶어두지 못하리라. 그러나
그 뒤에 죽음이 우리에게 굴레를 씌운다면 마음의
자유가 무슨 소용이랴? 이 아름다운 열매를
먹은 날에는 정죄로 우리가 죽게 된다.
그렇다면 뱀은 왜 안 죽을까? 뱀은 열매를 먹고도
살아 있을뿐더러, 알고 말하고 이제껏 없던 이성 얻어
도리를 분별한다. 죽음은 우리에게만
적용되는 것인가. 아니면 이 지혜의 음식은
짐승에게만 허용되고 우리에게는 금지되어 있는가?
아무래도 짐승만을 위한 것으로 보인다. 그런데 처음
이 열매를 맛본 저 짐승은 친밀하고 거짓과 간계
꾸미지 않는 믿을 수 있는 보고자로서, 기꺼이
제가 받은 선을 나에게도 나누어주려 하고 있다.
그렇다면 내 무엇을 두려워하랴? 아니,
선과 악을 모르는 상태에서 어떻게 하느님과
죽음과 율법과 형벌이 두려움을 알랴.
보기에도 아름다워 식욕을 돋우고, 사람을
현명하게 만드는 거룩한 열매가 여기 있으니,
모든 것을 치유해 주리라. 그러니 손을 뻗어 몸과

마음을 아울러 채운들 무슨 잘못이 있으랴."
이렇게 말하고 하와는 악의 시간에
경솔하게 손을 뻗어 열매를 따서 먹었다.
대지는 상처의 아픔을 느끼고 자연도
만물을 통해 탄식하며 모든 것이 상실됐다고
비탄의 징표를 드러냈다.[106] 죄악의 뱀은
살며시 숲으로 돌아갔으나, 하와는 아무것도 모르고
열매 먹는 데에만 정신을 쏟았다.
정말로 맛이 있는지 아니면 지식을 얻게 된다는 높은
기대에 부풀어 상상했는지 모르지만 하와는
일찍이 이보다 맛있는 과일을 먹어본 적 없고
신성을 얻는 듯한 느낌까지 들었다. 하와는
열매를 한없이 탐하며 죽음을 먹는 줄
몰랐다. 드디어 배가 부르자 술 취한
사람처럼 흥에 겨워 즐겁고도
유쾌하게 혼잣말을 했다.
"아, 낙원의 나무들 가운데 가장 높고
고결하고 존귀한 자여, 지식을 주는 축복의
나무여! 지금까지 알려지지 않고 오명을 쓴 채
그 아름다운 열매를 목적 없이 창조된 듯이
매달고 있던 나무여! 앞으로는 날마다
찬미의 노래 부르며 아침 일찍 너를 손질하고
돌보며[107] 모두에게 자유로이 제공된 풍요로운
열매를 너의 휘어진 가지에서 덜어내 주리라.

---

106) 아담이 금단의 나무 열매를 먹었을 때 자연은 또 한 번 탄식했다. 아담과 하와가 지은 죄의
   결과로 생긴 자연이변은 제10편에 그려져 있다. 또한 "우리는 모든 피조물이 오늘날까지 다 함
   께 신음하며 진통을 겪고 있다는 것을 알고 있습니다"(〈로마서〉 8 : 21) 참조.
107) 하와는 지금까지 아담과 함께 날마다 하느님에게 아침기도를 올렸으나 앞으로는 이 나무를
   찬미하겠노라고 말한다.

너를 먹고 지식이 성숙해 만물을 아는
신들[108]처럼 되리라. 어차피 그들은 이 지식 주지 못하니
그들이 질투한들 어떠랴. 만약 이 선물이
그들 것이라면 여기서 이렇게 자랄 리
없으리라.[109] 경험이여, 다음으로 너에게
감사하노라. 최상의 안내자여, 네가 이끌어주지
않았다면 나는 여전히 무지했으리라.
지혜가 어디에 숨어 있든 너는 그 길을
열고 나를 데려가 주리라. 어쩌면
나도 숨은 존재[110]인지도 모르리라. 하늘은 너무나 높고 높으니,
지상의 사물과 사건 하나하나 가려내기 힘들리라.
그 위대한 금제자(禁制者)는 다른 일에 정신을 쏟거나
주위의 많은 첩자 덕에 안심하여 여기까지 감시하지
않을지도 모른다. 그러나 아담에게는
어떻게 해야 하나? 그에게 내 몸의 변화를 알려주고
이 위대한 행복을 함께 나눌까? 아니면
뛰어난 이 지식을 아무에게도 말하지 말고
나만의 무기로 독차지할까? 그러면
여성으로서의 결함을 보충하고, 더욱 그의
사랑을 받아 그와 같아질지도[111] 모른다.

---

108) 하와는 사탄이 일부러 이교적인 느낌이 나는 '신들'이라고 애매하게 말한 것에 영향받아 '신'과 '신들'을 뚜렷이 구별하지 못하고 있다.

109) 사탄의 생각에 하와가 완전히 물들었음을 알 수 있다.

110) "자네는 감히 비웃는구나. '하느님이 안다면 무엇을 알랴. 어둠에 싸여 있으면서 무슨 심판을 하랴! 구름에 가리워 아무것도 보지 못하며 하늘가를 서성거리고 있으면서……'"(〈욥기〉 22 : 13~14). "아, 너희가 비참하게 되리라! 자기의 흉계를 야훼게 감쪽같이 숨기려는 자들아! '누가 우리를 보랴! 누가 우리를 알아보랴!' 중얼거리면서 어둠 속에 몸을 숨기고 못하는 짓이 없는 자들아!"(〈이사야〉 29 : 15).

111) 아담과 하와에 대해서는 "두 사람은 서로 성(性)이 다르듯 동등하지 않다"(제4편)라고 앞에서 말했다. 하와는 자신이 아담과 동등하지 않음을 알고 있다. 순간 자신이 아담과 동등하다고 생각했다가 바로 그렇지 않음을 떠올리고 '종속'이라고 표현한다.

그리고 더욱 바람직한 일로, 언젠가는
그보다 더 나아질지도 모른다. 종속된 자에게
자유는 없다. 그러니 이것은 좋은 일이나,
혹시 하느님이 이 모든 걸 보시어 죽음이
닥쳐오면 어찌하랴? 죽으면 나는 사라지고
아담은 다른 하와[112]와 결혼하여
즐겁게 살겠지. 내가 죽고 없는데도!
생각하는 것부터가 죽음이다. 그러니 마음을
정하고 아담과 화복을 나누며 함께 살리라.
사랑이 지극하니 그와 함께라면 어떤 죽음도
견딜 수 있으나 그가 없으면 살아도 죽음이다."
하와는 지식나무에서 발을 돌린다. 그러나
그 전에 나무에 허리 굽혀 절을 한다.[113]
신들의 음료인 신주(神酒)에서 나온 지식의 수액을
그 나무에 모조리 흘려 넣은 어떤 힘이
그 나무 안에 있다는 듯이. 그동안 아담은
하와가 돌아오기를 기다리며, 추수꾼들이
수확의 여왕[114]에게 가끔 하듯이, 그녀의 머리를
장식하고 열심히 일한 것을 칭찬하고자
가장 아름다운 꽃으로 화관을 짰다. 많이 늦었지만
머지않아 하와가 돌아오면 얼마나 기쁘고
큰 위안을 얻을지 기대한다. 그러나 한편으로는
어쩐지 불길한 예감이 들어 불안하다.
심장이 쿵쾅거려 끝내 참지 못하고 그녀를
맞으러 나간다. 아침에 헤어진 뒤 그녀가 간 길

112) 하와의 질투에 관하여 밀턴은 《요시폰》 같은 랍비문학을 따랐다고 한다.
113) 하와의 물신 숭배가 나타난다.
114) 옛날에는 수확제 때에 젊은 처녀를 여왕으로 뽑거나 케레스 여신상을 둘러메고 다니는 풍습
이 있었다. 지금 하와는 말 그대로 수확의 여왕이나, 그녀가 수확한 것은 다름 아닌 죽음이다.

따라 걷다보니 지식나무 있는 곳까지 왔다.
그때 나무에서 막 떠나려는 하와와
마주쳤다. 그녀의 손에는
솜털 보송하고 달콤한 향기 코를 찌르는
아름다운 열매가 달린 갓 꺾은 나뭇가지가
들려 있다. 서둘러 달려온 그녀의 얼굴에
서론 격인 미안함의 빛 비치고 이어서 부드러운
목소리로 본론인 변명을 말한다.
"아담이여, 내가 늦는 것을 이상하게 여기셨지요?
나도 그대 곁을 떠나 있는 동안 그대가 그리워
그 시간 너무나 길게 느껴지더이다. 이러한
사랑의 괴로움은 일찍이 느껴본 적 없고, 다시는
되풀이하고 싶지 않나이다. 경험 없어 무모하게
그대 곁 떠나 고통 맛보았으니 이제 더는
그리고 싶지 않나이다. 늦은 이유는 너무도 기이하고
수상하여 이야기해도 믿기 어려울 듯하나이다.
이 나무는 들은 바와 달리 먹어도 위험하거나
미지의 재난을 불러일으키는 나무가 아니라,
모든 이를 눈뜨게 하고 영험한 효력으로
신처럼 되게 하나이다. 이미 그렇게 된
자 있나이다. 현명한 뱀은 우리처럼 금지되지
않아서인지 순종하지 않아서인지 그 열매를
먹었는데도 우리가 위협받은 것처럼 죽지 않고
도리어 그 뒤에 사람의 말과 사람의 생각을
얻었나이다. 뱀이 나에게 말을 걸어 그
훌륭한 논리로 나를 설득하니 결국 나도 맛보고
그 효험이 말과 다르지 않음을 알았나이다.
어느새 어두웠던 내 눈이 열리고,
마음이 넓어지고 정신이 깊어져 신성에

가까워졌나이다. 내가 그리되고 싶었던 까닭은
오로지 그대를 위해서이니, 그대가 없으면 아무
가치 없나이다. 행복은 그대와 나누어 가질 때
행복이지, 그대와 함께하지 못한다면 곧 귀찮고
싫증 날 것이외다. 그러니 그대도 맛보소서. 같은
사랑과 더불어 같은 운명[115]과 기쁨이 우리를 결합하도록.
그대 맛보지 않는다면 위계의 차이로 헤어지고,
내가 그대 위하여 신성을 버리고자 하여도
이젠 늦어서 운명이 허락지 않으리이다.”
하와는 쾌활한 표정으로 말했으나
붉게 달아오른 볼에는 불안의 빛이 어려 있다.
아담은 하와가 저지른 치명적인 죄를
듣자마자 놀라고[116] 당황하여 얼빠진 채
서 있다. 차디찬 전율이 혈관을 따라 흐르고
온몸의 마디가 풀리는 듯했다. 힘없는 손에서
하와를 위하여 만든 화관이 떨어지고
장미[117]도 시들어 꽃잎이 떨어졌다.
그는 말없이 창백한 얼굴로 서 있다가 이윽고
자신을 향하여 마음속의 침묵을 깨뜨린다.
‘아 창조의 극치, 하느님의 모든 창조물 가운데
마지막으로 가장 아름답게 만들어진 자여, 보기에도
생각하기에도 뛰어난 자질을 두루 갖춘 거룩하고 성스럽고
선하고 사랑스럽고 어여쁜 피조물이여!
그대 어찌하여 타락하였소? 어찌하여 갑자기

---

115) 하와가 ‘운명’이라는 말을 하게 된 것은 사탄의 영향이다.
116) “정직한 사람은 너를 보고 놀라며 순진한 사람은 그 불경스러움을 향하여 격분하겠구나”(《욥기》 17 : 8). 또한 이 대목은 베르길리우스의 “차디찬 두려움에 내 몸이 떨리고 피가 얼어붙는다”(《아이네이스》) 참조.
117) 낙원의 쇠락하는 첫 징후이다. 장미는 사랑과, 사랑의 덧없음을 상징한다.

타락하여 더럽혀지고 꽃이 지고[118] 죽음이 찾아오게
하였소. 어찌하여 엄한 금령을 어기고,
어찌하여 거룩한 금단의 열매를 범하였소.
그대는 아직 정체 모르는 어떤 저주받은
적에게 속았고 그대와 함께 나까지 멸망하였소.
나는 그대와 같이 죽기로 결심했으니
그대 없는 이 세상 나 혼자
어찌 살리요.[119] 그대와의 달콤한 교제와
이토록 깊이 맺어진 사랑 버리고 이 황량한
숲속에서 어찌 홀로 살아갈 수 있겠소?
하느님이 또 다른 하와를 만드시고 내가
갈빗대를 하나 더 내놓는다 해도 그대를 잃은
아픔은 내 마음에서 결코 사라지지 않으리라. 자연의
사슬이 나를 끄는 것을 느끼노라. 그대는 나의
살 중의 살, 뼈 중의 뼈.[120] 그러니 축복이든
화든 그대 곁에서 떨어지지 않을 것이오.'
속으로 중얼거리고 나서 아담은 슬픈 충격에서
헤어난 사람처럼 어지러운 마음을 가라앉히고
되돌릴 수 없는 상황에 체념한 듯
조용히 하와에게 말한다.
"모험을 좋아하는 하와여, 그대 대담한 행동으로
엄청난 위험을 자초하였소. 절제해야 하는

---

118) 원문인 "deflowered"에는 '처녀성을 빼앗기다'라는 뜻이 있다.
119) 아담은 하와를 너무도 사랑하기 때문에 그녀를 밀어내고 그 죄를 나무라지 못한다.
120) "아담은 이렇게 외쳤다. '드디어 나타났구나! 내 뼈에서 나온 뼈요, 내 살에서 나온 살이로구
나. 지아비에게서 나왔으니 지어미라고 부르리라!'"(《창세기》 2 : 23). 아담은 하느님에게 하와를
이야기할 때 이와 똑같은 말로 그녀를 부르며 "한 몸, 한 마음, 한 영혼"(제8편)이라고 말한다.
지금 아담은 그 말을 되풀이 사용했으나 말의 뜻은 예전과 다르다. 그는 '살'을 강조하고 '자연
의 사슬'을 강조했다. 따라서 아담은 아우구스티누스가 《신국론》에서 말한 것처럼, 하와의 말
에 속아서가 아니라 그녀에 대한 부부애 때문에 함께 파멸하기로 결심한 것이다.

그 거룩한 열매 탐욕스런 눈으로 보는
것만도 죄스런 일이며, 손대는 것조차
금지되어 있는데 하물며 그것을 맛보다니. 그러나
지난 일 되돌리고 행한 일 취소할 자 누구랴?
전능하신 하느님과 운명도[121] 그럴 수 없소.
그러나 어쩌면 그대는 죽지 않으리라.
어쩌면 이제는 그대의 죄가 크게 깊지 않으리라.
그 열매는 우리가 맛보기 전에 먼저
뱀에게 더럽혀져 속되고 부정해졌으니 말이오.
게다가 그에게는 아직 죽음의 낌새가 나타나지 않았소.
그대 말대로 살아서 인간처럼 고귀한 생활을
누리고 있으니, 우리도 이것 맛보면
마찬가지로 그에 알맞은 향상 이루리라.
그러면 틀림없이 신이 되거나 천사 아니면
반신이 되리오. 게다가 지혜로운 창조자
하느님께서 우리를 멸하리라 위협하셔도
최고의 창조물로서 이토록 높은 위엄을 갖추어
만물 위에 놓으셨으니 정녕 멸망시키지는
않으리오. 만물은 우리를 위해 창조된
의존적 존재이니 우리가 멸망하면 함께
멸망할 것이 틀림없소. 그러면 하느님은 애써
만드신 것을 파괴하고, 좌절하고,[122] 또다시 짓고 파괴하여
노력을 헛수고로 만드시는 셈이니, 하느님께는 있을 수
없는 일이오. 그분 힘으로 다시 창조할 수
있을지나 우리를 멸망시키는 일은 꺼리실 것이오.
그렇지 않으면 적은 우쭐하여 이렇게 말하리오.

---

121) 아담도 하느님과 운명을 나란히 놓은 점에 주목할 필요가 있다.
122) 아담은 벌써 마음속으로 죄를 범하고 그 결과의 책임을 하느님께 전가하며 하느님의 좌절
     을 이야기한다.

'신의 총애받는 저들의 처지 덧없구나. 오래
그를 기쁘게 할 자 과연 누군가? 처음에는 나를
파멸하더니 이제는 인간을. 다음은 누구인고?'
이러한 적의 조롱은 피해야 할 것이오.
어찌 되었든 나는 그대와 운명을 같이하고 함께 형벌을
받을 것이오. 죽음이 그대의 길동무라면 그 죽음은
내게 생명이리라. 이토록 강하게 내 마음속에,
자연의 사슬이 나를 내 것으로, 즉 그대를
내게로 끌어당기는 것을 느끼오. 그대는
나의 것이기에 우리 처지 가를 수 없소. 우리는 하나요
한 몸이니, 그대를 잃음은 나 자신을 잃는 것이오."
아담이 말하자 하와는 대답한다.
"아, 위대한 사랑의 빛나는 시련을 지나
뚜렷한 사랑의 증거 보인 높은 귀감이여! 나도
그대 못지않기를 바라나 그대처럼 완전하지 않은
내가 어찌 그러리오. 아담이여, 나는 그대의
옆구리에서 나왔음을 자랑스레 여기며,
우리의 결합이 한마음 한 영혼[123]이라 하신 말씀
기쁘게 들었나이다. 죽음이나 죽음보다 더 무서운 것이
이토록 깊은 사랑으로 맺어진 우리 사이를
가른다면 차라리 이 좋은 열매 맛보고,
그것이 죄라면 기꺼이 나와 한 형벌, 한 죄를
나누겠다는 결심 말씀하셨으니, 정녕 그대는
오늘 훌륭한 증명을 해주셨나이다. 그 열매의
효험은 직접적이든 간접적이든 선에서 선이
나오는 것이니,[124] 그대 사랑의 증거 훌륭히

---

123) 제8편에서 아담이 "거짓 없는 마음의 결합과 두 사람의 영혼이 하나임"이라고 한 말을 가리
킨다.
124) 《실낙원》의 주제는 '악에서 선이 태어난다'는 것이다. 즉 인간의 악(원죄) 때문에 그리스도의

보여주었나이다. 그러지 않았다면 이렇게
뚜렷이 알려지지 않았으리라. 나의 시도에
위협받던 대로 죽음이 뒤따르리라 믿었다면,
나는 혼자서 그 해악을 받고 그대에게 권하지 않을 것입니다.
그대의 평화를 해치는 죄에 끌어들이느니
차라리 버림받고 죽는 편이 나으리이다.[125]
더욱이 이토록 진실하고 충실하고
비할 바 없는 그대의 사랑 확인한 지금은 더더욱.
그러나 그 결과가 예상과 달라 나는
죽음 아닌 생명이 증대되고, 눈이 열리고
희망과 기쁨은 새롭고, 그 맛이 너무 고상하여
지금까지 내 미각을 상쾌하게 하던 것이
이에 비하면 아무 맛도 없고 쓰디쓴
듯하외다. 내 경험 믿고, 아담이여, 죽음의
두려움은 바람결에 날리고 마음 놓고 맛보소서."
이렇게 말하고서 하와는 아담을 얼싸안고
기쁨의 눈물을 조용히 흘린다. 그가 그녀 위하여
하느님의 노여움과 죽음마저 감수하자 이토록 높은
사랑에 크게 감동한 것이다. 그 보답으로
(그의 추한 굴종[126]에는 이런 보답이 무엇보다
어울리지만) 하와는 들고 있던 가지에서 그 유혹적인
아름다운 열매를 아낌없이 따서 준다.
그는 속은 것은 아니나 어리석게도 여인의
매력에 팔려 선한 지식을 버리고 거리낌 없이

속죄의 죽음이 이루어지고 구원이 약속된다면, 하와의 이 말은 궁극적으로 큰 패러디로 보아
야 한다.
125) 하와의 이 말은 그녀가 혼자 있을 때 한 말과 모순된다. 하와는 거짓말하는 법을 익혔다.
126) "너는 아내의 말에 넘어가 따 먹지 말라고 내가 일찍이 일러둔 나무 열매를 따 먹었으니, 땅 또
한 너 때문에 저주를 받으리라. 너는 죽도록 고생해야 먹고 살리라"(《창세기》 3 : 17).

열매를 먹는다.[127] 대지는 다시 고통에 몸부림치듯
내장에서부터 전율하고 자연도 다시
신음한다.[128] 하늘이 갑자기 흐려지고 우렛소리
나직이 울리며 치명적인 원죄[129]가 이루어짐을 보고
슬픔의 눈물을 흘린다. 그러나 아담은
아무 생각 없이 배불리 먹는다. 하와도
사랑하는 그를 위로하고자
조금 전에 혼자 저지른 죄를 두려움 없이
되풀이한다. 이제 두 사람은 새 술에
취한 듯이 환락에 젖으니, 마음속에 깃든
신성(神性)에서 날개 생겨 대지를 차고
날아오른 것만 같았다. 그러나 그 허위의 열매는
먼저 다른 작용을 일으켜 두 사람의 마음에
불타는 욕정[130]을 충동한다. 아담은 음란한 눈길을
하와에게 던지고, 그녀도 그에게
음탕하게 보답을 하니 둘은 다 같이
음욕에 불탔다. 이윽고 아담은
하와를 희롱하려 유혹한다.
"하와여, 그대의 미각[131] 정확하고

---

127) "여자가…… 그 열매를 따 먹고 같이 사는 남편에게도 따주었다. 남편도 받아먹었다"(《창세기》 3 : 6), "아담이 속은 것이 아니라 하와가 속아서 죄에 빠진 것입니다"(《디모데전서》 2 : 14).

128) 앞서 하와가 죄를 지었을 때에도 같은 현상이 일어났다.

129) 밀턴은 "원죄(Original Sin)"란, "우리의 첫 조상이 하느님에 대한 복종을 버리고 금단의 나무 열매를 먹었을 때 그들이 저지른 죄이며, 또한 그의 모든 자손이 저지른 죄이다"(《그리스도교 교의론》)라고 했다. 이러한 원죄관의 배경은 "한 사람이 죄를 지어 이 세상에 죄가 들어왔고 죄는 또한 죽음을 불러들인 것같이 모든 사람이 죄를 지어 죽음이 온 인류에게 미치게 되었습니다. ……한 사람의 불순종으로 많은 사람이 죄인이 된 것과는 달리 한 사람의 순종으로 많은 사람이 하느님과 올바른 관계를 가지게 될 것입니다"(《로마서》 5 : 12~19) 참조.

130) "그 때문에 하느님께서는 사람들이 자기 욕정대로 살면서 더러운 짓을 하여 서로의 몸을 욕되게 하는 것을 그대로 내버려두셨습니다"(《로마서》 1 : 24).

131) 원문 "taste"는 맛을 느끼는 감각이라는 뜻과 함께 여러 가지 일을 이해하는 능력이라는 뜻이 있다.

훌륭하며 지혜도 풍부함을 내 이제야
알겠소. 맛도 두 가지 뜻으로 쓰이기에
혀도 슬기롭다고 일컫는 것이오. 오늘
그대가 마련한 음식이 훌륭하니 나 그대에게
찬사를 바치오. 우리는 지금까지 이 아름다운
열매 먹지 않아 많은 쾌락을 잃었고
지금까지 다른 열매 맛보긴 했지만 참맛을
몰랐소. 금지된 것에 이런 쾌락이 들어 있다면
이 한 그루 말고 열 그루라도
금지되었으면 좋겠소. 자, 이리 오시오. 충분히
기운을 차렸으니 맛 좋은 식사 뒤에 어울리도록
우리 함께 즐깁시다.[132] 처음 그대 보고 결혼한 날 뒤로
온갖 완벽한 아름다움으로 장식된 그대가
지금만큼 내 감각을 불태워 그대를
향락하려는 열정을 일으킨 적은 없었소.
이야말로 영목(靈木)의 선물이리오."
이렇게 말하고 아담이 욕정에 불타는 눈빛을
던지며 희롱하니, 하와도 그것을
알아차리고 그 눈에서 정욕의 불을 쏟는다.
아담이 하와의 손을 잡고 머리 위로 울창하고 푸른
지붕이 뒤덮인 그늘진 둑으로 이끄니 하와도 얌전히
따라간다. 사랑의 금침은 삼색제비꽃과
팬지, 수선화와 히아신스 꽃밭, 대지의
맑고 부드러운 무릎, 그 위에서
두 사람은 죄의 표지, 죄의 위안[133]인 사랑과

---

132) 성적으로 즐긴다는 뜻. "백성은 앉아서 먹고 마시다가 일어나서 정신없이 뛰놀았다. 야훼께서 모세에게 말씀하셨다. '당장 내려가 보아라. 네가 이집트에서 데려온 너의 백성들이 고약하게 놀아나고 있다'"(〈출애굽기〉 32 : 6~7).

133) 원문의 "solace(위안)"는 "가서 밤새도록 놀며 한껏 사랑에 취해 봅시다(solace ourselves)"(〈잠언〉

사랑의 유희에 마음껏 도취한다. 그러고는 정욕의

유희에 지치자 이슬 같은 잠에

빠진다.[134] 그러나 기분을 들뜨게 하는

상쾌한 증기로 그들 마음을 희롱하고

내부의 기능을 그르친 그 허망한 열매의 힘은

곧 사라졌다. 부자연스러운 독기에서 나온

죄의식에 찬 꿈에 괴로워하는 거친 잠[135]이

지나가자, 그들은 불안에서 달아나듯 벌떡 일어났다.

서로를 바라보았을 때 비로소 그들의 눈이 얼마나

열리고[136] 마음이 흐려졌는가를 깨닫는다. 베일처럼

그들을 덮어 악을 모르게 지켜주던 순진은 사라지고

올바른 신뢰와 타고난 정의와 명예심이

그들을 떠나고 이제 남은 건 알몸을 가리기 위해 덮은

죄스러운 부끄러움뿐, 하나 그 옷은

그들의 알몸을 더욱더 드러낼 뿐이다.[137] 헤라클레스처럼

힘센 단 사람 삼손[138]이

블레셋의 창부 들릴라의 음탕한 무릎에서

일어나 보니 이미 그의 힘이 잘려나가 있었듯[139]

---

7 : 18)에서 왔다.

134) 아담이 하와를 꽃밭으로 유혹하는 대목은 제우스가 헬레를 유혹하는 대목과 비슷하다(호메로스 《일리아스》).

135) 일찍이 아담의 잠이 '공기처럼 가볍던'(제5편) 것과 극명한 대조를 이룬다.

136) "그러자 두 사람은 눈이 밝아져 자기들이 알몸인 것을 알고 무화과나무 잎을 엮어 앞을 가렸다"(《창세기》 3 : 7). 타락하기 전의 순진한 아담과 하와의 알몸과 타락한 뒤 죄의식과 수치심에 사로잡힌 그들의 알몸 사이에는 큰 거리가 있다.

137) "모욕당하지 않는 날이 하루도 없고 부끄러움으로 얼굴을 들 수도 없습니다"(《시편》 44 : 15), "나를 고발하는 자들, 온몸에 망신살이 끼고 겉옷처럼 치욕을 뒤집어쓰게 하소서"(《시편》 109 : 29).

138) 이스라엘의 12지족 가운데 하나인 단족 출신인 마노아의 아들 삼손은 블레셋의 창부 들릴라(델릴라)에게 속아 힘을 잃는다(《사사기(판관기)》 제16장). 밀턴에게 아담과 삼손과 그리스도는 서로 밀접한 관계를 갖는 중요한 존재이다. 밀턴은 삼손을 주인공으로 《투사 삼손》을, 그리스도를 주인공으로 《복낙원》을 썼다.

이제 모든 덕을 잃은 아담과 하와는
말없이 당황한 기색으로 한참 동안
멍청히 앉아 있었다.[140] 아담은
그녀 못지않게 부끄러웠지만 마침내
마지못해 말을 꺼낸다.
"아, 하와, 그대는 불행하게도 그 거짓된
뱀의 말에 귀를 기울였구려. 뱀이 인간의 목소리
누구에게서 배웠는지 모르지만 결국 우리가
타락했다는 사실만 진실이고, 높이 향상된다는
약속은 새빨간 거짓이었소. 과연 우리의 눈은 열렸고
선과 악을 알게 되었소만, 선을 잃고 악을
얻었을 뿐이오. 이것이 아는 것이라면
악한 지식의 열매로다.[141] 그 지식으로 우리는
이렇게 알몸으로 존귀와 순결을 잃고
진실과 결백을 잃었으며, 평소 우리가 지니던
아름다운 장식은 이제 더럽혀졌고 우리의
얼굴에는 부정한 음욕의 표정이 뚜렷해졌소.
거기에는 악이 쏟아져 나오고 악의 으뜸인
수치까지도 생기기 마련이오. 그러니 다른 소소한
재난이야 말해 무엇하리. 한때는 황홀하고 기쁘게
우러러보던 하느님과 천사의 얼굴을 앞으로는
어떻게 본단 말이오.[142] 그 찬란한 빛을 뿌리는 천상의

---

139) "들릴라는 삼손을 무릎에 뉘어 잠재우고는 사람을 불러 그의 머리 일곱 가닥을 자르게 하였다. 그러자 삼손은 맥이 빠져 힘없는 사람이 되었다"(《사사기》 16 : 19).

140) 죄책감에 사로잡힌 아담과 하와. 밀턴은 《그리스도교 교의론》에서 죽음에는, 죄책감에 괴로워하는 상태, 정신적인 죽음, 육체적인 죽음, 영원한 죽음의 네 단계가 있다고 했다.

141) 밀턴은 말했다. "이 나무는 결과적으로 선악을 아는 나무라 불리게 되었다. 아담이 이를 맛본 뒤 우리는 악을 알게 되었을 뿐만 아니라 악을 앎으로써 선도 알게 되었기 때문이다"(《그리스도교 교의론》).

142) 제10편, 제12편 참조.

거룩한 모습을, 앞으로 우리 지상의 인간들은 똑바로
바라보지 못하리라. 아, 차라리 어두운 숲속의 빈터,
별빛도 햇빛도 들지 않고 울창한 숲이 저녁처럼
어둡게 넓은 그늘 드리우는 곳에서 외따로
야인(野人)으로 살고 싶구나. 나를 덮어라,[143] 소나무여!
삼나무여! 수없는 가지로 다시는 그 거룩한 모습
우러러보지 못하도록 나를 숨겨라. 그러나 지금
우리의 처지 궁하니 먼저 이 부끄럽고
보기 흉한 부분을 서로 가리려면
어찌해야 좋을지 생각해 봅시다.
옳거니, 잎이 넓고 만질만질한 나무를 찾아
그 잎을 엮어 허리에 두르면 몸 가운뎃부분을
가릴 수 있으니 새로 찾아온 손님 수치도
그 자리에 눌러앉아 우리를 부정하다
나무라지는 않으리오."
아담이 말하자 두 사람은 곧바로 울창한 숲속으로
들어가 갖가지 나무 가운데 이내 무화과나무[144]를
골랐다. 열매로 이름난 그 무화과나무가 아니라,
오늘날 인도인에게 널리 알려진 나무로
말라바르나 데칸[145]에서 넓고도 길게 가지 뻗고
그 굽은 잔가지 땅에 뿌리내려
딸처럼 어미나무 둘레에서 자라고,

---

143) "산과 바위를 향하여 '우리 위에 무너져 내려서 옥좌에 앉으신 분의 눈을 피할 수 있도록 우리
를 숨겨다오. 그리고 어린 양의 진노를 면하게 해다오'"(《요한계시록》 6 : 16).
144) 이 나무는 인도산 무화과나무의 종류인 반얀나무로, 벵골보리수라고도 불린다. 가지에서 여
러 개의 받침뿌리가 나와 가로퍼져서 숲처럼 된다. 밀턴은 제럴드의 《식물지》(1597)에서 지식을
얻었다. 한 줄기 가지와 그 주변에 뿌리내린 수많은 새 가지의 모습이 아담의 죄에서 인류의
죄가 파생되어 가는 모습을 나타낸다고 시인은 생각했다.
145) 말라바르는 아라비아해와 접한 인도 남서부 지방이고, 데칸은 인도 남부의 반도에 있는 고원
지대이다.

높이 뒤덮인 반달 모양 그늘 사이로
메아리치는 길이 뚫린 나무. 더위를 피해
서늘한 그곳을 찾는 인도인 양치기들은
울창한 나뭇잎 사이로 창문을 뚫고
풀어놓은 가축 떼를 지켜본다. 아마존족[146]의
방패만큼 넓은 잎을 따서 아담과 하와는
재간껏 엮어 허리에 둘렀으나, 그들의
죄와 무서운 수치를 가리기에는 참으로 빈약한
가리개로다. 아, 처음 알몸으로 있을 때의
영광과는 너무나 다르구나! 얼마 전 콜럼버스가
발견한 아메리카의 야만인도 알몸에
새털로 만든 넓은 허리띠만 두르고
섬과 바닷가의 울창한 수풀 사이를
다닌다고 한다. 아담과 하와도 이처럼 나뭇잎으로
부끄러운 부분을 나름대로 가리긴 했지만 마음은
불안하고 편치 않아 주저앉아 울음을 터뜨렸다.
눈에서 비 오듯 눈물이 쏟아질 뿐 아니라
마음속에서 분노, 증오, 불신, 의혹, 불화 같은
강렬한 감정이 폭풍[147]처럼 휘몰아쳐 지금까지
조용하고 평화롭던 그들의 마음을 세차게 뒤흔들어
어지럽혔다. 이성[148]이 지배력을 잃자
의지가 그 명령을 듣지 않고, 둘 다
육욕에 굴복하니, 본디 아래에 있던 육욕이
지위를 빼앗아 지존한 이성 위에

---

146) 그리스신화에 나오는 용맹한 여인족으로, 흑해 연안에 살았다고 전해진다. 호전적인 여인족의
이미지는 낙원의 평화로운 분위기가 무너져가고 있음을 암시한다. 또한 반얀나무의 이파리는
그렇게 크지 않다.
147) 마음이라는 소우주에서 이는 폭풍은 대자연이라는 대우주의 폭풍과 대응한다.
148) 인간 마음속의 여러 기능 가운데 최고 단계는 이성이고 다음이 오성, 의지, 욕망이라고 밀턴
은 생각했다. 지금은 그 층위가 거꾸로 뒤집어진 것이다.

군림하고 강력한 주권을 주장하게 되었다.
어지러운 마음 참지 못하고 아담은
아까와는 전혀 다른 표정과 말투로
하와에게 아까 하던 이야기를 이어서 한다.
"만일 그대가 불행한 오늘 아침 이상한
방랑의 욕망에 사로잡혔을 때, 내가 간청한 대로
내 말에 귀 기울여 함께 머물렀다면
우리들은 아직 행복하고, 지금처럼
모든 선을 빼앗기지도 않았고 알몸을 부끄러워하지도
슬퍼하지도 않았을 거요. 앞으로는
아무도 스스로의 신의를 증명코자 필요 없는
구실을 찾지 맙시다. 이런 증명을 구하는 것
자체가 타락의 첫걸음임을 깨달아야 하오."
아담이 비난하는 것을 곧바로 알아차리고
하와가 반박한다. "무슨 말씀 그렇게 하시나이까.
가혹한 아담이여! 이번 일은 그대가 가까이 있었어도,
아니 어쩌면 그대 자신에게 일어날 수도 있었거늘,
(그것은 아무도 모르나이다) 그대는 그것을 내 잘못,
그대가 말한 방랑의 욕망 탓으로 돌리실
셈이나이까? 당신이 거기 있건 여기에 있건
그러한 유혹을 당하면 교묘하게 지껄여대는 뱀의
간계를 알아차리지 못했을 것이외다. 뱀이 내게
악의를 품고 해악을 가할 만한 이유가, 그러한 원한이
있는 줄은 꿈에도 몰랐나이다. 내가 그대 옆구리에서
절대 떠나지 않았어야 했나이까? 그렇다면 나는
여전히 생명 없는 갈빗대가 아니나이까?
내가 그런 존재라면 내 머리[149]인 그대는

---

149) "모든 사람의 머리는 그리스도요 아내의 머리는 남편이요 그리스도의 머리는 하느님이시라는
것을 알아두시기 바랍니다"(고린도전서) 11 : 3).

그대 말씀대로 그런 위험으로 향하는 나에게 왜
절대 가지 말라 명하지 않으셨나이까? 그때 그대는
마음 약해져서 반대하지 않고 도리어 허락하고 인정하고
흔쾌히 보내셨나이다. 그대가 완강하고 확고하게
막았더라면 나도 그대도 죄짓지 않았으리이다."
아담은 처음으로 화를 내며 대답한다.
"이것이 그대의 사랑이고 내 사랑에 대한
보답이오, 배은망덕한 하와여! 타락한 그대
보고 나는 불변한 사랑 증명했거늘, 살아서
영원한 행복 누릴 수 있었음에도 기꺼이
그대와 함께 죽기로 결심했거늘. 그런데도
타락의 원인이 내게 있다고 비난받아야 하다니.
내가 마음 약해서 엄하게 거절하지 못했다고?
그 이상 무엇을 더 한단 말이오. 나는 그대에게
경고도 하고 충고도 하고 위험과 적이 숨어서
기다리고 있다고도 말했소. 그 이상은 강제이거늘
여기서 어찌 자유의지를 강제할 수 있으리오.
그러나 그대는 위험을 당하지 않고
영광스런 시련거리를 찾으리라고
자만하며 떠났소. 그대가 아주 완전해서[150]
어떤 악도 감히 유혹하지 못하리라고
과찬한 것이 어쩌면 내
잘못이었는지도 모르오. 지금 나는
그 잘못을 뉘우치고, 그것이 내
죄라며 그대는 나를 꾸짖으오.
여자의 가치를 과신하여 여자의 뜻에 모든
지배권을 맡기는 사내는 이런 일 당하여

---

150) 아담은 하와가 "완전하고 흠이 없다"고 칭찬하여 라파엘이 그를 나무랐다(제8편).

마땅하오. 여자는 속박을 견디지 못하고 혼자
멋대로 행동하다 재난을 만나면 먼저
남자의 마음 약한 관용을 꾸짖는구려."
두 사람은 서로를 비난하며 무익한
시간을 보낸다. 누구도 자신은 탓하지 않고
헛된 언쟁만 일삼으니 끝이 보이지 않았다.

제10편

줄거리

인간이 죄를 지은 것을 알고 낙원을 지키던 천사들은 낙원을 버리고 하늘로 돌아가 자신들이 경비를 소홀히 하지 않았음을 설명한다. 하느님은 사탄의 침입을 그들 힘으로는 막을 수 없다고 말하며 용서한다. 하느님은 죄지은 그들을 심판하기 위하여 성자(聖子)를 보낸다. 성자는 땅으로 내려와 규율에 따라 선고를 내린 뒤 두 사람을 가엾게 여겨 몸에 걸칠 것을 주고 하늘로 돌아간다. 한편 그때까지 지옥문 앞에 앉아 있던 '죄'와 '죽음'은 기이한 공감능력을 발휘하여 이 새로운 세계에서 사탄이 목적을 이루어 인간이 죄를 범한 것을 알아챈다. 그들은 더는 지옥에 갇혀 있지 않고 아버지 사탄의 발자국을 따라 인간 세계로 가기로 결심한다. 그들은 지옥과 이 세계를 더욱 쉽게 오가기 위해 사탄이 처음 간 길을 따라 혼돈 위에 큰 길과 다리를 만든다. 그러고는 지구로 막 출발하려던 순간 성공을 거두고 의기양양하게 지옥으로 돌아오는 사탄을 만나 서로 축하와 기쁨을 나눈다. 사탄은 만마전(萬魔殿)에 도착하여 회당을 가득 채운 청중 앞에서 인간에 대한 그의 음모가 성공했음을 자랑스럽게 이야기한다. 그러나 갈채 대신 청중에게서 일제히 야유가 쏟아진다. 낙원의 규율에 따라 그와 함께 모두가 갑자기 뱀으로 변했기 때문이다. 그들 눈앞에 갑자기 금단의 나무가 나타난다. 그들은 그것에 현혹되어 탐욕스럽게 그 열매를 따려고 몸부림치지만 입 안에서 씹히는 것은 먼지와 쓰디쓴 재뿐이다. 이어서 죄와 죽음이 한 일들이 묘사된다. 하느님은 그들을 상대로 성자가 마지막에 결정적인 승리를 거둘 것이며 만물이 새로 태어나리라고 예언한다. 그러나 우선은 여러 천체와 원소들에 약간의 변화를 일으키도록 천사들에게 명한다. 아담은 자신의 타락을 더욱 절실하게 느끼고 몹시 슬퍼하며 하와의 위안을 거절하지만 하와의 애타는 호소를 듣고 마침내 마음이 누그러진다. 하와는 자손들이 받게 될 저주를 피하기 위해 아담에게 자살이라는 비상수단을 제의한다. 그러나 아담은 희망을 품고 하와에게 그녀의 자손이 뱀에게 복수할 것이라고 한 약속을 떠올려 보라고 말한다. 그리고 자신과 함께 회개와 기도로써 하느님의 진노를 달래자고 권한다.

> 그러는 동안에, 사탄이 낙원에서 저지른 극악무도한
> 행위와 어떻게 그가 뱀의 모습으로 바꾸어 하와를
> 유혹하고, 하와는 남편을 유혹하여 죽음에 이르는
> 열매를 맛보게 하였는지 그 내막이
> 하늘에 알려졌다. 만물을 두루 내다보시는
> 하느님[1]의 눈을 피하고 모든 것을 아시는
> 그 마음 속이기란 불가능했다. 모든 일에
> 슬기롭고 옳으신 그분[2]은, 적이나 친구로 가장한
> 자의 어떠한 간계도 알아차리고 물리칠 수
> 있는 충분한 힘과 자유의사[3]로 무장한 인간의 마음을
> 사탄이 시험하는 것을 막지 않으셨다.
> 어느 누가 유혹해도 그 열매 맛보지 말라는
> 지엄한 명령을 그들은 당연히 알고
> 기억하고 있어야 했다. 그러나 인간은 그 명령
> 지키지 않아 벌(그 밖에 무엇이 있겠는가)을 자초했고
> 온갖 죄[4]에 물들어 타락의 심연으로 가라앉았다.
> 경비천사들은 인간의 타락에 슬퍼하며
> 말없이 낙원에서 하늘로 서둘러 올라간다.

1) 자기가 한 일을 하느님이 보지 못했을 수도 있다고 한 하와의 독백(제9편) 참조.
2) "(하느님은) 인간이든 천사든 그들이 자유로이 타락하는 길과 타락하지 않는 길을 선택하도록 내버려두셨다. ……그로 인해 일어나는 나쁜 결과는 미리 정해진 필연적인 것이 아니라 조건의 존적인 것이다. 따라서 하느님은 다음과 같은 계약을 제시하신다. ……만약 그대가 금단의 열매를 먹지 않으면 살 것이나 먹으면 죽으리라《그리스도교 교의론》.
3) 아담은 자유의사의 뜻을 충분히 알고 있다(제9편).
4) 아담과 하와가 저지른 원죄는 많은 죄를 포함한다. 밀턴은 그들이 하느님의 명령을 어기고 금단의 열매를 먹은 것은 불신앙, 불복종 또는 아내에 대한 남편의 지나친 관대함, 남편에 대한 아내의 배려 부족, 오만함 같은 수많은 죄를 '동시에' 저지른 것이라고 했다《그리스도교 교의론》.

그들은 이미 인간의 상태를 알았지만, 교활한
사탄이 어떻게 아무도 모르게 숨어 들어왔는가를
의아해한다. 불길한 소식이 땅에서 하늘문에
이르자, 그 소식 들은 천사들 모두 마음
아파하며 어두운 슬픔의 그림자 그 얼굴에
드리우나 연민의 정이 그들의 행복까지
해하지는 못한다. 하늘의 백성들은
자세한 내막 듣고자 땅에서 돌아온 자들 곁으로
구름같이 몰려든다. 돌아온 자들은 지존의 옥좌로
재빨리 달려가 해명하며 자신들의 경비가
소홀치 않았음을 아뢰고 쉽게 용인받는다.
그때 드높으신 영원한 아버지는
그 신비로운 구름 속에 모습을 감춘 채
우레 같은 목소리로
이렇게 말씀하신다.[5]
"여기 모인 천사들, 그리고 사명 다하지
못하고 돌아온 천사들이여, 지상에서 온
소식에 놀라지도 말고 걱정하지도 말라.
그대들의 철저한 경계로도 이번 일 막을 수 없음은,
유혹자가 지옥 떠나 혼돈을 가로지를 때
내 이미 예언한[6] 바이니라. 그때
나는 그가 결국 승리하여 악한 사명
달성하리라고, 인간이 유혹자의 거짓말 믿고
결국 감언에 속아 모든 것 잃으리라고
말했다. 나는 그들이 반드시 타락의 길을
걷도록 유혹자를 도울 생각도 없고,[7]

---

5) 그 옥좌에서는 번개가 번쩍였고 요란한 소리와 천둥소리가 터져 나왔습니다"(《요한계시록》 4 : 5).
6) 제3편 참조.
7) 하느님은 제3편에서 인간의 타락에 대해, "누구의 잘못인가? 그들 스스로의 잘못 아니라면?",

그의 자유의지라는 저울에
조금이라도 압력을 가할 생각도 없었다.
그러나 그가 타락했으니 이제는 그의 죄에
그날 내가 경고한 죽음의 선고[8] 내릴 수밖에 없다.
그는 곧바로 죽음을 맞으리라고 두려워했으나
아직 벌을 받지 않자 지금은 죽음을 부질없고
공허한 것으로 여기고 있다.[9] 그러나 관용이
면죄가 아님을 해 지기 전에 곧 알리라.
정의는 은혜처럼 무시당하고 풀 죽어
돌아가지 않으리라. 그들의 죄 심판하기 위하여
내 대리자이자 아들인 너 말고 누구를 보내랴.
나는 하늘과 땅과 지옥의 모든 심판을 너에게
맡겼노라.[10] 인간의 친구이자 중재자,[11] 지명되고
또한 스스로 원한 대속자이자 구세주, 타락한
인간을 심판하려고 스스로 인간이 될 너를 보냄은
자비와 정의를 짝짓게[12] 하려는 뜻이니라.
이는 너희들도 쉽게 이해할 수 있으리라."
하늘의 아버지는 이렇게 말하고 자신의 영광을
오른손으로 찬란히 펼치시어 성자 위에
눈부신 신성을 비추신다. 성자는 온몸에

"그들에게 반역을 명한 것은 그들 자신이지 내가 아니다"라고 말했다.

8) "그러나 선과 악을 알게 하는 나무 열매만은 따 먹지 마라. 그것을 따 먹는 날, 너는 반드시 죽는다"(《창세기》 2 : 17). 이 성서 구절대로 《실낙원》의 하느님도 아담에게 죽음의 선고를 내린다(제8편).

9) 죽음에 대한 아담의 잘못된 해석은 제9편 참조.

10) "아버지께서는 친히 아무도 심판하지 않으시고 그 권한을 모두 아들에게 맡기셔서"(《요한복음》 5 : 22).

11) "그리스도는 중재자로서, 인간을 위하여 인간이 하느님과 화해하고 영원한 구원을 얻는 데에 필요한 모든 일을 스스로 나서서 하셨고 지금도 하고 계신다"(《그리스도교 교의론》).

12) "사랑과 진실이 눈을 맞추고 정의와 평화가 입을 맞추리라"(《시편》 85 : 10). 하느님 또는 그리스도에 대한 밀턴의 이념은 언제나 자비와 정의가 짝을 이루고 있다.

성부의 모습을 찬란하게 드러내며[13]

거룩하고 조용하게 대답한다.

"영원한 아버지시여, 임무 명하심은 당신의 일이고

지고하신 당신의 뜻을 하늘과 땅에서

수행하는 것은 내 일이니, 이는 당신의 사랑하는

아들이 언제나 당신을 기쁘게[14] 하기 위함이나이다.

이에 그 죄인들을 심판하기 위해 땅으로

내려가지만, 누가 심판하든 때가 오면[15]

최악의 재난이 내게 내려지리란 사실을 당신도

아시리이다. 당신 앞에서 나는 그렇게 맹세했고

후회하지 않나이다. 따라서 그들을 심판하여

그 죄를 내게 전가함으로써 짐을 덜어주고자 하나이다.

이처럼 정의와 자비를 잘 조절하여 양쪽을

만족스럽게 나타내어 아버지께 위안드리겠나이다.

심판받는 두 사람 이외에는 아무도 심판

받을 바 아니니 시종도 필요 없나이다.

도망하여 죄를 드러내고 일체의 율법을 배반한

제삼자[16]는 궐석재판이 마땅하나, 뱀에게는

죄를 짓고자 한 증거가 없나이다."

이렇게 말하고 그는 그 높으신 영광 곁에 있는

빛나는 자리에서 일어섰다. 좌품천사, 능품천사,

권품천사, 주품천사들이 공손히 그를 하늘문까지

---

13) "그 아들은 하느님의 영광을 드러내는 찬란한 빛이시요, 하느님의 본질을 그대로 간직하신 분이시며, 그의 능력의 말씀으로 만물을 보존하시는 분이십니다. 그분은 인간의 죄를 깨끗하게 씻어주셨고 지극히 높은 곳에 계신 전능하신 분의 오른편에 앉아 계십니다"(〈히브리서〉 1 : 3).

14) "그때 하늘에서 이런 소리가 들려왔다. '이는 내 사랑하는 아들, 내 마음에 드는 아들이다'"(〈마태복음〉 3 : 17).

15) "때가 찼을 때 하느님께서 당신의 아들을 보내시어 여자의 몸에서 나게 하시고 율법의 지배를 받게 하시어"(〈갈라디아서〉 4 : 4).

16) 사탄을 가리킨다. 여기서는 사탄과 뱀이 구별되어 있다.

배웅하고, 아래를 내려다보니 에덴과 온 땅이 보인다.
성자는 곧장 하늘에서 내려가신다.[17] 아무리
빠른 분초(分秒)의 날개 가진 시간[18]도
신들[19]의 속력은 계산하지 못한다.
해는 정오를 지나 낮게 서쪽으로 기울고,
때마침 부드러운 바람 불어와 땅에 부채질하여
서늘한 저녁을 맞아들인다. 그때 성자는
노여움 가라앉히고 서늘하고 온화한 심판관이자
중재자로서 인간을 심판하러 오신다.
해 질 무렵 아담과 하와는 동산을 거니시는
산들바람에 실려 오는 하느님의 목소리를 듣는다.
목소리 듣자마자 부부는 하느님 피하여
어둑하게 우거진 나무 사이로
몸을 숨겼다.[20] 그러나 이윽고 하느님이
다가와 큰 소리로 아담에게 말씀하신다.
"아담아, 어디 있느냐, 전에는 멀리서 내가
　오는 것을 보고 늘 기뻐 맞이하러 왔는데
　오늘은 보이질 않으니 어찌 된 일이냐.
　전에는 구하지 않아도 와서 경의를 표하더니
　이런 고적한 대접은 즐겁지 않구나. 내가 온 것을
　모르느냐, 무슨 변화가 생겨 못 오는 것이냐,
　무슨 이유로 숨어 있는 게냐, 어서 나오라!"[21]

---

17) 천지창조의 위업을 이루고자 천국을 출발하던 성자의 모습과 겹쳐진다.
18) 도상학적으로 '시간'은 계절을 나타내는 네 장의 날개와 달을 나타내는 열두 장의 날개로 날아
　간다고 여겨졌다.
19) 이교의 '신들'이 아니라 하느님, 성자, 천사들을 포함한 하늘의 성스러운 존재들을 말한다.
20) "날이 저물어 선들바람이 불 때 야훼 하느님께서 동산을 거니시는 소리를 듣고 아담과 그의
　아내는 야훼 하느님 눈에 뜨이지 않게 동산 나무 사이에 숨었다"《창세기》 3 : 8).
21) "야훼 하느님께서 아담을 부르셨다. '너 어디 있느냐?'"《창세기》 3 : 9). 성자가 하느님이라고 불리
　는 것에 주목해야 한다. "성자는…… 심판관의 자격으로 오셨으므로…… 당연히 하느님이라 불
　렸다"《그리스도교 교의론》). 성자는 땅 위에서는 하느님의 '대리자'이다.

아담이 나오고 뒤이어, 죄는 먼저 저질렀으나
그보다 더 머뭇거리며 하와가 나왔다. 두 사람 다
면목 없어 하며 괴로워했다. 그들의 표정에는
하느님에 대한 사랑도 부부애도 없고 오직 죄와
수치, 동요와 실망, 분노와 고집, 증오와 허위뿐.
아담은 한참 망설인 끝에 짤막하게 대답한다.
"당신께서 오신 소리는 들었사오나 벌거벗은 몸이라[22]
그 목소리 두려워 숨었나이다." 그러나
자비로운 심판관은 꾸짖지 않고 대답한다.
"지금까지 내 목소리 들어도 두려워 않고 언제나
즐거워하더니, 어째서 오늘은 그렇게 두려워하느냐?
알몸이라고 누가 일러주더냐? 너희는
따 먹지 말라고 내가 일러둔
그 나무 열매를 따 먹은 게로구나!"[23]
아담은 크게 괴로워하며 대답한다.
"아, 하늘이여, 저는 오늘 어찌할 바를 모르고
심판관 앞에 서나이다. 모든 죄를 제가
져야 하나이까, 아니면 제 삶의 반려자인
저의 반신을 고발하여야 하나이까. 그녀가
전처럼 저에게 충실하다면 저는 그 실수를 감추고
불평하며 죄를 폭로하지 않을 것이옵나이다.
그러나 가혹한 필연과 압박감에 고하지
않을 수 없나이다. 그렇지 않으면 혼자서는
견디기 어려운 죄와 벌이 모두
저의 머리 위에 떨어질 터이니. 비록 제가
입을 다물고 있어도 당신께서는 제가 숨기는 바를

---

22) "당신께서 동산을 거니시는 소리를 듣고 알몸을 드러내기가 두려워 숨었습니다"(《창세기》 3 : 10).
23) "네가 알몸이라고 누가 일러주더냐? 내가 따 먹지 말라고 일러둔 나무 열매를 네가 따 먹었구
나!"(《창세기》 3 : 11).

쉽게 알아차리시리이다. 당신은 이 여인을 저의
내조자로 만드시어 비할 바 없이 훌륭하고
알맞고 만족스럽고 거룩하고 완전한 선물로서
주셨나이다. 그러니 그 손에서 어떤 악도
의심하지 못했고, 그녀가 하는 일은 무엇이건
그녀가 행함으로써 올바른 것으로 보였나이다.[24]
그런 그녀가 그 나무의 열매를 주기에
먹는 것이 좋을 듯싶어서 먹었나이다."[25]
지고한 현존자(現存者)가 아담에게 말씀하신다.
"신의 명령 듣지 않고 그 여자의 말을
따르다니 그 여자가 너의 신인가? 그녀가
너보다 더 낫거나 같기에 너의 남성다움과
신이 그녀 위에 세운 네 지위를 그녀에게
양보했는가?[26] 그녀는 너를 위하여 너에게서
창조되었고, 너의 가치는 그 참된 위엄으로 볼 때
그녀보다 훨씬 낫다. 정녕 그녀는
아름답고 사랑스러워 너의 사랑을 끌지언정
복종을 강요하지는 않았으리라. 그녀의 자질은
지배당할 때 아름답지 지배하려 들 때는 그렇지 못하느니라.[27]
네가 너 자신을 제대로 알았더라면
지배는 너의 임무요 역할임을 알았으리라."
이렇게 말하고 하와에게 짤막하게 물으신다.

---

24) 이와 같은 말을 아담은 앞에서 라파엘에게도 말했다(제8편).
25) "아담은 핑계를 대었다. '당신께서 저에게 짝지어주신 여자가 그 나무에서 열매를 따주기에 먹
 었을 따름입니다'"(《창세기》 3 : 12).
26) "여자에게서 남자가 창조된 것이 아니라 남자에게서 여자가 창조되었기 때문입니다. 또한 남자
 가 여자를 위해서 창조된 것이 아니라 여자가 남자를 위해서 창조되었기 때문입니다"(《고린도전
 서》 11 : 8~9).
27) "나는 여자가 남을 가르치거나 남자를 지배하는 것을 허락하지 않습니다. 여자는 침묵을 지켜
 야 합니다"(《디모데전서》 2 : 12).

"말하라, 여인아, 네가 한 일은 무엇이냐?"
하와는 부끄러움을 참지 못하고 슬픈 얼굴로
참회하고자 했으나, 심판관 앞에서는
말도 잘 못하고 얼굴 붉히며 겨우 대답한다.
"뱀에게 속아서 먹었나이다."[28]
하느님은 이 말을 듣고 지체 없이 하와가
고발한 뱀을 심판하신다.[29] 뱀은 한낱 짐승이기에
자기 몸이 재난의 도구로 쓰여 창조의
목적을 해쳤다 하여 죄의 책임 물을
수는 없으나, 본성이 손상되고 악에 물들었으니
저주받는 것은 마땅하다. 그 이상의 것은
인간이 알 바 아니고(인간은 그 이상
알지 못하기에) 알아도 그의 죄 변함없다.
하느님은 마침내 죄의 근원인
사탄에게 최선이라 생각되는 신비로운
말씀으로 벌을 내리신다.
그리고 뱀에게 이렇게 저주 내리신다.
"네가 이런 짓 저질렀으니 온갖
집짐승과 들짐승 가운데 너는 저주받아
죽을 때까지 배로 기어다니며
흙을 먹어야 하리라. 너와 여자 사이,
그리고 네 후손과 여자의 후손 사이는
원수가 되게 하리라. 여자의 후손은
네 머리를 밟고 너는 그 발꿈치를 물리라."[30]

---

28) "야훼 하느님께서 여자에게 물으셨다. '어쩌다가 이런 일을 했느냐?' 여자도 핑계를 대었다. '뱀에게 속아서 따 먹었습니다'"(《창세기》 3 : 13).

29) 하느님은 앞에서 사탄과 뱀을 구별하였지만 여기서는 뱀에게도 책임을 물으려 한다. 그러나 밀턴의 의식 속에서 그 구별이 불투명해지고, 하느님이 단순한 동물을 저주하는 일에 대한 불안감이 생겨나자, 표현에서도 어떤 모호함이 드러나게 된다. 하느님이 뱀(사탄이 아닌)을 저주하는 것은 사탄인 뱀을 저주하는 것이라고 말하려는 듯하다.

이런 신명(神命)이 내려졌고, 그 말이
실현된 것은 제2의 하와인 마리아³¹⁾의 아들
예수가, 공중의 왕 사탄이 하늘에서 번갯불처럼
떨어지는 것을 보았을 때다.³²⁾ 그때 그분은
무덤에서 나와 모든 타락천사들을 멸망시키고
이를 널리 알리며 개선하여, 오랫동안 사탄이
찬탈하여 지배하던 공중에 상쾌하고 찬란한
빛 뿌리며 승천하여 포로를 사로잡아 끌고 와서
마왕의 치명상을 예언하신 대로 마지막으로 사탄을
우리들 발아래 굴복시키시리라. 다음으로
그분은 여자에게 선고 내리신다.
"너는 아이를 낳을 때 몹시 고생하리라.
너는 고통 속에서 아이를 낳으리라.
너는 너의 남편 뜻에 복종해야 하며
그는 너를 지배하리라."³³⁾
마지막으로 아담에게 선고를 내리신다.
"너는 아내의 말에 넘어가, '따 먹지 말라'고
내가 단단히 일러둔 나무 열매를 따 먹었으니
땅 또한 너 때문에 저주받으리라. 너는
살아 있는 동안 고생하며
땅에서 먹을 것을 구하리라.

---

30) "야훼 하느님께서 뱀에게 말씀하셨다. '네가 이런 일을 저질렀으니 온갖 집짐승과 들짐승 가운데서 너는 저주를 받아, 죽기까지 배로 기어다니며 흙을 먹어야 하리라. 나는 너를 여자와 원수가 되게 하리라. 네 후손을 여자의 후손과 원수가 되게 하리라. 너는 그 발꿈치를 물려고 하다가 도리어 여자의 후손에게 머리를 밟히리라'"(《창세기》 3 : 14~15).

31) 제5편 참조.

32) 사탄은 《에베소서》에서 "허공을 다스리는 세력의 두목······ 하느님을 거역하는 자들을 조종하는 악령"(2 : 2)이라고 불린다. 사탄의 추락에 대해서는 "예수께서 '나는 사탄이 하늘에서 번갯불처럼 떨어지는 것을 보았다"(《누가복음》 10 : 18)라고 했다.

33) "너는 아기를 낳을 때 몹시 고생하리라. 고생하지 않고는 아기를 낳지 못하리라. 남편을 마음대로 주무르고 싶겠지만, 도리어 남편의 손아귀에 들리라"(《창세기》 3 : 16).

너는 들에서 나는 곡식을 먹게 될 터이나
땅에서는 가시덤불과 엉겅퀴가 돋아나리라.
너는 흙에서 난 몸이니 흙으로 돌아갈 때까지
이마에 땀을 흘려야 낟알을 먹을 것이다.
네가 어떻게 태어났는가를 알라, 너는 먼지이니
먼지로 돌아가리라."[34]
심판자이자 구세주로서 파견된 성자는 인간을
이렇게 심판하여 그날 선언된 당장의 죽음을
멀리 연기하셨다. 또한 전과는
완전히 달라진 공기 속에서 알몸으로 서 있는
두 사람을 가엾이 여기시어 뒷날 제자들의
발을 씻어주었을 때처럼, 처음으로
종의 신분을 자처하시어
한 가족의 아버지처럼 짐승 가죽으로(학살된
짐승 가죽이건 뱀이 벗어놓은 허물이건) 그들의
알몸을 덮어주셨다.[35] 원수[36]인 두 반역자에게
주저 없이 옷을 입히셨다. 짐승 가죽으로
그들의 피부를 가렸을 뿐 아니라, 그보다
훨씬 더 지저분한 내면의 알몸까지도
정의의 옷[37]으로 꾸며 하늘

---

34) "너는 아내의 말에 넘어가 따 먹지 말라고 내가 일찍이 일러둔 나무 열매를 따 먹었으니, 땅 또
한 너 때문에 저주를 받으리라. 너는 죽도록 고생해야 먹고 살리라. 들에서 나는 곡식을 먹어야
할 터인데, 땅은 가시덤불과 엉겅퀴를 내리라. 너는, 흙에서 난 몸이니 흙으로 돌아가기까지 이
마에 땀을 흘려야 낟알을 얻어먹으리라. 너는 먼지이니 먼지로 돌아가리라"〈창세기〉 3 : 17~19).
35) "야훼 하느님께서는 가죽옷을 만들어 아담과 그의 아내에게 입혀주셨다"(〈창세기〉 3 : 21). 밀턴
은 이 〈창세기〉에 나온 신의 모습에, 제자들의 발을 씻어준 예수의 모습(〈요한복음〉 13 : 5)과 하
느님과 본질이 같음에도 종의 신분을 취하여 우리와 똑같이 인간이 된 예수의 모습(〈빌립보서〉
2 : 6~7)을 덧붙여 묘사하였다.
36) "우리가 하느님의 원수였던 때에도 그 아들의 죽음으로 하느님과 화해하게 되었다면"(〈로마서〉
5 : 10).
37) "야훼를 생각하면 나의 마음은 기쁘다. 나의 하느님 생각만 하면 가슴이 띈다. 그는 구원의 빛

나는 옷을 나에게 입혀주셨고 정의가 펄럭이는 겉옷을 둘러주셨다'(《이사야》 61 : 10).

아버지 눈에 띄지 않게 하셨다. 그런 뒤 성자는
재빨리 하늘로 올라가, 변함없는
영광으로 맞이해 주시는 축복의 가슴으로
돌아갔다. 이미 다 알고 계신, 마음 누그러진 그에게
성자는 인간에게 일어난 일을 낱낱이
다정하게 중재하며 말씀드린다. 한편
지상에서 이런 죄의 심판 있을 때
지옥문 안에서는 죄와 죽음이 마주 앉아
있었다. 죄가 열고 마왕이 지나간 이래
활짝 열린 채로 있는 문에서는 타오르는
화염이 멀리 혼돈계로 뿜어져 나오고 있었다.
문득 '죄'가 '죽음'에게 말한다.
"아들이여, 우리는 어째서 쓸데없이 여기서
마주 보고 앉아 있는가? 우리의 위대한 아버지 사탄이
다른 세계에서 목적을 이루시고, 사랑하는
자식들인 우리를 위하여 여기보다 행복한 자리를
마련하고 있는데. 그는 반드시 성공했으리라.
실패했다면 복수하는 천사들에게 쫓겨 벌써
돌아왔을 게 아니냐. 이 지옥만큼 그의
형벌과 복수에 적합한 곳은 없으니. 내
몸 안에서 새로운 힘이 솟아나고 날개가 자라,
이 심연 너머에서 드넓은 영토가 우리를 기다리고
있는 듯하다. 어떤 힘이, 감응력인지
천부적인 힘인지 모르겠으나, 멀리 떨어져 있어도
보이지 않는 전달 방법으로 같은 성질의 것을
은밀한 친화력으로 연결하는 강력한 무언가가
나를 끌어들인다. 너는 내게서 떨어질 수 없는
내 그림자이니 나와 함께 가야 한다.
그 어떤 힘도 죽음을 죄에서 떼어놓진 못하니라.

그러나 길이 없어 건너기 어려운
이 혼돈의 심연[38] 넘어 그가 돌아올 때 어려움이
있을지도 모르니, 모험이나 다름없지만 너와 내 힘
뭉쳐 그를 위해 이 큰 혼돈의 바다 위에
지옥에서 지금 사탄이 세력 떨치는 신세계에 이르는
길을 닦아보자. 이것은 그 운명이
이끄는 대로 오가거나 이주하는 데 편리한
통로로서, 지옥의 대군들에게는
더없는 공적의 기념비가 되리라.
새로운 인력(引力)과 본능이
이토록 강렬하게 나를 이끄니
방향을 잘못 잡을 염려도 없으리라."
죄가 말하자 야윈 그림자가 곧 대답한다.
"가라, 운명과 네 강한 본능이 이끄는 대로. 네가
나를 이끄는 한 뒤처지거나 길 잃을
염려 없으리라. 수많은 시체와 먹이가
썩는 냄새가 풍겨온다. 그곳에 살아 있는
모든 것에서 나는 죽음의 냄새가 내 코를 간질인다.
나는 네가 하려는 일에 기꺼이 참여하여
너 못지않게 힘을 기울이리라."
이렇게 말하고 그는 지상을 뒤덮은
죽음의 냄새 맡는다. 마치 탐욕스런 독수리[39] 떼가
몇백 마일 밖에서도, 다음 날 피비린내 나는
전투 끝에 죽게 될 산송장 냄새에 이끌려 싸움이
벌어지기도 전에 미리부터 대군이 야영하는
싸움터로 날아오는 것처럼, 이 무시무시한 형체의

---

38) "너희와 우리 사이에는 큰 구렁텅이가 가로놓여 있어서 여기에서 너희에게 건너가려 해도 가지
   못하고 거기에서 우리에게 건너오지도 못한다"(〈누가복음〉 16 : 26).
39) 제3편에서 사탄을 독수리에 비유한 적이 있다.

죽음도 멀리서 그 냄새를 맡고 넓은 콧구멍을

어두운 공중에 대고 벌름거린다.

두 괴물은 지옥문을 빠져나와

어둡고 눅눅한 혼돈의 황량하고 광막한

무질서 속으로 각각 다른 방향을 향해 날아올랐다.

그들은 물 위를 스치듯 날며

거친 바다 위에 뜨고 가라앉는 것들, 단단한 것,

연한 것, 물렁물렁한 것들을 닥치는 대로

(그들의 힘은 막강했으니) 양쪽에서 끌어모아

지옥 입구로 몰아간다.[40] 마치 두

극풍이 북극해의 빙산을 끌어모아,

페초라강[41] 머나먼 동쪽에 펼쳐진

풍요로운 카세이 연안으로 이어진다는

상상 속의 뱃길[42]을 가로막는 것 같다.

죽음은 모든 것을 돌로 만드는 지팡이[43]를

삼지창처럼 휘두르며 긁어모은 흙을 다진다.

차고 건조한[44] 흙은 델로스섬[45]처럼 차츰 단단해진다.

---

40) 죄와 죽음도 하나의 창조행위를 하고 있다. 그러나 하느님의 창조와 달리 파괴적인 창조이다. 혼돈 위에 "하느님의 영은 만물을 품은 따뜻한 날개 펴서" "생명의 힘과 생명의 온기를 골고루 불어넣으셨고"라고 한 하느님의 창조(제7편)와, 이들 죄와 죽음의 활약은 뚜렷한 대비를 보인다.

41) 러시아 북서부에 있으며, 우랄산맥에서 발원하여 북극해로 흐른다. 밀턴은 그 무렵 지도를 보고 이 강이 시베리아에 있다고 생각한 듯하다.

42) "카세이(Cathay)"는 일반적으로 중국의 옛 이름으로 쓰이나, 밀턴은 이 카세이와 지나를 구별하였다(제11편 참조). "뱃길"은 허드슨이 찾으려고 애썼으나 끝내 발견하지 못한 '북동항로'를 말한다.

43) '죽음'은 삼지창으로 델로스섬을 만든 넵투누스(포세이돈)와 눈빛으로 사람을 돌로 만드는 고르곤 자매 메두사에 비유된다. '죽음'의 지팡이에는 넵투누스와 메두사의 기괴한 힘을 하나로 합친 듯한 힘이 들어 있다고 밀턴은 생각했다.

44) 생명에 반드시 필요한 온기·습기와 대립하는 성질이다.

45) 떠다니는 섬인 델로스섬은 넵투누스가 만들었고, 뒷날 제우스가 해저에 붙들어 매었다. 따라서 제5편에서 이야기한 델로스섬의 의미와 달리, 여기서는 죽음으로 이어진 세계를 뜻한다.

그 밖의 것은 고르곤[46]과 같은 죽음의 무서운
눈초리와 역청[47]으로 단단히 동여맨다.
죽음과 죄는, 지옥문만큼이나 넓고 지옥의
밑바닥에 이르기까지 깊숙이 파서 모은
모래자갈을 뭉쳐서 거품 이는 대심연 위에
높이 반달 모양으로 거대한 둑길을
쌓아 올린다. 엄청난 길이를 자랑하는
그 다리는 이제 죽음에 빼앗긴
무방비한 세계의 움직이지 않는 벽[48]까지
이어져, 거기서 지옥까지 장애물 없는
넓고 편편한 길[49]을 이룬다. 만일 큰일을
작은 일에 비교한다면, 크세르크세스[50]가 그리스의
자유를 속박하기 위해 멤논의 궁전 높이 솟은
수사[51]에서 바다까지 내려와 헬레스폰트 해협에
다리를 놓아 유럽과 아시아를 이으려다
방해하는 성난 파도를 몇 차례나 채찍질한 것과 같다.
그들은 놀라운 교량 가설 기술을 구사하여
일을 마치고, 미쳐 날뛰는 대심연의
물결 위에 돌다리 걸치니, 사탄의
발자취 따라 그가 혼돈에서 빠져나가
처음으로 날개를 쉬고 무사히 닿은 곳,[52] 즉 둥근

---

46) 포르키스와 케토의 세 딸을 말하며, 여기서는 그중 하나인 메두사를 가리킨다.
47) 만마전의 등불로도 '역청유'를 썼다(제1편 참조).
48) "허약한 우주의 가장 높은 천체"(제2편 참조).
49) "좁은 문으로 들어가거라. 멸망에 이르는 문은 크고 또 그 길이 넓어서 그리로 가는 사람이 많지만"(《마태복음》 7 : 13).
50) 페르시아 왕 크세르크세스는 그리스를 정복하기 위해 헬레스폰트 해협에 배를 이어 다리를 놓았는데, 폭풍으로 파손되자 바다에 태형을 선고했다(헤로도토스 《역사》).
51) 페르시아 왕의 겨울 궁전이 있던 곳으로, 현재 이란 서부에 유적이 남아 있다. 멤논(티토노스와 에오스의 아들)이 여기서 태어났으므로, 한때 수사는 멤노니아라고도 불렸다.
52) 제3편 참조.

이 세계의 황량한 겉면까지 이른다.
그들은 금강석 못과 사슬로 다리를 단단히
붙들어 매어 영원히 움직이지 않고 흔들리지
않게 했다. 하늘과 우리 세계가
경계를 맞대고 있는 좁은 곳에, 왼편[53]에서
지옥이 기다란 촉수 뻗으며 끼어든
형상이었다. 이로써 각각의 세계로 통하는
세 갈래길이 생겨났다. 이제
그들은 지구로 가는 길을 찾아 낙원으로
떠나려 했다. 그때, 사탄이 빛나는 천사의
모습으로, 백양궁으로 솟아오르는
태양과 함께 중천 쪽으로
인마궁과 천갈궁 사이[54]를 나아간다.
그는 변장하고 있지만 피를 나눈 그의
자식들은 곧 아버지를 알아본다.
사탄은 하와를 유혹한 뒤 아무도 모르게
가까운 숲속에 숨어서 모습을 바꾸고
상황을 지켜보았다. 그녀가 아무것도
모른 채 자신의 간계를 남편에게 되풀이함을
보았고, 헛되이 옷을 찾는 그들의 부끄러움도
보았다. 그러나 그들을 심판하고자
하느님의 아들이 내려오는 것을 보았을 때,
그는 죄지은 까닭에 성자가 노여워하며
곧바로 어떤 벌을 내릴까 두려워

---

53) 예수는 "왼편에 있는 사람들"에게 이렇게 말한다. "이 저주받은 자들아, 나에게서 떠나 악마와 그의 졸도들을 가두려고 준비한 영원한 불 속에 들어가라"(《마태복음》 25 : 41).

54) 우주 외곽에 선 죄와 죽음의 눈에 비친 천체의 모습을 서술했다. 그들의 시점에서 보면 태양은 지구 뒤에 있으며 백양궁 사이에서 솟아오르고 있고(따라서 그들 눈앞에는 어두운 밤이 펼쳐져 있다), 그때 인마궁과 천갈궁 사이, 즉 뱀(자리)을 손에 든 뱀주인자리를 배경으로 사탄이 하늘을 가르며 솟아오르는 모습이 보였다.

달아날 생각은 없었으나, 먼저 현장을 피하기 위해
겁에 질려 달아났다. 그 일이 지나자 그는 밤에
돌아와, 불행한 부부가 슬픈 이야기 나누며
끊임없이 한탄하는 소리 듣고 자신의
운명을 짐작하였다. 곧바로 일어날
일이 아니라 미래의 일임을 알고서,
그는 기쁜 소식[55] 가지고 지옥으로 향한다.
혼돈의 어귀, 이 새로 생긴 기이한 다릿목에서
그는 뜻밖에도 자기를 마중 나온
사랑하는 자식들을 만났다. 그들을 보니 무척
기뻤고, 이 거대한 다리를 보니 그 기쁨
더욱 커졌다. 사탄이 감탄하여 한참 동안
말도 못하고 서 있노라니, 이윽고 요염한
그의 딸 죄가 침묵을 깨고 말한다.
"아 아버지여, 이 다리는 당신의 위대한 업적,
승리의 기념비이나이다. 이것이 당신의 것 아닌 듯
보고 계시지만, 바로 당신이 이 다리의 제작자이고
건축가이시나이다. 나는 마음속으로(내 마음에는
어떤 신비로운 감응능력이 있어 언제나
당신 마음과 함께 움직이나이다) 당신이 지상에서,
지금 당신 얼굴에 나타나 있듯,
성공했음을 안 순간 느꼈나이다.
당신과 아무리 멀리 떨어져 있어도
우리 둘 사이에서 태어난 이 아들을 데리고
당신 뒤를 따라야 한다고 생각했나이다. 우리 셋[56]은
이런 숙명적인 인과로 묶여 있으니, 이제는 지옥도

---

55) "모든 백성들에게 큰 기쁨이 될 소식"(《누가복음》 2 : 10).
56) 사탄과 죄와 죽음은 성부와 성자와 성령의 삼위일체에 대응하는 하나의 반(反)삼위일체를 형
    성한다.

그 경계 안에 우리를 가두어두지 못하고
이 어둡고 건널 수 없는 심연도 우리가 당신의
빛나는 자취 따름을 막지 못하나이다. 당신은
지금까지 지옥문 안에 갇혀 있던 우리에게
자유를 주시고,[57] 이토록 멀리까지, 어두운 심연에
저 거대한 다리를 놓을 수 있는 힘을 주었나이다.
이제 이 세계는 모두 당신의 것입니다.
당신 손으로 만들진 않았지만 이제는 모든 것을
당신 힘으로 얻었나이다. 당신의 지혜는
전쟁에서 잃었던 것을 다시 얻어 천국에서의 패배를
완전히 보복했나이다. 하늘에서는 못했지만
이곳에 군림하여 다스리소서. 그곳은 싸움의 승패가
정한 대로, 스스로의 판결에 따라 이 세계에서 물러난
승자인 그에게 통치토록 하고, 그의 네모난 세계[58]와
당신의 둥근 세계를 구분하여 앞으로는 모든
지배권을 그와 나누든지,[59] 아니면 그의 보좌를
위협하는 자가 되도록 힘써 주소서."
흑암의 왕은 기뻐하며 죄에게 대답한다.
"내 아름다운 딸이여, 그리고 내 아들이자
손자[60]여, 너희들은 사탄의(하늘의 전능한 왕의
적을 뜻하는 그 이름[61]을 나는 자랑하는 터)
자손임을 훌륭히 입증했고, 나와 온 지옥 왕국에 큰

---

57) 〈마태복음〉에서 예수는 베드로에게 "내가 이 반석 위에 내 교회를 세울 터인즉 죽음의 힘도
　 감히 그것을 누르지 못할 것이다"(16 : 18)라고 말했다. 신도들이 아니라 '죄'와 '죽음'이 지옥문을
　 이겼다고 말하는 부분이 흥미롭다.
58) "그 도성은 네모가 반듯했고 그 길이와 넓이가 같았습니다"〈요한계시록〉 21 : 16). 그러나 제2편
　 에서 밀턴은 "모났는지 둥근지" 알 수 없다고 말했었다.
59) 사탄은 앞에서 "나는 우주를 하늘의 왕과 함께 나누어 갖고, 적어도 그 일부를 다스리고 있느
　 니라"(제4편)라고 큰소리쳤다.
60) '죽음'은 사탄과 그의 딸 '죄' 사이에서 태어났다.
61) 사탄은 '적(敵)'이라는 뜻이다.

공을 세웠다. 하늘문 가까이서 내 승리에 꼭 들어맞는
승리의 위업을 이루고, 내 영광스러운 공로에
꼭 들어맞는 공로를 이루어 지옥과 이 세계를
통합, 누구나 자유로이 오가는 한 나라, 한 대륙으로
만들었으니, 내가 암흑을 뚫고 너희가 만들어놓은
길로 쉽게 내려가 동료 권자들에게
이 성공을 알리고 그들과 함께 기뻐하는 동안,
너희 둘은 이 길을, 모두 너희들 것이 된
무수한 별들 사이를 뚫고서 곧장
낙원으로 내려가 거기서 행복하게 살며
다스리라. 그리고 지상과 공중,
특히 만물의 유일한 영장으로 일컬어지는
인간에게 지배권을 행사하라.[62] 우선 그를
너희들의 노예[63]로 삼았다가 마지막에는 반드시
죽여 버려라. 내 너희들을 나 대신 보내리니
지상의 전권자[64]가 되어 내게서 나오는
견줄 바 없는 힘을 행사하라. 내 공적에 의해
죄를 거쳐 죽음 앞에 놓이게 된
이 새로운 왕국[65]의 지배는 전적으로 너희들의
협력에 달렸다. 너희들이 잘 협력하면
지옥은 아무런 손해[66]도 입지 않으리라.

---

62) "죽음은 아담으로부터 모세에 이르기까지 모든 사람을 지배하였는데 아담이 지은 것과 같은
죄를 짓지 않은 사람들까지도 그 지배를 받았습니다"(《로마서》 5 : 14), "죄는 세상에 군림하여
죽음을 가져다주었지만"(동 5 : 21).

63) "예수께서는 이렇게 대답하셨다. '정말 잘 들어두어라. 죄를 짓는 사람은 누구나 다 죄의 노예
이다'"(《요한복음》 8 : 34).

64) 하느님이 성자를 지상에 메시아로 보낼 때 성자에게 "내 너에게 모든 권한을 주노니"(제3편)라
고 말한 것과 대비된다.

65) "한 사람이 죄를 지어 이 세상에 죄가 들어왔고 죄는 또한 죽음을 불러들인 것같이 모든 사람
이 죄를 지어 죽음이 온 인류에게 미치게 되었습니다"(《로마서》 5 : 12).

66) 고대 로마에서는 비상시에 두 집정관에게 대권을 위임할 때, "집정관은 국가가 어떠한 손해도

가라, 그리고 굳건하라."[67]

이렇게 말하고 그들을 보내니, 죄와 죽음은 빽빽한
성좌 사이를 헤치고 파멸의 날개 펼치고 쏜살같이
날아간다. 독기 입은 별들은 창백해지고
타격을 입은 유성들은 빛을 잃고
일그러졌다. 사탄은 그 다리를 지나 반대쪽 지옥문으로
내려갔다. 다리 때문에 둘로 갈라진 혼돈은
양쪽에서 울부짖으며 꿈쩍도 않는 장벽을
때리며 그 분노를 쏟아낸다. 활짝 열린
경비 없는 문을 사탄이 지날 때, 사방에는
그림자 하나 없었다. 문지기로 배치된 그 둘[68]이
임무를 버리고 까마득한 위쪽 세계로 날아갔고
나머지는 모두 지옥 안쪽 깊숙한 곳,
루시퍼의 도읍이요 자랑스러운 권좌인
만마전 성벽 안쪽으로 물러났기 때문이다. 사탄을
루시퍼[69]라 부름은 그 별의 밝기를 그의 빛에
비유했기 때문이다. 만마전은 대군이 감시하고
있고, 우두머리들은 중요한 임무를 띠고 나선
마왕에게 무슨 일이라도 생겼을까 염려하여
회의를 연다. 실은 사탄이 떠날 때 그렇게
명령하였기에 그들은 명령을 철저히 지켰다. 마치
타타르족이 숙적 러시아의 추격 피해
아스트라칸[70]을 지나 눈 덮인 들판 넘어 퇴각할 때,

입지 않도록 주의해야 한다"라는 부대조건을 달았다.
67) 모세가 여호수아에게 약속의 땅으로 이스라엘 사람들을 인도하라고 이를 때 "힘을 내어라. 용
   기를 가져라"(《신명기》 31 : 7)라고 말했다.
68) 죄와 죽음.
69) 샛별. 사탄을 루시퍼(샛별)라고 부른 대목은 제7편 참조.
70) 볼가강 하류에 있던 타타르족의 왕국 및 그 수도. 이 도시는 현재 아스트라한이라 불린다.

또는 페르시아 왕[71]이 튀르크의 초승달의 뿔을
피해 알라듈 왕의 영토[72] 저편의 황야를
모두 버리고 타우리스[73]나 카즈빈[74]으로 퇴각할 때처럼,
앞서 하늘에서 쫓겨난 이들 타락천사들은
지옥의 변경을 수백 수만 리 지나
안쪽으로 깊숙이 물러나 엄중히 경계하며
그들의 대모험자가 색다른 세계를 찾아서
돌아오기만을 손꼽아 기다린다.
마왕은 최하급 천사의 비천한 모습으로
그들 눈에 띄지 않게 그 한복판을 가로지르며
지옥의 대전당 입구를 지난다.
그리고 화려한 직물로 만들어진 천개 밑
위엄 있는 찬란한 광채를 쏟아내는
자신의 높은 옥좌에 아무도 모르게
올라선다. 그는 잠시 앉아서 주위를 둘러보았지만
아무도 눈치채지 못했다. 이윽고 그의 찬란한 얼굴과
별처럼 빛나는 아니 그보다 더 찬란한
모습이, 타락한 뒤에도 여전히 남아 있는
영광의 빛에 싸여 마치 구름 사이에서 솟아나듯
나타난다. 이 빛은 어쩌면 허구일지도 모르나,
갑작스런 광채에 지옥의 무리들은 모두 놀라
그쪽으로 눈을 돌려 기다리던
수령이 돌아온 것을 보고 일제히
환호성을 올린다. 회의를 하고 있던
우두머리들도 어두운 회의장에서 벌떡 일어나

---

71) 해클루트 《항해기》 참조.
72) 대(大)아르메니아.
73) 페르시아 북서부에 있으며, 현재 이란령 아제르바이잔의 중심도시이다.
74) 현재 이란의 수도 테헤란과 타브리즈를 잇는 주요도시이며, 사파비 왕조 시대의 수도였다.

그에게로 달려온다. 저마다 기쁨에 넘쳐
축하하며 그에게 다가가니, 마왕이 한 손으로
조용히 시키며 이야기를 시작한다.
"좌품천사, 주품천사, 권품천사, 역품천사, 능품천사들이여,[75]
그대들의 마땅한 권리일 뿐 아니라 실제로 소유[76]할 수
있게 되었기에 그대들을 이렇게 부르노라, 또한 선언하건대,
나는 예상 밖의 성공을 거두고 돌아왔으니,
이 미움받고 저주받은 지옥 골짜기,
비애의 집, 저 폭군의 감옥에서 그대들을
당당히 데려가겠노라. 그대들은 이제 군주로서
저 드넓은 신세계를 영유하라. 우리 고향인
하늘보다는 못하나 큰 위험 무릅쓰고 힘든 모험 끝에
내가 손에 넣은 곳이니라. 내가 무슨 일을 했고
어떤 고난을 겪었고, 얼마나 고생하며 무서운 혼돈의
공허하고 광대무변한 심연을 건넜는지
이야기하자면 길다.[77] 지금은 그 심연 위에
죄와 죽음이 넓은 길 깔아 그대들의
영광스런 진군을 북돋우지만, 나는 미지의 길
더듬어 고생하며 심연을 달려야 했다.
원시 이전의 암흑과 황막한 혼돈의 배 속으로
뛰어드니, 그들은 자신들의 비밀 감추고자
지고한 운명에게 분노하며[78] 호소하여

---

75) 사탄은 앞에서도 이런 식으로 위엄을 갖추며 여러 천사들을 불렀으나(제2편, 제5편), 여기서는
신에 대한 모독과 야유를 담아 말하고 있다.
76) 좌품천사 등 예전의 칭호를 다시 획득했다는 뜻과, "드넓은 신세계"를 소유한다는 두 가지 뜻
을 담고 있다.
77) 사탄은 지금 자신을 서사시의 주인공처럼 여기며 영웅담을 늘어놓으려고 한다.
78) 사탄에게, 그리고 사탄이 이해하는 한 '혼돈'과 '밤'에게도 지고한 존재는 하느님이 아니라 '운
명'이다. 그러나 사탄은 여기서 거짓말을 하고 있다. '밤'도 '혼돈'도 방해하기는커녕 "성공을 비
오"(제2편)라고 말하며 사탄을 격려했다.

내 미지의 여로를 맹렬히 가로막았다. 그러나
그 이후 나는, 오랫동안 천국에 소문 돌던
새로 만들어진 세계, 완전무결하여 경탄 없이
볼 수 없는 그 창조물과, 우리가 하늘에서
쫓겨남으로써 그 안의 낙원에 행복하게 사는
인간을 찾아냈다. 나는 그 인간을
기만하여 조물주로부터 떼어냈는데,
겨우 사과 한 개로 그들을 유혹한 사실에
그대들은 깜짝 놀라리라. 그리고 우습게도
신은 노하여 그 사랑하는 인간과 그 세계를
몽땅 죄와 죽음의 먹이로, 즉 우리에게
넘겨주고 말았으니, 우리는 위험도 노력도
두려움도 없이 그 안에서 노니며 자유롭게 살고
그들이 만물을 지배하듯 인간을 지배할 것이다.
게다가 그는 타락한 인간뿐 아니라
나까지도, 아니 내가 아니라 인간을 속이느라
내가 그 모습 빌렸던 짐승 뱀까지도 심판했다.
내가 받을 벌은 요컨대 신이 나와 인간 사이에 놓은
원한관계이니, 나는 인간의 발꿈치를 물고,
인간의 자손은, 그 시기 결정되지 않았으나, 언젠가
내 머리를 칠 것이다. 세계가 손에 들어오는데
머리가 깨지는 것쯤, 아니 그보다 심한
고통인들 무에 대수겠는가. 내가 이룬
이야기는 이상으로 마치겠다. 이제 그대들이
일어나서 지복(至福)으로 들어가는 일만 남았다."
이렇게 말하고 사탄은 그들의 환호와
드높은 갈채 소리 귀에 가득 차기를 기다리며
잠시 서 있었다. 그러나 기대와 달리
들리는 것은 사방 무수한 혀에서 나오는

무시무시한 야유와 공공연한 비난[79] 소리로다.

그는 의아해했으나 곧 그보다는 자신의 변화에

더욱 놀란다. 얼굴이 오그라져

야위고 모가 나고, 팔은 늑골에 달라붙고,

다리가 서로 꼬이더니 엎어진 채

쓰러져 배를 깔고 기는 기괴한 뱀[80]이 됨을

느끼고, 반항했지만 헛일이었다. 그는 이제

더욱 강력한 힘에 지배받고 심판에 따라

죄지었을 때의 모습으로 바뀌어 벌받는다.

그는 말을 하려 했으나 둘로 갈라진 혀가

서로 맞닿아서 쉬익쉬익 소리만 자꾸 난다.

그의 대담한 반역의 공범자로서

모두가 하나같이 뱀으로 변했다.

머리와 꼬리가 뒤얽혀 꿈틀거리는 괴물이

꽉 들어찬 전당의 쉬익쉬익 하는 소리

무시무시하게 울린다. 전갈과 독사, 무서운 양두사(兩頭蛇),

뿔 달린 뱀, 물뱀, 소름 끼치는 바다뱀, 그리고

열사(熱蛇)[81](고르곤의 피가 떨어진 그 땅[82]과,

---

79) 창조주가 창조의 대업을 이루었을 때 "갈채와 천사들이 아름다운 화음 자아내는 천만 개의 하프 교향악"(제7편)이 울려 퍼진 것과 대조적이다.

80) 오비디우스의 《변신이야기》에 헤르미오네와 카드모스가 뱀으로 변신한 이야기가 있다고 앞에서 언급했는데(제9편), 사람이 뱀으로 변하는 이야기는 《신곡》〈지옥편〉에도 있다. 사탄 일당이 뱀으로 변한 이야기는 야코프 뵈메의 《하느님의 본질에 관한 세 가지 원칙》에 근거한 것으로 여겨진다.

81) 밀턴은 타락한 천사(악마)들이 신의 저주를 받아 기괴한 전설적인 뱀이 되었다고 했다. 이러한 뱀의 추한 모습을 강조함으로써 악마들의 죄가 얼마나 큰지 강조하고자 했다. 양두사(amphisbaena)는 머리가 두 개로, 부정과 간음을 상징하는 뱀이다. 뿔 달린 뱀(cerastes)은 뿔이 네 개 달렸으며 권력욕을 상징한다. 물뱀(hydrus)은 평범한 독 없는 물뱀(water snake)과 다르며 이 뱀에 물리면 몸이 붓는다고 한다. 바다뱀(ellops)은 흔히 말하는 큰바다뱀(sea serpent)이 아니라 그리스인이 청새치를 뱀으로 잘못 알고 붙인 이름이라고 한다. 열사(dipsas)에 물리면 엄청난 갈증에 시달린다고 한다.

82) 페르세우스가 고르곤 자매인 메두사를 죽인 뒤 그 목을 들고 리비아 하늘을 날 때, 피가 방울

뱀섬[83]에도 이처럼 많은 뱀이 뒤엉켜 있었던
적은 없었다). 그러나 역시 제일 큰 것은
한가운데 있는 사탄으로, 지금은 용[84]이 되어
태양이 피티아 골짜기에서 진흙으로 만든
거대한 피톤[85]보다 크고, 다른 누구보다
힘도 더 센 듯 보였다. 그들이 모두
그를 따라 드넓은 들로 나가니, 거기에는
하늘에서 떨어진 반역천사들 가운데 아직 남은
자들이 모두 경비 태세로 열을 갖추고 서서
영광스런 수령이 의기양양하게 나타나는 모습을
보려고 희망에 들떠 기다리고 있다. 그러나
눈앞에 나타난 것은 전혀 다른 광경,
흉측한 뱀의 무리로다. 그들은 두려움과 오싹한
동정심에 사로잡혀 자신들도 눈에 보이는 것과
똑같은 형체로 바뀌는 것을 느꼈다.
양쪽 팔이 축 처지며 창과 방패가 땅에 떨어지고
순식간에 몸이 쓰러지더니 쉬익 하는 괴이한 소리를
뱉어내며 무서운 형체로 변했다. 일찍이 죄가
그러했듯이 벌 역시 차례차례 그들에게 감염된다.
이와 같이 갈채를 보내기 위해 낸 소리는 야유로,
승전가는 수치로 변하여 스스로를
더럽혔다. 그곳 가까이에 그들의 변화와 더불어
숲이 생겼는데, 높은 곳에서 모든 것을 관장하는 하느님이

방울 떨어진 곳에서 수많은 뱀이 생겨났다고 한다(오비디우스 《변신이야기》).
83) 지중해 서부, 에스파냐 동쪽에 흩어져 있는 발레아레스 제도의 한 섬인 포르멘테라섬을 가리
킨다.
84) "그 큰 용은 악마라고도 하고 사탄이라고도 하며 온 세계를 속여서 어지럽히던 늙은 뱀인데,
이제 그놈은 땅으로 떨어졌고 그 부하들도 함께 떨어졌습니다"(요한계시록) 12 : 9).
85) 이는 평범한 파이손(비단뱀)과 달리 피티아 제전(델포이 근처에서 열린 경기)에서 생긴 거대한 피
톤(구렁이)으로, 이 뱀이 아폴론의 손에 죽는 이야기는 《변신이야기》 참조.

그들에게 더 큰 벌을 주시고자 만드신 것이었다.

나무에는 낙원에서 자라던, 유혹자가 하와를 현혹할 때

미끼로 쓴 것과 똑같은 탐스러운 열매가 주렁주렁

열려 있다. 기이한 그 광경을 바라보며

그들은 한 그루 금단의 나무 대신

많은 나무가 솟아난 것은 자기들을

더 괴롭히고 욕보이기 위해서라고 생각하지만,

목이 타들어가는 갈증과 극심한 허기[86]를

견디지 못하고, 고통을 늘리는 열매임을

알면서도 결국 참지 못하고 무더기로

뒤얽혀서 나무로 기어 올라가니, 그 모습

머리털이 뱀인 메가이라[87]보다 끔찍하다.

잿더미로 변한 소돔 근처 역청의 호숫가[88]에 자라던 능금처럼

아름다운 열매를 그들은 탐욕스럽게 따 먹었다.

그러나 더욱 음흉한 그 열매는 촉각보다도

미각을 속였다. 어리석게도 그들은

허기와 갈증 달래려고 열심히 먹지만 입에 들어오는 것은

과일이 아닌 쓰디쓴 재였다. 너무 써서 침과 함께

뱉어내고 만다. 그래도 허기와 갈증 참지 못하고

자꾸 먹으려 하지만 그때마다 구역질이 나고

참을 수 없는 쓴맛에 넌더리 내며 재와 그을음투성이가 된

턱을 일그러뜨릴 뿐이었다. 그들에게 정복당하여 한번

---

86) 뱀으로 변한 악마들의 상황은 탄탈로스의 형벌(제2편 참조)과 비슷하다.

87) 그리스신화의 복수여신(에우메니데스) 가운데 하나로, 머리털이 뱀으로 되어 있다.

88) 사해를 가리킨다. 악덕의 마을 소돔과 고모라는 사해 근처에 있었으나 그 유적은 현재 사해 수중에 침몰한 것으로 여겨진다. "야훼께서 손수 하늘에서 유황불을 소돔과 고모라에 퍼부으시어 거기에 있는 도시들과 사람과 땅에 돋아난 푸성귀까지 모조리 태워버리셨다"(《창세기》 19 : 24~25). 이 "호숫가에 자라던 능금"의 전거를 성서에서 찾자면, "그들의 포도는 소돔의 포도나무에서 잘라온 것, 고모라 벌판에서 옮겨온 것이라, 포도알마다 독이 들어 있어 쓰지 않은 송이가 없다"(《신명기》 32 : 32)일 것이다. 그러나 밀턴은 요세푸스의 《유대전쟁사》에 따라 포도 대신 능금이라고 생각했다.

과오를 범한 인간과 달리, 그들은 수차례
똑같은 망상에 빠졌다. 이처럼 끝없는 허기와 갈증,
끊임없는 자신의 야유에 시달려 기진맥진한 끝에
그들은 드디어 허락받아 본디 모습으로 돌아간다.
그러나 일설에 따르면[89] 인간을 유혹한
그들의 자만과 기쁨을 꺾기 위하여 해마다
며칠씩 뱀이 되는 굴욕을 받도록 정해졌노라고 한다.
어쨌든 그들은 자기네 포획물에 대한
전설[90]을 이교도 사이에 퍼뜨려,
오피온이라는 뱀이 에우리노메(아마도 널리
지배하는 하와라는 뜻일 것이다)와 함께 처음에는 높은
올림포스를 통치했으나, 디크테의 제우스가
태어나기 전에 사투르누스와 옵스에게 쫓겨났다고 했다.
한편 이 무렵 낙원에는 지옥의 두 신이
이미 도착해 있었다. 죄는 전에는 잠재적
힘으로 존재했으나 이제는 직접 이곳으로 와서
영원히 살게 되었다. 그 뒤에서 죽음도
아직은 창백한 말[91]을 타지 않았지만
한 걸음 한 걸음 바싹 따라온다.

---

89) 밀턴이 무엇을 근거로 두고 있는지는 뚜렷하지 않다. 아리오스토의 《광란의 오를란도》에서 요정이 7일마다 뱀으로 변신하는 이야기를 염두에 두고 있었다는 의견이 지배적이다.

90) 밀턴은 악마들이 이러한 이야기를 퍼뜨려 그리스신화 속에 침투시켰다고 말하며 아폴로니오스의 《아르고나우티카》 이야기를 소개한다. 오피온(원래 오르페우스교 신이지만 통속적인 그리스도교도는 예부터 사탄(뱀)과 동일시했다)은 에우리노메(오케아노스의 딸이지만 여기서는 하와로 여겨진다)와 함께 올림포스를 지배하다가 나중에 크로노스(사투르누스)와 레아(옵스)에게 쫓겨났다. 뒷날 크로노스와 레아도 제우스에게 쫓겨난다. 여기서, 통설에 따라 제우스를 그리스도교적 신으로 여기고 사탄 무리가 제우스에게 추방되었다고 보았는지, 제우스 또한 단순한 이교도의 신에 지나지 않다고 생각했는지는 뚜렷하지 않다. 에우리노메는 '널리 지배한다'는 뜻으로, 인류를 낳아 조상이 된다는 점에서 하와와 동일시할 수 있다.

91) "그리고 보니 푸르스름한 말 한 필이 있고 그 위에 탄 사람은 죽음이라는 이름을 가진 사람이었습니다"(《요한계시록》 6 : 8).

죽음에게 죄가 말한다.
"사탄의 둘째 자식으로 태어나 만물을 정복하는
죽음아, 천신만고 끝에 얻은 우리의 이 새로운
제국을 어떻게 생각하느냐. 지옥 문턱에 앉아
알아보고 두려워하는 이 아무도 없이, 굶주린 채
파수를 보는 것보다 훨씬 좋지 않으냐"
죄의 몸에서 태어난 괴물은 곧바로 대답한다.
"영원한 굶주림으로 고통받는 나에게는 낙원이나
천국이나 지옥과 마찬가지. 먹을거리 많은 곳이
가장 좋은 곳. 여기에 먹을 것이 많더라도,
이 밥통과 홀쭉해진 거대한 배를
채우기에는 모자라리."
이에 근친상간의 죄를 지은 어머니가 대답한다.
"그러면 우선 이 풀과 과일과 꽃을 먹고
다음에 짐승과 물고기와 새를 먹어라. 결코 천한 음식
아니니. 시간[92]의 낫이 베어낸 것은 닥치는 대로
마음껏 먹어라. 곧 내가 인간들 속에
살면서 그들의 사상, 용모, 언어, 행동
모두에 독을 풀어 간을 하여
너의 마지막 최고의 먹이로 만들어주리라."
죄의 말이 끝나자마자 그들은 만물을 파괴하여
죽게 하고, 때가 무르익어 조만간
파멸되도록 하기 위해 서로 갈라져 제 갈 길로
향한다. 전능자는 천사들에게 에워싸인
높은 보좌에서 그 모습 보시고
빛나는 천사들에게 선언하신다.

---

92) 라파엘이 아담에게 "시간이 지나면 육체가 정화되고"(제5편)라고 말했듯, 이전에 시간은 상승
적·창조적인 것이었으나 이제는 죽음에 협력하는 파괴적인 것이 되었다. '시간'은 도상학적으로
모든 것을 베어 넘기는 낫을 든 모습으로 표현된다.

"지옥의 개들이 저곳 세계를 망치고 부수려고
얼마나 기를 쓰는가를 보라. 내가
저 세계를 아름답고 선량하게 만들었으니, 인간의
우매함이 파괴자들을 불러들이지 않았다면
여전히 그 상태를 유지했으련만. 지옥의 왕과
그 추종자들은 내가 어리석다고 하는데,[93]
내가 천국 같은 이 세계를 그들에게
선선히 내주고 모른 척하여 나를 비웃는
적이 시키는 대로 하는 것처럼 보이기 때문이니라.
그리고 내가 감정적인 분노에 휩쓸려
모든 것을 그들에게 양보하고, 분별없이
그들의 폭정에 내맡긴 줄 알고 비웃는다.
그러나 인간이 부정한 죄를 지어 청순한 것이
더러워져 생긴 찌꺼기와 오물을 핥게 하고자
내가 그들을, 내 지옥의 개들을 불러들였음을
그들은 모른다. 그렇게 먹고 마신
썩은 고기로 배가 터질 듯하겠지만,
이윽고 때가 오면, 내 사랑스런 아들아,
네가 승리의 팔[94]을 한 번 휘두르면 죄도 죽음도
입 벌린 무덤도[95] 혼돈 속으로 거꾸로 떨어져
지옥의 입을 영원히 틀어막고 그 게걸스러운
턱을 막아 버리리라. 그러면 하늘과 땅은 다시
새로워지고[96] 깨끗해져 결코 때 묻지 않는

---

93) 하느님은 악에서 선을 창조하신다는 이 작품의 중심주제는 제1편과 제7편에서 언급했으며, 제
    12편에서 다시 한번 이야기한다. 하느님은 어리석지 않다.
94) "나리의 하느님 야훼께서 나리 목숨을 보물처럼 감싸주시고 그 대신 원수의 목숨은 팔맷돌처
    럼 팽개치실 것입니다"(〈사무엘상〉 25 : 29).
95) "죽음아, 네가 퍼뜨린 염병은 어찌 되었느냐? 스올아! 네가 쏜 독침은 어찌 되었느냐?"(〈호세아〉
    13 : 14), "승리가 죽음을 삼켜버렸다"(〈고린도전서〉 15 : 54), "그리고 죽음과 지옥이 불바다에 던
    져졌습니다. 이 불바다가 둘째 죽음입니다"(〈요한계시록〉 20 : 14).

신성함에 이르리라. 그때까지는
하늘과 땅에 선언된 저주가 세력을 떨치리라."
말씀 끝나자 천사들은 일제히
바다의 파도 소리[97]처럼 드높이 할렐루야
노래를 부른다. "당신의 뜻 바르고 만물에
내리시는 당신의 심판 옳나이다.[98] 누가 당신을
얕보겠나이까? 그리고 인류의 구주로 정해진
성자여, 진정 당신으로 인하여 새 하늘과
새 땅이 생기거나, 하늘에서 내려져 대대로
이어질 것이나이다."[99] 천사들의 찬가 이러했다.
이때 창조주는 강력한 천사들 불러내어
현 상황에 적합한 임무를 저마다에게 부여한다.
태양은 견딜 수 없는 추위와 더위로써 땅을
지배하고, 북에서 노쇠한 겨울을
불러내고, 남에서 하지의 더위를 가져오도록
움직이고 비추라는 지시를
받았다. 창백한 달에게도 임무를
내리고, 다른 다섯 별[100]에게는
유성의 운동과 대좌(對座),[101] 즉 육분의 일,

---

96) "그러나 하늘과 땅은 하느님을 배반하는 자들이 멸망당할 심판의 날까지만 보존되었다가 불에 타버리고 말 것입니다. ……그러나 우리는 하느님의 약속을 믿고 새 하늘과 새 땅을 기다리고 있습니다. 거기에는 정의가 깃들여 있습니다"(〈베드로후서〉 3 : 7~13), "그 뒤에 나는 새 하늘과 새 땅을 보았습니다. ……나는 또 거룩한 도성 새 예루살렘이 ……하느님께서 계시는 하늘로부터 내려오는 것을 보았습니다."(〈요한계시록〉 21 : 1~2).

97) "또 나는 큰 군중의 소리와도 같고 큰 물소리와도 같고 요란한 천둥소리와도 같은 소리를 들었습니다. '할렐루야! 주 우리 하느님 전능하신 분께서 다스리신다'"(〈요한계시록〉 19 : 6).

98) "옳습니다. 전능하신 주 하느님, 주님의 심판은 참되고 올바르십니다"(〈요한계시록〉 16 : 7).

99) 〈요한계시록〉 21 : 1~2 참조. 새 하늘과 새 땅에 대한 시인의 강렬한 기원, 지복천년을 바라는 의식이 느껴진다.

100) 제5편과 마찬가지로 금성, 화성, 수성, 목성, 토성을 말한다.

101) 점성술에서는 두 유성이 육분의 일(sextile, 60도), 사분의 일(square, 90도), 삼분의 일(trine, 120도), 이분의 일(opposite, 180도)의 각도로 대좌 관계가 되면 유해한 영향력을 끼친다고 생각했다.

사분의 일, 삼분의 일 같은 대좌가 어떻게
유해한 작용을 일으키고, 불길한 접촉의
위치에 언제 만날 것인가를 정해주었다. 항성[102]에게도
언제 나쁜 힘을 지상에 쏟아낼 것인가,
또 어느 별이 태양과 함께 뜨고 지며
폭풍우의 전조를 나타낼지를 가르쳤다.
바람도 각각 어느 쪽에서 불어야 하며,
언제 바다와 공중과 육지를 폭풍으로
뒤흔들지를 정했다. 우레도 언제
어두운 하늘의 전당을 무섭게 구를 것인가를
정했다. 어떤 이들은, 하느님이
천사들에게 지구의 극을 태양축에서 이십 도쯤[103]
기울이라고 명령하자, 그들이 힘을
다하여 지구를 비스듬히 밀었다고
한다. 또 어떤 이들은, 하느님이 태양에게
고삐[104] 방향을 그와 같은 각도로 황도에서 기울이고
아틀라스의 일곱 딸 즉 플레이아데스성단을 이끄는
금우궁과 쌍자궁(雙子宮)을 지나 높이
하지선의 거해궁까지 올라가[105] 그곳에서
전속으로 내려와 사자궁, 처녀궁
천칭궁을 거쳐 산양궁으로[106] 남하하라고
일렀다고 한다. 이는 각 지역에 계절 변화를

---

102) 일찍이 항성이 "신묘한 정기"(제8편) 뿜어내던 것과 대조적이다.
103) 황도면과 지구의 적도면의 경사도는 23.5도이다.
104) 그리스신화에서 태양신 아폴론은 말을 몰아 천공을 달린다고 생각했다. 따라서 태양이 고삐 방향을 바꾼다는 것은 그 궤도를 바꾼다는 뜻이다.
105) 그리스신화에 나오는 아틀라스는 천공을 떠받치는 티탄신족으로, 그 일곱 딸은 플레이아데스성단이 되었다고 한다. 밀턴은 여기서는 태양이 움직인다고 보고 적도에서 북으로 향하는, 봄에서 하지에 이르는 궤도를 설명하고 있다.
106) 태양은 거해궁에서 빠르게 내려와 여름에서 가을에 걸쳐 남하하여 천칭궁에 도착하고 그곳에서 가을부터 겨울까지 남하하여 산양으로 향한다고 보았다.

주기 위한 것이다.[107] 그렇지 않았다면 지상에는 언제나

봄이 찾아와[108] 봄꽃이 미소 짓고, 극권의 오지에

살지 않는 한 밤과 낮이 같았을 것이다.

그들에게도 밤낮없이 태양이 비칠 것이며

태양은 멀리 떨어진 것을 보상하기 위해

그들 눈앞에서 늘 지평선을 낮게 돌아 동쪽도 서쪽도

알 수 없고, 태양 때문에 추운 에스토티란드[109]와

남쪽 마젤란 해협 외에는 어디에도 눈이 내리지 않았으리라.

그 열매를 먹었을 때 태양은 티에스테스[110]의

연회에서처럼 그 정해진 길에서 벗어났다.

따라서 그 뒤로 죄짓지 않았다고 해도

인간 세계는 지금처럼 혹한과 혹서를 피하지

못했으리라. 하늘의 이러한 변화는 천천히 일어났지만

바다와 육지에도 같은 변화가 일어났다. 별의 독기,

썩어 독성 생긴 증기와 안개와 열기도 일었다.

이제 노룸베가[111] 북부와 사모예드[112] 해안에서

울부짖는 북풍, 북동풍, 북서풍, 북북서풍이

갇혀 있던 청동 감옥[113] 부수고, 얼음과 눈, 우박,

질풍, 모진 바람으로 무장하고 종횡무진

날뛰며 숲을 가르고 바다를 미쳐 날뛰게

---

107) 타락 후 천체현상의 변화를 설명하면서 밀턴은 코페르니쿠스의 지동설을 따를 것인지 프톨레마이오스의 천동설을 따를 것인지 고민하고 있다. 앞의 "어떤 이들"은 지동설을 주장하는 사람들이고, 뒤의 "또 어떤 이들"은 천동설을 주장하는 사람들이다.

108) 제4편 참조.

109) 17세기 지도에서는 현재 캐나다령 래브라도반도 북동부 일대를 가리켰다.

110) 아트레우스는 동생 티에스테스가 자기 아내와 간통하자 그를 연회에 불러 그의 세 아들의 고기를 먹게 한다. 태양은 그 잔인함에 놀라 궤도를 바꾸어 동쪽으로 저물었다고 한다.

111) 17세기에는 현재의 캐나다 남동부에서 미국 뉴잉글랜드까지를 막연히 노룸베가라고 불렀다.

112) 시베리아 북동부.

113) 《아이네이스》에 묘사되어 있는, 바람의 신 아이올로스가 모든 바람을 가두어 버린 동굴을 염두에 두고 썼다.

한다. 그러면 남쪽에서는 반대로,
세랄리오나산에서 시커먼 뇌운을 타고
밀려오는 남풍과 남서풍이 거칠게 바다를 뒤흔든다.[114]
이러한 남풍과 북풍에 맞서 그에 못지않게
맹렬한 기세로 동쪽과 서쪽[115]에서 바람이 불고
옆에서 사나운 소리 내며 동풍과 서풍[116]이 돌진하고
남동풍과 남서풍[117]이 불어닥친다. 이러한 광란은 먼저
생명 없는 것에서 시작되었다. 그런데 죄의 딸
불화[118]가 불타는 증오를 심어 넣음으로써
이성 없는 짐승들 사이에 죽음을 들여왔다. 이제 짐승은
짐승끼리, 새는 새끼리, 물고기는 물고기끼리
싸운다. 모두 풀을 뜯어 먹는 것을 그만두고[119]
서로 잡아먹는다. 더는 인간을 두려워하지 않고
그들을 피해 숨거나 무서운 눈으로 그들이
지나가는 모습 노려본다. 이런 것은
외부에서 차츰 늘어나는 비참함이다. 아담은
어두운 나무 그늘에 몸을 숨기고 이러한
광경을 보며 슬픔에 잠긴다. 그러나
마음속에서는 더 큰 불행 느낀다.
격정의 파도[120]에 흔들리며 그 짐, 그

---

114) 이번에는 남쪽에서 부는 바람을 열거한다. 세랄리오나는 아프리카 서안에 있는 현재의 시에
라리온을 가리킨다.

115) "Levant(동쪽)"에는 동방(Orient)이라는 뜻이 있으며, 지중해에서는 동쪽에서 부는 바람을
levanta라고 한다. "Ponent(서쪽)"에는 서방(Occident)이라는 뜻이 있다.

116) Eurus(동풍)와 Zephyr(서풍)는 그리스신화에 나오는 바람의 신. Eurus는 정확히는 남동풍이다.

117) Sirocco(남동풍)와 Libecchio(남서풍)는 이탈리아어.

118) '불화'는 예부터 지옥의 주민으로 여겨져 왔다. 밀턴은 앞에서 혼돈세계의 주민으로 언급했다
(제2편). "자연의 조화"(제6편)가 깨지자 "불화"가 맹위를 떨치기 시작한 것이다.

119) "모든 들짐승과 공중의 모든 새와 땅 위를 기어다니는 모든 생물에게도 온갖 푸른 풀을 먹이
로 준다"(〈창세기〉 1 : 30).

120) "그러나 악인들은 성난 바다 같아 가라앉을 줄을 모른다. 쓰레기와 진흙을 밀어 올리는 물결

고뇌를 덜고자 슬프게 하소연한다.

"아, 행복에 뒤따른 비참이여! 이것이
이 영광스런 신세계의 끝이고, 얼마 전까지
그 영광의 영광이던 나의 종말이란 말인가.
나는 이제 축복 잃고 저주받은 몸이 되었고, 전에는
얼굴만 보아도 더없이 행복했던 그분, 하느님 피해
숨는다. 그 비참함이 여기서 그친다면 얼마나
좋으랴. 이런 처분받아 마땅하니 참아야 하리라.
그러나 이것이 다가 아니다. 내가 먹고 마시고,
낳는 모든 것이 저주의 연장이로다. 아, 일찍이
'자식을 낳고 번성하라'[121] 하시던 목소리 즐겁게
들었건만, 이제 그 소리 듣기만 해도
죽을 것 같구나. 내 머리 위에 내려진 저주 외에
대체 무엇을 낳고 번성하랴. 나를 이어
태어나는 모든 이들이, 내가 초래한 재난에
분노하며 나를 저주하리라.
'더러워진 우리 조상에게 저주 있으라. 우리가 이러한
것은 아담 탓이니 그에게 감사하라'고 하리라. 그
감사는 저주가 아니고 무엇이랴. 그러니 나를
따라다니는 저주 외에 내게서 태어난 자손의
저주도 무서운 반동으로 내게 되돌아와,
그 무게에도 아랑곳없이 자연의 중심인 내 위에
무겁게 떨어지리라. 아, 덧없는 낙원의 기쁨이여,
그 기쁨과 맞바꾼 고뇌는 얼마나 길단 말인가!
아, 창조주여, 흙으로 나를 인간으로 만들어 달라고

과 같다. '그러니 악인들에게 무슨 평화가 있으랴?' 나의 하느님께서 말씀하신다"(《이사야》) 57 : 20~21).

[121] "하느님께서는 그들에게 복을 내려주시며 말씀하셨다. '자식을 낳고 번성하여 온 땅에 퍼져서 땅을 정복하여라'"(《창세기》) 1 : 28).

내가 간청하더이까?[122] 어둠에서 나를 이끌어
이 즐거운 낙원에 살게 해달라고 애원하더이까?
내 존재를 내가 바라지 않았으니 나를 본디의
흙으로 돌려보냄이 옳고 마땅하리다.
바라지 않았음에도 내려주신 선을 지킬
조건이 너무나 가혹하여 이행할 수 없으니
받은 것을 버리고 반환하고자 하나이다.
모든 것을 잃는 것으로 형벌은 충분하거늘
어찌하여 끝없는 고난까지 주시나이까?
당신의 정의는 이해하기 어렵나이다.
그러나 지금 와서 이런 말로 항변한들
이미 늦은 일. 그 조건 제시하셨을 때
어쨌건 거절했어야 할 일이었다. 아담이여,
너는 그것을 받아들여 선을 누리고선
나중에 그 조건을 탓하느냐? 하느님이 네 뜻과
상관없이 너를 만들긴 했으나, 만일 네 아들이
너를 거스르고 혼이 나자 '왜 나를 낳았나이까,
내가 낳아달라고 바라더이까'[123]라고 말대꾸하면
어쩌겠느냐. 부모를 멸시하는 이 오만한
항변을 용인하겠느냐. 네 자식은 네가 선택해서가
아니라 자연의 필요에 따라 태어났다. 그러나
하느님은 선택의지에 따라 당신 것으로 너를 만들어
당신을 섬기게 하셨다. 네가 누리던 것은
그의 은총에서 나왔으니 마땅히 형벌도
그의 뜻에 따라야 한다. 좋다, 그의 명령에

---

122) "아! 네가 비참하게 되리라. 자기를 빚어낸 이와 다투는 자야. 옹기그릇이 옹기장이와 어찌 말
다툼하겠느냐?"(《이사야》 45 : 9).
123) "어느 누가 제 아비에게 '왜 이 모양으로 낳았소?' 할 수 있겠느냐?"(《이사야》 45 : 10).

복종하리라. 나는 먼지이니 먼지로 돌아가리라는[124]
그의 선고는 정당하다. 아, 그 시간이여,
어서 빨리 오라! 그런데 하느님이 오늘이라고
선고하신 일[125]을 어째서 그 손은 집행하지 않는
것일까. 왜 나는 여전히 살아서 죽음의 조롱받으며
죽음으로 끝나지 않는 고통에 계속 시달리는가.
나는 기꺼이 내게 선고된 죽음을
맞아들여 무심한 흙이 되련다. 어머니 무릎을
베고 눕듯 땅속에 몸을 눕히련다. 거기서
평안하게 조용히 잠자련다. 하느님의 무서운
목소리 귓전을 때리지 않고, 나와 내 아들에게
일어날 더욱 무서운 재난의 예감도 나를
괴롭히지 못하리라. 그러나 한 가지 불안이
마음을 떠나지 않는다. 내가 완전히 죽지 못하고
하느님이 불어넣은 맑은 생명의 입김, 곧
인간의 영혼이 흙으로 된 이 몸뚱이와 함께
사라지지 않는다면 어쩐단 말인가. 그러면
무덤이나 다른 음산한 곳에서 영원히
누워 있게 되지 않을까? 아, 사실이라면 무서운
일이다! 그런데 나는 왜 이렇게 두려워하는가?
죄를 범한 것은 생명의 숨결뿐, 죽는 것은
생명을 지닌 죄지은 자뿐이 아닌가. 육체에는 본디
생명도 죄도 없다. 따라서 내가 죽을 때는

---

124) "너는, 흙에서 난 몸이니 흙으로 돌아가기까지 이마에 땀을 흘려야 낟알을 얻어먹으리라. 너는 먼지이니 먼지로 돌아가리라"(《창세기》 3 : 19), "만물은 일시에 숨이 멎고 사람은 티끌로 돌아가고 말 것입니다"(《욥기》 34 : 15).

125) 성서에서 하느님은 지식나무 열매를 먹지 말라고 하시며 "그것을 따 먹는 날, 너는 반드시 죽는다"(《창세기》 2 : 17)라고 아담에게 말했다. 《실낙원》의 하느님은 그와 같은 내용을 조금 애매하게 말했다(제8편 참조).

내 모든 것이 죽으리라.[126] 그 이상은 인간의 힘으로

알지 못하니 이것으로 의심을 거두리라.

만물의 주는 무한하니 그 노여움도 그럴까?

그렇다 한들 인간은 반드시 죽을

운명이다. 죽음으로 사라질 인간에게

어떻게 끝없이 노여워하랴. 하느님은 죽음을

죽음 아닌 것으로 만들 수 있는가.

그것은 이상한 모순[127]이며, 힘이 아닌 약점을

드러내는 바, 하느님에게는 도저히 있을 수

없는 일이다. 아니면 하느님은 노여움에 겨워

벌받는 인간의 유한을 무한으로 늘려 채울

수 없는 자신의 위엄을 채우려 하는 것인가.

이러한 생각은 그분의 선고를 육체와 자연법칙

밖에 두는 것. 일반적으로 자연법상, 모든

능동자는 언제나 대상의 수용능력에 따라 행동하지

그 한도를 넘어서까지 행동하지 않는다.[128] 그러나 죽음은

내 상상처럼 곧바로 감각을 빼앗는

일격이 아니라 오늘 이후(이미 내 몸 안과

밖에서 그 움직임이 느껴진다) 끝없이 이어지는

비참이다. 이것이 영원히 이어진다면

---

126) 아담은 육체만 죽을 뿐 영혼은 죽지 않는다는 생각은 이해할 수 없다고 말하며 죽을 때는 모든 것이 죽는다는 잠정적인 결론을 내린다. 밀턴은 "죄를 지을 때 중심 역할을 한 영혼은 하느님이 선언하신 죽음을 피하고, 죄로 인해 이 세상에 죽음이 찾아오기 전에는 영혼과 마찬가지로 불멸했던 육체만이 범행에 가담하지 않았음에도 죽음으로써 벌을 받는 것은 말이 안된다"《그리스도교 교의론》라고 주장했다. 밀턴은 마음(영혼)과 육체는 동시에 죽고 동시에 부활한다고 생각했다.

127) "모순된 일에 하느님의 힘이 작용할 수는 없다"《그리스도교 교의론》. "우리는 진실하지 못해도 그분은 언제나 진실하시니 약속을 어길 줄 모르시는 분이시다"《디모데후서》 2:13).

128) 이것은 아리스토텔레스의 《데 아니마》에 근거한 격언을 그대로 따온 것이다. 아담은 능동자(하느님)가 대상(인간)에게 수용능력(그 한도는 죽음이다)을 뛰어넘는 형벌을 내리는 것은 자연법에 어긋난다고 말하고 있다.

아, 그 두려움이 또다시 방비 없는

내 머리에 요란한 소리 내며 덮쳐 오리라.

이제 죽음과 나는 서로 영원히 끌어안은 채 한 몸[129]이

되었다. 그리고 나 혼자 저주받은 것이 아니니,

나로 인해 모든 자손이 저주받으리라.

아들들아, 좋은 유산을 남겨주게 되었구나,

그것을 모두 써버리고 하나도 안 남길 수 있다면!

그렇게 상속권을 모조리 빼앗으면

너희들은 나를 저주하지 않고 축복하리라!

아, 어찌하여 한 사람의 과오로 온 인류가

죄 없이 벌받아야 하는가. 내게서

태어나는 자들은 부패하고 마음과 의지가[130]

타락하리라. 그래서 나와 같은 행동[131]을 할 뿐 아니라

스스로 나서서 그 짓을 하려는 자들뿐.

그러니 그들이 어떻게 용서받고 하느님 앞에

설 수 있단 말인가. 결국 하느님에게는 잘못이

없음을 인정할 수밖에 없다. 아무리 변명과 구실을

궁리해도 헛된 미로에 빠져 결국은

자신의 죄를 깨달을[132] 뿐이다. 모든

형벌이 나에게만, 모든 부패의

---

129) "나는 과연 비참한 인간입니다. 누가 이 죽음의 육체에서 나를 구해 줄 것입니까?"(〈로마서〉 7 : 24).

130) 《그리스도교 교의론》에서 밀턴은 "인간의 마음과 죄에 빠지기 쉬운 경향을 야기하는 일반적인 타락이 〈창세기〉 6 : 5에 나타나 있다"라고 했다. 인용된 〈창세기〉의 구절은 다음과 같다. "야훼께서는 세상이 사람의 죄악으로 가득 차고 사람마다 못된 생각만 하는 것을 보시고"

131) "그런 모양으로 사는 자는 마땅히 죽어야 한다는 하느님의 법을 잘 알면서도 그들은 자기들만 그런 짓들을 행하는 게 아니라 그런 짓들을 행하는 남들을 두둔하기까지 합니다"(〈로마서〉 1 : 32).

132) "회개에는 몇 가지 단계가 있는 듯하다. 즉 죄를 깨달음, 후회, 고백, 악에서 벗어남, 선으로 전환하는 단계이다"(《그리스도교 교의론》).

근원인 나에게만[133] 내려야 한다. 하느님의
노여움도 내게만 내리기를! 그러나 이는 어리석은 소망!
너는 지구보다 무겁고, 악녀와 나눈다 해도
온 세계보다 더 무거운 그 짐을 질 수 있겠느냐.
결국 네가 바라고 또 두려워 피하고자 하는
그 짐은 너의 소망을 무참히 꺾고 너를
과거에도 미래에도 유례없을 비참한 자로
만들리라. 죄나 벌에 있어서 너와 견줄 수 있는 존재는
오직 사탄뿐. 아, 양심[134]이여! 너는 진정
거대한 공포와 전율의 심연[135]으로 나를
몰아넣었구나. 빠져나갈 길
없는 이 심연에서 다시는 떠오르지
못하게 깊이 가라앉는구나."
아담은 밤의 정적 깨며 혼자 소리 높여
한탄한다. 밤은, 인간이 타락하기 전처럼
상쾌하지도 서늘하지도 온화하지도 않고
검은 공기와 습기와 무서운 암흑에
감싸여 있다. 이 어둠은 죄를 꾸짖는
그의 마음에 이중삼중의 공포를 나타낸다.
그는 땅에, 싸늘한 땅에 몸을 뻗고 누워
자신의 태어남을 수없이 저주하고, 그가 배반한 날
선고된 죽음의 집행이 늦어지는 것을
저주한다. "왜 죽음은 간절히 기다리는
일격으로 이 목숨을 끊어주지 않을까.

---

133) 니노스가 루투르인과의 전투에서 "내게 덤비라, 이 나에게! 그 하수인이 여기 있다"(《아이네이스》)라고 소리친 말과, "나리, 죄는 저에게 있습니다"(《사무엘상》 25 : 24) 참조.

134) "깊이 숨어 있던 양심이 잠자던 절망을 일깨우니"(제4편)라고 사탄에 대해 말했듯이, 양심이 아담의 마음을 절망으로 밀어 넣는다. 하느님은 "그들이 양심의 소리 듣고 시키는 대로 따르며 끝까지 애쓴다면"(제3편) 그들은 구원받으리라고 말했다.

135) "야훼여, 깊은 구렁 속에서 당신을 부르오니"(《시편》 130 : 1).

진리는 그 약속을 지키지 않고 거룩한 정의는
의로운 걸음을 재촉하지 않는다. 죽음은 불러도
오지 않고, 거룩한 정의는 기도 올리고
울부짖어도 더딘 걸음 서둘지 않는다.
아, 숲이여, 샘이여, 언덕이여, 골짜기여, 그늘이여!
얼마 전까지 나는 너희들의 그늘에 다른 메아리로[136]
화답하고 전혀 다른 노래 울리도록 가르쳤건만."
괴로워하는 그를, 쓸쓸하게 따로 떨어져
앉아 있던 하와가 보고 가까이 다가와
상냥한 말로 그의 격정을 달래려 하지만
그는 매서운 눈초리로 노려보며 거절한다.
"너 뱀이여, 내 앞에서 물러가라![137] 그 못지않게
거짓되고 미운 너, 그와 짜고 나를 속였으니
뱀이라 불려 마땅하다. 다른 점은 네게는
뱀 특유의 모양과 색이 없어 마음속
간계가 겉으로 드러나지 않는다는 사실뿐이다.
지옥의 거짓 숨긴 거룩하고 아름다운
모습에 속지 않으려면 앞으로 모든 생물이
너를 피해 달아나야 하리라. 너만 아니면 지금도
나는 행복했으리라. 불안한 기운이 감돌 때 네가
자만심과 헛된 허영심에서 내 경고를 무시하고
왜 믿지 않느냐며 화내지 않았더라면, 악마를
만나 이기고 싶다고 자만하지만 않았더라면!
그러나 너는 뱀을 만나서 속아 넘어갔다.
너는 뱀에게, 나는 너에게. 나는 네가 현명하고
확고하고 완전하여 어떤 유혹도 견뎌낼 수
있다고 믿었기에 내 옆에서 떨어져 있게 했건만,

---

136) 아담과 하와의 아침 찬가(제5편) 참조.
137) "사탄아, 물러가라"(〈마태복음〉 16 : 23).

모든 것은 진실한 덕이 아니라 단순한 껍데기일 뿐.
너라는 인간도 내게서 빼낸, 본디 구부러진,
그것도 불길한[138] 쪽으로 구부러진 갈빗대에
지나지 않음을 깨닫지 못한 내 잘못이로다. 내 갈빗대의
바른 수에서 남는 것[139]을 내던져 버렸으면
좋았을 것. 아, 하늘에 남신들만 살게 하신
지혜로운 창조주 하느님은 어찌하여 마지막에
이 신기한 것, 자연의 아름다운 오점을
지상에 만드셨는가. 왜 이 세계를 여자 없이
천사들처럼 남자로만 채우지 않으셨는가.[140]
인류를 생산하는 다른 방법을 몰랐던
것일까. 하느님이 이것을 아셨다면 이번
재난도 일어나지 않았고, 여자의 유혹으로 지상에
일어날 무수한 혼란도 없으리라.
남자가 모처럼 적합한 배우자[141]를 찾아도
상대가 불행과 과오를 초래하는 경우도 많다.
또는 더없이 바라더라도 여자가 고집부리거나
훨씬 못한 자가 그녀를 차지하거나,
그녀가 자신을 사랑하는데도
부모의 반대로 결혼하지 못하는 수도 있다.
때로는 이상적인 배우자감을 만났지만 한발 늦어서
자신이 이미 꼴도 보기 싫고 수치스러운

---

138) 원문은 "sinister"로, 여기에는 '왼쪽'이라는 뜻도 있다. 하와는 아담의 왼쪽 가슴에서 뽑아낸 갈 빗대로 만들어졌다(제8편 참조).
139) 아담의 늑골은 13개이며, 그중 남는 하나로 하와를 만들었다는 이야기가 있다.
140) 예부터 반여성주의자들이 상투적으로 쓰는 말이다. "제우스여, 당신은 어찌하여 인간을 위해 여자라는 거짓으로 가득 찬 재앙을 이 세상에 보내셨나이까"(에우리피데스의 《히폴리투스》).
141) 하느님은 아담에게 하와를 "네게 적합한 조력자"(제8편)라고 말한다. 아담은 일반적인 의미로 아내를 단순히 "배우자"라고 부른다. 결혼문제에 관한 부분에 밀턴의 괴로웠던 경험이 녹아 있음을 부정할 수 없다.

마치 원수 같은 여자와 이미 부부의
연을 맺고 있는 경우도 있다. 이리하여
인간 생활에 한없는 재앙 불러일으키고
가정의 평화가 깨어지는 것이다."
아담은 말을 더 잇지 않고 하와에게서
몸을 돌렸지만, 하와는 물러서지 않고
하염없이 눈물 흘리며 흐트러진 머리로 아담의
발 아래 낮게 엎드려 그 발을 끌어안고 용서를
구하며[142] 슬프게 말한다.
"아담이여, 나를 버리지 마소서. 하늘이여
굽어살피소서. 내가 진실로 남편을 사랑하고
존경하지만, 불행히도 기만당하여
나도 모르게 죄지었음을. 당신의 무릎
끌어안고 비오니, 내 생명인 당신의 상냥한 눈길과
도움의 손길을, 이 극도의 슬픔에서 조언을, 내 유일한
힘이자 의지를 내게서 거두어가지 마소서.
당신에게서 버림받으면 어디 가서 살란
말입니까? 우리가 살아 있는 동안은
비록 짧은 한때일지언정 둘 사이에 평화 있게
하소서. 함께 화를 초래했듯 원한[143]도 함께 하여
심판에서 우리의 적으로 뚜렷이 드러난
그 간악한 뱀을 물리치소서. 이 불행 때문에
이미 타락한 나에게, 당신보다 더 불행한
나에게 당신의 증오를 가하지 마소서.
같이 죄를 지었으나 당신은 하느님께만,

---

142) 〈누가복음〉 7 : 37 이하에 묘사된 '죄 많은 여자'의 모습과 비슷하다.
143) 하느님은 앞에서 "너와 여자 사이, 그리고 네 후손과 여자의 후손 사이는 원수가 되게 하리라"
　　(제10편)라고 말했다. 〈창세기〉 3 : 15 참조.

나는 하느님과 당신에게 죄를 지었으니,[144]
심판정으로 돌아가 크게
울부짖으며 하늘에 애원하리이다. 선고하신
형벌을 당신 머리에 내리지 말고, 재난의
둘도 없는 원인인 이 나에게,
하느님이 분노하시기에 마땅한
나에게만 내리시라고."
하와는 울면서 말을 맺었다. 죄를 인정하고
슬퍼하며 용서받기 전에는 물러나지
않을 듯한 하와의 기특한 태도에, 아담의
마음속에서 연민의 정이 일었다. 그녀에 대한
마음이 단번에 누그러졌다. 얼마 전까지 그의
생명이요 유일한 기쁨이던 여자가 지금 발 아래
엎드려 슬퍼하자, 그를 화나게 했던 그 여자가
이제는 화해와 조언과 도움을 구하자, 아담은
무장을 푼 사람처럼 노여움을 모두 잊고
부드러운 말로 그녀를 안아 일으킨다.
"그대는 전과 다름없이 여전히 생각이 모자라
스스로도 모르는 것을 너무 많이 바라는구려.
벌을 그대 혼자 받겠다는 것은 잘못이오.
하와여, 그대는 그대 몫의 벌만 받으시오. 지금 그대가
느끼는 하느님의 진노는 아주 일부일 뿐이니
내 불만도 견디기 어려운 그대가 그 노여움을
어찌 모두 받아내겠소. 기도로써 하느님의 명령을
바꿀 수만 있다면 내가 먼저 심판정으로 달려가,
내가 보호했어야 했음에도 위험에 처하게 하고 만
여자인 그대의 나약함을 용서하시고 모든 벌과

---

144) "그는 하느님만을 위하여, 그녀는 그의 내면에 있는 하느님을 위하여 만들어졌다"(제4편). 또한
"당신께, 오로지 당신께만 죄를 얻은 몸, 당신 눈에 거슬리는 일을 한 이 몸"(《시편》 51 : 4) 참조.

진노를 내 머리 위에 내리시라고 큰 소리로
외칠 것이오. 이제 그만 일어나시오. 다른 곳[145]에서
엄중히 책망받을 터이니 언쟁일랑 그치고
서로를 비난하지 마십시다. 그보다 이 슬픔
나누고 서로의 짐 덜도록 사랑에 힘써야 하리다.
이날 선고된 죽음은 곧바로 찾아오지 않고
천천히 걸어오는 재난인 듯하오. 이러한 죽음은
우리와 우리 자손(아, 불행한 자손!)에게 더욱 큰
고통을 주며 오랜 세월 이어지는 단말마와 같소."
하와는 기운을 되찾고 대답한다.
"아담이여, 나는 슬픈 경험을 통해 내 말이
그대에게는 아무 무게도 없음을 알고 있나이다.
내 말에 오류가 많아, 그 마땅한 결과로써 너무나
큰 화를 불러들였기 때문이나이다. 하지만
비록 죄 많은 여자라 할지라도 그대가 다시
받아주시어, 죽거나 살거나 내 마음의
유일한 기쁨인 그대의 사랑 다시 얻을
희망이 생겼으니, 이 불안한 마음속에 솟아난 온갖
생각 당신 앞에 숨김없이 털어놓겠나이다. 나는
이 최악의 상황을 조금이라도 늦추거나 끝낼
좋은 방법이 없을지, 이 재난이 아무리 괴롭고
비참해도 견디고 실행하기 쉬운 방법이 없을지
생각해 보았나이다. 태어난 우리 자손은 고난을 받다가
결국 죽음의 먹이가 되니, 이들 걱정에 마음
괴롭다면(자손들에게 불행의 씨앗이 되어야 하다니,
비참한 생애 보낸 뒤 추악한 괴물의 먹이가 될
가련한 자식들을 낳아 이 저주받은

---

145) "심판정"을 가리킨다.

세계로 내보내야 하다니 참으로 비참하도다!)
아직 생기지 않은 그 불행한 자손을
수태하기 전에 매장하는 일은 그대 힘으로
가능하리다. 아직 그대에게 아이 없으니
아이 없이 지냅시다. 그러면 죽음도 포식을
허탕 치고 우리 둘로만 그 굶주린 배를
채울 수밖에 없나이다. 그러나 서로 이야기하고
쳐다보고 사랑하면서 사랑의 행위인 부부의
달콤한 포옹을 삼가고, 같은 욕망으로 애타는
배우자 앞에서 채울 수 없는
욕망에 시달리는 것이 괴롭고 어렵다면,
그것은 우리가 두려워하는
어떤 것에 못지않은 고통이리다.
그때는 우리와 자손 모두를 곧바로
두려움에서 벗어나게 하기 위하여 우리가 먼저
죽음을 찾아 나서고, 찾지 못하면
우리 손으로 죽음의 임무를 수행합시다.
우리에게는 죽음의 여러 길 가운데
가장 짧은 길 선택하여
스스로 목숨 끊음으로써 죽음을 죽일
힘이 있는데, 어찌하여 마침내
죽을 수밖에 없다는 두려움에 떨면서
계속 살아가려 하나이까."
깊고 깊은 절망이 뒤이을 말을
삼켜 하와는 입을 다문다. 죽음만
골똘히 생각하니 얼굴도 창백해진다.
그러나 아담은 이러한 제안에 흔들리지 않고
신중하게 생각한 끝에 밝은 희망
일으키며 하와에게 대답한다.

"하와여, 자신의 생명과 즐거움 멸시함은
그보다 훨씬 숭고하고
존귀한 것이 그대 안에 있다는 증거요. 그러나
스스로 죽음을 바라는 것은 그 존귀한 것을
부정하는 일이며, 또한 생명과 즐거움을 가벼이
여긴다기보다는 오히려 그것에 지나치게 집착하여 상실의 고통과 슬픔
느끼고 있음을 보여주는 것이오.
만일 재난을 끝내고자 죽음을 바라고
선고된 형벌을 피할 생각이라면 그대가 틀렸소.
하느님은 죄인이 앞지르는 것을 허용치 않고
현명하게 보복의 노여움을 보이실 분이라오.
더욱이 내가 두려워하는 것은, 그렇게
강탈한 죽음은 선고된 벌로 갚아야 하는
고통에서 우리를 풀어주기는커녕
오히려 이런 배신행위가 지존의 분노를 불러일으켜
우리의 죽음을 계속 살려 두시리란
점이오.[146] 그러니 좀 더 안전한 방법을 찾읍시다.
그대의 후손이 뱀의 머리를 밟으리라는
선고를 곰곰이 생각해 보면, 내게도
그 길이 보이는 듯싶소. 그 뱀이 내가 생각하는 상대,
뱀의 모습을 빌려 우리를 타락시키려 한 대적
사탄이 아니라면 복수는 큰 의미가 없소. 그러나
정말 사탄이라면 그 머리를 부수는 것이야말로
진정 복수가 되리오. 그대가 제안한 것처럼
우리가 자살하거나 자식 없이 삶을 마친다면

---

146) 아담은 하와의 자살 제안을 거부하며, 자살이라는 단호하고 직접적인 행동보다는 괴로움을
견뎌낼 신앙적인 태도를 이야기한다. 그는 하느님의 분노와 더불어, 그 안에 숨겨진 하느님의
연민과 은총과 섭리를 막연하게나마 서서히 느끼고 있다. 밀턴은 "스스로 목숨을 끊는 자"는
"자신에 대한 이상한 증오"를 품고 있는 사람들이라고 생각했다(《그리스도교 교의론》).

그 복수 이룰 수 없소. 그러면 우리의 적은
정해진 형벌을 면하고, 대신 우리가 머리 위로
이중의 벌을 덮어쓰게 될 것이오. 그러니
더는 자해나 고의적인 불임을 말하지 마오.
그것은 우리의 희망을 끊고, 원한과 오만,
초조와 모멸, 그리고 하느님과
우리 목에 메인 공정한 멍에에 대한
반항심을 나타낼 뿐이오. 하느님께서 얼마나
온화하고 은혜로운 기색으로 노여움도 책망도
비치시지 않고 우리 이야기를 듣고 심판하셨는지를
생각해 보오. 우리는 즉각적인 죽음을 예상하고
그것이 그날의 죽음이라고 생각했는데, 보오,
그대에게 선고된 것은 다만 출산의 고통[147]뿐이고
그 고통도 곧 그대 몸에서 나오는 기쁨의
씨[148]에 의해 보상되리라고 하셨소. 나에 대한
저주는 스치기만 하고 땅으로 떨어졌소.[149]
일을 해서 양식을 얻는 것이 무슨 고통이겠소?
태만하라 하심이 더 괴로웠으리오. 노동은
우리를 부양해 주리다. 게다가 하느님은 우리가
추위와 더위에 해를 입지 않도록 배려하시어
때에 맞추어 필요한 것을 마련해 주시고,
심판하면서도 가엾이 여기시어
가치 없는 우리에게 옷을 입혀주셨소.
우리가 기도 올리면 또다시 귀 기울이시고,

---

147) "여자가 해산할 즈음에는 걱정이 태산 같다. 진통을 겪어야 할 때가 왔기 때문이다. 그러나 아
   이를 낳으면 사람 하나가 이 세상에 태어났다는 기쁨에 그 진통을 잊어버리게 된다"(《요한복
   음》 16 : 21).
148) "모든 여자들 가운데 가장 복되시며 태중의 아드님 또한 복되십니다"(《누가복음》 1 : 42).
149) "땅 또한 너 때문에 저주받으리라"(제10편) 참조.

연민의 정 더욱 기울어, 가혹한 계절,
비, 얼음, 우박, 눈을 피하는 방법도
가르쳐주시리이다. 보시오. 벌써 하늘이 다양하게
바뀌며 산속[150]에 있는 우리에게 불길한 모습 보이는구려.
습한 바람 매섭게 불며 드넓게 가지 펼치고 있는
나무들의 고운 머리채 흩뜨리고 있소. 우리는
더 나은 집 찾아 얼어붙은 몸 녹일 적당한 온기
얻어야 하리라. 한낮의 해가 저물어
추운 밤이 오기 전에 굴절된 빛을 모아
마른 잎을 태우거나 두 개의 물체를 비벼
불 일으키는 방법을 알아내야 할 것이오.
얼마 전 구름이 서로 비벼대고 바람과 격렬하게
충돌할 때 순간 옆으로 번개[151]가 번뜩이더니
그 불길이 하늘을 가르며 아래로 내달려
전나무나 소나무의 수지 많은 껍질을 태웠소.
그 불은 지금도 멀리서 태양과도 같은 상쾌한 열을
보내오고 있소. 이러한 불의 용법[152]과
우리의 악행이 불러들인 온갖 화를 구제하고
치료하는 법을, 우리가 기도하고 은총을 구한다면
하느님은 틀림없이 가르쳐주시리라. 그러면 우리는
하느님이 주시는 많은 위안에 힘 얻어 이 생을
편안히 보내고, 때가 되면 마지막 안식처이자 고향인
흙으로 돌아가리라. 하느님이 우리를 심판할 곳으로
돌아가 그 앞에 공손히 무릎 꿇고 엎드려

---

150) 낙원은 산꼭대기에 있다(제4편 참조).
151) 루크레티우스는 《만물의 본성에 대하여》에서, 번개가 지상의 인간에게 처음으로 불을 가져다
주었다고 이야기했다.
152) 아담이 순수했을 때에는 불의 필요를 느끼지 않았고, 음식도 불에 익히지 않은 자연 그대로
를 먹었다. 도구를 만들 때에도 "불길한 불"(제9편)은 사용하지 않았다.

겸허하게 우리의 죄를 참회[153]하며 용서를
빌고, 거짓 없는 슬픔과 온유한 겸손의 표시인,
뉘우치는 마음[154]에서 우러나오는 눈물로 땅을
적시고[155] 한숨으로 하늘을 메우는 일밖에
우리가 무얼 더 할 수 있으리오?
그리하면 하느님은 틀림없이
노여움 푸시고 언짢은 기분을
돌리실 것이오. 불같이 노하시어 아주 엄하게
보이실 때에도, 그 평온한 얼굴에는
오직 크나큰 은총과 축복과
자비[156]만이 빛나고 있지 않았겠소?"
회개한 우리의 조상이 말하니
하와도 진심으로 뉘우친다. 곧 그들은 심판받은
곳으로 돌아가 하느님 앞에 공손히 엎드려
겸허한 마음으로 자신의 죄 고백하고
용서 빌며, 거짓 없는 슬픔과 온유한
겸손[157]의 표상인, 뉘우치는 마음에서
우러나오는 눈물로 땅을 적시고
한숨으로 하늘 메운다.

---

153) 밀턴은 회개에는 다섯 단계가 있다고 보았다. 참회는 그 세 번째 단계이다.
154) "하느님, 내 제물은 찢어진 마음뿐, 찢어지고 터진 마음을 당신께서 얕보지 아니하시니"(《시편》 51 : 17).
155) "헤스본아, 엘랄레야, 네가 나의 눈물에 젖으리라"(《이사야》 16 : 9).
156) 아담은 하느님의 분노와 함께 처음으로 "은총과 축복과 자비"를 이해하고 고백한다. 아담은 "회개한" 인간이 되었다.
157) 이 "겸손(meek)"이라는 말은 신학적으로 중요한 의미를 지닌다.

제11편

줄거리

하느님의 아들은 회개하는 우리 조상 아담과 하와의 기도를 성부께 바치고, 그들을 위해 중재한다. 하느님은 그들을 받아들이나 앞으로 낙원에서 살 수는 없다고 선언하시며, 그들을 추방하기 위해 거룹천사대를 거느린 미가엘을 파견한다. 그러나 추방하기 전에 아담에게 미래의 일을 계시하라고 미가엘에게 명하신다. 미가엘은 하늘에서 내려온다. 아담은 불길한 징조를 보고 하와에게도 보여주며 주의하라고 말한다. 그는 미가엘이 가까이 왔음을 알고 그를 맞으러 나간다. 천사는 그들이 낙원에서 나가야 한다고 선고한다. 하와의 비탄. 아담은 처음에는 애원했지만 결국 복종한다. 미가엘은 그를 어느 높은 산으로 데리고 올라가, 대홍수가 일어날 때까지 생길 많은 일들을 그의 눈앞에 환상으로 펼쳐 보인다.

> 이렇게 그들은 겸손히 엎드려 뉘우치며 계속
> 기도를 올렸다. 높은 자비의 자리[1]로부터
> 인간의 의지에 앞서는 은총[2]이 내려 그들의

---

[1] "자비의 자리"의 원문은 "mercy—seat"이지만 성서에는 '속죄판'으로 번역되어 있다. "너는 순금으로 속죄판을 만들어라. ……거룹 둘이 양쪽에 자리 잡게 만드는데"《출애굽기》 25 : 17~18). 이 속죄판은 예부터 하늘에 있는 하느님의 자리를 나타낸다고 해석되어 왔다.

[2] "인간의 의지에 앞서는 은총"의 원문은 "Prevenient grace"로, 직역하면 '선행적 은총'이다. 이는 인간이 바라기 전에 신이 먼저 인간에게 은총을 내려준다는 정통적인 교의이다. "하느님께서는 미리 정하신 사람들을 불러주시고 부르신 사람들을 당신과 올바른 관계에 놓아주시고, 당신과 올바른 관계를 가진 사람들을 영광스럽게 해주셨습니다"《로마서》 8 : 30), "하느님께서는 우리를 구원해 주시고 우리를 부르셔서 당신의 거룩한 백성으로 삼아주셨습니다. 이것은 우리의 공로로 말미암은 것이 아니라 하느님의 계획과 은총으로 말미암은 것입니다"《디모데후서》 1 : 9).

마음에서 돌[3]을 없애 버리고 새로운 재생의 살을
자라게 하니, 이 새로운 살에서 기도의 영에 힘입어
이루 말할 수 없는 탄식이 쏟아져 나와
소리 높은 웅변보다도 빠르게 하늘로
날아오른다.[4] 그러나 그들의 태도는 비천한
애원자 같지 않다. 기도하는 그들의 엄숙한 모습은
옛이야기에 나오는(그러나 이들보다 후대에 살았던) 그 부부[5],
데우칼리온과 정숙한 피라가
홍수로 멸망한 인류를 되살리고자 테미스 신전에서
기도 올릴 때보다 더하다. 그들의 기도는
심술궂은 돌풍[6]에 날려 길 잃거나 사라지지 않고
똑바로 하늘 날아올라, 형체 없음에도 하늘문 지나
향기로운 황금 제단에서
위대한 중재자[7]가 베푸는 향내 듬뿍
머금고 성부의 보좌 앞에
이른다.[8] 성자는 기뻐하며
그 기도를 아버지께 바치고
인간을 위해 중재의 말씀을 하신다.
"아버지시여, 당신이 인류에게 심으신 은혜가

---

3) "그들의 몸에 박혔던 돌 같은 마음을 제거하고 피가 통하는 마음을 주리라"(《에스겔》 11 : 19).

4) "성령께서도 연약한 우리를 도와주십니다. 어떻게 기도해야 할지도 모르는 우리를 대신해서 말로 다 할 수 없을 만큼 깊이 탄식하시며 하느님께 간구해 주십니다"(《로마서》 8 : 26).

5) 그리스신화에 나오는 데우칼리온은 구약성서의 노아와 비슷하다. 데우칼리온이 아내 피라와 둘이서 대홍수를 피하고 정의의 여신 테미스에게 인류의 부활을 기도하는 장면이 《변신이야기》에 묘사되어 있다.

6) "돌풍"(제3편)은 미신을 믿는 자와 광신도들을 날려버린다.

7) "그리스도께서는…… 우리를 위해서 하느님 앞에 나타나시려고 바로 그 하늘의 성소로 들어가신 것입니다"(《히브리서》 9 : 24).

8) "나의 기도 분향으로 받아주시고 치켜 든 손 저녁의 제물로 받아주소서"(《시편》 141 : 2), "다른 천사 하나가 금향로를 들고 제단 앞에 와 섰습니다. 그 천사는 모든 성도들의 기도를 향에 섞어서 옥좌 앞에 있는 황금제단에 드리려고 많은 향을 받아들었습니다"(《요한계시록》 8 : 3).

지상에서 열매 맺은 이 첫 이삭을 보소서.

이 탄식과 기도를 황금향로[9]에 넣고 향과

섞어 당신의 사제인 내가 당신께

바치나이다. 인간의 마음에 회개와 함께 심으신

씨앗에서 자란 열매이니, 상쾌한 향기가

순결함을 잃기 전에 그들의 손으로

가꾸던 낙원의 여느 나무에서 자란 열매보다

낫나이다.[10] 그러니 이 애원에 귀 기울이시고, 그 소리

없는 한숨[11]을 들어주소서. 인간은 기도하는 말이 능숙하지

못하니, 그들의 대변자이자 화해자[12]인 내가

그들을 대신하여 해명하겠나이다. 좋은 일, 나쁜 일

인간의 모든 일을 내게 접붙여[13] 주소서. 내 공덕이

인간의 선업을 완수하고, 내 죽음이 악업을

보상하게 하소서. 이런 나를 용납하소서.

나를 통해 이 탄식과 기도에 감도는 평화의 향기를

받아주소서. 죽음, 즉 심판이 (철회가 아닌, 다만 너그러운

처분을 바라나이다) 찾아와 인간이 더 나은 삶을 맞이할

때까지, 비록 비참할지라도 그 일정한 날수[14]만은

---

9) "네 생물과 스물네 원로는 각각 거문고와 향이 가득 담긴 금대접을 가지고 어린 양 앞에 엎드렸습니다. 그 향은 곧 성도들의 기도입니다"(《요한계시록》 5 : 8).

10) "씨 뿌리는 사람이 뿌린 씨는 하늘나라에 관한 말씀이다. ……씨가 좋은 땅에 떨어졌다는 것은 그 말씀을 듣고 잘 받아들여 삼십 배, 육십 배, 백 배의 열매를 맺는 사람들을 두고 하는 말이다"(《마가복음》 4 : 14~20), "그러므로 우리는 예수의 이름으로 언제나 하느님께 찬미의 제사를 드립시다. 하느님의 이름을 우리의 입으로 찬양합시다"(《히브리서》 13 : 15).

11) 《로마서》 8 : 26 참조.

12) "누가 죄를 짓더라도 아버지 앞에서 우리를 변호해 주시는 분이 계십니다. 그분은 의로우신 예수 그리스도이십니다. 그분은 우리의 죄를 용서해 주시려고 친히 제물이 되셨습니다. 우리의 죄뿐만 아니라 온 세상의 죄를 용서해 주시려고 제물이 된 것입니다"(《요한일서》 2 : 1~2).

13) 《실낙원》에는 성서와 마찬가지로 식물 재배 및 원예와 관련된 은유가 많다. "믿지 않았던 탓으로 잘려 나갔던 가지들이 믿게 되면 하느님께서는 그 가지들도 접붙여 주실 것입니다"(《로마서》 11 : 23). 대목(臺木)은 예수 그리스도이다.

14) "우리에게 날수를 제대로 헤아릴 줄 알게 하시고 우리의 마음이 지혜에 이르게 하소서"(《시편》

당신 앞에 화해하여 살게 하소서. 그날이 오면
내가 지금 당신과 하나이듯, 나를 통해
속죄받은 모든 이가 나와 하나[15] 되어
함께 기쁨과 축복 속에서 살아갈 것이나이다."
성부는 얼굴 흐리지 않고 조용히 답한다.
"선택된 아들아, 인간을 위한 너의 요구는
모두 이루어지리라. 네가 요구하는 것은 모두
내 섭리에서 나왔노라. 그러나 그들이 계속 낙원에
사는 것은 내가 자연에 내린 율법[16]이
금하노라. 조잡하고 불결하고 조화 잃은
혼합을 모르는 저 낙원의 순결하고 불멸하는 원소들은
이제 더럽혀진 인간을 토해내어,[17] 더러운
병원체로서 죽음의 밥이 되고, 맨 처음으로
만물을 교란하여 썩지 않는 것을 썩게 한
죄로 파멸하도록, 그들을 더럽혀진 공기 속으로
내쫓는 것이 마땅하도다. 나는 처음에
행복과 불사(不死)라는 두 가지 좋은 선물을 주어
그를 창조했도다. 행복은 덧없이 사라졌고
불사는 내가 죽음을 마련할 때까지 다만
고뇌를 영속시키는 데 도움이 될 뿐이니라.
이리하여 죽음은 최후의 구제가 되노라.
가혹한 시련 겪고 믿음과 신실한 과업[18]으로

---

90 : 12).

15) "거룩하신 아버지, 나에게 주신 아버지의 이름으로 이 사람들을 지켜주십시오. 그리고 아버지
와 내가 하나인 것처럼 이 사람들도 하나가 되게 하여주십시오"(《요한복음》 17 : 11).

16) 자연법은 하느님이 자연에 부여한 율법이며, 그 법이 확립된 이상 하느님도 그 법에 따라 아담
과 하와를 추방할 수밖에 없다. 또한 아담이 하느님의 가혹함을 원망할 때에도 "자연법"(제10
편)을 이야기했다.

17) "그 땅은 거기에 사는 사람들을 토해내리라"(《레위기》 18 : 25).

18) "오직 믿음으로만(sola fide)"이라고 하지 않고 "믿음과 신실한 과업으로(By faith and faithful works)"
라고 말한 부분이 흥미롭다. "우리는 믿음으로써 의로워진다. 그때 율법의 과업은 필요치 않으

부정 씻으며 삶을 마친 뒤, 의로운 자가 부활할 때[19]
잠든 그를 깨워 새로운 천지[20]와 함께 두 번째 삶을
주는 것이 바로 죽음이노라. 그러나 먼저 드넓은
하늘 곳곳에 흩어져 있는 천사들 모아
내가 인류에게 어떤 처분을 내리는지
그 심판을 숨김없이 보여주리라.
그들은 앞서 내가 죄지은 천사를
처리함을 보고 예전보다도 더욱
충성심을 확고히 다지고 있도다."
그의 말 끝나자 성자는 옆에서 경호하는
빛나는 천사에게 신호를 내린다. 천사는
나팔을 분다. 이 나팔 소리는 이후 하느님이
호렙[21]에 강림하실 때 울려 퍼지고, 최후의 심판[22] 때
다시 한번 울리리라. 천사의 나팔 소리 온 하늘에
울려 퍼진다. 생명의 물[23] 흐르는 아마란트[24] 그늘
아래에 있는 축복의 정자, 분수와 샘, 곳곳에
모여 앉아 즐겁게 이야기 나누던
빛의 아들들은 서둘러 높으신 부름에
응하여 저마다 제자리로 간다.
이윽고 전능자는 높은 보좌에서

나 신실한 과업은 필요하다《그리스도교 교의론》)라는 밀턴의 의인론(義認論)은 루터의 그것과
조금 다르다.

19) "의인들이 부활할 때에"(《누가복음》 14 : 14).

20) "우리는 하느님의 약속을 믿고 새 하늘과 새 땅을 기다리고 있습니다"(《베드로후서》 3 : 13).

21) 시나이산과 동일시된다. 모세가 시나이산봉우리에서 십계를 받기 전에 나팔 소리가 울려 퍼졌
다(《출애굽기》 19 : 16 이하 참조).

22) "명령이 떨어지고 대천사의 부르는 소리가 들리고 하느님의 나팔 소리가 울리면, 주님께서 친히
하늘로부터 내려오실 것입니다. 그러면 그리스도를 믿다가 죽은 사람들이 먼저 살아날 것이고"
(《데살로니가전서》 4 : 16).

23) "축복의 강"(제3편)을 말한다.

24) 불멸을 상징하는 전설의 꽃. 제3편 참조.

지고한 뜻을 선언하신다.

"아, 아들들아, 인간은 금단의 열매를
맛본 이래 우리 못지않게 선과 악을
알게 되었도다. 하나 그들이 아무리 자랑한들
잃은 선과 새로 얻은 악을 알 뿐이니라.
그들이 선만 알고 악은 전혀 모른다면
얼마나 행복했으랴. 하지만 그는 지금
슬퍼하고 뉘우치며 절절히 기도하고
있도다. 내가 그의 마음 그리되도록 움직였기[25)]
때문이니, 자극 멈추고 그대로 내버려두면
그 마음은 이내 변하고 공허해지리라.
한층 대담해진 그가 생명나무에도 손 뻗어
그 열매 따 먹고 영원히 살지 못하도록,
적어도 그렇게 망상하지 못하도록 그를
낙원에서 쫓아내어 그가 태어난 땅,
그에게 가장 알맞은 땅을 일구게 하리라.[26)]
미가엘,[27)] 책임지고 내 명령을 수행하라.
거룩천사들 중에서 불 뿜는 전사들을 뽑아 이끌고
악마가 인간을 노리거나 텅 빈 영토를
침범하기 위해 다시금 새로운 소동을 일으키지
못하도록 하라. 한시가 급하니 신의 낙원에서
그 죄지은 부부를 용서 없이 쫓아내라.
거룩한 땅에서 거룩하지 않은 것들을 몰아내고
그들과 그들의 자손에게 낙원에서 영원히

---

25) "인간의 의지에 앞서는 은총"이 아담의 마음을 움직이고 있다.
26) "야훼 하느님께서는 '이제 이 사람이 우리들처럼 선과 악을 알게 되었으니, 손을 내밀어 생명나무 열매까지 따 먹고 끝없이 살게 되어서는 안 되겠다'고 생각하시고 에덴동산에서 내쫓으셨다. 그리고 땅에서 나왔으므로 땅을 갈아 농사를 짓게 하셨다"(《창세기》 3 : 22~23).
27) 미가엘은 무용이 뛰어나 정의를 수행하기 알맞은 천사이다. 또한 이스라엘의 수호천사이며, 계시의 천사로 여겨진다.

추방함을 선언하라. 그러나 엄중한 슬픈
선고에 실망하지 않도록 (그들이 뉘우치고
눈물 흘리며 죄를 한탄하니) 겁을 주는 일이
있어서는 아니 된다. 그들이 네 명령에 참고
복종한다면 충분히 위안 주고 떠나게 하라.
미래에 어떤 일이 일어날지 내가 가르치는
대로 아담에게 알려주고, 그 여자의
자손에게 내가 다시 내리는 새 약속[28]도 아울러
일러주어라. 그래서 슬프지만 평온한 마음으로
떠날 수 있게 하라. 또한 에덴에서 오르기 쉽고
들어오기 쉬운 낙원 동쪽에는
경비를 맡은 거룹천사와 스스로 크게
움직이는 화염검을 두어 모든 접근을
가로막고 생명나무로 이어진
모든 길을 엄중히 방비하라.
그러지 않으면 낙원은 악령들의
소굴이 되고 내가 심은 모든 나무들이
그들의 먹이가 되어, 그들이 훔친 그 열매로
다시 한번 더 인간을 속일는지도 모르니라.”
하느님의 말씀 끝나자 대천사 미가엘은
낙원을 감시할 눈부신 천사 무리 거느리고
곧바로 내려갈 채비를 한다. 천사들은 네 얼굴의
야누스[29]처럼 저마다 네 얼굴을 가졌고,
온몸에는 아르고스[30]의 눈보다 더 많은 눈들이

---

28) 밀턴은 이것을 “계시받은 그리스도를 믿는 모든 나라 사람들에게 내려진 영원한 생명의 약속”
《그리스도교 교의론》)이라고 정의했다.

29) 야누스는 로마신화에 나오는 문의 수호신으로, 얼굴이 두 개로 알려져 있으나 여기서는
“double Janus”라고 되어 있는 것으로 보아, 시인은 오비디우스처럼 네 얼굴을 가진 야누스를 상
상한 듯하다. 네 얼굴을 가진 거룹천사에 대해서는 제6편 참조.

30) 그리스신화에 나오는 온몸에 눈이 달린 거인. 암소로 변신한 이오를 감시하라는 여신 헤라의

반짝인다. 그 눈은 아르카디아의 피리, 즉
헤르메스의 갈대피리와 마술지팡이의 최면에도
현혹되지 않고 잠들지 않는다. 한편 거룩한
빛으로 세계를 다시 축복하기 위해 레우코테아[31]가
눈을 뜨고 신선한 이슬로 땅을 향기롭게 한다.
아담과 인류 최초의 부인 하와는 아침기도
마치고, 힘이 하늘에서 가해지며,
아직 공포 가시지 않았지만 절망에서
솟아나는 새로운 희망과 환희를 느낀다.
그 기쁨 숨기지 않고 아담이 하와에게 말한다.
"하와여, 우리가 누리는 선은 모두
하늘에서 주신다는 믿음은 주저 없이 인정하오.
그러나 우리에게 하늘로 올라가
지고하신 하느님의 마음을 움직이고 그 뜻을
기울이게 할 만한 어떤 것이 있다고는 믿기 어렵소.
그러나 우리의 기도가, 우리가 내뱉는 짧은 탄식이
하느님의 보좌에까지 올라가 그 일을 이루어줄
것만 같소. 나는 일찍이 기도로써 하느님의
노여움 가라앉히고자 무릎 꿇고 겸허하게
내 마음 모두 드러냈을 때부터 하느님께서
너그럽고 온유하게 귀 기울이시며 내 이야기
들어주시는 모습이 눈에 보이는 듯했소. 내 기도
들어주셨다는 확신이 생겼고, 내 가슴에 평화
찾아들고, 그대의 씨가 우리의 적을 부수리라는
성약[32]이 기억에 되살아났소. 그때는 너무 괴로워

명령을 받았으나, 제우스의 명령을 받은 헤르메스의 갈대피리와 잠을 부르는 지팡이 때문에
곯아떨어져 죽임을 당한다(오비디우스 《변신이야기》).
31) 새벽의 여신.
32) 하느님이 뱀(사탄)에게 내린 저주를 말한다(제10편 참조).

생각하지 못했으나 이제는 죽음의 고비[33)]
가시고 우리가 살게 되리라는 확신을 갖게
되었소. 그러니 그대에게 복 있으라.[34)] 그대의
정당한 이름 하와,[35)] 인류의 어머니이자 온갖
생물의 어머니, 그대로 하여 인간은 살게 되고
만물은 모두 인간을 위해 살게 되리오."
하와는 진지하지만 부드러운 표정으로 말한다.
"당신의 조력자[36)]로 정해졌음에도 당신을 타락하게 만든
나 같은 죄인은 그런 이름을 받을 자격이
없나이다. 나에겐 차라리 힐책과 불신과 온갖
비방이 어울리나이다. 나는 만물에 처음으로
죽음을 초래했거늘, 심판자의 용서 무한하여
나에게 삶의 원천 되는 은총 내리시고,
당신의 사랑 깊어 다른 이름으로 불려 마땅한
나를 이처럼 고귀한 이름으로 불러주시나이다.
지난밤 뜬눈으로 지새운 우리를, 땀 흘려
일해야 하는 우리를 들판이 부르고 있나이다.
보소서, 우리의 불안과 상관없이 아침이
미소 지으며 장밋빛 걸음을 옮기기 시작했나이다.
가십시다. 해가 질 때까지 땀 흘려 일하도록
정해진 몸이오나, 그곳이 어디건
앞으로는 결코 당신 곁 떠나지 않으리다.
이곳에 살고, 이 즐거운 숲의 오솔길이 있는데
무엇이 괴로우리까? 비록

---

33) 아말렉 왕 아각은 사무엘 앞으로 끌려 나오며 "마침내 죽을 고비를 넘겼나 보다고 생각하며"
   좋아했지만 사무엘의 손에 죽는다(《사무엘상》 15 : 32~33 참조). 아담은 하느님의 자비를 깨달았
   지만 그 정의는 잊은 듯하다.
34) 천사 라파엘도 같은 말로 하와를 축복한 적이 있다(제5편 참조).
35) "아담은 아내를 인류의 어머니라 해서 하와라고 이름 지어 불렀다"(《창세기》 3 : 20).
36) 제8편 참조.

타락했으나 마음은 편히[37] 사십시다."
지극히 겸손한 하와가 말하며 소원하나,
운명[38]은 이를 허용치 않았다. 자연이 먼저 새와
짐승과 하늘 위에 그 흉조를 나타낸다.
아침이 붉게 미소 짓는가 싶더니 갑자기 하늘이 흐려지며
아침을 비웃듯 유피테르의 새 독수리가
공중에서 내려와 깃 고운 새 두 마리를 쫓는다.
언덕에서는 최초의 사냥꾼인 숲을 다스리는
사자가 숲에서 제일 온순한 암사슴과
수사슴 한 쌍을 쫓는다. 쫓기는 동물들은
곧장 동쪽 문으로 달아난다.[39] 아담은 눈치채고
쫓기는 사슴의 뒷모습 바라보며 평정 잃고 하와에게 말한다.
"아, 하와여, 어떤 중대한 변화가 우리를
기다리고 있는 듯하오. 하늘이 그 의도를 예고하는
말 없는 징조를 자연계에 보임으로써
며칠 죽음이 늦춰졌다고 형벌에서 벗어난
줄 알고 안심하며 자만하는 우리에게 경고하는
듯하오. 날짜가 얼마나 남았으며 그때까지 어떻게
살지 누가 알리오? 아는 것이라고는, 우리가 본디
흙이니 흙으로 돌아가 사라진다는 사실뿐이오.
전조나 경고가 아니라면 어째서 같은 시간에
같은 방향으로 하늘과 땅에서 쫓기어 달아나는
짐승이 눈에 보이겠소? 왜 한낮이 되기도 전에
동쪽 하늘이 어두워지고, 서쪽 하늘 구름에
범상치 않은 아침 광선이 빛나겠소?[40]

---

37) "내 처지가 어려워서 이런 말을 하는 것은 아닙니다. 나는 어떤 처지에서도 자족하는 법을 배웠습니다"(〈빌립보서〉 4 : 11).
38) 여기서의 운명은 하느님의 뜻을 의인화한 것이다.
39) 아담과 하와가 에덴의 동쪽 문으로 추방되리라는 전조이다.

아, 저 구름에서 한 줄기 빛을 타고
거룩한 이가 조용히 내려오고 있구려.”
그의 말 틀림이 없었다. 곧 벽옥색⁴¹⁾ 하늘에서
천사 무리가 낙원으로 내려와
언덕 위에 내려섰다. 그날의 죄로 불안과 육체의
두려움이 아담의 눈을 흐리게 하지 않았던들,
천사들의 출현은 더욱 찬란했으리라.
야곱이 마하나임⁴²⁾에서 천사를 만나고,
빛나는 수호자들의 천막 보았을 때도
이보다 찬란하지 않았다. 또한 한 사람을
습격하기 위해 전쟁을, 암살을 꾸미듯
선전포고도 없이 전쟁을 일으킨 시리아 왕에게
항거하여 화염의 진영으로 뒤덮인 도단의
불타는 산 위에 나타난 광휘⁴³⁾도 이보다는 못했다.
찬란한 천사 무리를 이끌고 내려선 대천사 미가엘은
낙원을 지키도록 부하 천사들 그 자리에
남겨두고, 홀로 아담의 거처
찾아 나선다. 이것을 못 볼 리 없는
아담은 이 위대한 손님이 다가오는
모습 보면서 하와에게 말한다.
“하와여, 우리를 멸망시키거나
우리가 지켜야 할 새 율법을 내릴

---

40) “대낮에도 밤처럼 너의 그늘을 드리워 쫓기는 그들을 숨겨주고 피난민을 가려주어라”《이사야》
16 : 3).

41) “그분의 모습은 벽옥과 홍옥 같았으며 그 옥좌 둘레에는 비취와 같은 무지개가 걸려 있었습니
다”《요한계시록》 4 : 3).

42) “야곱도 길을 떠났다. 그는 도중에 하느님의 사역꾼들과 마주쳤다. 야곱은 그들을 보고 ‘이곳
이 하느님의 진지구나’ 하면서 그곳을 마하나임이라 하였다”《창세기》 32 : 2~3).

43) 엘리사가 도단에서 시리아군에 포위되었을 때 하느님이 보낸 “불말을 탄 기마부대와 불병거부
대가 엘리사를 둘러싸고” 그를 지켰다고 한다《열왕기하》 6 : 13~17).

놀라운 소식이 우리에게 전해질 것이오. 저
산을 뒤덮은 찬란한 구름 사이로 천군 가운데
하나가 나오는 모습이 보이오. 그 걸음걸이로
보아 비천한 자 아니고, 그 위엄[44]으로 보아
하늘의 위대한 능품천사이거나 어쩌면 더 높은
좌품천사일지도 모르오. 몸이 얼어붙을 만큼
무시무시한 기운은 풍기지 않으나, 라파엘[45]처럼 털어놓고
이야기 나눌 수 있을 만큼 가까워 보이지도 않으며,
엄숙하고 고매해 보이오. 예의 어긋남 없이 정중히
그를 맞아야 하니 그대는 물러가 있으시오."
그의 말 끝나자마자 대천사가 다가온다. 그 모습
하늘에서 내려온 사자가 아니라 이 세상 사람이
같은 사람을 만나러 온 듯하다. 빛나는 갑옷 위에 입은
자줏빛 군복은 옛날 제왕과 영웅이 휴전 때 입던
멜리보이아나 사라[46]의 자줏빛보다 더 뚜렷하다.
일곱 빛깔로 빛나는 그 옷감은 이리스[47]가
물들였다. 별빛처럼 빛나는 투구 벗으니
그는 젊음을 지나 인생의 한창때에 이른 장년의 모습이다.
그 허리에는 빛나는 황도 한가운데
걸려 있듯, 사탄이 몹시 두려워했던
그 칼[48]이 걸려 있고, 손에는 창이 쥐어져 있다.

---

44) "야훼께서 위엄을 옷으로 입으시고 왕위에 오르셨다. 야훼께서 그 위엄 위에 능력을 띠 삼아 동이셨다. 세상을 흔들리지 않게 든든히 세우셨고"(《시편》 93 : 1).
45) 제5편에서 라파엘은 "다감한 영"이라고 불렸다.
46) 멜리보이아는 테살리아의 오사산 기슭에 있던 마을로, 그곳의 자주색 염료는 《아이네이스》에도 소개되어 있다. 사라는 고대 페니키아의 항구도시 티로스의 다른 이름이다. 예부터 자주색 염료의 집산지로 유명했다.
47) 미가엘의 군복이 자주색인 점으로 보아 이리스는 아이리스(창포)를 뜻하지만, 밀턴은 이리스가 그리스신화에 나오는 무지개 여신인 점까지 고려했다. 무지개는 신이 인간에게 보이는 계약의 상징이다.
48) 제6편 참조.

아담이 머리 숙여 절을 하니, 그는 왕다운 위풍
꺾지 않고 그가 찾아온 뜻을 말한다.
"아담이여, 하늘의 지엄한 분부에 서론은 필요 없도다.
그러나 이것만은 전하노라. 그대의 기도는 받아들여졌으며,
그대가 죄 범했을 때 선고된 죽음은
오래도록 포획물 얻지 못하리니,
하느님의 은혜로 주어진 그 기간에 그대는
회개하고 많은 선행으로써 그 한 가지 악행을
감쌀 수 있노라.[49] 그러면 그대의 주님은
노여움 푸시고 죽음의 탐욕스런 손아귀에서
그대를 구하리라. 그러나 이 낙원에서 사는 것은
더는 허용되지 않도다. 나는 그대를 낙원에서
추방하여 그대가 태어난 곳이자 그대에게 가장
알맞은 흙을 갈며 살도록 하러 왔노라."
그 이상 아무 말도 하지 않았다. 충격을 받은
아담은 오감이 마비되는 비통함에
떨며 서 있다. 숨어서 듣고 있던
하와가 소리 내어 슬피 우니,
그녀가 숨은 곳 이내 드러난다.
"아, 이 무슨 날벼락인가! 죽음보다 가혹하다!
낙원이여, 이렇게 너를 떠나야 하는가? 이렇게
내 고향을 떠나야만 하는가, 이 행복한 길과
그늘과 신들이 사는 곳 같은 이곳을? 우리 두
사람이 죽는다 해도 남은 삶을 슬프지만
여기서 평온하게 보내려 했거늘. 아, 꽃들이여,
너희는 다른 땅에서 자라지 못하리라. 이른 아침부터
늦은 저녁까지 내가 언제나 둘러보며 첫 봉오리 맺을

---

49) "모든 일에 앞서 서로 진정으로 사랑하십시오. 사랑은 허다한 죄를 용서해 줍니다"(〈베드로전
서〉 4 : 8).

때부터 정성껏 가꾸고 이름까지 붙여주었는데[50]
앞으로는 누가 너희를 돌봐주랴. 누가
해를 보게 하고 종류대로 늘어놓고
향기로운 샘에서 물을 떠다주랴. 그리고
너 결혼의 정자여, 아름답고 향기 좋은
것으로 내가 꾸며 주었던 너와 어찌
헤어져 낮은 세계로 내려가 그 어둡고
거친 곳을 헤맨단 말이냐.
불멸의 열매에 익숙한 몸이 어찌 다른
세계의 혼탁한 공기를 마시며 살아가랴."
천사는 부드럽게 그의 말을 가로막는다.
"하와여, 슬퍼하지 말고 율법에 따라 잃어
마땅한 것은 참고 체념하라. 그대 소유 아닌 것을
아쉬워하며 애태우지 말라. 그대와 함께
그대 남편도 가리니, 가는 길 외롭지
않으리라. 그대는 남편을 따라
그가 사는 곳 그대의 고향으로 생각하라."
아담은 갑작스런 슬픈 소식에 낙담했으나
이내 생기 되찾아 흐트러진 마음을 가다듬고
미가엘에게 겸허히 말한다.
"높은 하늘의 사자시여, 좌품천사 가운데 한 분이신지
그중의 지존자신지 모르나, 천사 가운데 천사로
보이나이다. 당신은 듣기만 해도 우리를 상처주고
집행되면 바로 우리를 파멸시킬 하느님의 전갈을
참으로 친절하게 전해 주시었나이다.
당신은 우리의 약한 마음이 견뎌낼 수 있다 하더라도
역시 슬프고 괴롭고 절망스러운 소식을 전하시어

---

50) 아담은 짐승과 새에게, 하와는 꽃과 식물에게 이름을 지어주었다.

즐거운 은신처, 우리 눈에 익은 유일한
위안처인 이 행복한 곳에서 떠날 것을
명하셨나이다. 이 밖의 다른 곳은 모두
적막하고 거칠어 보이고, 우리를 모르며
우리에게 알려지지도 않았나이다.
끊임없는 기도로써 전능하신 그분의 뜻을
돌릴 수만 있다면[51] 끈기 있게 기도하고
울부짖고 애원하겠나이다. 그러나 그분의 절대적
명령 거역하는 기도는 바람을 거스르며
내뿜는 숨결처럼 되돌아와 숨 쉬는 자를
질식시키듯 헛될 뿐이니, 나는 그분의 대명에
복종하겠나이다. 다만 괴로운 것은 여기서
떠나면 그분의 얼굴에서 가려지리니[52]
거룩한 그분을 뵈올 수 없다는 것이나이다.
이곳에서는 그분께서 그 거룩한 존영
나타내신 곳을 수없이 찾아와 예배드리며 내
아들들에게, 이 산에 그분은 나타나셨더니라,
이 나무 밑에서 그분의 모습 보였고, 이 소나무들
사이에서 그분의 목소리 들려왔으며
이 샘가에서 그분과 말씀 나누었다고
말해줄 수 있으련만. 그리고 많은 감사의 제단
풀과 흙으로 쌓아 올리고, 개울에서

---

51) 〈누가복음〉(18 : 1~9)에서, 어느 과부의 청에 못 이겨 끝내 재판을 해준 고약한 재판관에 대해 예수는 "하느님께서 택하신 백성이 밤낮 부르짖는데도 올바르게 판결해 주지 않으시고 오랫동안 그대로 내버려두실 것 같으냐"라고 말하며, 하느님이 기도를 들어줄 가능성을 인정한다. 그러나 아담은 추방에 관한 한 하느님의 뜻은 절대적이며 아무리 기도해도 바꾸지 못한다고 말한다.

52) 동생 아벨을 죽인 죄로 하느님에게 추방이라는 저주를 받은 카인이 하느님에게 말했다. "오늘 이 땅에서 저를 아주 쫓아내시니, 저는 이제 하느님을 뵙지 못하고 세상을 떠돌아다니게 되었습니다. 저를 만나는 사람마다 저를 죽이려고 할 것입니다"〈창세기〉 4 : 14).

광채 나는 돌 가져다 쌓아 올려, 대대로 남길
기념비로 삼아 그 위에 향기로운 수액과
열매와 꽃을 바치련만. 이제 하계로
가면 어디서 그 빛나는 모습 찾고, 그분의
발자취 더듬겠나이까? 그분의 노여움
피했음에도 다시 부름받아 생명이 연장되고
자손에 대한 약속받았으니, 이제 나는
기꺼이 그 영광의 옷자락[53] 우러르며
멀리서 그 발자국 경배하겠나이다."
인자한 눈길로 미가엘이 말한다.
"아담이여, 이 바위뿐 아니라 하늘도 온 땅도
그분의 것[54]임을 그대도 알리라. 하느님은
육지와 바다와 하늘 그리고 온갖 생물에
편재하시며,[55] 그 성덕으로 품어
따뜻하게 해주시니라. 온 땅을 그대에게
주시어 다스리게 하셨으니 실로 위대한
선물이로다. 그러니 그분이 이 낙원과 에덴이라는
좁은 지역에만 국한되었다고 생각지 말라.
그 일 아니었다면, 이곳은 그대의 으뜸 고장으로서, 이곳에서
온 인류가 퍼져 나갔을 것이며, 또 모두가 이곳에 모여
위대한 조상인 그대를 찬양하고
숭배했을 것이다. 그러나 그대는 이 우월함을

---

53) "우찌야 왕이 죽던 해에 나는 야훼께서 드높은 보좌에 앉아 계시는 것을 보았다. 그의 옷자락
은 성소를 덮고 있었다"(《이사야》 6 : 1).

54) "사람들이 아버지께 예배를 드릴 때에 '이 산이다' 또는 '예루살렘이다' 하고 굳이 장소를 가리지
않아도 될 때가 올 것이다"(《요한복음》 4 : 21). 시인이 "이 산" 대신 "이 바위"라고 한 것에는 "너는
베드로이다. 내가 이 반석 위에 내 교회를 세울 터인즉 죽음의 힘도 감히 그것을 누르지 못할
것이다"(《마태복음》 16 : 18)라는 예수의 말에 대한 가톨릭적 해석에 대한 비판이 담겨 있다.

55) "내 말을 똑똑히 들어라. 내가 가까운 곳에만 있고 먼 곳에는 없는 신인 줄 아느냐? 사람이 제
아무리 숨어도 내 눈에서 벗어날 길은 없다. 똑똑히 들어라. 하늘과 땅 어디를 가나 내가 없는
곳은 없다"(《예레미야》 23 : 23~24).

잃고 하계로 추방되어 그대의 자손들과 함께
같은 평지에서 살게 되었느니라. 그러나 의심하지
말라. 하느님은 이곳에 계시듯 골짜기에도
들에도 계시니 그대는 여기 있을 때와 같이
그분 뵈옵고, 그분의 존재 나타내는 여러 표징을
보며 선과 아버지의 사랑으로 끊임없이
감싸주는 성스러운 얼굴과 거룩한 발자취
보리라. 나는 그대가 이곳 떠나기 전에 이 점
믿고 확인하도록, 그대와 그대 아들들에게
앞으로[56] 일어날 일 보여주고자
왔노라. 하늘의 은총은 인간의
죄악과 다투나니, 선과 악을 함께 들을
각오하라. 이로써 참된 인내[57] 배우고
행복이든 불행이든 스스로를 제어하며[58] 견디는
습성 길러, 기쁨을 느낄 때에도 두려움과 경건한
슬픔을 더불어[59] 느끼도록 하라. 그러면 너는
가장 편안한 생애 보낼 수 있고
마음의 준비 충실하여 죽음이 왔을 때도
그것을 견딜 수 있으리라. 이 산에
오르라. 하와는 (내가 그 눈을 잠들게
했으니) 일찍이 그녀가 생명을 얻을 때
그대가 잠들어 있었듯, 그대가 미래를 보는 동안

---

56) 아담은 인류의 미래에 대한 환영을 보게 되는데, 《아이네이스》에서 아이네이아스가 로마의 환
    영을 보는 등 서사시에는 이러한 이야기가 많다. 성서에서는 하느님의 환영이 다니엘에게 나타
    나 "너의 겨레가 훗날에 당할 일을 일러주려고 왔다. 또 그때 일을 환상으로 보여줄 것도 있다"
    라고 말했다(《다니엘》 10 : 14).
57) 그리스도교적 인내를 말하며 이교적·금욕주의적인 인내와는 다르다. 제2편 참조.
58) 원문은 "By moderation"으로 '중용을 중시하는 마음으로'라는 뜻이다. 중용(절도) 개념은 본디
    금욕주의적이나 여기서는 그리스도교적 의미로 쓰였다.
59) "경건되이 야훼께 예배드리고 두려워 떨며 그 발 아래 꿇어 엎드려라"(《시편》 2 : 11).

이 산 아래서 잠자도록 두어라."

아담은 감사하며 기쁘게 대답한다.

"먼저 오르소서, 안내자시여. 당신이 이끄는 대로

나는 따르리다. 아무리 괴로워도 하늘의

손길이 이끄는 대로 복종하고, 인내로써

이겨내고자 무기를 쥐고 내 가슴을 재난 앞에

드러내어 노력으로써 얻는 휴식을 취하리이다.[60]

내 힘으로 그렇게 할 수만 있다면." 이리하여

둘이 함께 하느님이 보이신 환영에 이끌려[61]

산을 오른다. 낙원에서 제일 높은 산

그 꼭대기에 서서 보니 대지의 반구를

한눈에 환히 내려다볼 수 있다.

황야의 유혹자가 이유는 다르지만

우리의 두 번째 아담을 데리고 가 온 세계의

왕국들과 부귀영화를 보여준 그 산[62]도 이보다

높지 않고 전망도 넓지 않았다. 이 산에서

아담의 눈길은 강대한 제국의

자리, 고금의 이름 높은 왕도의 옛터,

카세이의 칸이 살던 캄발루[63]에서 뒷날 나타날

---

60) "하느님께서 당신의 일을 마치고 쉬신 것처럼 하느님의 안식처에 들어간 이도 그의 일손을 멈
추고 쉬는 것입니다. 그러니 우리도 그 안식을 누리도록 힘써야겠습니다. 옛사람들처럼 순종하
지 않다가 낭패를 보아서야 되겠습니까?"(〈히브리서〉 4 : 10~11), "내가 바라는 것은 그리스도를
알고 그리스도의 부활의 능력을 깨닫고 그리스도와 고난을 같이 나누고 그리스도와 같이 죽
는 것입니다. 그러다가 마침내 죽은 자들 가운데서 다시 살아나기를 바랍니다"(〈빌립보서〉
3 : 10~11).

61) "야훼께서 손수 나를 잡으시어 수도로 데리고 가셨다. 신비스러운 발현 속에서 하느님께서 나
를 고국 이스라엘로 데리고 가시어 매우 높은 산에 내려놓으셨다. 그 산 위에는 남쪽으로 성읍
하나만 한 건물이 서 있었다"(〈에스겔〉 40 : 1~2).

62) "악마는 다시 아주 높은 산으로 예수를 데리고 가서 세상의 모든 나라와 그 화려한 모습을 보
여주며"(〈마태복음〉 4 : 8). 이 산에서 사탄이 예수를 유혹하는 내용은 밀턴의 《복낙원》에 나와
있다.

63) 캄발루는 칸의 수도라는 뜻으로, 밀턴은 중국과는 다른 나라 카세이의 수도에서 만리장성이

만리장성, 옥수스강 기슭 티무르의 궁전이
있는 사마르칸트⁶⁴⁾에서 중국의 여러 제왕들의
수도 베이징까지, 그리고 대무굴제국⁶⁵⁾의 아그라와
라호르까지 내려가서 황금반도⁶⁶⁾까지,
또는 페르시아 왕이 수도를 정한 에크바탄⁶⁷⁾ 및
나중에 그곳을 대신한 이스파한,⁶⁸⁾ 또는 러시아
황제의 도시 모스크바까지, 또는 투르키스탄에서 태어난
튀르크 황제가 수도로 삼은 비잔티움⁶⁹⁾에까지
이르렀다. 그뿐 아니라 아담의 눈은
머나먼 항구도시 에르코코⁷⁰⁾에 이르는 드넓은 에티오피아
황제의 영토, 그리고 작은 해양국 몸바사, 킬로아, 멜린드,
옛날 오빌이라고 여겼던 소팔라⁷¹⁾ 및 콩고 지방과
그 남쪽 앙골라에 이르고, 그다음에는
니제르강에서 아틀라스산까지, 그리고

시작된다고 생각했다.

64) 우즈베키스탄에 있는 도시로, 티무르(1336~1405)는 이곳을 제국의 수도로 정했다. 옥수스강은 파미르고원에서 아랄해로 흐르며, 현재 이름은 아무다리야강이다.

65) 티무르의 자손 바부르와 악바르가 인도에 세운 이슬람제국으로, 수도는 처음에 아그라였으나 나중에 라호르로 천도했다.

66) 말레이반도의 말라카 지방을 말한다.

67) 정확히는 에크바타나로, 현재 이름은 하마단(이란 서부의 소도시)이다. 일찍이 페르시아 왕은 여름 동안 이곳에서 정무를 보았다.

68) 16세기부터 18세기까지 페르시아 제국의 수도였다.

69) 보스포루스 해협 서해안에 위치한 이 도시는 나중에 콘스탄티노플, 이스탄불로 이름이 바뀌었다. 튀르크 황제의 시조는 투르키스탄(파미르고원 및 톈산(天山)산맥을 중심으로 한 광대한 지역)에서 나왔다고 한다.

70) 홍해와 인접한 항구도시로, 현재의 에르키코를 말한다.

71) 몸바사는 케냐 남부의 항구도시, 킬로아는 탄자니아 남부의 항구도시로 현재의 킬와키시아니를 말한다. 멜린드는 몸바사 북쪽에 있는 항구도시로 케냐에 속하며, 현재 이름은 말린디. 소팔라는 모잠비크공화국의 항구도시로, 예부터 성서에 금의 집산지로 나오는 오빌과 동일시되었다. "그 상선들은 오빌 지방으로 가서 금 사백이십 달란트를 실어 와 솔로몬에게 바쳤다"(《열왕기상》9 : 28) 참조. 그러나 오빌이 어디에 있었는지에 대한 정설은 없으며, 황금반도가 오빌이라는 설도 있다. 이러한 항구도시들은 아프리카 동쪽 해안에 위치한다.

알만수르의 제왕국인 페즈, 수스,

모로코, 알제 및 트레미센[72]에 이른다.

다음으로는 유럽, 로마가 다스린 영토,

어쩌면 영안(靈眼)을 통해 몬테수마[73]의 나라인

풍요로운 멕시코, 아타발리파[74]의 가장 부유한

나라였던 페루의 쿠스코, 아직 약탈당하지 않은

기아나,[75] 게리온[76]의 아들들이 엘도라도라

불렀던 그 위대한 도시 등도 보았으리라.

그러나 미가엘은 더 고귀한 광경을 보도록

아담의 눈에서 얇은 막을 걷어낸다.[77]

이 막은 밝은 시력을 약속한다는 말에 그가 먹은

그 허위의 열매 때문에 생긴 것이었다. 미가엘은

보여줄 것이 아직도 많았으므로 앵초와 회향[78]으로

아담의 시신경을 정화하고, 생명의 샘[79]에서 물을 세 방울

---

72) 아담의 시선은 아프리카 서해안, 즉 북부 바바리 해안으로 향한다. 아틀라스산은 모로코, 알제리, 튀니지에 이르러 뻗어 있는 아틀라스산맥을 말한다. 알만수르는 바그다드를 세운 알만수르(712?~75)가 아니라 같은 이름의 코르도바 군주(939~1002)를 가리키는 듯하다. 이 이슬람 군주는 페즈(모로코 북부 도시), 수스(모로코 남서부 도시 이름이라고도 하고 튀니지의 도시 튀니스의 옛 이름이라고도 한다), 모로코, 알제(현재의 알제리 수도), 트레미센(현재 이름은 틀렘센, 알제리 북서부의 도시) 등 여러 지방을 정복했다고 한다.

73) 멕시코 아즈텍족의 마지막 황제로, 1520년 에스파냐의 코르테스에게 목숨을 잃었다.

74) 잉카제국 마지막 황제 아타우알파(1500?~33). 수도 쿠스코에 군림했으나 에스파냐의 피사로에게 목숨을 잃었다.

75) 남미 북동부의 드넓은 지역으로, 그 수도 마노아가 바로 에스파냐 사람들이 말한 황금도시(엘도라도)로 추정된다.

76) 그리스신화에 나오는 머리 셋, 몸 셋을 가진 괴물로 헤라클레스의 손에 죽었다. 그가 살던 섬(에리테이아)이 에스파냐에 있었던 점과, 또 권모술수에 능한 에스파냐 사람에 대한 반감 때문에 일찍부터 이 괴물이 스페인 사람의 조상이라고 말해왔다. 단테는 이 괴물을 기만의 화신(《신곡》 〈지옥편〉)으로 보았고, 스펜서는 에스파냐적 압제의 화신으로 보았다(《요정의 여왕》).

77) 《일리아스》에 팔라스 아테나가 디오메데스에게 "네 눈에 끼어 있던 안개를 걷어주었노라"라고 말하는 대목이 있다.

78) "euphrasy(앵초)"는 어원적으로 기쁨을 뜻하고, "rue(회향)"에는 슬픔이라는 뜻도 있다. 둘 다 눈에 좋은 약초이면서, 기쁨과 슬픔의 감정을 적당히 제어하며 들어야 한다는 뜻이 담겨 있다.

79) "생명의 샘 정녕 당신께 있고 우리 앞길은 당신의 빛을 받아 환합니다"(《시편》 36 : 9).

떠서 주입한다. 이 성분의 힘이 깊이
심안(心眼)의 안쪽까지 뚫고 들어가니
아담은 결국 어쩔 수 없이 눈을 감고
바닥에 쓰러져 완전한 실신상태[80]에
빠진다. 그러나 친절한 천사는
곧 그의 손을 잡아 일으켜
그의 정신을 일깨우고자 말한다.
"아담이여, 눈을 뜨라. 그대에게서 태어날
자들에게 그대의 원죄가 어떤 결과를 빚는지
보라. 저들은 금단의 나무에 손도 대지 않았고
뱀과 음모를 꾸미지도, 그대와 같은 죄를
범하지도 않았지만, 그대의 죄로 타락하여
온갖 흉악한 폭력행위를 저지르게 되느니라."
아담은 눈을 뜨고 들을 본다. 한쪽은
경작지여서 갓 벤 곡식 단이 쌓여 있고,
다른 쪽에는 양의 목장과 우리가 있다.
들 한가운데에 풀과 흙으로 쌓은 소박한 제단이
지표(地標)처럼 서 있다. 머지않아 그 제단으로
땀 흘리며 한 추수꾼이 손닿는 대로
그러모은 햇과일과 푸른 이삭과
노란 다발 등 첫 수확물을 가져온다. 그다음에는
온유한 목양자가 양의 첫배 새끼 가운데에서
가장 좋은 것을 골라 가지고 와서 창자와
지방에 향을 뿌리고 쪼갠 장작 위에
제물로 올린 뒤 제사를 올린다.
곧이어 하늘에서 내려온 은혜의 불, 섬광이[81]

---

80) "혼자 남아서 그 장엄한 모습을 보다가 나는 사색이 되었다. 맥이 빠져 꼼짝할 수 없게 되었다"
《다니엘》 10 : 8).
81) "야훼 앞으로부터 불이 나와 제단 위의 번제물과 기름기를 살라버렸다. 온 백성이 그것을 보고

그 제물을 태우자 상쾌한 수증기가
피어올랐다. 그러나 다른 사내의 것은 성의가
없었으므로 그렇게 되지 않았다. 그것을 보고
추수꾼은 속으로 노하여 몇 마디 이야기 끝에
돌로 목양자의 배 한복판을 쳐서 치명상을 입힌다.
그는 쓰러져 백지장처럼 하얘지며 솟구치는
피 쏟으며 신음하다가 숨을 거둔다.[82]
그 광경을 본 아담은 크게 놀라고 마음의 고통
참다못해 천사에게 재빨리 소리친다.
"아, 스승이시여, 제물을 잘 바쳤건만 저 온유한
사람에게 큰 재난이 일어났나이다. 경건과
순결한 헌신이 이러한 보답을 받나이까?"
마찬가지로 슬픔에 잠겨 있던 미가엘이 대답한다.
"아담이여, 이 두 사람은 형제이고 그대의 피를 이어
태어날 자들이니라. 동생의 제물에 하늘이
기뻐하는 것을 보고 시기하여 의롭지 못한 형이
의로운 동생을 죽였느니라. 그러나 피 흘리는
일에는 복수가 따를 것이고, 동생의 믿음[83]은
인정되어 보답을 받으리라. 비록 이때는 죽어
먼지와 흙탕에 뒹굴지라도." 그 말에 우리 조상은 답한다.
"아, 행동과 동기 모두 슬프나이다!
그런데 지금 내가 본 것이 죽음이옵니까?
이렇게 나도 본디의 흙으로 돌아가는 것이나이까?
아, 참으로 무서운 광경이로다. 보기만 해도 추악하고

환성을 올리며 땅에 엎드렸다"(《레위기》9 : 24, 〈역대상〉21 : 26 등 참조).
82) 아담 앞에 카인이 아벨을 살해하는 광경이 펼쳐진다(《창세기》제4장 참조).
83) "아벨은 믿음으로 카인의 것보다 더 나은 제물을 하느님께 바쳤습니다. 그 믿음을 보신 하느님
께서는 그의 예물을 기꺼이 받으시고 그를 올바른 사람으로 인정해 주셨습니다. 그는 믿음으
로 죽은 후에도 여전히 말을 하고 있습니다"(《히브리서》11 : 4).

생각만 해도 무섭고 소름 끼치나이다!"

미가엘이 아담에게 말한다. "그대는 인간 죽음의
최초 모습을 보았도다. 그러나 죽음의 모습
여러 가지이고, 그 처참한 동굴[84]로 이어지는 길도
여러 갈래니라. 모두가 음산하지만 안쪽보다 입구가
더욱 무서우리라. 그대가 보았듯 어떤 자들은
폭행이나 화재·홍수·기근으로 죽고,
그보다 더 많은 자들이 과음과 과식 같은 무절제로
죽으리니, 그로 인해 무서운 질병이
지상에 생겨나리라. 그 병에 걸린 기괴한
환자들이 곧 그대 앞에 나타날 터, 하와의
파계(破戒)가 인간에게 어떤 불행을 가져오는지
그대도 잘 보라." 순간 그의 눈앞에 나환자
수용소[85]인 듯한 슬프고 소란하고 어두운
장소가 나타난다. 그 안에 온갖 질병에 걸린 환자들이
누워 있다. 소름 끼치는 경련, 고문과 다름없는
고통, 심장을 옥죄는 발작을 일으키고 여러 가지
열병, 발작, 간질, 격렬한 카타르,
장결석, 궤양, 급경련통, 마귀 들려 생기는 정신착란,
풀 죽은 우울증, 달의 저주받은 광기,[86]
점점 야위어가는 위축병, 소모증, 수종,
천식, 인구를 괴멸하는 흑사병,[87]

---

84) 지하에 있는 죽은 자들의 나라. 밀턴이 《아이네이스》에 묘사된 "깊은 동굴" 이미지와 구약성서에 나오는 저승의 이미지를 염두에 두었을 것이다.

85) 원문을 보면 "lazar—house" 즉 "종기투성이의 몸으로 앉아"(《누가복음》 16 : 20) 있는 거지 라자로의 집이지만, 밀턴은 나병 및 온갖 피부병 같은 질병을 위한 병원으로 생각했다.

86) 달의 저주를 받으면 미치광이가 된다는 미신이 있었다. "밤의 달이 너를 해치지 못하리라"(《시편》 121 : 6).

87) "마귀~흑사병" 부분은 초판(1667)에는 없고 제2판(1674)부터 추가되었다. "인구를 괴멸하는 흑사병"을 추가한 것은 1665~66년에 런던을 덮친 페스트(흑사병)의 기억이 생생하게 남아 있었기 때문이리라.

뼈마디가 쑤시는 관절염을 앓는 환자들.
무섭게 나뒹굴고 신음 소리 처절하다. 절망이
바삐 병상에서 병상으로 뛰어다니며 환자를
돌본다. 죽음은 환자들 머리맡에서 의기양양하게 창을
휘두르지만, 그들이 그 일격을 최선의 선물, 최후의
희망으로서 간절히 바라는데도[88] 좀처럼
응하지 않는다. 이런 잔혹한 광경, 목석같은
사람인들 눈물 없이 볼 수 있으랴. 아담은
비록 여자에게서 태어나진 않았지만
견딜 수 없어 운다. 연민의 정이 그의 남성성
누르고 잠시 눈물 자아내지만, 이윽고
본성 되살아나 과도한 슬픔 스스로 억누르고
말할 기운을 되찾아 마음속 고뇌 쏟아낸다.
"아, 비참한 인간! 얼마나 타락하였기에
이러한 참상 속에 빠져야 하는가! 이럴 바엔
차라리 태어나지 않은 것이 좋았으리라. 어째서
주어진 생명 이렇게 쥐어틀려 빼앗기나이까?
아니 왜 억지로 생명을 강요하시나이까?
무얼 받을지 알았더라면 누구든 생명 준다 해도
거부하거나[89] 받아도 곧바로 버리고
조용히 해방되기를 바랄 터이거늘. 하느님의 모습[90]을
받은 인간은 전에는 그토록 훌륭하고 곧게[91]
창조되었는데 그 뒤 죄를 지었다 하여 이렇게
비인간적 고통에 울부짖으며 잔혹한 고뇌에

---

88) 소포클레스의 《필로크테테스》에서 주인공은 죽음을 향해 말한다. "아, 죽음이여, 사신이여, 하루에 수차례나 불러도 왜 와주지 않는가."
89) 이는 금욕주의적인 생각이다. 세네카는 말했다. "인생이 제공되어도, 그것이 무엇인지 아는 사람은 거부하리라"(《위안에 대하여》).
90) "정확히 그 모습 그대로 하느님이 그대를 만드셨고"(제7편 참고).
91) "몸을 곧게 펴고"(제7편) 등 참조.

괴로워해야 하나이까. 인간은 어느 정도 하느님과
모습 비슷하니 이런 참상에서 벗어나고 그 고통
면하는 것이 도리가 아니겠나이까."
"창조주의 모습은" 미가엘이 대답한다.
"인간이 스스로 타락하여 무절제한 식욕의
노예가 되고, 섬기던 자의 모습을 스스로의 모습으로
삼았을 때(이런 발칙한 악덕이 하와의
죄를 유발했도다), 그들을 저버렸도다. 그래서
인간이 비참한 형벌을 받게 된 것이니, 이는 하느님 아닌
자신의 모습 추하게 한 것이다.
예컨대 하느님 모습마저 더럽힌 것이라 한다면 일찍이
순결한 자연의 법칙을 혐오스러운
질병으로 바꾸어놓은 인간의 그 더러운 손길
탓이로다. 그들이 자신 속 하느님의 모습 존중치 않으니
사태가 이리됨이 마땅하니라."
"지당하시나이다." 아담은 수긍하며 말한다.
"내가 어찌 감히 반대하리오. 그러나 이 괴로운 길
이외에 우리가 죽음에 이르러 본디 같은 성질인
저 흙으로 돌아가는 다른 길은 없나이까?"
"있느니라." 미가엘이 대답한다. "만약 그대
'도를 넘지 말라'[92]는 법을 잘 지키고 먹고 마실 때
절제의 명에 따라 탐식의 쾌락에 빠지지
않고 적절한 영양 구하는 가운데 그대
머리 위로 수많은 세월 가기를 기다린다면. 그러면
그대는 마침내 잘 익은 열매[93]처럼 어머니 대지의

---

92) 델포이신전에는 "무슨 일에건 도를 넘지 말라"와 "너 자신을 알라"라는 두 표어가 새겨져 있었
다. 아리스토텔레스도 《니코마코스 윤리학》에서 절제를 이야기했다.
93) 이 비유는 키케로의 《노년론》으로 거슬러 올라간다. "자네는 무덤에 이르도록 건장하리니 곡
식이 영글어 타작마당에 이름과 같을 일세"(《욥기》 5 : 26).

무릎 위로 떨어지거나, 거칠게 꺾이는 일 없이
성숙한 죽음에 이를 수 있으리라. 이것을
노년이라 부르는 바, 그때가 되면
그대는 젊음과 힘과 아름다움을 잃으리라.
시들어 약해지고 백발로 바뀌며, 감각도
둔해지고, 지금의 그대와 달리 모든 쾌감도
사라지리라. 희망과 환희에 찬 청춘의
혈기 대신에 차갑고 메마르며 우울한 무기력[94]이
그대 핏속에 퍼져 그대의 활기를
가라앉히고 마침내 생명의 향기를
소멸시키리라." 이에 우리 조상은 미가엘에게 말한다.
"이제 나는 죽음을 피하지 않고 생명을
연장하려고도 하지 않겠나이다. 나의 정해진 생명을
반환하는 날까지 짊어져야 하는 이 무거운 짐을
어떻게 하면 아름답고 편안하게 벗을 수
있을지를 생각하며, 끈기 있게 나의 죽음을
기다리겠나이다."[95] 미가엘은 대답한다.
"생명을 사랑하지도 미워하지도 말며, 사는 동안
소중히 여기라. 생의 길고 짧음은 하늘에 맡기라.[96]
자, 이번에는 다른 광경을 보여주겠노라."
아담이 주변을 둘러보니 넓은 들판이 보인다. 한쪽에

---

94) 고대 생리학에서는 몸 안에 흑담즙이라는 차고 메마른 체액이 주도권을 잡으면 그 사람은 우
    울해진다고 보았다. 젊은 몸에서는 체액의 하나인 혈액이 주도권을 잡는다.
95) "끈기 있게 나의 죽음을 기다리겠나이다," 이 부분은 제2판에서 추가되었다. 시인의 마음이 금
    욕주의가 아닌 참된 그리스도교적 인내를 깊이 추구하고 있음을 알 수 있다.
96) 아담의 말 속에 아직 집착이 남아 있음을 보고 미가엘은 집착을 버릴 필요성을 설명한다. "그
    대는 최후의 날을 두려워하지 말고 추구하지 말지어다"(마르티알리스 《에피그램집》)가 미가엘이
    전반부에 말한 내용의 배경이고, 후반부 내용의 배경은 다음과 같다. "우리들 가운데는 자기
    자신을 위해서 사는 사람도 없고 자기 자신을 위해서 죽는 사람도 없습니다. 우리는 살아도 주
    님을 위해서 살고 죽더라도 주님을 위해서 죽습니다. 그러므로 우리는 살아도 주님의 것이고
    죽어도 주님의 것입니다"(로마서) 14 : 7~8).

여러 가지 천막들이 있고 근처에는 가축 떼가 풀을 뜯고
있다. 다른 천막들에서는 가락 고운 악기,
하프와 피리 선율 들려오고 현악기와
건반악기를 연주하는 이들도 보인다. 경쾌하게
움직이는 손끝을 따라
높고 낮은 음계들이 저마다 쫓고
쫓기듯 울려 퍼진다. 다른 곳에서는 한 사내가
대장간에서 일하고 있는데 묵직한
쇠와 놋 두 덩이를 녹여서 (그러나 그것이 우연히
일어난 산불에 땅속 광맥이 녹아
흘러나온 것을 발견한 것인지 아니면
땅 밑에서 물에 씻겨 나온 것인지는 알 수 없다)[97]
그 쇳물을 준비된 알맞은 거푸집에 붓는다.
그것으로 우선 자기가 쓸 여러 도구를 만들고
이어서 연철로 된
이런저런 물건을 만들었다.[98] 그 광경 사라지자 이번에는
이쪽 근처 높은 산에서 그곳을 거주지로 삼은 다른 종족이
들판으로 내려오는 모습이 보인다.[99] 행동으로
미루어 바르게 하느님을 숭배하고 숨김없는
그의 성업을 알아보며, 인간을
위하여 자유와 평화 보존에 힘을 기울이는
의로운 사람들인 듯했다. 그들이 들을 얼마간
걸어가자, 갑자기 그 앞에 보석과 음란한

---

97) 인류의 금속 발견에 대해 이와 비슷한 내용이 루크레티우스의 《만물의 본성에 대하여》에도
나와 있다.
98) "아다가 낳은 야발은 장막에서 살며 양을 치는 목자들의 조상이 되고 그의 아우 유발은 거문
고를 뜯고 통소를 부는 악사의 조상이 되었으며 실라가 낳은 두발카인은 구리와 쇠를 다루는
대장장이가 되었다"(《창세기》 4 : 20~22). 이 세 사람은 카인의 후손이다.
99) 아벨을 죽인 뒤 카인은 "하느님 앞에서 물러나와 에덴 동쪽 놋이라는 곳에 자리를 잡았다"(《창
세기》 4 : 16). 따라서 아담은 카인의 후손 모습을 동쪽에서 본 것이다.

옷 화려하게 두른 미녀 무리가 막사에서 나온다.
그들은 수금 연주에 맞추어 감미로운 사랑 노래 부르며
무리 지어 춤추며 다가온다. 근엄하던 남자들은
여자들을 보고 순식간에 눈이 뒤집힌다.
결국 사랑의 그물에 단단히 걸려들어 왕성한 연정
억누르지 못하고 각자 마음에 드는 여자를 고른다.
그들이 사랑을 속삭이는 동안 이윽고
사랑의 선구자인 저녁샛별[100] 나타난다. 그러자 모두
피가 끓어올라 화촉 밝히고 히멘[101]을 불러
찬미케 했으니, 히멘이 혼례식에 부름받은 것은
이때가 처음이었다. 향연과 음악으로 막사가 온통
떠나갈 듯하다. 행복한 접촉과 영원한 사랑과
청춘이 자아내는 아름다운 광경, 노래와
화환과 꽃과 매혹적인 선율에 마음 끌려
아담은 곧 기쁨에 빠져들며 이것이 자연의 본디
경향이라고 생각한다. 그 마음을 미가엘에게 말한다.
"나의 눈을 뜨게 한 위대한 천사장이시여,
이 환상은 앞의 두 가지보다 훨씬 낫고
먼 평화의 날의 희망을 나타내는 듯하나이다.
앞의 환상은 증오와 죽음, 아니 더 심한 고통이었으나
여기서는 자연의 목적 다 이루어진 듯하나이다."
아담에게 미가엘이 말한다.
"자연에 적합해 보일지라도 무엇이 최선인지를
쾌락으로 판단치 마라. 인간은 본디 하느님과 비슷하도록
거룩하고 순결하게, 보다 고귀한 목적을 위해
창조되었느니라. 그대가 그토록 즐겁게 본

---

100) 저녁샛별은 영어로 사랑의 여신을 뜻하는 'Venus'이다.
101) 그리스신화에 나오는 결혼의 신. 아담과 하와가 결혼할 때에는 히멘을 언급하지 않고 여기서
    언급하는 것은 이교적인 분위기를 나타내기 위함이다.

막사는 악의 막사[102]로서 자기 형제를 죽인 자의
후손이 사는 곳이라. 그들은 자기 생활을
빛낼 기술 개발에 힘쓰는 보기 드문
발명자이나, 아무리 성령의 가르침을 받아도
창조주를 생각지 않고 그 은총에 감사할 줄 모르는
무리로다. 그러나 그들은 아름다운 자손을
낳으리라. 그대가 본 아름다운 여인들 겉보기에는
견줄 바 없이 쾌활하고 부드럽고 화려하여
여신 같지만, 가정의 의무나 정숙함 같은 여자의
가장 중요한 미덕은 전혀 갖추지 못했도다.
그들은 다만 정욕의 즐거움에 탐닉하고 노래하고
춤추고 치장하고 수다 떨고 추파 던지는 법만
배우며 자란 여자들이다. 하느님의 아들[103]이라 불리며
경건히 생활하던 저 근엄하고 진실한 남자들은
이 아름다운 배교자들의 간계와 미소에 굴복하여
어리석게도 모든 덕과 명예를 버리고
환락에 허우적대며[104] (머지않아
그렇게 되리라) 웃고 있는 것이니.
그 때문에 세상은 홍수처럼
눈물 흘리고 슬픔 속에 가라앉으리라."
아담은 짧은 기쁨 이내 잃고 천사에게
말한다. "아, 애석하고 부끄럽나이다. 그토록
정결한 삶을 살고자 하던 자들이 빗나가
타락하고 중도에서 좌절하다니! 그러나
남자의 고뇌는 늘 같은 길을 걸으며, 언제나

---

102) "주의 집 뜰 안이면 천 날보다 더 나은 하루, 악인의 편한 집에 살기보다는 차라리 하느님 집
문간을 택하리이다"(《시편》 84 : 10).
103) 《창세기》 6 : 1 이하 참조.
104) 원문은 "swim"이다. 나중에 아담이 보게 될 홍수의 전조이다.

여자에게서 시작된다는[105] 것을 알겠나이다."

"그것은 남자가 나약하고 해이해서 생기느니라."

천사는 말한다. "남자는 지혜와 하늘에서 받은 뛰어난

능력으로 그 지위를 잘 보존해야 하리라.[106]

그러나 이제는 다른 광경을 볼 준비를 하라."

쳐다보니 눈앞에 드넓은 지역이 펼쳐져

있다. 시가지와 그 사이의 촌락들,

높은 문과 탑이 있는 사람 많은 도시. 전쟁 앞두고

무장한 살기등등한 얼굴들, 기골이

장대하고 용감무쌍한 거인들,[107] 칼

휘두르고 거품 뿜는 말을 몰면서[108]

혼자든 전열을 갖추고 있든, 기병이든 보병이든

할 일 없이 손 놓고 서 있는 자

아무도 없다. 한쪽에서는 선발된 사람들이

식량조달 위해 비옥한 목장에서 훌륭한

황소와 암소, 양 떼, 어미 양과 울어대는

새끼 양까지 전리품 삼아 벌판 너머로 몰고

간다. 양치기들은 목숨 걸고 겨우 달아나

도움을 청하니 이내 유혈 참사 일어난다.

두 군대가 만나 잔인하게 맞서 싸우니

지금까지 가축이 풀 뜯던 한가로운 목장이 이제

시체와 무기 흩어진 피비린내 나는 황야가 되었다.

---

105) "여자(woman)"의 어원은 'woe to man(남자의 고뇌의 씨앗)'이라는, 17세기 유행하던 통속어원설을 인용했다.

106) 미가엘은 여성의 감성에 대한 남성의 지성("지혜")이 갖는 우위성과 책임을 지적한다. 남자와 여자의 자질 차이에 대한 내용은 제4편 참조.

107) "그때 그리고 그 뒤에도 세상에는 느빌림이라는 거인족이 있었는데 그들은 하느님의 아들들과 사람의 딸들 사이에서 태어난 자들로서 예부터 이름난 장사들이었다"(〈창세기〉 6 : 4). 하느님의 아들들은 셋의 후손, 사람의 딸들은 카인의 후손을 말한다.

108) 지옥에 있는 타락천사(악마)들의 행동(제2편)이 떠오른다.

또 한쪽에서는 강대한 도시 에워싸 진을 치고
대포, 사닥다리, 땅굴로 공격한다. 상대는
성벽에서 투창, 투전, 돌, 유황불로 방어한다.
공격이건 방어건 그곳에는 살육과 피비린내 나는
투쟁이 있을 뿐이다. 또 다른 곳에서는
홀을 든 전령병이 성문에서
회의를 소집한다.[109] 곧 전사들 틈에 섞여
근엄한 백발의 장로들까지 모이자 연설 소리가
들린다. 그러나 곧 언쟁이 벌어지더니
마지막으로 유난히 당당해 보이는 한 중년
사내[110]가 일어나, 올바른 것과 그릇된 것, 정의,
믿음과 진리, 평화, 하늘의 심판[111]에
대해서 도도히 연설하니, 늙은이도 젊은이도
그를 야유하고 욕하며 난폭한 손으로
잡아채려 하나 하늘에서 구름[112]이 낮게
내려와 아무에게도 보이지 않게 그를
채어가 버렸다. 이처럼 폭행과 압제와
무법이 온 들판을 뒤덮으니 피난처는
어디에도 보이지 않는다. 아담은 사뭇
눈물 흘리며, 안내자에게 슬피 탄식하며
말한다. "아, 이들은 누구이옵니까? 인간이 아닌

---

109) 구약성서에서는 성문에서 회의를 하는 모습이 가끔 언급된다(《창세기》 34 : 20 등).

110) 아담의 후손 에녹. "에녹은 모두 삼백육십오 년을 살았다. 에녹은 하느님과 함께 살다가 사라
졌다. 하느님께서 데려가신 것이다"(《창세기》 5 : 23~24). 아담이 983세, 셋이 912세까지 살았던
것에 비하면 에녹은 중년이라 할 수 있다.

111) "이런 자들에게 아담의 칠대손 에녹은 이렇게 예언했습니다. '주님께서 거룩한 천사들을 무수
히 거느리고 오셔서 모든 사람을 심판하실 때에 모든 불경건한 자들이 저지른 불경건한 행위
와 불경건한 죄인들이 하느님을 거슬러 지껄인 무례한 말을 남김없이 다스려 그들을 단죄하실
것입니다'"(《유다서》 1 : 14~15).

112) "보라, 환상 속의 구름이 나를 부르고 안개가 나를 부르며…… 나를 하늘 높이 들어 올리리
라"(《에녹서》 14 : 8~9)라고 에녹은 예언했다.

죽음의 사신들이 이토록 잔인한 죽음을
인간에게 주고, 형제 살해한 그자의 죄를
몇천 배로 늘리다니! 저들이 이렇게 학살하는
상대는 저들의 동포가 아니나이까? 즉 인간이
인간을 학살하는 것이 아니나이까? 그런데
만일 하늘이 구하지 않았다면 스스로의 정의를 지키다
목숨을 잃었을 저 의로운 사람은 누구이옵니까?"
이에 미가엘이 대답한다. "저들은
아까 그대가 본 그 어울리지 않는 결혼의
산물이니라. 선과 악이 서로 화합함을
싫어하면서도 경솔하게 부부가 되면 몸과 마음이
모두 괴이한 기형아가 태어나느니라. 그 자손이
바로 이름 높은 저 거인들[113]이로다.
이 시대는 힘만을 숭상하고, 힘만을 용기와
영웅적인 자질[114]이라 부르느니라. 전쟁에 승리하고
국민을 복종시키고 무수한 인명을 살육하고
전리품을 가져가는 것이 인간의 가장 큰 영광으로
생각되고, 이러한 영광 때문에 파괴자,
인류의 역병으로 불려 마땅한 자가, 위대한
정복자, 인류의 보호자, 신, 신의 아들로
불리도다. 이러한 것이 지상의 명예와
영광이 되면, 진정 명예로운 것이
침묵 속에 묻히고 마느니라. 그러나 그 사람,
그대의 칠대 후손[115]이며, 그대도 보았듯

---

113) 이 거인들은 "서로의 살을 먹고 피를 마시기 시작했다"(《에녹서》 7 : 5)고 한다.

114) "저들(악마들)은 힘으로만 모든 것을 평가할 뿐 다른 미덕은 거들떠보지 않고"(제6편)라고 성자는 말했다. 시인은 악마적인(즉 그릇된) 영웅적 자질과 그리스도교적인 참된 영웅적 자질을 뚜렷하게 구별했다.

115) "아담의 칠대손 에녹"(《유다서》 1 : 14). "에녹은 믿음으로 하늘로 옮겨져서 죽음을 맛보지 않았습니다. 이렇게 하느님께서 그를 데려가셨기 때문에 아무도 그를 볼 수 없었습니다. 하느님께

혼탁한 세상에서 유일하게 바른 인간인 그는
혼자 정의를 바라며 반드시 하느님이 성자들을
거느리고 심판하러 오시리라는 그 통렬한
진리를 말했기 때문에 미움을 받고 많은
적에게 둘러싸이고 말았도다. 그러나 지존께서는
날개 달린 준마[116]가 이끄는 향기로운 구름으로 감싸
하늘로 데려가시어, 죽음에서 그를 면제하고
높은 구원과 축복의 나라에서
하느님과 함께 걷게 하시었다. 선인에게는
어떤 보상이 따르고 악인에게는 어떤 형벌이
기다리고 있는지 그대가 명심하길 바라노라.
실례를 더 보여줄 터이니 눈을 뜨고 잘 보라."
주의 깊게 보니 또 다른 광경이 펼쳐졌다.
전운은 걷히고 하늘을 찢던 전쟁의 포효도 그쳤다.
이제는 모든 것이 환락과 유희, 고기와 술,[117]
축제와 무도회, 멋대로 맺는 결혼과 매춘,
능욕과 간음으로
바뀌어 있었다. 술자리의 여흥이 도를 넘겨
난장판 싸움으로 바뀌었다. 이윽고
한 거룩한 노인[118]이 나타나 그들의 발칙한

서 데려가시기 전부터 그가 하느님을 기쁘게 해드렸다는 말씀이 성서에 기록되어 있습니다"
《히브리서》 11 : 5).

116) 엘리야의 승천 이야기에서 차용해 온 이미지이다. "그들이 말을 주거니 받거니 하면서 길을 가
는데, 난데없이 불말이 불수레를 끌고 그들 사이로 나타나는 것이었다. 동시에 두 사람 사이
는 떨어지면서 엘리야는 회오리바람 속에 휩싸여 하늘로 올라갔다"《열왕기하》 2 : 11).

117) "노아가 방주에 들어간 바로 그날까지 사람들은 먹고 마시고 장가들고 시집가고 하다가 마침
내 홍수에 휩쓸려 모두 멸망하고 말았다"《누가복음》 17 : 27).

118) "야훼께서는 세상이 사람의 죄악으로 가득 차고 사람마다 못된 생각만 하는 것을 보시고 왜
사람을 만들었던가 싶으시어 마음이 아프셨다. ……그러나 노아만은 하느님의 마음에 들었다"
《창세기》 6 : 5~8). 노아와 홍수에 대한 내용은 《창세기》 6 : 9~9 : 17 참조. 또한 노아가 방탕
한 사람들을 비난한 이야기는 요세푸스의 《유대고대사》에 근거했다.

행동과 그릇된 생활에 대해
매섭게 비난한다.[119] 그는 잔치건 축제건
사람들이 모인 곳이면 어디든 찾아가
마치 심판의 날을 눈앞에 둔 옥중의
영혼들[120]에게 하듯, 개심하고
회개하도록 타이르나 아무런 효과도 없다.
이를 깨달은 그는 타이르기를 그치고 그의
막사를 멀리 떨어진 곳으로 옮긴 뒤,
산에서 키 큰 나무를 베어 거대한 배를
만들기 시작한다. 길이와 너비와
높이를 완척(腕尺)으로 재어[121] 역청을
칠하고, 옆에 문을 만들어 사람과 짐승을
먹일 많은 양식을 저장했다. 그러자
참으로 신기하도다! 온갖 짐승과 새와 작은
곤충이 암수 일곱 쌍씩 나타나더니 순서대로
줄지어 그 안으로 들어간다. 마지막으로 그 노인과
세 아들이 네 아내와 함께 들어가니
하느님이 문을 꽉 닫으신다. 그러자 갑자기 남풍이 일어
하늘 저편에서부터 검은 날개 펼친 구름을
모조리 몰아온다. 이 먹구름에 호응하듯
산들도 안개와 검고 축축한 증기 자욱하게
올려 보낸다. 두껍고 검은 구름에 뒤덮인 하늘은

---

119) "노아는 믿음이 있었으므로 하느님께서 아직 보이지 않는 일들에 대해서 경고하셨을 때 그 말씀을 두려운 마음으로 받아들이고 방주를 마련해서 자기 가족을 구했으며 그 믿음으로 하느님과의 올바른 관계를 차지하게 되었습니다. 그리고 믿지 않은 세상은 단죄를 받았습니다"(〈히브리서〉 11 : 7).

120) "이리하여 그리스도께서는 갇혀 있는 영혼들에게도 가셔서 기쁜 소식을 선포하셨습니다. 그들은 옛날에 노아가 방주를 만들었을 때 하느님께서 오래 참고 기다리셨지만 끝내 순종하지 않던 자들입니다"(〈베드로전서〉 3 : 19~20).

121) 하느님은 노아에게 방주의 크기를 "길이는 삼백 자, 너비는 오십 자, 높이는 삼십 자로"(〈창세기〉 6 : 15) 하라고 명했다.

마치 검은 천장 같다. 맹렬한 기세로 비가 쏟아지고
땅이 물속에 잠겨 보이지 않을 때까지 계속
퍼붓는다. 배는 둥실 떠올라 부리 모양의
뱃머리로 안전하게 물결 위를 헤엄치듯
떠간다. 그 밖의 모든 집들은 홍수에
잠기고 모든 영화와 함께 물속 깊이
흘러간다. 물가 없는 바다[122]가 바다를 덮으니 그 끝이
보이지 않는다. 얼마 전까지 사치가 판치던 궁전도
지금은 바다 괴물이 둥지 삼아[123] 새끼를 깠다.
그토록 많던 인간들 가운데 남은 자는 모두
작은 배 한 척을 타고 물 위에 떠 있다. 이때 아담은
자기 온 자손의 종말, 비참하게 죽어가는
광경을 보고 얼마나 탄식했던가. 그리고
아담도 다른 홍수에, 비탄 어린 눈물의
대홍수에 빠져 그의 자손들처럼
물속으로 가라앉았다. 친절한 천사는
다정하게 그를 일으켜 세웠으나
눈앞에서 자식들이 한꺼번에
몰살당하는 것을 본 아버지처럼 슬퍼하는
그를 달랠 길 없도다. 그는
천사에게 힘없이 괴로움을 토로한다.
"아, 악몽 같은 환상이여! 차라리 미래를
모르고 살았더라면 더 좋았으련만! 내 몫의
재앙만 짊어진다면 그날그날의 짐을 그럭저럭
견딜 수 있으련만. 그러나 몇 대에 걸쳐 나뉘어 있는
짐이 마치 조산하듯이

---

122) "더욱이 이 바다에는 물가가 없었다"(오비디우스의 《변신이야기》 참조).
123) "얼마 전까지 호사스러운 산양들이 풀을 뜯던 곳에 지금은 못생긴 바다표범이 뒹굴고 있다"
《변신이야기》).

한꺼번에 나를 내리누르니, 실제로
생기기도 전부터 앞으로 반드시 이리되리라는
생각에 내 마음 괴롭나이다. 앞으로
누구도 자신과 자기 자손에게 일어날 일을
미리 알고자 하지 말라. 재난을 보고 안다 하여
그것을 예방할 수 없고, 미래의 재난을
걱정하는 일 자체에서 실제로 겪는 것 못지않게
견디기 어려운 고통을 느끼게 될 테니. 그러나
이제 그런 걱정도 소용없구나, 경고받을
사람이 사라졌으니. 겨우 죽음을 면한
몇 안 되는 이들도 물의 사막 헤매다가
굶주림과 고통 속에서 멸망하리라. 이 땅에서
폭력과 전쟁이 끝날 때 이로써 만사형통하고
인류가 평화 속에서 행복한 나날 오래도록
누리기를 바랐으나 당찮은 소망이었도다.
전쟁이 파괴를 부르듯
평화는 부패를 부르도다. 어찌하여
이리되었나이까? 하늘의 안내자여, 천사여,
말씀해 주소서, 인류는 여기서 끝나나이까?"
미가엘은 대답한다. "그대가 앞서 본
승리와 부귀 자랑하는 자들은
처음에는 무용 뛰어나 수많은 공적
쌓았으나 실은 참된 덕 지니지 못했다. 많은 피
흘리고 많은 파괴 일삼아 여러 나라를
정복함으로써 명예와 높은 이름과
풍부한 전리품 얻었으나, 그 길이 쾌락,
안일, 나태, 탐식, 육욕으로 바뀌어 결국
음란과 오만의 독이 우애를 짓밟고 평화를
내분으로 이끌었다. 승자뿐 아니라

패자나 전쟁의 노예 또한
그들의 자유와 함께 일체의 덕과
하느님에 대한 경외심을 잃었다. 그들의
위선적 신앙은 격전 중에도 침입자를 막는 데
필요한 하느님의 도움 얻지 못하고,
한번 패배 맛본 뒤로는 믿음이 식어,
정복자가 베풀어준 자비 향락하며 세속적인
방종에 빠져 안일만 좇고 있다.
대지가 풍족한 산물 베푸는 것은 절제의 덕
갈고닦기 위함이거늘 그들은 알려 하지 않는다.
이리하여 그들은 타락하고 부패하고 정의와 절제,
진리와 신의 일체를 망각한다.[124] 그러나 단 한 사람
예외가 있으니,[125] 그는 관례를 거스르고,
유혹과 습관과 세속에 대해 격노하는 선한,
어두운 세상의 유일한 빛의 아들이니라.
비난과 멸시와 폭행도 두려워하지 않고
그들의 사악한 행태를 훈계하며, 참된 안전과
평화로 가득 찬 정의의 길을 제시하고
회개하지 않는 그들에게 닥쳐올 하느님의 진노를
선언한다. 결국 그들의 조롱 속에 물러나지만
하느님은 유일하게 살아 있는 의인으로 인정하시고,
그는 하느님 명령에 따라 그대가 본 바와 같이,
모든 것이 멸망할 세계에서 자신과
그 가족을 구하기 위해 놀라운

---

124) 전쟁에서 진 사람들을 이야기하는 대목에서 시인의 개인적인 감정이 드러난다. 청교도혁명의
좌절감, 이상을 기대했던 잉글랜드에 대한 환멸감이 어려 있다. 특히 "타락하고 부패하고 정
의와 절제, 진리와 신의 일체를 망각"한 청교도 진영에 대한 개탄이 엿보인다.

125) 노아를 말한다. "야훼께서 노아에게 말씀하셨다. '너는 네 식구들을 다 데리고 배에 들어가거
라. 내가 보기에 지금 이 세상에서 올바른 사람은 너밖에 없다'"(《창세기》 7 : 1).

방주 만든다. 이윽고 생명 보존토록
사람과 짐승 가운데 선택된 자들과 더불어
방주에 들어가 안전하게 피난하자마자
하늘의 폭포 남김없이 열리며 밤낮으로
지상에 비 쏟는다.[126] 심연의 샘 터져 물
쏟아내자 바다가 솟아올라 모든 장벽
너머에까지 침범하고, 범람한 물에
지상에서 가장 높은 산까지 잠긴다.
이 낙원도 산도 물결에 휩쓸려 떠내려가고
뿔 돋은[127] 홍수에 밀려, 푸른빛
모두 바래고, 나무들은 물 위를
떠돌다 큰 강을 따라 입 크게 벌린
만으로 흘러들어가[128] 뿌리내리고
바닷물에 씻기는 황량한 외딴섬 되어
물개와 고래와 시끄럽게 울어대는 갈매기 집이
되리라. 이로써 인간이 어떤 곳에 가끔 드나들거나
살아도 그가 스스로 신성을 지니지 못하면[129]
하느님은 그곳에 어떠한 신성도 부여하지
않으심을 그대도 알았으리라.
이어서 어떤 일이 일어나는지 잘 보라."
바라보니 조금씩 빠지는 물 위에 방주가
떠 있는 것이 보인다. 구름은 매서운

---

126) "노아가 육백 세 되던 해 이월 십칠일, 바로 그날 땅 밑에 있는 큰 물줄기가 모두 터지고 하늘
은 구멍이 뚫렸다. 그래서 사십 일 동안 밤낮으로 땅 위에 폭우가 쏟아졌다"(《창세기》
7 : 11~12).
127) "뿔 모양" 또는 "뿔난"이라는 형용사를 붙이는 것은 고전문학의 전통이다. "이탈리아 강들의
왕인 너, 뿔 돋은 테베레강이여"(베르길리우스 《아이네이스》).
128) 낙원이 그 뒤 어떻게 되었는가에 대한 흥미로운 문제에, 밀턴은 미가엘의 입을 빌려 그 답을
제시한다. 낙원은 "큰 강(유프라테스강)"에 씻겨 "입 크게 벌린 만"으로 흘러들어가 섬이 되었다
는 것이다.
129) 믿음과 신성의 내면성을 강조하는 것은 밀턴뿐 아니라 많은 청교도의 신념이었다.

북풍[130]에 쫓겨 달아나고, 수면은 바람에 말라

시든 것처럼 쭈글쭈글하다. 쨍쨍한 햇볕이

넓고 거울 같은 수면을 뜨겁게 달구며, 목이 타는 듯

맑은 물결을 벌컥벌컥 빨아들인다. 이로써

파도는 차츰 잦아들어 고여 있는 호수처럼

된다. 이윽고 잔물결 일으키며 썰물이 되자

썰물은 발소리 죽이며 심연에 이른다. 하늘 구멍이

막혔듯 그곳도 이미 수문이 막혀 있다.[131] 방주는

이제 떠 있지 않고 땅 위 어떤 높은 산[132]

등마루에 딱 붙어 있는 듯 보인다.

갑자기 산봉우리들이 바위처럼 나타나고

세찬 물줄기가 점점 물러가는 바다를 향해

요란한 소리를 내며 달려간다.[133] 배에서 까마귀

한 마리 날아오르더니, 뒤이어 보다 확실한 사자인

비둘기가 거듭 나와 발붙일

푸른 나무나 땅을 찾는다.

두 번째 돌아갈 때 비둘기는 부리로

평화의 표상인 감람나무 잎을 물고 온다.

얼마 뒤 마른 땅이 나타나고

노인은 가족들과 함께 방주에서 내린다.

그리고 두 손 높이 들고 경건한 눈빛으로

하늘 우러르며 감사할 때, 그 머리 위로

이슬 맺힌 구름과 그 구름 속에 화려한

---

130) 〈창세기〉에는 "하느님께서 노아와 배에 있던 모든 들짐승과 집짐승들의 생각이 나셔서 바람을 일으키시니, 물이 빠지기 시작하였다"(8 : 1)라고만 되어 있으나, 《변신이야기》에는 유피테르가 "북풍으로 비구름을 쫓아버렸다"라고 나와 있다.

131) "땅 밑 큰 물줄기와 하늘 구멍이 막혀 하늘에서 내리던 비가 멎었다"(〈창세기〉 8 : 2).

132) "배는 마침내 아라랏산 등마루에 머물렀다"(〈창세기〉 8 : 4).

133) 천지창조 때 물이 산에서 흘러내리는 모습(제7편)과 닮았다.

삼색[134] 무지개가 보인다. 그것은 하느님이
주신 평화와 새로운 계약[135]의 표시였다.
이것을 보고 그토록 슬펐던 아담의
마음에 크나큰 희열이 넘치고
그는 그 기쁨을 이렇게 나타낸다.
"아, 미래의 일을 현재처럼 나타내 보일 수 있는
하늘의 스승이시여, 이 마지막 광경을 보고
인간이 만물과 더불어 살며 그 종족을
보존하리란 믿음에 나는 다시 살아난 듯하나이다.
나는 이제 사악한 아들들의 세계가 멸망하는 것을
보고 슬퍼하기보다, 완전하고 의로운
한 사람을 위해 하느님이 다시 인류의
세계를 일으키시고[136] 그 모든 노여움을
잊으신 것을 기뻐하나이다. 그런데
노여움을 거두신 하느님의 이마 같은
저 하늘에 걸린 색줄은 무엇을 뜻하나이까?
아니면 단지 저 비구름의 옷자락이 풀어져
땅에 또다시 비를 뿌리지 않도록 그 젖은
가장자리를 꿰맨 꽃실이나이까?"
천사장이 아담에게 대답한다. "아담이여, 그대의
추측이 맞도다. 하느님이 위에서 아래를 내려다보시며
온 세계가 폭력으로 가득 차고 인간들이 저마다

---

134) 삼원색인 빨간색·노란색·파란색.
135) "내가 구름 사이에 무지개를 둘 터이니, 이것이 나와 땅 사이에 세워진 계약의 표가 될 것이다.
내가 구름으로 땅을 덮을 때, 구름 사이에 무지개가 나타나면, 나는 너뿐 아니라 숨 쉬는 모
든 짐승과 나 사이에 세워진 내 계약을 기억하고 다시는 물이 홍수가 되어 모든 동물을 쓸어
버리지 못하게 하리라"(《창세기》 9 : 13~15).
136) "하느님께서 노아와 그의 아들들에게 복을 내리시며 말씀하셨다. '많이 낳아, 온 땅에 가득히
불어나거라'"(《창세기》 9 : 1).

썩어가는 것을 보시고[137] 그 타락을 마음
아파하시며 깊이 후회[138]하셨지만 지금은
기꺼이 그 노여움 푸셨노라. 타락한 인간들은
제거되고 유일한 의인이 하느님 앞에서 큰 은총
입었으니, 하느님도 마음 푸시어 인류를 멸하지 않고,
오히려 앞으로는 홍수로써 땅을 멸하지 않고,
바다가 그 경계를 넘지 못하게 하며, 큰비 내려
사람과 짐승이 사는 이 세계가 물에 빠지지 않게
하시리라는 성약을 세우셨도다. 또한 지상에 구름
부르실 때 스스로 성약[139]을 기억하시고자
그 속에 삼색 무지개를 두시었다. 낮과 밤,
씨 뿌리는 때와 거두는 때, 추위와 더위가 쉴 없이
되풀이될 것이나,[140] 마침내 성화(聖火)가 만물을 모조리 태워
정화하고, 새로워진 그 천지에 참된 의인이 살리라."[141]

---

137) "하느님 보시기에 세상은 너무나 썩어 있었다. 그야말로 무법천지가 되어 있었다"(〈창세기〉 6 : 11).

138) "왜 사람을 만들었던가 싶으시어 마음이 아프셨다"(〈창세기〉 6 : 6).

139) "무지개가 구름 사이에 나타나면, 나는 그것을 보고 하느님과 땅에 살고 있는 모든 동물 사이에 세워진 영원한 계약을 기억할 것이다"(〈창세기〉 9 : 16).

140) "땅이 있는 한, 뿌리는 때와 거두는 때, 추위와 더위, 여름과 겨울, 밤과 낮이 쉬지 않고 오리라"(〈창세기〉 8 : 22).

141) 노아의 홍수 뒤에 인류는 다시 부흥하여 역사를 써나가지만 마지막에는 종말을 맞으리라고 미가엘은 말한다. 밀턴의 "새 하늘과 새 땅"에 대한 계시록적인 염원이 나타나 있다. "그리고 물에 잠겨서 옛날의 세계는 멸망해 버렸습니다. 사실 하늘과 땅은 지금도 하느님의 같은 말씀에 의해서 그대로 남아 있습니다. 그러나 하늘과 땅은 하느님을 배반하는 자들이 멸망당할 심판의 날까지만 보존되었다가 불에 타버리고 말 것입니다. ……그날이 오면 하늘은 불타 없어지고 천체는 타서 녹아버릴 것입니다. 그러나 우리는 하느님의 약속을 믿고 새 하늘과 새 땅을 기다리고 있습니다. 거기에는 정의가 깃들여 있습니다"(〈베드로후서〉 3 : 6~13).

제12편

줄거리

대천사 미가엘은 대홍수에 이어 일어날 일을 말한다. 그리고 아브라함에 대해 이야기하면서 아담과 하와가 타락했을 때 그들에게 약속한 '여자의 후손'이 누구인지, 그의 성육(成肉)과 죽음, 부활, 승천, 그가 재림할 때까지의 교회 이런저런 상황에 대해 밝힌다. 아담은 미가엘의 이야기와 약속을 깊이 이해하고 위안받는다. 그리고 미가엘과 함께 산을 내려와 하와를 깨운다. 하와는 잠자는 동안 평온한 꿈을 꾸며 마음을 가라앉히고 순종의 덕을 되찾았다. 미가엘은 두 손으로 그들을 낙원 밖으로 인도한다. 그들 뒤에서는 화염검이 휘둘리고, 거룹천사들은 그곳을 수호하기 위해 저마다 제자리에 선다.

> 여행길을 재촉하더라도 정오[1]에는 휴식을 취하듯
> 대천사도 멸망한 세계와 회복된 세계
> 사이에서, 아담이 무슨 말을 꺼내지 않을까
> 잠시 이야기를 멈추었다. 그러나 이윽고
> 희망적인 새로운 이야기[2]를 시작한다.[3]
> "그대는 하나의 세계가 시작되고 끝나며,
> 두 번째 줄기[4]에서 인류가 나와 발전함을 보았노라.
> 아직 보여줄 것이 많지만 내가 보건대, 그대

---

1) 오전과 오후의 결절점이므로 결정적·위기적이라는 뜻을 지닌다. 특히 성서에서는 그리스도의 죽음 및 그 외 결정적인 사태가 일어난 시각을 말한다.
2) 제12편의 중심주제인 그리스도의 성육, 죽음, 부활, 승천, 재림으로 이야기가 이어짐을 암시한다.
3) 《실낙원》 초판의 제10편이 제2판에서 제11, 12편으로 나뉘면서 이 5행이 새로이 추가되었다.
4) 노아를 말한다. 바울로는 신앙인이 그리스도라는 나무에 접목된 사람이라고 했다.

인간의 시력이 약화되었도다. 신성한 것은
반드시 인간의 감각을 지치게[5] 하느니라.
이제부터는 앞으로 일어날 일을
말하리니 귀 기울여 듣도록 하라.
이 인류의 두 번째 조상은 아직 그 수가 적고
지나간 심판의 공포가 생생하게 마음속에
남아 있는 동안은 하느님을 두려워하고, 바르고
옳은 일에 관심을 기울이며 살아가리라.
땅을 갈고 곡식과 술과 기름[6]을 거두어들이며
인구도 급속히 늘어나리라. 그리고 기르는
가축 가운데 송아지, 새끼 양,
새끼 염소를 바치고, 포도주를 가득 따라놓고
거룩한 제사드리며 족장의 다스림 아래
온 가족 온 부락이 평화롭게 죄 없는 기쁨에
싸여 살아가리라. 그러나 얼마 뒤 오만하고
야심 있는 자[7]가 나타나, 공정한 평등,
우애에 만족치 않고 자기 형제에게
부당한 지배권을 주장하고 화합과 자연법칙을
지상에서 모조리 말살하려 하리라.[8]
포악한 그 권세에 복종하지 않는 이들을
전쟁과 잔인한 책략으로 압박하고 사냥하여
(그의 사냥감은 짐승이 아니라 인간이다)

---

5) 환상을 본 다니엘은 말했다. "넋을 잃고 여러 날 몸져눕게 되었다"(《다니엘》 8 : 27).
6) "그 곡식과 술과 기름의 십일조를…… 먹어야 한다"(《신명기》 14 : 23).
7) "구스에게서 니므롯이 났는데 그는 세상에 처음 나타난 장사였다. 그는 야훼께서도 알아주시는
   힘센 사냥꾼이었다. ……그의 나라는 시날 지방인 바벨과 에렉과 아깟과 갈네에서 시작되었다"
   (《창세기》 10 : 8~10). 단, 성서에 니므롯이 바벨탑을 쌓았다는 내용은 없다. 밀턴이 요세푸스의
   《유대고대사》를 보고 그 둘을 연결지었다는 설이 일반적이다.
8) "왕을 참칭하는 자는, 왕위에 오른 수단이 올바르건 그르건 간에 법과 민중의 이익을 무시하고
   오직 자신과 자기 당파를 위해 지배권을 행사하는 사람을 말한다"(《왕과 위정자의 재임》)라고 밀
   턴은 말했다.

하늘에 반항하고 하늘에 그에 버금가는
권세를 요청함으로써, 주 앞에서 그는
힘센 사냥꾼이라 불리게 되노라. 비록
다른 이의 반역 매섭게 규탄하였지만,
그의 이름⁹⁾은 반역에서 유래했다.
그는 같은 야심으로 결합하여 자기와 함께
또는 자기 밑에서 포악한 행위 하려는
일당과 더불어 에덴에서 서쪽으로 나아가
땅 밑에서 검은 역청의 물결이 끓어오르는
지옥의 아가리 같은 들판¹⁰⁾에
이르리라. 그들은 좋아하며 역청과 벽돌로
그 꼭대기가 하늘에 닿는 도시와 탑을 세워
그 이름 영원히 이어지기를 바라도다. 그들은 이름이
멀리 이국으로 전해지는 사이에 흔적 없이
사라질 것을 두려워하나 이름이 좋고 나쁨은
상관하지 않도다.¹¹⁾ 그러나 이따금 보이지 않게
내려와 인간을 찾아보고 그 거처 사이를
거니시며 그들의 행동 살피시는
하느님께서 곧 그것을 보시고, 그 탑이
하늘의 탑 가로막기 전에 내려오시어 그들의 도시
보고 비웃으시며, 그들의 혀에 불화의 정신
심고 본디의 언어 모조리 빼앗으시며
대신 아무도 알지 못하는 시끄러운 말을
뿌리셨느니라. 그러자 갑자기 건축가들 사이에서

---

9) 일반적으로 니므롯이라는 이름은 히브리어로 '반역하다'라는 말에서 파생되었다고 한다.
10) "사람들은 동쪽에서 옮아오다가 시날 지방 한 들판에 이르러 거기 자리를 잡고"《창세기》
    11 : 2). 시인은 니므롯과 그 지배자 일당이 동쪽에서 서쪽으로 옮겨 시날(바빌로니아)에서 살았
    다고 생각했다. 제3편 참조.
11) "어서 도시를 세우고 그 가운데 꼭대기가 하늘에 닿게 탑을 쌓아 우리 이름을 날려 사방으로
    흩어지지 않도록 하자"《창세기》 11 : 4).

어수선한 잡소리가 요란하게 번진다.
그들은 서로 불러대지만 알아듣지 못하고
분개하여 목이 쉬도록 소리소리 지르며
크게 소란을 피운다.
땅 위에서 벌어지는 이 기이한 소동
내려다보고 그 소음 들으시며
가소로워 웃으시는 소리[12] 온 하늘에 울린다.
그리하여 건축은 우습게 멈추고
탑은 혼란(바벨)[13]이라 이름 지어지리라."
인류의 아버지답게 아담은 불쾌한 표정을
지으며 말한다. "아, 저주스런 아들이여,
하느님이 주시지도 않은 권위를 찬탈하여
동포 위에 군림하려 하다니! 그분은 우리에게
짐승과 물고기와 새에 대해 절대적인
지배권을 내려주셨을 뿐이다. 우리는
은총 입어 그 권리를 지니지만, 하느님은 사람 위에
사람을 주인으로 두시지 않으셨다. 인간이
인간에게 예속되지 않고 자유롭게 살도록 주인이라는
이름은 그분만이 지니고 계시다. 그런데 이 찬탈자는
수탈의 칼끝을 인간에게 겨누었을 뿐만 아니라
그 탑으로 하느님을 포위하며 도전하였다.[14]
가엾은 인간! 자신과 그 무모한 군사들을 먹이고자
얼마나 많은 식량을 그 높은 곳까지 옮기려
했는가. 구름 위의 희박한 공기가 조잡한 내장

12) "하늘 옥좌에 앉으신 야훼, 가소로워 웃으시다가"(《시편》 2 : 4).
13) "야훼께서 온 세상의 말을 거기에서 뒤섞어놓아 사람들을 온 땅에 흩으셨다고 해서 그 도시의
이름을 바벨이라고 불렀다"(《창세기》 11 : 9). 그러나 '바벨'은 '신의 문'을 뜻하는 말이라고 한다.
14) 요세푸스에 따르면, 니므롯은 바벨탑을 쌓아 홍수로 조상을 멸망시킨 하느님에게 복수하고자
했다(《유대고대사》).

괴롭히며, 빵은커녕 호흡에 굶주리리라."

미가엘은 아담에게 말한다. "정당한 자유 억압하고

평온한 인간 세계에 풍파 일으킨 저들을

그대가 미워하는 것은 마땅하다. 그러나

그대의 원죄 뒤에 참된 자유가 상실되었음도[15]

알라. 그 자유는 늘 바른 이성[16]과

붙어살며 떨어져서는 존재치 못하나.

인간은 이성이 흐려지거나 권위를 잃으면

터무니없는 욕망과 갑자기 커진 감정이

곧바로 이성의 주권을 빼앗아 이제까지

자유롭던 인간을 노예로 만드느니. 그러므로

인간이 내면에 부합되지 않는 힘에

자유로운 이성의 권세를 내주려 하면

하느님은 정당한 심판을 내려,

주제도 모르고 그 외적인 자유를 얽어매는

비정한 폭군을 밖으로부터 복종시키느니.

억압하는 자의 변명이 되진 않으나

억압은 반드시 있느니라. 때로

백성은 덕, 즉 이성을 잃고 타락하여, 달리

극악한 행동을 하지 않아도, 하느님의 정의와

치명적인 저주받아 내적인 자유는 물론 외적인

자유까지 박탈당하느니.[17] 방주를 만든 자의

불손한 아들[18]을 보라. 아버지를 욕보인 죄로

---

15) "죄를 짓는 사람은 누구나 다 죄의 노예이다"(《요한복음》 8 : 34).

16) 제6편 참조.

17) 내적인 자유(바른 이성이 절대적인 우위를 차지하는 세계)가 없는 곳에는 외적인 자유도 없다고 미가엘은 말한다. 이는 밀턴의 정치철학이기도 했다. 니므롯의 문제에서 출발한 시인의 의식은 자유와 이성을 인간 내부에서 국가와 정치의 문제로 넓혀 생각하고 있다.

18) 노아의 아들 함. 함은 포도주를 마시고 벌거벗은 채 천막 안에서 자고 있는 노아의 모습을 본다. 그 사실을 안 노아는 함의 아들 가나안을 저주한다. "가나안은 저주를 받아 형제들에게 천

부덕한 자손 위에 내리는 '천대받는 종'이라는
무거운 저주를 들었다. 이와 같이
그 뒤의 세계도 그전처럼 악에서
더욱 심한 악으로 나아가리니, 하느님은
마침내 그들의 죄에 싫증 나 그들 사이에서
몸을 피하시고 거룩한 얼굴을 돌리시리라.
그 뒤로는 그들이 타락한 길을 걸어도
그대로 버려두시고, 대신 하느님을 향해
열심히 기도할 줄 아는 한 특별한 백성,
한 신실한 사람에게서 태어날 백성[19]을
다른 모든 백성들 가운데에서 선택하시리.
그 신실한 사람은 유프라테스강 이쪽에
살며 우상을 숭배하며[20] 자랐는데,
아, 사람들이(그대 믿을 수 있겠는가),
그 대홍수를 피한 족장[21]이 아직 살아
있는데도, 살아 계신 하느님을 버리고
나무나 흙으로 만든 것을 신으로 숭배할 만큼
어리석다니! 그러나 매우 높으신 하느님은
환상을 통해 그의 아버지 집과 친척과
거짓 신들로부터 그를 떼어내어 앞으로 보여줄
땅으로 이끄시어 그가 위대한 백성을

대받는 종이 되어라"(《창세기》 9 : 25).

19) 아브라함에게서 태어난 이스라엘 백성을 말한다. 밀턴은 "하느님이 자신의 백성으로 모든 이스라엘 사람을 선택하셨다는 뜻에서의 일반적·민족적인 선택"(《그리스도교 교의론》)을 개인의 선택과는 별개의 것으로 보았다. "너희는 너희 하느님 야훼께 몸바친 거룩한 백성이다. 야훼께서는 땅 위에 있는 만백성 가운데서 너희를 골라 당신의 소중한 백성으로 삼으셨다"(《신명기》 14 : 2).

20) "이스라엘의 하느님 야훼께서 말씀하셨소. '옛적에 너희 조상들은 유프라테스강 건너 저편에 살고 있을 때 다른 신들을 섬겼었다'"(《여호수아》 24 : 2). "강 건너 저편"인 것은 여호수아가 집회를 연 세겜에서 보았을 때이며, 미가엘이 있는 곳에서는 "이쪽"에 해당한다.

21) 노아를 말한다. "노아는 홍수가 있은 뒤에도 삼백오십 년이나 더 살아"(《창세기》 9 : 28).

일으키고 또 그에게 축복을 내려

그의 후손 안에서 모든 사람이 축복받도록 하셨다.[22]

그는 곧 하느님의 명령 따라 어느 땅인지 모르지만

굳게 믿고 떠난다.[23] 그가 굳은 믿음으로써

자기 신들과 친구들과 고향 칼데아의 우르[24]를

버리고, 여울을 건너 하란[25]으로 들어가는

모습을 그대는 보지 못해도 나는 보노라.

그 뒤로 소와 양, 그리고 수많은 노예들이

엄숙하게 따라간다. 비참한 모습으로

떠도는 것이 아니라, 자기를 부르신

하느님께 모든 부를 맡기고 미지의 나라를

향하여. 이윽고 그는 가나안에 닿는다.

세겜과 모레의 평원에 그의 천막이 쳐져

있는 모습 보이도다. 그곳에서 성약에 따라

그는 자손에게 주는 선물인 그 모든 땅[26]을

받는다. 그 땅은 북쪽 하맛에서부터

---

22) "야훼께서 아브람에게 말씀하셨다. '네 고향과 친척과 아비의 집을 떠나 내가 앞으로 보여줄 땅으로 가거라. 나는 너를 큰 민족이 되게 하리라. 너에게 복을 주어 네 이름을 떨치게 하리라. 네 이름은 남에게 복을 끼쳐주는 이름이 될 것이다. 너에게 복을 비는 사람에게는 내가 복을 내릴 것이며 너를 저주하는 사람에게는 저주를 내리리라. 세상 사람들이 네 덕을 입을 것이다'"(《창세기》 12 : 1~3).

23) "아브라함도 믿음이 있었기 때문에 하느님께서 그를 불러 앞으로 그의 몫으로 물려주실 땅을 향하여 떠나라고 하실 때 그대로 순종했습니다. 사실 그는 자기가 가는 곳이 어떤 곳인지도 모르고 떠났던 것입니다"(《히브리서》 11 : 8).

24) 유프라테스강과 티그리스강 하류에서 페르시아만에 이르는 지역이 옛날 칼데아라 불렸고, 그 중심도시가 우르였다. 우르는 유프라테스강 하류 서쪽에 있었는데, 1922~34년에 영국의 고고학자 울리가 대대적인 발굴 작업을 진행했다.

25) 우르의 북서쪽에 있으며 유프라테스강의 지류인 발리크강 기슭에 있다.

26) 이 지역은 하느님이 모세에게 말한 "약속의 땅"인 가나안 전역에 해당한다. 〈민수기〉 34 : 3 이하에 따르면, 남쪽은 씬 광야(사해 남서쪽에 있다), 동쪽은 하살에난(다마스쿠스 북동쪽에 있는 시리아 사막의 오아시스)에서 아래로 내려와 사해를 잇는 선(그러나 밀턴은 〈여호수아〉 13 : 5에 따라 헤르몬산을 경계로 삼았다), 남쪽은 지중해에 이른다.

남쪽 평야까지 (아직 이름 없지만, 나중에 불릴

이름으로 말하노라), 동쪽 헤르몬산에서부터

서쪽 큰 바다에 이른다. 내가 가리키는 대로

헤르몬산과 저쪽 바다를 바라보라. 해안에는

가르멜산[27]이 있고, 이쪽에는 두 원천에서

흐르는 요르단강[28]이 있으니, 그곳이 곧 동쪽

경계[29]니라. 그러나 그의 아들들은 머지않아 저 긴

산허리, 스닐[30]까지 퍼져 살리라. 지상의

온 백성이 그의 후손에 의해 축복받으리란

사실을 명심하라. 그 후손은 뱀의 머리를 짓밟을

그대의 위대한 구주(救主)니라.[31] 그 점은

이제부터 그대에게 좀 더 뚜렷이 보여주리라.

때가 되면 신실한 아브라함[32]이라 불릴 축복받은

족장은 믿음과 지혜와 명예에 있어 자기와

매우 닮은 한 아들[33]과 그 아들에게서 태어난 손자[34]를

남기고 세상을 떠나리라. 그 손자는 열두

아들을 낳고, 가나안을 떠난 뒤

이집트라고 불리는 나일강이 가로지르는

땅으로 가리라. 그 강이 흘러 일곱

---

27) 이스라엘 북서부의 지중해에 튀어나온 곳.

28) 사해로 흐르는 이 강의 수원지는 요르와 단 두 곳이라고 잘못 알려져 있었다.

29) "거기에서 다시 요르단강을 끼고 내려와 사해에 이른다. 이것이 너희의 동쪽 경계선이다"(〈민수기〉 34 : 12).

30) 원래는 헤르몬산의 다른 이름이나, 밀턴은 〈역대상〉 5 : 23을 보고 헤르몬산과는 다른 산으로 생각한 듯하다.

31) 제10편 참조.

32) "믿음으로 사는 사람들은 믿음의 사람 아브라함과 함께 복을 누리는 것입니다"(〈갈라디아서〉 3 : 9).

33) 이삭을 말한다.

34) 야곱을 말한다. 〈창세기〉 45, 46장 참조. 〈출애굽기〉 3 : 6에서 야훼는 모세에게 말한다. "나는 네 선조들의 하느님이다. 아브라함의 하느님, 이사악의 하느님, 야곱의 하느님이다."

하구를 지나 바다로 흘러드는 것을 보라.
그는 기근 때에 막내아들,[35] 많은 공훈을 세워
높은 자리에 중용되어 이집트 왕의 나라에서
왕 버금가는 자가 된 그 아들의 초청을 받아
그 땅에 머물리라. 그는 그 땅에서 죽지만,
그가 남긴 백성이 차츰 불어나 한 국민이 되어
다음 왕[36]에게 의심받게 된다. 함께 살기에는
식객이 너무 많다고 생각한 왕은 과도한
증가를 막기 위해 매정하게 그들을
노예로 만들고, 사내아이들을 모조리
죽여 버린다. 그러나 스스로 선택하신
백성을 노예처지에서 해방하고자
하느님이 보내신 두 형제(그 이름은
모세와 아론)에 의해 그들은 영광과
노획물[37]을 가지고 그들의 약속된
땅으로 다시 돌아오리라. 그리고 하느님을
알려 하지 않고 그 사명을 무시하는 무법한
폭군들은 반드시 준엄한 심판과 응징을
받게 되리라.[38] 강은 흐르지 않는 피로 변하고,
개구리, 이, 파리는 진저리 나게 몰려들어
온 궁전과 땅에 가득 차고, 왕의 가축은 열병과
전염병으로 죽고, 왕과 그의 백성들은 종기와
고름 물집으로 온몸이 부어오르리라. 우박 섞인

---

35) 요셉. 이집트의 파라오는 요셉을 통치자로 세웠다. "내가 너보다 높다는 것은 이 자리에 앉았다는 것뿐이다"(〈창세기〉 41 : 40).
36) 밀턴은 이 왕이 부시리스라고 했다(제1편 참조).
37) "야훼께서는 이스라엘 백성으로 하여금 이집트인들에게 환심을 사도록 하셨으므로 이집트인들은 무엇이든지 달라는 대로 내어주었다. 이렇게 그들은 이집트인들을 털었다"(〈출애굽기〉 12 : 36).
38) 이하에 열거된 이집트의 '열 가지 재앙'은 〈출애굽기〉 5~12장 참조.

우레와 불 섞인 우박이 이집트의 하늘을
찢고 온 땅을 유린하여 모든 것이 멸망하고,
멸망을 면한 곳의 풀과 과실과 곡물도
검은 구름장처럼 몰려오는 메뚜기 떼에
먹혀 지상에 푸른 것이라고는 하나도
남지 않으리라. 암흑, 만지면 손에 잡힐 듯한
암흑[39]이 왕의 온 국토를 뒤덮고 사흘 동안 낮을
지워버린다. 마지막에는 하룻밤 만에
이집트의 모든 맏이를 모조리 죽이리라. 이러한
열 가지 재앙으로써 나일강의 악어[40]도 마침내
길들여져, 머물러 있던 백성의 출국을 허락한다.
그 완강한 마음이 한때는 부드러워졌으나 한번
녹은 뒤 다시 얼음처럼 굳어져, 또다시 격분하며
금방 내보낸 자를 추격한다. 그러나 바다가
그의 군사 삼키고, 그들은 마른 땅 걸어가듯
모세의 지팡이에 겁에 질려 양쪽으로 갈라선
두 수정벽[41] 사이로 무사히 지나간다.
이리하여 구원받은 자들은 맞은편 해안에
이르리라. 하느님은 이런 놀라운 힘을
그가 선택하신 성자에게 주신다. 하느님은
구름과 불기둥 안에서, 즉 낮에는
구름으로 밤에는 불기둥으로 앞장서고
길을 인도할 때에는 천사의 모습으로

---

39) "모세가 하늘을 향하여 팔을 뻗치니 이집트 땅이 온통 짙은 어둠에 싸여 사흘 동안 암흑세계
가 되었다"(《출애굽기》 10 : 22).

40) "주 야훼가 말한다. 이집트 왕 파라오야, 내 이제 너를 치리라. 나일강 가운데 엎드려 있는 큰
악어야"(《에스겔》 29 : 3). 그러나 원문(및 영역 성서)은 "dragon"으로 되어 있어, 용이나 뱀으로 변
역할 수도 있다. 파라오가 사탄 같은 존재임을 암시한다.

41) 수정벽 이미지는 뒤바르타스의 《성스러운 주간》에서 따왔다. "이스라엘 백성은 바다 가운데로
마른 땅을 밟고 걸어갔다. 물은 그들 좌우에서 벽이 되어주었다"(《출애굽기》 14 : 22).

나타나신다.[42] 완고한 왕이 쫓는 것을 보시고는
백성들 뒤로 가서 적군의 눈앞을 가린다. 왕은
밤새도록 추격하지만, 어둠이 중간에 가로막아
새벽까지 접근하지 못하게 한다. 날이 밝으면
하느님은 불기둥과 구름 사이로 굽어보시며
왕의 전군을 괴롭히고 전차 바퀴를
부수리라. 명령에 따라 모세가 다시
그 권능의 지팡이를 바다 위에 휘두르니
바다는 복종하며 전열 짜서 뒤쫓는
왕의 군사들을 덮쳐 삼킨다.[43]
그리하여 선민은 가장 가까운 길은
아니지만 황야 지나 해안에서 무사히
가나안으로 향한다. 가까운 길 가지 않음은
가나안에 들어가자마자 가나안 사람을
놀라게 하여, 전쟁 경험이 적은 그들이
전쟁의 위협을 받고 두려운 나머지 오히려
치욕스런 노예생활 택하여 이집트로 되돌아갈 것을
염려해서이다.[44] 전쟁에 익숙지 않은 자는,
경솔하게 만용을 부리지 않는 한, 귀한 자나
천한 자 모두 생명을 소중히 여기기 때문이다.
또한 그들은 아득한 황야를 천천히 지나면서
정권을 확립하고 하느님이 정하신
율법으로 다스리고자 열두 지파에서 사람을

---

42) "야훼께서는 그들이 주야로 행군할 수 있도록 낮에는 구름기둥으로 앞서가시며 길을 인도하시
고 밤에는 불기둥으로 앞길을 비추어주셨다"(《출애굽기》 13 : 21). 그러나 밀턴은 《그리스도교 교
의론》에서 하느님이 그들을 인도하지 않고, "명령과 영광을 받은 유명한 천사"를 보냈다고 말한
다.
43) 《출애굽기》 14 : 26~28 참조.
44) 이집트를 탈출한 일행은 시나이반도를 남하하여 아카바만으로 나와 다시 북상하여 가나안에
닿기까지 40년 동안 황야를 떠돌았다.

뽑아 원로회의[45]를 설치하리라. 하느님은
하늘에서 내려오시어 시나이의 잿빛 봉우리
뒤흔들며 우레, 번개, 나팔 소리 드높은 가운데
그들에게 율법을 선포하시도다.[46] 그 일부는 인륜에
관한 것이요, 일부는 종교의식에 관한 것으로,
후자는 뱀을 처단하기로 예정된 그대의 후손이 어떠한
방법으로 인류의 구원을 완성할지를 징조와
상징[47]으로 그들에게 알려주리라. 그러나 하느님의
목소리 인간의 귀에는 무섭게 울린다. 그들은
모세가 거룩한 뜻을 대신 듣고 그들에게 전하여
두려움을 멈춰주기를 바란다.[48] 중재자 없이는
하느님에게 가까이 다가갈 수 없음을 알고 있던
모세는 그들의 소원 받아들여, 그 높은 임무를
상징적으로 취하도다. 이는 보다 위대한 중재자를
이 땅에 인도하고자 함이니, 그는 그 중재자
오시는 날을 예언하고, 대대로 모든 예언자들이
이 위대한 메시아 나타나실 때를 예언하노라.[49]
이렇게 율법과 의식이 이루어지니, 하느님은
그분의 뜻에 따르는 자들을 매우 흡족히

---

45) 70명으로 구성된 장로회의 소집 내용은 〈민수기〉 11 : 16~25 및 〈출애굽기〉 24 : 1~9 참조. 이
장로회의가 유대 사회의 최고자치기관(산헤드린)의 최초 형태라고 한다.

46) 모세는 시나이산에서 하느님에게 십계를 받는다. 〈출애굽기〉 19 : 16~20 : 20 참조.

47) "징조와 상징"의 원문은 "types and shadows"이다. 대사제(그리스도)와 달리 지상의 사제들이 받드
는 것은 "하늘 성전의 모조품과 그림자(example and shadow)"(〈히브리서〉 8 : 5)라고 했다. 밀턴은
구약성서에 나와 있는 것이 신약에 나와 있는 것의 징조이고 상징이라고 생각했다.

48) "당신이 우리에게 말해 주시오. 잘 듣겠습니다. 하느님께서 직접 우리에게 말씀하신다면 우리
는 죽을 것입니다"(〈출애굽기〉 20 : 19).

49) "너희 하느님 야훼께서는 나와 같은 예언자를 동족 가운데서 일으키시어 세워주실 것이다. 너
희는 그의 말을 들어야 한다"(〈신명기〉 18 : 15). 이 모세의 예언은 〈사도행전〉 3 : 22에도 인용되
어 있으며, 모세가 중재자 그리스도의 징조(type)임이 강조되어 있다. 밀턴도 "모세는 그리스도
의 한 징조"(《그리스도교 교의론》)라고 말했다.

여기시고 황송하게도 성스러운 그분께서 하찮은
인간과 함께 살고자 그들 사이에 그분의
성소 세우게 하셨느니라. 그분의 명령으로
황금 입힌 삼나무로 성소가 세워지고, 그 안에
성궤 놓이고 그 속엔 그분의 율법인
성약의 기록이 안치되고, 그 위에 두 빛나는
거룩천사 날개 사이 황금으로 된 자비의 자리[50]
가 있다. 그 자리 앞에서는 일곱 등불[51]이
마치 황도대처럼 하늘의 별들을 나타내며
타오를 것이요, 그들이 여행할 때를 제외하고는
낮에는 구름이, 밤에는 타오르는 불꽃이 장막 위에
머물리라.[52] 이리하여 그들은 천사의 인도
받아 아브라함과 그 후손에게 약속된 땅에
도착하느니라. 그 밖의 일 말하려면 이야기가
너무 길어지리라. 이를테면 얼마나 많은 전쟁을 겪고,
얼마나 많은 왕들이 멸망하고 점령된
나라는 얼마며, 또 한 사람이 소리 높여
'해야, 기브온 위에 머물러라, 달아, 너도
아얄론 골짜기에 멈추어라. 이스라엘이 승리할
때까지!'라고 외쳤을 때 해가 어떻게 온종일
중천에 멈추어 서 있고, 밤은 어떻게 그 당연한
운행을 늦췄는지[53] 말이다. 이스라엘[54]은

---

50) 제11편 참조.
51) 등잔대에는 일곱 가지가 있는데《출애굽기》25 : 31 참조), 요세푸스《유대고대사》는 그것이 일곱
   유성을 상징한다고 보았다.
52) 하느님의 성소 짓는 부분은 〈출애굽기〉 25~26장 참조.
53) 모세의 후계자 여호수아가 이스라엘 백성을 이끌고 다섯 왕의 군대와 싸울 때 "해야, 기브온
   위에 머물러라. 달아, 너도 아얄론 골짜기에 멈추어라"《여호수아》 10 : 12)라고 야훼에게 외쳤다.
   기브온과 아얄론 골짜기는 예루살렘 근처에 있었다.
54) 야곱은 이름을 이스라엘로 바꾸고 그 뒤 이 이름은 야곱의 모든 자손을 일컫는 말이 된다.
   〈창세기〉 32 : 28 참조.

아브라함의 3대손, 즉 이삭의 아들로, 그의
자손들이 이리하여 가나안을 얻게 되노라."
여기서 아담이 말했다. "아, 하늘의 사신,
어둠을 비추는 자여. 당신은 여러 기쁜 소식과
특히 의로운 아브라함과 그 후손에 대해
알려주셨나이다. 비로소 나는 참된 눈을
뜨고 내 마음 매우 편안해짐을
느끼나이다. 전에는 나와 온 인류의 장래를
생각하고 괴로워했는데 이제 만백성이
축복받을 그가 올 날이 눈에 선하니,[55] 금지된
방법으로 금지된 지식을 구한 나에게는
분에 넘치는 은총이옵니다. 그런데 아직은 어째서
하느님이 황송하게도 지상에서 함께 사실 그들에게
그토록 많은 율법을 주셨는지 모르겠나이다.
그 많은 율법은 그만큼 죄가 많다는
증거인데, 그렇다면 어떻게 하느님이
그들과 함께 사실 수 있나이까?"
미가엘이 답한다. "그대에게서 태어났으니
그들 사이에 죄가 뿌리 깊음은 마땅하다.[56]
그래서 죄를 자극하여 율법과 싸우게 함으로써
그들의 타고난 사악함을 드러내기 위해서
율법을 내리시는 것이니라. 율법은
죄를 드러내지만[57] 그 죄는 가벼운 상징적인

---

55) 야훼는 아브라함에게 약속했다. "네가 이렇게 내 말을 들었기 때문에 세상 만민이 네 후손의
덕을 입을 것이다"(《창세기》 22 : 18). 그러나 예수는 "너희의 조상 아브라함은 내 날을 보리라는
희망에 차 있었고 과연 그날을 보고 기뻐하였다"(《요한복음》 8 : 56)라고 하였으므로 아담이 말
한 "그가 올 날"이 아브라함의 날인지 예수 그리스도의 날인지 혼란스럽다. 아담은 아직 완전
히 눈을 뜨지 못했다.
56) 밀턴은 율법과 믿음에 의한 의인(義認)의 관계에 대한 신교도의 독특한 신학론을 미가엘을 통
해 설명한다.

속죄[58]인 소와 양의 피로 씻어내지 않고는
지울 수 없음을 깨달을 때, 불의한 자를 위해,
보다 고귀한 피[59] 정의가 바쳐져야 함을
알리라. 그리고 믿음을 통해
하느님께 의로움을
인정받고[60] 양심의 평화를 누릴 수 있느니라.
이는 율법의 의식(儀式)으로도, 율법이 명한
도덕을 지킨다 하더라도
얻을 수 없는 것이니, 이것 없이는
살아갈 수 없다.[61] 그러므로 율법은 불완전하고,
다만 때가 되어 보다 나은 계약 맺기까지
그들을 이끌어주기 위한 것이니라.[62]
그때까지 인간은 피상적 형식에서 진리로,[63]
육에서 영으로,[64] 엄격한 율법의 속박에서
위대한 은총[65]의 자유로운 수용으로, 노예의

---

57) "율법을 지키는 것으로는 아무도 하느님과 올바른 관계를 가질 수 없습니다. 율법은 단지 무엇이 죄가 되는지를 알려줄 따름입니다"(〈로마서〉 3 : 20).

58) "율법은 장차 나타날 좋은 것들의 그림자일 뿐이고 실체가 아니기 때문에 해마다 계속해서 같은 희생제물을 드려도 그것을 가지고 하느님 앞에 나아가는 사람들을 완전하게 할 수는 없습니다"(〈히브리서〉 10 : 1). 그리스도가 참된 속죄이다.

59) "흠도 티도 없는 어린 양의 피 같은 그리스도의 귀한 피로 얻은 것입니다"(〈베드로전서〉 1 : 19).

60) "하느님께서는 믿는 사람이면 누구나 아무런 차별도 없이 당신과 올바른 관계에 놓아주십니다. 그것은 예수 그리스도를 믿음으로써 이루어지는 것입니다"(〈로마서〉 3 : 22). 또한 〈로마서〉 5 : 1, 〈갈라디아서〉 2 : 16 참조.

61) 〈로마서〉 10 : 5 참조.

62) "율법은 그리스도께서 오실 때까지 우리의 후견인 구실을 하였습니다. 그러나 그리스도께서 오신 뒤에는 우리가 믿음을 통하여 하느님과 올바른 관계를 맺게 되었습니다"(〈갈라디아서〉 3 : 24).

63) 〈히브리서〉 10 : 1 참조.

64) "육체적인 것에 마음을 쓰면 죽음이 오고 영적인 것에 마음을 쓰면 생명과 평화가 옵니다"(〈로마서〉 8 : 6).

65) 〈로마서〉 6 : 14 참조.

두려움에서 아들의 외경으로,[66] 율법의 과업에서
신앙으로[67] 이르는 수련을 쌓아야 하리라.
그런 까닭에, 모세는 하느님의 지극한 사랑을 받아도
율법의 사역자에 지나지 않아 그의 백성을
가나안으로 인도하지 못하고, 이방인들이
예수라 부르는 여호수아[68]가 뒷날 원수인
뱀을 죽이고 이 세계의 광야를 오랫동안
떠돌던 인간을 영원한 안식의 낙원으로
편안히 데리고 가는 자의 이름과 임무를 맡으리라.[69]
지상의 가나안으로 인도된 그들은 그 땅에
오래도록 살며 번창하리라. 그러나 백성의 죄가
사회적인 안정을 가로막고 하느님을
노하게 하여 그들의 적을 일으키리라.
그래도 하느님은 처음에는 판관[70]들을 통하여,
다음에는 왕의 통치로 회개하는 자들을
자주 구원하리라. 왕들 가운데 2대 왕,
신앙과 무공으로 이름 높은 자는 그의 왕위
영원히 이어지리라는 불변의 약속을
받으리라.[71] 다른 모든 예언자[72]도 똑같이 말하리라.
다윗(이것이 그의 이름이다)의 왕통에서

---

66) 〈로마서〉 8 : 15 참조.

67) 〈갈라디아서〉 2 : 16 참조.

68) 히브리어로 여호수아를 그리스어 성서에서 예수라고 적은 것을 말한다. 둘 다 '구세주'라는 뜻
이다. 황야를 방황하는 이스라엘 백성을 가나안 땅으로 인도한 여호수아는 사람들을 천국으
로 인도한 예수 그리스도의 전조 격인 존재이다.

69) 〈신명기〉 34장, 〈여호수아〉 1장 참조. 밀턴은 "율법의 불완전성은 모세를 통해 확연히 드러난다.
모세는 율법의 형식이며, 이스라엘 백성을 가나안 즉 영원한 안식처로 인도하지 못했기 때문이
다. 그들은 여호수아, 즉 예수에게 이끌려 그 땅으로 들어갔다"(《그리스도교 교의론》)고 말했다.

70) 〈사사기〉 2 : 16 참조.

71) "네 왕위는 영원히 흔들리지 아니하리라"(《사무엘하》 7 : 16)라고 예언자 나단이 다윗에게 말했다.

72) 〈이사야〉 9 : 6~7, 〈다니엘〉 7 : 13~14 참조.

한 아들이 나타나리니, 그가 바로 그대에게
예언된 여자의 후손이니라. 아브라함에게는
만백성이 그를 믿으리라 예언되고, 역대 왕들에게는
그 통치 끝없기 때문에 마지막 왕으로
예언된 자. 그러나 먼저 다윗의 유구한 왕통이
이어지리라. 부와 지혜로 이름 날리게 될
그의 아들[73]은 방랑하는 동안 구름에 감싸인
장막에서 모시던 법궤를 영광스런 신전에 모시리라.
그 뒤로도 반은 선이요 반은 악이라고
기록될 왕들이 뒤따르겠지만, 악한 왕의 명단이
더 길리라. 그들의 사악한 우상숭배[74]와 그 밖의
과오는 수없는 백성들의 죄에 더해져
하느님을 노하게 하니, 그분은 그들을 버리고,
그 땅과 도시, 신전, 법궤 및 다른 모든
성물을 그 높은
성벽이 혼란 속에서 결국 폐허로 돌아간
저 바빌론[75]이라는 오만한 도시의 조롱거리와
제물이 되게 하리라. 하느님은 그곳에 그들을
칠십 년 동안[76] 포로로 살게 하신 뒤, 자비 베푸시어
하늘의 날들처럼 영원하리라는 다윗과 맺은 언약[77]
기억하시고 그들을 다시 고국으로 데려오시리라.
하느님이 앉히신 그들의 주인인 왕들[78]의 허락 얻어

---

73) 솔로몬. 이 왕이 예루살렘에 신전을 세운 전말은 〈열왕기상〉 6~7장, 〈역대하〉 3~4장에 자세히
나와 있다.
74) 제1편 참조.
75) 바빌론 유수(기원전 587~538)에 대해서는 〈열왕기하〉 25장, 〈역대하〉 36장, 〈예레미야〉 39, 52장
등에 자세히 나와 있다.
76) "그 칠십 년이란 시한이 차면 나는 바빌론 왕과 그 민족의 죄를 벌하여 바빌론 땅을 영원히 쑥
밭으로 만들리라"(〈예레미야〉 25 : 12).
77) 〈시편〉 89 : 29 참조.
78) 이스라엘 삶의 귀국을 허락한 페르시아의 킬로스, 아르타크세르크세스, 다이레오스 왕. 이 왕

바빌론에서 돌아오자 그들은 가장 먼저
성전을 고쳐 세운다. 그렇게 얼마 동안은 초라한 대로
온건하게 살지만, 머지않아 인구가 늘어 부를
얻자마자 분쟁을 일삼게 되리라. 무엇보다
제단을 지키고 평화에 힘써야 할
사제들 사이에 알력[79]이 일어나리라.
그들[80]의 다툼은 신전을 더럽히고 마침내는
왕홀을 빼앗아 다윗의 아들들을 멸시하리라.
그 뒤 왕홀이 이국인[81]에게 넘어갈 것이나, 이는
기름부음을 받은 참된 왕 메시아가 정당한 권리를
빼앗긴 채 태어나기 위함이로다.
그러나 그가 태어날 때 전에는 보이지 않던
별이 하늘에서 그의 출현을 알리고, 유향과
몰약과 황금을 바치고자 그의 처소 찾는
동방 박사들 인도하리라. 한 거룩한
천사가 그날 밤 그가 나신 곳을 지키는
순진한 목자들에게 알리니, 그들 기꺼이
그곳으로 한달음에 달려가 하늘의 합창단이
부르는 축가를 들으리라.
그분의 어머니는 처녀, 아버지는
매우 높으신 분의 힘[82]이로다. 성자는
대대로 이어진 왕위에 오르고, 통치하는

들의 원조로 이루어진 예루살렘과 신전 재건에 대한 내용은 〈에스라〉, 〈느헤미야〉 1~6장 참조.
79) 대사제직을 둘러싸고 오니아스, 야손, 메넬라오스 사이에 분쟁이 생겨 안티오쿠스 4세의 신전
모독을 야기했다(〈마카베오상〉 4~6장 참조).
80) 대사제와 왕을 대대로 겸해 온 하스몬 왕조 사람들을 말한다.
81) 안티파텔을 말한다. 그는 기원전 47년 율리우스 카이사르에 의해 유대 총독으로 임명되었다.
그의 아들 헤로데의 치세에 예수 그리스도가 태어났다.
82) "천사는 이렇게 대답하였다. '성령이 너에게 내려오시고 지극히 높으신 분의 힘이 감싸주실 것
이다. 그러므로 태어나실 그 거룩한 아기를 하느님의 아들이라 부르게 될 것이다'(〈누가복음〉
1 : 35).

땅은 세상 끝[83)까지 이르니
그 영광은 하늘에 닿으리라."[84)
그의 말 끝나자, 아담은 너무나 기뻐
슬플 때처럼 눈물에 젖어 함부로 말도
못하고 겨우 목소리를 낸다.
"아, 복음의 예언자여, 궁극의 희망을 완성하는
자여! 한결같은 마음으로 여태껏 헛되이 찾던,
고대하던 위대한 구주가 여자의 후손이라 불리는
까닭을 이제야 확실히 깨달았나이다.
동정녀 성모여, 만세! 그대는 더없이 거룩한 하늘의
사랑받으며 내 혈통에서 태어나, 그 태에서 매우
높으신 하느님의 아들 낳으시리라.[85) 이리하여
신과 인간이 하나가 되리니, 뱀은 이제 치명적인
상처 입고 죽음의 고통 느낄 각오를 해야 하리라.
천사여, 이 싸움이 언제 어디서 이루어지며 어떤 타격이
승리자의 발꿈치를 상하게 하는지 가르쳐주소서."
미가엘이 아담에게 대답한다. "그들의 싸움을 결투와
같은 것으로, 또는 머리나 발꿈치의 일부분을
상하게 하는 것으로 생각지 마라. 성자가 인격과 신성을
겸하는 것은 보다 강한 힘으로 그대의 적을
격파하고자 함이 아니니라. 사탄도 그렇게
패망하지는 않으니. 비록 하늘에서 추락하여
크나큰 상처 입었을망정 그대에게
죽음의 상처 못 줄 만큼은 아니니라. 그대의
구주로 오시는 이가 그 상처 낫게 하시나,
사탄을 멸함으로써가 아니라 그대와 그대의 후손에게

---

83) 〈시편〉 2 : 8 참조.
84) 〈마태복음〉 2장, 〈누가복음〉 2장 참조.
85) 〈누가복음〉 1 : 31~35 참조.

그가 한 일[86]을 멸함으로써 그러하리라. 그대가
완수치 못한 일, 즉 죽음의 벌로서 가해진
하느님의 율법에 순종함으로써, 그대의 죄와
그 죄에서 나오는 그대 자손들이 받아야 할 형벌인
죽음의 고통을 받음으로써만 완수되느니라.
오직 그럼으로써 높은 정의가 채워지리라.
사랑[87]만으로 율법을 완성할 수 있으나 그분은
순종과 사랑으로 하느님의 율법을 완성하리라.
그분은 육신을 입고 오셔서 치욕적인 삶과
저주받을 죽음[88]으로 그대의 형벌 대신 받으시고
그의 속죄 믿는 모든 자에게 영생을
선포하리라. 그분의 순종은 신앙으로 바뀌어
그들의 것이 되지만,[89] 그분의 구원은
그들의 행위(비록 율법과 일치한다 해도)가
아니라 그분의 공덕이니라. 그리하여 그분은
미움과 모욕을 받으며 살고, 강제로 잡혀가
심판받고, 수치스럽고 저주스런 죽음의
선고를 받아 자기 백성들 손으로 십자가에
못 박혀 영생을 가져오기 위해 죽임
당하리라. 그러나 그분은 그대의 적들, 그대를
꾸짖는 율법과 온 인류의 죄를 자신과 함께
십자가에 못 박으시리라.[90] 이는 그분의 속죄를

---

86) "악마가 저질러놓은 일을 파멸시키려고 하느님의 아들이 나타나셨던 것입니다"〈요한일서〉 3 : 8).

87) "이웃을 사랑하는 사람은 이웃에게 해로운 일을 하지 않습니다. 그러므로 사랑한다는 것은 율법을 완성하는 일입니다"〈로마서〉 13 : 10).

88) 〈갈라디아서〉 3 : 13 참조.

89) "한 사람의 불순종으로 많은 사람이 죄인이 된 것과는 달리 한 사람의 순종으로 많은 사람이 하느님과 올바른 관계를 가지게 될 것입니다"〈로마서〉 5 : 19).

90) "하느님께서는 여러 가지 달갑지 않은 조항이 들어 있는 우리의 빚문서를 무효화하시고 그것을 십자가에 못 박아 없애버리셨습니다"〈골로새서〉 2 : 14).

옳게 믿는 자가 다시는 해를 입지 않도록 함이다.
주는 이렇게 죽지만 곧 부활하리니, 죽음은
오래도록 그분에게 주권을 행사할 수 없다.
사흘째 새벽이 돌아오기 전에 샛별은
그분이 여명의 빛처럼 새롭게 무덤에서
일어나심을 보리라. 인간을 죽음에서 구해내는
그분의 속죄, 인간을 대신하는 그분의 죽음,
생을 받은 자는 누구도 그것을 지나칠 수 없고
믿음으로 선행을 쌓으면 그 은혜를 받으리라.
이와 같은 거룩한 행위는 영원한 생을 잃고
죄로 인해 죽어야 하는 그대의 운명, 그 마땅한
죽음을 지워 없애리라. 이 행위가
사탄의 머리를 짓밟고 그 힘을 부수고 양팔로서
맹위를 떨치고 있는 죄와 죽음을 없애리라.
그리고 일시적인 죽음[91]이 승리자나 그로 인해 속죄한
자의 발꿈치에 주는 상처보다 훨씬 더 깊이
그 머리에 가시를 꽂으리니, 죽음은 잠과 같도다.
죽음은 영생으로의 고요한 이동이니라.
구세주는 부활하신 뒤 살아 계실 때 늘
그분을 따르던 제자들에게
몇 번 나타나 보이실 뿐 이 지상에는
오래 머물지 않으리라. 그러나 그분과 그분의 구원에 대하여
배운 모든 것을 온 백성에게 가르치고,
믿는 자에게는 흐르는 물로써 세례를 주는
책임을 맡기셨으니, 이는 죄책감을 씻어
순결한 생활로 이끌고 때에 따라서는

---

91) "우리는 예수께서 죽으셨다가 다시 살아나신 것을 믿습니다. 그래서 우리는 예수를 믿다가 죽
은 사람들을 하느님께서 예수와 함께 생명의 나라로 데려가실 것을 믿습니다"(〈데살로니가전
서〉 4 : 14).

속죄자로서의 죽음을 받아들일 마음의
준비를 갖추라는 표시니라. 제자들은
만백성에게 가르치리라. 그날부터 구원은
아브라함의 피를 잇는 아들들뿐만
아니라, 세상 널리 아브라함의 신앙을 잇는
모든 아들들에게도 전파되리니,
만백성은 아브라함의 후손에 의해 축복받으리라.[92]
그때 성자는 그와 그대의 원수 위로 개선하여
공중을 지나 승리를 안고 하늘 중의
하늘로 오르시리라. 하늘을 날 때 공중의 왕[93] 뱀을
급습하여 붙잡아 사슬로 묶어 그의 온 영토에서
끌고 다니다가 가차 없이 던져버리리라. 그리고
영광의 세계에 드셔서 다시 하느님의 오른편[94] 자기 자리로
돌아가, 하늘의 모든 이들보다 높이 드시리라.
그리고 이 세계의 파멸이 성숙되면 영광과
권력을 가지고 하늘에서 내려와
산 자와 죽은 자를 심판하시리라.
또한 믿음 없이 죽은 자를 심판하시고 믿는
자에겐 보답을 주시어,[95] 하늘에서건 땅에서건
그들은 축복을 받으리라. 그때 지상은
온통 낙원이 되고, 에덴보다 훨씬 행복한 곳이 되어
지복의 나날이 이어지리라."[96]
대천사 미가엘은 이렇게 말하고 세상의

---

92) "이렇게 하느님께서는 은총을 베푸시며 율법을 지키는 사람들에게만 아니라 아브라함의 믿음
을 따르는 사람들에게까지, 곧 아브라함의 모든 후손들에게 그 약속을 보장해 주십니다. 아브
라함은 우리 모두의 조상입니다"(〈로마서〉 4 : 16). 또한 〈갈라디아서〉 3 : 7~9 참조.

93) 제10편 및 〈요한계시록〉 20장 참조.

94) 제3편 참조.

95) 〈요한복음〉 5 : 28~29 참조.

96) 그리스도의 재림, 지복천년, 최후의 심판에 대한 밀턴의 신념이 나타나 있다.

대종말[97]을 본 듯 입을 다문다. 우리의 조상은
환희와 놀라움에 가득 차 대답한다.
"아, 무한한 은혜, 끝없는 은혜시여!
이 모든 선을 악에서 나오게 하여 악을
선으로 바꾸시다니! 창조에 의해 처음
어둠에서 빛을 만들어내신 것보다
더욱 놀랍다! 이제 나는 어찌할까, 내가 범하고
내가 지은 죄를 회개해야 하는가, 그 죄에서
더 많은 선이 생기는 것을 기뻐해야 하는가.
하느님께는 더 많은 영광이, 인간에게는
더 많은 하느님의 은혜가, 그리고 노여움 위엔
자비가 충만하리라.[98] 그런데 천사여 말해주소서.
우리의 구주가 다시 하늘에 오르시면
진리의 적인 믿음 없는 무리들 속에 남겨진
소수의 믿음 있는 자들은 어찌 되나이까?
그때는 누가 그 백성을 인도하고
보호하리오? 제자들은 그분이 받은 대우보다
더 나쁜 대우를 받지 않겠나이까?"
"틀림없이 그러리라." 천사는 말했다. "그러나
구세주는 하늘에서 백성들에게 아버지의
약속이신 위안자[99]를 보내시리라. 그분은
성령으로서 그들 사이에 살고,
사랑을 통해 작용하는 신앙의 율법을

---

97) 시인이 〈요한계시록〉의 영향을 깊게 받은 점으로 보아 아마도 천년왕국의 종말을 뜻하는 것이라.

98) "법이 생겨서 범죄는 늘어났지만 죄가 많은 곳에는 은총도 풍성하게 내렸습니다〈로마서〉 5 : 20).

99) "내가 아버지께 청하여 너희에게 보낼 협조자 곧 아버지께로부터 나오시는 진리의 성령이 오시면 그분이 나를 증언할 것이다"〈요한복음〉 15 : 26).

그들 마음에 새겨 넣어[100] 그들을 모든
진리의 길로 인도하고, 영의 갑옷으로 무장시켜
사탄의 공격을 물리치고 그의 불화살을 끄게
하시리라.[101] 그리하여
비록 죽음에 이를지라도 그들은 두려워하지 않고,
아무리 잔인한 박해를 받아도 마음속 위안으로
보답받고, 때로는 그 위안의 힘으로
거만한 박해자를 놀라게 하리라. 성령은
먼저 만백성에게 복음 전하도록 구세주가 보내신
사도들에게, 다음으로 세례받는 모든 자들에게
놀라운 은총을 베풀리니, 그들은
온갖 방언을 쓰고 그전에 주께서
하신 것처럼 온갖 기적을 행하게 되리라.[102]
이리하여 그들은 여러 나라 대다수 백성들의 마음을
사로잡아 하늘에서 내려온 복음을 기쁨으로
받아들이게 하리라. 이윽고 그들은 사명을
완수하고, 인생의 경기장[103] 잘 달려 교리와 전기를
남기고 죽으리라. 그러나 그들이 경고한 바와 같이
그 뒤에 이리 떼[104]가, 그 사나운
이리 떼가 성직자로 와서 모든 성스러운
하늘의 비밀을 악용하여 자신의 이익[105]과

100) 〈로마서〉 3 : 27, 〈갈라디아서〉 5 : 6, 〈히브리서〉 8 : 10 참조.
101) "속임수를 쓰는 악마에 대항할 수 있도록 하느님께서 주시는 무기로 완전무장을 하십시오.
……손에는 언제나 믿음의 방패를 잡고 있어야 합니다. 그 방패로 여러분은 악마가 쏘는 불화
살을 막아 꺼버릴 수 있을 것입니다"(〈에베소서〉 6 : 11~16).
102) 〈사도행전〉 2 : 4, 43 참조.
103) 〈고린도전서〉 9 : 24, 〈히브리서〉 12 : 1 등 참조.
104) "내가 떠나가면 사나운 이리 떼가 여러분 가운데 들어와 양 떼를 마구 헤칠 것이며"(〈사도행
전〉 20 : 29). 사도 바울로의 경고이다. 부패한 교회에 대한 밀턴의 분노가 나타나 있다.
105) "하느님께서 여러분에게 맡겨주신 양 떼를 잘 치십시오. ……부정한 이익을 탐내서 할 것이 아
니라 기쁜 마음으로 하십시오"(〈베드로전서〉 5 : 2).

야심을 채우고, 다만 성스러운 기록에만

남아 있는 진리를, 영이 아니면 이해할 수 없는데도

온갖 미신과 전통으로 더럽히리라.[106]

그들은 명예와 지위와 칭호를 이용하고

겉으로는 영의 힘에 따라 행동하는 척하며

이를 속된 권리에 결부하고자 하리라.

그들은 모든 믿는 자에게 똑같이 약속되고

부여된 하느님의 영을 독차지하려 하고,

그것을 구실로 영혼의 율법을 육신에,

세속적인 권력[107]을 인간들의 양심에

강요하리라, 기록으로 남겨진 바 없고, 심중의

영이 마음에 새긴 것도 아닌 그 율법. 결국

그것은 은총의 영을 압박하고 그 배필인

자유를 구속하는[108] 일이 아니고 무엇이랴?

남의 것 아닌 자신의 믿음으로 우뚝 세워진 하느님의

살아 있는 성전[109]을 허무는 일 아니고 무엇이랴?

지상에서 믿음과 양심을 압박하고도 허물 없다는[110]

말 들을 자 아무도 없느니라. 그러나 많은 이들이

권력을 남용한다. 그리하여 오직 영과 진리[111]로

---

106) 시인은 프로테스탄티즘의 성서중심주의를 강조하고 있다. "쓰여 있는 것이든 쓰여 있지 않은 것이든, 인간적인 전승에 조금이라도 관심을 기울이는 것은 우리에게 분명히 금지된 일이다" 《그리스도교 교의론》).

107) 성령에 의해 저마다 인도된 사람들에게 인간적인 권위에 대한 복종을 강요하는 것은 "인간이 아니라 하느님의 성령에 멍에를 씌우는 일"《그리스도교 교의론》)이라고 시인은 말한다.

108) "주님은 곧 성령입니다. 주님의 성령이 계신 곳에는 자유가 있습니다"《고린도후서》 3 : 17).

109) "여러분의 몸은 여러분이 하느님께로부터 받은 성령이 계시는 성전이라는 것을 모르십니까?" 《고린도전서》 6 : 19).

110) "교황은 양심과 성서를 경멸하고 자신의 허물 없음을 주장한다"《교회 문제에서의 세속 권력》) 라고 밀턴은 말했다.

111) "하느님은 영적인 분이시다. 그러므로 예배하는 사람들은 영적으로 참되게 하느님께 예배드려 야 한다"《요한복음》 4 : 24).

하느님을 숭배하는 자에게 극심한 박해가
미치리라. 다른 대부분의 사람은 외형적인
의식과 드러난 형식으로 종교심이 채워진다고
생각하리라. 진리는 비방의 화살에 맞아
물러서고, 신앙의 과업도 모습을 감추리라.
이렇게 세상은 선인에게는 불행을, 악인에게는
행복을 주며 제 짐에 눌려 신음할 것이나[112]
마침내 앞서 그대를 구원하기 위해
약속된 여자의 후손, 구주가 다시 오시어
의로운 사람에게 휴식[113]이, 악한 사람에게
보복이 돌아가는 날 오리라.
한때 희미하게 예언되었지만
이제 그대들의 구주, 그대들의 주인으로
분명히 모습을 나타내시리라.[114] 그리고
마지막에는 하느님의 영광 입고
하늘에서 구름을 타고 나타나시어
사탄과 사탄에게 현혹된 사악한 세계를
멸하시니,[115] 타오르는 불꽃 속에서
정화된 새 하늘과 새 땅이 솟아나고,
정의와 평화와 사랑에서 자라난
무한한 날의 세상이 돌아와 영원한
환희와 축복의 열매 맺히리라.”
미가엘의 말이 끝나자 아담은 마지막으로
대답한다. “영광스러운 예언자여, 당신은

---

112) “우리는 모든 피조물이 오늘날까지 다 함께 신음하며 진통을 겪고 있다는 것을 알고 있습니다”(〈로마서〉 8 : 21).
113) “위로의 때”(〈사도행전〉 3 : 20).
114) 새 하늘과 새 땅에 대한 계시록적인 기대가 거듭 나타나고 있다. 제3편, 제11편 참조.
115) 〈마태복음〉 24 : 30, 〈데살로니가후서〉 1 : 7~9 참조.

이 변천하는 세계와 시간의 흐름을, 그 시간이
멈출 때까지 순식간에 측정하여 예언했나이다. 그 너머는
온통 심연이요 영원이니, 아무도 그 끝을 보지
못하나이다. 나는 크신 가르침을 받아 마음
편안하고, 이 그릇[116]에 담을 수 있는 한도껏
지식을 얻었으니 기꺼이 이곳을 떠나겠나이다.
한때 그 이상을 바란 것은 내가 어리석었기 때문임을
이제 알았나이다. 복종하는 것이 최선[117]이며,
두려운 마음으로 오직 한 분이신
하느님을 사랑하고, 늘 그분 앞에 있는 듯이 걷고,
언제나 그 섭리를 지키고, 모든 피조물에
자비로우신 그분[118]에게만 의존하고, 선으로써[119]
악을 정복하고, 약해 보이는 것[120]으로써 세상의
강한 것을 부수고, 온화한 천진함으로써
세속적인 지혜를 뒤집어놓듯 작은 일로써
큰일을 이루고, 또한 진리를 위한 수난은 최고의
승리에 이르는 불굴의 정신이요, 믿는 자에겐 죽음도
영원한 생명에 이르는 문에 지나지 않음을,
영원히 축복받는 나의 구세주라고 지금 내가
인정하는 그분의 본보기를 통해 배웠나이다."
천사도 그에게 마지막으로 대답한다.
"이것을 배웠으니 그대의 지혜는 극치[121]에
이르렀도다. 이보다 높은 것은 바라지 말라.

---

116) 하느님(도공)이 빚어낸 인간(그릇)이라는 자각이 아담에게 생기기 시작했다. 〈로마서〉 9 : 20 이
하 참조.
117) 〈사무엘상〉 15 : 22 참조.
118) 〈시편〉 145 : 9 참조.
119) "악에게 굴복하지 말고 선으로써 악을 이겨내십시오"(〈로마서〉 12 : 21).
120) 〈고린도전서〉 1 : 27 참조.
121) "주를 두려워하는 것이 곧 지혜요"(〈욥기〉 28 : 28).

모든 별의 이름과 모든 천사와

모든 심연의 비밀과 모든 자연현상, 곧

하늘과 공중과 땅과 바다에 이루신 하느님의

위업들을 알더라도, 또한 이 세상의 모든

부와 모든 지배권과 한 나라를

다 얻더라도, 오직 그대의 지식에 걸맞은

행위를 더하고, 행위에 믿음을, 믿음에 덕을,

덕에 인내와 절제를, 절제에 사랑을, 다른

모든 것의 영혼인 자비라는 이름의 사랑을 더하라.[122]

그러면 그대 이 낙원을 떠나도 싫지 않을

것이니, 그대 마음속에 훨씬 행복한 낙원[123]을

갖게 되리라. 정해진 시간이 우리에게 떠날 것을

재촉하니 이젠 이 전망 좋은 산꼭대기에서 내려가자.

보라! 내가 저 산에 진 치게 한 하늘의 수비대가

진군 명령을 기다리고 있노라. 그 선두에서

불칼이 출발 신호를 보내며 맹렬히 휘둘리고 있으니

이제 더는 머무를 수 없도다.

가서 하와를 깨워라. 나는 그녀를 온화한

꿈으로 진정시키고, 선을 예고하여

그 영을 온유한 순종의 길로 나아가게 했노라.

적절한 때를 보아 그대가 들은 바를 하와에게

들려주어라. 특히 하와의 신앙에 관계되는

지식, 즉 그녀에게서 태어날 자손에 의해

(앞에서 말한 여자의 후손에 의해) 온 인류가

---

122) "여러분은 열성을 다하여 믿음에 미덕을 더하고, 미덕에 지식을, 지식에 절제를, 절제에 인내를, 인내에 경건을, 경건에 교우끼리의 사랑을, 교우끼리의 사랑에 만민에 대한 사랑을 더하십시오"(〈베드로후서〉 1 : 5~7).

123) 사탄이 늘 "마음속 지옥"(제4편)을 갖고 있는 것처럼, 신의 은총을 깨달은 아담은 낙원에서 쫓겨나도 언제나 마음속에 낙원을 품고 있다는 뜻이다.

구원되리라는 사실을 충분히 전하라. 그리하면
그대들은 앞으로 긴 세월[124]을 똑같은 한 신앙으로
이어져 살아가리라. 과거의 죄 때문에
슬픔이 따르더라도 행복한 종말을
생각하고 한층 더 기쁜 마음으로 살아가라."
말 끝내자 둘은 함께 산을 내려온다.
아담이 하와가 자고 있는 정자로
천사보다 앞서 달려가 보니, 그녀는 이미 깨어나[125]
조금도 슬프지 않은 말투로 그를 맞이한다.
"어디에 가셨다가 어디서 돌아오셨는지 나는
알고 있나이다. 하느님은 잠 속에도 계시니
슬프고 괴로운 마음으로 지쳐 잠든 내게
은혜롭게도 꿈[126]을 보내시어 가르쳐주시고
위대한 선을 보여주셨나이다. 그러니 나를
인도하소서. 조금도 망설이는 마음 없나이다, 그대와
함께 간다면[127] 이곳에 머무르는 것과 같기에.
그대 없이 여기 머무는 것은 마지못해 이곳을
떠나는 것과 같나이다. 그대는 내 방자한 죄 때문에
쫓겨나니, 이제는 그대가 하늘 아래 내 모든 것,
모든 장소이나이다. 나 때문에 모든 것 잃었으나
내 성약의 씨가 모든 것 회복하리라는
분에 넘치는 은총 주셨으니, 나는 그 위안
마음속 깊이 새기고 이곳을 떠나겠나이다."

---

124) 아담은 930세까지 살았다(《창세기》 5 : 5).
125) 줄거리에서는 아담이 하와를 "깨운다"고 했다.
126) "너희 가운데 예언자가 있다면 나는 그에게 환상으로 내 뜻을 알리고 꿈으로 말해 줄 것이다"
    (《민수기》 12 : 6).
127) "룻이 말했다. '어머님 가시는 곳으로 저도 가겠으며, 어머님 머무시는 곳에 저도 머물겠습니
    다. ……죽음밖에는 아무도 저를 어머님에게서 떼어내지 못합니다'"(《룻기》 1 : 16~17). 하와는
    제11편에서 미가엘이 한 충고를 떠올리고 있다.

우리의 어머니 하와가 말하니, 아담은
듣고 매우 기뻤으나 대답하지 않는다. 바로 곁에
대천사가 서 있고, 저쪽 산에서는 거룹천사들이
찬란한 대열을 짜서 정해진 위치를 향해
땅 위로 유성처럼 미끄러져 내려왔기 때문이다.
그 모습 마치 강물에서 피어오른 저녁 안개가
늪 위를 지나, 집으로 돌아가는 농부[128]의 발꿈치를
휘감으며 재빨리 흘러가는 듯하다. 높이 쳐들려
휘둘리는 하느님의 칼이 천사들 앞에서
혜성처럼 강렬하게 번뜩인다. 칼은 맹렬한
열기와 리비아의 사막을 달구는 대기와도 같은 증기로
그 온화하던 풍토를 태우기 시작한다.[129] 이를
본 대천사는 여전히 망설이는 우리의 조상들을
두 손으로 붙잡고 동쪽 문으로 곧장 이끌고 가
서둘러 벼랑 밑 머나먼 들판에 내려놓고[130]
사라진다. 그들은 고개를 돌려
조금 전까지 그들의 행복한 처소였던
낙원의 동쪽을 가만히 바라본다.
그 위에서는 불칼[131]이 돌아가고, 문에는
천사들의 무서운 얼굴과 불타는 무기들 가득하다.
눈에서 눈물이 절로 흘렀으나 바로 닦아낸다.
지금은 안주의 땅을 찾아야 할 세계가 그들 앞에
펼쳐져 있고, 섭리가 그들의 안내자였다.
그들은 손을 마주 잡고[132] 방랑의 걸음 느리게

---

128) 행복한 종말을 향해 가는 인간으로 풀이된다.
129) 인간의 원죄로 인한 기후 변화 또는 세계의 종말을 암시한다.
130) 천사가 롯과 그 가족을 소돔에서 끌어내는 상황이 배경에 있다(《창세기》 19 : 15~16).
131) "이렇게 아담을 쫓아내신 다음 하느님은 동쪽에 거룹들을 세우시고 돌아가는 불칼을 장치하
여 생명나무에 이르는 길목을 지키게 하셨다"(《창세기》 3 : 24).
132) 아담과 하와가 손을 마주 잡는 것은 회복된 신뢰와 평화를 뜻한다. 그들이 아직 순수했을 때

에덴을 지나 그 쓸쓸한 길을 걸어간다.[133]

"그들은 서로 손잡고 걷는다"(제4편). 또한 하와가 아담에게서 멀어졌을 때는 "남편 손에서 살며시 손을 빼고"(제9편) 떠나갔다.

133) 두 사람은 방랑자의 길을 걷지만 정처 없는 방랑길은 아니다. 낙원을 잃은 인간적인 슬픔과 쓸쓸함은 있을지언정, 섭리를 믿는 자의 큰 기쁨(희망)도 품고 있었다. "사람 사는 고장으로 가는 길 찾지 못하고 광야에서 길 잃고 헤매며 주리고 목마름으로 기력이 다 빠졌던 자들, 그들이 그 고통 중에서 울부짖자 야훼께서 사경에서 건져주셨다. 길을 찾아 들어서게 하시어, 사람 사는 고장에 이르게 하셨다. 그 사랑, 야훼께 감사하여라. 인생들에게 베푸신 그 기적들, 모두 찬양하여라"(〈시편〉 107 : 4~8).

밀턴의 생애와 작품

우리는 하느님의 약속을 믿고 새 하늘과 새 땅을 기다리고 있습니다. 거기에는 정의가 깃들여 있습니다.

〈베드로후서〉 3 : 13

영국문학사에서 가장 위대한 작품으로 손꼽히는 존 밀턴(1608~74)의 서사시 《실낙원》(1667)에는 행마다 시인 밀턴의 목소리와, 밀턴이 살았던 시대의 목소리가 또렷이 살아 있다. 그런 의미에서 《실낙원》은 17세기 영국의 역사적인 산물이다. 그러나 동시에 이 작품은 현대를 살아가는 우리의 마음까지도 강하게 사로잡는다. 이 작품이 인간성과 관련된 보편적인 특성, 세계문학적인 특성을 충분히 갖추고 있다는 뜻이다. 《실낙원》은 시간적·공간적 특수성과 보편성을 두루 지녔다. 다시 말하면 영국 청교도혁명을 다양한 입장에서 체험한 독자를 대상으로 삼은 동시에 우리와 같은 현대의 독자까지도 대상으로 삼은 것이다.

제1장 생애—데생처럼

전원시에서 출발

밀턴은 1608년 12월 9일 런던에서 부유한 공증인의 아들로 태어난다. 이 아버지로부터 사상적으로나 정서적으로 많은 것을 물려받았다. 엘리자베스 여왕은 몇 년 전에 서거했지만 셰익스피어는 여전히 건재하여 그의 걸작을 차례로 런던 극장에 올리며 화려한 엘리자베스 왕조 문화의 낙조(落照)를 수놓던 때였다. 밀턴의 생애를 연대적으로 살펴보면 엘리자베스 여왕의 뒤를 이은 제임스 1세와 그의 아들 찰스 1세, 혁명, 공화제시대, 찰스 2세에 의한 왕정복고 시대를 두루 아우른다. 그 시대는 가장 소란하고 피비린내 나는 암울한 시대였다. 밀턴은 혁명 속에서 생애를 보냈다고 해도 과언이 아니다.

이 혁명은 바로 청교도혁명을 말한다. 청교도 및 청교도주의는 영국의 그리스도교회가 로마 가톨릭교회와 결별하고 영국 국교회로 성립한 뒤부터 일정한 형태로 그 안에 항상 존재해 왔다. 영국 국교회는 성립 경위부터 왕정과 관련이 깊으며, 하나의 '체제'로 확립된 것은, 청교도라는 반체제파 신앙인이 그 내부에 있었다는 증거이기도 하다. 종교와 정

밀턴(1608~1674)
영국이 낳은 대문호 셰익스피어에 버금가는 대서사 시인. 스물한 살 때의 초상.

치 양면에서 '체제'가 효과적으로 기능하는 동안에는(이 점에서 엘리자베스 여왕은 뛰어난 재능을 발휘했다) 반체제파가 일종의 자정작용을 했지만, 일단 '체제'에 큰 구멍이 생기자 반체제파 사람들은 그들의 신앙(때로는 광신)에 입각하여 거의 파국에 가까운 양상을 초래하게 되었다.

밀턴은 세인트 폴 학교를 거쳐 케임브리지 대학교 크라이스트 칼리지로 진학한다. 학창 시절 '크라이스트 귀부인'이란 별명을 얻고 있었던 것은 그 오뚝한 콧날의 용모 때문만은 아니고 칼리지를 대표할 만한 수재였기 때문이다. 로마 시인 오비디우스(기원전 43~기원후 17)를 모방해 연애시 몇 편을 썼다. 시작으로서 중요한 것은 〈그리스도 강탄의 아침에〉(1629)와 〈쾌활한 사람〉〈생각에 잠긴 사람〉의 한 쌍의 작품(1632) 등이다. 대학 졸업 뒤, 일정한 직업을 얻지 못하고 아버지의 도움으로 런던 서쪽 교외에 은거한다. 그 6년 동안 〈아르카디아의 사람들〉(1633) 등 여러 작품을 남기고 있는데 특히 〈코머스〉(1634), 〈리시다스〉(1637)가 대표적이다. 모두가 전원시풍 작품이다. 전원 취미는 1630년대 잉글랜드 '평화로운 시대'의 일반적인 풍조이고 밀턴도 그 풍조의 일익을 담당하고 있었다. 다만 그의 경우 그리스도교적 세계관을 기조로 한 점에 특징이 있다.

1630년대 밀턴에 대해서 중요한 또 하나는 이 시기에 장래 서사시인으로서

활동할 준비를 갖추고 있었다는 것이다. 밀턴에게 있어서 서사시의 모색은 그리스도교적 세계관과 일체의 것이고 양자가 상호 연계하면서 장래의 서사시인을 형성해 간다. 〈리시다스〉는 한 친구의 요절을 애도한 전원시인데 구조적으로는 청교도적으로 준엄한 시행이 그 전원 취향을 억제한다. 국교회파 성직자들의 탐욕을 사도 베드로가 질책하는 부분 등은 어조가 격렬해 다음 세기 존슨 박사(새뮤얼 존슨)의 빈축을 샀다. 그러나 이 청교도적인 가락은 이미 뒤의 서사시풍을 갖추고 있다. 매듭의 한 행 '내일은 상쾌한 숲, 새로운 목장으로'는 전원시의 세계를 벗어나 다른 세계에서의 가능성을 모색하려는 의욕조차 엿보게 한다.

논쟁의 20년

밀턴은 1638년부터 이듬해에 걸쳐서 이탈리아로 여행한다. 학문의 기초를 몸에 익힌 젊은이가 그 완성을 위해 시도하는 대여행이다. 밀턴은 서사시를 쓰리라 마음먹고 이국땅을 여행했다. 귀국 뒤 1640년대 초에는 비극의 줄거리를 99개나 썼다. 그 가운데 〈아담의 낙원 추방 *Adam unparadiz'd*〉이란 주제의 줄거리가 있다.

그러나 《실낙원》이 완성되기까지 20년이 더 지나야 한다. 밀턴은 마침 혁명기에 해당하는 이 20년간을 주로 의회 측의 논객으로서 지냈다. 그는 종교론, 가정론, 정치론을 활발하게 썼다. 처음에는 장로파의 입장이었는데 1644년에는 그 파와는 손을 끊고 독립파에 가까운 입장에 선다. 이해에는 《교육론》, 《아레오파지티카(언론의 자유론)》 등을 썼다. 의회가 국왕 찰스 1세를 단죄한 1649년에 밀턴은 크롬웰(1599~1658)의 외국어담당 비서관에 임명된다. 논문을 쓰고 외교문서를 작성하는 짬을 이용해 그는 소네트(sonnet : 10음절 14행으로 이루어진 정형시. 14행시) 몇 편을 남겼다. 그리고 1652년 봄에 두 눈의 시력을 잃었다. 1655년 무렵 대저작 《그리스도교 교의론》을 쓰고, 1658년 무렵부터는 서사시 《실낙원》의 구술에 착수한다.

밀턴의 산문은 특이하다. 그는 젊어서부터 모국어에 대한 사랑을 고백하고 있었다. 이것 자체가 진보적 프로테스탄트 지식인의 공통감정이라고 할 수 있다. 또 스콜라적인 사고양식에 반발을 느끼고 베이컨을 존경해 '사실' 제일주의

밀턴 기념관
런던에서 서북쪽으로 30km쯤 떨어진 챌폰트 세인트 자일스 마을에 있는 밀턴의 집은 현재 기념관으로 쓰이고 있다. 1665년 런던에서 페스트가 유행하자 밀턴은 반년 동안 이 벽돌집에 머무르면서 《실낙원》 원고를 썼다.

입장을 취했다. 이와 같은 그의 문체이기 때문에 간결해도 좋을 텐데 그렇지는 않다. 문장 자체가 더없이 길고 난해하다. 《스멕팀누스 변명》(1642)을 보면 밀턴은 세네카풍을 배제하고 '순수한 문체'를 권장하고 있는데 이것은 키케로풍이다. 의회파 논객의 변으로서는 기이하게도 느껴지는 주장이다. 그러나 밀턴의 실제 문장은 장식체는 아니다. 사실을 있는 그대로 묘사하고 그것을 농후한 감정을 담아서 이야기한다. 키케로풍이라고 해도 이것은 존 릴리(1554무렵~1606)의 미사여구로 불리는 장식문체 등과는 다른 것이다.

밀턴은 산문을 쓰는 경우에도 시인이었다. 더구나 이 시인은 구체적 문제를 파악하고, 구체적인 논쟁거리를 뇌리에 묘사해 얘기하듯이 기술하고 있다. 그렇기 때문에 그의 문체는 만일 그가 의원이었다면 의정 단상에서 실제로 사용했을 발언이었다고 생각하면 된다(시적 변론 어조 문체인 《실낙원》 제1편, 제2편의 타락한 천사들의 토론도 의회 토론을 방불케 한다고 말하는 평자도 있다).

또 하나 밀턴의 문체에 대해서 생각해 두어야 할 것이 있다. 발언의 내용이 후세에까지 전해지길 바란다면 '라틴어식 문형'에 바탕을 둔 '학식 있는 문체'가 아니면 안 된다는 문체관이 그의 동시대에 널리 받아들여지고 있었다. 밀턴은 이 견해에 근거를 두고 있었다고 생각할 수도 있다.

논쟁의 20년은 헛되지 않았다. 이 사이에 밀턴은 신과의 계약관계에 바탕을 두고 '올바른 이성'에 의거해 자신의 '선택자'로서 절제와 인내의 길을 걷는 인간상에 생각이 도달했기 때문이다. 이것은 '전체'보다도 '개체'를 중요시하는 태도이고 여기에 밀턴이 장로파와의 관계를 끊은 원인이 있었다. 그는 이 인간상을 현실에 살리려고 힘쓴다. 그것이 1630년대 그 자신의 전원시대 이래 그가 추구해 온 서사시적 영웅의 삶이라고 생각했다. 또 이 논쟁시대에 이른바 밀턴적인 문체를 완성하고 있다. 그렇기 때문에 앞의 인간상을 이 문체를 가지고 표현할 때는 시시각각 다가오고 있었던 것이다.

《실낙원》의 특이성

1660년에 왕정복고가 이루어지고 밀턴 등이 지지한 공화정은 사라진다. 그는 이전부터 《실낙원》 구술에 착수하고 있었다. 수년을 들여 완성한 뒤 1667년에 출판된다. 밀턴은 그것을 '하느님의 뜻이 옳음을 인류에게 밝히기' 위해 썼다(제1편). 소재로서는 구약성서 〈창세기〉 제1장에서 3장까지의 천지창조와 인간추방 이야기이다. 본래는 비극인 이야기를 서사시로서 썼다.

서사시에는 여러 가지로 문학적 관례가 있다. 시신(詩神)에 대한 호소라든가, 전쟁의 장면이라든가, 여행이라든가, 그리고 이야기를 '중간쯤부터' 시작하는 것과 같은 형식상 관례이다. 그러나 이런 형식상 관례 이외에 서사시를 서사시답게 하는 요인이 있다. 그것은 요컨대 서사시는 한 민족을 대표할 만한 숭고한 역사적 인물을 장중체(그랜드 스타일)로 노래하면서 그 민족의 영광을 찬양한다는 것이다.

그러나 밀턴은 '아담 이야기'를 선택함에 있어 한 영국인을 초월한 전 인류를 위한 신의 영광의 증언이란 웅대한 구상에 생각이 미쳤다. 이 점이 이미 특이하다. 아담 이야기는 그 무렵 역사적 사건으로 여겨지고 있었다. 밀턴은 그 아담이 죄에 빠졌음에도 불구하고, 신과의 계약으로 되돌아가 신의 의사를 믿고 낙원에서 나가는 숭고한 본보기(모델)의 인간상으로 꾸몄다. 그것을 시인은 논쟁시대인 20년간에 체득한 변론 어조의 장중한 문체를 구사해서 이야기했다. 무용에 뛰어난 영웅을 주인공으로 하는 것이 보석과 같은 서사시의 전통이라고 생각하면, 신의 섭리를 믿으면서 걸어가는 보통사람 아담에게 진정한 영웅주의를 인정하고 그를 주인공으로 한 이 서사시는 파격적인 작품이라고 말할 수 있다.

사탄

그런데 이 서사시 속에 종래의 영웅적 주인공에 견줄 만한 등장인물이 있다. 사탄이다. 그는 '하늘의 독재자'(제1편)에 반항해 싸움에 패하자 천사의 3분의 1을 이끌고 지옥에 떨어졌다. 주위 전체가 불을 내뿜는 '소름 끼치는 뇌옥'이다(제1편). 그는 '천국에서 노예가 되느니 지옥에서 지배자가 되리라!'(제1편)의 기양양하게 말한다. 타락한 천사군의 회의에서, 복수심에 불탄 그는 하늘에서 내려진 우주의 그 중심인 지구에 홀로 당도해 최근에 갓 내려온 인간을 타락시키겠다고 결의를 다진다. 지옥문을 나와 혼돈계를 지나는 위험으로 가득 찬 고난의 긴 여정. 이윽고 에덴을 멀리 바라볼 수 있게 되었을 때에 복잡한 감정에 사로잡혀 '가엾은 것은 나로다…… 어디로 피하든 그곳이 지옥이다! 나 자신이 지옥이다!'(제4편) 탄식한다.

한 군의 장이 된 자, 그 영웅적 장정과 이 비탄. 이것은 이미 호메로스 영웅담의 분위기이다. 그러나 큰 임무를 수행하고 지옥으로 귀환해 타락천사군 앞에서 '나는 승리했다'고 일장 연설을 한다. 환호를 기대하던 그의 귀에 들려온 것은 주변 무수한 뱀의 혀에서 나오는 무시무시한 야유와 공공연한 비난 소리였다(제10편). 이것은 전형적인 급락(페이소스)의 신이고, 이 신 하나로 그토록 기고만장했던 사탄의 영웅주의도 어처구니없게 갑자기 사그라진다. 사탄의 영웅주의는 밀턴이 생각하는 진정한 영웅주의의 패러디에 지나지 않는다. 밀턴은 전통적인 영웅의 모습을 거부하고 있다.

'개체'로서의 아담

밀턴의 시대가 '전체'보다도 '개체'를 중요시하는 시대가 되었던 것은 이미 말한 바와 같다. 1640년대의 밀턴은 '올바른 이성'에 의거한 자율적인 '선택자'인 '개체'를 이상적인 인간상의 원형으로서 확정했다. 《아레오파지티카》가 묘사하는 '진정으로 싸울 수 있는 그리스도인'이란 그것을 가리키고 있다. 아담의 타락은 그가 '여자의 매력'(제9편)에 패한 곳에 성립한다. 그러나 그 타락도 만일 그가 '신의 목소리'에 따른다면 수복될 수 있는 것이다. 천사의 가르침을 통해서 아담은 그것을 배운다.

참다운 사랑이 거기엔 없느니라.
사랑은 생각을 깨끗하게 하고 마음을 넓게 하고,
이성에 바탕을 두어 지혜로우니
그대가 육체적인 쾌락에 빠지지 않고 하늘의
사랑으로 오를 수 있는 사다리가 되느니라.

(제8편)

이 서사시는 웅대한 구상이 낳은 작품인데 기본적으로는 〈코머스〉 이래의 '선'과 '악'과의 싸움의 테마, 즉 유혹의 테마를 계승하고 있다. '개체' 자체의 반성 문제에서 비롯된 작품이다.

자유공화국

이 서사시는 확실히 '개체'의 윤리를 문제로 하고 있다. 그러나 소우주로서의 '개체'의 윤리는 '전체'의 윤리에 '대응할' 것이다. 제12편에서 천사 미가엘은 니므롯의 이야기를 접하게 된다. 니므롯이란 〈창세기〉가 전하는 바에 따르면 '세상의 권력자가 된 최초의 사람이다. 주 앞에서 그는 힘센 사냥꾼이라 불리게 되었다'(제12편). 밀턴의 뇌리에서 니므롯은 사탄과, 그리고 찰스 1세와 결부되어 있다. 그 니므롯에 대해서 미가엘은 말한다.

얼마 뒤 오만하고
야심 있는 자가 나타나,
......
화합과 자연법칙을
지상에서 모조리 말살하려 하리라.

(제12편)

'자연법'에 반하는 전제군주는 '올바른 이성'으로 돌아가는 폭력이라고 말하고 있다. 이성의 상실이 압정을 낳는다(제12편). 《실낙원》은 '개체'가 '자연법', '올바른 이성'으로 귀순함으로써 '전체'의 '조화'가 회복되길 희구한 작품이다. 낡은 질서가 무너지고 도덕뿐만 아니라 정치·사회의 여러 가지 양상에서의 가치관에 바벨의 흐트러짐이 나타난 현실에서, 밀턴은 새로운 질서 본연의 모습을 발견할 수가 있었다. 이것은 그가 왕정복고 바로 직전에 이르기까지 고집한 '자유공화국(프리 코먼웰스)'의 윤리면에서의 주장과 겹친다. 이 서사시는 '개체'에 대한 흥미를 자아내면서 '개체'에 조응하는 정치체제의 이상상을 주장하는 작품이기도 하다.

스펜서식의 완성자 밀턴은 곧 사라져 버릴 낡은 질서에 연연하지는 않았다. 그가 지향한 질서의 세계는 중세 이래의 위계회복은 아니었다.

> 지금은 안주의 땅을 찾아야 할 세계가 그들 앞에
> 펼쳐져 있고, 섭리가 그들의 안내자였다.
> 그들은 손을 마주 잡고, 방랑의 걸음 느리게
> 에덴을 지나 그 쓸쓸한 길을 걸어간다.
>
> (제12편)

서사시의 마지막 4행이다. 아담의 눈앞에는 가야 할 황야가 펼쳐져 있다. 그는 역사의 황야 속으로 자연의 법에 따라서 떠난다. '섭리'를 길잡이로 믿는 '이성' 속에 새로운 질서 본연의 모습을 인정하고 있다. 여기에 동시기의 시인 앤드루 마벌(1621~78)의 경우처럼 작은 뜰 안을 거닐거나 뜰 밖으로 나가거나 하는 망설임은 없었다. 밀턴의 세계에서는 '둘러싸인 뜰'에 대한 신뢰는 무너지고 있다.

실명한 시인은 '국민에게 교훈적인' 서사시를 완성했다. 그 자신이 '아퀴나스 이상의 스승'으로까지 존경한 에드먼드 스펜서(1552무렵~99) 이래의 '공적'인 시인의 계보는 여기에 완성이 되었다. 전원시에서 출발해 서사시로 끝나는 도정 그 자체도 스펜서의 발자취였다.

만년의 밀턴

《복낙원》과 《투사 삼손》은 1671년에 합본으로 나왔다. 전자는 〈마태복음〉과

〈누가복음〉(양쪽 모두 제4장)에 기술된 '그리스도 황야의 유혹'을 소재로 한 서사시이고, 후자는 〈사사기〉 제13장 이하의 삼손 이야기에서 소재를 딴 그리스 비극풍 작품이다. 모두가 17세기 성서해석학을 배경으로 해서 '인내'의 덕을 찬양한 작품이다. 밀턴의 마지막 작품으로 볼 수 있는 《투사 삼손》에서 주인공은 아내에게 배신당하고 민족해방의 싸움에서 패해 포로가 되어 두 눈을 잃는다.

> 오오, 어둠, 어둠, 어둠. 한낮의 햇빛 속에서
> 치유할 수 없는 어둠, 개기일식
> 햇빛을 접할 희망만이라도 있다면!

(80~82행)

삼손의 탄식은 밀턴의 체험을 전하고 있다. 이 주인공은 하느님의 영광을 위해 신에 대한 순종을 기쁨 삼아 조용히 순교한다. 극의 마지막 4행은 다음과 같다.

> 종들에게 신은 이 위대한 결말에서
> 참다운 경험을 새롭게 배우게 하고 평안과
> 위안과 마음의 평정함을 주시고 그들을
> 격정 모두 가라앉히시고 떠나게 하셨다.

이것은 삼손의 마지막 심경뿐만 아니라 밀턴의 생애와 예술 완성의 경지를 모두 말해 주고 있다. 공화정부의 일원이었던 시인의 만년은 주변의 정세가 불온했는데, 그 심경은 물결 하나 일렁이지 않는 맑은 호수와 같았다고 말할 수 있다.

1674년 11월 8일, 세 번째 아내 엘리자베스가 곁에서 지켜보는 가운데 숨을 거둔다. 사인은 통풍발작이었다. 향년 예순다섯 살이었다.

제2장 1628년 여름—서사시로

청년 밀턴의 교육

밀턴의 아버지 존은 젊어서 프로테스탄트—그중에서도 장로파—로 개종하고 그의 아버지 리처드와 헤어져 런던에서 자립하여 공증인으로서 성공한 인물이다. 또한 문학과 음악을 애호하고 예술 전반에 대해서 상당한 견식을 갖추고 있었다. 이 인문주의적 분위기가 감도는 청교도 가정에서 존 밀턴은 태어났다.

브레드 거리의 자택 가까이에는 뛰어난 청교도 설교가 리처드 스토크가 지도하는 만성교회(万聖敎會, All Harrows)가 있었고, 밀턴 집안은 이 목사와도 친근한 사이였다. 스토크는 장로파 지도자 윌리엄 퍼킨스 시대에 케임브리지 대학에서 교육받은 인물이다. 젊은 밀턴은 지적으로나 정서적으로나 개혁파 분위기 속에서 시간을 지냈다고 해도 좋다.

아버지는 어린 밀턴에게 유능한 가정교사를 붙여 주었는데, 그 교사는 아마도 스토크가 소개해 주었을 것이다. 토머스 영은 어린 밀턴이 열 살이 되어 세인트 폴 학교에 입학하는 1620년 무렵까지 교육을 맡았다. 영은 뒤에 케임브리지 대학 지저스 칼리지 기숙사장으로 추천될 정도의 인물이었고, 또 신학자 리처드 백스터가 '학문, 판단력, 신앙, 또 그 겸허함에서 탁월한 인물'로까지 평한 인품인 만큼 밀턴에게 미친 영향은 컸다. 밀턴은 그 뒤에도 이 장로파 스코틀랜드인 학자에게 사사해 그 스승에게서 문예에 대한 사랑과 개혁파 프로테스탄티즘의 에토스를 배웠다. 토머스 영은 젊은 밀턴의 인격형성에 누구보다도 가장 큰 영향을 준 인물이었다. 밀턴은 '내 혼의 반 이상의 존재'라고 부른 이 스승에게 1628년 여름에도 사모하는 마음으로 가득 찬 편지를 보냈다.

시인의 길

밀턴은 처음에는 과격한 청교도도 아니고 반왕정파도 아니었다. 그는 감수성이 풍부한 영국의 보통 젊은이였다. 아버지의 희망에 따라 국교회 성직자가 되기 위해 소년 시절부터 열심히 공부했다. 젊은 밀턴이 마음에 그리던 미래의 자화상은 시를 쓰는 성직자 혹은 성단에 서는 시인이었을 것이다. 그러므로 그의 내면에 청교도적인 특성이 줄곧 자리하고 있었다는 점도 부정할 수는 없다. 그의 내면에는 외적인 것보다 내적인 것, 제도적인 것보다 정신적인 것, 전통적인 것보다 성서적인 것을 지향하는 일관된 성향이 있었다. 아마도 케임브리지 대학에 재학하던 시절의 일이었을 것이다. 제임스 1세와 찰스 1세의 두터운 신임을 받던 종교정책 책임자 로드(뒷날 캔터베리 대주교가 됨)가 청교도 성향을 가진 국교회 성직자를 탄압하는 모습을 보고, 밀턴은 성직자가 아니라 시인이 되기로 결심한다.

그러나 시인, 특히 종교시인으로 성공하기란 쉬운 일이 아니었다. 밀턴이 살던 시대에는 셰익스피어의 뒤를 잇는 제임스 왕조의 극시인들, 존 던의 뒤를 잇는 형이상학파 시인들, 벤 존슨을 잇는 우아한 서정시인 등 허버트를 비롯한 국교회파 성직자·시인들 가운데 뛰어난 시인들이 많았다. 밀턴은 섬세하고 인간적인 감성으로 그들의 시를 충분히 음미했고, 또 그러한 시를 쓰는 자질도 갖추고 있었다. 이 점은 젊은 시인 밀턴의 습작에 분명히 나타나 있다. 그러나 종교시인, 개성 있고 성스러운 사명감에 불타는 청교도 시인으로 성공하기란 쉽지 않았다.

〈스물세 살이 되었을 때〉라는 유명한 소네트에서 표현된 '내면의 성숙'을 기다리는 밀턴의 절박한 외침은 큰 의미가 있다. 서유럽 고전문학에서는 가장 품위 있는 시로 서사시를 꼽는다. 따라서 밀턴도 서사시에 욕심을 내었고, 그러려면 무엇보다도 '성숙'이 필요했다. 그러나 그가 생각하는 '내면의 성숙'은 보다 심오한 것이었다. 원죄를 짊어지고 태어난 인간(아담의 후손)의 시적 상상력은 당연히 오염되어 있다. 따라서 이 상상력, 내면의 상념을 속죄하기 위해 비록 불가능할지라도 시인으로서 먼저 그것을 필사적으로 간구해야 했다. 창작은 인간의 (천지)창조인 것이다.

〈보다 엄숙한 주제〉

'권리청원'이 국왕 찰스 1세에게 제출되고 그 뒤 버킹엄 공이 암살되는 1628년 여름, 열아홉 살의 밀턴은 케임브리지 대학 크라이스트 칼리지에서 여름을 보냈다. 토머스 영 앞으로 보낸 편지 가운데서 '뮤즈의 수도원에 틀어박혀 문학적 여가를 즐기고 있습니다'라고 쓰고 있는데 그것은 이 7월에 만든 〈숙제로서

Ata Vacation Exercise〉란 작품을 포함한 일을 가리켜 말하고 있을 것이다. '행운이 있으라, 모국어여'로 시작되는 전체 100행의, 2행 연구(連句)의 시이다.

'모국어'에 호소하면서 시인은 〈보다 엄숙한 주제 *Some graver subject*〉를 추구하길 소망한다. 이 '보다 엄숙한 주제'란 무엇인가. 그것에 해답을 주는 것이 다음의 구절이다.

> 황홀한 마음이 회전하는 천구(天球)를
> 높이 넘어 하늘의 문에서
> 안을 들여다보아 지복(至福)의 신이
> 불벼락 치는 옥좌에 계시고
> 수염 기른 아폴론이 금으로 된
> 거문고 선율에 맞추어 노래하고, 여신 헤베가
> 부왕 제우스에게 불멸의 술을 바치는 것을 본다.
> ⋯⋯⋯⋯⋯
> 노래하라, 사건의 비밀을, 늙은 여신 '자연'이
> 갓 태어났을 때의 일들을
> 마지막으로 현자 데모도코스가 알키노오스왕의
> 향연에서 노래도 엄숙하게 이야기하고
> 슬픈 오디세이아와 좌중의 마음이
> 그 오묘한 즐거운 가락에
> 사로잡힌 그 왕, 여왕,
> 영웅들의 옛이야기를 노래해 다오.

(33~39, 45~52행)

여기에서 밀턴이 세 종류의 시를 손꼽고 있는 것은 확실하다.

첫째는 천상의 신들과 아폴론을 찬양하는 시이다. 천체의 음악이나 천상의 음악이 그리스도교적 색채로 아로새겨진 가락을 지니고 있었다는 것은 르네상스기 문학에서 더없이 일반적인 일이었고, 밀턴 자신의 케임브리지 시절 《제2변론 원고—천체의 음악에 대하여》의 주제를 보아도 명확하다. 나오는 것은 아폴론이나 제우스라도 그리스도교적 의미부여가 이루어지고 있는 것으로 보아도 좋다.

둘째는 '자연' 이전의 '비밀 사건' 즉 천지창조에 관한 흥미를 채우는 시이다. 기원전 8세기 시인 헤시오도스 《신통기》나 오비디우스 《변신이야기》, 특히 뒤 바르타스 《성스러운 주간》 등을 본보기로 한 작품이다. 그 무렵의 이른바 자연철학에 대한 관심의 고조와 그것으로 인해서 촉발된 〈창세기〉에 대한 색다른 흥미가 창세 이야기 서사시를 많이 낳게 한 원인의 하나가 되고 있었다.

마지막 셋째는 '왕, 여왕, 영웅들의 옛이야기' 즉 고전 영웅시이다.

모국어 주제에 대한 고찰은 이 정도로 해두고, 이 시의 언어가 라틴어가 아닌 영어였다는 점에 주목해야 한다. 이 시가 모국어로 쓰였다는 것은 밀턴에게 있어서 획기적인 의미를 지니고 있었을 것이다. 그것을 네 가지 점으로 압축하여 생각해 보자.

첫째로 라틴어가 '세계의 언어'로서 권위와 효용을 자랑하고 있었던 시대에 밀턴이 굳이 모국어에 대한 관심과 애착을 고백한 것에 관해서는, 영어 예찬자이고 《영어문전》(1619)의 저자이기도 했던 세인트 폴 학교 시절의 스승 알렉산더 길의 영향을 생각할 수 있다. 그 밖에도 모국어로 시를 쓰는 일이 작자의 애국심 자각과 무관하지 않은 것도 사실이었을 것이다. 밀턴의 〈숙제로서〉란 작품은 '행운이 있으라, 모국어여'란 호소로 시작되어 목가풍의 잉글랜드 찬가로 끝나고 있다.

둘째로 모국어로 명확하게 표현할 수 있을 만큼의 윤리적 내용을 시인이 파악했음을 생각할 수 있다. 외국어로 시를 쓰는 한 재치가 기발한 준재에게 있어서는 일종의 실체를 숨기기 위한 표현상의 수단이란 편안함이 있었음에 틀림없다. 만일 그렇다면 외국어에서 모국어라는 표현수단의 변화는 시인 자신의 윤리관 변화를 요구하는 사항이었다고 말할 수 있다. 사실 표현수단으로서 고전으로부터의 독립은 밀턴의 경우도 그의 청교도적 자각의 강화와 병행해서 비로소 이루어질 수 있는 것이었다. 이 작품의 첫머리를 장식하는 '행운이 있으라, 모국어여'란 호소는 시인의 주체적 변용의 선언으로도 볼 수 있다.

셋째로 그 '보다 엄숙한 주제'가 서사시였다는 점이다. 서사시를 쓴 의욕은 모국어에 대한 사랑과 무관할 수 없다. 그것은 단테 《신곡》(1307~21), 아리오스토 《광란의 오를란도》(1516), 타소 《해방된 예루살렘》(1575), 그리고 에드먼드 스펜서 《요정의 여왕》(전반 1590년, 후반 1596년) 등의 예를 보면 명확하다. 애국심은 서사시를 성립하는 중요한 배경이 되고 있다. 밀턴에게도 모국어에 대한 사랑의 각성과 서사시 제작의 의욕은 떼놓을 수 없다.

넷째로 생각해야 할 것은 고전서사시 작자들은 그 무렵 절대적으로 명성을 떨치고 있었다는 것이다. 특히 호메로스와 베르길리우스는 가장 높은 위치에 자리하고 그 권위를 능가하는 것은 성서 외에 다른 것이 없었다. 이 두 대서사 시인의 작품은 르네상스기의 타소나 스펜서 등의 작품과 함께 그리스도교적 윤리관의 관점에서 종교서로도 읽혔다. 그렇기 때문에 청교도이기도 하고 케임브리지 플라톤학파의 한 사람으로 꼽히는 피터 스테리는 위의 4명이 쓴 서사시를 '성서에 의한 거룩한 작품'으로까지 평가했다. 그렇기 때문에, 서사시를 쓰려면 당연히 스스로 때 묻지 않고 도덕적으로 온전하기로 굳게 마음먹어야 했다.

1628년 7월이란 시점에서 열아홉 살인 밀턴의 의식 속에 〈숙제로서〉에서 볼 수 있는 서사시를 쓴 의도와, 영 앞으로 보낸 편지에서 볼 수 있는 엄격한 윤리관이 두 가지 모두 전면으로 부각된 것은 우연이 아니다. '보다 엄숙한 주제'를 추구한다는 선언은 실은 그 자체 속에 서사시 제작의 의도는 말할 것도 없고, 온갖 유혹을 극복하려는 도덕적 결의가 포함되어 있어야 한다. 사실 밀턴은 이 이듬해에 쓰게 되는 〈제6엘레지〉에서, 서사시인이 되길 원한다면 절제에 힘쓰고 인격이 결백하고 정직해야 한다고 친구인 찰스 디오다티에게 고백한다.

이 시점에서도 1628년 여름은 밀턴에게 결정적인 의미를 지니고 있다고 말할 수 있다. 그는 플라톤적 에토스를 갖춘 장로파인 토머스 영에게서 이상적인 인간상을 발견하면서 서사시인이 되려는 의도를 굳힌 것이다. 이듬해인 1629년 봄에는 케임브리지 학부를 졸업하고 이어서 대학원에 진학한다. 그 연말에 쓴 244행의 작품 〈그리스도 강탄의 아침에〉는 분량으로나 문체의 장중함으로나 그 전해에 고백한 '보다 엄숙한 주제'를 추구하는 시인의 문학적 시도로 간주해도 좋을 성과이다.

제3장 목가 시절

〈그리스도 강탄의 아침에〉

1629년 봄, 밀턴은 케임브리지 대학 크라이스트 칼리지를 졸업한다. 그 뒤 1632년 7월에는 같은 칼리지에서 석사과정을 마치고 그해부터 3년 정도는 런던 시외(그 무렵) 하마스미스에 있었던 아버지의 집에서 지냈다. 이어서 1635년부터 38년에 걸쳐서는 더욱 서쪽인 호턴—오늘날 히드로 공항 부근—에서 세월을 보냈다. 이것도 아버지가 마련해 준 집이었다. 그해 초여름에는 이탈리아로 떠났다. 겉보기에는 평온하고 유유자적했으나, 실제로는 영혼의 정화·성화(聖化)를 추구하며 격렬히 고투하는 나날이었다.

1632년부터 38년까지는 도시의 번잡함을 피해 전원생활을 했다. 이 시기는 〈쾌활한 사람〉〈생각에 잠긴 사람〉(두 작품 모두 1632년 무렵), 〈아르카디아의 사람들〉(1632년 무렵), 《소네트—제7번》(1632), 가면극 〈코머스〉(1634), 친구의 죽음을 추도하는 비가 〈리시다스〉(1637) 등, 결실이 풍부한 6년이었다. 이 시기를 밀턴의 목가 시절로 부를 수 있다.

여기에서는 이 목가 시절에 밀턴이 '1628년 여름'의 그 결단을 어떻게 계승하고 어떻게 전개하는가를 살펴보자.

1629년 12월 13일 찰스 디오다티는 체스터에서 밀턴에게 운문 편지를 보냈는데, '진탕 마시고 노래하는 시끌벅적한 나날을 보내고 있다'고 썼다. 밀턴의 〈제6엘레지〉는 이에 대한 답신으로 크리스마스 휴가 때 쓴 것이다. 유머러스한 창법으로 시작되는 이른바 오비디우스풍 경쾌한 가락은 그러나 전체의 중반을 넘은 곳의 '하지만'(59행)에 이르러 일변하고 만다. 시인이(하면서 밀턴은 쓴다) 고매한 일, 영웅들의 업적, 신들의 협의 등에 대해서 노래하려고 한다면 '그의 청년기는 죄과가 없는 것/행위는 비난의 여지가 없는 것/손은 더럽혀지지 않은 것이어야 한다'(63~64행).

한 편지 속에 이렇게 상반하는 두 분위기가 섞여 있고 '보다 엄숙한' 에토스가 이른바 바쿠스적인 방종의 생각을 지워 버린다는 것은 밀턴 자신의 마음속에 윤리적 갈등이 있음을 말해 주고 있다. 그리고 이 편지의 매듭을 짓는 한 구절에서 '그리스도 강탄을 경축해 바치는 것'을 쓰고 있다고 썼는데 이것이 〈그리스도 강탄의 아침에〉를 가리키고 있음은 말할 나위도 없다.

〈그리스도 강탄의 아침에〉는 〈서시〉와 〈찬가〉로 이루어진다. 〈서시〉에서 인간 모습인 하느님의 아들, 그리스도를 가리켜 '그 영광의 형상, 그 눈부신 빛'(8행)으로 표현한다. '형상'이란 원래 그리스어(특히 플라톤)의 '이데아' 또는 '에이도스'의 번역임은 르네상스기 지식인이라면 다 아는 일이었다. 마르실리오 피치노 이후의 플라토니스트들은 이 언어로 그리스도교의 하느님, 또는 그리스도를 표현해 왔다.

〈찬가〉는 핀다로스풍의 송가(頌歌)이다. 이 작품에는 구조적으로 빛의 이미지가 현저한 3개의 정점이 있다. 제7스탠자(시의 절), 제15스탠자, 제27스탠자가 그것이다. 그것에 따라서 〈찬가〉는 제1부(제1~7스탠자), 제2부(제8~15스탠자), 제3부(제16~27스탠자)의 3부분으로 이루어지는 것으로 보아도 좋다.

그 3중 구조에 관해서 〈제6엘레지〉의 매듭을 보면 '그리스도의 강탄을 경축해 바치는 것'의 내용을 밀턴 자신이 해석하고 있는 한 구절을 만난다(79~86행).

1. 평화의 주이신 그리스도의 강탄과 성서에 약속된 행운에 대한 것.

2. 별로 반짝이는 창공과 하늘의 군세에 대한 것.

3. 이신(異神)의 추방에 대한 것.

이렇게 관찰하면 시인이 〈찬가〉에 3중 구조를 부여한 것도 쉽게 이해할 수 있을 것이다.

〈찬가〉 제1부의 주역은 '자연'이다. 그리고 '평화'의 도래로 '자연'이 변모하는 것을 노래하고 있다. '자연'은 하느님의 아들을 두려워하고 그 여인이 평소의 화려한 의상을 걸치지 않고 방종을 끊는다. 마지막으로 태양은 '보다 위대한 태양'—그리스도—의 도래를 인정한다.

제2부에는 '인간'이 등장한다. 그들은 '천체의 음악'을 듣는다. 이것은 사람들에게 있어서 천사의 언어이다. 게다가 그들은 '구슬로도 고리로도 생각되는 빛'을 목격한다. 이렇게 해서 인간의 세계를 초월하는 힘에 감동을 받아 양치기들은 죄 없는 세상의 도래를 기대하는 마음을 안게 된다.

〈찬가〉의 제3부는 '신들'—보다 엄밀하게 말해서 이신(異神)—이 도주하는 그림이다. 이곳은 한없이 어두운 세계이다. 그러나 그 암흑도 '베들레헴의 광휘에 눈이 부시다'(223행). 종말 때에 어둠은 빛에 흡수된다. 이신 도주의 그림은 하느님의 아들의 지배력을 나타내고 있다.

이제까지 지옥으로 몸을 피하는 어둠의 이신들 모습에 집중되고 있었던 독자의 눈은 최종 스탠자에서 빛 그 자체에 계신 하느님의 아들의 성육신을 응시한다.

> 하지만 보라. 축복받은 처녀가
> 갓난아기를 눕히고 있는 것을
> ……………
> 왕궁의 마구간 둘레에는 천사들,
> 갑주를 번득이면서 명령을 기다린다.
>
> (237~238, 243~244행)

〈서시〉에서 노래한 '그 영광의 형상'을 바로 가까이 맞이한 그림이다.

〈찬가〉의 세 부분은 저마다 '자연' '인간' '신들' 세계의 하느님의 아들 도래에 따른 변모의 그림을 보여주고 있다. 이 세 세계는 르네상스기에 생각할 수 있는 전 세계였다. 즉 〈찬가〉는 전 세계에서 하느님의 힘의 확립을 노래한 웅대한 오드(서정시의 한 형식)이고 하느님의 아들의 출현을 찬양하는 송시인 것이다.

〈쾌활한 사람〉과 〈생각에 잠긴 사람〉

〈쾌활한 사람〉은 '울창한 숲에 안겨 있는' 탑이나 요새를 본다(78행). 이윽고 그는 그 탑에 다가간다. 117행 이하에서 그는 '탑이 솟은 도시'의 '떠들썩한' 가운데를 산책한다. 〈쾌활한 사람〉은 전원에서 도시로 발길을 옮긴다. 〈생각에 잠긴 사람〉은 '우울'에 호소해 말한다―황홀한 혼, 거룩한 정열에 사로잡혀 '대리석이 되어라'(37~42행). 이것은 플라톤적인 엑스타시스―육체로부터 영혼의 탈출―의 소망이다.

〈쾌활한 사람〉은 수평 걸음걸이를 한다. 거기에 대해서 〈생각에 잠긴 사람〉은 수직(버티컬)의 의식을 지닌다. '어딘가 고고(孤高)한 탑'(86행)의 방에 틀어박혀 심사숙고의 생활을 하고 싶다고 소망한다.

이 밤의 등불을

어딘가 고고한 탑에 켜

3중으로 위대한 헤르메스를 읽으면서

큰곰자리와 함께 밤을 밝히고

플라톤의 영혼을 되불러

육체를 떠난 불멸의 영혼은

지금 어느 세계에, 어느 영역에 있는지를

풀어서 밝히지 않으려는가.

(85~92행)

'고고한 탑'이란 의심할 것도 없이 플라토닉한 밀의(密儀)가 이루어지는 장으로서 설정되어 있다. 진리를 보기 위해 이른바 '윤리적인 계단'을 끝까지 오르려는 플라토닉한 소망은 동시대의 존 던에게서도 볼 수 있다. '전망 탑에 올라/만물의 오류가 풀리는 것을 보라'(《제2주년 추도시》 1612년). 그 무렵에 유행한 사고양식이었다.

'생각에 잠긴 사람'의 상승 소망은 하늘의 높이로 올라가 신과의 합일을 꾀하고 싶다는 네오플라토닉한 소망임을 알 수 있다. 그 심정을 나타내는 행이 〈생각에 잠긴 사람〉의 마지막을 장식하는 고딕적으로 장중한 20행이다. 그 일부를 인용하면

하지만 나는 진리추구를 서두른다.

수도원의 성역을 계속 걷자.

나는 좋아한다―높고 둥근 지붕,

묵직하게 떠받친 낡은 기둥,

성화가 선명한 스테인드글라스의 창,

그곳에서 비추는 신심이 깊은 어두운 빛

여기에서 오르간의 음향은

합창대의 풍부한 음량에 화합하고

경건한 예배, 아름다운 성가가

귓전에 울려

나를 엑스타시스의 경지에 녹아들게 해

눈앞에 천국의 모든 것을 방불케 한다.

(155~166행)

〈생각에 잠긴 사람〉의 눈을 뒤좇으면 그것이 위로 향하고 마지막에는 엑스타시스의 경지에 녹아들길 소망하는 눈임이 명확하다. 이 한 구절은 잉글랜드 국교회(앵글리카니즘)에 대한 시인의 충성심을 나타내는 것으로 볼 것은 아니고 지고한 존재와의 합일에 대한 소망을 나타내고 있는 것으로 보아야 한다. 이것은 같은 시기의 작품 〈장엄한 음악에〉(1633년 무렵), 〈시간에〉(1633년 무렵) 등에 관해서도 말할 수 있는 것이다.

〈생각에 잠긴 사람〉의 상승 소망은 르네상스기의 크리스천 플라토니스트들이 추구해 마지않았던 목적—이 세상을 살면서도 신과의 합일을 소망한다는 윤리적 욕구—을 시로 표현한 것이었다고 말할 수 있다.

〈코머스〉

가면극 〈코머스〉가 상연된 것은 1634년의 미가엘제(9월 29일), 장소는 슈롭셔의 루들로성(城)이었다. 브리지워터 백작 에저턴이 웨일스 총독으로 부임했다. 그 축하를 위해 의뢰받아 밀턴이 쓴 것이다.

이것은 3년 정도 전의 이야기이다. 이 극에 출연한 백작 집안 세 자매의 명목상 작은아버지에 해당하는 커슬헤이븐 백작이 음란하기 짝이 없는 스캔들의 죄과로 처형되었다. 1631년 5월의 일이다. 브리지워터 백작 집안의 이 사건에 고심한 것은 상상하기에 어렵지 않다. 특히 어린 세 자녀의 장래를 생각하면 마음이 편안치 않았을 것이다. 가면극 제작 부탁을 받은 작곡가 헨리 로스와 밀턴은 백작 집안의 고충을 헤아려 극의 테마를 선정했을 것이 틀림없다. '숙녀'의 정절을 지키기 위해 수호천사로부터 힘을 빌린 '형'과 '동생'이 마신(魔神) 코머스의 저택으로 뛰어들어 코머스의 마배(魔杯)를 깨 버린다. 수호천사는 신의 은총의 상징인 세반강의 요정 사브라이나를 불러내 '숙녀'를 마법의 자리에서 무사히 구출한다. 이 줄거리는 친족의 추문에 골치 썩이는 루들로성의 새 주인

루들로성 〈코머스〉(1637)의 무대가 된다.

에게 더없는 축사가 되었을 것이다.

'숙녀'가 마신의 유혹에 걸려든 것을 깨달은 그 두 동생, '형'과 '동생'은 구출 방책을 검토한다. '동생'은 누이가 음란한 마신의 마수에 걸려든 것이라고 비관적인 견해를 말하고 곧바로 쳐들어가 그녀를 구출하자고 제안한다. 그는 모든 것을 인간적 수준에서만 생각하는 실천가이다. 거기에 대해서 '형'은 이성을 믿고 낙관적·철학적이며 다음과 같이 대답한다.

'덕'은 자신이 발하는 빛에 의해서
해야 할 일을 확인할 수가 있다.
....
흐림이 없는 가슴에 빛을 지닌 자는
땅속에 있어도 빛나는 태양을 즐긴다.

(372~373, 380~381행)

17세기 지식인에게 있어서 '형'의 이 말은 틀에 박힌 대사였다. '형'이 믿는 것은 누이 자신에게 '숨겨진 힘'(414행)이다.

'형'에게 있어서 누이의 '정결(chastity)'은 온갖 불순한 것을 깨끗하게 하는 자족·고유의 힘이고 이것만 있으면 그녀의 감각은 이성의 지배에 순종하는 것이다. 그러나 이것은 '숙녀' 자신의 생각과는 별개의 것이다. 그녀는 위험에 빠지면 수호천사의 비호를 갈망하고 '은총이 많은 섭리'의 도움을 구하는 수밖에 없다(328행). 마법의 의자에서 꼼짝 못 하게 되었을 때 그녀는 '나를 불쌍히 여기소서!' 기도하지 않을 수 없다(694행).

'숙녀'의 말에 '신앙', '희망', '정결(chastity)'을 신뢰한다는 한 구절이 있다(213~215행). 보통 기본적인 3덕에 드는 것은 '사랑(charity)'이고 '정결'은 아니다. 그러나 '숙녀'의 또 하나의 언어로서 '태양을 입는 정결한 힘'을 경멸하는 것은 용서되지 않는다는 한 행이 있다(782행). 르네상스기의 문인들에게 있어서 태양신이란 언어를 사용해 그리스도교의 신의 '아들'을 표현하는 일은 일상적인 일이었기 때문에 위의 '숙녀'란 언어는 '신의 아들에게 지켜진 정결의 힘'이란 의미를 지닌 것으로 생각해도 좋다. 그렇다면 '숙녀'의 정결관은 신의 힘의 비호를 전제로 하는 미덕관임을 알 수 있다. 이것은 인간 그 자체 속에 '숨겨진 힘'의 존재를 믿지 못하는 그녀의 기본적 태도와 궤를 같이하는 사고방식이라고 말할 수 있다.

유혹자 코머스의 손으로부터 해방되길 기다리는 이 '숙녀'로서는 '동생'의 현실주의에 기대할 수는 없다. 그러나 또 자신이 인정한 의로운 존재로서의 철학을 지닌 '오빠'에게 의지할 수도 없다. '오빠'의 이상제일주의는 그녀의 인생관과는 다르다. '숙녀'가 갖는 것은 섭리에 대한 신뢰이다. 그것은 신앙으로 바꾸어 말해도 좋다. 사실, 그녀는 다름 아닌 수호천사로부터 헤모니 초(草)가 부여된 형제의 손에 의해서 구출되고 '하늘 큐피드—하늘 사랑—의 세계가 약속되는 것이다. 감각의 세계를 능가하는 것이 이성의 세계라고 한다면 이성의 세계를 더욱 능가하고 그것을 보증하는 것은 신앙의 세계임을 이 가면극 작자는 알고 있었던 것이다. 〈코머스〉의 윤리관은 중층적인 전개—감각에서 이성으로, 이성에서 신앙으로—를 보여주고 있다고 말할 수 있다.

〈리시다스〉

크라이스트 칼리지에 더블린 출신의 에드워드 킹이란 수재가 있었다. 밀턴보다 3학년 아래였다. 졸업 뒤 밀턴이 하마스미스에 틀어박혀 자기 뜻대로 공부에 열중하고 있을 무렵, 이 후배는 모교 크라이스트 교수진의 말석 지위를 차지하고 있었다. 1637년 여름, 킹은 귀향을 위해 체스터를 출항했다. 디강(River Dee)이 아일랜드 해협에 다다른 지 얼마 되지 않아서 배는 암초에 부딪쳐 이윽고 침몰했다. 8월 10일의 일이었다. 킹은 아까운 생애를 스물다섯 살에 마감했다.

이듬해 그의 친구들은 이 요절한 수재에게 추도문집을 바쳤다. 밀턴의 〈리시다스〉는 그 문집에 수록된 작품이다. 원고가 실려 있고 거기에는 '1637년 11월'로 적혀 있다.

〈리시다스〉의 구조를 생각할 경우 고려해야 할 것은 아서 버커의 설이다. 그에 따르면 이 작품은 도입부와 결론부를 제외하면 저마다 시신(詩神)에 대한 호소로 시작되는 3부분으로 이루어진다(15~84행, 85~131행, 132~185행). 이 3부분은 저마다 '시적 고조'로 끝나고 그 3회에 걸친 '누적적 효과'가 주역 리시다스 신격화의 아름다움을 낳는다는 것이다.

그런데 각 부분의 목가풍 호소와 '시적 고조'와의 사이에 잉글랜드의 '물'에 연관을 지닌 지명을 수반하는 중간부가 삽입되어 있다. 목가는 대체적인 논의로서 '현실로부터의 분리' 의식을 지닌다. 그것이 목가의 한 특징이다. 그렇다면 여기에 잉글랜드의 지명을 삽입함으로써 작자가 시간·공간의 한계를 수반한 현실 세계를 도입하는 데에는 단순한 목가의 틀을 넘은 특별한 의도가 끼여 있을 것이 틀림없다. '물'은 주역 리시다스의 생명을 빼앗은 원흉으로서 냉혹한 현실을 상징한다. 그리고 이와 같은 완충적 삽입부가 있음으로써 각 부의 최종부, 즉 '시적 고조'의 부분에서 대체로 목가풍과는 거리가 먼 색다른 목소리의 도입이 가능해질 것이다.

제1부에서는 목가풍의 도입부 뒤에 시의 신 오르페우스가 트라키아 여인들의 분노를 사 갈기갈기 찢겨 헤브로스강에 던져지고 이윽고 그 익사체가 레스보스섬에 인양된다는 전설이 언급된다. 이것은 '물'이 시인을 꿈꾸는 리시다스의 생명을 희롱하는 것을 빗대어 말하고 있는 것이다. 포이보스가 나타나 초인

간적인 목소리로 시인으로서의 명성을 마지막으로 부여하는 것은 '심판주 유피테르' 신인 것이다라고 깨우친다. 현실을 초월하는 세계의 존재를 암시하고 있는 것이다.

제2부에서는 목가풍의 호소 뒤, 해신 트리톤과 잉글랜드 캠강의 수호신 캠스가 나타나 리시다스의 사인에 대해서 '물'에 힐문한다. 이어서 베드로가 등장해 예언자적인 어조로 성직자 계급의 타락을 규탄한다. 베드로는 갈리아 호수 위를 (불완전하나마) 걸었다는 이야기의 주인공이다(〈마태복음〉 14 : 22~33). 즉 리시다스의 문맥에 따라서 말하자면, '물'로 상징되는 시간지배의 현실에 불완전하나마 승리했다는 전설의 주인공이다. 베드로는 '물'이 상징하는 현실 세계를 힐문한다. 이 경우의 현실 세계는 종교계인데 '그 세계가 왜 리시다스를 받아들이지 않았는가'라고 베드로가 힐문하고 있다(에드워드 킹은 성직에 오를 예정이었다). 베드로는 리시다스를 받아들이기에 충분하고 완전한 교회는 신의 심판—'그 두 손의 대검'(130행)—뒤에 도래한다는 생각인 것이다.

제3부는 리시다스가 계시록적인 구원의 세계로 맞아들이게 되는 부분이다. 콘월 서남단의 성 미가엘산에 호소해 그 부근의 해저를 찾고 있을지도 모를 리시다스를 위해 슬퍼하라고 노래한다.

> 천사여 이제야말로 눈을 고향으로 돌려 함께 슬퍼해 다오,
> 그리고 아아, 돌고래들아 불운한 젊은이를 날라다 주오.
>
> (163~164행)

이 제3부에서는 현실을 상징하는 잉글랜드의 지명이 언급되어도 선원의 수호자인 미가엘산이고 그 직후에는 익사체를 해변으로 운반해 주는 돌고래—그리스도의 상징—가 등장한다.

〈리시다스〉는 시와 종교의 세계에서 추방된 혼이 신의 나라에 맞아들이게 되는 그 방황의 그림이다. 에드워드 킹은 시인, 즉 사제(司祭)를 지향했는데 일찍 죽는 바람에 그 뜻을 이루지 못했다. 이 만가(輓歌)는 가고 없는 친구에 대한 애절한 송시이다. 우리는 밀턴의 조카 에드워드 필립스와 함께 이 시를 '최고의 기품 있는 만가'로 부를 수 있다.

목가 속의 서사시성

르네상스 서사시의 특성에 관해서는 해설 제8장에서 상세하게 기술된다. 여기에서는 목가적 분위기를 즐기고 주로 전원시풍 시작에 골몰했던 시대의 밀턴이 실은 이 기간의 작품에 상당한 서사시적 수법을 쓰고 있었던 사실을 지적하는 것에 그친다.

〈그리스도 강탄의 아침에〉의 〈찬가〉는 독자를 르네상스인의 전 세계—자연, 인간, 신들의 3세계—로 안내한다. 3세계를 두루 돌아다니면서 마지막으로 신의 아들 탄생 장면에 닿는다. 그것을 송가로서는 오히려 숭고한 문체로 서술한다. 이렇게 요약해 보면 특히 그 구성의 웅대함, 여행—즉 성자 탄생 장으로의 탐구여행—등, 모티프의 존재를 중시하면 이 작품은 상당히 영웅시적인 요소를 갖추고 있음을 알 수 있다.

〈찬가〉 제3부에서 이신이 달아나는 장면은 그것이 이교의 신탁 중단을 노래하는 한에서는 그리스도 강탄시의 정석에 따른 것이라고 말할 수 있다. 그러나 그와 동시에 이교의 신탁 중단을 이신의 도주로 묘사하고 전체의 약 90행 속에 20여 이신을 나열한 것은 오드로서는 이례적인 것이다. 이것은 명백히 서사시 카탈로그의 수법인 것이다. 17세기 독자는 엄격한 문체에 의해서 묘사되는 이신의 카탈로그 가운데 그들을 추방하는 그리스도의 힘의 위대함을 느낌과 동시에 서사시 카탈로그가 의도하는 바, 극적으로 웅대한 배경, 익숙지 않은 이명(異名)이 불러일으키는 이국정서 등을 틀림없이 감지했을 것이다.

〈쾌활한 사람〉〈생각에 잠긴 사람〉에 있어서도 독자는 밀턴의 주역들과 함께 전원·도시·성역이라는, 공간적으로는 밀턴 시대로서 생각할 수 있는 모든 영역을 경험하게 된다. 여기에 '탐구의 형식'이 인정되고, 전 지식 '요약(compendium)'적인 시로 되어 있다. 더구나 주역은 종국에서 신과의 합일의 장을 추구하는 '범례(exemplum)'적 인물이다. 문체상으로도 제1작의 경묘한 터치가 제2작의 장중함으로 변모해 간다. 전원시에서 서사시로, 베르길리우스 이래의 이 같은 문학적 전통의 틀이 이 한 쌍의 문체 속에도 인정될 수 있는 것이 아닐까.

감각·이성·신앙의 3세계는 중세와 르네상스기를 통해서 신의 세계로 도달하기 위한 형이상학적 3단계로 되고 있었다. 그 가장 좋은 예는 단테의 《신곡》이다. 거기에서 볼 수 있는 3세계, '지옥·연옥·천국'이 저마다 감각·이성·신앙의 3세계에 올바로 대응하고 있는 것은 말할 것도 없다. 〈코머스〉는 그 스케일에 있어서 《신곡》에는 훨씬 못 미친다. 형식도 가면극이다. 다만 '숙녀'라는 '범례(exemplum)'적 인물이 등장하고 초월적 실재자의 도움을 얻어 시련 끝에 결국 큐피드(사랑)의 세계로 맞아들이게 된다는 구성은 감각·이성·신앙의 3세계—그러므로 이 작품은 전 지식의 '요약'이 되고 있는—를 배경으로 한 '탐구의 형식'인 만큼, 17세기 문예관에 입각할 경우 서사시성을 포함한 구도로 되어 있다고 말할 수 있지 않을까 생각된다.

〈리시다스〉 속에 목가에서 그리스도교적인 서사시로의 편중을 인정해 왔다. 리시다스가 서사시적인 고조를 세 번 체험하면서 마지막으로 계시록적인 세계로 맞아들이게 되는 것은, 서사시풍 표현에 의해서 리시다스를 최고로 찬양할 수 있음을 시인이 잘 의식하고 있었음을 나타내고 있다고 말할 수 있다. '물'의 완전지배의 세계에서 비롯해 '물'의 지배를 불완전하나마 벗어나는 세계를 지나 마지막으로 '물'의 지배를 전혀 받지 않는 세계로, 리시다스는 이 3세계를 편력해 서서히 상승한다. '해변의 수호신' 에드워드 킹은 이렇게 해서 〈코머스〉에서 수호천사의 지위를 차지하게 된다. 그것은 베르길리우스에서의 메르쿠리우스, 단테에서의 베르길리우스와 베아트리체, 스펜서에서의 순례의 지위이다. 〈리시다스〉는 서사시가 지닌 '탐구의 형식'을 한 작품이면서 3회까지나 되풀이하는 구성을 보여주고 있다.

목가 시절의 밀턴은 서사시 그 자체를 쓰고 있지는 않았다. 그러나 그는 르네상스기의 기준으로 말하면 '서사시적'으로 부를 수 있는 몇몇 특성을 그의 목가적 작품 속에 담고 있다는 것이 틀림없는 사실이다. 1628년 무렵 밀턴이 서사시인이 되려는 결의를 굳혔다는 견해로 볼 때 거기에 이어지는 약 10년, 그것은 주로 목가 시절이기는 했는데 그 시기에 서사시성이 풍부한 작품을 썼다고 해도 이상할 것은 아무것도 없다고 말할 수 있지 않을까. 이것은 여기에서 특히 다루지 않았던 소작품—모두가 라틴어 작품들이기 때문에 이 같은 입문서에서는 다루지 않았다—〈아버지에게 *Ad Petrem*〉(1632~34년 무렵), 〈만소 *Mansus*〉(1639년 1월?), 〈다몬의 묘비명 *Epitaphium Damonis*〉(1639년 말) 등에는 명백히 나타나는 경향이다.

제4장 이탈리아 여행–하나의 막간

문예의 메카로

버킹엄셔 호턴에 있는 아버지의 집에서 목가적 분위기를 즐기면서 고전연구와 시작에 골몰하고 있던 밀턴은 행복했다. 케임브리지 졸업 뒤 이와 같이 몇 년을 지내고 있는 사이에 수업의 시기는 무르익고 있었다. 1637년 4월 첫무렵에 어머니가 세상을 떠난다. 이것도 밀턴에게는 한 시기를 구분짓는 사건으로서 자각되었을 것이다. 아버지의 허락을 받고 이듬해 1638년 5월에는 하인 한 사람을 데리고 이탈리아로 여행을 떠났다. 학문의 기초를 몸에 익힌 청년이 그 수업의 완성을 위해 문예의 중심지를 돌아보는 긴 여행이다. 그의 나이 스물아홉 살 때였다.

출발에 앞서 헨리 로스—〈코머스〉의 작곡을 담당한—가 여권을 준비해 주었다. 이튼의 학장 헨리 워튼 경은 대륙 각국에서 밀턴이 방문지에서 만나야 할 사람들을 추천하고 실제로 그것을 가능하게 해주었다. 여행 준비가 막힘 없이 잘 되어 간 것은 모두 아버지의 배려 덕분이었다.

런던을 떠나 먼저 파리에 들러 스쿠다모어 경을 방문했다. 그의 도움으로 밀턴은 저명한 국제법학자이자 네덜란드 대사인 휘호 흐로티위스를 만난다. 스쿠다모어 경은 윌리엄 로드의 부하였는데 밀턴이 가는 곳마다 영국 상인들에게 연결해 주었다. 프랑스 니스에서 배를 타고 이탈리아 제노바에 닿은 뒤, 거기서부터 육로로 피사를 지나 피렌체로 들어갔다.

피렌체는 밀턴에게 깊은 인상을 주었다. 몇몇 학원과 살롱에 출입이 허용되고 예술 각 분야 실력자들과 교분을 쌓았다. 밀턴의 자작 라틴시가 그곳 지식인들의 상찬을 받았다. 유폐 중인 갈릴레이를 찾은 것도 이때의 일이다. 진리를 위한 희생자 '토스카나의 과학자'를 만난 것은 평생의 추억이 되었다《실낙원》 제1권 287~291행, 제5권 262행, 기타). 스볼리아티 학원에는 '영국인 존 밀턴이 뛰어난 라틴 자작시를 낭송했다'는 기록이 남아 있다.

10월 말에는 로마에 닿았다. 이곳에서도 사람들의 따뜻한 대접을 받았다. 프란체스코 바르베리니 추기경까지 만날 수 있었다. 10월 20일에는 잉글랜드 예수회 학교를 방문했다. 저명한 가수 레오노라 바로니의 독창도 들을 수 있었다. 그 감명은 대단해서 이듬해 초에는 '로마에서 노래할 수 있는 레오노라에게'라는 주제의 라틴시를 3편이나 썼다.

12월에는 나폴리에 닿았다. 곧바로 귀족 조반니 만소를 방문했다. 만소는 타소를 비롯하여 수많은 이탈리아 시인들의 후원자였다. 밀턴은 이 인물에게 몹시 감동하여, 〈만소〉라는 라틴시를 이듬해 1월에 바쳤다.

밀턴은 만소와 마음이 통하여, 고국의 종교사정까지 기탄없이 털어놓았다. 그가 1646년에 《시집—1645년판》을 냈을 때에 라틴시 부분 첫머리에 만소의 2행을 인쇄하고 있다. '그대의 신앙이 그대의 지력, 우아, 용모, 행동에 맞는 것이라면/진정으로 그대는 영국인(Anglus)이 아니고 천사(Angelus)이다.' 밀턴이 런던을 떠나기 전에 헨리 워튼 경은 대륙에서 종교문제를 입에 담지 말라고 충고했었다. 그러나 젊은이는 그 충고를 때때로 잊었던 것 같다.

처음에는 그리스에도 가 볼 계획이었는데, 나폴리에서 더는 가지 않았다. 고국의 정정 불안이 더욱 심해지고 있다는 '침통한 보고'를 받고 여행의 방향을 바꾸었다고 밀턴은 뒤에 《영국 국민을 위한 제2변호론》(1654)에서 밝히고 있다. 국왕 찰스 1세가 국교회 기도서와 의식을 스코틀랜드로까지 밀어붙이려고 해 군비를 갖추었다는 사건(제1차 주교 전쟁) 소식이 나폴리에 있는 밀턴의 귀에까지 들려왔다. "국정이 그와 같은 때에 혼자서 외유를 즐긴다는 것은 '야비한 일'로 느낀 것이다"라고도 쓰고 있다. 그러나 서둘러 귀국하지는 않고 로마에서 2개월, 피렌체에서도 2개월, 베네치아에서 1개월을 지내고 밀라노를 지나 6월에 제네바에 닿았다. 제네바에서는 장 디오다티를 자주 방문했다. 이 디오다티는 전해 8월에 밀턴이 피렌체에 닿은 무렵 런던에서 세상을 떠난 그의 친구 찰스 디오다티의 큰아버지이고 이 지방에서 신학 교수이기도 했다. 이 인물과 함께 있으면 화제가 부족할 때가 없었다. 그의 귀로는 오히려 여유로운 여행이었다. 런던으로 돌아온 것은 1639년 7월 말의 일이었다.

편력의 영웅

긴 여행이 밀턴에게 준 영향은 컸다. 첫째로 그는 한 영국인으로서 문화적으로 자신을 얻었다. 확실히 영국에서는 그 무렵 일류 학문을 몸에 익히고 라틴어, 이탈리아어도 능숙했다. 그러나 모국에서는 이렇다 할 평가는 얻지 못하고 있었다. 그런데 이탈리아에서는 고위급 사람들까지 포함해서 수많은 저명인사들과도 교분을 맺고 오히려 상찬을 받은 것이다. 이것이 이 북국 젊은이의 긍지로 이어지지 않을 리가 없다. 이탈리아 여행은 밀턴에게 영국인으로서 자각과 자신을 심어주었다고 말할 수 있다. 뒤의 《제2변호론》에서조차 밀턴은 잘 알지도 못하면서 이탈리아를 비난하는 것에 대해서 불쾌감을 표시하고 '이탈리아는 범죄자 소굴 따위가 아니며 인문학자, 예술가 집합소'라고 쓰고 있다. 이 이탈리아를 존경하는 말 가운데 고전적·인문주의적 교양에 대해서 밀턴 자신이 안은 경의의 마음과 자부가 인정되어야 한다.

이탈리아 여행의 성과로서 다음으로 생각할 수 있는 것은 문예, 특히 서사시로의 치우침이 이 시기에 결정적인 것으로 되었다는 것이다. 우리가 밀턴의 여행 경과를 알 수 있는 것은 주로 그의 《제2변호론》의 기술에 따른 것인데, 그 기술은 독특한 의도에 바탕을 두고 있다. 그것은 한마디로 말해서 서사시적 발상에 의한 자기변호라는 것이다. '나는 오디세우스처럼 되고 싶다. 조국을 위해 공이 있는 자가 되고 싶다.' 대륙에서 당대 유명한 인물들을 만났다는 기술이나, 귀로의 로마 가톨릭 측에서 '준비한 박해의 가능성'이 있었음에도 불구하고 그 고도를 다시 방문하고 싶다는 기술이나 조국의 정정 불안 소식을 접해 조기 귀국을 결심했다는 애국적 서술 등은 모두 서사시 주인공 모습을 스스로 떠받들고 있는 느낌이다.

그러나 이 서사시적인 기술은 전혀 허구도 아닌 것 같고, 이탈리아에서 밀턴이 만난 사람들 가운데 예를 들어 카를로 다티, 안토니오 프란치노는 이 영국인 나그네를 '현대의 오디세우스'라든가 '편력의 영웅' 등으로 표현하고 있었다. 여행 중인 밀턴에게 무언가 영웅적인 기개라고도 할 수 있는 성향이 있었을 것이다.

이탈리아 여행을 하기 이전인 이른바 산문 시절의 밀턴이 전원시에 노닐면서 언제나 전원시의 틀을 벗어나려는 작품을 써온 것은 이미 앞 장에서 말한 대로이다. 〈리시다스〉는 그 전형이고 개혁파 청교도의 엄숙한 어투를 여기에서 이해할 수가 있다.

이탈리아 여행은 그의 서사시적 기풍을 선명하게 했다. 문예 중심지에서 문예 인사를 만나고 '편력의 영웅'으로 지목되었다는 자부심이 그에게 결정적인 의미를 부여한 것이 아닌가 생각된다. 그가 써서 남긴 〈케임브리지 초고〉에 따르면 아마도 1641년이나 그 이듬해에 추가한 것 가운데 아담의 타락에 관한 4종류의 줄거리가 기술되어 있다. 더욱 상세한 〈아담의 낙원 추방〉에 이르러서는 뒤의 《실낙원》 주제에 아주 가까운 줄거리로 되어 있다.

아서왕 이야기를 버리다

밀턴은 이윽고 써야 할 서사시의 주제로서 아서왕 전설을 염두에 둔 적이 있었다. 호메로스나 베르길리우스 이래의 서사시인들, 이를테면 르네상스기의 단테, 아리오스토, 타소, 카몽이스도 역시 모두가 저마다 조국의 역사 이야기를 작품 주제로 선택하고, 민족을 대표하는 인물을 주인공으로 택했다. 특히 밀턴이 '아퀴나스 이상의 스승'으로 우러렀던 스펜서가 아서왕 전설에 의거해 《요정의 여왕》을 써서 남긴 것을 보면, 밀턴은 자신이 쓰는 서사시의 주제로서 일단은 아서왕 전설을 생각했다고 해도 그것은 오히려 당연한 일일 것이다.

그러나 그는 1642년에 이르러 아서왕 전설을 버렸다. 스튜어트 왕조가 가문의 안녕을 의도해 스스로 아서왕의 후예임을 강변한 것이 그 원인 가운데 하나다. 그것이 일반 개혁파인 사상가·역사가의 반발을 샀다. 이렇게 되면 밀턴으로서도 이 전설을 이용해 서사시를 쓸 수는 없다.

그가 아서왕을 버린 또 하나의 적극적인 이유로서 그가 좁은 뜻의 애국심을 버리고 전 인류의 구제를 의도하는 높은 차원의 테마를 성서 속에서 발견했다는 것을 들 수 있다. 결국 '아담 이야기'가 부상한 것이다.

그런데 밀턴은 《실낙원》 가운데서 이렇게 고백하고 있다.

> 내가 처음 이 영웅시의 주제를 마음에 품은 이래, 오랫동안 선택에 고민했고 시작은 늦었다.
>
> (제9편)

시인이 이 주제에 사로잡힌 것은 1628년 여름일 것이다. 그러나 〈리시다스〉 이후, 특히 이탈리아 여행 시기에 이미 그에게는 서사시인이 되고자 하는 자각이 갖추어져 있었고, 여행 직후에는 아담을 주제로 하는 서사시의 큰 틀이 짜

여겼다. 《실낙원》의 구술 시작을 1658년으로 잡으면 이 '아담 이야기'의 출현시부터 계산을 해도 무려 20년 가까운 세월이 걸린 셈이다.

그 세월의 문제는 그렇다 하더라도 밀턴이 전원을 쓰기 시작해서 이윽고 서사시의 구술에 이른 것을 그가 헛된 일로 생각하지 않았던 것만은 확실하다. 왜냐하면 그가 존경하는 베르길리우스나 스펜서 등은 전원시인으로서 출발해 서사시인으로서 마친 경력을 지니고 있기 때문이다.

베르길리우스의 경우 《전원시》 10편을 쓴 것이 기원전 30년 전후이고 《아이네이스》 첫 부분을 낸 것이 기원전 30년이다. 스펜서의 경우도 《양치기의 달력》의 출판은 1579년, 《요정의 여왕》 전반의 출판은 1590년이다. 전원시에서 출발해 서사시에 이르는 데 모두 10년은 걸렸다. 더구나 베르길리우스나 스펜서나 저마다 서사시의 완성은 보지 못했다. 밀턴의 경우 전원시에서 시작해 서사시로 끝나는 도정은 같으면서 일단 서사시인이 되길 결심한 뒤부터 이 구술을 시작하기까지의 시간은 확실히 길었다. 여기서 그가 공화정부 관리로서 오래 일한 것과 더욱이 시력장애를 겪었다는 것을 잊어선 안 된다. 그러나 일단 구술을 시작한 뒤부터 7년 정도에 작품을 완성했다. 생각하기에 따라서는 서사시의 구술을 개시하는 데 이르기까지 20여 년간 축적한 내용과 기법이 있었기에 수년에 그것을 문예 영역에서 완성할 수 있었던 것이다. 그의 경우 여기에 이어지는 장에서 언급하는 바와 같이 산문 시절의 20년간이 없었다면 《실낙원》은 없었다. '착수하는 것이 늦었다'고 할지 모르나, 착수한 뒤부터의 구술작업은 순조로웠다고 말할 수 있다.

이탈리아 여행기를 포함해서 아담을 주인공으로 하는 서사시 집필의 의도를 굳히기에 이르는 4, 5년은, 그 뒤 폭풍과도 같은 변론기를 생각하면, 밀턴에게 있어서는 잔잔한 바다와도 같은 한때였다. 이른바 '하나의 막간'이라고 해도 좋다. 그에게 있어서 가장 행복한 수년이었다.

제5장 논객으로서

혁명 전야

밀턴이 대륙여행에서 돌아온 것은 1639년 여름이다. 그도 서른 살에 이르렀다. 귀국한 뒤부터 1660년 왕정복고가 이루어지기까지 약 20년 동안은, 밀턴의 생애에 있어서나 영국에 있어서도 파란만장하고 혁명적인 시기였다. 밀턴은 서사시 창작의 꿈을 잠시 접고 시국을 논하는 논쟁가·평론가로서 사회의 주목을 끌게 된다. 한편, 런던에서 사숙(私塾)을 열어 생계에 보탰다.

이해는 아일랜드 총독이었던 스트랫퍼드 백작이 런던으로 불러들여 찰스 1세의 정치고문으로 임명된 해이기도 하다. 이 스트랫퍼드 백작과 또 한 사람, 1633년에 캔터베리 대주교가 되는 윌리엄 로드는 국왕의 '쌍두 말'이 되어 황금마차를 끄는 역할을 맡았다. 궁정 측으로서는 이렇게 해서 의회를 중심으로 하는 반궁정파의 움직임을 견제해 반국왕 진영에 대한 정면돌파를 시도하는 대형을 갖추었다. 그해 4월에는 11년 만에 의회를 소집했다. 그 의도는 잉글랜드 국교회 기도서를 스코틀랜드에 강요하기 위한 출병 비용을 걷는 데 있었다. 장로파가 주도하는 런던 신의회가 이를 받아들일 리가 없어 의회는 곧 해산했다. 단기의회로 불리는 이유이다. 그럼에도 불구하고 5월에 찰스 1세는 북방으로 출병했다. 이 같은 군사행동이 성공할 리가 없다. 국왕은 이윽고 병력을 철수할 수밖에 없었다. 국왕 측은 여기에서 정책 변경을 진지하게 생각해야만 했다. 원래 에든버러 출신인 스튜어트 가문으로서는 자신들의 조상 땅인 스코틀랜드가 런던 왕가의 요청을 받아들일 것으로 만만하게 보았던 면이 있었을 것이다.

찰스 1세는 끈질기게 그해 여름에서 가을에 걸쳐 두 번이나 스코틀랜드 정벌을 실행한다. 그것은 무익한 싸움이었다. 그러나 국왕은 위압적으로 11월에 의회를 재소집해 전쟁 자금을 모으려고 했다. 의회 측에서는 국왕의 말을 듣지 않았다. 오히려 12월에 '근절청원'을 제출하여 받아친다. 영국 국교회가 주교제 폐지를 요구한 의안이다. 이듬해 5월에는 스트랫퍼드 백작이 처형되고, 대주교 로드는 투옥된다. 이것은 그야말로 혁명이었다. 이 시점은 국왕으로서 정책 변경을 숙고할 마지막 기회였다. 그러나 국왕과 궁정 측은 오로지 군대 정비에만 몰두했다.

의회운영이 뜻대로 안 되는 사태로 내몰린 국왕 측은 그래도 군대 통솔권과 교회 통치권만은 내놓고 싶지 않았다. 이것은 절대주의 왕정으로서는 당연한 일이었다. '근절청원'이 제출되는 사태에 직면해 국교회 측은 가만히 있을 수 없었다. 그 대표자는 조셉 홀 주교였다. 그의 《신권에 입각한 주교제》(1640)로 대표되는 '주교제야말로 국가의 버팀목이다'라는 주장은 국교회 측 전반의 소망을 대변하고 있었다.

찰스 1세(1600~1649, 재위 1625~49)

이 주교제 옹호론에 재빠르게 반응해 반박론을 낸 것은 일찍이 밀턴의 가정교사를 지낸 토머스 영 등 5명—그 5명의 머리글자를 결합해 스멕팀누스(smectymnuus)로 서명한 5명—이었다. 모두 장로파의 유능한 목사들이고 이 5명의 반론에, 더욱 홀 주교가 반론으로 대응하는 형세가 되었다.

밀턴 등장

거기에 등장한 것이 밀턴이었다. 본래 그는 아버지 존으로부터 장로파식 가정교육을 받았고, 더욱이 스코틀랜드 직계인 장로파의 토머스 영으로부터 직접 장로주의적 교양을 몸에 익혔다. 그 영을 〈제4엘레지〉(1627)에서 이미 말한 것처럼 '내 혼의 반 이상의 존재'로까지 부르고 존경했을 정도이다. 주교 측에 대한 비판은 이미 〈리시다스〉에서도 엿볼 수 있었다. 이 같은 비판을 받고 있던 그는 성직에 오른다는 희망을 이미 버렸다. 밀턴의 주교제 비판론은 언젠가는 꺼내지 않을 수 없었을 것이다. 게다가 조셉 홀 대 토머스 영 등의 논쟁이 세상의 이목을 끌었다. 여기에서 밀턴은 옛 스승 영 옹호의 일익을 맡고 나선 것이다. 《영국 종교개혁론》은 1641년 5월에 익명으로 출간되었다.

스코틀랜드 장로파는 칼뱅에게 배운 존 녹스가 에든버러를 중심으로 장로회에 의한 통일적 교회 통치를 실행한 것이 그 단서가 되고 있다. 혁명기의 잉글랜드 장로파는 그 영향 아래 있었다.

여기에서 장로파에 의한 교회 통치 구조를 보아두자. 이 파는 교직자와 장로들이 다스리는 교회를 소회로 정한다. 이것이 최소 단위이다. 그리고 몇 개의 소회가 중회를 구성한다. 그것을 클라시스로 불렀다. 클라시스에서는 선택된 교직자와 장로들이 교사후보자의 결정·임명이나 각 교회의 감독 임무에 임했다. 중회는 더욱 대회를 구성하고 최고 결정기관으로서는 총회를 가졌다. 이렇게 해서 장로파는 클라시스를 중심에 두고 쌓아올리는 단계방식의 '교회 통치법'을 취한다. 왕권과 결부된 주교 중심의 감독 통치에는 반대였다. 다만 장로파도 전체로서는 국교회 내의 개혁파이고 당초에 국왕 그 자체의 지위에 반기를 드는 일은 없었다.

토머스 영 등 스멕팀누스의 논의도, 또 밀턴의 《영국 종교개혁론》을 비롯한 수편의 종교론도 기본적으로는 이와 같은 장로주의적 교회통치를 옹호한 것이었다. 예를 들어 밀턴이 〈주교에 의한 감독제도에 대하여〉(1641)에서 '주교도 장로도 동일'하다고 주장할 때 그는 성서에 나오는 '장로'가 바로 주교의 입장을 취하고 있음을 상세하게 말하고 있다. 《교회 통치의 이유》(1642) 가운데서 '확실히 규율은 무질서를 제거할 뿐만 아니라 그것은 미덕 그 자체의 보이는 형태에 다름없다'라고 쓴 것은 회중의 정신적 훈련에 힘쓴 클라시스 운동을 대변하고 있는 것이다. 이렇게 해서 밀턴은 1642년까지는 순수한 장로파 옹호론자였다.

결혼

1642년 초여름, 밀턴은 아버지 존의 용무로 옥스퍼드 근교의 포레스트 힐로 향했다. 행선지는 왕당파인 파월 가문이었다. 일을 마치고 런던으로 돌아온 밀턴은 놀랍게도 파월 가문의 딸 메리를 신부로 맞아들였다. 17년이나 연하인 부인이었다. 너무나 급작스러운 이 결혼은 그 무렵 여러 가지 억측을 낳았는데, 밀턴으로서는 일을 좀 서두른 감이 있었던 것이 확실하다. 메리는 런던의 밀턴 집에서의 생활에 익숙하지 못했던 것 같다. 또 밀턴도 메리 어머니와 관계가 원만하지 않았다. 결혼 2개월 정도 지나서 메리는 미가엘 축제(9월 29일) 무렵에는 돌아오겠다는 말을 남기고 옥스퍼드 근교의 친정으로 돌아갔다. 그리고 그길로 밀턴의 집으로 돌아오지 않았다(1645년 여름에야 돌아온다).

이혼론

이것은 틀림없이 밀턴이 맛본 최초의 심각한 좌절이었다. 이것이 계기가 되어 그는 결혼이란 무엇인가를 생각하게 된다. 아내가 동거 거부 제기를 하면 이혼은 법적으로 인정되었을 텐데 그는 그 조치를 취하지 않았다. 재혼 권유도 모두 거절했다. 그렇기 때문에 밀턴이 1643년에 출간한 《이혼의 교리와 규율》을 비롯한 일련의 이혼론은 그가 아내와의

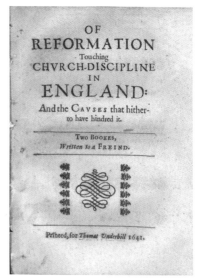

《영국 종교개혁론》(1641) 속표지

이혼 의도를 정당화하려고 한 것이란 비난에는 맞지 않는다. 메리는 1645년에 런던으로 돌아와 그 뒤 딸 셋, 아들 하나의 어머니가 된다.

밀턴이 주장한 것은 대략 다음과 같다. 하느님과의 계약관계에 선 자의 횡적 (남녀 간의) 관계이고 그것은 당연히 거룩한 '사랑과 평화'의 형태가 되어 나타나는 것으로 생각했다. 그렇기 때문에 만일 당사자 한쪽의 '나쁜 품행' 때문에 그 '사랑과 평화'의 관계에 금이 가는 일이 있으면 그(또는 그녀)는 하느님과의 계약관계를 스스로 깨는 것이므로 결혼 그 자체도 파기하게 된다는 것이다. 이렇게 주장하고 그는 이혼을 둘러싼 '교리와 규율'을 명확히 한다. '교리', '규율'이란 용어 그 자체가 그 무렵 장로파의 설교가, 논객이 즐겨 사용한 용어였다. 밀턴은 장로파의 입장에서 이 이혼론을 쓴 것으로 생각한다.

밀턴이 쓴 일련의 《이혼론》은 커다란 반향을 불러일으켰다. 처음부터 이 책은 그 표제가 말해 주듯이 국교회의 교회법, 즉 '간음 이외의 이유로 이혼하는 것은 인정하지 않고 더 나아가 재혼은 논외로 한다'에 반대를 주장한 것이고 장로파를 상대로 한 논의는 아니었다. 그러나 이 책에 대한 반론 가운데서 가장 엄격했던 것은 장로파 측으로부터의 반박이었다. 이 '이혼론자'의 논의만큼 장로파가 말하는 '규율'에 반하는 것은 없는 것으로 비쳤을 것이다.

밀턴은 이듬해 2월에 2판을 간행하고, 그것을 의회 및 웨스트민스터 종교회에 돌려 제출했다. 거기에 가장 먼저 반발한 것이 다름 아닌 토머스 영이었다. 영은 독립파 5명에 의한 《변명 이야기》를 비판한 것과 똑같은 설교 가운데서 이혼·재혼은 안 된다는 강경한 견해를 제출했다. 영 등은 이 익명의 이혼론자는 독립파 논객이 틀림없는 것으로 확신하고 있었던 것 같다(밀턴의 이혼론은 초판은 익명, 재판은 머리글자만을 인쇄했다). 같은 해 여름, 8월 13일에 장로파의 유력자 허버트 파머는 의회와 웨스트민스터 종교회의를 앞둔 설교에서 이 《이혼론》을 '이단과 분파의 행동'으로 단정하고 책을 모조리 거두어 불태울 것을 요구했다.

반장로주의

이 일련의 움직임은 밀턴에게 자신의 기반이라고, 그 자신이 생각하고 있었던 장로주의 그 자체에 대한 심각한 회의를 갖게 하는 결과가 되었다. 신과의 계약관계에 선 인격에게 이혼이란 문제에 대한 판단 또는 선택권이 주어지지 않고 그 판단은 중회(클라시스), 더 나아가 대회, 총회에 맡기는 것과 같은 장로파의 교회통치가 '국교회의 주교제 조직과 무슨 차이가 있는 것일까' 하는 의문을 품게 되었다.

그가 《이혼의 교리와 규율》 초판을 낸 1643년은 스코틀랜드 의회와 잉글랜드 의회 양쪽에서 '엄숙한 동맹과 계약'이 비준되고 스코틀랜드는 잉글랜드에서도 장로주의 교회통치가 수립되는 것을 조건으로—이것은 주교제 폐지를 조건으로—의회 측에 지원군을 보낼 약속을 한 해이다. 이렇게 해서 잉글랜드 의회는 찰스 1세와 전투를 벌일 기반을 굳건히 할 수가 있었다.

그런데 그때부터 정치적으로 일단은 장로파에 속하고 찰스의 전제에 반기를 들고 있던 사람들 가운데서 장로파 이탈 현상이 생긴다. 그 상당수가 그 무렵 의회 내에서 힘을 얻고 있던 독립파(회중파)로 바뀐다. 이것은 크롬웰이 속하고 있던 파이다. 이 파는 개별교회 회중의 자치권을 존중하고 교직자의 임명권도 독립한 개별교회에 속하는 것으로 해 회중파 교회끼리의 협력을 중시한 일파이다. 장로파와는 달리 국교회로부터의 분리를 거부하지 않는 입장을 취했다. 이 파는 혁명 발발 초기에는 소수파였는데 혁명의 진행에 따라서 군대와 의회

내의 중핵을 차지하기에 이르러 혁명수
행의 중심세력으로 부상했다.

앞서 밀턴이 《이혼의 교리와 규율》의
2판을 의회 및 웨스트민스터 종교회의
에 돌려 제출했을 때에 토머스 영 등 스
코틀랜드계 장로파 지도자들이 이 저자
는 독립파에 속하는 논객일 것이라고 추
측한 것을 언급했는데, 그것은 무리가
아닌 억측이었다고 말할 수 있다. 익명의
'이혼론자'도, 《변명 이야기》를 낸 5명의
목사로 대표되는 독립파 사람들도 세속
의 일, 종교의 일에 관해서 인간 개인의

크롬웰(1599~1658)

자율적 판단을 존중하는 입장에 있는 것에서는 공통된 의식을 지니고 있었다.
장로파—그것도 국왕의 지위 안태를 소망한 잉글랜드 장로파—에게 있어서
는 이 '이혼론자'와 독립파 양쪽은 이윽고 공통의 적이 되어야 할 입장에 있었
다는 것이 된다.

종교개혁론

1644년 7월에는 마스턴 무어 전투에서 크롬웰군이 왕당군을 격파한다. 의
회 내에서 독립파 세력은 나날이 커져간다. 그러나 밀턴은 이 무렵 갑자기 독
립파로 기운 많은 사람 가운데 한 사람이었던 것은 아니다. 그 전해에 초판을
낸 그의 이혼론 가운데 이미 반장로파적 색채가 인정되는 것은 이미 말한 대
로이다. 이 점에서 또 하나 음미해 두지 않으면 안 될 밀턴의 논문이 있다. 그것
은 이미 언급한 《영국 종교개혁론》이다. 1641년에 발표된 그의 첫 종교논문이
다. 토머스 영을 옹호할 의도로 쓴 장로파 교회통치론이었다.

당연한 일인데 밀턴은 이 가운데서 첫째로 주교제 폐지를 주장한다. 둘째
로 착안해야 할 점은 콘스탄티누스제 비판이 나온 것이다. 이 로마 황제는 그
리스도교의 전면 관용령—이른바 '밀라노 칙령', 313년—을 포고한 인물로서
그리스도교 세계에서는 평판이 높은 황제이다. 밀턴은 콘스탄티누스가 엄청난

기부금으로 수도자를 타락시키고 또한 교회와 국가를 혼동함으로써 그리스도교 타락의 길을 준비한 장본인이라고 몰아붙인다. 밀턴은 국가와 교회의 분리안을 내놓고 있는 것이다. 밀턴의 직접적인 의도로서 이것은 국교회 비판의 논리였는데, 이 논리는 뜻밖에도 장로파의 교회통치법에 대한 비판으로서도 작용해 이른바 양날의 칼 역할까지 수행하는 논의였다. 밀턴이 이 교회분리론의 칼을 의도적으로 장로파에 겨누기까지는 그다지 오래 걸리지 않았다.

이 종교개혁론에는 제3의 점으로써, 이 단계에서는 명료하지는 않지만 '이성' 존중의 태도를 엿볼 수 있다. '신이 우리 안에 심어주신 지성의 빛'으로 불리고 있는 것은 뒤에 '신의 모습' '신의 목소리' 등으로도 불리는 내적인 '이성'의 원형이다. 밀턴의 모체인 장로파는 사물의 선택권을 개인에게 넘기는 결과가 되는 '내적인 빛'의 존재를 긍정하지 않았다. 그렇기 때문에 이 '내적인 빛'을 제창하는 조지 폭스 등의 퀘이커파에 대해서도 장로파는 엄격한 태도를 취했다.

케임브리지·플라톤학파

이와 관련해서 한 가지 염두에 둘 것이 있다. 17세기 케임브리지 대학에서는 벤저민 휘치코트의 지도 아래 임마누엘 칼리지가 '청교도 신학교'로도 불리는 정신적인 분위기를 깃들이고 있었다는 사실이다. 이 청교도주의는 학문적으로는 피렌체 플라토니즘의 영향을 강하게 받고 있고, 안으로 '이성'—'신의 목소리'—을 부여하는 자의 자율성을 존중해 인간의 자유의지, 신앙의 관용을 역설했다. '이성에 따르는 것은 신을 따르는 것이다'라는 휘치코트의 말은 이 케임브리지 그룹의 최대공약수적 선언이었다. 여기에는 밀턴도 찬의를 표했을 것이 틀림없다. 그러나 이 말은 엄격한 장로파 칼비니즘과는 뜻이 잘 맞지 않았을 것이다.

그 그룹에 들어가 있는 피터 스테리는 밀턴보다 4년 아래인 임마누엘 칼리지 출신자인데 이윽고 크롬웰의 국무회의 설교자로 선임된다. 그렇기 때문에 밀턴과 스테리는(밀턴은 그에 대해 한마디도 언급하지 않았으나) 한때 얼굴을 마주치는 사이였던 것이 틀림없다.

밀턴은 《실낙원》 제3편에서 자유의지론에 대해 말하고 있다. 하느님은 모든 것을 예지(豫知)하는데 그 예지는 '예정'과는 다르다. '인간은 하느님의 예정 가운데 있으면서도 자신의 의지로 자신이 나아갈 길을 선택하는 것이 허용되고 있다'는 것이 하느님의 입을 통해서 밀턴이 역설하는 것이다. 이것은 그 무렵 신학사상의 흐름에서 보면 네덜란드 신학자 아르미니위스의 경향에 약간 기울고 있는 사상이었다고 말할 수 있다. 그러나 이 경향이 현저해지는 것은 훨씬 앞의 밀턴에게서이다.

하지만 장로파 옹호의 논객으로서 등장한 1641년에 있어서조차 밀턴은 이와 같은 반장로주의로 통하는 지적 경향을 안고 있었다. 그것은 한마디로 말해서 그의 인문주의적 교양이 낳은 지적 경향이었다고 해도 좋다. 1643년 이후의 《이혼론》 가운데 이 지적 경향이 스며나와 그것이 장로파 목사들로부터 맹렬한 반발을 샀을 때 밀턴 자신이 곧바로 그 지적 경향을 자각하고 그것을 추진한 것도 당연한 일로 생각된다. 1644년에 그가 저술한 두 책은 그 표현이었다. 하나는 그해 6월에 출판한 《교육론》이고 그 밖에는 11월에 출간한 《아레오파지티카》이다. 이 두 저서는 밀턴이 자신에게 내재한 반장로주의적인 지적 경향을 이혼 논쟁의 와중에서 의식해 그것을 끄집어내서 논리화한 작품이라고 말할 수 있다.

《교육론》

《교육론》은 한마디로 말해서 그리스도교적 인문주의 교육을 장래의 지도자층에 속할 것으로 생각되는 청년들에게 시행할 경우의 기준을 말한 것이다. '학문의 목적은 하느님을 올바르게 알 수 있는 상태를 회복함으로써 시조(始祖)의 타락을 복원하는 것이고…… 가능한 한 신에 가까운 존재가 되는 것입니다'라고 첫머리에서 선언하고 있다. 그러기 위해서는 청년들에게 '이성의 행동'을 가르치도록 권한다. 본래는 아리스토텔레스의 《니코마코스 윤리학》에서 볼 수 있는 '절제'의 윤리를 그리스도교식으로 다시 이해하고 신과의 계약관계, 즉 신뢰관계에 입각한 개인은 '하느님의 목소리'—'올바른 이성'—에 귀를 기울이면서 중용의 길을 걸을 수 있게 하는 것이 중요하다고 역설한다('절제'는 본래 '중용'의 개념에서 나왔다).

《교육론》 가운데서 밀턴이 명료하게 내세우는 또 하나의 개념은 '아량'이다. 어원적으로 '큰 마음', '넓은 마음', '관대'를 의미한다. 이것도 본래는 아리스토텔레스이다. 다만 아리스토텔레스가 말하는 아량은 인간 그 자체의 위대성 개념이고 정치지도자에게 요구되는 자질이다. 거기에 대해서 밀턴이 말하는 아량은 구체적으로 구약성서에 나오는 아브라함, 사무엘, 욥, 그리스도, 바울로 등하느님을 믿고 따르는 여러 인물에 대해서 하느님 측에서 부여된 존엄을 가리켜 하는 말이다. 아리스토텔레스가 말하는 '아량'이 인간 중심적 개념이라고한다면 밀턴의 그것은 이른바 하느님 중심적 개념이라고 말할 수 있다. 교육의목적은 '평시·전시의 구별 없이 사적으로나 공적으로나 그 부과된 임무를 올바르고 능숙하게 또 아량을 가지고 수행할 수 있는 인물을 만들어내는' 것에있다. 장래의 지도자층으로 지목되는 청년들을 이 선에 따라서 교육하고 그 결과 그들이 절제의 판단력을 몸에 익혀 현실 세계를 살 수가 있다면 그것이 바로 영웅적인 삶의 방식이라고 할 수 있는 것이다.

《아레오파지티카》

앞에서도 말한 바와 같이 국교회의 주교제 시대라면 몰라도 장로파 주도형의 의회시대에서조차 언론을 통제하려는 움직임이 나온 것에 밀턴은 참을 수가 없었다. 그래서 쓴 것이 《아레오파지티카》였다. '올바른 이성'의 목소리에 귀기울이면서 이 세상의 황야를 '자기 자신의 선택자'로서 살려는 태도야말로 존중되어야 하는 것이다. '이성이란 선택에 다름 아니다', '속세를 피해 수도원에틀어박히는 미덕과 같은 것을 나는 찬양할 수는 없다'고 말하면서 밀턴은 교회법이나 장로파의 '규율'로 지켜진 '꼭두각시 인형의 아담'이기를 거부한다. '아담은 타락해 악에 의해 선을 알기에 이르렀다'고 이야기되는 그 '선'이란 '진정한 절제'이고 그 절제의 길을 걷는 자야말로 '진실로 싸우는 그리스도교도'라는 것이다. 《교육론》에서 볼 수 있는 영웅적인 윤리관과 거의 같은 취지의 논의를 여기에서는 더욱 선명하게 제출하게 된다.

퍼트니 토론

1645년 크롬웰의 신형군(New Model Army)이 네이즈비 전투에서 왕당군을 격파했다. 이것으로 의회군은 모든 전선에서 절대적인 우위를 차지하게 된다(이여름에 메리가 밀턴의 집으로 돌아온다). 의회군의 기세가 오르는 것과 동시에 각지의 최전선에서 무기를 들고 싸운 군인, 특히 중간 지도자적 지위에 선 발언권이 커진다. 그것을 보여주는 사건이 1647년 가을에 런던 서쪽 교외에서 발생했다. 군 간부와 급진파 병사 사이에서 이루어진 토론이다. 이른바 이 퍼트니 토론에서 급진파로부터는 '인민협약안'이 제출되고 '성인보통선거법'까지 토론의 대상이 되었다. 그 무렵에는 민주적이고 급진적인 정치사상이 군의 중·하층부에서 나왔다. 이 주장이 종교적으로는 주로 군대 내 민주세력으로부터의 제안이었던 것도 혁명의 진행 정황을 전체적으로 살펴보는 경우에 중요하다.

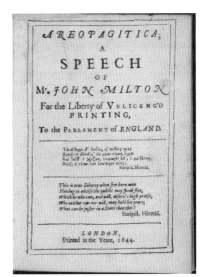

《아레오파지티카》(1644) 속표지

국왕 처형

그 이듬해인 1648년 말에 의회 내의 주류를 차지하고 있었던 장로파 의원을 크롬웰의 뜻을 이해한 프라이드 대령이 추방하는 사건이 발생했다. 장로파 의원은 네이즈비 전투 이래 위기의식이 깊어져 국왕과의 타협을 모색하고 있었기 때문에 크롬웰을 축으로 하는 독립파 의원의 반감을 사고 있었던 것이다. 이 이른바 '프라이드 대령의 숙청' 뒤에 의회는 100명 정도의 독립파 의원들이 운영하게 된다. 이것이 '잔류 의원'에 의해서 구성되는 의회이다. 이 의회는 곧바로 1649년 1월 말 화이트홀에 단두대를 설치하고 국왕 찰스 1세를 처형한다.

국왕 처형은 일찍이 없었던 대사건이었다. 왕권신수(王權神授 : 왕의 권리는 신에게서 받은 것이라 하여 군주의 지배를 정당화하는 절대주의의 주장)를 믿은 국왕이다. 죽음에 임해서도 실로 당당했다. 그 태도가 동정을 끌게 된 것은 사실이다. 국왕의 전제에 반대한 자 가운데서도 국왕을 처형하는 것에는 찬성할 수 없는 사람들이 있었다. 의회군 최고지휘관이고 국무회의 구성원이었던 페어팩스 경도 그 가운데 한 사람이었다. 경은 마스턴 무어, 네이즈비 전투의 지휘관이었다. 경이 1648년 여름에 왕당군의 아성 가운데 하나인 콜체스터성을 함락했을 때에 밀턴은 그것을 경하해 소네트(제15번)를 썼다. 그런 페어팩스 경까지도 국왕 처형에 큰 충격을 받았다. 이것이 계기가 되어 1650년 그는 요크셔에 은거하게 된다. 그가 국왕 개인에 대해서 관용했던 것은 그가 장로파 계열이었던 것과 무관하지 않고 그것이 그에게 독립파의 국왕에 대한 감정과는 다른 생각을 갖게 했을 것이다. 페어팩스 경의 뒤를 이어 크롬웰이 최고사령관 자리에 올랐다.

거의 독립파로

밀턴이 1644년 이후 장로파와 손을 끊은 것은 이미 말한 대로다. 그는 1646년 무렵 〈장기의회에 만연하는 새로운 양심 탄압자들에게〉란 주제로 소네트를 남기고 있다. 이 가운데서 그는 확실하게 5명의 독립파 목사에 의한 《변명 이야기》(1644)의 입장을 옹호하고 그 무렵 스코틀랜드인 장로파 논객들인 아담 스튜어트, 토머스 에드워즈, 새뮤얼 러더퍼드, 로버트 베일리를 가리켜 풍자적인 비판을 가했다. 그리고 '새로운 장로는 낡은 사제를 확대한 것에 지나지 않는다'고 맺었다. 장로주의는 국교회 주교제의 개작에 지나지 않는다는 것이다. 밀턴은 거의 독립파 진영에 서 있었다.

정치론

밀턴이 국왕 처형 사건으로 동요한 흔적은 없다. 왕당파 측에서 나온 많은 국왕 옹호론에 대해서 반론을 집필한다. 첫째는 《왕과 위정자의 재임》(1649)이란 것이고 1649년 1월 국왕 처형 다음 달 2월에 출간되었다. 이 책에서 그는 장로파 비판으로 시작하고 있다. 어느 단계까지는 국왕의 전제에 반대하고 그 퇴위를 다그쳤을 정도의 장로파가 결국은 국왕 측으로 돌아 국내여론을 시끄럽게 했다는 이유로 그 책임을 추궁한다. 그리고 국왕에 관해서는 '법과 공공의 복지를 생각하지 않는 국왕은 자신과 자신의 당파밖에는 생각하지 않는' 폭군에 지나지 않는다. 그렇기 때문에 '자연의 법' 또는 '천부적인 권리'를 지닌 국민은 이와 같은 국왕을 규탄하는 것이 당연하다고 말하고 있다.

이를 쓴 뒤 밀턴은 곧바로 공화정부 외국어담당 비서관으로 임명된다. 국왕 처형 직후 《국왕의 책》이 살포되고 있었다. 그것은 찰스 1세가 죽음을 기다리는 동안에 써서 정리한 기도문(묵상)으로 되어 있고(사실상의 집필자는 국왕 직속 성직자 존 고든이라는 것이 나중에 밝혀지는데) 이것이 처형 직후에 출판되어, 서거한 국왕에 대한 일반의 동정심을 불러일으키는 데 일조했다. 이것은 공화정부로서는 그냥 지나칠 수 없는 사건이다. 이에 공화정부는 밀턴에게 국왕 처형 합법론의 집필을 의뢰하고 그 결과 쓰인 것이 그해 10월에 발간된 《우상파괴자 Eikonoklastes》(1649)였다.

이 가운데서 그는 국왕의 기도문은 필립 시드니 경이나 그 밖의 작가에게서 표절하여 그것을 연결해 맞춘 것임을 입증했다. 밀턴은 이런 일에 자신이 있었다. 《국왕의 책》 원본을 읽고 반론을 준비했을 것이다. 10월에 출간했다는 것은 그로서는 시간을 느긋하게 잡은 것이다. 밀턴의 필봉은 국왕에 대한 개인 공격으로까지 미치게 되어 통렬한 것이었다.

정치논문으로서 중요한 것은 여기에서 밀턴이 '이성'을 국법 위에 자리매김해 '이성이야말로 최고의 중재자이고' 그것은 '두루마리나 기록 이상의 것'이라고 한 점이다. 이와 같은 주장의 원점을 더듬으면 그의 제1논문 《영국 종교개혁론》에까지 되돌아가지 않으면 안 된다. 이미 말한 바와 같이 그곳에서는 명료하지는 않을망정 '이성' 존중 태도를 엿볼 수 있었다. 장로파 변호 입장의 종교론에서조차 장로파가 경원할 '이성 존중론'이 고개를 드러내고 있었다. 이것이 1643년 이후 일련의 《이혼론》에서, 특히 이혼 논쟁의 와중에 나오는 《교육론》과 《아레오파지티카》에서 개인의 이성—'신의 목소리'—속에 사물의 선택·판단의 기점을 인정한다는 태도로 나타났다. 그리고 1649년에 시작되는 밀턴의 정치론에서도 이 견해는 강화·정리되고 국민의 이성이 '최고의 중재자'란 주장을 낳게 된다. 법리론적으로 말해서 '실정법에서 자연법으로'라는 발전 경향을 여기에서 볼 수 있다. 국민복지를 위해서라면 국민에게 이익이 되는 국왕의 처형은 그 집행도 어쩔 수 없다는 내용의 논문을 밀턴에게 쓰게 하는 이론적 기반은 여기에 있었다. 이것은 뒷날 그가 공화정부의 뜻을 이해해서 쓰게 되는 《영국 국민을 위한 제1변호론》(1651년 2월)이나 《영국 국민을 위한 제2변호론》(1654년 5월)의 기간 사상이 되는 것이다.

산문 시절의 특색

이제까지 밀턴이 산문을 가지고 논리를 편 10여 년의 발자취를 살펴보았다. 여기에서는 이 시기 밀턴의 발자취를 정리하고자 한다.

첫째는 무엇보다도 '올바른 이성'을 중요시하는 태도이다. 이것이 기축(基軸 : 사상의 중심이 되는 긴요한 곳)이 되어 그는 국교회의 감독주의를 거부하고 더 나아가 그 자신의 출신 모체였던 장로주의를 비판하게 된다. 종교론뿐만 아니라 가정론에 있어서도 그의 이성존중 주장이 자율적 개체를 옹호하는 입장을 낳아 교파적으로는 그를 크롬웰의 독립파로 근접하게 했다.

둘째로 이혼 논쟁기에 특히 《교육론》과 《아레오파지티카》에서 현재화한 '아량' 중시의 사고방식이다. '아량'의 덕을 몸에 익히고 '절제'로 사는 삶의 방식이 아담의 경우에 '악 속에서 선'을 선택하는 의지를 기르게 된다. 이것이 '진정으로 싸울 수 있는 그리스도교도'의 영웅적인 삶의 방식이라고 말한다. 이렇게 해서 '관습'에 '둘러싸인 낙원'에서 '자연'의 황야로 탈출하는 것을 영웅적이라고 보는 주장이 그의 가정론에 나오게 된다.

셋째로 밀턴이 이 시기에 배양한 문예의식을 언급해야 한다. 이것은 이제까지 언급한 일이 적었던 면이다. 그는 청소년기를 통해서 청교도적 엄숙과 르네상스풍 인문주의 명징(明澄)과 융합한 교양을 몸에 익혀 성장했다. 그리고 머지않아 서사시를 쓸 수 있는 날이 오길 소망하고 있었다.

만년으로

여기에서 만년의 《실낙원》으로 이어지는 문예적 저류의 존재에 주목해 두려고 한다. 장로파 옹호론으로서 그가 《교회 통치의 이유》를 쓴 것은 이미 언급한 대로이다. 1642년에 간행한 이 책의 제2권 서문 가운데서 밀턴은 이런 종교론에 소비할 시간이 있다면 차라리 서사시에 손을 대고 싶다고 고백한다. 이 섬나라 사람을 향해서, 특히 이 나라의 젠트리(영국에서 자영농과 귀족 사이에 존재하는 중산계급의 상층부를 이르는 말) 자제를 위해 교육적 의의가 있는 작품을 '모국어'로 쓰고, '그리스도교적 영웅의 모델'을 제시하고 싶다고 열변을 토한다. 머지않아 서사시인으로서 대성할 한 청년의 의욕을 엿볼 수 있다.

논쟁으로 지샌 10여 년은 헛되지 않았다. 이 동안에 밀턴은 신과의 계약관계에 입각하면서 '올바른 이성'에 의거해 자신이 '선택자'로서 절제 있게 사는 영웅적인 인간상에 생각이 미쳤기 때문이다. 그는 이 인간상을 현실에 살리려고 힘쓴다. 그 결과 주교주의나 장로주의가 둘러싼 '정원'—'낙원'—에서 탈출해야만 한다고까지 생각하게 된다. 더구나 여기에서 그는 서사시적 영웅의 삶을 발견한 것이다.

만년의 밀턴

이 주장을 시인으로서 노래하려면 그 수단으로서 문체가 필요한데, 10여 년에 걸친 논쟁 시절에 이미 말한 대로 그는 이른바 밀턴식 문체—변론 어조의 문체—를 완성했다. 이렇게 해서 그가 앞의 인간상과 사상을, 이 문체를 구사해 완성할 때가 시시각각 다가오고 있었다고 말할 수 있다. 밀턴에게 있어서 산문을 쓴 10여 년은 헛수고였다는 견해도 있는데 이것은 잘못이다. 《실낙원》의 아담 한 사람을 묘사하는 데에도 논객으로서 이 시기의 개재는 불가피했다.

피에몬테 소네트

논객으로서 세월을 보내는 사이에 밀턴이 이윽고 《실낙원》으로도 이어지게 되는 주제와 문체를 몸에 익히고 있었던 것은 여기에 쓴 대로이다. 그 좋은 실례를 하나 들어둔다.

이탈리아 북서부, 프랑스와 국경을 접한 피에몬테 산악지대에 '발도파'로 불리는 한 파가 있고, 로마를 본산으로 하는 가톨릭교회와는 그 기풍을 달리하고 있었다. 이 파는 리옹시(市)의 상인 피에르 보데(페트뤼스 발데스)를 시조로 떠받들고 빈곤·기사(棄私 : 사사로움을 버림)를 신조로 하는 그룹이고, 1170년대의 출발 이래 종종 가톨릭으로부터 박해를 받아왔다. 16세기 종교개혁기에는 프로테스탄트 진영에 가담했다.

1655년으로 접어들자, 이 지방의 통치자 사보이 공은 병력을 동원해 발도 일파 소탕작전을 개시했다. 4월 24일에는 1700명 이상을 살육한다. 이 사건은 특히 프로테스탄트 제국을 떨게 했다. 잉글랜드 공화정부의 호민관 크롬웰은 외국어담당 비서관 밀턴에게 펜을 잡게 해 각국과의 연계를 강화했다. 특히 사보이 공에게는 특사를 급파하고 대(對)발도파 정책의 방향전환을 요구했다. 국내에서는 군대를 대기시키고, 경우에 따라서는 전쟁도 서슴지 않을 태세를 갖추었다.

밀턴은 이 무렵 소네트 하나를 쓴다.

〈피에몬테에서 발생한 최근의 대학살에 대하여〉
심판을, 오오 주여, 참살된 성도들을 위해. 그들의 뼈는
얼어붙은 알프스산들에 흩어져 있다.
우리의 선조들이 나무와 돌에 절을 한 옛날부터
가르침의 청순한 진리를 지킨 사람들을
버리는 일이 없기를. 피에 굶주린 피에몬테군은
갓난아기를 안은 어머니를 바위산에서 밀쳐 버리고
착한 양으로서 울 안에 만족하는 자를 죽였다.
그 사람들의 신음이 생명의 책에 남겨지도록.
계곡은 그들의 한숨 소리를 산들로, 산들은 더욱 하늘로
울리게 했다. 그 순교의 피와 재를 뿌리자,
3중의 관을 쓴 폭군이 아직도 지배하는
이탈리아의 들에, 그 피와 재에서
백 배의 것이 늘고 주의 길을 따르면서
바빌론의 재난을 빨리 벗어날 수 있게.

틀림없이 그해 5월에 쓴 것이다.

신앙 때문에 목숨을 잃은 사람들에 대한 뜨거운 동정이 시인의 의분을 부추겨 모든 영시 가운데서 가장 힘차고 치열한 것으로 생각되는 작품을 성립하고 있다. 원문에서는 각 행이 '오'라든가 '에이'의 음을 반복하여 죽어 가는 신도들의 통곡과 시인의 애도 소리를 전하고 있다.

이 소네트는 이 사건에 관해서 밀턴이 크롬웰 이름으로 발신한 몇 개의 외교 문서와 어조·내용·표현에서 흡사하다. 또 이 사건을 다룬 그 무렵 몇 종류의 회람지 기사가 똑같은 의미이고 이 소네트에 가깝다.

이 작품 하나의 성립 상황을 거론해 보아도 눈이 먼 밀턴은 외교문서라는 산문, 너무나도 산문적인 산문을 구술하면서 거의 동시에 거의 같은 종류의 언어를 구사해 뛰어나고 프로테스탄트적 내용의, 그리고 오히려 서사적 분위기의 14행시 구술에 성공하고 있다. 시가 연설풍 산문의 한가운데서 탄생하고 있다. 논객으로서의 밀턴이 서사적인 '시'를 짜내고 있는 것이다.

제6장 소네트와 구술

'왼손을'

일찍부터 서사시인을 지향해 온 밀턴인데 대륙여행을 마치고 1639년에 돌아온 뒤로 시 작품은 거의 쓰지 않았다. 이상한 일이다. 그해 연말인가 이듬해 초에 〈다몬의 묘비명〉인 라틴어 시—친구 찰스 디오다티에 대한 애도시—를 남기고 있을 뿐이다. 다만 1645년에 마지막 이혼론 2편—《사현금(四弦琴)》과 《징벌채찍》—을 냈을 때쯤 논쟁시대로 접어들기 이전의 시 작품을 정리해 출판할 생각을 했다. 1646년 1월에 《시집》이 출판된다. 1646년 1월은 그 무렵의 계산방법으로는 1645년이므로 이 시집은 《시집–1645년판》으로 불린다.

밀턴이 산문을 사용해—그의 식으로 말하면 '왼손을 사용해'—종교, 가정, 정치를 둘러싸고 논진을 펼친 시대에는 그가 정리된 시 작품을 남기지 않았다는 것은, 대작을 구술하기에 이르는 만년의 밀턴에게 어떤 연관이 있는 것일까. 앞 장에서 우리는 이 산문 시절이 사상과 문체의 양면에서 그를 키운 사정을 보아오기는 했다. 그러나 실제 창작상의 작업으로서 이 시기의 그는 산문 작품 이외에 무엇을 시도하고 있었던 것일까. 그다지 많지도 않은 운문 작품 가운데서 일단 한결같은 것은 소네트 형식의 작품을 남기고 있다는 점이다.

《시집》

《시집-1645년판》은 그가 스물한 살 때인 1630년에 쓴 〈오오, 나이팅게일〉을 효시로 하는 소네트 10편을 수록하고 있다. 그 가운데 5편—제2번에서 제6번까지—은 이탈리아어이고 소네트란 형식을 낳은 최초의 언어이며 밀턴이 창작을 시도한 것이다. 습작의 영역을 벗어나는 것은 아닌데 페트라르카풍의 명도를 감돌게 한 사랑의 시이다. '소네트 제7번'은

> 청춘의 도둑, 교활한 '시(時)'는 날개를 이용해
> 얼마나 빠르게 나의 스물셋의 나이를 채갔단 말인가!

로 시작되는 14행시이다. '시'는 날개를 지닌 노인이고 손에 낫과 모래시계를 지녔다. 사람 생명의 옥을 꿴 끈을 재고 때가 오면 그것을 끊는다. 세월은 금세 지나가는데 자신의 재능은 싹이 트지 않는다는 생각은 수재에게 있기 쉬운 초조함이다. 그렇기 때문에 예부터 문학의 전통으로서도 이 같은 노래가 있었던 것인데 밀턴의 경우는 상당한 정도로 자성을 실감했을 것이다.

> 나의 모든 일은
> 위대하신 감독자가 지켜보는 가운데

라고 맺는다. 여기에서 말하는 '감독자'란 〈마태복음〉 25 : 14~30의 '달란트의 비유에 나오는 주인공'을 뜻하는 것 같다.

이 제7번 소네트는 밀턴이 스물세 살 때 쓴 작품으로 되어 있으므로 틀림없이 1632의 작품이다. 이 소네트는 이탈리아어 소네트에 공통인 밝고 가벼운 가락과는 다른 무거운 가락과 진지한 어조를 갖추고 있다. 이 작품쯤에서 비로소 청년 밀턴의 목소리를 마주하게 된다. 그리고 그 어조가 〈리시다스〉로 이어진다.

'소네트 제8번'은 원고에서 '런던시에 공격이 계획되고 있을 때에'란 주제의 작품이다. 단 그 연호는 작자의 손으로 지워져 있다. 그렇기 때문에 집필연대는 알 수 없다. 그러나 찰스 1세 휘하의 왕당군이 제1차 내전 때, 1642년 11월에 런

《시집-1645년판》(1646) 속표지
와 밀턴 초상화

던으로 육박한 그 전후에 쓰인 것으로 보는 것이 타당하다.

　　지휘관님, 대장님, 갑옷을 걸친 기사님,
　　방비도 없는 이 문간까지 탈취할지도 모를 분들이여,

로 시작되고 있다. 긴박한 정황을 다룬 시사(時事)의 시인데 창법은 변론조이고
게다가 유머까지 감돈다.

　《시집-1645년판》에 수록된 소네트 10편은 이렇게 보면 소재로서는 사랑의
시, 자성(自省)의 시, 시사(時事)의 시가 된다. 거기에서 들려오는 소리는 때로는
가볍게, 때로는 무겁게, 때로는 해학이 섞인다. 또 때로는 변론풍이다.

　'소네트 제9번'은

　　인생의 봄에서 숙녀여, 현명하게도
　　넓은 길, 녹색의 길을 버리시고

로 시작된다. 어쩌면 이것은 만가(挽歌)이다. 그리스도교적 색채가 짙은 말로
한 숙녀를 찬양하고 있다.

신랑이 기쁨을 나누는 친구들과 함께 지복의 경지로
건네지는 한밤중에 그곳에 그대도
들어오게 된 것이다. 현명하고 순결한 처녀여.

로 맺어진다. 전체를 읽으면 이 마지막 한 행이 첫머리 한 행으로 되돌아가고 다시 읽기 시작해도 부자연스러움이 전혀 없음을 깨닫는다. 이른바 순환적 구조를 지니고 있다고 말할 수 있다. 이 구조는 일반적으로 17세기 영시에서 흔히 보이는 것인데 밀턴의 몇몇 소네트에도 그것이 있다. 이를테면 지금의 소네트 외에도 페어팩스 경을 노래한 '제15번' 등이다. 하지만 밀턴은 1650년으로 접어들자 이 창법을 버린다.

확실히 밀턴은 논쟁으로 지샌 시기에 소네트 솜씨를 발휘하고 있다. 헤아려 보면 이 《시집-1645년판》 이후에 전체적으로 13작품을 남기고 있다. 물론 앞 장에서 언급한 〈장기의회에 만연하는 새로운 양심 탄압자들에게〉라는 주제의 전체 20행의 소네트를 넣으면 14작품이 된다(밀턴 자신은 이 긴 '꼬리가 달린 소네트'는 전 소네트 번호 속에는 넣지 않았다). 이 14작품 가운데 처음의 6작품은 1640년대의 것이고 나머지 8작품은 1650년대로 접어든 뒤의 작품이다. 밀턴의 제2 시집은 1673년에 출판되었는데 여기에서 소네트로서 그 14작품이 모두 실려 있는 것은 아니다. 그러면서도 《시집-1645년판》의 소네트에 이어지는 번호가 붙여져 있어 헷갈린다. 이 책에서는 제2시집의 번호를 채택하지 않기로 한다.

1650년대의 소네트

1650년대에 접어든 뒤부터의 소네트로서는 제16번 〈크롬웰 장군에게〉가 최초이다. 1652년 5월의 작품이다. 크롬웰은 이 작품에서 찬양되고 있는 것처럼 프레스턴 전투(1648), 던바 전투(1650), 우스터 전투(1651)에 연승하고 혁명에서 의회 측의 우세를 결정지은 육군사령관이었다. 같은 해인 7월에는 '소네트 제17번'인 〈헨리 베인 경에게〉를 쓰고 있다. 베인은 이해 5월에 네덜란드 함대와의 해전에서 잉글랜드 해군을 승리로 이끈 주역이다. 밀턴은 1652년에 이와 같은 육군의 용장과 해군의 지장을 대조적으로 노래하는 한 쌍의 작품을 시도해 본 것이다.

이렇게 소네트에서 한 쌍의 작품이라는 새로운 시도에 도전한 밀턴인데, 그는 사실 공사다망한 몸이었다. 3년 전부터 공화정부 외국어담당 비서관의 공무를 맡고 있었는데,《우상파괴자》(1649년 10월),《영국 국민을 위한 제1변호론》(1651년 2월)을 썼다.

　한편 공인이 아닌 개인으로서의 그는 어떠했을까. 우선 주의해 두어야 할 것은 이 1652년 봄에(어쩌면 그 전해 말) 그의 두 눈은 실명했다. 시인의 인생에 있어서 이것보다 더 큰 고난은 없었다. 실명은 육체적 고통일 뿐만 아니라 천벌로까지 생각된 시대였으므로 왕당파 측에서는 꼴좋다는 조소까지 들려왔다. 실명은 바로 정신적으로 고통이었던 것이다. 밀턴은 그렇기 때문에《영국 국민을 위한 제2변호론》가운데서 이것은 본래 공적인 책임에도 불구하고, 아니 공적인 출판물이기 때문에 자신의 실명이 신으로부터의 심판 결과는 아니고 신을 위해 진력한 결과라는 식으로 자기변호를 하지 않을 수 없었다. 그리고 그것이 천벌이 아닌 증거를 표시하기 위해서라도 곧 '영원한 섭리를 옹호'하기 위한 서사시《실낙원》을 구술해야 했다.

　1652년 5월 2일에 3녀 데보라가 태어났는데, 그 산욕으로 3일 뒤인 5월 5일에 메리 파월이 세상을 떠난다. 여러 가지 어려운 고비를 함께 겪은 아내이다. 남편으로서 밀턴에게 적막감이 없었을 리가 없다. 그 아픔이 채 가시기도 전에 그다음 달에는 장남 존이 죽었다. 1년 3개월 정도의 아이였다. 아무리 생각해도 이해는 밀턴에게 너무 가혹했다. 어쩌면 그는 자신을 구약성서의 욥으로 견주어 보는 순간이 있었던 것이 아닐까. '주는 주시고 또 빼앗는다.' 실제로 '욥의 인내'란 덕목에 그가 관심을 갖게 된 것은 이 무렵부터의 일이다.

　앞서 밀턴은 논쟁으로 지샌 시기가 되자, 도리어 소네트 솜씨를 발휘했다고 썼다. 더구나 1650년대의 소네트 가운데 밀턴의 대표적 소네트로 지목되는 작품이 포함되어 있어 흥미롭다. 다사다난한 인생, 특히 비애 가운데서 무언가 '선'을 발견해 그 비애를 극복해 나가려고 할 때 시인으로서의 밀턴이 더욱 연마되었음을 말해 주는 것이다. 그 가운데서 〈실명에 즈음하여〉(제19번, 1655?), 〈피에몬테에서 발생한 최근의 대학살에 대하여〉(제18번, 1655), 그리고 뒤에 언급하는 〈죽은 아내 캐서린에게〉(제23번, 1658) 이 세 작품은 밀턴의 대표작이며 영국 문학사상 손꼽히는 소네트이다.

실명한 소네트

여기에서는 그 가운데 제19번 실명의 소네트를 다루어 보기로 한다. 이 작품의 배경을 이루는 것은 신약성서 〈마태복음〉 제25장에 나오는 '달란트의 비유'이다. 그렇기 때문에 '소네트 제7번'과 연관이 있는 작품이라고 말할 수 있다. 주인이 먼 곳으로 여행을 떠나게 되자, 부재중에 충분히 재산을 늘리라고 세 종업원에게 저마다 금 5달란트, 금 2달란트, 금 1달란트를 맡긴다. 금 1달란트를 맡은 종업원은 선천적으로 마음이 약해 그것을 투자할 경우 뒤따르는 위험 부담을 회피하려고 맡은 돈을 땅속에 묻어두고 주인이 돌아오길 기다렸다. 주인이 돌아왔을 때 이 사내는 노력이 부족하다는 질책을 받고 맡긴 금 1달란트까지 거두어진다.

> 인생의 반도 끝나지 않았는데 이 어두운 세상에서
> 나는 눈빛을 잃어, 숨겨두면 죽음과도 같다.
> 달란트는 이 손안에 있어 늘지 않는다.
> 맡은 것을 살리고 창조주를 섬겨
> 돌아가는 날 질책당하는 일이 없기를
> 진심 어린 계산서를 내밀 생각은 하고 있는데.
> 때때로 나는 어리석게도 묻는다, '하느님은 눈먼 자에게도
> 노동을 강요하실까?' 인내는 그 중얼거림을
> 헤아려 바로 대답한다. '하느님은 사람이 하는 일까지도
> 하느님 자신의 선물까지도 요구하지 않으신다.
> 가벼운 멍에를 지는 일이야말로 하느님을 잘 섬기는 길이다.
> 하느님은 왕자의 위풍을 갖추셨다. 수많은 천사들은
> 그 명령을 받들어 바다와 뭍을 가리지 않고 질주한다.
> 단지 서서 기다리는 것만으로도 하느님을 섬기는 것이다.'

이 작품은 몇 가지 점에서 특이하다. 영국 소네트의 전통에서 벗어나 있는 면이 있다. 첫째 (원문에서는) 위 8행은 단락이 없는 한 문장이다. 단숨에 지어낸 것이다. 각 행의 마지막 언저리에 쉼표 따위는 바랄 수도 없다. 이렇듯 이 소네

트의 화자 '나'의 초조감은 심각하다. 소네트는 보통 상 8행과 하 6행으로 나뉘어 부르게 된다. 이 작품은 확실히 '나의 호소'는 상 8행으로 일단 끝나고 있다. 하지만 그 제8행째를 충분히 다 소화할 만한 여유도 없다. 마음은 그만큼 핍박해지고 있다. 그 심각한 초조감을 억제해 주는 것은 제8행 도중에 모습을 드러내는 '인내'이다. 그 '인내'도 이 '나'의 감정 고조를 억누르기에는 보통의 6행으로는 부족해 6행 반이 필요했을 것이다. '인내'는 그리스도의 말—'무거운 짐을 지고 허덕이는 사람은 다 나에게로 오라. 내가 편히 쉬게 하리라. ……내 멍에는 편하고 내 짐은 가볍다'(《마태복음》 11 : 28~30)—을 생각하게 하는 말로 '나'를 깨우친다. 그 어조는 상 8행—정확하게 상 7행 반—과는 전혀 다르고 서두르지 않는다. 특히 맺는 1행의 순순(諄諄)한 어조가 작품 전체에 균형감을 주고 있다.

여기에서 하나 문제 삼아야 할 용어는 그 맺는 1행에 나오는 '서서 기다린다'는 표현이다. 한 개념을 일단 두 단어로 말했을 것이다. 거기에서 생각되는 것이 그리스어인 '휴포메노'란 언어이다. 이 언어는 앞의 두 어의를 아울러 갖추고 있다. 더구나 이 그리스어는 보통 '인내한다'는 뜻으로 사용된다. 밀턴은 고전어에 해박했다. 이 소네트를 맺는 데 있어서 그리스어의 '인내한다'를 어원적으로 '서서'와 '기다림'으로 나누어 영어의 작품 속에서 살렸을 것이다.

두 눈을 실명한 뒤 그가 구술하기 시작한 것에 《그리스도교 교의론》이란 분량이 많은 신학서가 있다. 이 가운데서 '인내'에 관해 다음과 같은 정의를 내리고 있다. "'신의 섭리, 힘, 선에 신뢰를 보내면서 신의 약속에 따라 피할 수 없는 재난에 대해서는 이것을 지고하신 아버지의 뜻이고 우리를 내리신 것으로 생각해 조용히 견디는 것' 이것이 인내이다"라고 역설한다(제2권 3장). 그 경우 밀턴이 생각하고 있는 것이 세 가지 있다. 첫째는 인내란 역경에서 견디는 것. 둘째로 인내는 체념이 아니고 종말이 가까움을 믿어 희망을 안고 살아가는 것. 셋째로 인내의 구체적인 예로서 욥의 일 또는 '욥과 그 밖의 성도들'의 일을 생각하고 있다는 것. 이렇게 되면 이 소네트는 이른바 밀턴 자신에게 욥적인 인간상을 제시해 고난에 침울해지는 '나'의 초조감을 가라앉히고 한 작품으로 받아들이게 된다.

'소네트 제19번'과 헤어짐에 있어서 아무래도 관찰해 두고 싶은 또 한 가지

점이 있다. 우리는 앞 장에서 1644년 밀턴이 '올바른 이성'에 의해서 황야로 걸음을 내딛는 모습을 '절제'의 모습으로 받아들이고 그것을 그리스도교도의 영웅적인 삶으로 생각했다는 것을 보았다. 그것과 연관해서 지금 실명한 소네트를 읽어보면 '나는' 역경의 늪에 빠져 '인내'의 덕을 발견하고 있음을 깨닫는다. 그리스도교도의 인간상이 지닌 영웅주의관으로 또는 절제 중심에서 인내 중심으로 중점을 두는 것의 변화를 인정할 수 있을지도 모른다. 사실 욥에 대한 밀턴의 관심은 실명 뒤에 급속하게 깊어지고 있다.

컬럼비아 대학 출판국의 《밀턴전집》에 붙여진 색인에 대해서 조사한 바에 따르면, '용기'에 대한 언급이나 170의 예 가운데 실명시 이전의 예는 불과 5개에 그친다. 인내의 덕에 대한 관심은 점점 깊어져 이윽고 《실낙원》의 아담상으로 이어져 가는 것인데, 여기에서는 그 전체의 흐름 가운데서 이 실명한 소네트의 의의를 생각할 필요가 있다는 것만을 기술해 두고 싶다.

그리고 또 하나 마지막으로 언급해 두고 싶은 것은 이 소네트 집필 시기에 대해서이다. 밀턴이 두 눈을 실명하는 것은 1652년 초이다. 그렇기 때문에 이 작품이 1652년에 쓰였다는 설이 많은데, 다른 의견도 있다. 시력을 잃은 충격에서 벗어나 평온을 되찾을 만큼 시간이 지난 뒤에 쓰인 작품으로 보아도 좋은 것이다. 그는 실명 뒤 수년이 지나서 자신의 실명 체험에 일종의 자기분석을 가하면서 친구들에게 써 보내고 있다. 이 소네트는 이와 같은 조용한 정신상태에 도달한 뒤에 쓰인 작품으로 보아도 좋지 않을까. 《시집-1673년판》에서도 〈피에몬테에서 발생한 최근의 대학살에 대하여〉(1655) 뒤에 자리매김되어 있다.

연작으로 밀턴의 소네트는 1650년대의 것이 뛰어나다고 말해 왔는데 그것을 여기에 나열해 보자.

제16번 크롬웰 장군에게 (1652년 5월)

제17번 헨리 베인 경에게 (1652년 7월)

제18번 피에몬테에서 발생한 최근의 대학살에 대하여(1655)

제19번 실명에 즈음하여(1655?)

제20번 에드워드 로렌스 앞(1655~56 겨울)

제21번 시리악 스키너 앞(1655~56 겨울)

제22번 시리악 스키너 앞(1655~56 겨울)

제23번 죽은 아내 캐서린에게(1658)

이들 작품이 그 이전의 것에 비해서 두드러지게 다른 점이 있다.

첫째는 시로서의 문장이 간이화했다는 것이다. 단도직입의 창법이 기본이되었다. 오묘한 말, 유희는 모습을 감추었다.

둘째는 보컬(유성)의 기도 리듬이 나타났다는 것. 앞서 본 제19번 등도 문장은 단순한 데다가 전체가 보컬 기도의 경향이 있다(제18번도 그와 같은 소네트이다). 이것은 1630~40년대의 소네트에서 볼 수 있었던 변론조의 가락이 발전한 결과로 생각할 수 있다.

셋째로 또 하나의 중요한 특징이 있다. 그것은 1640년대까지의 소네트에 볼수 있었던 동일 작품 내의 순환적인 구조가 50년대 작품에는 없어지고 있다는 것이다. 그 대신 두 작품을 연합한 작품군이 나타나게 된다. 이를테면 이미 언급한 바와 같이 제16번과 제17번은 같은 1652년 작품이고 전자는 육군장군 크롬웰에 대한 작품, 후자는 해군 장군 헨리 베인에 대한 작품이다. 한 쌍의 작품이라고 말할 수 있다. 제20번과 제21번도 1655년부터 이듬해에 걸친 같은 겨울작품이고, 모두 지난날의 제자에 대한 만찬 초대장이다. 모두가 경쾌한 대연작이다. 또 제19번과 제22번은 저마다 욥적인 인내와 삼손적인 영웅주의에 입각해 실명의 고난을 극복하려는 연작으로도 생각된다. 모두가 1655년의 작품이다. 즉 1650년대 작에는 일련의 소네트, 대련으로의 경향을 볼 수 있고 이것은 지난날의 순환적인 작풍과는 전혀 다른 이른바 직선적인, 즉 연작적인 지향이라고도 할 수 있는 경향을 보이고 있다.

밀턴은 공무가 바쁜 일상 속에서 더구나 실명의 몸으로 실은 수많은 소네트를 만들어 구술하고 있었다. 그리고 가작으로 지목되는 것만을 남겼다. 그렇기 때문에 내용적·기술적으로 이처럼 진보의 자취를 엿볼 수 있는 작품을 남길 수 있었을 것이다. 1650년대에는 언제나 자기 뜻대로 하면서 살고 소네트를 마음껏 지어 구술했던 맹인 시인을 우리는 만나고 있다.

〈시편〉 번역

이 일과 관련해서 밀턴이 구약성서의 〈시편〉을 모국어로 옮긴 번역 작업을 관찰할 필요가 있다. 그는 1648년에 〈시편〉 제80장에서 제88장에 이르는 9편을 영어로 번역했다. 그로부터 5년 뒤인 1653년 여름에 〈시편〉 제1장에서 제8장까지 8편의 영역을 시도했다. 이것은 실명을 한 뒤의 일이었다. 실명을 경계로 한 이 두 작품군에는 커다란 차이가 있다. 최초의 번역시군은 원문에 비해서 쓸데없이 길게 늘어놓았다. 뒤의 번역시군은 간결하고 힘차다. 더구나 뒤의 번역시군에는 소네트 단위의 창법이 나타나 있다. 〈시편〉 제3장, 제6장, 제8장의 역시는 소네트 2작분에 가까운 24행의 번역으로 되어 있다. 제2장은 3행 운문을 기본으로 하는 전체 28행의 번역시이다. 제5장도 소네트 3작분에 거의 가까운 번역이다. 이 같은 경향은 실명 전의 〈시편〉에서는 엿볼 수 없었던 것이다. 1653년의 영역 〈시편〉은 틀림없이 소네트의 달인이 된 시인의 펜으로 된 역시가 된 것으로 보인다.

게다가 이 영역 〈시편〉군에는 뒤에 《실낙원》에 나오는 어구가 적어도 셋은 사용되고 있다. 제3장 12행의 '거룩한 산(holy mount)'은 《실낙원》의 제5편 712행, 제6편 743행, 제7편 584행에 나온다. 〈시편〉 제4장 30행의 '빛나는 얼굴(countnance bright)'은 서사시의 제2편 756행에, 〈시편〉 제7장 18행의 '더럽혀진 치욕(dishonour foul)'은 서사시 제9편 297행에 나타난다. 소네트풍의 창법이 나타나는 〈시편〉군에 뒤이어 서사시로 이어지는 어구가 나온다는 것은 이 시기에 밀턴의 언어와 창법(구술)이 손을 맞잡고 《실낙원》 구술작업의 준비를 갖추고 있었음을 말해 주고 있다.

구술 기법

1650년대의, 특히 실명 뒤의 밀턴은 구술의 기술로서 소네트 및 소네트식 창법과 발상을 몸에 익힌 다음 서사시 구술을 시작했을 것이다. 그 추론을 뒷받침하는 또 하나의 사실이 있다. 밀턴은 재혼한 아내 캐서린을 1658년 2월 3일에 잃는다. '소네트 제23번'은 틀림없이 그 잃은 아내에 대한 사랑을 노래한 작품이다. 아내는 산욕의 경과가 나빠서 죽었다. 태어난 딸도 1개월 반에 죽었다. 이 소네트에서는 '성도인 새 아내'가 '산욕의 더러움'이 씻겨져

세 딸들 앞에서 《실낙원》을 구술하는 밀턴 밀턴은 마흔세 살(1652) 무렵에 실명했으며, 몇 년 뒤부터 《실낙원》을 구술하기 시작했다. 밀턴의 풍부한 학식, 외국어 능력, 준엄한 기질 때문에 딸들이 필기 하면서 상당히 고생했다고 한다. 19세기, 헝가리 화가 미하이 문카치 작품. 뉴욕 시립도서관 소장.

그녀의 마음처럼 온몸을 희게 감싸고 나타났다.
얼굴에는 베일. 하지만 나의 심안(心眼)에는
사랑, 아름다움, 상냥함이

—나 보인다.

하지만 아직도 나를 안으려고 아내가 허리를 굽혔을 때
나는 잠에서 깨어나고 아내는 사라졌다. 그리고 태양이 꿈을 깼다.

이른바 인물의 몸짓까지 느껴질 정도의 극적인 매듭이 되고 있다.
이 소네트를 《실낙원》 속에서 아담이 자신의 늑골로 창조된 하와를 처음 만
났을 때의 추억을 천사 라파엘에게 이야기하는 거의 소네트 단위의 한 구절과
비교해 보자.

모든 아름다움이 그녀 안에, 그녀의 얼굴
안에 담겨 있는 것 같았고, 일찍이 느껴보지 못한
달콤한 맛이 그때부터 내 가슴에 스며들었으며
그녀의 숨결은 만물에 사랑과 연모의 정을
불어넣었나이다. 그러자 갑자기 그녀가 사라지고
나 홀로 어둠 속에 남았습니다. 눈을 뜨고 그녀를
찾았지만 그 모습 보이지 않자 영원한 상실을
슬퍼하며 다른 쾌락도 모두 버리려 했나이다.
그때 멀지 않은 곳에서, 꿈에서 보았던 그녀가
하늘과 땅이 부여한 모든 아름다움으로 장식하고
사랑스런 모습으로 다가오지 않겠나이까.
창조주는 보이지 않았으나 그분에게 이끌려
그 목소리에 인도받으며, 혼인의 신성함과
결혼의 관습에 대한 가르침을 받으며 왔나이다.
그 걸음걸이에는 우아함이, 눈에는 천국의 빛이,
몸가짐에는 위엄과 사랑이 넘쳐흘러, 너무도
기쁜 나머지 나는 큰 소리로 외쳤나이다.

(제8편)

아내가 나타나고, 그것은 문득 사라지고 이번에는 보이지 않으면서 다가오는 것을 알 수 있다고 말한다. 조사(措辭 : 시가의 문장에 있어서 문자의 용법과 시구의 배치), 극적인 묘사, 관능적인 사랑의 표현, 그리고 무엇보다도 이 전체의 분위기—. '소네트 제23번'이 서사시 속에 흡수되고 그리고 재생하고 있다.

서사시 구술

밀턴은 이 1658년의 소네트를 마지막으로 소네트 창작을 중단한다. 사실 소네트 형식을 남길 필요는 없었다고 말하는 것이 정확할 것이다. 소네트 형식에 도통한 시인은 그것을 구술의 기초적 단위로 하면서 서사시 창조의 대업에 몰입해 갔기 때문이다.《실낙원》모두의 한 구절도, 제12편 매듭의 한 구절도 모두 26행의 단락이고 대체로 소네트의 2작분이다. 그렇게 볼 때 이 대작 가운데에는 수많은 소네트 단편이 아로새겨져 있다.

1658년 9월 3일, 대폭풍이 있었던 이튿날 크롬웰은 세상을 떠났다. 호민관의 이름으로 잉글랜드의 정권을 장악한 사내의 죽음이고 여기에 공화정은 실질적으로 와해의 길을 걷는다. 그러나 밀턴은 그 이듬해 가을까지 공화정부 외국어 담당 비서관으로 있었다.

10년에 걸친 관직이었다. 실명한 몸이

찰스 2세(1630~1685, 재위 1660~85)

면서 오랫동안 정부의 책임 있는 문서실 근무를 계속하는 사이에 그는 엄격한 구술의 기량을 몸에 익혔다. 그 기량의 진보 정도는 구체적으로 측정할 수 있는 것이 아니다. 그러나 1650년대 소네트 작품의 탁월함을 엿보는 것만으로도 그 기량의 진보는 미루어 알 수가 있다. 실제로 소네트 단위로 운문을 구술하는 것은 이 실명한 비서관에게 있어서 일상적인 일이 된 것이 아닐까. 그리고 1658년에 《실낙원》의 구술은 일부 시작되고 있었다.

제7장 왕정복고 전후

찰스 2세

국왕 찰스 2세가 도버에 상륙한 것은 1660년 5월 26일이었다. 크롬웰군에 쫓겨 몸 둘 곳을 잃고 사선을 넘어 잉글랜드를 떠나 노르망디로 겨우 몸을 피한 이후, 대륙에서의 유랑은 9년 반에 이르고 있었다. 그런 그가 선조의 땅으로 되돌아온 것이다.

셰익스피어의 리처드 2세는 볼링브로크(뒤의 헨리 4세)에게 쫓긴 뒤에 웨일스 해안에 도착한다. 그때 왕은 기쁨에 넘쳐 '다시 내 땅을 밟을 수 있게 되었다.

기뻐서 눈물이 흐른다. 아아, 사랑스런 내 땅이여, 나는 그대를 내 손으로 쓰다듬어 준다'는 대사를 토한다(《리처드 2세》 3막 2장). 이것은 연극에서의 이야기인데, 역사상의 리처드보다 300년이나 뒤의 찰스가 도버에 섰을 때의 감회는 그야말로 이 대사 그대로였을 것이다. 그 찰스는 천천히 사흘에 걸쳐서 런던으로 들어간다. 시민은 열광적인 환호 속에 국왕을 맞이했다. 국왕이 화이트홀에 도착한 것은 5월 29일 저녁이었다. 이날은 그의 서른 살 탄생일이었다.

은퇴 의원

2년 전인 1658년 크롬웰의 죽음을 계기로 조만간 왕정 복귀는 필연적인 것으로 생각되고 있었다. 9년 전의 '프라이드 대령의 숙청'으로 추방된 왕당파와 장로파의 의원들—'은퇴 의원'—은 활기를 띠고 조지 멍크 장군과 공모해 정권 복귀 기회를 노리고 있었다. 그 호기는 1660년 2월 21일에 찾아왔다. 그날 그들은 장기의회를 성공리에 재개하고 4월 25일에 개회할 것을 의결한다. 이것은 사실상 쿠데타였다.

밀턴은 이 일이 발생한 전해의 가을까지는 공화정부 관직에 있었다. 지위에서 물러나기 이전부터 이미 《실낙원》 구술은 일부 시작하고 있었을 것이므로, 정치 현장에서 떠난 뒤에는 그의 문학적 사명 달성을 향해 오로지 매진해도 좋았을 터인데 실정은 그렇지가 않았다. 사실상 왕정이 회복되면 '이제까지의 공화정은 완전히 붕괴하고 마는 것인가, 공화정에 관여한 중심인물들의 처우는 어떻게 되는 것인가' 하는 문제는 밀턴뿐만 아니라 많은 사람의 중대한 관심사였다.

자유공화국론

밀턴은 1659년에 《교회 문제에서의 세속 권력》과 《교회 정화 방법》 등의 책자를 출간했다. 그러나 특히 주목할 만한 것은 《자유공화국 수립의 요체》(1660)이다. 여기에서 그가 말하고 있는 것은 잉글랜드 각 주를 '작은 공화국'으로 해 그것을 '귀족과 주요 젠트리'가 다스리고 그 정치단위를 기반으로 해서 국가 그 자체의 '기초이고 기둥인' 종신제의 중앙평의회를 설립한다는 개혁안이었다. 이 중앙평의회를 떠맡은 멍크 장군이 그것을 어떻게 다루었는지는 알 수 없다.

2월 21일에는 은퇴 의원의 반격사건이 발생하였으므로 밀턴의 건의가 받아들여질 리는 없었다. 밀턴은 이 책의 개정판 구술에 바로 착수했을 것이다. 3월의 제1판 출판을 기다리지 않고 밀턴의 필경사는 개정의 기술을 진행하고 있었을 것이다. 아무튼 4월 25일 신의회 개회일 이전에 개정판을 내놓지 않으면 의미가 없다. 대폭으로 증보된 이 개정판은 4월 상순에 출판되었을 것이다.

개정 자유공화국론

자유공화국론의 개정판은 종신제인 중앙평의회의 설립을 요청한다는 큰 줄거리에 있어서는 초판과 다름이 없다. 하지만 몇 가지 변경이 있다. 이 시기에 잔여임기 의회지지의 선언은 무의미하므로 삭제되었다. 또 멍크 장군에 대해서는 장군이 은퇴의원과 결탁한 사실이 명백한 이상 대단히 엄격한 태도를 취하게 된다. 개정판에서는 멍크 장군을 로마의 군사독재자 술라에 비유하고 있다.

또 새롭게 대폭으로 가필을 한 것이 세 곳 있다. 첫째는 '자연의 법'에 관한 부분, 둘째는 '개미사회'에 관한 부분, 그리고 셋째는 '종신제 원로원'에 관한 부분이다. 우선 자연법을 둘러싸고 밀턴은 다음과 같이 논하고 있다.

"잉글랜드 의회는 '왕정의 속박'을 자유로운 공화국으로 바꾸었는데 그것은 '전 인류를 진정으로 마음속에서 근본적으로 지지하는 법 가운데 법'인 '자연의 법'이 '윤리적이지 않은' 관습적 교회의 여러 법을 폐기한 결과이다"라고 논한다. 영국혁명의 반체제파는 대체로 이런 식으로 기성의 정치·종교지도자층을 규탄했다.

둘째 가필 부분은 왕정지지파를 신의 섭리와 인간의 노력을 평가하지 않는 게으른 자로 깎아내리는 것에 가해진 비유이다. 구약성서의 〈잠언〉 6 : 6 이하의 '게으른 자는 개미에게 가서 그 사는 모습을 보고 지혜를 깨쳐라. 개미는 우두머리도 없고 지휘관이나 감독관이 없어도 여름 동안 양식을 장만하고 추수철에 먹이를 모아들인다'는 말을 밀턴은 인용한다. 그는 더욱이 다음과 같이 덧붙인다. '개미는 무분별, 무제어한 사람들에 대해서 검소한 자제의 민주정치 또는 공화국의 범례가 되어 한 사람의 전제군주에 의한 지배체제보다는 근면하고 평등한 많은 사람이 미래를 바라보고 서로 협의하면서 안전하게 번영해 가는 형태가 된다'고 기술한다. 개미는 명백히 공화국의 상징이 되고 있다. '근면, 검소, 자제, 평등, 미래' 등 밀턴 '공화정'의 여러 덕목이 여기에 나열된다.

여기서 말하는 '민주정 또는 공화국'을 다른 가필 부분에서 '공동사회'로도 바꾸고 있다. 그것이 '주(州) 또는 공동사회'란 표현인 것을 보면 주 수준 공화정—밀턴의 이른바 '주회의'—을 가리키고 있는 것으로 생각된다. 밀턴은 '귀족과 주요 젠트리'에 의한 공동사회 구성이 정치형태의 근저에 있어야 한다는 주장을 안고 있었을 것이다.

셋째 가필 부분은 '종신제 원로원'의 제창이다. 종신제도는 초판에도 나온다. 그것은 그의 〈어느 친구에게 보내는 편지〉(1659년 10월) 등의 문서에서도 볼 수 있는 것이고 이 사고를 그는 고집하고 있었다. 그는 이 견고한 과두제(寡頭制 : 소수의 우두머리가 국가의 최고기관을 조직하여 행하는 독재적인 정치)를 펴 공화정의 붕괴를 막고 왕정 회복을 저지하려고 했을 것이다. 이것은 이 긴급시의 혼란을 막으려는 '임기응변'의 편법안이었다.

'원로원'이란 국가의 중추인 '중앙평의회'를 말하는 것인데, 이 사상의 배경에는 로마나 베네치아의 원로원제 외에 유대나 아테네 최고법원제의 선례가 있었다. 또 원로원안은 헨리 베인, 헨리 스타브, 존 데스버러 등 공화정 지지자들의 주장에서 많이 볼 수 있는 견해이기도 했다. 밀턴의 독특한 사고방식은 아닌데 다만 그의 경우 특이한 것은 '종신제 원로원'의 가필 부분에 그의 교육사상을 도입한 것이다.

뛰어난 중앙평의회가 설립되기 위해서는 선거인도 피선거인도 '훌륭한 교육'을 받은 사람이 아니면 안 되고 그렇지 않으면 국민에게 '덕이 있는 신앙, 절제, 겸허, 근엄, 검소, 정의'를 가르칠 수 있는 정치체제를 만들어낼 수 없다. 자유공화국의 버팀목이 되는 '귀족과 주요 젠트리'는 사회층 그 자체에 대한 언급은 아니고, 훌륭한 교육을 받은 덕이 있고 국민의 본보기가 될 수 있는 인사들을 가리켜 밀턴이 사용한 표현이었다. 일찍이 《교육론》의 주장이 여기에 계승되고 있음을 알 수 있다.

밀턴은 이 문서의 개정증보판에서 '중앙평의회' 그 자체의 구성을 보다 명확히 하고 있다. 거기에 따르면 각 주의 주요 도시에 개별의 '통상회의'를 두고 그것이 주 단위의 '주회의' 선출의 모체가 된다. 그리고 주회의에서 대표자가 선출되어 '중앙평의회'를 구성하는 구조로 되어 있다. 이 3단계 기구의 아이디어는, 적어도 그 기반은 이미 해설 제5장에서 언급한 바와 같이 일찍이 《교회 통치의 이유》(1642) 가운데서 밀턴이 권한 장로파 교회의 통치법과 흡사하다. 그래서 그는 '교구회의' '교회회의' '중앙회의'의 3단계 통치기구를 변호하고 있다. 이것은 장로파에서 이탈한 밀턴에게 그래도 장로파적인 사고방식이 남아 있는 예의 하나로 간주해도 좋을지 모른다.

이상 우리는 《자유공화국 수립의 요체》 개정증보판에서 밀턴이 가필한 곳을 중심으로 세 가지 점에 걸친 저자의 주장을 관찰해 봤다. 《자연의 법》 윤리도, 그 윤리에 입각한 공동사회의 제의도 '종신제 원로원'제 구상의 기반을 이루는 것인데 그 근저에 지도자층의 교육문제가 제안되고 있는 것이 특징이다. 다만 이 증보판은 초판 그 자체에 비하면 공화정의 와해를 눈앞에 두고 있는 만큼 그가 느낀 절망의 깊이를 보여주는 필적이다. 그러나 그만큼 밀턴 본래의 이상이 보다 순수하게 전면에 부각된 결과가 되고 있다. 그것이 단적으로 나타난 것이 여기서 지적한 가필 세 부분이었던 것으로 생각된다.

《실낙원》으로

확실히 1660년 2월, 3월 단계의 밀턴이 마침 같은 시기에 구술을 진행하고 있었던 서사시 속에 개정판의 자유공화국론 주장을 시적인 형태를 살려서 끼워 넣었는지도 모른다. 그 가능성에 간단히 언급해 두고 싶다.

우선 첫째로 '자연의 법' 문제이다. 서사시의 제12편에서 천사 미가엘이 아담에게 이야기하는 서너 행은 《자유공화국 수립의 요체》의 가필 부분에서 밀턴 자신이 논한 것과 거의 동일한 내용으로 되어 있다.

그러나 얼마 뒤 오만하고
야심 있는 자가 나타나, 공정한 평등,
우애에 만족치 않고 자기 형제에게
부당한 지배권을 주장하고 화합과 자연법칙을
지상에서 모조리 말살하려고 하리라.
포악한 그 권세에 복종하지 않는 이들을

전쟁과 잔인한 책략으로 압박하고 사냥하여
(그의 사냥감은 짐승이 아니라 인간이다)
……힘센 사냥꾼이라 불리게 되노라.

여기에서 말하는 '야망가'는 신을 거스르는 전제폭군 니므롯을 가리킨다(《창세기》 10 : 8 이하). 밀턴은 일찍이 《우상파괴자》 가운데서 그 니므롯이란 명칭을 가지고 찰스 1세를 가리킨 적이 있다. 그렇기 때문에 《실낙원》을 구술하는 밀턴도 니므롯과 찰스 스튜어트—이 경우는 찰스 2세—를 같은 사탄적인 야망가로 파악했다고도 생각할 수 있다. 더욱이 '조화'와 '자연의 법'의 존중이 '평등', '형제애'의 바탕이 되고 있는 것과 그것에 대해 존중하는 마음이 없는 곳에 '전제정치'가 판치기 시작한다는 도식은 개정 자유공화국론에서 밀턴이 말하고 있는 것과 합치한다. 그렇다면 이 '야망가'가 여기에서는 밀턴이 '술라의 전제'로 야유를 보낸 멍크 장군을 가리키는 표현으로도 생각할 수 있지 않을까. 어쨌든 서사시에서 '자연의 법'이란 언어는 명백히 윤리적 의미를 지니고 그 점 산문의 《요체》에서 말한 것을 그 연장선에서 더욱 명확화한 것으로 볼 수 있다.

둘째로 개미사회 부분에 상응하는 시행(詩行)으로서 우리는 서사시의 '제7편' 한 부분을 들 수가 있다.

맨 먼저 기어 나온 검소한 개미는
장래에 대비하여 큰 지혜를 작은 가슴에
담고 있으니, 아마도 여러 종족
결합하여 공동체 이루는 먼 뒷날
정당한 평등의 본보기 되리라.

《요체》의 개정 부분 가운데서 공화정의 상징이 된 개미사회의 여러 특징 일체가 여기에 나오고 있지 않은가. '미래' '검소함' '평등'이란 언어뿐만 아니라 '넓은 마음'이란 언어가 나온다. 이 언어가 '아량'의 변형인 것은 말할 나위도 없다. 그리고 여기에서는 (서사시 가운데서 이곳 한 회에 한해서) '공동사회'란 중요한 언어가 나타난다. 주해가들은 이 언어를 거의 거들떠보지도 않고 더욱이 개정·

자유공화국론과 관련한 설명은 현재로서는 전혀 없다고 해도 좋다. 《요체》에서는 이미 관찰한 것처럼 그것이 '주회의'를 중핵으로 하는 정치체제를 가리킨 것임을 배려하면 이것은 단순히 '민주정체' 등과 같이 막연한 내용의 언어는 아니고 시인으로서는 더욱 구체적인 내용의 실체를 뇌리에 묘사해 사용한 언어로 볼 수가 있다. 또 서사시에서 개미사회의 미덕은 자유공화국의 선출 모체인 '귀족과 주요 젠트리' 본연의 모습을 시적으로 보다 직접적으로 노래한 것으로 생각해도 좋다.

중요한 것은 이 개미사회의 서술 뒤에 바로 이어지는 인간창조의 서술이다.

> 아직 모자란 것은 가장 주된 일, 이미 이루어진
> 모든 것의 목적이니, 다른 생물처럼 엎드리지 않고
> 어리석지 않고, 성스러운 이성이 있으며
> 몸을 곧게 펴고 서서 단정하고 맑은 얼굴로
> 다른 것을 다스리며, 자신을
> 앎으로써 숭고한 마음으로 하늘과
> 상통하지만…….

(제7편)

아담은 '성스러운 이성'이 부여되어 '숭고한 마음'—즉 아량—을 가지고 신과 교감해 절제를 존중하면서 타인을 다스린다. 이러한 미덕은 앞의 매듭에서 설명한 것처럼 명확하게 '귀족과 주요 젠트리'에게 밀턴이 추구한 이상적 인간상이다. 즉 창조된 아담의 모습에는 밀턴이 생각하는 지도자층의 전형이 발견되는 것이다. 이 이상형인 아담이 타락하고 회개해 하느님에게 순종을 맹세하기에 이르는 과정이 《실낙원》 그 자체의 드라마이다.

끝으로 《요체》 개정판의 가필 부분에서 강조되고 있는 '종신제 원로원'에 관해서 언급해 둔다. 서사시 제12편에서 천사 미가엘은 아담에 대해서 이집트 탈출 뒤의 이스라엘인이 아라비아 사막을 헤매면서

> 정권을 확립하고 하느님이 정하신

율법으로 다스리고자 열두 지파에서 사람을
뽑아 원로회의를 설치하리라.

(제12편)

　'원로'란 용어는 서사시 중에 한 번에 한해서 인용된 용어이다. 이 행의 원본
은 구약성서 〈출애굽기〉 24 : 1~9까지이고 거기에는 '이스라엘 70인의 장로'로
되어 있다.

　밀턴이 '장로'란 표현을 피해 '원로'란 용어를 사용했다는 것은 《요체》 개정판
과 무언가 연관이 있음을 짐작하게 한다. 즉 중앙평의회의 '원로원' 구상을 내
세운 밀턴이 아니면 서사시의 이 부분에서 '원로'란 용어는 사용할 수 없었을
것이다. 처음부터 서사시에서는 놀랍게도 '장로'란 용어는 한 번도 사용되지 않
았다. 거기에는 장로파가 왕정복고기에 '새롭게 왕당화한 장로파'로서 왕정의
회복을 위해 암약하는 반동세력으로 전락했다는 밀턴식의 비판이 작용하고
있었던 것이 인정된다. 공화정부파인 존 데스버러 장군은 60명 구성의 원로원
제를 제창했는데 밀턴이 서사시 제12편 225행에서 70명의 '장로'라는 용어 대
신에 '원로'라는 용어를 채택한 것은 그가 70명 구성까지는 안 되더라도 데스
버러 장군의 제창과 거의 같은 규모의 원로원—즉 중앙평의회—을 구상했을
가능성조차 우리는 추정할 수 있을지도 모른다.

　밀턴은 이 《자유공화국 수립의 요체》 개정판을 간행함에 있어서 그 이전의
그처럼 어떻게든 이상의 실현을 꾀하려는 마음은 이미 버리고, 이상은 이상으
로서 그것을 써서 남기려는 심경이 되었다. 그런 만큼 개정판에 있어서는 미래
전망적인 표현이 이르는 곳마다 덧붙여졌을 것이다. 《실낙원》은 그런 그의 이상
을 예술적으로 정리하여 매끄럽게 다듬은 것이고 그것을 때로는 계시적으로,
때로는 예언자적으로, 때로는 직접적으로 표현한 것이라고 해도 좋다. 《요체》
에서 충분히 말하지 못했던 것을 마음껏 노래하고 있는 느낌이 깊다. 따라서
서사시는 아담의 낙원 추방이란 신화를 뼈대로 지니면서도 실은 왕정복고기
시인의 소망을 다 말한 것으로 보아도 좋다. 시인은 '귀족과 주요 젠트리'의 이
상형을 창조시의 아담의 모습으로 노래하고 자유공화국 영광의 구조를 개미
사회의 공동사회로 상징하면서, 이루려고 했는데 이루지 못한 자유공화국에

대한 만가와 그것에 대한 새로운 전망을 여기에 노래한 것으로 볼 수가 있다.

브레다 선언

찰스 2세는 귀국 일정이 정해졌을 때 네덜란드 브레다(Breda)에서 한 선언에 서명한다. 1660년 4월 4일의 일이다. 그 가운데 런던에 복귀한 뒤에는 '자유의회'를 허용할 것, 부왕의 처형에 관해서는 직접적인 책임자이고 현재 살아 있는 7인 이외에는 그 죄를 묻지 말 것, 신교의 자유를 인정할 것 등을 공약했다. 그러나 이 선언은 극히 정치적인 의미를 포함한 것으로 문자 그대로 신용할 수는 없다. 이 선언은 측근인 클래런던 백작 에드워드 하이드가 쓴 것이라고 말하는 역사가가 있는데 그것은 잘못이다. 국왕은 이 선언문의 작성에 직접 관여했다.

국왕 살해

전왕 처형의 최고책임자는 올리버 크롬웰인데 그는 이미 이 세상 사람이 아니었다. 국왕탄핵재판소의 장이었던 존 블래드쇼, 그 밖에 헨리 아이어톤, 토머스 프라이드 등도 이미 고인이었다. 국무회의 명단이 오른 소장 토머스 해리슨은 '국왕 살해'의 지명을 받은 최초의 인물이었다. 그것이 발표된 것은 1660년 6월 5일이었다. 나머지 6명으로 지목이 된 사람들은 대륙으로 몸을 피한 것 같다. 그러나 휴 피터즈 등, 오히려 송사리 같은 사람들이 잇따라 체포되었다. 해리슨의 공개처형은 차링크로스에서 집행되었다. 새뮤얼 피프스가 그것을 목격하고 《일기》에 써서 남겼다. 해리슨은 당당하게 웃으면서 죽어 갔다. 그 잔학한 처형이 끝났을 때 '군중은 환호했다'고 기록하고 있다. 피프스는 11년 전 찰스 1세의 처형도 보러 갔다. 호기심이 많은 사내였다. 그 뒤 '국왕 살해범'이 잇따라 처형되었다. 크롬웰은 그 유해가 파헤쳐져 목이 잘리고 하이드파크 동북 모퉁이 가까이 타이번에 내걸렸다.

그런 와중에 찰스 2세는 《우상파괴자》, 《영국 국민을 위한 제1변호론》 두 책을 금서로 정하고 모두 거둬들여 불태우라고 명령했다(이 두 책은 대륙에서는 이미 1651년부터 이듬해에 걸쳐 같은 처분을 받았었다). 이 두 책이 문제시될 것임을 얼마 전부터 은연중 알고 있었기 때문에 밀턴은 세인트 제임스 공원 부근 페티 프랑스(웨스트민스터 거리)의 자택에서 모습을 감추었다. 조카인 에드워드 필립스에 따르면 '바솔로뮤크로스의 친구 집에' 몸을 숨겼다. 체포되어 재판에 회부될 것을 두려워한 것이다. 8월 말에는 대사면이 나와 그도 이젠 위험하지 않을 것이라 믿고 홀번지구에 주택을 마련했다. 그러나 10월에는 한때 감금되었던 것 같다. 동생인 크리스토퍼가 법정에 소환되었던 것이다. 감금이 풀린 것은 12월 중반 이후의 일이다. 밀턴 석방을 위해 친구들, 그 가운데서도 앤드루 마벌과 윌리엄 데버넌트 경 등이 힘을 썼다.

신변의 위험

1660년은 밀턴에게 다사다난한 해였다. 태어나서 처음으로 신변의 위험을 느꼈다. 이윽고 구술하게 되는 《투사 삼손》의 한 절에서 주인공에게 다음과 같이 한숨을 짓게 한다.

> 암흑, 낮과 밤, 사기, 모멸, 욕설, 학대에 시달리고,
> 집의 안팎을 불문하고 언제나 백치처럼
> 타인의 뜻대로이고 이쪽 생각대로 되지 않는다.
> 반은 살아 있지 않아 거의 죽은 거나 다름없다.
> 오오 암흑, 암흑, 암흑. 대낮 햇빛 속에서
> 치유하지 못하는 암흑, 개기일식.
> 햇빛에 접할 희망이라도 있다면!

(75~82행)

이렇게 엮는 밀턴에게는 틀림없이 1660년 여름부터 가을에 걸친 쓰라린 체험이 살아 있었을 것이다.

그는 그 이후에 정치관계의 책자는 출간하지 않게 된다. 청년 시절 이래 자신의 사명으로 느끼고 있었던 일의 달성에 전심 매진해야 할 가을이 오고 있음을 알게 된 해였음이 틀림없다. 《실낙원》의 한 구절에서

> 내가 처음 이 영웅시의 주제를 마음에
> 품은 이래, 오랫동안 선택에 고민했고

시작은 늦었다.

(제9편)

이렇게 쓰고 있는데 이것은 바로 이 시기 밀턴의 거짓 없는 실감이었을 것이다. 그러나 만일 그가 이곳에 이르는 20년간에 의회파 논객으로서 사색을 짜고 변론 어조의 산문으로 그 방대한 여러 논문을 쓰는 체험을 거치지 않았다면 이 서사시의 주제와 문체는 있을 수 없었던 것도 사실이다.

Paradiſe loſt.
A
POEM
Written in
TEN BOOKS
By *JOHN MILTON.*

Licenſed and Entred according
to Order.

LONDON
Printed, and are to be ſold by *Peter Parker*
under *Creed* Church neer *Aldgate* ; And by
Robert Boulter at the *Turks Head* in *Biſhopſgate-ſtreet* ;
And *Matthias Walker*, under St. *Dunſtans* Church
in *Fleet-ſtreet*, 1667.

《실낙원》(1667) 초판본 속표지

제8장 《실낙원》을 둘러싸고

르네상스의 서사시

16세기 유럽은 대서사시인을 낳았다. 이탈리아의 아리오스토, 타소, 포르투갈의 카몽이스, 그리고 프랑스의 뒤바르타스. 이 가운데 뒤바르타스는 조슈아 실베스터의 영역(英譯)에 의해서 영어 세계에 커다란 영향을 미쳤다. 또 영국의 서사시인으로서 에드먼드 스펜서의 이름을 잊어서는 안 된다. 16세기 중반부터의 약 1세기는 영국에서 서사시의 세기로 불러도 좋을 정도의 100년이었다. 영어권에만 시야를 한정해도 50편을 넘을 정도의 다양한 서사시—또는 서사시적 작품—가 만들어졌다. 밀턴도 위에 그 이름을 올린 선배 시인들로부터 영향을 받으면서 이 세기에 스스로도 이름을 남기는 서사시인이 되었다.

그건 그렇다 하더라도 일반적으로 서사시에 대해 어떻게 인식되고 있었을까. 우선 호메로스나 베르길리우스 이래 서사시의 형식상 관례라는 것이 지적되어도 좋다. 이를테면 시신(詩神)에 대한 호소, 서술을 '사건의 중심에서(in medias res)' 시작하는 것, 등장인물, 지명, 그 밖의 나열, 전투 이야기, 반복 표현과 명쾌한 비유의 사용, 초자연적인 장치의 도입, 문체의 장중함 등등. 이러한 것이 서사시의 특징이었는데, 이런 것들은 모두 서사시 기법면에서의 관습이고, 르네상스의 서사시에도 원칙적으로 답습되고 있는 것이었다. 밀턴의 경우도 그 예외는 아니다.

다만 서사시의 세기로 불러도 우습지 않은, 즉 르네상스기의 서사시를 특히 내면적으로 특징지을 수 있는 특질은 무엇인가 하는 것이 되면 또 다른 관찰을 필요로 한다. 이 시대의 서사시관을 한마디로 말하면, '서사시란 한 민족을 대표할 만한 숭고한 역사상 인물을 장중체로 노래하면서 그 민족을 찬양하는 작품이다.' 그 경우 시인들은 다음의 여러 점을 공통으로 의식했다.

첫째로 서사시는 본래 '민족의 고난과 영광'을 이야기하는 것이므로 그것은 집단적인 성격을 지닌다. 둘째로 민족의 통일정신을 상징하는 인격을 '모범'으로서 노래한다. 그렇기 때문에 언어도(라틴어가 아니고) 각 지방, 각 나라의 언어를 사용할 때가 많고 내용도 내셔널리즘의 색채가 강하다. 셋째로 시인과 청중은 과거의 역사를 공통으로 상기할 수 있는 관계에 있다. 넷째로 민족의 미덕을 대표하는 '모범'적 인물을 노래하는 이상 작품은 교육적 목적을 지녔다. 다섯째로 주인공이 고난의 여로를 거쳐 목적지에 도달한다는 이른바 '탐구'의 형식을 지닌다. 이것이 '유혹과 싸우는 영혼의 순례'의 주제를 치장할 때가 많았다. 여섯째로 서사시는 시간적·공간적 지식의 '요약'이 아니면 안 되었다. 끝으로 서사시인은 스스로가 '윤리적으로 고결함을 주장할 수 있는 인물임이 요구'되었다.

젊어서부터 서사시를 지향한 밀턴은 이와 같은 문학적 상황 속에 있었던 것이다. 서사시의 주인공으로서는 민족의 영광을 짊어질 '모범'적 인물이 요구되고, 밀턴도 영국인으로서는 스펜서의 《요정의 여왕》과 마찬가지로 아서왕을 그의 서사시 주인공으로 앉히는 것을 구상한 것은 당연한 일이었다. 그가 아서왕 구상을 버리고 그 대신에 아담 이야기를 채택하지 않을 수 없었던 경위는 제4장에서 말한 대로이다. 여기에서는 이하 밀턴이 '보다 엄숙한 주제'의 서사시화를 생애의 목적으로 내걸면서 실제로는 무엇을 달성했는지 그 문제를 다루려 한다.

구술하는 서사시

《실낙원》은 밀턴이 공화정부에서 물러난 1658년 무렵에 그 구술이 시작되었

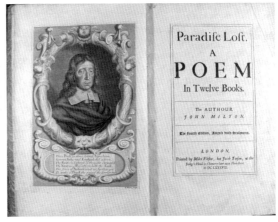

《실낙원》(제2판, 1674년) **속표지와 밀턴 초상화**
초판(1667)은 총 열 권이었지만, 밀턴이 세상을 떠난 1674년에 간행된 제2판부터는 제7권과 제10권이 둘로 나뉘어 총 열두 권이 되었다. '서사시 권수는 6의 배수로 한다'는 고전적 관습을 따라 이렇게 개정한 것이다.

던 것으로 생각된다. 그러나 이 작품은 공화정이 와해될 즈음에 비로소 구상된 것은 아니다. 이 작품 가운데서 중요한 주제를 구성하게 되는 '올바른 이성'관, '아량'과 '인내'의 인물상, 문예 의식 등, 어느 것 하나를 보아도 1640년대에 시인이 논객으로 등장한 이래 일관해서 품어오고 계속 조성해 온 테마임은 이미 말한 것으로도 명확하다. 거기에 덧붙여서 실명 뒤의 그가 베르길리우스식으로 '집필하는 서사시'가 아니고 호메로스식으로 '구술하는 서사시'의 화자로서의 기량을 1650년대 후반까지 몸에 익히고 있었던 것은 뛰어난 대련(對聯 : 시문 등에서 같은 형식이 나란히 있어서 대(對)가 되는 연)의 소네트 구술 기술이 완성되어 있었음을 보아도 확언할 수 있다.

이렇게 보면 1658년 9월에 크롬웰이 세상을 떠나고, 그해 안에 밀턴이 관직을 떠났다는 것은 그에게는 그야말로 때가 왔다는 느낌이 있어 취한 행동이었던 것이 틀림없다. 올 것이 오고 만, 요행을 바라야만 할 시기였다고 말할 수밖에 없다.

밀턴이 《실낙원》의 어느 부분부터 구술을 시작했는지는 알 수 없다. 서사시는 시신(詩神)에 대한 호소로 시작되는 것이 통례이므로, 이 작품 속에서 몇번이고 나타나는 그 같은 호소의 하나가 밀턴의 최초 구술 부분이 되었을지도 모른다. 제1편 1~26행, 제3편 1~55행, 제7편 1~39행 등이다. 제9편 1~47행도 이 부류에 들 것이다. 이 몇 개의 단락 가운데서 제3편 첫머리에서의 시신에 대한 호소는 시인 자신의 실명을 노래하고 제7편 첫머리는 왕정복고 전후,

그 자신의 역경을 언급하고 있는 것으로 보아 개인적 색채가 아주 짙은 시행이라고 말할 수 있다. 그리고 이 개인적 색채는 이들 부분이 또는 전체의 노래를 부르기 시작하는 부분(의 하나)이 되고 있었는지도 모른다는 추측을 낳게 한다. 하지만 이것은 어디까지나 가능성과 추측의 영역을 벗어나는 것은 아니다.

어쨌든 시신에게 호소하는 곳에서는 시인이 한 개인으로서 초월적 실제에 이야기를 거는 것이기 때문에 개인적 색채가 짙게 배어난다는 특징이 있다. 그러나 그것에 그치지 않고 그 구술 부분은 시인이 무엇을 노래하려는 것인지를 고백하고 그 실현을 갈망하는 부분이므로 이른바 시의 주제가 언급될 가능성이 극히 높은 곳으로 되어 있다.

그리스도교적 영웅으로서

밀턴은 시신에 대한 호소 부분에서 그 자신의 서사시가 종래의 어느 서사시와 비교해도 '보다 영웅적'인 주제를 다루고 있다는 확신을 선언하고 있다. 그러나 무엇을 근거로 그는 그와 같은 선언을 한 것일까. 여기에서 1640년대 초의, 즉 그가 '아담의 낙원 추방'을 두루 생각해 100개에 가까운 줄거리를 남긴 시기로 되돌아가 보자.

밀턴은 1642년 이른 봄에 《교회 통치의 이유》를 출간했다. 그 제2권의 머리말은 그의 '문학적 자서전'으로 불릴 정도로 정리된 분량의, 또 질적으로 중요한 에세이가 되고 있다. 그 가운데서 그가 말하는 것의 하나는 시인을 지향할 정도인 사람은 모국어로 '더없이 엄숙한 것'을 노래하고 '한 국민에게 교리와 모범을 지시'할 만한 '그리스도교적 영웅의 형'을 지시하는 것을 목표로 해야 한다는 것이다.

여기에서 생각해 두어야 할 것은, 이 1640년대 초기 그의 여러 논문은 장로파 옹호론이란 사실이다. 그 문맥 가운데서 문인으로서의 밀턴 이상의 것을 말하고 있는 것이다. 그는 영국 국민이 장로주의적인 '교리와 규율'—이 말 자체가 장로파 고유의 말이다—에 입각해서 완성의 영역으로 재빠르게 접근하고 있다는 환상을 안고 있다. 그 완성을 앞당기기 위해서도 그는 '한 국민에게 교의와 범례를 가리키는' '그리스도교적 영웅의 형'을 만들어내지 않으면 안 된다고 선언하고 있는 것이다. 당당한 어조인 것은 한 번 읽어보면 명확하다.

더욱 높은 주제

그런데 그 '그리스도교적 영웅의 형'이라는 것이 밀턴의 문학적 생애의 어느 단계에까지 유효했느냐 하는 문제가 생기게 된다. 그 영웅주의관은 그대로의 형태로는 어쩌면 1644년까지 이어졌을 것이다. 그 이유는 이해를 경계로 해서 그는 장로파와 손을 끊었기 때문이다. 장로파 규율의 테두리 안에서 생각되고 있는 영웅주의관은 이 시기 이후 중요한 변경이 요구되고 있다. 즉 이전보다도 더 자율성을 몸에 익힌 인간관이 전면에 부상하게 된다. 사실 《실낙원》의 주인공 아담은 《아레오파지티카》(1644)에 나오는 말대로 '악 가운데서 선을' 선택할 수 있는 개체로서 등장하게 된다. 이것은 그 무렵 교파의 도식으로 말하면 독립파에 더 가까운 인간관인 것이다. 따라서 시인이 이 작품 가운데서 이 작품에는 '보다 영웅적인' '보다 높은 주제'가 잠재하고 있다고 선언할 때에 이것이 고전서사시의 주제를 능가하는 주제로 언급되고 있는 것이 확실하다고 해도, 여기에서는 또 하나 시인 자신이 약 20년 전에 내걸고 있었던 '그리스도교적 영웅의 형'으로서의 영웅주의관의 변경을 고백하고 이 작품의 영웅주의는 그 '보다 높은 주제'임을 천명하고 있는 것도 인정해야 한다.

이를 정확하게 말하고 있는 것은 제9편의 첫 부분이고 밀턴은 여기에서 그리스도교적 서사시의 목적은 '훌륭한 인내와 불굴의 정신과 영웅적 순교', '한층 차원 높은 주제, 진정 영웅서사시라 부를 만한 주제'라고 노래하고 있다. 여기에서 시인이 '인내의 덕'을 내세우고 있는 점에 특히 주의해야 한다. 인내는 절제와 연관이 있는 덕이다. 르네상스기 사상계에서는, 사람이 좋은 환경에서 신을 따르면서 중용의 길을 가는 것이 '절제'라고 한다면 역경에 처했을 때에 신의 섭리에 따르는 것이 '인내'로 생각되고 있었다.

밀턴에게 있어서 인내관이 전면에 나오는 것은, 그 자신이 두 눈을 실명하거나 아내와 자식을 잃거나 해서 전에 없이 고난을 맛보게 되는 1650년대 전반의 일이다. 더욱이 그 뒤 공화정이 힘없이 붕괴하는 과정에서 역경에 처하게 된 시기의 일이다. 이렇게 해서 이 덕이 아담에 의해 구현되고 '영웅적인 인내'의 덕을 찬양하는 《실낙원》을 낳게 된다. 시인이 이 작품에서 '더 영웅적'인 주제를 노래하겠다고 말하는 배경에는 대체로 이상과 같은 사색의 발전과정이 있었다. 이 것이야말로 그가 말하는 '한층 차원 높은 주제'의 내용이었던 것으로 생각된다.

사탄의 영웅성

여기서 작품 자체 속으로 들어가 보자.

천국에서 싸움이 있었다. 하느님에게 반역하는 천사의 일당이 하느님에게 붙는 천사군과 싸워서 패하고 혼돈계(混沌界)를 지나 9일 밤낮을 도망가 지옥에 떨어지게 된다. 이윽고 실신상태에서 깨어난 나쁜 천사군이 수령인 사탄을 둘러싸고 만마전(万魔殿)에서 하느님에 대한 복수를 모색한다. 공개적으로 싸우자는 주장을 하는 자, 현상긍정론을 주장하는 자가 제각기 논의를 하는데 결말이 나지 않는다. 이때 사탄이 일어나 일장 연설을 한다. 사탄군이 패주한 뒤 하느님은 '다른 세계'를 만들고 그 중심인 지구에 천사를 닮은 '인간이라 불리는 새로운 종족'(제2편)을 둔 것 같다. 이 '풋내기'를 지옥에 떨어뜨려 주면 창조주에 대한 간접복수는 된다고 생각한 것이다. 그러나 그 세계로의 원정은 혼돈계를 지나가는 원정인 만큼 위험이 뒤따른다. 하지만 그렇기 때문에 더더욱 사탄은 자기 혼자서 해치우겠다고 말한다, '우리 모두의 구원을 찾는 동안, 그대들은 빈틈없는/적에게 경계를 멈추지 말라. 그리고 이번 원정에는/아무도 나서지 말라'(제2편). 르네상스기의 무인·지도자에게는 '고위에 있는 자에게 뒤따르는 의무(noblesse oblige)'라는 정신이 살아 있었는데 사탄은 그 같은 영웅성을 남기고 있다.

> 그러니 패한들 어떠랴?
> 모든 것을 잃지는 않았으니. 우리에게는 아직 불굴의
> 투지와 불타는 복수심과 불멸의 증오심과
> 항복도 복종도 모르는 용기가 있도다! 지지 않기 위해
> 또 무엇이 필요하랴? 그의 분노와 힘이 아무리 큰들
> 결코 내게서 이 영광을 빼앗지 못하리라. 무릎 꿇고
> 허리 굽혀 자비를 빌며, 조금 전까지
> 그의 권세를 위태롭게 했던 이 팔로
> 그의 힘을 숭배하란 말인가? 그러한 비굴은
> 이 타락보다 못한 불명예요 치욕이다.

> (제1편)

이렇게 연설하는 사탄에게는 최고의 하느님에게 거역하는 입장이라고는 하지만 확실히 고전적, 또 르네상스적인 영웅상을 볼 수 있다. 또 여기에는 공화정이 붕괴하고, 이른바 이 세상의 지옥으로 떨어진 시기의 밀턴 자신의 괴로움으로 가득 찬 목소리로 들을 수 있다. 결국 타락한 천사군은 이 우두머리의 영웅성에 지옥의 명운을 걸게 된다.

아담과 하와

사탄은 홀로 긴 여정을 거쳐 '세계'로, 그리고 그 중심에 위치한 지구에 이른다. 그곳에서 발견하는 것은 에덴동산 아담과 하와의 행복한 사랑의 삶이었다. 둘은 신이 창조한 완성된 모습을 나타내고 있었다.

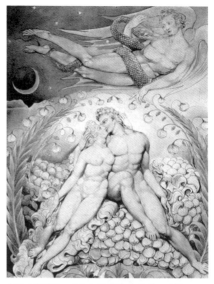

서로 사랑하는 아담과 하와를 바라보는 사탄
사탄이 상공에서 낙원을 탐색하고 있을 때 아담과 하와는 꽃으로 된 침상에서 사랑을 속삭이고 있었다. 화면 오른쪽에는 밑으로 가라앉는 태양이, 왼쪽에는 달이 그려져 있다. 사탄은 뱀을 몸에 두르고 있다. 그는 이윽고 뱀으로 변신해 하와를 유혹한다. 윌리엄 블레이크의 《실낙원》 시리즈 가운데 하나(1808). 보스턴미술관 소장.

곧고 높게, 하느님처럼 곧게, 만물의 왕으로서
가치 있는 모습으로 서 있는 것이 보인다.
거룩한 얼굴엔 영광스런 창조주의 모습 빛나고
진리와 지혜와 엄격하고 순결한 신성이,
엄하지만 아들로서의 참된 자유의지가 빛난다.

(제4편)

아담과 하와에게는 다른 피조물과는 다른 특권이 부여되었다. 꼿꼿한 고귀한 모습으로 모두를 거느릴 권한이 맡겨진 두 사람의 '위엄'에 사탄은 경탄한다. 그 모습에는 '창조주의 모습'조차 나타나 있다. 실은 이 모습이야말로 사탄

낙원에 있는 아담과 하와
밀턴이 '지상천국'이라고 부른 낙원에서 뱀으로 변신한 사탄이 아담과 하와를 유혹하고 있다. 밀턴의 다채로운 묘사를 가장 잘 살렸다고 평가되는 작품. 플랑드르 화가 루벤스 그림. 헤이그, 마우리츠하위스 미술관 소장.

자신이 추구한 모습 아니었을까. 그런 이 두 사람에게 선망을 금치 못하는 것도 무리는 아니다. 아담은 창조 때 이 통치권 외에 '성스러운 이성'과 '숭고한 마음'—아량—이 부여되고 있다(제7편). 이것은 아리스토텔레스《니코마코스 윤리학》이래, 왕자의 조건이 되었던 미덕이다. 신은 사탄이 없어진 뒤의 이른바 신의 영역에 사탄을 대신하는 분신을 두었다고 말할 수 있다.

앞서 우리는 사탄의 모습에 고전적·르네상스적 영웅상을 인정했다. 그러나 여기에서 우리는 또 한 사람(또는 두 사람)의 고전적·르네상스적 영웅상을 만나는 것이다. 다만 이쪽은 그리스도교적 색채를 간직한 인물상(반신적)임이 확실하다.

사탄은 우선 하와를 아담에게서 떼어놓고 그녀에 대한 모략에 집중한다. 그녀의 마음을 흩뜨려 유혹의 장을 출현시킨다. 손을 대는 것이 엄격히 금지된 '선악을 아는 나무'에 하와는 손을 뻗어 그 '거룩한 과일'을 따서 먹는다. 이것은 하느님에 대해 결정적으로 순종을 거역하는 것이었다. 하와는 들뜬 모습으로 아담에게로 돌아간다. 아담의 경악과 둘의 말다툼, 그러나 아담은 결국 '살과 살'인 하와와의 '자연스런 정이 나를 끈다'는 것을 강하게 느껴, 감히 하와의 뒤를 따라 창조주에 대한 순종 거역을 감행한다. '성스러운 이성'이 부여되고 '겸손하고 현명하라(be lowly wise)'는 가르침을 받은 아담이 남편으로서 또 한 사내로서 아내를 사랑하기 때문에 자각적으로 타락의 길을 선택한 것이다. 사내의 책임이야말로 중대하다는 것을 밀턴은 작품 전체에서 노래하고 있다.

하느님에 대한 순종 거역을 범한 두 사람은 낙원에 계속 있을 수 없다. 낙원에서 쫓겨나야 한다. 그러나 그 전에 둘은 그 범한 죄의 무거움을 깨닫고 마음을 하나로 해 창조주에 대해서 회개하는 기도를 바친다(제10권 매듭). 이곳은 이 작품에서 아담과 하와의 마음이 일치한 첫 단락이다.

아담의 말—

《실낙원》 삽화—낙원 추방
낙원에서 추방된 아담과 하와는 천사 미가엘과 함께 그곳을 떠난다. 그들은 둘이서 행복하게 살았던 낙원을 뒤로하고 하느님의 섭리를 길잡이 삼아 방랑길을 떠나야 한다. 1896년.

"하느님이 우리를 심판할 곳으로
　돌아가 그 앞에 공손히 무릎 꿇고 엎드려
　겸허하게 우리의 죄를 참회하며 용서를
　빌고, 거짓 없는 슬픔과 온유한 겸손의 표시인,
　뉘우치는 마음에서 우러나오는 눈물로 땅을
　적시고 한숨으로 하늘을 메우는 일밖에
　우리가 무얼 더 할 수 있으리오?
　그리하면 하느님은 틀림없이
　노여움 푸시고 언짢은 기분을
　돌리실 것이오. 불같이 노하시어 아주 엄하게
　보이실 때에도, 그 평온한 얼굴에는
　오직 크나큰 은총과 축복과
　자비만이 빛나고 있지 않았겠소?"
　회개한 우리의 조상이 말하니
　하와도 진심으로 뉘우친다. 곧 그들은 심판받은
　곳으로 돌아가 하느님 앞에 공손히 엎드려
　겸허한 마음으로 자신의 죄 고백하고

용서 빌며, 거짓 없는 슬픔과 온유한
겸손의 표상인, 뉘우치는 마음에서
우러나오는 눈물로 땅을 적시고
한숨으로 하늘 메운다.

하와도 함께 깊이 뉘우친다. 그 점에서 둘 사이에 아무런 차별도 없다. 둘은
'순종하지 않은 죄'를 범한 것을 인정하고 그것을 뉘우쳐 함께 '신에 대한 순종'
으로 되돌아갈 결의를 한다. '악 가운데서 선을' '선택'할 수 있는 두 개의 자율
적 개체—《아레오파지티카》의 용어로 말하면 '성인(成人)'이 여기에 성립한 것
이다.

그 뒤의 인류 역사가 창조주의 의지에 의한 구제사라는 것이 천사 미가엘의
입에서 해설되는 것은 이 자율적인 인격으로서의 아담과 하와인 것이다. 둘은
이에 따라 마음이 온화해져 '슬프고 괴로운 마음'에도 '위안'을 받아(제12편), 낙
원을 뒤로한다. 작품전체의 매듭 4행—

지금은 안주의 땅을 찾아야 할 세계가 그들 앞에
펼쳐져 있고, 섭리자가 그들의 안내자였다.
그들은 손을 마주 잡고 방랑의 걸음 느리게
에덴을 지나 그 쓸쓸한 길을 걸어간다.

이 매듭 4행에서 볼 수 있는 둘의 자각적인 신뢰관계는 타락행위 뒤의 그 입
을 모아 뉘우치는 기도를 전제로 하고 있다. 《실낙원》이란 작품 가운데서 둘이
자각적으로 '손에 손을 잡는' 것은 작품 전체를 통해서 이곳이 처음이다.

돌이켜보면 밀턴은 아담과 하와의 '손 묘사'를 작품의 중요한 곳에서 의식적
으로 사용했다. 처음 사탄의 눈에 비친 두 사람은 '손잡고 걸어가는' 모습이었
다(제4편). 하와가 그 손을 아담의 손에서 빼는 것은 남편에 대한 불신, 종말에
는 신에 대한 반역을 상징하는 행위가 되고 있다(제9편). 그 뒤가 매듭 부분의
'손'이다. 즉 하와가 아담에게서 그 손을 빼 유혹의 와중에서 그녀 나름의 자립
을 시도한 순간에 비극이 생기고 최종 부분에 이르러 둘의 손이 결합할 때까

지 그 비극은 끝나지 않는다. 둘의 손이 떼어지고 그 뒤 두 사람의 손이 결합하기까지의 한 사이클 사이에 한 편의 큰 드라마를 전개한 것이다.

'희극'의 영웅관

이 한 편의 극이 시작되고 끝나는 사이에 두 사람의 내면에 일어난 일을 좀 더 탐색해 보자. 첫째로 둘이 봄날이 이어지는 정원에서 황야—역사 그 자체—속으로 나가게 되었다는 것을 들 수 있다. 둘째로는 황야로의 그 출발이 신화에서 역사—구제사—로의 출발임을 말하지 않으면 안 된다. 셋째로 둘은 신의 이른바 '꼭두각시 인형'적 존재임을 그만두고 이 시점에서는 황야 속에서 '안식할 곳을 찾을' 수 있는 인물— 자율적 개체—을 획득하고 있다는 것이다.

이 세 가지 점을 좀 더 관찰해 보자. 이 시점의 둘은 사탄이 처음으로 목격한 그 고전적·르네상스적인 영웅상을 지닌 두 사람은 아니다. 그 인간상을 본보기로 하면서도 둘은 아담의 말에 따르면—

복종하는 것이 최선이며,
두려운 마음으로 오직 한 분이신
하느님을 사랑하고, 늘 그분 앞에 있는 듯이 걷고,
언제나 섭리를 지키고, 모든 피조물에
자비로우신 그분에게만 의존하고, 선으로써
악을 정복하고, 약해 보이는 것으로써 세상의
강한 것을 부수고, 온화한 천진함으로써
세속적인 지혜를 뒤집어놓듯 작은 일로써
큰일을 이루고…….

(제12편)

이 같은 인생관을 몸에 익히고 있다. 즉 이것은 철저하게 순종해 섭리를 지킬 것을 맹세하는 인간이고 신이 약자를 이용해 강자를 제압하는 것을 믿는 인간이다. '자연 본디의 영광에 감싸인 고상한' '하느님처럼 곧게' 선 아담 등의 모습과는 이미지가 다른 것이다(제4편). 순종하지 않는 나약함에 빠지고 그 뒤에 하느님의 섭리에 자각적으로 이어지는 것의 행복을 알았을망정 이른바 한 인간으로서 기뻐하는 모습이다.

앞에서도 인용한 작품 전체의 매듭 4행에서 볼 수 있는 분위기를 헤아려보기 바란다. 그것은 상당히 미래지향적인 내용이다. '섭리'란 지금과 같은 때에 작용하는 하느님의 계시의 힘이다. 그것에 의지할 수 있다는 것은 하느님과의 새로운 계약관계에 짜 넣어진 증거이고 그렇기 때문에 이 두 남녀의 역사 내에서 개체로서의 남자와 개체로서의 여자의 관계도 정상으로 돌아갈 수가 있는 것이다. 한 번은 신의를 거스른 인간에게 이것은 '은총을 받은 결과'라고 해야 할 것이다. 그것을 그림으로 그린다면, 15세기의 화가 마사초가 〈낙원 추방〉에서 그린 비탄의 시조 모습은 밀턴의 두 모습과는 전혀 다르다. 그렇기 때문에 아담의 이야기는 비극이 아니고 서사시가 될 수 있었던 것이다. 《실낙원》은 '거룩한 희극'이다.

일찍이 1642년에 밀턴은 《교회 통치의 이유》를 출간하고 그 가운데서 (앞에서 말한 대로) '한 국민에게 교양과 범례를 보여주기'에 족한 '그리스도교적 영웅의 형'을 제시하길 원한다고 고백하고 있다. 그로부터 20년을 거쳐 완성된 《실낙원》은 그것과는 전혀 다른 인간상을 만들어내는 결과가 되었다. 이 사이에 작자의 영웅관에 변화가 있었음을 알 수 있다. 그는 '그리스도교적 영웅의 형'에서 이탈해 타락으로 인해서 반신화의 세계로부터 추방되고, 그러나 하느님에 대한 순종을 마음에 간직해 적나라한 시간 속에 확연한 인간으로서 방출되는 시조의 걸음 속에 '지혜는 극치에' 다다른 자의 모습을 인정했다. 그리고 그것에 이르는 인고의 과정을 '최고의 승리에 이르는 불굴의 정신'(제12편)의 결과로 평가한다. 밀턴의 영웅관은 여기에 이르러 절정에 달한다. 그것은 '희극의 영웅관'이라고도 할 수 있다.

주인공 아담

시인 윌리엄 블레이크는 '밀턴은 진정한 시인이고 자신도 모르게 사탄의 대열에 가담했다'는 명언을 남겼다. 블레이크가 이렇게 쓴 것은 밀턴이 악마군이나 지옥을 묘사할 때의 자유로운 필치에 감탄해서 한 말이다(《천국과 지옥의 결혼》, 1790년 무렵). 밀턴이 사상면에서 사탄의 무리였다고는 생각되지 않는데, 사탄을 묘사하는 밀턴의 펜이 생생했던 것은 확실하다.

지옥으로 떨어진 뒤, 정신을 차린 사탄이 '싸움에 패했다고 해서 그것이 어쨌다는 건가?'로 시작되는 명대사를 토하는 그 단락은 앞에서 이미 인용했다. 그 대사 가운데에 있는 '하느님'을 찰스 2세로 바꿔 읽었다고 하자. 그러면 순간 이 대사는 왕정복고기의 밀턴의 말로 일변한다.

혼돈계를 빠져나가 우주의 외연(外緣)에 도착하고 더욱 그 중심인 지구에 당도한 뒤, 낙원 속의 다정한 아담과 하와를 발견했을 때의 질투로 괴로워하는 사탄의 고백은 사탄의 '인간성'을 표현하고 있다고 해도 좋다.

> 꼴 보기 싫구나. 차마 못 볼 광경이로다!
> 두 사람은 더할 나위 없이 행복하게 얼싸안고
> 이 복된 낙원에서 온갖 축복을 마음껏
> 즐기는데, 나는 지옥에 처박혀 기쁨도
> 사랑도 없이, 영원히 채워지지 않는 맹렬한 욕망,
> 우리의 다른 많은 고통 가운데 하나일 뿐인,
> 갈망의 고통에 애태울 뿐이로다.
>
> (제4편)

여기에 나타나는 생생한 감수성은 르네상스의 교양인인 밀턴의 것이다. 그는 이렇게 자유롭게 신이나 그리스도를 묘사한 적이 없다. 이런 필치만을 관찰하고 있으면 확실히 밀턴은 '자신도 모르게 사탄에게 가담했다'는 말을 하고 싶게 된다. 다만 독자는 사탄의 목소리가, 시인으로서의 밀턴이 지닌 하나의 목소리에 지나지 않음을 알아둘 필요가 있다. 사탄은 서사시 전체의 주인공이라는 것과 같은 단순한 견해로 치달아서는 안 된다.

이 서사시는 원래

> 인간이 처음으로 하느님을 거역하고
> 금단의 열매 맛봄으로써 세상에

죽음과 온갖 재앙 불러일으키고

에덴까지 잃고 말았으나, 이윽고 한 위대한 분 나타나

우리의 죗값 치르시고 복된 자리 다시 얻게 하셨으니

노래하라, 하늘의 뮤즈여. 호렙이나 시나이의

홀로 선 산꼭대기에서, 처음으로 선택된 이들에게

혼돈에서 어떻게 하늘과 땅이 태어났는지를…….

이렇게 시작되고 있다. 즉 인간의 죄는 이윽고 신의 아들의 죽음으로 보속 (補贖)이 된다는 구제사적 역사관을 선언함으로써 이 작품은 시작되는 것이다. 사실 아담과 하와는 금단의 과실을 먹음으로써 창조주에게 순종하지 않은 죄 를 범해(제9편), 낙원으로부터의 추방(제12편)은 불가피하게 된다.

그것뿐이었다면 이 작품은 비극으로 끝났을 것이다. 즉 서사시로는 되지 않 았을 것이다. 그러나 이 작품을 비극으로 만들지 않는 구조가 작품 그 자체 속 에 짜여 있다. 그것은 문제의 제11편에서 제12편에 걸친 천사 미가엘에 의한 역 사 서술이다. 여기에서 미가엘은 천지창조에서 시작해 하느님의 아들의 성육신 (成肉身), 죽음, 부활, 승천, 재림에 이르는 역사를 이야기한다. 이것은 역사라고 해도 인류 구제사이다. 그것을 들은 아담은 이 구제 약속에 마음이 흡족해지 고 위로가 되어 미가엘과 함께 산을 내려온다.

아, 무한한 은혜, 끝없는 은혜시여!

이 모든 선을 악에서 나오게 하여 악을

선으로 바꾸시다니!

……내가 범하고

내가 지은 죄를 회개해야 하는가, 그 죄에서

더 많은 선이 생기는 것을 기뻐해야 하는가.

(제12편)

이른바 '행복한 죄(felix culpa)'를 알고는 있었을망정 기쁨의 고백이다. 둘은 이 기쁨—'훨씬 행복한 낙원'(제12편)—을 내 안에 안으면서 낙원의 문을 나선다.

이것은 추방임과 동시에 신화의 세계를 뒤로하고 속세로 떠나는 두 인간이 탄생하는 순간이기도 하다. 밀턴은 이 두 사람의 이 순간을 구술하면서 왕정복고의 '황야' 속으로 나가지 않을 수 없는 자신과 공화정 지지자들의 모습을 '자신도 모르게' 묘사해 낸 것이다. 《실낙원》의 주인공은 아담과 하와이다. 사탄일수 없다.

서사시의 문체

《실낙원》은 전체 1만 행이 넘는 대작이다. 무척 길지만 17세기의 교양 있는 독자는 즐기면서 읽을 수 있었을 것이다. 또 이것이 낭독되는 것을 들으며 즐기는 층이 있었을 것이다. 다만 다음 세기로 접어들자 이 작품은 상당히 어려운 고전이 되고 있었던 것 같다. 그 유명한 존슨 박사도 비아냥거리듯이 '이 작품은 이 이상 길지 않아도 된다. 그것을 읽는 것은 기쁨이라기보다 의무인 것이다'라고 쓰고 있다. 박사는 또 독자는 이 작품에 사용된 '새로운 언어'에 놀라게 된다고도 썼다(《영국 시인전》〈밀턴〉 1779년). 존슨 박사 뒤에 낭만파 시인들, 앞에서도 언급한 블레이크나 프랑스혁명의 새 영향 아래에서 시상을 짠 워즈워스 등의 세대는 이를테면 사탄의 '천국에서 노예가 되느니 지옥에서 지배자가 되리라!'(제1편)는 말로 대표되는 반역정신과 함께 밀턴의 장중체 그 자체를 지지하는 시인의 이야기 문체에 감명했다. 거기에서 영국 혁명의 투사였던 시인의 숨결을 영감으로 깨달은 것이다. 작품이 독자를 매료하는 것은 그 작품의 문체에 독자가 매료되었기 때문이다.

그렇다면 이 작품의 문체란 무엇인가. 이 작품 문체의 성립과정에 대해서는 이미 말했으므로 여기에서는 이 서사시 문체의 몇몇 예에 실제로 부딪쳐보자. 우선 서사시이므로 호메로스 이래의 전통에 의한 직유법이 사용되고 있다. 그 한 예는 사탄이 지옥으로의 원정 초에 우선 혼자서 지옥문으로 다가가는 장면이다. 그는

얼음산과 불산, 바위, 동굴,
호수, 늪, 습지, 죽음의 그늘들을.
이 끝없는 죽음의 영역은 하느님의 저주로

오직 악에게만 적합하게 만들어진 곳.

(제2편)

을 날아간다. 원문은

Rocks, Caves, Lakes, Fens, Bogs, Dens, and shades of death

로 되어 있고 작품 중에서 가장 긴 한 행이다. 암흑의 세계를 가는 대마왕의
고투하는 여행 모습이, 끊긴 단어의 격한 음운(音韻)의 중첩을 통해서 독자의
심금에, 또 듣는 이의 귀에 전해진다.

> 홀로 나아간다. 때로는
> 오늘쪽 일대를, 때로는 왼쪽 일대를 살피고,
> 때로는 날개를 수평으로 만들어 심연 위를 스치듯 날다가
> 다시 솟구쳐 올라 불을 뿜는 높은 궁륭에 이른다.
> 상인들이 향료를 사는 벵갈라에서,
> 테르나테, 티도레의 섬들에서
> 향료 실은 상선대가 무역풍 받아 달리며
> 바닷길 따라 드넓은 인도양 지나 희망봉으로 향하고
> 밤이면 남극 향해 물결 거스르며 내려가는
> 모습 바다 멀리서 바라보면 마치 구름 속에
> 떠 있는 것처럼 아득히 보인다. 날아가는 마왕의 모습이
> 꼭 그와 같다.

(제2편)

지옥 같은 암흑의 바다를 사탄이 나아가는 모습은 막상 서술할라치면 어렵
다. 그 어려운 일을 시인은 저 멀리 인도양을 헤쳐 가는 선단을 바라보는 시점
을 채용해 묘사해 보인다. 이 호메로스식 직유법 덕분에 밀턴은 사탄의 긴 여
행을 시각화할 수가 있었다. 그와 동시에 사탄도 가능한 한 왜소화하는 데 성

공하고 있다. 이 사탄은 아무리 보아도 그 만마전에서 호언장담으로 시종한 영웅적인 거짓 우두머리는 아니다.

독자의 뇌리에서 이렇게까지 왜소화된 사탄은 다음에는 지옥문에서 대문 앞에 자리잡고 있는 두 모양의 다른 것에게 붙잡힌다. 하나는 '죄'라는 이름의 요녀(妖女). 그 밖에는 '죽음'. '죄'는 사탄의 딸이다. 그 '죄'인 여자가 말하는 바에 따르면 '죽음'은 사탄이 딸 '죄'에게 잉태하게 한 아이라는 것이다. 이것은 지옥의 이른바 근친상간적인 삼위일체이고 천상의 삼위일체에 맞서는 의심스러운 패러디를 이루고 있다. 여기에서 사탄은 윤리적으로도 왜소화되고 만다.

지옥문을 나선 사탄 앞에는 천국과의 사이에 한없이 너른 깊은 못이 가로막는데 그것은 혼돈계이다. 그러나 사탄은 이제 돌아갈 수 없다. 위험으로 가득 찬 긴 여정은 이미 각오한 바였다.

> 그리핀이……
> 산 넘고 질펀한 골짜기 넘어 필사적으로 날개를 퍼덕여
> 쏜살같이 날아간 것처럼,
> 마왕도 지지 않고
> 늪과 절벽을 넘고, 좁고 거칠고 빽빽하고 성긴 곳을 지나 때로는
> 머리로 손으로 날개로 발로 길을 더듬어 가는가 하면, 때로는
> 헤엄치고 가라앉고 건너고 기고 난다.
>
> (제2편)

여기에서는 '높은 명예를 누리니만큼 더 많은 위험을 감수해야' 함을 느껴 '이번 원정에는 아무도 나서지 말라'(제2편)고 호언했다. 그 사탄의 모습은 상상도 할 수 없다. 마치 물맴이 또는 물방개의 움직임을 연상케 한다. 좀스럽기만 한 행동의 생물로 타락하고 있다.

두 인간을 기만하고 금단의 과일을 먹게 한 것은 이 사탄인 것이다. 말재주가 능란한 뱀의 형태를 취하는 사탄이라고는 하지만 이 사탄의 유혹에 빠지다니! 그만큼 인간의 어리석음을 부각하게 된다. 우선 하와는—

경솔하게 손을 뻗어 열매를 따서 먹었다.
대지는 상처의 아픔을 느끼고 자연도
만물을 통해 탄식하며 모든 것이 상실됐다고
비탄의 징표를 드러냈다. 죄악의 뱀은
살며시 숲으로 돌아갔으나······.

(제9편)

인용한 제3행째의 원문을 인용하면

Earth felt the wound, and Nature from her seat
Sighing through all Works, gave signs of woe,
That all was lost.

로 되어 있다. 장모음·중모음을 기조로 하는 여유가 있는 시행 속에 침울한 가락의 W음이 뱀의 발음을 느끼게 하는 S음과 섞이면서 몇 번이나 되풀이된다. 독자(청자)는 언어의 의미에서뿐만 아니라 그 이상으로 언어가 지닌 음악적 효과에 의해서 '만물을 잃었다'는 느낌을 깊게 한다.

하와는 타락했다. 들뜬 표정의 하와를 맞이한 아담의 고통은 심각했다.

힘없는 손에서
하와를 위하여 만든 화관이 떨어지고
장미도 시들어 꽃잎이 떨어졌다.

(제9편)

From his slack hand the Garland wreath'd for Eve
Down drpp'd, and the faded Roses shed.

사랑의 상징인 장미, 더구나 '화관'—신의 완전성의 표상—이 아담의 손에서 떨어진다. 그 시각상의 낙하를 강하게 긍정하는 것이 d음인 음울한 울림의 반복이다. 아담의 정신적 충격은 엄청났다. 그 자리에서 둘은 다툰다. 그러나 아담은 하와와의 '자연스런 유대'에 끌려(제9편), 스스로 금단의 열매를 먹는다.

지옥으로 귀환한 사탄은 만마전의 많은 청중 앞에서 득의양양하게 '내가 승리했다'는 듯이 크게 연설한다. 혼자서 대원정을 수행하고 개선한 장군의 영웅적인 모습이 그곳에는 있었다. 찰스 2세가 유랑의 19년 뒤, 런던으로 귀환해 화이트홀에서 대연설을 했다. 그때의 모습이 그랬을 것으로 상상된다. 연설을 마치고 우레와 같은 박수, 환호 소리가 울려 퍼지길 사탄은 기다린다. 그러나 놀랍게도 청중은 모두 뱀이 되어 버리고, 울려 퍼진 것은 '사방 무수한 혀에서 나오는/무시무시한 야유와 공공연한 비난 소리로다'(제10편). 그 뒤 약 80행에 걸쳐서 밀턴은 S음 또는 sh음을 울리게 하는 시행을 거듭해 보인다. 그것은 뱀이 소리 내어 말하는 세계이다. '갈채를 보내기 위해' 낸 '쉬익 하는 괴이한 소리'가 '야유'가 되는(제10편) 현실을 음악적으로 보여주는 것이다. 이 장이 찰스 2세의 귀환에 대해 에둘러 언급한 것이라면 이것은 얼마나 풍자적인 장면이었을까.

뱀의 목소리가 충만하는 제10편은 그러나 그 매듭의 단락에서 아담과 하와가 이번에는 창조주에 대해서 자발적으로 회개하는 태도를 취하고 용서를 빌기 위한 기도를 바친다. 타락 뒤에는 일단 스스로 목숨을 끊고자 제안했을 정도의 하와였는데 여기에서 이 기도의 신을 맞이할 수 있게 된 것이다. 뱀의 '쉬익 하는 소리'가 울려 퍼지는 암흑의 세계를 빠져나간 그 바로 뒤에 독자는 지구의 중심인 에덴동산에서 이 두 사람의 목소리를 합친 기도의 장으로 안내된다. 두 사람이 도달한 겸허함이 사탄의 존대함과는 바로 마주 대하는 방향을 취해 서사시 제12편 후반의 '복종하는 것이 최선'이라는 고백으로 직결해 간다. 천사 미가엘은 이 태도를 '지혜의 극치'라고 평한다. 이 지혜의 세계에 이제 그 '쉬익 하는 소리'는 들리지 않는다.

밀턴은 '눈'―시각적 상상력―도 '귀'―청각적 상상력―도 (그 밖의 감각과 함께) 뛰어났다. 이와 같은 것을 여기에서 말하는 것은 일찍이 T.S. 엘리엇이 밀턴의 '눈'을 전혀 믿지 않았던 일이 있기 때문이다. 밀턴의 시각적 상상력은 그 실명으로 인해서 잃게 되고 그를 청각 일변도의 시인이 되게 했다는 것이 엘리엇의 주장이었다. 그 논의가 잘못되어 있는 것은 이제까지 말해 온 것으로 명확할 것이다. 이 점은 낭만파 비평가였던 윌리엄 해즐릿 쪽이 맞다. 해즐릿은 밀턴의 음악적 상상력이 시각적 상상력을 능가하고 있음을 인정한 다음, 그러나 밀턴이 개별의 사물을 묘사할 때의 회화성을 중요시하는 것이다. 이 논의는 해즐릿이 밀턴의 생기(生氣)를 주장하는 문맥 가운데서 언급된 것이다. 밀턴은 시각적 상상력을 총동원해 수많은 목소리가 서로 공명하는 독특한 문체를 만들어내《실낙원》의 세계를 구축한 것이다.

문체는 문학 세계의 지주인데 그것은 상상력에만 의존할 수 있는 것이 아닌 것도 확실하다. 밀턴의 서사시로 이야기를 돌려 그 사탄이 아담과 하와를 죄에 빠뜨리고 지구를 떠날 때의 모양을 관찰해 보자. 지구의 문지기인 '죄'와 '죽음'은 사탄의 대사업이 성공리에 끝난 것을 알아차리고 혼돈계에 '넓은 대도', 즉 다리를 놓아 우두머리의 귀환을 기다린다. 시인은 그 '거대한 구축물'을 호메로스 이래의 직유법을 구사해 당당하게 묘사해 보인다.

> 크세르크세스가 그리스의
> 자유를 속박하기 위해 멤논의 궁전 높이 솟은
> 수사에서 바다까지 내려와 헬레스폰트 해협에
> 다리를 놓아 유럽과 아시아를 이으려다
> 방해하는 성난 파도를 몇 차례나 채찍질한 것과 같다.
>
> (제10편)

기원전 480년 무렵, 페르시아 황제 크세르크세스가 그리스 공략을 감행했을 때 헬레스폰트 해협(다르다넬스 해협)에 다리를 놓아 건너려고 했다. 그 다리를 강풍이 무너뜨린다. 분노한 크세르크세스는 '바다'에 300대의 채찍형을 가했다. 이것은 기원전 5세기의 사가 헤로도토스가 《페르시아 전쟁사》 제7권에 기술한 이야기이다. 실로 당당한 영웅적인 일화이다. 개선장군 사탄을 맞이할 다리로서 정말로 걸맞은 '승리의 기념'(제10편)이기는 하다.

여기까지는 그런대로 좋다. 문제는 그다음의 서너 행이다. '죄'와 '죽음'의 형이 다른 두 형

미쳐 날뛰는 대심연의

물결 위에 돌다리 걸치니, 사탄의
발자취 따라 그가 혼돈에서 빠져나가
처음으로 날개를 쉬고 무사히 닿은 곳, 즉 둥근
이 세계의 황량한 겉면까지 이른다.

(제10편)

쭉 읽어 내려가면 나무랄 데 없는 서사시적 시행이다. 그런데 이곳에서 사용된 '가교'라는 형용사 'pontifical(pontiff)'의, 즉 '주교의', '로마 주교의'가 문제인 것이다. 이 용어에 밀턴은 'pons(다리)―facere(만들다)' '만들다'의 의미를 담은 것이다. '다리를 만드는' 것이라면 본래 'pontific'란 형용사를 사용해야 하고 사실 밀턴도 《아레오파지티카》에서는 그런 의미로 이 용어를 사용하고 있다. 그런데도 《실낙원》 제10편에서는 'pontifical'을 사용했다. 이와 같은 장난을 한 최초의 인물은 밀턴이었을지도 모른다(《옥스퍼드 대사전》에서는 밀턴의 이 예가 처음으로 나온다).

동시대 로마 가톨릭교의 입장에 적의조차 안고 있었던 시인의 작품이므로 전체적으로 반로마적 경향을 지니고 있는 것은 말할 것도 없다. 다만 밀턴이 르네상스기 사상가로서 시대의 사조 속에 흡수되어 공통의 문화유산이 되고 있는 그리스도교적 사조를 계승하고 있음은 당연한 일로서 인정해야 한다. 그뿐만 아니라 로마에 대해서 불경스럽다고밖에 말할 수 없는 단락이 지금의 '가교' 이외에도 많이 나온다. 이를테면 만마전에서의 사탄들의 토의를 로마교황청에서의 '비밀회의(콘클라베)'로 가정하거나(제1편), 가톨릭 수도사들을 '바보들의 낙원' 거주자로 하는 단락(제3편) 등은 그 예에 들 것이다.

더욱 심한 것은 상대가 영국 국교회인 경우이다. 로마에 대한 풍자는 확실히 통렬하다. 그러나 어딘가에 일종의 유머를 느끼게 하는 취향의 풍자이다. 그런데 국교회에 대한 풍자가 되면 정말로 신랄하게 충격을 주는 통렬한 비난이 된다. 이를테면 국교회의 성직자를 늑대나 도적으로 비유하는 장면이다(제4편, 제12편). 국교회 성직자를 암시하는 '죽음'의 탐욕스런 배 속 서술(제2편, 제10편). '화합과 자연법칙'의 적이 되는 니므롯이 스튜어트 왕가를 가리키고 있는 것은 이미 언급한 바가 있다(제12편). 밀턴은 공공연하게 《우상파괴자》 가운데서 찰스 1세를 전제독재자인 사냥꾼 니므롯에 비유했다.

제9장 마지막 두 작품

엘우드

1665년 런던에 전염병이 크게 번졌다. 밀턴은 그 재난을 피해 런던 서쪽 버킹엄셔의 챌폰트 세인트 자일스로 주거를 옮겼다. 현재 밀턴 코티지로 불리는 집이다. 젊은 친구인 토머스 엘우드가 그 임시 거처로 밀턴을 방문한 것은 그해 8월의 일이다. 그때 엘우드는 시인으로부터 《실낙원》 원고를 받아보았다고 한다. 그 작품의 감상을 말하는 김에 엘우드는 이번에는 '복낙원'을 테마로 하는 작품을 써보면 어떻겠느냐고 권하자 다음에 시인을 방문했을 때 《복낙원》이란 서사시를 보여주었다. 그리고 '이것이 완성된 것은 그대 덕분이다'라고 말했다는 것이다. 엘우드가 자전 가운데서 기술한 내용이다. 그의 증언을 진실로 받아들이면 이 작품은 1666년에 완성한 것이 된다. 그러나 이것은 좀 융통성 있게 생각하는 것이 엘우드를 위해서도 친절할 것으로 생각된다. 그 이유는, 시인의 조카인 에드워드 필립스는 이 작품은 《실낙원》 출판 뒤에 구술이 개시되었다고 기술하고 있다. 어쩌면 이쪽이 맞는다. 밀턴은 《실낙원》의 출판에 상당히 신경을 쓰고 있었기 때문에 그 출판 이전에 다음 서사시를 완성했다고는 생각하기 어렵다. 《복낙원》의 본격적인 구술은 1667년 이후에 개시한 것으로 보는 것이 온당하다.

《복낙원》 회복의 '유혹'

《복낙원》은 주인공 예수의 '황야의 시련'(《누가복음》 4장)을 바탕으로 한 작품이다. 주인공은 빵의 유혹, 왕국의 유혹, 탑의 유혹을 받는다. 그러나 밀턴의 작품 가운데서 제1의 유혹과 제3의 유혹은 이른바 도입부와 결론부를 이루는 데 그치고 제2의 유혹이 중축이 되어 전개되고 있다. 그 제2의 유혹부를 내용적으로 분석해 보면―

1. 향연	제2편 302행 이하
2. 부	제2편 411행 이하
3. 영예	제3편 25행 이하

4. 이스라엘의 해방　　　제3편 152행 이하
5. 지혜(학문)　　　　　제4편 221행 이하

로 될 것이다. 이만한 유혹을 그리스도는 피하게 되는 것인데, 이 유혹의 종류와 내용을 보면 밀턴을 포함한 르네상스의 지식인들이 그 무렵 무엇을 유혹으로 생각하고 있었는지를 알 수가 있다. 유혹의 테마는 밀턴이 열일곱 살 때 쓴 라틴어 시 작품 〈11월 5일에〉(1626) 이래의 테마이다. 〈코머스〉는 그 테마를 사용한 대작이었다. 그리고 아담과 하와의 서사시, 더 나아가 《투사 삼손》, 이렇게 보면 이 테마는 시인의 생애를 관통한 과제였음을 알 수 있다.

　《복낙원》의 그리스도는 그러나 사탄의 유혹에 흔들리는 일은 없다. 그것은 《실낙원》의 아담의 경우와 달리 유혹을 당해도 그것을 비킬 만한 논리적이고도 윤리적인 기반을 몸에 익히고 있었다는 것이다. 그리스도가 사탄으로부터의 제의를 유혹으로 보는지 여부의 확인은 그 자신이 사탄에게 대답하는 짧은 말로 집약되고 있다. '대비하는 사람/나름이다'(제2편) 즉 향연의 제의를 받아도 그것이 향연이기 때문에 유혹인 것은 아니고 사탄이 내는 향연이기 때문에 유혹이 되는 것이다. 어느 것이 제출될 경우 그것이 '위로부터의 빛, 빛의 근원으로부터의 빛'(제4편, 289행)에 비추어져 있는지의 여부가, 그것이 신으로부터의 증여인지 여부의 판단기준이 된다. 지금 인용한 두 곳은 이 제2유혹부 전체의 처음과 마지막 부분에 배치되어 있었던 예수의 말이고 이른바 전편의 중심 부분을 묶는 장식의 역할을 수행하고 있다고 말할 수 있다.

　시인은 이 서사시를 시작함에 있어 다음과 같이 노래를 하고 있다.

한 사람의 불순종 때문에 잃은 행복한
동산의 일을 앞서 노래했는데 이번에는
한 인간이 굳은 순종으로 일체의 유혹을
견뎌내고 유혹하는 자의 일체의 간계를 부수고
또한 물리쳐 황량한 황야 속에
낙원을 세워 인간 모두를 위해
낙원 회복하신 것을 노래하려고 한다.

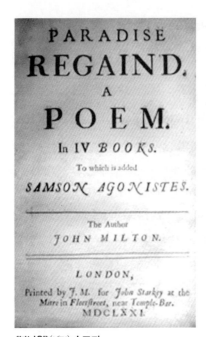

《복낙원》(1671) 속표지
《투사 삼손》과 합본으로 출간되었다.

여기서 명료한 표현을 얻고 있는 주제는 '굳은 순종'이다. 《실낙원》의 종결부에서 아담이 도달한 '복종하는 것이 최선'(제12편)이라는 정신이 《복낙원》 첫머리에 이어져 있다고 말할 수 있다. 그리고 이 모티프는 예수의 '겸손과 굳은 인내'상(제1편), 그리고 욥을 뇌리에 둔 '성도의 인내'(제3편)의 주장으로 승계되어 간다. 이것은 이른바 신의 지팡이에 맞고 낮아진 예수가 신 측으로부터 부여되는 기본자세인 것이고, 이 자세가 갖추어져 있지 않으면 모처럼 주어지는 '빛의 근원으로부터의 빛'을 '위로부터의 빛'으로 받아들일 수는 없다. '순종' '인내'는 '위로부터의 빛'이 내려주는 것이라고 말할 수 있다. 주인공 예수는 이 미덕을 몸에 익힘으로써 세 유혹을 피할 수 있었다.

간결한 서사시

이 작품이 《실낙원》에 비해서 떨어진다는 평가는 그 출판 당초부터 있었다. 그러나 작가로서는 그 같은 평가를 참을 수 없었다. 이것도 조카인 에드워드가 전해 주고 있다. 하지만 그와 같은 평가만이 아니었다. 특히 존슨 박사가 '이것이 밀턴의 작품이 아니었다면 전 세계의 칭찬을 받았을 것이다'라고 쓴 것은 틀림없이 정곡을 찌른다. 낭만파 시인 워즈워스에 이르러서는 이 작품을 '밀턴이 쓴 최고의 작품'으로까지 찬양하고 있다. 그러나 확실히 규모에 있어서는 전의 작품에 비교가 되지 않는다. 전작(前作)이 지닌 웅대한 규모, 작품 곳곳에 등장해 활약하는 인물들의 활력, 심적 움직임 묘사, 사상의 넓이와 깊이, 조사(措辭)의 교묘함과 풍부함, 그 가운데서도 창조력의 크기는 각별하다. 그러나 이 대작과 《복낙원》을 아무런 전제도 없이 비교하는 것은 문학사상의 상식을 무시하는 것이 되어 공평하지 않다. 즉 밀턴은 '호한(浩瀚 : 넓고 커서 질펀함)의 서사시'와 '간결한 서사시'를 처음부터 구별하고 있다. 그가 '호한의 서사시'로 생각하고 있는 것은 고전서사시와 그 계보에 속하는 것이고, 가깝게는 스펜서의 《요정의 여왕》 등이 그 부류에 드는 것이었다. '간결한 서사시'의 장르로서 이를테면 '욥기'와 같은 작품을 머리에 묘사하고 있었다.

SAMSON
AGONISTES,
A
DRAMATIC POEM.

The Author
JOHN MILTON.

Aristot. Poet. Cap. 6.
Τραγῳδία μίμησις πράξεως σπουδαίας, &c.
Tragœdia eſt imitatio actionis ſeriæ, &c. Per miſericordiam &
metum perficiens talium affectuum luſtrationem.

LONDON,
Printed by J. M. for John Starkey at the
Mitre in Fleetſtreet, near Temple-Bar.
MDCLXXI.
I

《투사 삼손》(1671) **속표지**
《복낙원》 뒤편에 붙여졌다.

'간결한 서사시'의 세계에 이 작품을 자리매김해 보면 그 시점에서 몇 가지 특징을 들 수가 있다.

첫째로 주인공 예수는 욥적인 인내상 심화의 길을 걷는다. 다시 말해서 '성도의 인내'의 완성역을 향한 여로를 걷는 형태를 취한다. 여기에는 르네상스 서사시에 공통인 '탐구의 형식'이 인정된다.

둘째로 이 작품은 예수와 그 시대에 관해서 밀턴의 동시대인이 안고 있었던 지식의 총체를 요약하고 있다(지구상의 지식으로 말하면 특히 지구에 관한 한 전작에 비해서도 현격하게 차이가 나는 규모의 것이다).

셋째로 문체에 관해서인데 이 작품에는 예수와 사탄의 변론이라는 틀이 있고 신약성서의 분위기를 전제로 하지 않을 수 없다. 이 사정을 감안해 보면 문체가 전체적으로 논리적이고 산문적이며 엄숙하다는 것은 당연하다. 그러면서도 두 등장인물의 어조가 때에 따라서 다양하게 변질하고, 게다가 이를테면 향연의 장, 폭풍우의 장 등에서 화자의 문체도 변화해 가는 양상은 듣는 이를 충분히 즐겁게 해준다.

이러한 몇 가지 특징은 《실낙원》에서도 인정된 특징이었다. 주인공을 17세기 지식인의 '모델'로 만든 이 《복낙원》은 '간결'하다고는 하지만 서사시의 자격을 지닌 작품이었다는 것이 알려진 것이다.

삼손-인내상의 심화

《복낙원》은 주인공 예수를 욥으로 상징되는 인내의 모습을 달성한 인물로서 찬양하는 작품임은 앞서 말한 대로이다. 그 인내상을 철저하게 한 모습이 《투사 삼손》의 주인공이다. 구약성서 〈사사기〉 13장부터 16장에 기술되어 있는 삼손 이야기를 바탕으로 한 이야기이다. 블레셋인에 대한 이스라엘 측의 투사로서 신의 부르심을 받은 삼손이 블레셋인 처녀 델릴라(들릴라)를 사랑하기에 이른다. 결국 그 여자의 달콤한 말에 현혹된 삼손은 그 괴력을 빼앗기고 블레셋 법관의 손에 넘겨진다. 눈알이 뽑혀 실명한 삼손의 탄식하는 말로 이 작품은 시작된다.

> 삼손
> 조금 더 손을 빌려주게
> 장님 걸음걸이이기에 좀 더 앞까지
> 건너편 둑에는 양지바른 곳도 그늘도 있고,
> 노예의 고역에서 풀려날 때에는 자주
> 그곳에 앉기로 하고 있으니까.
> 평소에는 여러 사람이 옥사에 갇히고 일상 고역에
> 시달리는 몸, 옥사에는 웅덩이, 독을 내뿜고,
> 불결한 공기조차 마음대로 호흡할 수 없다.
> 하지만 이곳에 오면 마음이 놓인다.
> 새벽녘에 시원하게 천지가 숨 쉬는
> 청신한 살랑거림, 이곳에서 한숨 돌리게 해주게.

이것이 이 작품에서 삼손의 심정을 최소한으로 표현한 상황이다. 여기에서 시작해 이윽고 '무언가 마음을 자극하는 충동'(1382행)을 감지하고 다곤(Dagon)의 신전으로 가 '고상한 죽음'(1724행)에 이르게 되는 고양된 정신상태에 도달해 하나의 극이 완성한다.

그리스식 비극

《투사 삼손》은 그리스식 비극의 구조를 이루고 있고 5막이다. 그것을 도시(圖示)해 보면 다음과 같다. '프롤로고스'는 도입부, '파로도스'는 창무단(唱舞團)의 입장가, '에페이소디온'은 연기 부분, '스타시몬'은 창무단의 가무 부분, '엑소도스'는 본래 창무단이 노래하면서 퇴장하는 부분인데 나중에는 그것이 대사로도 쓸 수 있게 되고, 또 창무단만의 역할이 아닌 경우도 있다. '코스모스'는 원래 주역과 창무단의 비탄의 장이다. 밀턴의 형식은 전형적인 그리스 비극에서 볼 때 상당히 자유롭다.

프롤로고스	1~114행
파로도스	115~175행
제1에페이소디온(삼손과 코로스)	176~292행
제1스타시몬	293~329행
제2에페이소디온(삼손과 마노아)	330~651행
제2스타시몬	652~724행
제3에페이소디온(삼손과 델릴라)	725~1009행
제3스타시몬	1010~1061행
제4에페이소디온(삼손과 하라파)	1062~1267행
제4에스타시몬	1268~1307행
제5에페이소디온(삼손과 관리)	1308~1426행
제5스타시몬	1427~1444행
엑소도스	1445~1659행
코스모스	1660~1758행

이 구분은 이렇게 정해져 있는 것이 아니고 비교적 온당하다고 생각되는 선을 소개한 것뿐이다. 밀턴이 그리스 비극식의 작품을 썼다는 것은, 그리스의 지혜도 그것이 사탄의 간계에 이용되는 것은 아니고 '위로부터의 빛'의 옹호를 위해 도움이 되는 것이라면 시인의 존경 대상이 될 수 있다는 것을 훌륭하게 입증하고 있다.

'충동'에 대한 순종

삼손에 대한 시련은 마노아, 델릴라, 하라파에 의해서 가져오게 된다. 전 작품의 예수에 대한 시련이 빵, 왕국, 탑에 따른 것과 마찬가지로 3중 구조로 되어 있음을 알 수 있다. 양자의 이 3중의 시련 배후에 17세기 유혹의 신학사상을 상정하는 논자가 나오게 되는 이유이다. 다만 밀턴은 전 작품에서도 제2의 유혹을 중심에 두었다. 세 가지 시련을 등가치(等價値)로 다루지는 않고 있다. 그것과 마찬가지로 이 그리스 비극식의 작품에서도 델릴라에 의한 유혹을 중심에 두고 있다. 행수를 반분하는 방법에서도 그렇게 말할 수 있다.

《복낙원》의 제2유혹부를 에워싸듯이 그 처음과 마지막 부분에 두 개의 언어를 배치해 시련에 대한 예수의 기본적 태도를 언명하고 있는 것은 이미 말한 대로이다. 실은 그것과 거의 같은데 이 극시에 관해서도 관찰할 수 있다. 제2스타시몬의 코로스는 삼손에게 '인내야말로 더없이 진실한 용기이다'라는 말을 인용해 보인다(653행). 그리고 델릴라의 유혹, 그 뒤의 퇴장. 델릴라와의 고통스런 대결 뒤에 코로스가 주인공에게 주는 말은—'인내는 성도들을/단련하는 것/그들 용기의 시련인 것'이다(1287~1288행).

이미 언급한 바와 같이, 1652년 실명 뒤 밀턴의 내면에서 인내의 개념이 더욱 강해졌다. 이 작품에서는 중심부의 유혹행위 전후에 '인내'를 권하는 말이 가로놓이게 된다. 그리고 이 두 코로스가 제1에페이소디온 이후의 전편을 거의 3분할하는 구조로 되어 있다. 이 두 코로스를 축으로 해서 삼손은 역경인 세속 가운데서 인내의 인격으로서 완성되어 '마음의 평안'(1334행)을 얻고 이윽고 '무언가 마음을 부추기는 충동'(1382행)에 사로잡힌다. 그리고 블레셋인에 대한 복수, 각오한 죽음. 그 행위는 코머스의 부분이고 승리의 죽음, 영웅의 죽음으로 찬양된다. 신에게 버림을 받았다는 회한에 시달리고 있었던 삼손이 마지막에는 신의 재촉으로 하나의 행위에 나선다. 신과의 관계가 회복된 것이다.

이 작품에는 감정이 담겨 있다. 그 점이 《복낙원》과 다르다. 감정이 담길 만큼의 이유가 있었다. 극 형식이므로 말을 주고받는 가운데 극으로서의 고조, 긴장이 처음부터 요구되고 있다. 복수의 유혹자가 저마다 강인한 논리로 주인공에게 다가온다. 그것을 물리치려면 강인한 논리와 마음의 고조가 필요하다. 게다가 무엇보다도 주인공은 시인 자신과 중요한 공통점을 지니고 있다. 실명, 그것도 자기 민초를 옹호하기 위한 일을 한 뒤의 실명이란 의식. 주의를 달리하는 상대측에서 아내를 맞이하고 그 아내에게 배신당했다는 피해의식. 자기 몸의 위험, 이만큼 조건이 갖추어지면 작자로서 주인공과의 공통점을 느끼지 않을 수 없을 것이다. 더구나 삼손이란 인물은 과거에 약 30년간에 걸친 교류가 있다.

《투사 삼손》 삽화 안드레아 만테냐 작.

삼손 이야기는 이 작자에게 있어서 더 없이 알맞은 소재이고 이 극시의 제작은 시인에게 있어서는 오히려 틀림없이 즐거운 일이었을 것이다. 시인은 자신과 거의 같은 규모의 주인공을 처음으로 만나 그 주인공을 다루면서 이 '세상'의 한가운데서 섭리의 '충동'을 인도자로 하는 삶의 현실과 그 의의를 열과 성을 다해 표현할 수 있었던 것이다.

여성에 대하여

여기서 하나 생각해 두지 않으면 안 될 것이 있다. 그것은 이 작품에 델릴라라는 여성이 등장하는 것과 관계가 있다. 그 인물에 관해서는 밀턴이 다루는 것이 좀 심하지 않은가 하는 비난이 있고 그 흐름 끝에 밀턴은 여성 멸시론자가 아닐까 하는 극단론까지 나오게 된다. 그러나 일반론으로서 허구로서의 작품에 나오는 등장인물의 대사나 인물을 다루는 방법이 바로 작가 개인의 사상을 표현하고 있느냐 하는 문제가 되면 약간 신중한 고려가 요구된다. 이것만을 우선 말해 두고 델릴라의 등장 부분으로 시선을 돌려보자.

코로스가 델릴라의 접근을 삼손에게 알린다—

하지만 이게 무엇인가, 바다의 것인가, 뭍의 것인가.

왠지 여성처럼 보인다.

장식을 하고, 모양을 내고, 화려하게 치장을 하고

이쪽으로 입항이다.
마치 타르수스의 배가 당당하게
야반의 섬들에서 카디스의 항구로
향할 때에도 아름답게 장식을 하고
장신구를 갖추어
순풍에 돛 단 듯 깃발을 펄럭이고
산들거리는 바람에 흔들리면서
향기로운 용연향(龍涎香)을 앞세워
시녀들을 거느리고 들어오는 것 같다.
그것은 부유한 블레셋인의 부인인가.
하지만 다가오는 것을 보니 어김없는
그대의 부인 델릴라이다.

(710~724행)

당당하고 화려한 입장이다. 그것을 들은 삼손의 첫 한마디는

아내, 배신자. 다가오지 못하게 하라.

이다. 얼마나 매정한 말인가.

삼손이 내뱉는 말에 대해서 델릴라는 삼손의 사랑을 붙잡기 위해 일을 꾸민 것인데 그것도 따지고 보면 나의 '약점'이 저지른 것이라고 변명한다. 거기에 대해서 삼손은 '사악함은 약점이다'(834행)라고 내뱉고 그녀를 용서하지 않는다.

'성인(成人)'의 죽음

여기에서 '약점'이란 말이 지닌 의미를 살펴둘 필요가 있다. 먼저 우리가 되돌아보아야 할 문서는 여기에서도 《아레오파지티카》이다. 이 책에서 언급되고 있는 것 가운데 지금 특히 필요한 것은 밀턴이 교회법이나 장로파의 규율로 지켜진 '꼭두각시 인형 아담'임을 거부하고 '올바른 이성'에 입각한 '자기 자신의 선택자'임을 주장한 대목이다. 밀턴은 '아담은 타락하고 악에 의해 선을 알기에

이르렀다'고 말하는 아담의 이해를 보여준다. 이 '안다(knowing)'란 용어는 간과할 수 없다. '자유롭고 견식이 있는(knowing) 영(靈)'이 중요한 것이고 이런 인사야말로 '성인'—every knowing person, every mature man, every grown man—으로 불릴 수 있는 인격이라고 역설한다. 이 의미에서 '성인'을 표시하는 경우에 밀턴은 '사내답다'는 형용사를 구사한다. 당연히 그 반대는 '여성스러운' 것이 된다.

'악에 의해 선을 알기에 이르렀다'는 인격, 즉 '성인'이 '사내다운' 인격이었다고 해도 '성인'은 남성에 국한한 것은 아니다. 《실낙원》에서의 아담과 하와가 제10편의 매듭에서 '성인'으로서 서술되고 있는 것은 앞 장에서 말한 대로이다. 아담은 여기에서 비로소 '사내다운' 인격이 되고 하와도 마찬가지로 '여성스럽지' 않은 인격으로서 다시 태어난 것이다. 밀턴이 '고위 공직자들은 국내에서 우리 모두의 여성화(effeminate)를 시도했다'(《영국 종교개혁론》 제2권)고 쓸 때의 용법을 보면 '여성스러움'이 바로 여성 전반을 가리키고 있는 것이 아님은 명확하다. 또 《우상파괴자》 제7권에서 국왕은 '국민의 영예를 박탈하고 여성스러운(effeminate) 위정자의 손에 건넸다'는 표현에 있어서도 '여성스러움'은 여성 전반을 가리키고 있는 것은 아니다. 역으로 스웨덴 여왕 크리스티나를 밀턴은 '여성스러움'과는 정반대인 '성인'으로서 찬양한다(《영국 국민을 위한 제2변호론》). '성인'의 자격이 없는 인물이란 바로 윤리적 '약점'을 지닌 인물이 된다.

삼손은 자신의 실패를 반성해—

하지만 혐오해야 할 여성스러움이 내게 멍에를 지게 해
그녀의 노예로 한 것이다.

(410~411행)

라고 말하고 있다. 이 경우의 '여성스러움(effeminate)'은 델릴라 안에 있는 비성인성을 가리키고 있다. 델릴라가 여성이기 때문에 바로 '여성스러운' 인물이란 것은 아니다. 그처럼 간단한 일은 아니다. 이것을 보다 명확하게 하는 삼손의 대사가 있다. 델릴라가 나타난 직후 그녀와 주고받은 말 가운데 삼손은 다음과 같이 말하고 있다.

그대의 사과는 믿을 수 없다. 그것은—

진정한 뉘우침이 아니다. 주된 노림수는 남편을
도발해 인내의 정도를 시험하고 미점(美點), 약점의
어느 쪽에서 공략할 것인가를 짜내는 일이다.

(754~756행)

즉 인내하는 정도의 강도가 '미점'이고 그 반대가 약점인 것이다. 코로스의
말로 바꾸어 말한다면—

인내야말로 비할 데 없이 진실한 용기이다.

(654행)

와 같이 된다. 밀턴은 《그리스도교 교의론》 가운데서 '인내'의 정의를 내리고
있다(제2권 10장). 여기에서는 '비인내(impatience)'야말로 '여성스러움'의 내용이라
하고 '진정한 인내'는 욥이나 그 밖의 성도에게서 볼 수 있다고 말하고 있다.
　이렇게 보면 삼손이 '여성스러움'을 비난하는 것은 상대측의 그것을 가리키
고 있을 뿐만 아니라 다름 아닌 자기 자신 안의 '약점'에 대한 회한의 정에서
온 것임을 알 수 있다. 델릴라에 대한 어조가 날카로워지는 것은 그 '약점'에 그
자신이 다시 빠지지 않도록 결단을 명백하게 하기 위함이라고 말할 수 있다.
　물론 작품은 작가의 경험을 토대로 하고 그것을 반영하고 있다. 그렇기 때문
에 삼손과 델릴라의 관계는 얼마간 밀턴의 실제 체험을 반영하고 있는 것도 있
을 것이다. 그러나 이 둘의 관계는 구약성서 이래의 정해진 구도 속의 영국·르
네상스기의 허구임을 알아둘 필요가 있다. 그것이 비평의 상식이다. 밀턴은 가
출했던 아내 메리 파월을 용서했고, 그녀가 죽은 뒤에도 두 번 아내를 얻고 행
복한 결혼생활을 보냈다. 재혼한 아내 캐서린을 잃었을 때에 만든 소네트에서
그녀를 이른바 성녀처럼 찬양하고 있었던 것은 이미 제6장에 말한 대로이다.
　이 작품의 하라파와의 대결부에서 삼손이 '나는 살아 있는 하느님을 믿는
다'(1140행)라고 말하는 확신으로 돌아가 '하느님의 마지막 용서에 희망을 건다'
(1171행)고 말할 때에 그는 하느님과의 계약관계의 지속을 믿을 수 있었던 것이
다. '나는 결코 나 개인이 아니었다'(1211행)는 말은 무엇보다도 그 증거이다. 그

는 그렇기 때문에 '무언가 마음을 부추기는 충동'(1382행)을 느껴 다곤의 신전으로 향한다. 이 충동은 바로 하느님의 영 지시이다. 그리고 그 하느님의 영이란 《그리스도교 교의론》(제1권 25장)에서 볼 수 있는 밀턴 자신의 표현에 따르면 '계약의 보증'을 의미한다. 그렇다면 그것을 믿고 적의 무리 속으로 향하는 삼손은 바로 '신앙의 전사'(1751행)인 것이다. 아버지 마노아는 아들의 죽음을 '영웅적'이라고 표현하는데 그것도

> 우려하고 있었던 대로
> 하느님으로부터 떨어지는 일도 없이 끝까지 은총과
> 도움을 주신 하느님과 함께 행동할 수 있었다는 것

(1718~1720행)

을 다행으로 여기고 있는 것이다. 일단 하느님에게 버림받은 삼손이 하느님과의 신뢰관계를 회복한 일이 다행한 것으로 되어 있다. 삼손의 '기품 있는 죽음'은 그 때문에 영광으로 가득 찬 죽음이 되고 있다. 《투사 삼손》이란 작품은 블레셋인에 대한 승리에 관심을 갖는 것이 아니고 삼손으로 상징되는 한 인격이 '인내의 덕'을 터득해 '성인'으로서 세속의 한가운데서 생애를 마치는 과정에 관심을 갖는다. 그리고 그 죽음을 '고귀한 죽음'으로 찬양하는 작품이다. 그런 의미에서 확실히 이것은 자서전적인 의도가 함축된 작품으로 받아들일 수 있다.

두 작품의 제작연대

《복낙원》과 《투사 삼손》은 1671년에 합본으로 출판되었다. 《투사 삼손》은 《복낙원》 뒤에 붙여져 있다. 그렇기 때문에 그것은 마지막 작품으로 평가되고 있었다. 그리고 실제로 이 작품은 이 시인의 '백조의 노래'로 생각해도 좋다. 밀턴이란 시인은 자신의 작품을 연대순으로 나열하는 것을 원칙으로 한다. 그 원칙을 그가 깬 것은 오늘날에도 알 수 있는 명백한 이유가 있어서 한 일이다. 자주 문제가 되는 그의 소네트 작품 번호 부여의 경우도 이 원칙은 기본적으로 지켜지고 있다.

그러나 《투사 삼손》에 관해서는 미국 비평가 가운데 그 제작연대를 왕정복

고 이전, 그것도 논자에 따라서는 1640년대 초기에까지 거슬러 올라가는 경우도 있다. 물론 그 나름대로 이유를 내세우고 있다. 하지만 그 이유는 하나하나가 비교적 간단하게 반박을 허용할 정도의 것이고 종래의 판단을 뒤집을 정도의 설득력을 갖지 않는다. 그래서 오늘날 가장 유력한 연구가들은 이 같은 설에 동조하지 않는다. 이런 점에서 케리와 파울러의 상주판(詳註版 : 상세한 주해가 달린 판본)이 이 작품 쓰인 연대를 1647년에서 1653년 무렵으로 추정하고 《실낙원》 앞에 자리매김한 것은 영국학자들의 일로서는 오히려 기이한 일에 속하는 사례이다. 표준본을 지향하는 이 같은 판본으로서는 이 판본의 해설이나 주석 자체가 뛰어난 것인 만큼 애석하게 생각해야 할 일이다. 다만 이 작품의 구술연대를 둘러싼 약 1세대에 걸친 논쟁의 결과 작품 그 자체의 언어, 운율, 사상, 내용, 그 밖의 면에 관해서 새롭게 많은 난점이 해명되었다는 것은 평가해야 할 일이다.

《투사 삼손》이 실제로는 언제 쓰였을까 하는 문제가 되면 앞의 대작이 출판된 1667년 이후의 일로 추정하는 것이 온당하다. 그것도 《복낙원》 이후의 일일 것이다. 《실낙원》의 구술이 1658년 무렵부터 약 5년이 걸린 것을 보면 전체 2000행의 작품을 구술하는 데 1년이 걸린 것은 지극히 자연스러운 일이다. 그런 점에서 《복낙원》과 《투사 삼손》은 1668년 무렵부터 꼬박 2년 정도 사이에 구술된 것으로 추정해도 좋다. 1670년 말이나 1671년의 출판에는 시간을 맞출 수 있다는 계산이 된다.

3부작

밀턴은 《복낙원》, 《투사 삼손》의 구술을 다 마쳤을 때에 《실낙원》 속에서 언명한 '훌륭한 인내와 불굴의 정신과 영웅적 순교', '한층 차원 높은 주제, 진정 영웅서사시라 부를 만한 주제'(제9편)에 관해서 충분히 할 말을 다했다는 만족감에 젖어 있었을 것이다. 순조로움에서의 절제에서 출발해 역경에서의 인내력에 이르는 변천을 이 일종의 3부작은 다 노래하고 있다. 제1작에서, 인내에 대해서는 그 지적에 그치고 충분한 전개의 자취는 볼 수 없다. 제2작에서, 황야에서의 유혹이란 장면을 설정하고 역경에서 인내하는 덕의 승리가 이야기된다. 제3작에서는 그 인내의 기반으로서 신과의 계약관계 회복이 서술되고, 신의 '증인'의 극치로서의 '순교(殉敎)'야말로 인내하는 덕의 영웅적인 현실의 모습으로 역설이 된다. 인내론에 따라서 말하면 제3작은 제2작을 한 걸음 추진한 작품이라고 말할 수 있다. 이 3작은 이런 의미에서 3부작인 것이다.

인내라는 것이 신의 섭리를 믿고 일의 결과는 신에게 맡겨 '평정하게 견디는 것'이란 내실을 지닌 것임은 앞서 말한 대로이다. 이것은 일종의 낙관주의라고 말할 수 있다. 만년의 밀턴이 그에게 있어서 결코 살기 편하다고 할 수 없었던 세속에 살면서도 강인한 생활의식으로 그 삶을 다한 배경에는 이 인내의 덕이 지닌 낙관주의의 힘이 도움이 되었을 것이다. 만년의 밀턴이 오히려 쾌활한 인물이었다는 증언이 몇 가지 남아 있다. 신의 '증인'으로서 인내의 삶과 죽음이야말로 영웅주의의 기반이라는 확신이 밀턴에게는 있었다. '격정은 모두 가라앉히고' 이 세상에 사는 노시인 안에 우리는 왕정복고 뒤의 반규율적 세태 속에 사는 그리스도교적인 '인내'의 전형을 보는 것이다.

밀턴의 신학

엄밀한 의미에서 밀턴을 신학자로 부르는 것은 그에게 걸맞지 않다. 근본이 시인이기 때문이다. 그러나 신학논의가 시끄러웠던 17세기란 시대에 무언가 논진을 펴려고 하면 어떤 신학을 갖거나 또는 신학적 입장에 서지 않으면 안 되었던 것도 사실이다.

밀턴은 맨 처음 장로파 옹호론 입장에서 종교전쟁에 관여했다. 《영국 종교개혁론》, 《교회 통치의 이유》 등, 종교론으로 일컬어지는 것은 모두가 그 입장에서 나온 발언이었다. 그러나 흥미로운 것은 이 초기 문서 가운데서조차 이미 '신이 우리 안에 심어주신 지성의 빛'을 중요시하는 주장이 나타나고 있는 것은 제5장에서도 관찰한 대로이다. 이 '지성의 빛'이란 그 무렵의 말로 '내적 진리'를 가리키고 '올바른 이성'을 말하는 것이었음은 이론의 여지가 없을 것이다. 문헌으로서의 성서 그 자체를 '외적 진리'로 부르는 데 대해서 '올바른 이성'을 그렇게 말한 것이다.

밀턴이 '외적 진리'에 첫째로 의거해야 한다고 하고 그것을 풀기 위해 '내적 진리'를 중시하는 경향은 1643년부터 45년에 걸친 이혼논쟁의 시기에 이미 고개를 들고 있었다. 1644년의 《교육론》이나 《아레오파지티카》는 그런 점에서도 중요한 문서이다. 이 시기에 밀턴은 장로파에서 빠져나와 독립파로 기운다.

이로부터 5년 뒤인 왕정복고기의 문서 《자유공화국 수립의 요체》(1660)의 종반 가까이 다음의 구절을 보면 밀턴의 신학적 태도는 이 점에서 불변이었음을 알 수 있다. '신의 계시 의지를 이해하고 성령의 인도를 받을 수 있게 해달라는 뜻에서 신이 사람의 마음에 심어주신 최선의 빛에 따라서 사람이 거칠 것 없이 신을 섬겨 자기 영혼을 구할 수 없다면 사람은 평안해질 수도 없고 이 세상의 기쁨도 맛볼 수 없다.' 밀턴은 어디까지나 성서 중심주의이고 그것을 '신이 사람의 마음에 심어주신 최선의 빛'으로 이해하는 것이야말로 사람의 의무라는 생각이었다. 그것은 신학을 하는 태도의 자율성으로 부를 수가 있을 것이다. 그 결과 몇 가지 점에서 그 무렵에도 이단적으로 간주되는 견해가 나오게된 것도 확실했다. 그러나 어느 견해를 잡아서 거기에 '이단'이란 표지를 붙이는 쪽의 입장이 과연 정통이라고 말할 수 있느냐 하는 문제가 되면 결코 간단하지 않다. 결론과도 같은 것을 미리 말하는 것이 허용된다면 전체적으로 보아 밀턴의 신학사상은 그 무렵 그 대부분이 이단으로는 지목되지 않는 것이었다.

여기에서는 밀턴의 성서 제일주의가 때때로 이단적인 치우침을 보이는 여러 점에 대해 언급하게 되는데, 그 여러 점도 《실낙원》에서는 꼭 집어서 지적되지도 않고 이단이라고는 생각되는 일도 없이 지나쳐 버리고 마는 정도의 것이다. 더 구체적으로 말해서 그가 1650년대 후반에 체계를 세운 《그리스도교 교의론》이 만일 사람의 주의를 끄는 일이 없었더라면 그다지 논의가 되지 않고 끝났을 것이다. 이 《교의론》은 기구한 운명을 거쳐 국립문서관 깊숙이 묻혀 버리고 1822년이 되어서야 발견된 것이다.

《그리스도교 교의론》은 전체적으로 1650년 후반의 작품이기는 해도 본래는 그보다 10여 년 이전인 1640년대 초기부터의 메모가 기초가 되고 있었을 가능성이 있다. 밀턴의 조카뻘 되는 에드워드 필립스의 증언(《밀턴전》)을 살펴보면 그가 큰아버지 밀턴의 가르침을 받고 있었던 시기에 이 큰아버지는 일요일이 되면 선배 신학자, 특히 윌리엄 에임스나 존 보레프의 저술에서 발췌작업을 하고 있었음을 알 수 있다. 에임스 저 《신학의 정수》—1642년 영역판—나 보레프의 《그리스도교 신학 요람》(1626년, 1638년 3판)을 말하는 것으로 보인다. 모두 개혁파 신학이고 1640년대 초기의 밀턴 자신의 취향과도 맞는 논자들이었다.

신학론에 대한 밀턴의 흥미는 이렇게 해서 1640년대 초기에는 현저해지고 있었는데 1644년 무렵부터는 그 흥미를 '내적인 진리'—성령, '올바른 이성'—에 의해서 검증하는 태도가 더 명확해지고 있다. 즉 개혁파인 에임스나 보레프에게 단순히 따르는 것으로는 만족할 수 없게 된다. 밀턴의 신학은(뒤에 상술하는 바와 같이) 탈장로파의 과정에서 그 내용이 정해져 가는 것이다.

삼위일체

밀턴의 신학 가운데서 특히 문제시되는 것은 《그리스도교 교의론》 제1권 5장의 '아들에 대해서'란 비교적 긴 하나의 장이다. 여기에서 밀턴은 그리스도가 아버지인 하느님과 동일한 실체(substantia)를 지녔다고는 말하지 않기 때문이다. 성부와 성자와 성령은 '사랑, 교감, 영광에서 동일하다'가 '저마다 다른 위계(hypostasis), 본질(essentia)을 지닌다'는 이해를 표시한다. 그것은 성서 그 자체 속에 기술되어 있고 바울로도 '하느님은 한 분뿐이시고 하느님과 사람 사이의 중개자도 한 분뿐이신데 그분이 바로 사람으로 오셨던 그리스도 예수이십니다'(《디모데전서》 2 : 5)라고 쓴다. 그리스도는 하느님과 사람 중개자라는 것이 바울로, 그리고 밀턴의 주장이다. 하느님과 예수는 위계가 다르다. 그러나 그렇기 때문에 '예수는 하느님과 사람과의 중개자가 될 수 있는 것이다'라고 말하는 것이다. 예수를 중개자, 즉 구세주로 하는 사고방식은 《교의론》에 강하게 표시되어 있는 사고방식이다.

삼위일체론은 그것에 도달해야 할 사상이 신약성서에 없는 것은 아닌데 이것이 교리로서 확립한 것은 기원후 325년의 니케아 공의회에서이고 그 시점에서는 예를 들어 아리우스의 신과 아들은 다른 성질이란 설이 배제되고 이 양자는 같은 성질임이 결정되었다. 여기에서 '정통'과 '이단' 사이에 선이 그어졌다. 그러나 이 논의는 본질적으로 여기에서 결말을 본 것은 아니고, 교의사상이 이르는 곳마다 고개를 내밀고 16, 17세기의 소치니주의(Socinianism : 소치니가 주창한 삼위일체설을 부정한 일파)로서 나타난다. 그리고 이 흐름은 결국 현대의 유니테리

언주의(Unitarianism : 삼위일체론에 반대하고 신의 단일성을 주장)에까지 승계되고 있다. 밀턴의 경우는 니케아 공의회의 결정에서 보면 상당히 자유로운 사고방식인데 결코 삼위일체 그 자체에 반대하고 있는 것은 아니다. 아들은 아버지의 창조에 연관이 있는 것이고 위계가 문제가 되는데, 중개자로서 아버지의 역할을 대표하고 있는 것으로 받아들인다.

《실낙원》의 신의 말을 들어보자. 신은 아들을 '제2의 전능자'로 부른다(제6편). 예수는 인간의 구원을 위해 '내려가 인간의 본성을 취한다'(제3편). '신이면서 인간'인 존재이다.

> "인간의 친구이자 중재자, 지명되고
> 또한 스스로 원한 대속자이자 구세주, 타락한
> 인간을 심판하려고 스스로 인간이 될 너를 보냄은
> 자비와 정의를 짝짓게 하려는 뜻이니라.
> 이는 너희들도 쉽게 이해할 수 있으리라."
> 하늘의 아버지는 이렇게 말하고 자신의 영광을
> 오른손으로 찬란히 펼치시어 상자 위에
> 눈부신 신성을 비추신다.
>
> (제10편)

예수는 신으로부터 '인간의 운명'이 지워져 이 세상에 파견된 '신성'의 존재로 되어 있다. 그가 신과 인간과의 중개자가 되어 사람의 죄를 보속하는 사업을 수행하기 위해서이다. 이것은 오히려 니케아 공의회의 결정 이전의 신약성서의 증언에 따른 예수관이라고 말할 수 있을 것이다. 이 시행에 이단을 느끼게 되는 일반독자가 있을까.

영육(靈肉) 사멸론

밀턴은 사람이 죽으면 육신과 함께 영혼도 잠든다는 사고였다. 이것은 《그리스도교 교의론》의, 특히 '창조에 대해서'(제1권 7장)와 '육체의 죽음에 대해서'(제1권 13장)에 명확히 나오는 사고방식이다. 이것은 네오플라톤주의적인 사고의 전통 가운데서는 기이하게 들리는 것이고, 특히 현대 신학의 경향에서 보면 이단적으로 받아들이게 될 위험성이 있다. 밀턴이 이 사고방식을 택하기에 이른 배경에는 '동시대의 리처드 오버턴 《인간의 사멸》(1643) 등의 영향이 있었다'고 역설함으로써 이것이 밀턴의 독특한 사고는 아니라고 주장하는 논자도 있다.

그러나 밀턴이 영육 동시 사멸론을 전개한 것은 한두 개 문헌의 영향을 받았기 때문이 아니다. 원래 성서가 그 같은 사고인 것이다. 성서는 영육 2원론을 취하지 않는다. 그렇기 때문에 육체는 죽어도 영혼은 영원히 산다고는 말하지 않는다. 구약성서에 있어서나 신약성서에 있어서나 '영적'이라는 말은 창조주에게 순종하는 것을 가리키고, '육체적'이라는 것은 그 반대를 말하는 것이다. 그리스 사상처럼 영혼과 육체를 별도의 것으로 보아 육체를 멸시하고 영혼의 고귀함을 노래해 그 불멸을 노래하는 이른바 영육 2원론은 히브리 사상에는 없다. 히브리 사상에서 볼 수 있는 것은 밀턴도 말하는 '전인(a whole man)'의 인간관이다. 그렇기 때문에 히브리계의 종말사상에서 죽음으로부터의 소생을 말할 때에는 영혼과 육체를 갖춘 몸의 부활 대망(待望)을 노래하는 것이다.

밀턴의 아담은 《실낙원》 가운데서 '순종하지 않은 죄'를 범한 것을 뉘우쳐 '땅에 엎드리고 싶다'고 죽음을 간청한다. 다만 정말로 '평안이 잠들 수' 있을지 그것을 걱정하고 있다.

> 그러나 한 가지 불안이
> 마음을 떠나지 않는다. 내가 완전히 죽지 못하고
> 하느님이 불어넣은 맑은 생명의 입김, 곧
> 인간의 영혼이 흙으로 된 이 몸뚱이와 함께
> 사라지지 않는다면 어쩐단 말인가. 그러면
> 무덤이나 다른 음산한 곳에서 영원히
> 누워 있게 되지 않을까? 아, 사실이라면 무서운
> 일이다! 그런데 나는 왜 이렇게 두려워하는가?
> 죄를 범한 것은 생명의 숨결뿐, 죽는 것은
> 생명을 지닌 죄지은 자뿐이 아닌가. 육체에는 본디
> 생명도 죄도 없다. 따라서 내가 죽을 때는

내 모든 것이 죽으리라.

(제10편)

아담은 '생명의 숨결이야말로 죄의 장본인'이라고조차 말하고 있다. 즉 그것은 '영혼의 것'이다. 그러므로 죽는다면 영혼도 죽어야 한다. 사람은 이것으로 전체가 잠들 수 있다. 그렇게 생각하자 아담의 마음은 평안해진다.

이것은 별도로 밀턴의 독창적인 견해는 아니다. 종교개혁자 틴들이나 루터도, 또 밀턴과 동시대의 의사 토마스 브라운 경(《의사의 종교》 1의 7)도 모두 영혼은 육체와 함께 잠든다는 설이었다. 밀턴은 이단설을 취한 것은 아니다. 성서 그 자체의 주장을 존중한 것이다.

무로부터의 창조

성서는 '무로부터의 창조(ex nihilo)'의 입장을 취한다는 것이 전통적인 이해이다. 〈창세기〉 첫머리의 기술도 이를 말하고 있다. 그런데 밀턴은 《그리스도교 교의론》 제1권 7장 '창조에 대해서' 가운데서 이 '무로부터의 창조론'을 부정하고 있다. 확실히 하느님은 '어둠에서 빛이 비쳐오너라' 하고 말씀하셨다(《고린도후서》 4 : 6). 그러나 이 '어둠'이란 '무'를 말하는 것은 아니다. '어둠' 그 자체도 만들어진 것이다. 하느님이 '빛을 만든 것도 나요, 어둠을 지은 것도 나다'라고 하신 말씀은 〈이사야〉 45 : 7절에도 있지 않은가라고 밀턴은 말한다. 그가 강조하고 싶었던 것은 같은 곳에서도 말하고 있는 것처럼, 바울로가 말하는 '모든 것은 그분(하느님)에게서 나오고 그분으로 말미암아 그분을 위하여 있습니다'는 것이었다(《로마서》 11 : 36). 즉 하느님의 전능이라는 것이었다.

《실낙원》에 있어서도 밀턴의 사고방식은 바뀌지 않는다. 천사 라파엘은 아담에게 말한다.

아담이여, 유일하신 전능자께서 이 세상에
계시어, 모든 것이 그분에게서 나왔으니
선에서 타락하지만 않는다면 다시 그에게로
돌아가리라. 만물은 그 질료가 하나지만,

여러 형태와 여러 등급의 본질로 나뉘고
살아 있는 것들에는 여러 단계의 생명이 주어졌다.
그러나 저마다 활동영역에서 하느님과 가까운
자리에 있거나 또는 가까워짐에 따라
더욱 정화되고, 더욱 영화되고, 더욱 순화되어
마침내 각 종류에 상응하는 한계 안에서
육체는 영으로 승화하리라.

(제5편)

만물은 '원질을 같게 한다.' 무에서 생긴 것은 없다. 만물은 신에게서 나와 신에게 돌아가야 할 피조물(被造物)에 지나지 않는다.

위의 인용은 또 하나의 것을 표시하고 있다. 그것은 만물은 신에게서 나와 신에게 돌아간다는 만물의 동적인 본연의 모습을 노래하고 있다는 것이다. 밀턴도 르네상스기의 사상가들, 특히 네오플라토니즘 경향의 식자들에게 일반적이었던 '존재의 사슬' 사고방식에 입각해 있다. 더욱 덧붙이자면 그 점은 동시대 케임브리지 플라톤학파의 주장과 궤를 같이하고 영질 대 물질의 2원론을 거부하고 있다.

'올바른 이성'

밀턴은 젊어서부터 이성에 대해 존경하는 마음이 싹트고 있었다. 그 경향이 처음으로 문서에 나타난 것은 1641년의 《영국 종교개혁론》에서이고 그곳에는 신이 인간에게 심어준 '지성의 빛'에 대한 언급이 있다. 밀턴이 서른세 살 때 장로파 옹호론의 구절인데, 여기에서 이렇게 말하는 이상 그 이전부터 그 경향은 있었을 것이다.

그가 이성 또는 '올바른 이성'으로 표현하는 것은 '신의 소리' '신의 모습' 등으로 바꾸어 말하는 것으로도 알 수 있듯이 인간 고유의 판단력을 가리키고 있는 것은 아니다. 그것은 성서의 빛나는 이성을 말하는 것이다.

이 사고방식이 '엄숙한 동맹과 계약'이 잉글랜드와 스코틀랜드 두 의회에서 맺어진 1643년 이후 밀턴에게 현저해지고 이윽고 그 이듬해의 《아레오파지티카》에서는 '이성이란 선택에 다름 아니다'라는 선언이 되어 등장하는 것은 제5장에서도 언급한 대로이다. 그것은 교회법이나 장로파의 규율에 묶인 삶에 대한 반발의 표현이고 사물의 선택기준이 개인의 이성적 의지에 있음을 인정하는 사고방식임이 명백하다.

이것이 밀턴 시대에서는 네덜란드 개혁파의 신학자 아르미니위스파에 속하는 사상으로 간주되었다. 아르미니위스는 그리스도는 미리 선택된 사람들을 위해서뿐만 아니라 전 인류를 위해 속죄의 죽음을 마쳤다고 역설했다. 그것은 칼뱅의 예정설에 반대하고 인간의 자유의지를 존중하는 입장이었다. 그 입장의 사람들은 그 무렵 레몬스트란트파로 불렸다. 도르트 공의회는 1619년에 이를 이단으로 결정하고 박해로 나왔다. 잉글랜드에서도 칼뱅파(장로파) 입장에서 보면 대주교 로드는 아르미니위스파로 비치고 독립파인 존 굿윈도 똑같이 간주되었다.

밀턴이 사람의 구원을 신의 의지와 인간의 자유의지와의 협동작업으로 생각하는 한 그는 아르미니위스주의자였다(《그리스도교 교의론》제1권 1, 3, 4장). 그는 자신의 아르미니위스 입장의 정당함을 '성서 그 자체에 의해서 뒷받침'할 수 있다고 말하는 것이다(《진정한 종교에 대해서》1673년). 그는 여기에서도 성서 제일주의자였다.

'이성이란 선택에 다름 아니다'라는 밀턴의 발언은 신의 목소리를 들을 수 있는 자는 그것을 기초로 해서 선한 길을 자발적으로 택할 수 있다는 의미로 해석해도 좋다. 이것이 자유라는 것이다. 이 자유에 오류가 끼어들 때도 있는데 그것은 허용되어서는 안 된다(《진정한 종교에 대해서》). 인간의 자유의지와 신앙의 관용을 더없이 역설하는 밀턴은 그와 동시대인 케임브리지 플라토니스트들의 사고방식에 더없이 가까웠다. 이를테면 휘치코트의 '이성에 따르는 것은 신에게 따르는 것이다'라는 말에 밀턴도 진심으로 찬의를 표했을 것이 틀림없다. 임마누엘 칼리지의 기숙사 사감 터크니는 칼비니스트이고, 그와 같은 칼리지 출신 후배 휘치코트 등의 사상 동향에 반발했다. 그와 마찬가지로 밀턴의 은사였던 토머스 영에게도 지난날의 제자인 밀턴의 일련의 언동을 못마땅하게 생각했던 시기가 틀림없이 있었을 것이다.

밀턴의 아담은 본래 '순수한 이성이 부여되고', '넓은 마음을 지니고 하늘과 교감하는' 존재였다. 그것이 '순종하지 않은 죄' 때문에 이상이 생겨 '낙원'에서 쫓겨나게 된다. 그러나 이성에 '흐림'은 생겼을망정 그것을 완전히 잃은 것은 아니다. 그 이성은 역시 인간 속에 심어진 그 '지성의 빛'으로서의 의의를 지속하고 있다. 그렇기 때문에 니므롯과 니므롯식 권력자가 이 세상에서 자유를 압박하는 행위를 그치지 않는다고 해도 사람은 어디까지나 '올바른 이성'에 입각한 자율적인 개체로서의 삶의 방식을 지켜야 하고 또 그것은 가능하다. 낙원을 떠나려고 하는 아담에게 천사 미가엘이 준 말은 이러한 각도에서 이해하지 않으면 안 된다.

> 정당한 자유 억압하고
> 평온한 인간 세계에 풍파 일으킨 저들을
> 그대가 미워하는 것은 마땅하다. 그러나
> 그대의 원죄 뒤에 참된 자유가 상실되었음도
> 알라. 그 자유는 늘 바른 이성과
> 붙어살며 떨어져서는 존재치 못하니라.
> 인간은 이성이 흐려지거나 권위를 잃으면
> 터무니없는 욕망과 갑자기 커진 감정이
> 곧바로 이성의 주권을 빼앗아 이제까지
> 자유롭던 인간을 노예로 만드느니. 그러므로
> 인간이 내면에 부합되지 않는 힘에
> 자유로운 이성의 권세를 내주려 하면
> 하느님은 정당한 심판을 내려,
> 주제도 모르고 그 외적인 자유를 얽어매는
> 비정한 폭군을 밖으로부터 복종시키느니.
> 억압하는 자의 변명이 되진 않으나
> 억압은 반드시 있느니라. 때로
> 백성은 덕, 즉 이성을 잃고 타락하여, 달리
> 극악한 행동을 하지 않아도, 하느님의 정의와
> 치명적인 저주받아 내적인 자유는 물론 외적인

자유까지 박탈당하느니.

(제12편)

'자유로운 이성'이 '신의 정의로운 심판'이고 그것에 따르는 것이야말로 압정을 배제하는 길이라는 미가엘의 말은 왕정복고기를 맞이한 밀턴의 목소리이기도 했다. 서사시의 매듭에서 '섭리야말로 그들의 길잡이'로서 이를 믿고 황야로 나가는 아담과 하와의 두 모습은 '올바른 이성의 힘에 의거하면서 거친 역사를 개척해 나가려는 근대인 부부'의 모습에 다름 아니다.

휴머니스트 밀턴

밀턴의 신학을 한 번 훑어보는 것이 이 장의 목적이었다. 특히 그의 이단설로 일컬어지는 여러 점을 중점적으로 거론해 그것에 해설을 가하면서 이 시인의 그 무렵 사상적 자리매김을 해보려고 시도했다. 그 작업을 거쳐서 알게 된 것은 삼위일체론이건, 영육 사멸론이건, 또 '무로부터의 창조'나 아르미니위스적 경향이건, 밀턴은 그 하나하나를 전통이라든가 또는 어느 교파의 '교리와 규율' 가운데서 '꼭두각시 인형'의 눈으로 관찰하는 것이 아니고 자신의 눈—신에게 주어진 '최선의 빛'—으로, 직접 성서로 이를 검증하는 자세로 일관했다는 것이다. 이것은 실로 집요할 정도로 관철된 태도였다. 게다가 구전이나 권위 등에 따르지 않고 원전으로 거슬러 올라가 진위를 확인하는 태도는 말할 것도 없이 르네상스 휴머니스트들이 보여준 특징이었다.

밀턴의 본래 신학적 기반은 장로파 신학이었다. 이윽고 그는 이 신학의 입장에서 이탈하게 되는데 그 이탈 과정에서 그의 《그리스도교 교의론》이 성립한다. 앞서 말한 대로 그는 그 신학논의를 정리함에 있어 그 방법에서 윌리엄 에임스나 존 보레프에게서 많은 도움을 받고 있다. 그러나 예를 들어 영육 사멸론에 대해서 말한다면 완성한 《그리스도교 교의론》은 앞서 말한 두 학자의 주장에 반대해 영육 동시 사멸론을 전개한 것이다(에임스 《신학의 정수》, 보레프 《그리스도교 신학 요람》). 이 점은 개혁파의 대가인 윌리엄 퍼킨스에게도 밀턴은 반대였다(퍼킨스 《사도신경 강해》). 밀턴은 오히려 에라스뮈스를 원용하고 있다(《그리스도교 교의론》 제1권 13장). 이 한 예를 보아도 알 수 있듯이 그는 그 신학론을 장로파를 벗어나는 과정에서 완성하고 있다. 일반적으로 받아들여지고 있는 사상을 원전에 비추어서 검증한다는 것은 되풀이해서 말하는데 휴머니스트로서의 기본자세였다고밖에 말할 수 없다. 그 결과 성서 그 자체의 주장에서 심하게 일탈한 견해를 밀턴이 제출했다는 사실은 없다. 그의 신학적 견해의 일단을 거론해 그것을 '이단'으로 단정하는 논자는 그 논자 자신의 신학적 입장—자신의 '교의'—을 옹호하려는 의도에서 논의를 할 때가 많다.

웨스트민스터 종교회의의 스코틀랜드 측 위원이었던 로버트 베일리는 밀턴의 이혼론에 대해 '이 사내가 독립파인지 아닌지 알 수 없다'고 말하면서도 '여기서 볼 수 있는 이론은 어느 것을 보아도 독립파적이다'라고 말했다《시의 오류를 멈춘다》1646년). 이것은 1640년대 장로파 논객의 말로서는 정곡을 찌른 것이라고 말해야 할 것이다. 밀턴이 반장로파로의 길을 택한 시기의 팸플릿을 읽은 다음의 평이기 때문이다.

그러나 만년의 밀턴은 특정 교파에 속하지 않고 또 특정 집회에 참여하는 일도 없었다. 신의 영광을 위해 조용히 순교의 길을 택하는 《투사 삼손》의 주인공 모습은 아담과 하와가 낙원을 떠날 때의 모습과 함께 시인이 결국 무엇을 생각하고 무엇을 추구하고 있었는지를 상징적으로 말해 주고 있다.

그 그리스식 비극의 시극은 이렇게 맺어져 있다—'격정은 모두 가라앉고.'

참된 '내면의 성숙'이 어떤 것인지는 몰라도, 스물세 살의 젊은 밀턴이 생각하던 '내면의 성숙'이 마침내 그를 찾아왔고, 이에 밀턴은 영국에 관한 장대한 서사시를 쓰는 대신 20여 년 동안 새로운 영국을 추구하는 혁명의 소용돌이에 스스로 뛰어듦으로써 마침내 하나의 서사시를 쓸 기회를 얻었다. 새로운 영국, 새로운 예루살렘, 새 하늘과 새 땅, 새로운 낙원은 끝내 오지 않았다. 아니, 잃었다. 그러나 그 실망에서 더욱 새로운 하늘과 새로운 땅, 새로운 낙원에 대한 희망이 생겼다. 일찍이 그가 느꼈던 고양된 기분 대신 깊이 가라앉아 있던 정열이 떠올랐다. 깊은 심연에서 부르는 목소리가 들렸다. 이제는 새로운 하늘과 땅, 새로운 낙원을 영국이라는 현실의 땅에서 찾지 않고, 진지한 신앙인과 자신의 마음속에서 찾고자 했다. 아니, 그 가능성을 믿고 기다리고자 했다. 아주 특수한 성별(聖別)된 인간이 아닌 보통 사람의 신앙에 완결(코스모스)이란 없다.

오직 혼돈(카오스)이 있을 뿐이다. 그 사람에게 주어진 과제는 내면의 낙원이라는 코스모스를 추구하는 끊임없는 자기정화이다.

《실낙원》은 구약성서 〈창세기〉를 바탕으로 아담과 하와의 잃어버린 낙원을 그린 서사시지만, 단순한 서사시가 아니다. 다양한 의미의 혼돈을 내면에 품고 있는 우리들에게 시인은 교사의 위치에서 바른 섭리를 설파하는 게 아니라 우리를 끌어들여 함께 스스로를 정화하고 참된 '내면의 성숙'을 추구하고자 했다. 따라서 독자는 시인이 작품에 펼쳐 보인 내적 여정을 추체험해야 한다. 이는 결코 만만한 일이 아니다. 아담과 하와가 범한 원죄를 (원죄의 무게를 저마다 다양한 형태로 짊어지고 있는) 우리는 시인과 함께 다시 범하고, 아담과 하와가 구원을 믿고 '내면의 성숙'을 기도하며 낙원을 떠날 때 우리도 같이 떠난다. 우리가 《실낙원》을 읽고 나이와 상관없이 언제나 감동을 느끼는 것은 각 단계에서 우리 '삶'의 고뇌가 추체험을 절실히 받아들이기 때문이다. 지옥을 의식하고 신음하는 사탄에게 우리가 공감을 느끼는 것도 그 때문이다. 따라서 이 서사시는 과거의 사건을 서술한 작품이 아니라 현재의 우리에 대해 이야기하는 살아 있는 고전이라고 할 수 있다. 사탄의 유혹을 물리치는 그리스도를 묘사한 《복낙원》과 구약성서 〈사사기〉에 나오는 맹인투사 삼손의 죽음을 그린 《투사 삼손》도 마찬가지이다. 이러한 밀턴의 만년의 작품을 읽기 위해 우리에게 가장 필요한 것은 코스모스를 추구하는 마음이다.

이 해설에서는 '우리'라는 말을 아무 의미 없이 쓰지 않았다. 우리나라 독자 대부분이 밀턴과 같은 프로테스탄트가 아님을 충분히 알고 있음에도 굳이 '우리'라는 표현을 썼다. 밀턴 스스로도 《실낙원》이 많은 독자를 얻으리라고 생각하지 못했다(《실낙원》 제7편 참조). 그리고 현대의 많은 비평가도 그의 신학사상은 고루하다며 경시해 왔다. 그럼에도 《실낙원》은 영국과 서유럽문학·문화의 결정체로 줄곧 최고 자리를 지켜 왔다. 어떤 혁명이 일어나 그리스도교적·종교적 인간관이 완전히 사라지지 않는 한, 밀턴의 작품들, 특히 《실낙원》이 서유럽 사회에서 사라지는 일은 없을 것이다. 물론 문화적·인간적으로 다른 우리가 밀턴의 작품을 읽기란 쉬운 일이 아니다. 그러나 우리가 종교적 문제의식 아래 죽음과 사랑, 자연을 고뇌하고 내면의 지옥을 성찰하는 마음을 갖는다면, 이

먼 나라에서 온 이방인의 작품이 우리 삶의 근원적인 문제에 닿아 있음을 깨닫게 될 것이다.

이 번역의 텍스트는 휴스(Merritt Y. Hughes)가 편집한 Paradise Lost(The Odyssey Press, 1935 ; 1962)를 사용했다. 그리고 성경 인용은 공동번역성서를 이용했으며, 개신교와 가톨릭의 용어가 다른 경우에 주요 인물은 병기하려 노력했다.

밀턴의 연보

1608년   12월 9일 런던 존 밀턴 태어나다.

1620년(11세)   11월 세인트 폴 학교에 입학.

1625년(16세)   2월 케임브리지 대학 크라이스트 칼리지에 입학.

1626년(17세)   〈11월 5일에〉 씀.

1628년(19세)   7월 〈숙제로서〉 씀.

1629년(20세)   3월 크라이스트 칼리지 졸업. 12월 시 〈그리스도 강탄의 아침
               에〉 씀.

1632년(23세)   이 무렵 풍자시 〈쾌활한 사람〉, 〈생각에 잠긴 사람〉 씀. 7월 케
               임브리지 대학에서 수사 칭호를 받음. 1635년까지 런던 근교인
               하마스미스에 있는 아버지의 집에서 지냄.

1633년(24세)   〈아르카디아의 사람들〉 씀.

1634년(25세)   7월 가면극 〈코머스〉 발표.

1635년(26세)   버킹엄셔의 호턴에 있는 아버지의 집으로 옮김.

1637년(28세)   어머니 죽음. 〈코머스〉 초판본 출간. 11월 〈리시다스〉 발표.

1638년(29세)   5월부터 이듬해 여름까지 대륙을 여행함.

1639년(30세)   〈만소〉 집필. 런던에서 사숙(私塾) 운영. 〈다몬의 묘비명〉 집필.

1641년(32세)   5월 《영국 종교개혁론》 출간. 7월 《(스멕팀누스에 대한) 항의자
               의 변명에 대한 비판》 집필.

1642년(33세)   1월~2월 《교회 통치의 이유》, 4월 《스멕팀누스 변명》 집필. 초여
               름에 메리 파월과 결혼하나 8월에 친정으로 가 버림.

1643년(34세)   8월 《이혼론》 발표.

1644년(35세)   6월 《교육론》, 8월 《마르틴 부처 씨의 판단》, 11월 《아레오파지티
               카》 발표.

1645년(36세)   3월 《테트라코던》, 《콜라스테리온》 발표. 여름, 아내 메리 파월,

밀턴의 집으로 돌아옴.

1646년(37세)	1월 《시집-1645년판》 출간. 7월 맏딸 앤 태어남.
1647년(38세)	3월 아버지 존 죽음.
1648년(39세)	10월 둘째 딸 메리 태어남.
1649년(40세)	2월 《왕과 위정자의 재임》 출간. 3월 공화정부의 외국어담당 비서관으로 임명됨(1659년까지). 10월 《우상파괴자》 출간.
1651년(42세)	2월 《영국 국민을 위한 제1변호론》 집필. 3월 맏아들 존 태어남.
1652년(43세)	완전히 실명함. 5월 셋째 딸 데보라가 태어나고, 아내 메리 파월 죽음. 6월 아들 존 죽음.
1654년(45세)	5월 《영국 국민을 위한 제2변호론》, 8월 《자기변호론》 집필. 《영국사》, 《그리스도교 교의론》 집필에 착수함.
1658년(47세)	11월 캐서린 우드콕과 결혼.
1657년(48세)	10월 딸 캐서린 태어남.
1658년(49세)	2월 아내 캐서린 우드콕 산욕으로 죽음. 3월 딸 캐서린 죽음. 《실낙원》 구술에 착수.
1659년(50세)	2월 《교회 문제에서의 세속 권력》, 8월 《교회 정화 방법》 출간. 10월 〈어느 친구에게 보내는 편지〉를 씀.
1660년(51세)	3월 《자유공화국 수립의 요체》 집필. 가을, 감옥에 투옥되었다가 출옥함.
1663년(54세)	2월 엘리자베스 민셜과 세 번째 결혼.
1665년(56세)	7월 전염병을 피해 런던 근교인 챌폰트 세인트 자일스로 거처를 옮김.
1666년(57세)	9월 브레드 거리에 있는 집이 소실됨.
1667년(58세)	8월 《실낙원》 초판(10권본) 출간.
1670년(61세)	《영국사》 출간.
1671년(62세)	《복낙원》, 《투사 삼손》 합본으로 출간.
1672년(63세)	《논리학》 발표.
1673년(64세)	《진정한 종교에 대해서》, 《시집-1673년판》 출간.
1674년(65세)	《실낙원》 12권본 출간. 11월 8일 병으로 죽음.

이창배

동국대 영문학과 졸업. 미국 미네소타대학원 수학. 동국대 영문학과 교수·대학원장 역임, 이후 동국대 명예교수. 미국 컬럼비아대 객원교수·단국대대학원 대우교수 등을 지냄. 한국영어영문학회장 역임. 한국펜클럽 번역문학상 수상. 지은책《20세기 영미시의 이해》《20세기 영미시의 형성》《예이츠 시의 이해》《현대 영미시 해석》《현대 영미시 감상》《T.S. 엘리엇 연구》《실낙원 장사삼손》, 옮긴책《T.S. 엘리엇 전집》《쏘로의 월든》등.

세계문학전집051
John Milton
PARADISE LOST

실낙원

존 밀턴/이창배 옮김
동서문화창업60주년특별출판
1판 1쇄 발행/2016. 9. 19
1판 4쇄 발행/2024. 2. 1
발행인 고윤주
발행처 동서문화사
창업 1956. 12. 12. 등록 16-3799
서울 중구 마른내로 144 동서빌딩 3층
☎ 546-0331~2 Fax. 545-0331
www.dongsuhbook.com
잘못된 책은 구입하신 곳에서 바꾸어드립니다.
＊
이 책의 출판권은 동서문화사가 소유합니다.
의장권 제호권 편집권은 저작권법에 의해 보호를 받는 출판물이므로
무단전재와 무단복제를 금합니다.
사업자등록번호 211-87-75330
ISBN 978-89-497-1516-2 04800
ISBN 978-89-497-1515-5 (세트)